现代中国文学新探

Xiandai Zhongguo Wenxue Xintan

朱德发　著

山东人民出版社
国家一级出版社 全国百佳图书出版单位

图书在版编目（CIP）数据

现代中国文学新探/朱德发著. -- 济南：山东人民出版社，2016.12

ISBN 978-7-209-10231-5

Ⅰ. ①现… Ⅱ. ①朱… Ⅲ. ①中国文学－现代文学－文学研究 Ⅳ. ①I206.6

中国版本图书馆CIP数据核字(2016)第300407号

现代中国文学新探

朱德发　著

主管部门　山东出版传媒股份有限公司
出版发行　山东人民出版社
社　　址　济南市胜利大街39号
邮　　编　250001
电　　话　总编室（0531）82098914
　　　　　市场部（0531）82098027
网　　址　http://www.sd-book.com.cn
印　　装　山东华立印务有限公司
经　　销　新华书店

规　　格　16开（169mm×239mm）
印　　张　21.25
字　　数　330千字
版　　次　2016年12月第1版
印　　次　2016年12月第1次
ISBN　978-7-209-10231-5
印　　数　1-1500
定　　价　48.00元

自　序

学术生命之火烧到八旬，已届耄耋之年，该熄之火并未熄，仍在燃烧。虽然火苗不旺了，火力不强了，但是思想的火花却不断地迸发；兴致来了，我迅即“抓住”它，放进相宜的知识装置或思维框架中，积累多了也能熔铸成篇。2014年《朱德发文集》10卷本问世时，大多数篇章尚未铸成，故而不能收入文集，待这些生命火花真正化为文字发表后，方汇编成《现代中国文学新探》。

本书并非漫无边际的“散论”或“乱弹”，当然也不是围绕一个中心论题层层展开的专著，而是聚焦于三个形散而神不散的方面展开。一是对现代中国文学史学的再求索。所谓再求索，因为继《现代文学史书写的理论探索》一书面世后，笔者对现代中国文学史理论又有些思考和求索，虽然对文学史学没有大的突破，但在不少方面思考还是有新意的，探索还是有深度的。二是有关文学思潮的再评述或再补充。人们长期认为，“五四”文学革命的主潮是启蒙文学思潮，或曰启蒙与救亡双重变奏的两大文学主题；若是真正回到历史现场、尊重历史事实，“五四”文学革命的主潮就应该认为是国语文学思潮。三是文学评论。所谓文学评论，既指对文学作品的评论，又指对文学研究著作的评论。如果说这里的“文学评论”有什么创新，那主要体现在“文学研究著作”中，而不在笔者的“文学批评”里。

既然本书是对现代中国文学的探察，又是耄耋之年的乏力求索，难免误漏，也难脱暮气，恳请方家读者批评与谅解！同时，诚挚感谢山东人民出版社的竭诚支持和责任编辑李怀德先生的特别关照，衷心感谢山东师大中国现当代文学国家重点学科给予出版资助！

我想，这也许是封笔之作；然而若学术生命之火还不熄，咋办？或学术生命之火与自然生命之火同时熄灭，或在学术追求之途上突然跌倒，再无他求，这就是学者的宿命！

朱德发

2016年4月24日

目　录

文学评论卷

文学史学卷

现代中国文学史书写亟待解决的几个问题

书写现代中国的文学史,而不是书写中国的现代文学史或新文学史,在理论观念上或操作实践上要解决的问题是不一样的。我与魏建教授主编的《现代中国文学通鉴》,[①]尽管由人民出版社于 2011 年正式出版,然而这仅仅是对现代中国文学通史仓促地尝试性地书写,也是对现代中国文学史学的初步实验。因此从具体的书写经验或教训中,笔者切实地感受到,现代中国文学史的书写至少从理论与实践的结合上,应着重解决如下几个问题。

首先要解决学科与文学史的关系

先有学科后有文学史,还是先有文学史后有学科,还是它们没有先后之别而同时并立出现?这个看来不是问题的问题却成了首要解决并回答的问题。若是从客观存在来考察,那应是先有文学史后有学科,不过这种实际存在的文学史不是书写的文学史文本,它只能是实存于历史河流中或明或暗的史迹,或者为散落河床的历史碎片,或者为大浪淘沙剩下的遗留物等,它们充其量不过是构成文学史的原始资料,是能否形成某种学科的客观基础;因而只能从客观存在的意义上说文学史先于学科而出现。如果从文本型的文学史的建构过程来审视,那是先有学科后有文学史的。从严格的科学意义来说,那种实存型的客观文学史算不上真正的文学史,只能说它是构成文学史的原生态的史料,是极其贵重的原始资源,它为建构某种学科或各种形态的文学史提供了可能性;但是它却不是具有严密逻辑系统而自成体系的文学史。只有根据实存的文学现象客体和某种意识形态的诉求而建立起的相应学科,才有可能把文学作为一种人文科学来研究,将实存文学史现象作为人文科学史来书写,这样的文学研

---

① 朱德发、魏建主编:《现代中国文学通鉴》(上、中、下三卷),人民出版社 2012 年版。

究或文学史书写不只纳入了学术科学的范畴,也使这种研究或书写具有学科所要求的规范性与科学性。因此在这种先有学科后有文学史的逻辑顺序中,无论书写何种文学史都离不开特定的学科,只有学科所框定的文学史书写,而没有游离学科规范之外的文学史写作;如果允许后者的合理存在,那只能说它是“破门而出”的突破性的文学史写作,而不是学科规定的文学史书写。这种“出轨”写作,一方面表明既定学科范畴已容纳不下文学史的书写对象,另一方面说明文学史书写在不断发现、不断突破、不断求新。至于是否存在学科与文学史同时并立出现的情况,则是比较模糊的,难以辩说清楚。胡适于1922年撰写的《最近五十年中国之文学》,只是末尾写到五四新文学的兴起与演进,使新文学有了史的叙述,但胡适并没有明确的新文学的学科意识;1930年代,周作人、王哲甫、钱基博、伍启元、王丰园、吴文祺等各自独撰了不同样态的中国新文学史,1935年赵家璧主编的10卷本《中国新文学大系》更具有新文学史规模;1940年代,周扬、李一鸣、任访秋等也讲授过或书写过中国新文学史。然而综合以观,这诸多的新文学史几乎都没有明确而完整的学科界说,大多是附加式或断代式的新文学史而不是整体完满的现代文学史。若是说这些文学史与学科是并存的,或者先有学科框架后有文学史书写,那其界限却是含混不清的。只有到了1949年新中国成立后,中国新文学史才作为一个完整的学科法定下来,并以《新民主主义论》为其思想理论基础;在这个新学科意识的规范与引导下,出现了由王瑶、蔡仪、丁易、张毕来、刘绶松等书写的不同版本的中国新文学史,而这些新文学史无不是先有学科后有文学史的“遵命”书写。

书写实践反复证明,中国新文学史作为一个人文学科,虽然有其独特的功能与特点,但是它的局限性极为明显;尤其随着极左政治思潮的主宰越来越政治化,到了10年“文革”,这个学科可以容纳的现代作家作品几乎都被挂上封资修的政治黑牌,一扫而光。尽管经过上世纪70年代末80年代初的“拨乱反正”,清算了“左”毒对中国新文学史学科的伤害,恢复了《新民主主义论》的主导与规范;然而1980年代初期掀起的新文学史书写热潮中生产出的大量文本,并没有摆脱政治化的羁绊而纳入真正的学术轨道,新文学也没有恢复其现代人学特质,既定的机械而主观的阶级论和绝对正确的“唯我独革”、“唯我独左”的一元化政治意识,仍然禁锢着、盘踞着中国新文学史学科。直至学界对五四文学革命由无产阶级思想来领导的权威论断提出质疑与商兑,“重写文学史”的口号得到普遍认同,“20世纪中国文学”的学科观念在书写实践中见到成效,以及人性论、人道主义、启蒙主义、现代性、民主自由理性等普适性的思想理念成了合法的思潮；这样才使人性、人道、启蒙理性、现代性等思想，置换了中国新文学史学科固有的以阶级论为基石的新民主主义思想主魂，而且由民间到官方逐步确立了“20 世纪中国文学”学科范畴。虽然后者的出现并未取代前者的地位，中国新文学或现代文学学科与 20 世纪中国文学学科都在通行通用，同时学科意识无不发生变异；但是这两个学科固有的时空上的局限性只靠自身的调整或完善功能是解决不了的。即使把中国新文学或现代文学学科的时空界限上溯到晚清下延至当下的新文学，也不能涵纳现代中国的所有文学形态或系统；即使把 20 世纪中国文学学科的时空维度在横向上扩展到可以包括所有样态的文学，而在纵向上的百年世纪也容纳不了 21 世纪的中国文学。因此就是不言及其他仅仅从时空的局限来看，这两个学科都不是全方位研究或书写现代中国文学史的最科学最理想的学科，必须更换或重建新学科范畴。

相比较而言，笔者认为现代中国文学作为学科范畴，既能解决中国新文学或现代文学学科和 20 世纪中国文学学科的局限性，又能适应现代中国文学史研究或书写的自身要求和改革开放时代的客观需求。“现代中国文学”这个提法早已有之，上世纪 30 年代初钱基博曾写过一本《现代中国文学史》，此后特别是新时期以来，屡见这种提法；但是认真考察之却发现，它并没有作为一个学科范畴来论证来使用，所指涉的“现代中国文学”仍是新文学或现代型文学，而不是现代中国的所有形态的文学。2002 年笔者是把“现代中国文学”作为一个学科范畴正式提出并对其优长与功能给出详细论述，[①]此后对这个新学科在理论上不断探索而在实践上也做了多次尝试，《现代中国文学通鉴》的撰写与出版则是最重要的尝试成果。理论与实践都在证明，“现代中国文学”作为一个学科范畴，不论其时空的长度、宽度和高度都完，全适宜于对现代中国文学史的全景观的研讨与书写，它的优长至少有：一是“现代中国文学”学科的建立是以“现代民族国家想象”及其实践为强大思想支柱，既不是进化论、阶级论又不是启蒙理性；而是中国的“现代民族国家想象”及其实践。它肇始于晚清维新变法，中经辛亥革命的中华民国建立及其演变，直至中华人民共和国成立后所经历的苏式社会主义阶段和具有中国特色社会主义阶段。虽然这三个不同历史时期所建立的社会政治制度有质的差异，但是在把中国的传统封建皇权至上王国变成现

① 朱德发：《重建“现代中国文学史”学科意识》，《福建论坛（人文社会科学版）》2002 年第 2 期。

代化的民主国家方面却有其趋同性；因此可以说，这一百多年是中国走向全面现代化的过渡时期，现代中国的所有的文学创作、文学思潮流派乃至文学运动无不伴随着中国现代化的艰苦探索、实验的曲折历程而生而行，致使现代中国文学无不染上过渡时期的交叉性、错综性、纠缠性、复杂性色彩。以现代国家观念为基石建立起的“现代中国文学”学科框架，可以突破以二元对立思维为认知结构所规定的新与旧、古与今、中与西、土与洋、左与右相互对峙以及汉族与少数民族之间的带有偏见的界限，将现代中国这个多民族的大家庭所生产出的所有形态的文学都作为同构同等的研究对象或书写对象；固然新文学或现代性文学是所有形态文学中的研究或书写重点，但它不能遮蔽或取代对其他形态文学的研究或书写，只要是生成于现代中国这片沃土上的所有样态的文学，哪怕是现代中国人移民到他国创造的反映故国生态与心态的文学也应属于现代中国的文学，这就是现代中国文学学科固有的功能特长。二是“现代中国文学学科”对于能够纳入研究或书写的所有文学对象，不论是原定的新文学或现代文学，汉民族文学或各少数民族文学，或者原定的通俗文学、古体文学，民间文学或翻译文学，台港澳文学或华人文学，都要一视同仁地平等对待，既要消取阶级的、党派的政治偏见又要清除狭隘的地域的民族的偏见。因为它们都是现代中国在不同的历史阶段或不同的民族或不同的区域或不同的文化生态创造出的文学，其差异性极为明显，这正反映出现代中国文学的多元性；而其趋同性也是有迹可寻的，这正表明现代中国文学的现代化目标是一致的。所以对待所有形态的文学，作为研究者或文学史书写者来说，务必要有一颗公正公平之心，务必要坚持实事求是的科学态度。但这并不是说，纳入现代中国文学学科的所有形态的文学，其思想艺术价值和文学史地位，就没有高低之分优劣之别了。至于应该持有何种价值观念来研究或书写现代中国文学史，这是值得深入探讨的问题。三是“现代中国文学学科”范畴从时空维度上显示了“上可封顶、下不封底”的优长，即上可与古代中国文学对接，下可随着现代中国文学的演化不断延伸，直至中国社会与中国文学同步地实现终极现代化目标而终结；而在横向上它不仅包容了不同历史阶段生成的一切系统或形态的文学，并且与世界其他国家或民族的文学取得广泛联系。因此“现代中国文学学科”的功能特长，既合乎现代中国文学史研究或书写的诉求，也适应了 21 世纪全球化时代的需求；并且当下的中国，对于遵循“现代中国文学学科意识”来建构文学史文本，也提供了可能性。从时代需要来说，文学史的研究或书写应体现出“面向现代化、面向世界、面向未来”的“三个面向”的精神，人类的普世价值追求应该在文学史的研究或书写中得到呼应。所以只有按照现代中国文学学科规范研究或书写的文学史才能消除国家的民族的党派的不必要的偏见，消解以往坚持机械的二元对立思维模式造成的不同形态文学之间的人为隔膜，真正把现代中国文学作为一个整体来把握，积极参与全球化语境下国家与国家、民族与民族之间的学术交流和文化对话；而进行交流与对话的不再仅仅是中国的新文学或现代性文学，不再仅仅是中国新文学史或现代文学史文本，而是具有无限丰富性的现代中国多元文学，是现代中国全景观的文学史，这样才有可能适应“三个面向”的需要。从当下提供的可能性来说，其一学术性的文学史研究或书写已游离出主流话语的严格掌控，过去那种绝对权威的政治理论也不再是文学史研究或书写的必遵的“圣旨”，学者们可以根据研究或书写文学史的需求自由地选择文学史观、价值标准或叙述模式，因此那些普世的人文理念或价值观越来越得到尊重和运用，这种政治背景和学术生态有利于现代中国文学史的研究或书写。其二国家主流话语否定了“以阶级斗争为纲”，也解构了主观臆断的机械阶级论。改革开放以来的中国社会坚持以人为本，建立和谐的中国与和谐的世界已成为奋斗的目标，科学发展观成了现时代的最强音。这不只为现代中国文学史的重构提供了宽松的政治环境，也提供了可以运用的理论与思维范式，尤其以人为本的思想与和谐理念更适宜于中国多元文学系统的研究与整体和谐的文学史文本的建构。

其次要解决现代中国不同形态文学的价值评判

现代中国文学史书写不应是按照自然时序罗列史实或史料的过程，也不该是遵循时间先后排列作家作品的过程；而是依据众所认可的公正公平的价值观念或评价尺度对文学相互关联的三大形态（即文学运动形态、文学理论形态、文学创作形态）进行价值评判的过程。对于目前流行的纯客观的历史主义或自然主义的历史观，笔者是有不同看法的。有的学者认为，书写文学史就是梳理原始史料，只要把原生态的文学史料钩沉、挖掘出来，并按照自然时序予以整理，就是一部反映文学本来面目的原生态文学史。诚然这种文学史的书写追求是可贵的，但是值得质疑的是：这种所谓原生态的文学史能够建成吗？把原始史料排列起来就是文学史的“原生态”吗？以何种标准来判断这样的文学史是不是原生态？即使真的写成这种自然主义或纯客观的“原生态文学史”，那它的价值或意义究竟何在？若是以这种自然主义历史观去书写“十七年”或“‘文革’十年”文学史，只是运用原始史料把它梳理成政治化的文学史或者是“兴无灭资”的阶级斗争文学史，而对其所谓“政治化”或“阶级斗争”的专制主义实质或人妖颠倒是非混淆的荒唐内容不揭露不批判；那这样的纯客观的“原生态”文学史书写，不是对历史真相的展示，而不过是对其荒谬绝伦的惨无人道的历史本质的巧妙掩盖。因此笔者坚信文学史的书写过程就是价值判断过程，没有价值倾向的文学史是不存在的，即使果真存在也是毫无意义的。至于书写现代中国文学史所面对的文学对象是多元的也是驳杂的，究竟选取何种价值观念或评价标准既科学又适宜，这是值得考量和斟酌的。

对于文学的价值评判或文学史书写，曾有不少价值观念或价值标准被运用过，甚至一度成为某个历史阶段或特定范围内的普适价值观或批评标准。新与旧之于文学并没有价值的高低优劣的内涵，而在进化论作为主潮浸入文学领域的时代，则将其作为评判文学的标准来使用，至今仍有人认为新文学的价值高于旧文学（即传统文学），旧文学成为被贬抑的对象。这种新旧对立的观念既不能作为价值尺度运用，更不能成为书写现代中国文学史的价值观。政治标准第一，艺术标准第二，作为文学批评标准和价值评判的依据曾主宰中国现代或当代文学乃至古今中外文学研究或评判数十年，直到现在它仍是主流话语所坚持的；特别是官方所设立的文学艺术的审查管理机构将其视为主导价值标准，因此有不少创新型的文学作品或者能够在国际舞台上获奖的影视艺术被这个标准所扼杀或封死，并禁止与中国读者或观众见面。且不说“第一、第二”这个文艺标准悖离了艺术辩证法，就说这个“政治第一”不只是在文艺批评的实践中成了“唯一”，而且所谓“政治”概念的内涵与外延更是说不清了，究竟是真马克思主义还是假马克思主义政治，是独裁专制主义政治还是民主自由政治，是皇权主义政治还是民权主义政治，等等；但是在这个“政治标准第一”严密掌控中国现代文学的评论或文学史书写的特定历史时期，所说的“政治”却是专制政治压倒民主政治，非马克思主义政治冒充真马克思主义政治，至今有人还把“文革”的专制主义或假马克思主义政治作为“圣经”供奉着，或者在某些人坚持的“政治标准”中复活了。这对于当下文学批评实践也许是个危险的信号，但也是警示的信号，并不值得大惊小怪。既然现在的中国是个多元的文化时代，极左政治的死灰复燃也是正常的；只要它不能形成“燎原之势”，就不会影响文学批评或文学史书写的主导方向与大格局。显然,这个“政治第一”的文学价值标准不适宜于现代中国文学史的研究或书写;并且对此应采取坚决拒斥的态度,彻底消除其在文学研究或批评领域的遗毒。其实,不论文学批评或文学史书写,应提倡见仁见智各有自己的价值观,强调坚持统一的价值标准既不利于文学批评的活跃也不利于学术上的百家争鸣,还不利于个性化独创性文学史的研究或书写。既然如此,为何硬要解决现代中国文学史研究或书写的价值标准问题?与其以价值标准来规约书写主体的思想行为还不如放手让书写者各自选择或确定价值观去建构不同风格的现代中国文学史。在我看来,如果书写文学史是纯粹的个人行为又是书写学术型的文学史,所处的文化生态则是自由自在无拘无束的,那这种不确定众所共守的价值尺度让大家放手放胆放心地去研究或书写的方式,是合乎学术规律的最佳方式,也是每个人梦寐以求的学术研究境界。应当说,目前研究或书写现代中国文学史所处的文化生态或政治环境比以前自由多了宽松多了,笼罩在人文学者头上那条无形的却随时可以显形的政治高压线也拆掉了;不过学术研究或文学史书写的自由度并没有彻底放开,即使“思想解放”也不是可以随意越界的,写成的文学史在正式出版时要通过出版机构或教育机构的把关,尤其当下文学史的书写多是一种集体行为,现代中国文学学科框架所容纳的文学形态或书写对象又可谓千姿百态。因此需要选择或确立一个带有普适性且能关注所有书写对象价值内涵的大家认可的价值评估体系,在与已运用的文学价值标准的比较中笔者曾提出建立“一个原则、三个亮点”的价值体系,①对此从理论上给出了力所能及的阐释,不再赘述;这里,拟对“一个原则、三个亮点”的价值评估体系作点补充说明。

所谓“一个原则、三个亮点”,就是以人道主义为最高原则,以真善美为三个亮点,把两者之间的逻辑关系打通而内在地联系起来,便构成了研究或书写现代中国文学史的价值评估体系。

为什么人道主义能够作为评判现代中国文学并书写其文学史的最高价值原则?人道主义向来是个有争议的或者可以从多维度进行解释的概念,甚至在现代中国历史进程的某些时期连续遭到批判,直至今天的政界或学界宁肯以人本主义或人文主义代之也不愿提人道主义,这种谈虎色变的恐怖心理是极左政治思潮统治时期留下的后遗症;因为人道主义与摧残人性扼杀生命的暴力主

① 朱德发:《现代中国文学史重构的价值评估体系》,《中国社会科学》2008 年第 6 期。

义、兽道主义、鬼道主义、神道主义是相对的,始终与法西斯专制主义为敌,所以越是肆无忌惮地推行专制主义或神道主义以在意识形态领域实行全面专制,不仅作为世间本位的人越是失去做人的权利、资格和价值,时刻面临着生命的危险,而且与人的生存、生命、命运攸关的人本文学也遭到无情的摧残。尽管这种压抑人性扼杀人性灭绝人性或蔑视生命摧残生命的时代已经过去,现在已进入解放人性张扬人性敬畏生命爱护生命的新时代;但是能否畅通无阻地在社会的各个领域坚持人道主义最高原则恐怕阻力仍不少。实质上中央提出的"以人为本"思想,就体现了以人道主义为一切原则中的最高原则的精神,至于现代中国文学研究或文学史书写以人道主义作为最高价值原则的理由则更充分也更容易理解:其一,文学是人学,这是文学之所以成为文学的特质规定,不论现代中国的何种样态的文学都属于人学范畴,若是缺乏或者没有人学特质那就不是文学而是非文学,它对于人的生存发展是毫无意义的也是没有任何价值的,所以文学必须有人气有人味有人情有人魂;因此,这就要求以人道主义为最高原则来透析或判断文学是否具有人学的特质及其人学内涵的多寡、优劣和真伪。其二,文学是人创造的,是写人的,又是写给人看的,这就构成了创作主体、对象主体、读者主体三者相互联系的结构整体,而这三位一体中每个主体都是人,不是个体的人就是群体的人;所以文学乃是以人为本的文学,不是"神本或鬼本"文学,即使有的文学写了神、写了鬼,甚至写了其他动植物等,也是人格化的神或鬼,是创作主体以人的思想情感和拟人化的手法去写的。只要它们符合人道主义美学原则,那就是属于人的文学范畴。这里值得注意的是,对于三位一体所构成的人本文学而言,其任何主体失去或者弱化了,那也就称不上健全的人的文学;特别是创作主体的灵魂不是人道而置换为神道、兽道或鬼道、魅道,实际上也就丧失了人学的特质,因而这种文学就更不算人的文学,而是非人的文学。其三,不论生成于现代中国的何种体式或形态的文学——新文学也好,旧体文学也好,民间文学也好,少数民族文学也好,都要写人性讲人意表人情,甚至也要开掘人的潜意识或集体无意识,究竟这各种样态文学所蕴含的人性、人情、人意以及潜意识、生命意识是否属于"真人"的,或者写得是否丰盈是否有深度,全赖人道主义最高原则去探察去衡估去评判。虽然人道主义有各种形态也有不同层次的含义,但是以人为本以人为上、尊重人珍惜人、敬重生命护佑生命却是它的核心内涵,任何形态的人道主义都是唯人主义,因而皆不能出离其核心。正是以这种具有普适意义的人道主义作为美学的最高原则,方可超越民族的、阶级的、党派的、地域的局限,以一种无偏见的公正公平的学术视野去审视考察辨识现代中国所有文学系统或文学形态,将那些具有人学特质和人道主义灵魂的人的文学选择出来,纳入现代中国文学史的书写框架,给出较为合理的安排和较为公平的评价。

若说人道主义是研究或书写现代中国文学及其文学史的最高原则,那么与人道主义密切关联的真善美则是其具体原则,即研究或书写的便于操作与运用的具体价值标准;由于真善美在文学中尤其文本中的外在样态上能够鲜明地甚至耀目地呈现出来,而且是感受并判断文学本文的可以触摸的显豁标志,故而称其为文学价值评判的"三个亮点"。为何把人道主义作为最高原则、真善美作为具体原则,即前者是最高价值准绳、后者为切实价值标准,能够构成一种逻辑谨严的现代中国文学的价值评估体系?这是因为:其一,作为最高原则的人道主义主要考量并判定某种形态的文学文本或文学思潮流派或文学现象或文学运动是否属于人学范畴,尤其是文学创作从创作主体、对象主体和读者主体组成的三位一体结构的洞察中是否能确定其人本文学,从而剔除或排拒非人文学借着种种假象而混进现代中国文学研究及其文学史书写的框架。其二,若说人道主义作为最高原则对现代中国文学的审视与把握带有宏观的整体性,那么真善美对文学的透析或评判则是人道主义最高原则的微观化深细化。这是由于我们所说的真善美是人道主义烛照下的真善美,是人性最高境界的真善美,是人类终极价值所追求的真善美,所以人的文学所描写的人性的真善美,所表现的人生或社会的真善美乃至所展示的审美理想的真善美和人类所憧憬的真善美,都是人道主义的应有之义,文学中所表现的蕴含的真善美无不是人道主义内涵的具体显现。虽然上述两点可以说明人道主义与真善美并不矛盾而是有机地联结成一体,足以作为现代中国文学史研究或书写的价值评估体系;但是构建或研讨的现代中国文学史所面对的总体对象,不论其文学系统或文学样态,都是异彩纷呈错综复杂的,尤其是千姿百态的文学作品并没有把真善美作为鲜明的标签贴在各自的身上。因此,如何从驳杂缠绕的文学史研究或书写的客体对象,发现真善美进而评判真善美,以及真善美作为具体价值标准是否具有普适性公正性的功能,这是难以从理论上回答却又必须力求回答的问题。对于如何理解或发现文学的真善美,笔者曾做了粗浅的探讨与阐述①,并不想再赘

① 朱德发:《现代文学史书写的理论探索》,山东人民出版社 2010 年版。

述,拟重点探讨的问题是:

以真善美相互联结的美学范畴构成的现代中国文学研究或评判的价值标准,各有自身规定的价值内涵,而且也能够将三者对文学价值所关注的重点或特点及其轻重加以区分。如果真是文学的生命、善是文学的灵魂、美是文学的特性,那么它们蕴含文学其内或呈现文学之外而往往纠结胶合在一起,是综合性而非分离性的。因此文学作品越是从外到内达至真善美的和谐统一,三者结合得天衣无缝完美无缺,就越是优秀的作品,越是价值高的文学。然而这并非说所有的文学作品或文学流派都能臻至真善美和谐统一的审美境界,也不是说所有的文学结构的真善美的各自比例都搭配得那么匀称、结合得那么圆融;就其实际来说,审美境界有缺欠的文学作品多,真善美搭配不匀称、结合不圆融的文学作品亦不少。鲁迅说的"瞒与骗"的文学就是缺乏真的成分,那种所谓"唯美主义"文学既乏真的成分又欠善的内容,那种政治化或理念化的文学不乏善的内容却缺少真与美的成分,那种娱乐化的消遣文学也许真善美的含量都匮乏,对这一类文学尽管不能笼统地或武断地说它们不是"人的文学",但是其真善美未配搭好、内涵欠缺,即使进入现代中国文学史而成为书写对象,对其价值地位的评判也不会太高。所以现代中国文学史应重点书写的或给予较高评价和崇高地位的,应该是那些真善美达到和谐统一或真善美结合得较好的作家作品和文学流派。此其一。

不论何种形态或体式的现代中国文学,所反映的社会人生、所描写的文化生态或生命状态,以及所刻画的人性与表现的情感,都不能是完全的或纯粹的真善美及其和谐统一,往往是真善美与假恶丑混杂在一起的,或者没有达到和谐统一。这不仅因为从理论上说真善美与假恶丑是辩证的对立统一,相互之间既依存又对立,在一定条件下尚可互相转化;而且从实际上看既不存在至真、至善、至美的人性人情,更不存在真善美和谐统一的社会人生和文化生态。诚然文学的营造或创作可以在想象或虚构中描写理想化的人性、人情、人生或尽善尽美的自然生态、人文生态乃至人类社会,甚至构筑真善美的天堂世界;但是由于它们缺乏真实的品格和牢固的根基,故而成为可望而不可即、可赏而不可信的乌托邦,这不仅弱化了文学作品的审美感染力,也降低了其艺术生命力。因此不管评判什么形态或格调的文学作品,首先必须崇尚"真"的价值,写实的浪漫的象征的荒诞的甚至虚构的想象的文学,哪怕再善再美,只要缺乏了真也会失去其应有的价值或意义。当然这里所说的"真"是作为美学形态的文学作品的真，是与善美两个价值范畴和谐统一为一体中的真，它是实实在在的客观的真与合乎艺术逻辑和审美法则的主观的真相契合的辩证统一的真，是文学本文蕴含的内在的固有的真与接受主体所能感受体验领悟的真相吻合相共鸣的真。但是这样的“真”，往往是真善美与假恶丑相互纠结相互交织在人性、人情、人意、人生乃至文化生态、人类社会，而借助各种文学形式或艺术世界，得以最为复杂最为深微的直接或间接的反映或呈现。因而展示在读者或接受者面前的文学作品，有的是真善美与假恶丑两相对立地存在，易于辨明易于把握；有的则是真中有假假中有真、善中有恶恶中有善、美中有丑丑中有美，混杂在一起，难以辨识清楚；甚至在动态的情境或嬗变的生态中，人性、人情、人生乃至社会里的真善美与假恶丑借助特定的主客条件相互可以转化。文学作品所映现出的这种错综性缠绕性复杂性也许才是最真实的人性、人情、人生和社会，这样的文学作品方可视为富有思想价值内涵和审美意蕴的诗性境像。此其二。

对于现代中国文学的各类作品是否有价值及有多大的价值或意义，不只是要分析它们各自蕴含了或描述了多少真善美，以及人性人情人生和社会中混杂的真善美与假恶丑是怎样叙写与表现的，并且要洞察创作主体对所描述或表现的真善美或假恶丑坚持何种美学态度与价值立场，这也是评判不同形态文学进入现代中国文学史框架有何价值意义的重要维度。凡是属于人学范畴的文学作品，不管是何种体式或形态都程度不同地浓淡不一地蕴藏着真善美或假恶丑的内涵，然而并非文学作品只要具有这种内涵就称得上有价值或意义含量的文本，关键在于创作主体是否站在人道主义立场上去感受去认知其于文学作品中所描述所表现的真善美或假恶丑，合乎人道主义最高原则的是真正的真善美，悖离了人道主义原则的无疑是假恶丑的东西，前者对人的生存发展是有价值的；而后者只能有害于人的生存和发展。因此立于人道主义立场所感知的真善美，站在反人道立场则会把它视为假恶丑；反之也是这样，立于反人道立场认定是“真善美”的，站在人道立场上却要判定它为假恶丑。而对于那种自然主义或新写实主义的文学作品，创作主体的价值立场并不明显，甚至有的作家自诩是纯客观的或零度感情的写作，似乎难以察觉其特有的价值立场；所以这样的文学作品里蕴含的真善美或假恶丑不易发现其是合乎人道还是反人道，有价值或无价值亦难以判断。对于这类文学作品的解读和评价，必须有一种烛幽发微的钻研与洞察精神，不要轻率地给出价值判断。与此紧密相连的就是，不仅要辨清创作主体站在人道主义立场上于作品中所写或表现的是否是真正的真善美或假恶丑，而且更应当细察创作主体是否持有人道主义美学态度，对真善美给予肯定和褒扬、对假恶丑予以否定和鞭笞，以及是否深切真实地揭示出真善美与假恶丑在特定的情境和条件下相互转化的过程和作者对这种转化所流露出的价值倾向。不过，创作主体在文学作品中对所描写的真善美或假恶丑所持的肯定或否定、赞美或贬斥的评判态度，越是那些优秀的作品或经典文本越是隐藏的深微，甚至不露痕迹；因此，作为研究或评判主体，对于这样的文学作品，要给出切实中肯的评论，最重要的是充分发挥自身的敏锐细致的发现逻辑机制，将文学王国里隐匿的被创作主体肯定的赞扬的真善美的价值内蕴发掘并揭示出来，与自身所坚持的真善美价值标准相对照，从创作主体与研究主体对真善美的体悟与认知的契合程度上给文学作品的价值意义以恰切的判断。此其三。

再要解决现代中国文学史书写的以史为鉴问题

不论于何种学科框架里书写文学史，都是一种有目的有诉求有倾向的历史叙事，这不仅因为文学史书写大多是体制内的党派或国家行为，即使个人化的文学史书写也不是毫无意图的。况且文学史书写的客观依据或原始史料，不是作家或诗人的有意识的文学活动就是作家或诗人有所感有所思而创造的不同文本，特别是在阶级或阶层对立森严的社会，不管立足于何阶级何阶层的作家或诗人，也不管何种体裁何种样态的文学作品，都有或隐或显或强或弱的倾向性，就是那些自命超越一切功利的作家的作品也会从其社会效果上流露出倾向性。尤其纳入现代中国文学学科范畴的作家作品、社团流派、文学思潮、文学运动乃至一切文学现象，它们作为建构文学史的客体或史料，其本身的政治倾向或思想情感极为复杂也极为深微；而书写主体更是自觉地坚持人道主义最高原则和以人为本的文学史观的核心理念来构建现代中国文学通史。因此从主体与客体两个相互联通的维度所做的上述考略，足可说明文学史的书写是一种有目的有企图的历史叙事，而现代中国文学史的书写就是要做到以史为鉴，这是意图也是目的。

书写现代中国文学史，怎样才能达到以史为鉴之目的？

从书写主体来说，至少应做到：自觉反思。既然文学史构成的客体或主体都有倾向性，那么文学史的书写或重构就不能采取纯客观的所谓"历史化"的态度或写法，企图建构一种不带任何主观色彩的显现历史本来面目的原生态或原汁原味的文学史；虽然这种学术追求是纯正美好的，也是历代治史者不断言说的理想，但是通过书写实践的反复尝试或验证却没有出现一部这样的文学史文本，只能说这是文学史书写难以企及的美好憧憬。由于文学史构成的主客体倾向性的复杂，因此欲达到以史为鉴则必须强化书写者的反思意识，即以人道主义最高原则为准绳对各种倾向特别是政治倾向进行批判性的反思，切实地严正地鉴别判定何种政治倾向有助于人本文学的建设和发展，即弄清哪种政治倾向是人本文学的内在属性，哪种政治倾向则是硬加的，哪种政治倾向已损伤了人本文学的内涵乃至异化了人本文学的特质。现代中国文学从维新变法运动肇始直至21世纪当下，经受了多种政治思潮的冲击和浸染，实践证明不少政治思潮适宜于人本文学的营造与发展，唯有极左政治思潮肆无忌惮地摧残毁坏人本文学，并以惨无人道的政治暴力和专制手段把现代中国文学驱进非人化的死胡同。虽然上世纪80年代曾以“拨乱反正”的名义对文学艺术领域的极左政治做过清算，中国当代文学史或20世纪中国文学史的书写也有所反思；但由于政治改革的迟缓或滞后于经济改革，一些“左”的东西在不少领域死灰复燃或重新抬头，特别是在文学领域，作家们不能大胆地自由创作，学者们不能毫无顾忌地进行学术研究，至于书写文学史也成了不敢触及的极度危险的“政治高压线”。因此重构文学史，若是缺乏自觉的反思意识仅把那段极左政治控制的文学史“客观化”地实录下来，既不批判又不反思，是非混淆，人妖颠倒，只承认这是段“政治化”的文学史书写，这有何意义？怎能做到“以史为鉴”？难怪极左思潮的沉渣泛起，敏而迎击者寡，这与我们对极左放松警惕不敢反思不无关系。

书写文学史不是罗列文学现象，也不是堆积作家作品，对文学现象或作家作品的生成演变，必须追根溯源，这样才能使文学现象或作家作品进入文学史并成为其结构的有机组成部分。不过，这里所强调的追根溯源其意义不限于文学史文本的构成，而是突显其对于文学史能达到以史为鉴所可能起的作用；也就是在对文学史强化反思的前提下或基础上进行追根溯源，穷追到底，尽力把某种文学典型现象或某种文艺问题存在的根源彻查清楚，这也能增强文学史书写的深度。当然，这种追根溯源不是从抽象到抽象，止于空洞的议论，务必以史实为根据或者以史料为缘起，求真务实地探索根源。承上所述的极左政治思潮，为什么在某些历史区间对现代中国文学的损伤危害如此大如此深，至今仍有人恋恋不舍借机“翻案”？对这种极左政治思潮的社会根源、历史根源、理论根源甚至心理根源、阶级根源，我们并没有下大力气探察清楚，以绝后患；尤其现代中国文学史书写，对于这极左政治思潮的根源不去追查不敢追查，况且又缺乏历次极左思潮在文艺界兴风作浪的原始史料，档案不解密，这就影响了对文学史的深刻反思，更不能达到以史为鉴的目的。追根溯源，不能仅停留于文学史的宏观分析，更要从微观上对某些特异的文学现象或者大起大落的作家或者影响深远的文学经典，进行探赜发幽的研究，这不仅可以增强文学史书写的历史感和深度感，更能发挥切实可行的以史为鉴的作用。

文学史的书写要达到以史为鉴之目的，有意识地探求并发现文学生成发展规律亦是治史者孜孜以求的。记得上世纪70年代末80年代初兴起的书写中国现代文学史热潮中，几乎所有主编或参与文学史建构的学者十分重视对文学规律的认知和探讨。有的是从文学与政治的关系中寻找规律，有的是从文学与文化的关系中去洞察规律，有的是从文学本身去发现规律，也有的是从中与西、古与今等文学的纵横关系中去揭示规律，等等。一言以蔽之，可以从不同角度不同层次去探求文学规律，而且文学是有规律可循的。后来文学史的书写受到后现代解构主义思潮的影响，科学理性及其方法论受到挑战，甚至认为文学的生成发展是偶然的无序的，根本没有客观规律，即使说它有规律也是主观臆断的；因此这不能不影响书写现代文学史对规律的自觉探求。但是笔者始终认为文学史的生成是有规律的，有的规律在显层次，有的规律在隐层次，也有的规律或隐或显，没有规律就没有文学的生成发展。因而没有规律也就没有文学史，从宏观上能够发现规律，中观上能够洞见规律，从微观上亦可以探寻规律，只有发现规律揭示规律的文学史书写才具有借鉴的价值和启迪的意义。就现代中国文学史来说，宏观审视它是个多元并存共生的文学结构，相反相成相激相荡的悖论所生发的张力是推动现代中国文学生成和发展的内在机制与不竭动力，这可以视为它的规律；现代中国文学的生成与发展内不失固有之血脉外不拒与其他国家民族文学之联系，它是在文学世界化与民族化相互变奏的互动规律中运行的，这也可以视为现代中国文学的演变规律；民主化政治生态有利于作家创造潜能的挥发和人本文学的健全生成与发展，专制化政治生态有害于作家创造潜能的挥发和人本文学的健全生成与发展，专制化政治生态有害于作家的独创意识和有毁于人本文学的生存，这也是现代中国文学运演过程中显示出的规律；文学思潮越活跃，作家创作交流越频繁，越是能够形成不同美学风格的文学流派，这是现代中国文学嬗变中显示出的规律；怀有强烈功利目的的作家，既缺乏中外文化涵养又没有深切的生活体验和生命感受，绝对创作不出传世的精品力作，唯有那些忠于艺术、敏于创新、学养深湛、技艺高超，又对生存生活生命有独特感受的进入忘我境界而潜心创作的作家，才能营造出无愧于时代、有益于人类的文学经典，这也是公认的文学创作规律。如果现代文学史的书写能够在求真务实的书写过程中不失时机地揭示文学生成和发展规律，那它的以史为鉴的作用定会得到最大限度的发挥。

任何形态文学史的书写或重构，既受惠于主体所置身的时代，又受限于其所生存的时代，因此现代中国文学史的书写只能是当下时代的实验品。不管把现代中国文学史写成什么样态，它苦苦追求的都是“史为今用，以史为鉴”。上述所强调的书写现代中国文学史务必做到“自觉反思”、“追根溯源”、“探求规律”旨在深化它的“当代史”的意义。

草于2012年9月3日

（原载《山东师范大学学报》2013年第1期，《人大复印资料》2013年第6期全文转载）

现代文学史书写在突围解惑中创新趋优

——治学修史的粗浅体会

从学科意义上说，中国现代文学史建构已历经60多年，一代代学人为此毫不吝惜地献出青春和才华；尽管在历史的曲折中不知浪费了多少青春和才华甚至付出生命代价，但是中国现代文学史学科毕竟建立起来，它以独特的学术风姿屹立于诸多学科群之中。

60多年现代文学学科建设史作为一条生命链，曾被"文革"斩断过十年之久。我们这一代学人踏入学科建设工地时，面临的主要任务有二：一是修复或衔接已断裂的现代文学史学科建设的历史链条，通过"拨乱反正"把现代文学史学科纳入所谓"正"的轨道；一是突破在不正常的政治气候下为现代文学史学科建设设置的重重包围和层层禁区，以"解放思想"为火炬重燃书写现代文学史的学术激情。然而在我看来，上世纪50年代的学人是乐观顺从的一代，营造了"遵命"型的中国现代文学史，有的后学者视它为中国现代文学史的"经典"；90年代涌现出的新生代学人是自由奔突的一代，尽管它们有点浮躁狂浪，但在探求着富有个性色彩的现代文学史；而我们80年代这一代学人则是激愤忧郁的一代，带着一种青春被毁才华被摧的恼恨激愤心情在中国现代文学史学科建设的废墟上左突右冲，力图在重重禁锢与包围中杀出一条生路，把中国现代文学史书写引向一片新天地。虽然我们"突围"后在恢复现代文学史学科建设和新文学史书写过程中，孜孜不倦地开拓，勤奋地写作，使学科建设有了惊人的发展；但是反观自己30多年现代文学史研究与写作所走过的道路，却使我倍感困惑。而困惑最大的，不是发现了不少现代文学史写作是在重复生产，是在变相复制，是在浪费宝贵年华；乃是冲出重围后又陷入包围，可谓"一山冲出一山栏"，总觉得砸不断手脚上的镣铐，拨不开思维眼界上的迷雾，进入不了渴望已久的自由王国。若是问我30多年来研究并书写中国现代文学史的主要经验教训是什么，一言以蔽之，在突围中困惑，在困惑中力求创新趋优。

突破"反智论"的重围,回归文学史的学术本体

"反智论"译自英文的 anti-intellectualism,又译作"反智识主义"。本文所运用的"非智因素"是从"反智论"引申出来的,仅仅是一种"非智因素",还未达到"反智论"的严重程度。据余英时的解说,中国语言中没有"反智论"这个名词,但"反智"现象却普遍存在于一切文化之中,故很难给"反智论"下一个清晰的定义。因为它并非一种学说或一套理论,而是一种态度,一般地说它包含两个互相关涉的部分:一是对于"智性"(intellect)本身的憎恨和怀疑,认为"智性"及由"智性"而来的知识学问对人生皆有害而无益,凡抱有这种态度的人我们可以把他叫作"反智性论者";一是对代表"智性"的知识分子表现出一种轻鄙以至敌视,凡是采取这种态度的人我们称他们为"反知识分子"。其实"反智性论者"和"反知识分子"之间只是在概念上有所区别,而在实践中两者是难以分辨的。① 笔者对中国现代文学史书写中非智因素的探察,尽量将"反智性论者"与"反知识分子"两种反智态度相结合,寻求其踪迹和主要表现,进而将现代文学史的书写真正纳入学术本体的轨道。

"反智论"对中国现代文学研究的冲击与伤害逮及"文革"达到登峰造极,学术成果被扫进垃圾箱,研究者被无情批判;"拨乱反正"后虽然"主智论"将现代文学研究导向活跃开放的学术轨道,研究客体或研究主体皆获得解放,受到社会的尊重与关注,仿佛重新找到了各自应有的价值定位,现代文学史的书写似乎也回归学术本体。但是"反智论"的阴影并没有完全散尽,非智因素组成的有形或无形的网络或隐或显地笼罩于现代文学研究的方方面面,甚至在近 30 多年的某些历史区段大有"死灰复燃"之势,如借口"清除精神污染"向现代文学研究的知识成果及其研究者"兴师问罪",再如自商品大潮袭来人文科学知识及人文知识分子的社会地位与学术价值遭到贬抑,等等。尽管这种"反智"因素没有形成大气候,及时得到匡正和扭转;然而形形色色的非智因素对于中国现代文学研究所形成的重围却不是一朝一夕能够清除的。笔者在《中国现代文学史研究的非智因素》②中对此曾作过这样的分析:中国现代文学研究总是过分强

① 余英时:《中国思想传统的现代诠释》,江苏人民出版社 1989 年版,第 63 页。

② 本文编入《朱德发文集》第 5 卷,山东人民出版社 2014 年版。

调为现社会现时代服务的急功近利目的,这本身似乎就含有非智因素。如果说一般意义的现代文学研究的目的要求中的社会功利色彩尚能随着“主智论”思潮的日益强化而逐步淡化,非智因素将会日趋减少;那么作为当代大学教科书的中国现代文学史书写的总目的则鲜明地体现出主流意识形态的政治路线和方针政策对高层次人才培养的目标要求,强调突出现代文学的思想性、政治倾向性,首先把中国现代文学史作为向大学生、研究生进行爱国主义教育、革命传统教育、集体主义和社会主义教育的育人教材,其次才是学习现代文学知识的智性要求。这种重功利重教化的中国现代文学史研究与写作,近 30 多年始终主宰着大学的现代文学史的教学,凡是教育机构认准的中国现代文学史教材无不体现出这种强烈的政治目的和育人要求。作为教材型的中国现代文学史的写作与教学不是说不应该有育人的目的,也不是说不应该重视其思想性,问题的关键在于现代文学史既不是政治课又不是德育课而是地道的专业知识课,何况它又不是一般性的知识型专业课,乃是具有独特审美特征的现代文学史知识课。因此,对现代文学史或作家作品的教学与研究首先应突出其审美性、知识性、学术性乃至美育目的,必须充分发挥教师在传授现代文学专门知识、学问真理及审美经验审美理想过程中所起的特殊作用,以独到的专业优势来确证教师的独特地位和价值。当然作为学生更要从“智性”的高度学习并掌握中国现代文学的系统知识与研究成果,从知识的猎取中和审美的感受中潜移默化地而不是强硬灌输地获得情感的陶冶、灵魂的净化和思想的升华,即使对现代文学本身蕴含的政治意识、道德意识、思想意识的吸取也应首先从知识层面把它们的原则原理弄清楚然后再从世界观的层次决定取舍,也就是说从现代文学史中选择或种思想意识以确立或强化自己的世界观必须以充分的学术知识为根据,尽力减少盲目性,提高自觉性。如果一味地强调教材型现代文学史的写作与教学的政治教化作用而将智育置于次要地位,如果不能在现代文学史的教学与研究中把悦人与育人的关系辩证地理解好处理好,那不仅不能削弱或根除中国现代文学史写作与教学中的非智因素,使其总是摆脱不了政治化的现代文学史的规范,而且将继续影响重构现代中国文学史的学术水准及其教学质量的提高,难以塑造现代文学史教学与研究在大学中的新的智性风貌和学术风貌,致力于现代文学史研究与教学的专业教师的地位和价值也难以得到学校乃至整个社会的公正对待与尊重。

因而,笔者认为进入学术本体视野的中国现代文学是一种人文科学的研究对象，它既是一个情感意识系统，又是一个审美理想系统，也是一个知识文化系统，如果没有后两者就没有现代文学的独立存在，只有三者的有机地完美地融合才能构成中国现代文学独特的审美科学体系，即使这个审美科学体系所蕴含的政治思想因素、伦理道德因素或宗教意识因素等也是经过创作主体审美意识的过滤、选择和升华的。总之，不管中国现代文学的结构系统多么复杂、多么深邃、多么错综，作为学术研究对象都应该重视它的“智性”研究，发现其原创的审美知识结构、独特的美学特征、科学的艺术规律、丰富的人类智慧以及含有真理性的思想意识，以获取智性的学术成果，尽力排除非智因素对现代文学研究及其文学史书写的渗染。然而从智性的视野来研究探询现代文学，既不是否定其应有的意识形态性又不是忽视其思想内涵的发掘，而是力图把现代文学这种特殊审美意识形态的思想内涵或文化意蕴真正纳入知识学术范畴进行学理性考察与评判。无论何种思想意识和文化思想是不是具有真理性科学性，都应有丰富而充实的知识作底蕴，不能单纯地以意识形态的阶级性作为价值尺度，似乎只有所谓“左翼无产阶级文学”或工农兵文学的思想内涵才富有真理性，只有这两种形态文学的知识才是科学知识；不过学术研究实践与文学活动实践已充分证明这是政治意识形态所导致的阶级偏见。其实，科学知识、思想真理、智性学问等，并不是这个阶级或那个阶级、这群人或那群人、这个人或那个人的“专利”，也不是这个阶级的文学或那个阶级的文学、这个政治集团的文学或那个政治集团的文学所独有，具体到中国现代文学系统应是各种各类文学形态里都或多或少或深或浅地蕴含着，它们是所有参与现代文学建构与推动现代文学发展的知识分子的创造性智慧的发挥和艺术才华的展示，也是中国人乃至全人类的智慧结晶和知识结构的组成部分。因此，如果治史者或文评家能够下一番探赜发微的研读功夫，那就可以发现中国现代文学系统中的丰富多彩的智性因素不仅仅涵括在所谓“左翼文学”、“工农兵文学”和“十七年文学”里，而且也蕴含在“五四文学”、“20年代文学”、“自由主义文学”、“新时期文学”乃至通俗文学里，甚至后者的智性因素比前者更充盈更丰实更富价值内涵。

只有突破“反智论”的围困并逐步清除中国现代文学研究及其文学史书写中的强加上的非智因素，不论是文学运动形态、文学理论形态、文学流派形态，文学创作形态乃至参与或主导建构中国文学史整体系统的各种色彩的知识分子作家诗人和文学批评者，都才有可能回归其主智的本体地位，即被书写的现代文学史的审美客体真正恢复了本体面貌。只有越来越多的现代文学创作主体能以智者的身份进入文学史建构，特别是修史者可以自觉地立足于学术立场以学术眼光来对待并评述被纳入文学史书写的文学客体与创作主体，这样才有可能排除非智因素的干扰而书写出学术型的创新趋优的中国现代文学史文本。即使书写的文学史达不到极高的学术境界也能在突破“反智论”排除非智因素的过程中，解放越来越多的现代作家作品乃至文学思潮流派，使它们都能以智性的本体姿态进入现代文学史书写的选择范围。当下现代文学史研究或书写的对象几乎可以涉猎近百年出现的所有作家作品以及一切文学现象，这不只大大拓展了现代文学研究的领域，大大增加了现代文学史书写的信息资源，而且这本身就是现代文学研究及其文学史书写在内涵上在实证上的最丰厚的“创新”。

尽管仅仅从现代文学史书写的角度来探析近30多年非智因素的清除是远远不够的，然而从中却可以管窥出它有利于21世纪现代中国文学研究及其文学史书写跨入“智性”的新境界新层次的可喜趋向：整个社会文化氛围由非智或反智倾向已转换为主智主义风尚；学术探讨由一家独鸣逐步向百家争鸣转换，似乎个人的声音越来越响；主体思维已突破大一统思想的禁锢，由一元向多元转换，民间话语已压倒“公共”话语；“知识无用”已向“尊重知识”、“知识就是力量”转换；人文知识分子的地位与价值已摆脱了“皮”和“毛”的关系，越来越受到社会的尊重和关怀；文化体制管理与监控越来越松动，越来越民主，有限的学术自由已向更大限度的学术自由转换。

解开思想困惑，更新文学史观

近30多年的现代文学史书写是个不断突破“反智论”或清除非智因素的过程，同时亦是个书写主体不断解惑调整或更新文学史观的过程。前者的“突围”或“清除”将现代文学史书写纳入主智的学术轨道，为文学史书写的创新扫除了障碍，提供了新史料，恢复了学术本体，即使我们把它也视为一种“创新”，可它并不是现代文学史书写创新的关键所在；文学史书写创新的关键只在于文学史观能否不断解惑不断调整或更新。从决定性来说，有什么样的文学史观就能书写出什么性质的文学史，有智性的文学史观就能书写出智性的文学史，若文学史观充斥非智因素那写出的文学史就不是地道的本体文学史；所以现代文学史书写能否达到创新趋优的学术境界，文学史观的更新至关重要。特别是现代文学史研究与写作谁也不满足最后的成果形式是鲁迅所批评的“资料长编”，必须要从文学史料的实证性升华到思维的超越性，并从中获得一种独特的“史识”或思想，确立一种创新型的文学史观。黑格尔曾说：“思维之超出感官世界，思维之由有限提高到无限，思维之打破感官事物的锁链而进到超感官界的飞跃，凡此一切的过渡都是思维自身造成的，而且也只是思维自身的活动。如果说没有造成这种过渡或提高过程，那应说是没有思想。”[①]文学史研究要经过这样一个由感官世界到超感官世界的飞跃方能获得“思想”，而“思想”恰恰是文学史观的核心和支柱；可以说“思想”深化和辐射的就是感性思维、知性思维和理性思维相激相荡交互作用而形成的文学史观。从特定意义上说，没有文学史观就没有文学史的书写，没有创新的文学史观就不可能写出具有创新品格的文学史。

对于现代文学史研究或书写主体来说，必须重视文学史观的调整或更新，而调整或更新的文学史观在现代文学史的写作实践中至少应呈现出这样的特质和功能：一是它由新文学史料的感性世界升华出来的理性“史识”，能与感性世界的客体结构相吻合，它决不是主观臆造的；二是它作为文学史的思想支柱来自一个科学的理论体系或者是新发现的具有真理性的“史识”，并且富有穿透力强、涵括力大的方法论功能；三是它既符合对现代文学史在纵向上具有过程性、转换性、可变性等特征予以考察与描述的需要，又切合对文学自身审美品格及其内在规律进行揭示与阐释的要求，也适合对现代文学史在横向上与社会文化系统具有相关性、层面性和联系性等特征予以透视与论析的需要。1980 年代初“拨乱反正”，我们这代学人怀着义愤拆解了“以阶级斗争为纲”建立起的文学史观。除了政治上冲破极左思潮反智论的重围和禁锢，还从学理上批判了既无实事求是之意又无科学理论根据，全凭主观随意性曲解篡改中国现代文学史的荒谬文学史观；“拨乱”之后我们“反正”到以《新民主主义论》为思想纲领建构的中国现代文学史理念。虽然据此写出了一批现代文学史著作，然而研究实践反复证明，以这个文学史理念来书写中国现代革命思想史或革命文化史也许是科学的，而作为中国现代文学史研究它只能算一种理论模式却不是唯一的。这不仅因为它作为文学史观来书写中国现代文学史缺乏本体论的特质和功能，而且以“阶级斗争为纲”建构的新文学史论也是由它而引发至极端的。于是学界又进行冒险性的艰难“突围”，尽管在突破政治“经典”对现代文学史研究或

---

① ［德］黑格尔著，贺麟译：《小逻辑》，商务印书馆 1981 年版，第 136 页。

书写的禁锢过程中遭到权力话语的强硬干预和阻遏,但是争取学术民主、学术自由已成为不可阻挡之势。这次“突围”之后,我们作为过渡性一代,面对着“突围”后现代文学史研究或书写出现的新成果新气象,兴奋之余却陷入更大的困惑,越发弄不清书写中国现代文学史有没有科学的智性的文学史观。自己经常反躬自问:我认定的文学史观是否具有主智的科学品格?真正个性化的现代文学史书写还需要文学史观吗?这一连串的疑惑迫使我不得不在文学界或史学界寻求或探讨智性的创新的文学史观。

1980 年代中期后问世的中国现代文学史观不再受以前那种政治“经典”理论的限制和牵连,称得上“脱颖而出,别具一格”。然而对这些具有新意的文学“史识”是否含有主智性、科学性、真理性,我还是心存疑惑。诸如:或者书写现代文学史以“塑造国民灵魂”为核心文学史观,这固然能突现或涵括中国现代文学启蒙性的特征,但启蒙文学仅是中国现代文学史总体结构中的一种形态,其他的文学形态也是中国现代文学史重要的构成部分,故这种核心文学史观与现代文学史客体结构,不对应性大于对应性。或者以“启蒙与救亡相互变奏”作为现代文学中心“史识”,这个文学史观既可以囊括启蒙文学又可以涵容救亡文学,突出现代文学启蒙与救亡的两大文学母题及其它们之间的辩证关系;虽然它从主题学上揭示了中国现代文学的两大本质特征,不过这个只重视现代文学的内涵实质却忽略新文学的审美形式、美学风格以及那些非启蒙非救亡的真正具有审美价值或文学品味的边缘文学。或者以现实主义、浪漫主义和现代主义三大文学思潮交替流变为中心线索构成现代文学史观,这个文学史观的涵容性大于前两个,而且更贴近现代文学的智性本体。它是从理论形态和创作形态两个互渗互动的侧面把现代文学的演变纳入三大文学潮流,既展示出中国现代文学理论思潮鼓荡在先文学创作高潮在后这样一个特殊规律,又揭示出三大文学思潮始于齐头并进终于多元归一的独特流变轨程;但是这个文学史观也有明显的疏漏,不仅连续不断的文学变革运动和文学思潮论争难以容纳进去,而且也把三大文学思潮以外的文学支流里的作家作品排斥出去。或者以文学流派嬗变的纵横交叉顺序为主干构成现代文学史书写图式,这样的文学观被不少新编文学史所采用,它既能生动地展示中国现代文学史是一条文学流派极为活跃的生命链,又能从文学流派与文学流派的或对立或承续或交叉或递进的复杂关系中挖掘出现代文学史的诸多特殊规律,也可以使文学流派作为天然的艺术桥梁把作家作品与现代文学整体面貌自然地衔接起来;不过这个文学史观也有不少缺憾，如果把中国现代文学史视为异彩纷呈的文学流派的竞争史，那就会遗漏一些特立独行的任何社团流派容纳不下的大作家如巴金等，也淡化了一次次文学运动和反复无常的文学思潮之争。或者以“新文学史就是文体变迁史”为“史识”，这个“史识”是把文学史的主要研究对象定格在文体形式的可变性上，即“文学作品并不变化，它们只是变化的符号”①；中国现代文学的流变很少有人从文体形式的变化上写出一部有开创性的文学史，而1990年代却出版了中国现代文学文体史，这虽是汲取形式学派的理论方法，但在建构为我所用的文学史观时却把文体形式与其密切相连的文学内容融为一体，它是采取“内部研究”的视角而对现代文学史进行整体研究。不过我总感到这种文学史观不利于对现代文学史进行深层的开掘，也不利于从外在社会文化系统探讨各种新文学体式变化的根源。或者以“雅俗文学并存互进”作为主体“史识”来构成现代文学史的写作格局，这个“史识”的最大优点是认为中国现代文学史的格局不单由“雅”文学形成的，而是由“雅俗文学并生并存”合成的，这就拓展了文学史研究的领域，增加了文学研究的新值；但是这个“史识”的严重弱点是，混淆了新旧文学的界限。固然从民初到当代始终贯穿一条俗文学发展的线索，它与新文学流变形成了对立互补的格局，也应承认经过五四文学革命洗礼，有些俗文学发生一定程度的现代性转变，不过还要看到大部分俗文学仍归于“旧文学”范畴。或者以“文学现代化”作为核心文学史观，这个文学史理念是以承认中国新文学就是现代化的文学为逻辑前提的，它可以从整体上揭示中国新文学在现代化过程中所出现的历史曲折、所形成的现代性特征、所潜隐的现代化机制，又可以作为方法论从宏观或微观上对新文学作家作品进行具体探讨或对新文学史面貌进行整体把握，借以突显中国新文学可以与世界文学“对接”的现代性特质；但是这个文学史观并不完全吻合中国新文学的客体结构，这不仅因为新文学不等于现代化文学，也因为中国新文学相当一部分肌体是属于民族化或“两化”共同作用的结果，它们的民族性大于现代性、民族特色强于现代色彩。

上述种种文学史观，无不是“突围”后的新开拓新建构，尽管我对诸多文学史观找出了不少缺陷，仍有不少困惑；但我却从中窥见出中国现代文学史研究与书作必将有大的突破。

---

① ［法］兹·托多罗夫：《文学史》，见《美学文艺学方法论续集》，文化艺术出版社1987年版，第132页。

对我来说，现代文学史研究或书写突出“重围”后，总是在困惑中探索又在探索中出新。从多侧面多视角地考察与感悟，笔者逐步形成这样一个“史识”，即获得一个规律性的认识，中国新文学既是现代化的文学又是民族化的文学，新文学的历史过程就是现代化民族化双向同构运动的相互变奏的过程，故“两化”之间的关系并不是“非此即彼”的两极对立而是互存互补的相辅相成关系，是确保我国现代文学健全发展的两翼。我在《20 世纪中国文学流派论纲》中这样概述的：“从运动过程来说，新文学的现代化的功能机制主要体现于横坐标上对域外各民族文学的积极借鉴和审慎选择上；新文学的民族化机制主要体现于对本民族文学传统的继承和扬弃上。因而要创建真正意义的现代性与民族性融为一体的新文学，既应自觉地使外来文学的横向借鉴成为‘洋为中用’的融化和改造，并要使对民族文学的纵向继承成为‘推陈出新’的扬弃和超越；又应主动地使互相矛盾的横向借鉴和纵向继承两种不同方向的运动有机地协调和统一，使之成为一个辩证统一的历史进程。既然文学的民族化现代化的过程一方面要借鉴外国文学的优长，一方面又要继承民族文学的传统，那么能否正确地认识和把握在借鉴与继承的纵横坐标上的‘结合点’和‘衔接点’则成了创建具有中国特色的现代型文学的关键。当然我们对文学创作中的借鉴外国与继承传统不能作为均衡等量的机械理解，它们不论体现于作品中或流派中不可能是半对半而总是有所侧重；至于借鉴与继承纵横坐标的‘结合点’和‘衔接点’也不会固定不变，既是可变的又是极为广阔的空间。这是因为不仅文学民族化所寻求和强化的民族性有着丰富的内涵，而且文学现代化所探求和凝成的现代性更有着广泛深邃的意蕴。只有这样，文学民族化和现代化的表现形态，才能多彩多姿。”根据上述的总体认识与把握，我便以“新文学现代化民族化双向互动并举”作为核心文学史观建构了书写中国现代文学史的理论框架。这个理论框架结构涵容量大穿透力强，它与现代文学史的感性直观的客观结构相对应，并能从高层次驾驭全局。它符合康德提出的理论框架建构的重要原则，即理论框架的建构犹如建筑术，需要有一个必须与理念相合的图型，它包含纲领及全体分为部分之区分，而不是一种繁复的构成分子的类似的凑合，不是一切任意的为外部目的起见偶然来使用我们积累的知识，以一种纯技术的形态来营造我们的理论结构，而是以一种最高的内部目的为准则来进行理论框架的建构，它是由内部成长的即由材料的内在规律决定的，而不是由外部人为的强制。[①] 既然以“两化并举”为文学史观建构的现代文学史理论框架是个有内在规律决定的有机组织的统一体，那么它对中国现代文学史的研究与写作则具有独特的功能，既能深刻地揭示出中国现代文学现代化民族化双向变奏同构运演的机制、规律、特征与方向，又能具体地呈示出现代文学思潮流派、各类新文学作品的现代性或民族性以及这两性形成的文化根源和心理机制，也能生动地展示出以现代化为制导和以民族化为制导的新文学演变的互渗互动共生共存的两大趋向；特别是从总体上可以显示出这样的规律，即“两化”结合得好现代文学的发展就正常就兴旺，“两化”结合得不好就会使现代文学的运演出现或“西化”或“复古”的偏差，只有“两化并举”才是中国现代文学健全成长的指针。虽然这个“两化并举”的文学史理念具有不少优长，但我并不认为它是完美无缺的，在现代文学史研究与写作的实践过程中仍有不少疑惑：一是中国社会现代化与新文学现代化的进程是同步的还是错位的，它们之间究竟有什么奇妙深微的关系？二是文学现代化与民族化的具体规定性、丰富的内涵以及价值标准应如何理解和认识？三是新文学现代化与民族化是你中有我我中有你的关系还是对立统一的关系，它们之间在什么样的“结合部”或契合点上才能真正融合为一体而转化为有中国特色的现代型文学？对上述问题，以什么理论思维结合现代文学史书写予以透彻明确的科学阐释，这关系到现代文学史研究或书写的创新趋优，期待史学界共研共讨之。

“破门而出”，重构文学史学科范畴

文学史观的调整或更新只是在特定的文学史学科范畴内，对于文学史书写的创新趋优起着决定性作用；但是现代文学史研究或书写的外在与内在诉求也能成为驱动力，推进文学史学科范畴的变革，以建构新的文学史学科，在广度与深度上促使现代文学史的研究或书写有更理想的创新趋优，扩大现代文学史的价值内涵与智性的学术增长点。自1980年代初“拨乱反正”冲破了机械阶级论文学史观所规范的极端褊狭极端荒谬的新文学史学科格局后，又突破了新民主主义文学史观所规定的文学史书写学科范畴，形成了“破门而出”之势，出现多

① ［德］康德著，蓝公武译：《纯粹理性批判》，商务印书馆1982年版，第566页。

种现代文学史研究或书写的新学科。面对现代文学史学科的新变化，我既有突出“牢笼”见到新天地的自由感，又有不知哪种学科是最佳范畴的困惑。

至今仍通用的教材型的中国现代文学史虽然沿用“新文学30年”的研究格局，尚未冲出新文学始于1917年终于1949年这个法定的学科范围，然而由于文学史观的不断更新已对30年的文学史学科内部的构成系统、比例安排进行了多方开拓、重大调整和重新组合，从根本上改变了那些以进步的革命的文学为主体的政治化文学史格局，代之以多元文学形态对立互补、并存共进的新文学史模式；不只是学科内部做了更接近现代文学史原生客体结构的重大调整或组合，增加了通俗文学、港台文学、民间文学、少数民族文学等，更重要的是以新的文学史观和新的文学批评准则给各种新文学思潮、新文学流派和作家作品进行重新定位，并做出了新的价值判断，甚至有些作家作品已被经典化，使30年的新文学史书写从量变达到质的飞跃。但是作为教材型的现代文学史书写仍在主流意识形态的控制下，对新文学的性质、左翼文学和工农兵文学评价以及对各种文学形态、文学流派的命名仍有或深或浅的政治意识形态色彩；特使我感到困惑的是：在30年的现代文学史学科中，以前过分地突出左翼革命文学、过分抬高工农兵文学固然是种偏颇；“突围”后又在新文学史格局中过分地抬高钱钟书、张爱玲、沈从文等所谓自由主义文学，并把他（她）们的代表性作品奉为“文学经典”，而把左翼革命文学、工农兵文学视为政治化文学或非文学，这是不是又走向另一极端？这些不同形态的文学都处于现代文学史的学科中，究竟是坚持同一价值标准还是不同的价值标准为宜，到底哪种价值尺度最科学最公允？与价值判断相联系的是对现代文学作家作品进行经典化的问题。我看过一些被经典化的作家作品也颇疑惑：到底何谓经典化，有没有可遵循的能让公众认可的大致统一的标准，还是仁者见仁智者见智各有各的经典作家作品为好？甚至同一个选家在不同的版本中定名的经典作家作品也有差异。这虽然反映出“突围”后学人的思想的极为开放活跃，感受到一种“百家争鸣”的气氛，但是我不禁要问：冲破传统的现代文学史学科范畴后应该不应该建立新的学术规范和新的价值标准，什么样的学术规范和价值标准最适合中国现代文学史学科的重构？

笔者所关注的主要不在“30年中国新文学史”学科中的内部调整和重新组合，而是那些完全冲破中国现代文学史教材模式的大文学史学科的重构。从20世纪80年代中后期至今已出现多种中国现代文学史的“破门而出”的研究和书写的新学科：其一，或建构19世纪至20世纪中国文学思潮史的宏大学科，以“中国文学走向现代化的历程比作一出长剧的演出”作为主线，“把19世纪和20世纪的中国文学思潮放在一起加以考察”，撰写了《悲壮的沉落》《晨光微明时分》《从新潮到奔流》《战火中的缪斯》等7卷书稿[①]，这应看成是中国文学思潮史研究的系统工程，它着重从文学思潮的角度探讨并描述中国文学漫长而艰难的现代化历程，将古代、近代、现代、当代文学打通了；但我所感到困惑的是，这两个世纪所涌现出的文学思潮是否都是现代化的文学思潮，它们对中国文学由古典形态向现代形态转变起过哪些作用，在每一个历史阶段的文学史上凝成什么样的现代性特征？其二，或以百年作为中国新文学史书写的学科范畴，打破了近代、现代、当代各自为政的分割，将近百年的文学演变作为整体来把握。值得提到的百年文学史学科有二：一是《百年中国文学总系》，它所指的“百年中国”是1895—1995年，试图写一部全景式的文学史，“通过对于文学追求的描写折射出这个世纪的全部丰富性”。[②] 而在写法上深受《万历十五年》《十九世纪文学主流》的启迪并有所创新，它从百年中国文学系统中选取10多个典型年代作为“点”，扩散开去，深入下去，重新开掘，重新发现，切实做到了以“点”带面，既有深度又有广度，为百年中国文学史书写开创一个特例，拓展了一种新文学史书写的格局；但由于这种写法的独特也使丛书缺乏系统感、完整感，“全景式”文学史的构想没有完全体现出来。二是《中国近百年文学体式流变史》[③]，它也是力图打破近代、现代、当代机械分割的文学史学科格局，建立以文学现代化为中心的小说、诗歌、戏剧、散文、批评五种文学体式流变分别考察与描述的文学史学科范式。这种从五种文学体式切入对百年中国文学现代化历程展开本体研究所形成的文学史格局具有开创意义，视野开阔，思路清晰，分别探析，各具特色，为中国新文学的系统的、内部的、本体的研究提供了一种新范式。不过对这种书写范式也有些值得质疑之处，如将五种文学体式放在百年文学的总体学科里分头进行纵向考察与梳理，诚然各种文体的流变轨迹、审美特征比较清晰分明，然而各种文体形式的流变转型并非各自独立的，而从横向看也是相互渗

① 刘增杰：《文学的潮汐——〈19—20世纪中国文学思潮史〉前言》，见《悲壮的沉落》，河南大学出版社1992年版，第2～13页。

② 孟繁华：《〈百年中国文学总系〉的缘起与实现》，见《1928革命文学》，山东教育出版社1998年版，第13页。

③ 冯光廉主编：《中国近百年文学体式流变史》，人民文学出版社1999年版。

透相互影响的，往往形成了一些交叉移植嫁接的新文学样态，对此这种文学史学科则显得乏力，难以做出共时性的有深度的分析；况且文学体式仅从创作文本中考察是不够的，不结合创作主体文化人格和创造思维怎能论述文体的独特性及其深层主观原因呢？

其三，与百年中国文学史学科大同小异的则是“20 世纪中国文学”史书写范畴的提出。不少学人之所以能对这一学科范畴寄予认同，不仅因为它打通了近代、现代、当代各自为政的分割研究模式，主要因为它“把 20 世纪中国文学作为一个不可分割的有机整体来把握”，其“基本构想大致有这样一些内容：走向‘世界文学’的中国文学；以‘改造民族的灵魂’为总主题的文学；以‘悲凉’为基本核心的现代美感特征；由文学语言结构表现出来的艺术思维的现代化进程；最后，由这一概念涉及的文学史研究的方法论问题”。[①] 这一文学史学科设计具有完整性、系统性、总体性、开放性、宏观性、深邃性的史学品格和理论特征，从已问世的多部“20 世纪中国文学”史著作来看，的确显示出这一文学史学科范畴的优越性。不过至今我对它作为中国新文学史研究和书写的学科范畴仍存在不少困惑，主要是“20 世纪文学”虽然打通了近代、现代、当代三段的分割，但它作为一个新文学史学科却不能完整地深刻地展示中国文学现代化的曲折而复杂的漫长过程，这不仅因为中国文学现代化并未终结，仍在继续运作，即使进入 21 世纪也不会改变中国文学现代化的总趋向，这就使“20 世中国文学”史学科无力吞纳了；而且在“20 世纪中国文学”这 100 年间几乎有近半个世纪的文学就不是“以‘悲凉’为基本核心的现代美感特征”，尤其以“文学语言结构表现出来的艺术思维的现代化进程”能贯穿 20 世纪始终吗？不是从 20 世纪 30 年代左翼文艺运动起相当多的文学作家理论批评家的“艺术思维”就被逐步纳入大一统的政治意识形态的强硬思维模式吗？哪有“艺术思维现代化”可谈？

20 世纪 80 年代中期以后“中国现代文学史”学科观念受到全面挑战，上述的“20 世纪中国文学”、“百年中国文学”等学科设计相继出台，并在研究与写作实践中得到运用，预示着新的文学史学科意识必将取代“中国现代文学史”学科规范。不过从比较中笔者认为，欲要弘扬以上重建“新学科”在理念与实践上的优长并克服其局限，我更主张重建“现代中国文学史”学科[②]，并认为它比其他

---

① 黄子平、陈平原、钱理群：《论“二十世纪中国文学”》，《文学评论》1985 年第 5 期。

② 朱德发：《重建“现代中国文学史”学科意识》，《福建论坛（人文社会科学版）》2002 年第 2 期。

学科构想在当下更具合理性、开放性、科学性和前瞻性。

“现代中国文学”与“中国现代文学”这是两个不同的学科概念，虽然它们在内涵与外延上有相通之处，甚至有某些同质同构性，但是前者的观照视角、对象范围、史学意识、价值观念、研究格局等却发生了变异，使这个新学科具有了自身的独特性。“现代中国”和“中国现代”不仅仅是语序上的颠倒，它们是从不同的视野和不同的价位来判定“文学史”，后者主要指涉中国的现代文学史，着重突现其现代性，即中国现代型的文学史或曰中国新文学史，那些非现代性或非“新”的文学并不包括在内；前者不是着眼于“现代中国”的现代性的文学，而首先放眼于“现代中国”多元多系统的文学。“现代中国”是与“古代中国”相对应的，是从“现代中国”的大视野来审视文学，即凡是“现代中国”历史期间生成的文学都是研究的对象，不管是否具有现代性也不管是哪个民族的文学，只要属于“现代中国”这个大家庭的文学都应平等对待、合理排位。这里必须弄清“现代中国”的起讫时间。所谓“现代中国”即现代化之中国，它有别于古代化之中国，而现代化之中国是个艰难曲折的漫长过程。不过，无论从哪个角度考察，现代中国应以甲午之战后的维新变法运动作为起点，中经中华民国、中华人民共和国两个不同社会制度的历史时期，而这两个时期恰是“现代中国”日趋进步、日臻完善的演变过程。“现代中国文学”学科意识，正是建立在这样一个现代国家观念的基础之上，它不同于“中国现代文学”学科意识主要从文学本体的现代性来立论，即使它与外在社会形态相联系，也仅仅限于新民主主义，缺乏一个宏大的时空交叉的现代国家观念。

以“现代中国”观念构建的史学眼光，是以现代多民族多区域的主权国家概念来规范和划分现代中国文学的，试图建构一个肇始于晚清的“上可封顶下不封底”的现代文学史学科，凡是现代中国历史生成的文学现象、文学形态以及倡导的文学变革运动和创造的各种体式文本的作家等，都应该纳入现代中国文学史研究或书写的对象范围。它作为一个新学科范畴至少具有三个独特功能：

其一，现代中国文学史学科是在对新世纪之始的继往开来的欲望驱使下所进行的体系性建构的设计，从横向上它要吞纳现代中国不同民族不同地域的多种系统多种样态的文学，在纵向上肇始于晚清文学变革而下限却是无止境的。这样一个巨大的纵横交错的文学史时空，并不是一个和谐共处的文学世界，不同文学系统不同文学样态之间充满了矛盾，文学系统和文学样态本身也充满了冲突，正是这诸多矛盾成为各种各样文学嬗变发展、融会整合、变异创新的内在动力，正是这诸多冲突才是各种文学系统不断革故鼎新的生命力所在。学科建构的重要使命之一就是通过研究者主体对文学矛盾客体的感受、体认、探寻，并从中把握其内在和外在的统一性、联系性，而建成主客体相融合、多样性与和谐性相结合的现代中国文学史格局。如果学科建构缺乏融汇百川的功能，不能把各个文学子系统的结构融为一体，而是散乱无序地非逻辑地堆放在一起或者排列在一起，那就成了一锅大杂烩或一部杂乱的资料汇编；所以，从不同文学子系统之间的矛盾中寻找其统一性、从不同文学样态文本的内外冲突中窥探其契合点、从宏观上把握现代中国文学的相似点和趋同性，则成了研究主体能否成功地建构多样统一的现代中国文学史的关键所在。也许可以从现代中国文学的多元矛盾体中发掘很多关联点、相通点，但在我看来，现代性和民族性可以从不同层面、不同方位把现代中国多元文学系统联结为一个有机的整体。这就给探究并书写现代中国文学史复杂系统提供了一个在多样化、矛盾体中寻求联系性、统一性的逻辑思路。

其二，现代中国文学史学科建构是以中外古今文学作为价值坐标和文化思想资源，新文学的生成与发展不仅同世界其他民族文学有着广泛的联系，而且也与悠久的古代文学传统有着承续关系，只要细致地考察那些经典作家和经典文本，就会发现作家文化人格的构成、经典文本的营造都有中外古今文化的渗透和积淀；通俗文学、台港澳文学、传统体式文学乃至网络文学、民间文学进入现代中国这个开放的特定文化历史语境，都自觉不自觉地汲取中外古今文化，它们的生成、变异和转换都有古今中外文化作为既深且广的源头。即使少数民族文学进入现代中国的动态社会结构也不能总是处在封闭阻塞状态，它们随着中外古今文化的交汇对话也在变异或向现代化转换。可见，现代中国文学史学科建构有中外古今文化作为它的外在大系统，历史背景是极其宏阔的，价值资源是极其深邃的。诚如黑格尔所说："最晚出的、最年轻的、最新近的哲学就是最发展、最丰富、最深刻的哲学。"①现代中国文学何尝不是这样。相对于古代文学它是最晚生成的最年轻的文学，当然也是发展最丰富最深刻的文学，因为它承传或整合了人类开放时代所有各民族各地区文学中的有利于现代中国人生存需要和审美需求的因素，在新的政治文化与审美文化的历史语境下有所开创有所发展，所以现代中国文学史学科的建构所依托的中外古今的文化背景是深

---

① ［德］黑格尔著，贺麟、王太庆译：《哲学史讲演录》第1卷，商务印书馆1981年版，第44～45页。

广而又久远的。这就将探讨现代中国文学导入一个极为宏阔深邃的领域。

其三,“现代中国文学史”学科比“中国现代文学史”学科在纵横向度上做了极大的拓展,为文学史探讨和书写提供了不少新的空间和领域,这无疑是新的知识增长点和新的学术增值点。这是建构一个新的学科体系,并非对既成的中国现代文学史学科的增增补补,应该视为现代文学史学科建构的整体创新,从研究对象、学科意识、文学史观、框架结构乃至操作规范等都做了较大的调整与革新。值得提及的是,这种全方位的现代中国文学史学科,它涵括的形态各异的文学系统由矛盾冲突悖反变异所致形成了大大小小的张力场和形形色色的关系网,从中可以开掘出新意蕴、新原理、新史识;也就是说,没有张力就没有创新,没有关系就没有规律,有了创新就能新意迭出,有了规律就能深化认识升华学理。然而学科本身所蕴含的新信息、新知识、新创意、新规律能否在勘探或建构过程中被开发出来并使之源源不断地创新趋优,关键在于研究者的竭诚努力,即务必强化自身的学养,充实知识库藏,提高创新能力,开拓学术视野,以适应新学科建设之需要。现代中国文学史学科下线不封底,有无限的延展性,新作家新文本层出不穷,新知识新信息目不暇接,这使本学科建构永远处在动静结合、有限无限的运作中,充满了言说不尽的话语活力。这就为现代中国文学史的书写或追询提出了一个无限的学术时空。

在重建的“现代中国文学史”新学科的规范下,我们尝试性地书写了《现代中国文学英雄叙事论稿》(朱德发等著,山东教育出版社 2006 年版)、《现代中国文学通鉴》三卷(朱德发、魏建主编,人民出版社 2012 年版)、《现代中国文学史精编》(朱德发主编,山东教育出版社 2013 年版)等,以验证现代中国文学史学科的优长。

本文算不上经验之谈,仅是对自己以往著作中有关治学修史的想法与体会给以梳理整合或系统提升,祈方家读者批评指正。

草于 2014 年 6 月 25 日

(原载《当代作家评论》2015 年第 2 期)

中国现代文学通史书写范式的调整与更新

内容提要:中国现代文学通史的书写范式挣脱了“以阶级斗争为纲”的羁绊而做了调整,20 世纪 80 年代中期“重写文学史”及以后现代文学史书写的“人造范式”,呈示出的新异功能,标志着现代中国文学史研究的深化。由于现代文学通史书写范式能否创新取决于治史主体,故而要求治史者具备综合的创造能力。

“范式是科学发展中的一种既定程序,它由于为某一科学共同体所确认而增加了它的稳定性,而科学上的某些突破必须先从改变范式做起。”①“范式”论是美国科学哲学家托马斯·S. 库恩提出的,有人将其归纳为“哲学范式”、“社会范式”、“人造范式”三大类,而现代文学通史书写则属于“人造范式”。库恩说:“科学研究只有牢固地扎根于当代科学传统之中,才能打破旧传统,建立新传统。”这即是他所称道的“必要的张力”。因此“一个成功的科学家必然同时显示维持传统和反对偶像崇拜这两方面的性格”②。文学史研究或书写虽然不是库恩所认定的自然科学,但是他创立的“范式”论却适用于人文科学研究的参照和借鉴。自然科学研究需要突破与创新,包括文学史在内的人文科学研究亦不能总是“走回头路”或者老是裹足不前,既要突破又要创新;然而文学史书写的突破与创新,如同自然科学一样面临着“打破旧传统,建立新传统”的破与立的关系问题。这里库恩所说的“旧传统”可理解为“旧范式”,“新传统”则是“新范式”。“打破旧传统”并不是彻底反对旧传统或从根本上否定旧范式,而应该以科学态度与科学方法在“当代科学传统之中”对旧传统或旧范式进行实事求是

① 陈鸣树:《文艺学方法论》(第 2 版),复旦大学出版社 2004 年版,第 287 页。

② [美]库恩著,纪树立、范岱年、罗慧生等译:《必要的张力》,福建人民出版社 1981 年版,第 224 ~ 225 页。

的分析，取其尚具合理性的传统因子或者还有活力的范式，丢弃那种不合理的传统因子或者丧失活力的范式；并在此基础上根据科学发展或科学发现或科学发明的需要建立新传统或者创立新范式。这样的破与立，不是那种非此即彼的极端的二元对立，乃是破中有立、立中有破的辩证统一的对立。对于现代文学史研究或书写的主体来说，如同“一个成功的科学家必然同时显示维持传统和反对偶像崇拜这两方面的性格”；只有具备维持传统的性格才能以科学态度对待传统或范式，绝对不会彻底否定旧传统或旧范式，只有具备“反对偶像崇拜”的性格才能不固守不迷恋旧传统或旧范式，永远进击，不断突破，不断创立新传统或新范式。新时期以来，致力于现代文学通史研究或书写的学人，大多具有这种张力性格。他们对于新中国成立初期王瑶、丁易、刘绶松等老一代文学史家在体制内建立的现代文学史书写范式以及所形成的研究方法与研究习惯，既没有彻底否定又没有全盘继承，而是在“解放思想，实事求是”的思想认识路线的引导下，进行了科学而辩证的分析与汲取。从20世纪80年代初直至21世纪的今天，掀起了一次次重写现代文学史的学术热潮，问世了数百部特色各异的现代文学史文本。这些文本尽管在书写范式上进行了孜孜求新的设计与尝试，然而若是给予详细而认真的探察，便会发现现代文学史书写范式的因袭多于突破、雷同多于创新，充分说明冲破旧范式重建新范式是现代文学通史重构的艰难工程。即便如此，也可以从近30多年重写现代文学史的探索实践中，发现不少治史者在书写范式的创新上所体现出的从不墨守成规，敢于冲击敢于尝试的进取精神；并可以看到有些书写主体所尝试的创新范式不只大大突破了旧程序旧体例乃至旧范式，所建立的现代文学史书写的新体例新范式也呈示出新异的功能特点。这是文学史书写主体创造潜能的挥发，也从一个特定的维度反映出书写新范式必将取代旧范式的创新趋向，把现代文学史的研究或书写推进到一个新的学术境界。本文拟择取一些重构现代文学通史的书写范式，予以剖解与评述。

一

“从50年代开始，中国现代文学史的著史体例逐步形成了两种基本的模式，一是王瑶模式（以《中国新文学史稿》为代表），一是丁易模式（以《中国现代文学史略》为代表）。前者是一种块状叠合式的结构，四个时间段是四大块，在这四大段落上又各分为五个小块，包括概述及四大文学体式。丁易模式则是编年与评传的结合体。这两种体例模式一直沿袭到80年代，它们各有其特点与优势，但同时又各有其弊端与局限，对人们的文学史思维方式构成了比较突出的束缚。”①这些论述虽然对这类现代文学史书写模式的描述没有具体展开，但是较早地关注了现代文学史范式的研究。20世纪80年代，经过“拨乱反正”的现代文学史书写，在“人造范式”的设计上，无不遵循“解放思想，实事求是”的思想路线，虽然在书写范式的突破与创新上与50年代王瑶、丁易等先辈开创的模式相比，没有整体性的变异，其传承性从表层结构上观之则是极为明显的，但是书写范式的隐形结构特别是治史者的思维实质却发生了根本性转化。即由政治性的阶级思维变成本体性的文学思维，认定文学史就是文学本体史而不是政治化的文学史，即使现代文学与现代政治结下不解之缘，也不能以政治取代文学；哪怕文学世界充溢着浓郁的政治意识那也是审美化了的政治主题，它已是文学本体的有机组成部分，而不是强加给新文学的漂浮物。基于这种认知，新时期以来所设计的现代文学史书写范式，几乎有个共同特点那就是“去政治化”，这并非要斩断现代文学与政治的必然的内在的联系，而是要拔掉那些硬塞入和强加进现代文学本体的政治标签，从而使现代文学不再是政治的附庸，而是一个自足的独立系统。在上世纪80年代初出现的这种“去政治化”的现代文学史书写范式，则呈示出不少新异的功能特点。

其一，现代文学32年(1917—1949)的历史分期不再完全套用新民主主义政治革命的四分法，而是遵循了现代文学发展的自身轨迹。由于现代文学的演变的确与政治革命有同步性，故在一定程度上参照政治革命的历史阶段分期是有其合理性的；因为现代文学的生成与政治革命又不完全同步，所以历史分期必须遵照文学自身的特殊规律，以显示现代文学自成系统的本体性。正如有的文学史所明示的：“从五四文学革命开始的中国现代文学，同我国新民主主义革命的发展存在着密切的联系，因此，中国现代文学史的历史分期自然应该考虑到这一方面；但同时也必须看到，文学的发展又有其自身的特殊性——特殊的历史实际和演变规律，这便决定了它在发展过程中的相对独立性。所以在分期时应该将两个方面结合起来，作综合考察。一九一七年《新青年》倡导文学革

① 谭桂林：《朱德发教授与中国现当代文学研究(笔谈)·从文学史著到文学史学》，《山东师范大学学报(人文社会科学版)》2003年第6期。

命，实际上是五四文学革命运动的初起，应该作为中国现代文学史的起始年代。一九四九年七月，中华全国文学艺术工作者代表大会的召开，承前启后，继往开来，标志着中国现代文学运动的终结和中国当代文学运动的开始，应该作为中国现代文学史的终止年代。从一九一七年到一九四九年这三十二年的历史，可以划分为三个时期。一九一七年至一九二七年为第一个时期，这是五四新文学运动的产生和向革命文学发展时期。一九二七年到一九三七年为第二个时期，这是左翼文学运动的形成和壮大时期。一九三七年到一九四九年为第三个时期，这是抗战的民主的文学运动的勃兴和繁盛时期。在这个时期，由于政治形势的变化及其他条件的限制，文学运动分别在国统区、抗日民主根据地和解放区、'孤岛'、沦陷区等几种不同地区进行，因而各自呈现出不同的内容和特点。为了便于展现这一时期文学的实际面貌，我们采取分地区进行论述的方法。"①这种历史分期尽管考虑到政治革命对文学运动的影响与制约，然而却充分展示了文学自身规律对新文学的驱动与规范，使现代文学本身的运转轨迹更清晰，其独立自足系统也得以呈现。

其二，现代文学史的书写不再强调自始至终是在无产阶级思想的领导下，不必再以现代文学史作为实证与史实来印证某些政治结论的千真万确，也不必将现代文学史硬塞进新民主主义政治史的框架；可以从现代文学史的原生态或实存史料或可靠文献出发，实事求是地来论述现代文学的主导思想及其精神特质，彻底解决了王瑶文学史模式的政治思想领导与文学实际评述的"两张皮"问题。田仲济、孙昌熙主编的《中国现代文学史》（1979 年由山东人民出版社出版），是"文革"后最早问世的这类中国现代文学史著作。"由于我们尽可能地消除了一些'左'的影响，力求实事求是，曾引起了有心人或者说同道者的青睐"；实际上"我们主要的问题是'思想不够解放'，'像一个刚刚去掉桎梏的人那样，还不习惯于迈开脚步走路'"。因此，这时的文学史书写范式尚未彻底冲破极左思潮禁锢下形成的所谓僵化史学模式的束缚，真正地将现代文学史书写纳入实事求是的学术轨道；于是 1984 年重新修订该文学史时，主编再次强调指出："我们提出要尊重历史，尊重历史的本来面目。写历史要体现实事求是精神，让历史来自己说话，不粉饰，不掩盖，不夸大，不缩小。每个人物，每件史实，

① 冯光廉、朱德发等主编：《中国现代文学史教程》（上、下册），山东教育出版社 1984 年版，第 6 页。

每部作品，写得不仅要精当，更重要的是力求准确。”[①]由于坚持实事求是的思想认识路线，切实地让原生态的历史说话，所以对无产阶级思想之于现代文学的领导作用并不是像20世纪50年代书写的现代文学史，仅是大段大段引用“政治语录”以证之；而是从现代文学演变的实情出发，让文学思潮、社团流派和作家作品说话，具体验证无产阶级思想是怎样领导现代文学的。特别是对五四文学革命的领导思想不是套用现成的“政治结论”，而是严格尊重历史的本来样态，予以具体论述；并且也没有挖空心思地从鲁迅的《呐喊》里发掘社会主义思想因素来证明无产阶级思想对五四文学革命的主导。不仅肯定了陈独秀、胡适、周作人等在五四时期的积极作用，而且对革命文学家鲁迅、郭沫若、茅盾等也没有为贤者讳，这得力于实事求是思想路线在“拨乱反正”中所发挥的巨大威力。

其三，在现代文学史书写过程中，虽然阶级论形成的思维惯性和价值观念仍在起作用，但是较之50年代铸就的现代文学史书写范式却大大地弱化与淡化了。不仅解放了一大批戴着这样或那样反动阶级“政治帽子”的作家，同时也解禁了难以计数的贴着“封、资、修”封条的文艺作品，不只是恢复了这些不胜枚举的作家作品在现代文学史上的名位，哪怕其阶级属性没有彻底改变也至少获得进入现代文学史册的资格；而且将其纳入现代文学史的书写架构对之进行阶级分析，既不轻率地定性又不任性地贴政治标签，更没有再出现以所谓“阶级的名义”无法无天地宣判某作家某作品的“死刑”。这表明阶级性的分析已丧失了霸权话语的定夺生死的威力，实践证明“以阶级斗争为纲”来指导文学创作必然造成文艺园地百花凋零，以此来主导现代文学史书写亦必定把作家作品扫荡殆尽。所以80年代初重构现代文学史，唯有挣脱“以阶级斗争为纲”及其阶级分析的桎梏，才能真正解放现代文学领域曾出现的所有作家作品，才能使治史者真正突破阶级论及其阶级分析的困扰纠缠，以开放的切合现代文学本体系统内在价值需求的思维方式来书写文学史。因为文学的特质是人学，故书写文学史主体的最佳思维模式不是阶级论思维而是人本思维或人性思维；尽管当时的学术界“避免抽象地使用人性、人情、人道主义等字眼，是费了一些功夫的”[②]，然而人性、人情、人道作为现代人学思潮却以巨大的正能量冲破了机械阶级论长

① 田仲济、孙昌熙主编：《中国现代文学史》（修订本），山东文艺出版社1985年版，第574页。
② 田仲济、孙昌熙主编：《中国现代文学史》（修订本），山东文艺出版社1985年版，第574页。

期的打压与扼杀，使人性论或人道主义成了粉碎极左政治施暴的重要武器，并与马克思主义人学思想一起成为重写现代文学史的价值观和方法论。这不但大大拓展了现代文学史书写的领域，更使现代文学的人道主义灵魂和人性人情内涵得到肯定与弘扬。

二

上述现代文学史书写的新功能特点，主要是从"人造范式"散发或折射出来的。应当说，这种"人造范式"与王瑶、丁易等文学史的书写范式有一定的承传性，同80年代初书写的"拨乱反正"的现代文学史从内容到体式有更多的联系性，同时它也成为1985年后力求创新的"重写"现代文学史范式的雏形。这种"重写"型现代文学史范式的营造，其大致结构可以归结为："一主线、三区间、多层次"。

所谓"一主线"，即有一条主要思想线索纵贯中国现代文学史演化的全过程，而这条主线不是外加上的或者硬套上去的，乃是隐伏于或蕴含于现代文学本体构成的各种形态或错综现象，它是内在地或明或暗地或密或疏地维系着连缀着现代文学的整体系统。如果现代文学史"重写"缺乏这样的主线，那就不可能把不同样态的文学作品、不同风格的作家、不同性质的文学思潮、异彩纷呈的文学流派或错综紊乱的文学观象，结构成系统完整的文学史文本；若是现代文学史"重写"这条贯穿主线，缺乏创新性或开创性，那也会影响"重写"文学史的创新价值和开拓意义。不仅如此，要是现代文学史"重写"，这条中心线索缺乏思想深度，就会影响文学史书写的深度；要是这条思想线索比较偏至，那亦会导致文学史重构出现遮蔽性或遗漏性。因此重写型文学史的书写范式，能否抓住一条既有深度又有创新度的思想主线，不仅决定着重写现代文学史文本的严密性与创新性，而且也决定着重写文学史的突破性与特质性。

所谓"三区间"，即若将贯穿现代文学史全过程的中心线索认定为肇始于1917年终止于1949年约32年，习称之中国新文学30年；那么新文学演进显示出的既有联系又有区分的三个阶段，大体每10年为一个历史区间，即三大历史时空。没有时间就没有新文学的诞生与发展，没有空间就没有各种文学形态的成型与完满；所以现代文学史的书写既有时间的维度又有空间的维度，只有牢牢地抓住这两个纵横交错的时空维度书写出的现代文学史，才能呈示出真实的立体感。这三个10年构成的历史区间决不是各自为政、互不联系。联系性是绝对的，没有联系性就没有历史完整感，只有史料的堆砌或碎片的散落；区别性是相对的，没有区别性就没有文学史的层次感或独特性。其联系性和区别性既有内在的关联性又有外在的标志性，在现代文学史的重构过程中不少治史者往往忽略对三大历史区间的联系性与区别性的详略适度地书写，导致30年的中国现代文学的三大历史区间成了互不相干的各自独立的三大板块。现代文学史进程的三大区间的具体划定，在时间的起止上虽有些微的差异，但大致相同：第一个十年，从1917年五四文学革命兴起至1927年革命文学勃发；第二个十年，从1928年“革命文学论争”起，止于1937年6月全面抗战爆发前夕；第三个十年，从1937年7月全面抗战始，到1949年7月全国第一次文代会召开。这三个历史区间的划分，虽受到新民主主义政治史分期的影响，但基本上遵循了现代文学自身发展的轨迹，即体现出从文学革命到革命文学再到抗战文学三个相互递进的历史逻辑层次。既然现代文学演进所出现的三大历史区间是个立体时空，那么重构现代文学史文本对于每个历史时空的各种文学形态如何安排布局怎样合理叙述，就成了“人工范式”匠心独运、巧妙设计的问题，这直接关系到对于所谓的“多层次”的理解与运作。

“一条中心线纵贯三个历史区间”，仅仅是为重写现代文学史搭起一个框架，重要的是在这个框架里应按照特定的逻辑顺序必须写进哪些层次的文学形态或文学内涵，以及如何书写它们，方能形成生动鲜活、丰盈深沉的主体型的现代文学史文本。大而分之，现代文学本体由文学运动形态、文学理论形态与文学创作形态这三大层次构成。若细而分之，文学运动形态应包含文学革命或文学变革、文学论争、文学期刊、文学社团流派、文学现象等；文学理论形态应包括文学主张、文学观念、文学原理、文学思潮、美学思想、创作方法、艺术技巧等；文学创作形态应包括创作主体及各体文本即小说、诗歌、散文、戏剧、影视等文学作品；此外还有催生中国现代文学发生发展的域外文学潮流。如此丰赡复杂的文学形态与内涵，可归纳成五个或六个以上的层次，相互照应而又自成系统地遵循特定的逻辑顺序，详略得当地写进“一主线三区间”构成的整体框架里。第一层次，书写的是文学运动形态和文学理论形态的有关内容，如新文学的倡导者、文学理论主张、文学思想论争、创作潮流等，从总体上展示现代文学演变的历史轨迹与美学风貌，主导思想线索若隐若现地闪烁其中。第二层次，书写的是现代小说创作实绩及其流变趋向，既有经典作家作品的重点剖析又有重要小说家及其小说文本的概述，不论重点剖析或者概述都要围绕“中心思想主线”展开,即使小说思想特色、艺术成就、审美风格的书写也不能游离“主线”的规范。第三层次,书写的是现代诗歌的主要成就与流变系统,不只对重要诗人诗作立专章阐述,也要遵循“主线”对新诗流派与创作趋向或新诗风格进行梳理和叙述。第四层次,书写的是现代散文这个大家族的重要作家、经典作品以及流变轨迹与审美品格,即使散文体式多样化在对其内容的解读过程中也不要任性地甩开书写范式的“主线”。第五层次,书写的是现代戏剧(主要是话剧)的生成与发展,以及代表性的剧作家与经典剧本,对后者的解读与分析务必扣住整体框架的“主线”。这五个层次的叠加式的书写,置于三个十年的历史区间,如同色彩斑斓的三座五层楼并立着,一条中心线索纵贯连缀起来,彰显出现代文学史文本构成的立体感。

上世纪80年代中期问世多部运用这种“一主线、三区间、多层次”的人造范式书写的中国现代文学史,其中较成功的影响较大的应是钱理群等四人著的《中国现代文学三十年》[①]。王瑶先生在《序》中对读书做了这样的评价:

> 从书中可以看到,他们吸收并反映了近年来的研究成果与发展趋势,打破狭窄格局,扩大研究领域,除尽可能地揭示现代文学发展的历史主流外,同时也注意到展示其发展中的丰富性与多样性,力图真实地写出历史的全貌。他们注意从文学发展的历史过程与历史联系中去分析各种重要的文学现象,重视文学本身的规律和特点,重视作品的实际艺术成就,以及艺术个性与风格特点;注意对文学思潮和流派的历史考察,努力揭示各种文体发展的内在线索。他们还研究了中国现代文学所受外国文学的影响,并注意探讨现代文学民族风格与特色的形成过程。在体例安排上,则既注意到文体分类,以突出各种文体的发展和不同流派的特点,又对某些代表艺术高峰的作家作品进行专章论述,以显示各个时期艺术发展所达到的水平。

王瑶的评述虽然不是着眼于文学史的书写范式,但是对其总体特征的概括和体例安排的归纳,却涉及“一主线、三区间、多层次”书写范式的功能特点。《中国现代文学三十年》纵贯的“一主线”极为明晰显豁,就是“周氏兄弟在本世纪初所提出的‘改造民族灵魂’的文学观,概括了中国现代文学的基本文学观念。尽管在历史、文学发展的不同阶段,不断有所发展,也产生过种种变体,在不同阶级、文化背景的作家之间,发生过种种争执,但其基本精神却是影响与支配了本

① 钱理群、吴福辉、温儒敏、王超冰:《中国现代文学三十年》,上海文艺出版社1987年版。

世纪中国现代文学的整体发展的。在作为现代文学伟大开端的'五四'文学革命中，首先强调的是文学革命与思想革命的密切关系，文学的思想启蒙作用"；"在'五四'以后，大革命失败前后，以鲁迅为代表的现代文学第一代作家，由于夸大文学思想启蒙作用的幻想在严酷的阶级斗争事实面前破产，曾经产生思想与文学的危机"。然而，"鲁迅及一大批作家由此走上了马克思主义者或马克思主义同路人的道路，从无产阶级领导的、人民大众的政治革命中找到了振兴民族的现实物质力量，在文学观上，他们扬弃了'以为文学能扭转乾坤'的唯心主义理论框架，却保留了'改造民族灵魂'的合理内核，并与表现工农大众的无产阶级文学阶级功利主义的要求结合起来，成为现代文学观念中的主流，以后毛泽东《在延安文艺座谈会上的讲话》里，把马克思主义文艺思想与中国文艺运动的实际结合起来，进一步提出了'文艺为工农兵'的方向，产生了十分深远的影响"。由于"作为'改造民族灵魂'的文学，其所特具的思想启蒙性质，是现代文学的一个带有根本性质的特征，它不但决定着现代文学的基本面貌，而且引发出现代文学的基本矛盾，推动着现代文学的发展，并由此形成了现代文学在文学题材、主题、创作方法、文学形式、文学风格上的基本特点"。在笔者看来，且不说以"改造民族灵魂"为文学观念或文学母题来统摄或贯穿现代文学的全过程在论述上是否准确，它作为思想主线是否具有如此大的穿透力与涵纳力；且不论"改造民族灵魂"作为启蒙话语在不同性质或形态的现代文学中所改造的民族旧灵魂、所注入的民族新灵魂是什么，它们是否皆合乎周氏兄弟的启蒙文学观念，这里着重强调指出的则是书写主体的良苦用心：竭力以"改造民族灵魂"启蒙文学观为中心线索来取代新民主主义文学这条政治线索，旨在以启蒙文学来制导"三区间多层次"人造范式的书写。因为在书写主体的学术视野中，"作为改造民族灵魂的启蒙文学，文学的表现对象必然是占民族大多数的普通人的平凡的社会人生"；"现代文学'改造民族灵魂'的启蒙性质，也决定了文学创作方法的选择"；"现代文学'改造民族灵魂'的启蒙性质，对文学内容与形式提出了两个方面的要求"，即通俗性与现代性；"现代文学'改造民族灵魂'的启蒙性质，决定了现代文学对于作品的思想性（思想深度与广度），文学的认识价值、教化作用，给予了特殊的重视"①。这种决定性必然性的逻辑思维制导，使书

① 以上引文见钱理群等著的《中国现代文学三十年》第一章"绪论：中国现代文学的基本特质和历史位置"。

写主体遵循“改造民族灵魂”这条又粗又长的文学主线，穿越三个十年形成的现代文学的历史区间，层层叠叠地将现代文学史的楼阁搭建起来，其所呈示出的总体特点，王瑶在《序》中给出了恳切的概述。

三

如果说《中国现代文学三十年》的人造书写范式，明显地传承了王瑶本《中国新文学史稿》的体例；那么1987年9月出版的《中国现代文学史新编》①，则营造了一种新颖的书写范式，这是重写现代文学史的新探索。《新编》的书写范式，所坚持的“一主线”不再是“改造民族灵魂”的启蒙文学观，乃是马克思主义的人学思想和“文学是人学”的观念，着重从文学与人（包括个体的人和群体的人、小我与大我等）这个视角来审视和探讨中国现代文学；所编著的文学史应是人性解放的形象史，人生奋斗的形象史，民族解放的形象史，阶级斗争的形象史，现代国人灵魂的衍化史。在书写范式上做了更新的设计，不再将历时态的32年的中国现代文学按照某一标准划分为若干历史区间或历史阶段，而是从共时态上把现代文学作为一个有序的整体的动静交互的系统来把握，因而采取“两头小中间大”的书写范式，即全书由“开篇”（小）、“正篇”（大）、“末篇”（小）三个板块构成。“开篇”着重从文化意识和文艺思潮的角度，纵横结合地简略勾画出中国现代文学的演变轨程，并展示新文学的发展规律。“正篇”是本书的核心和重点，按照体裁分成小说、诗歌、戏剧、散文四大创作系列，完全打破了作家论的传统格局；而每个系列又依据文学风格、流派、题材分成若干章，将宏观审视的概述与微观考察的抽样分析有机地结合起来，借以显示“中国现代文学是个多元系统结构”。“末篇”具有承上启下的地位，它既是对中国现代文学的经验教训的总结，以照应或补充“开篇”或“正篇”的内容；又是对当代文学的展望和预测。这三大板块并非各自为政，而有着内在的逻辑联系，构成一个完整的现代文学史书写范式。通过现代文学史的重写实践，呈现出卓有成效的功能特点：一是“开篇”梳理清了自晚清文学改良至五四文学革命在中西文化不断撞击中以人的发现为核心的现代意识的获得并逐步向以阶级、民族为本位的群体意识转化的轨迹，以及伴随着文化意识所产生的以个体或群体为本位的文学观念

① 孙昌熙、朱德发主编：《中国现代文学史新编》，宁夏人民出版社1987年版。

和文学创作的不断演化的轨程，折射出“文学是人学”的特质。二是每个新文学系列的“概貌”，能够将纵向求索与横向考察结合起来，纵向上探清本系列文学发展的阶段性及轨迹，并揭示出文学运演的机制和规律；横向上写明本系列文学的总体审美特征，特别是突显出本系列文学的创作主体和描写（或表现）形象在个体意识或群体意识上所达到的人性深度，并把在专章中涉及不到的曾在历史上产生过影响的作家作品带进去。三是每章的文学作品抽样评述，能够以“人的文学”观念为总的价值标准，从多角度或选取某个角度，运用不同的批评模式进行评析，特别是多用美学的和心理学的批评模式。每章文学作品的抽样分析，能够先从总体上概括这类文学或这派作品的共同特色，然后对每个作家的代表作的艺术个性即独到之处进行深入的开掘，以突出其对中国新文学的独特贡献；为在评述中能够抓住特色，自觉地进行横向比较，既写出了这个作家作品与那个作家作品的相通点，又写清了他们的不同点，并指出主客观原因；抽样分析能够把创作主体意识和作品内涵、思想性和艺术性有机地统一起来；不仅做到了章与章之间的互相照应，而且系列与系列之间也能互相贯通，使整部现代文学史成为一个结构严密的系统。四是“末篇”既是从马克思主义的人学思想和“人的文学”观念出发，对中国现代文学进行反思，总结经验教训，揭示艺术创作规律，又能在“人的文学”观念烛照下来考察当代文学的认同和超越。五是不论“开篇”、“末篇”或者“正篇”的文学系列，在评述过程中既注意对中国传统的批判继承，又重视外国文学的有益影响和作家的创新，从而展示了“没有中西文化、文学的交流，没有‘拿来主义’的贯彻，就没有中国现代‘人的文学’的诞生与发展”①。

《新编中国现代文学史》是根据华东地区省（市）属师范大学校长协作会议精神为更新大学文科教材而编写的，在书写范式的创新上不只借鉴了《中国现代文学史新编》的设想，而且“尽量吸取近十年来现代文学领域学术研究的新成果，使这本文学史在体例、观念、方法等方面都有所创新和突破”②。这部新编文学史的书写范式虽然属于“两头小中间大”类型，却可以具体描述为“一史迹、三巨匠、四文体、一结语”的范式。所谓“一史迹”即通过对文学运动形态和文学理论思潮的疏通与勾勒，揭示中国现代文学生成与发展的历史轨迹，尽管没有三

① 孙昌熙、朱德发主编：《中国现代文学史新编》，宁夏人民出版社 1987 年版，“前言”第 4 ~6 页。
② 朱德发、蒋心焕、陈振国主编：《新编中国现代文学史》，明天出版社 1989 年版，第 770 页。

个十年的历史分期，然而现代文学的演变步履却隐伏于书写主体的叙述里。所谓“三巨匠”即为鲁、郭、茅各设专章论之，他们既是创造现代文学的巨匠又是现代文学的领军人物，是可视为支撑现代文学史大厦的三大柱石。所谓“四文体”，即按照诗歌、小说、戏剧、散文四大文体，将现代文学的作家作品划为四大系统，每个系统都是一道五彩缤纷的艺术风景线。这四大文体的巧妙安排，体现了这本文学史书写范式的创新点：其一，每种文体皆设专章，叙述其发展轨迹，增强文学史书写的历史感。如“诗体解放”及新诗发展轨迹，小说革新及小说发展轨迹，戏剧革新及戏剧文学发展轨迹，现代散文的崛起及其发展轨迹。这些文体演变轨迹的描述并非各自孤立的，而是与整个现代文学发展轨迹的勾勒和各体文学发展轨迹的书写，形成相互辉映的艺术态势。其二，不是泛泛地写作家评作品，而是以作家引领其有独特成就的作品，突现对现代文学的不可取代的贡献。如老舍只写他的市民小说，沈从文只写他的湘西小说，周作人只写他的“美文”等。其三，突出具有鲜明美学风格的文学流派或经典作品在文学史上的地位，或以作家带流派或专章写流派或个案析作品。如路翎及七月派小说，新感觉派小说，《太阳照在桑乾河上》与《暴风骤雨》等。这样书写的目的，在于说明真正显示现代文学史艺术风貌的是哪些风格异彩纷呈的文学流派或经典作品。所谓“一结语”，是对现代文学的总体反思与规律探讨：一是“强烈的使命意识给新文学涂上浓重的政治色彩”；二是“民族自省精神的弘扬带来新文学文化批判意识的强化”；三是“各种形态的人道主义铸就新文学的灵魂”；四是“中外文化交汇是新文学发展的根本途径”。这四条规律性的认识，既是纵贯现代文学史的四条思想线索，尤其第三条“人道主义”彰显出现代文学的人学特质，又体现了书写主体将对现代文学史的总体把握提升到新的理性高度。

在“重写中国现代文学史”的上世纪八九十年代之交的热潮中，自觉地有意识地对书写范式进行突破与创新的作品，虽然难以给出精确统计，但是以笔者的阅读范围与感受认知来说，应首推《中国新文学发展史》。[①] 它不仅对新文学史书写范式的突破与创新的力度大，而且有巧妙而清晰的设计图案，体现出一种可贵的探索精神与创造智慧。该书《导论》明确地表述：“在总结以往文学史编撰正反两方面历史经验的基础上，我们试图以文学主题现象为中心线索，实行多维度错综交叉，建构新的文学史框架”，也就是营造新的文学史书写范式。

① 冯光廉、刘增人主编：《中国新文学发展史》，人民文学出版社 1991 年版。

之所以要以文学主题为中心线索建构书写范式，不仅因为中国新文学的发展是由多种内容、多重层面组成的有机统一体，“而在这多种内容，多重层面的丰富构成中，我们认为，创作主题现象占有最为重要、最为突出的地位”，故而“它是构成文学史的主体和核心的东西，其他则相对地处在从属的位置”；况且，“一部文学史的发展轨迹，它所呈现出的历史风貌，往往能从创作主题现象的流变中最鲜明地显示出来”。但是，“中心并不等于全般，重点代替不了全局”，即以“创作主题现象”为中心或重点建构的新文学史书写范式，若是处理不好与非中心或非重点文学现象的关系，那“无法全面地勾画一个历史时期的丰富多彩的文学发展过程，无法具体地展现活生生的文学史风貌。因此，我们不仅在描述创作时列举多种主题现象，添入讽刺文学、通俗文学等类型，还进一步从更多的角度丰富文学史的内涵。其中既有对思潮社团流派起伏兴衰的综合考察，又有对文体流变的总体勾勒，还有对文学批评演进的历史描述，以期突破单一的文学史框架（或仅以思潮，或仅以文体，或仅以主题……）的局限，建立全景式的立体化的文学史体系”。为贯彻这种总体设想，《中国新文学发展史》文本的具体书写范式由“三编”构成：“上编‘中国新文学的发展过程’是从发生背景和发展轨迹两个方面做纵横交织的整体描述的，但同时又结合史的纵向描述，极简括地提出主要的创作主题及其相互关联，以此来统摄中编的‘创作现象’。而中编的‘创作现象’由于有了上编的统领和铺垫，便在史的网络结构中形成一个有机的整体，而不再是孤立片断的现象。且各文学现象之间又在时代新质这一基点上构成相互的关联与呼应。”“在完成历史过程和创作现象这两个环节之后，作为历史逻辑过程的有机体，我们力求寻找一种将二者进一步联结起来的综合形式，以便使具象的历史行为达到联系更为紧密、概括更为深化的程度。而社团流派、文学批评、文学体式三个部分便成为这样一种中介环节，强化着文学历史描述的完整性，并发挥着联结上下的作用。我们以‘历史整合’命名下编的标题，其意义之一即在此。”这种创新型的书写范式，真正地落实于编撰主体重写《中国新文学发展史》的实际操作过程，方使“我们十六院校的同志在编撰实践中逐渐感受到，以文学现象为中心线索，用整体性、错综性，开放性相结合的原则和方法，去建构文学史框架，描述中国新文学现代化的过程、特质、经验和规律，有助于突破视角单一、空间窄狭、琐细板滞（当然是相对而言的）的局限，获取一种新的宏观综合，将学术界的研究成果较从容地融入新的体例框架之内”。因此，这就建构了“以创作主题为中心线索”，以“历史过程，创作现象和历史整合”这三大板块为巨柱,而支撑起“中国新文学史的大厦”[①],为中国现代文学史的教材书库建设增添一个新的亮点。

老实说,任何一种“重写”中国现代文学史的书写范式的调整或创新,都不是完美无缺的,都具有尝试的探索性;只要有了这种敢于尝试的探索精神,就能驱动现代文学史的书写范式的不断突破与创新。不管书写范式如何突破与创新,却难以从根本上解决中国现代文学史的研究或书写对象只限于“新文学”或“现代性文学”的局限。上述的几种书写范式无不囿于中国现代文学史学科中而对文学史的“重写”,唯有突破学科局限而建构新学科,才能以新范式来书写新学科中的文学史,将文学史的建构推进至新的学术境界。

四

既然重写现代文学史的书写范式属于“人造范式”,即治史主体所营造的书写范式;那么这就对现代文学史的研究或书写主体提出了严格要求。重写现代文学史能否突破既有的书写范式而有所创新有所变革,营造出真正能展示现代文学史本来面貌与审美特质的书写范式,主要取决于治史主体本身的创造能力和建构能力;因此,在我看来,只有具备如下多种能力才有助于现代文学史“人造范式”的更新或完善。

一是应具有勇敢的突破能力。上世纪五六十年代现代文学史的书写范式,是治史者根据主流意识形态的政治规范所营造的,旨在建构政治化而非学术化的现代文学史;经过政治上的“拨乱反正”于80年代中期“重写”现代文学史,首先就要以足够的理论勇气与学术胆识突破既成的政治型的书写范式,真正在学术轨道上来营造现代文学史的重写范式。由于在现行的政治体制中突破既有政治化现代文学史书写范式,是有外在的政治风险与内在的政治恐惧的;所以对于现代文学史的研究或书写的主体来说,必须具有勇于突破的能力,这是建构创新型书写范式的必要前提,没有突破就没有创新这已是学术规律。

二是具有敏锐的感悟能力。由于新中国成立后“十七年”的现代文学史的书写范式始终运作于以“阶级斗争为纲”的政治框架,这就使构成文学史文本的

① 以上引文见冯光廉、刘增人主编:《中国新文学发展史·导论》,人民文学出版社1991年版,第5~11页。

包括文学作品、文学期刊等史料、史实或文献资料，无不受过严格的甚至霸道的筛选、删节、篡改、歪曲、扼杀和遮蔽；因此“重写”现代文学史以创新书写范式则既要对文学史料史实及各种文献资料进行发掘、搜集、整理、甄别和匡正，又要对其重新解读和评析。由于构建文学史文本的史料史实等，大多是感性的具象的资料，主要有赖于治史主体的感受能力和顿悟能力的敏锐将其激活，若感悟能力迟钝或仅有理性能力，那会影响治史者对史料史实的深度与微度的解释与探察，更会影响书写主体对史料的精细分殊与布局；尤其那些能构成文学史关键部件或重要维度的文学作品是一个感性的充满人性密码的深奥世界，更需要治史主体的敏锐的感悟能力，只有以敏锐的感悟力把史料史实中蕴含的文化信息、思想情感内容和审美意识因素发掘出来，才能为治史主体创造现代文学史的新书写范式提供丰盈的资源。

三是深刻的发现能力。若是说治史者依赖敏锐的感悟能力，已对文学史料史实或文献资料有了系统的深切的甚至独到的感受，并且在感受的基础上达到知性或悟性的程度，尚未由非理性完全上升到理性认识的高度；那么此刻亟切需要的是治史主体的发现逻辑机制，即深刻的理性发现力，将那些感受到的或体悟到的非理性化的东西加以理性化，非系统化的东西加以系统化，非条理化的东西加以条理化，非深刻化的东西加以深刻化。所以发现逻辑能力，对于重写文学史深度书写范式的营造极为重要。如果说文学运动形态、文学理论形态、文学创作形态是现代文学史建构不可缺少的三大板块，那么治史主体的深刻发现能力则是大有用武之地的。感悟文学运动形态，不仅应从横纵交错的表层结构上把握在 32 年的历史时空里出现了哪些同中有异或异中有同的文学运动形迹与美学特征，而且更要以深刻的发现能力透过深层结构认清文学运动的内在张力与流动规律及其独特本质。文学理论形态的构成既有各种文学观念又有不同的文学主张，既有相互冲突的文学思想论争又有不同的美学思潮、创作方法论和各种艺术技巧等，若是不以深刻的发现逻辑机制对理论形态进行穿越和辨识，那就不可能发现各种文学理念、美学范畴、文艺思想、创作方法以及各样技艺的真理性、功效性、关联性，以及与文学运动形态和文学创作形态的密切性。至于文学创作形态，不只有枚不胜数的各种类型的文学作品，也包括形形色色、个性各异的大量作家，对于他们的重新解读重新认识能否有新的发现新的阐发新的深度新的高度，关键取决于治史者的发现能力的深刻性。比如现代文学作品形成很多主题群落，有不少已为众人所晓，要是治史主体凭借深刻发现机制发现一些从未发现的主题群落，那就为现代文学史书写范式的重构提供了新的支撑。再如现代作家具有强烈的文体自觉意识，在创作实践中涌现出不少文体作家，也营造了众多新文体；但统观既成的现代文学史对文体意识及其样态的描述相对薄弱，如果治史者能够充分利用发现逻辑机制对文体意识及文体样式给予系统深刻的再发现，那就会使重构现代文学史的书写范式增加一个新的维度。不仅构成现代文学史的三大形态需要治史主体的深刻发现逻辑能力，对现代文学总体的史识获取更需要治史者的深刻发现能力。大多新颖独到的“史识”隐含于现代文学的本体里，即对现代文学史的诸多规律性认知都是从现代文学肌体中发现出来的，如认定现代文学是“改造民族灵魂”的文学、认定现代文学是人的文学、认定现代文学是现代化的文学等“史识”，都不是外来的而是从现代文学本体里凭借治史者的深刻发现力而发现出来的。有了“史识”，现代文学史的构成方有了“主魂”，其书写范式的营造也有了“主线”。

四是应具强大的穿越能力。中国现代文学史从客体上说可以算作独立的自足系统，然而它的生成与发展亦离不开域外文学系统与古代文学系统，即使无限延伸的当代文学系统也是对现代文学系统的赓续。重构现代文学史必须依仗治史者的强大穿越能力，将现代文学与域外文学、古代文学、当代文学的纵横错综的复杂关系打通，由表及里、由显到隐地把握它们之间的多种联系，这样才能营造出将现代文学史重构纳入中外古今文学交汇的纵横相通的坐标点上的书写范式。通过穿越能力仅仅把现代文学与域外文学、古今文学的联系贯通还是不够的，最重要的是依靠治史主体的穿越能力将现代文学自身结构系统的如蛛网般的错综交叉、纠结缠绕的各种关联打通，即文学运动的或文学思潮的纵横关系要打通，各个文学社团流派之间的关系要打通，就是各种类型文学之间的关系甚至个案作品自身的关联也要沟通，使现代文学自足系统作为一个相互关联的有机整体烂熟于治史主体的胸中，如同一盘活棋掌控在手里。这不仅有利于现代文学史灵活而又缜密的结构形成，亦有利于相应的书写范式的确立。文学史的建构，关键在一个“通”字，只要治史主体具有强大的穿越能力，文学史客体的各种关系都能穿透打通，那么什么形态的文学史或什么功能的书写范式都有可能建成。

五是应具有巧妙的整合能力。构成现代文学史的基础资料，不论史实或史料或文献都是些凝冻物，只有经过治史主体的感悟能力、发现能力、穿越能力的激活，对其思想意蕴、审美意识、文体形式及各种联系有所掌握，并按照一定的目的要求、主旨线索、规范框架将其整合起来，才能使之成为一个思想逻辑与历史逻辑严丝合缝的理性系统，这样方可从根本上解决其零散化、碎片化的状态。建构现代文学史要求治史者具有整合能力，即必须有明确指向或逻辑中心，或者围绕揭示现代文学史本真面目来整合，或者遵循现代文学史演变规律来整合，或者根据治史者的不同文学史观或史识来整合，或者依据外在诉求或社会核心价值来整合，等等。总之，现代文学史书写的整合是有意识有目的的，是纲举目张的，是变异求新的，是务实出真的；只有把治史主体的各种能力发挥到极致，并自觉地与强烈的创新进取意识结合起来，才能推动人造现代文学史书写范式的不断调整或不断出新。

草于 2015 年 8 月中旬

（原载《东岳论丛》2016 年第 3 期）

评述中国现代文学史学科范式的重建

查阅《辞海》,不见为"学科"单立词条而对其内涵与外延给出定义性的解释,也许编写者认为"学科"是个不言自明的概念,故而没有对其进行义释。其实,为了研究或教学之需,欲给"学科"下个明确简要的定义,并非易事。尤其人文科学的各科之间的重合性与密度性较大,差异性和疏离性较小,越发给相邻学科下个确切定义不容易。这就导致学科的界说宜粗不宜细,最好弹性大一点,界限模糊一点。在我看来,所谓学科就是根据科研或教学的需要,为特定的知识系统或学问积累所规定的时空界限或边界范围;而在这个特定的时空界限里研究对象或教学内容,有相对的规范性、稳定性和谱系性。作为学科范畴,又可分为:(1)时空性学科,即仅是个框架或边界,不涉及或少涉及学科的内涵、价值和意义;(2)意义性学科,即它本身就能呈现出其特定的内涵、价值和意义,当然也能或隐或显地折射出其学科的边界。中国新文学史(后来亦名之为中国现代文学史)作为一个学科范式,由教育部于1951年提出并法定下来,虽然也是个时空性的学科(1919—1949),但最重要的却是个意义性学科。它明确规定该学科的政治思想基础是新民主主义论,而文学的性质则是无产阶级思想领导的彻底反帝反封建的新民主主义文学,将新文学紧紧地捆绑在政治战车上;后来便把中国新文学史学科纳入"以阶级斗争为纲"的极左政治轨道,经过反复的折腾使这个学科的知识系统或学问积累几乎被扫荡殆尽。通过"拨乱反正",中国新文学史学科有了生机与活力,尽管如此,但总是摆脱不了极左政治的幽灵,更适应不了思想解放以来现代文学史研究或教学的不断开拓与进展的学术新趋向。于是,在"重写文学史"热潮掀起前后,学界冲破既定的中国新文学史学科范式而提出了不少新的学科范畴,力图重建中国现代文学史学科范式,将现代文学史的研究或书写推上一个新的学术阶段。这里,笔者拟择取两个学科范式给予评述。

一

“20 世纪中国文学”作为一个学科范式，是在 1985 年由北京大学三位年轻学者提出的。① 当时在文学界引起强烈反响，赞同者多，质疑者少。笔者是认同它的，理由很简单，因为它从时空维度与学科意识上完全突破了中国新文学史或现代文学史学科的局限。尽管它作为学科范式涵纳了既定学科的内涵或者它把后者的一切皆收入囊中，但它对“中国新文学史学科意识”却从新的角度做了理论阐释，以宏阔的“世界文学”视野对 20 世纪中国文学的启蒙特质、审美品格、艺术思维做了创新性概括与分析，新民主主义论不再作为新文学史学科的柱石，使“20 世纪中国文学”既从时空上又从性质上成为真正的创新型的学科范式。这正是学科创建者所追求的：之所以名之为“20 世纪中国文学”，“这并不单是为了把目前存在着的‘近代文学’、‘现代文学’和‘当代文学’这样的研究格局加以打通，也不只是研究领域的扩大，而是要把 20 世纪中国文学作为一个不可分割的有机整体来把握”。若是“20 世纪中国文学”能够从客观逻辑与主体思维逻辑达到完全的契合，即 20 世纪中国文学包含的各个子系统成为一个相互关联相互依存的严密结构；那它就可以“作为一个不可分割的有机整体来把握”，当然亦可以将它作为一个研究或书写文学史的完美理想的学科范式来对待。创建者以群体的学术智慧是这样从宏观上“把 20 世纪中国文学作为一个不可分割的有机整体来把握”的：“所谓‘20 世纪中国文学’，就是由上世纪末本世纪初开始至今仍在继续的一个文学进程，一个由古代中国文学向现代中国文学转变、过渡并最终完成的进程，一个中国文学走向并汇入‘世界文学’总体格局的进程，一个在东西方文化的大撞击、大交流中从文学方面（与政治、道德等诸多方面一道）形成现代民族意识（包括审美意识）的进程，一个通过语言的艺术来折射并表现古老的中华民族及其灵魂在新旧嬗替的大时代中获得新生并崛起的进程。”文学史就是对文学进程的疏通与描述，而本学科则从五个维度对 20 世纪中国文学进程所进行的沟通，既历时性地勾勒出文学演变轨迹，又由外而内地揭示出 20 世纪中国文学形成的五条思想艺术风景线，动静结合且着重从动态上认知并把握了 20 世纪中国文学的整体，粗线条地呈现出 20 世纪

① 黄子平、陈平原、钱理群：《论“二十世纪中国文学”》，《文学评论》1985 年第 5 期。

中国文学史的轮廓。通过对20世纪中国文学条条进程的分析，展现出“走向‘世界文学’的中国文学；以‘改造民族的灵魂’为总主题的文学；以‘悲凉’为基本核心的现代美感特征；由文学语言结构表现出来的艺术思维的现代化进程”的基本特征，以及具有强烈“整体意识”的方法论。这种对“20世纪中国文学”的总体构想，实质上它也成了“20世纪中国文学”学科范式的主体意识。因此，如果依据其来研究或书写文学史，那它的功能的优长和局限都可以显现出来。

“20世纪中国文学”作为一个学科范式，它对于文学史的研究或书写，其功能之一，则是规定了从1900年至2000年的20世纪百年的历史时空。虽然它对文学史研究或书写对象的限定有一定弹性，但是绝对又不能超越百年时空的上下界限太多，否则就不是20世纪百年中国文学史的研究或书写了，且失去了学科的规范意义。“20世纪中国文学”若仅仅是个时空性的学科，那对文学史书写的对象就不会有太严格的限制，凡是在20世纪中国的历史时空生成的或出现的所有文学形态文学现象或文学踪迹都可以作为文学史研究或书写的对象，都能纳入20世纪中国文学史建构所选择的范围；但是“20世纪中国文学”作为一个学科范式的提出，不只是着眼于它的百年时空，而重在它的整体性的学科意义，这就限定或规范了它能容纳的文学史研究或书写的对象只能是合乎学科主体意识要求的文学，即现代性的新文学或具有启蒙价值的文学。不论从时空上还是意义上来考察“20世纪中国文学”学科的功能，都可以看清它不只拓展了现代文学史研究或书写的时空，给治史者一个百年中国文学的整体视野，也摆脱了不少文学史研究或书写的人为造成的政治障碍或难越的地雷禁区，提供了一个具有战略意义的有可能恢复现代中国文学史本真面目的学科范式。这虽是本学科的优长，但对于它的局限性也必须承认：从时空上看，“20世中国文学”学科的上限定为“上世纪末本世纪初”，可以用陈季同的《黄衫客传奇》、韩邦庆的《海上花列传》或者戊戌变法前后文学改良运动，作为现代中国文学发端的标志；那么其下限定为2000年，从文学运动或文学思潮或文学社团流派或作家作品中，都寻找不出现代中国文学发展到特定阶段或完整周期的标志性特征。尤其跨进21世纪的中国文学，则成为新百年的文学了，即使将它作为一个骥尾也难以塞进“20世纪中国文学”学科，这是命定的局限，非本学科能解决，只好求助新的学科范式的创构了。若是从意义的角度来审视“20世纪中国文学”学科，那它的局限性更为明显，就是它太偏重于“改造民族的灵魂”的启蒙文学，而其他形态的新文学虽可堂而皇之地纳入本学科，但其地位却不同于启蒙文学，至于那些非现代性的文学样态则被排斥在本学科之外。不过这种意义上的学科局限，在“20世纪中国文学史”的书写实践中，几乎都突破了，重构的文学史着重于“20世纪中国文学”的时空框架的运用，学科意识对20世纪中国文学史的建构所起的规范作用在不同的文本中是有差异的，甚至有的《20世纪中国文学史》文本突破了以启蒙文学为核心的学科意识的限制。

“20世纪中国文学”作为一个学科范式，对于文学史研究或书写所呈示出的第二个功能特点则是，它将20世纪中国文学的生成与演变纳入“世界文学”格局来考察，置于一个以“民族—世界”为横坐标，“个人—时代”为纵坐标的坐标系，使20世纪中国文学的每个创造的民族的、世界的、个人的、时代的根源，通过治史者的探析而彰显出来，从而确证20世纪中国文学是“世界文学”的有机组成部分。不过“20世纪中国文学是在一种充满了屈辱和痛苦的情势下走向世界文学”的，若是治史者能够遵照“20世纪中国文学”学科范式而自觉地把中国文学纳入“世界文学”格局进行勘探与洞察，那就会深刻地发现：中国文学的创造主体是“用当代的眼光、语言、技巧、形象，来表达本民族对当代世界独特的艺术认识和把握，提出并关注对一时代有重大意义的根本问题，从而自觉不自觉地，与整个当代人类的共同命运息息相通。从这样开阔的角度来看19世纪与20世纪之交的文学上的‘断裂’，就能理解：这一次的变革为什么大大不同于漫长的中国文学史上众多的诗文革新运动；落后的挨打的‘学生’为什么既满怀着屈辱感又满怀着自信‘出而参与世界的文艺之业’；世界的每一个文学流派、思潮为什么无论怎样阻隔或迟或早地总会在这里产生‘遥感’；貌似‘强大’的陈旧的文学观念、语言、规范为什么会最终崩溃并被迅速取代，等等”。通过深入研究倘能把这些问题理解了阐明了，并融入20世纪中国文学史书写之中，化为新史识新见解，不仅能够增强文学史建构的创新性，而且可以强化文学史文本的深度感。

获得“世界文学”的宏阔视野与治史眼光，对于建构20世纪中国文学史所发挥的功效是难以估量的；而文学史书写的“纵横坐标系”的提出，尽管缺乏具体深切的诠释，然而治史者所受到的理性启示却是深邃而巨大的，至于在实际运作与操练上更要下一番苦功夫，这样才有可能使“纵横坐标系”在文学史书写实践中产生卓越功效。这里着重探讨一下“纵横坐标系”的深广内涵：一是文学史书写为什么要把研究对象置于横坐标？如何理解“民族—世界”为横坐标？以笔者之见，“民族”是指本民族文学即中国传统文学系统，“世界”是指世界各民族形成的世界文学即除本民族外的其他各民族的文学，这样就使本民族的中国传统文学与世界其他各民族文学在横向上构成了相互对应的“民族文学”与“世界文学”两个范畴；而中国文学进入20世纪的每一种创造，既承传了本民族传统文学的固有血脉又汲取了世界其他民族文学的养分，特别是国内与域外两方面文学的相互撞击相互交汇，由创作主体选准了契合点或结合部，“以新的形，尤其是新的色来写出他自己的世界，而其中仍有中国向来的魂灵”①，这便形成20世纪中国文学创造的横坐标。书写文学史之所以把选取的文学对象置于“横坐标”，旨在恢复20世纪中国文学生成的原貌，使文学史文本越发带有原生态的历史真实感。二是书写文学史为什么还要纵坐标？如何理解“个人—时代”为纵坐标？这里的“个人”主要指创造20世纪中国文学的作家主体，不论文学运动的兴起、文学观念的更新或者文学流派的形成、各种体式作品的生产，无不是作家主体的积极的能动的创造；所谓“时代”主要指文学创作所处的时代背景、感染的时代氛围、渗透的时代精神，即作家主体进行文学创作适应了时代的诉求、感受到时代的驱动，故每个时代有每个时代的文学，尤其是20世纪中国文学不能不打上时代的烙印，无不具有鲜明的时代色彩。如果说“横坐标”是20世纪中国文学创造的静态坐标，那么“个人—时代”形成的纵坐标乃是20世纪中国文学创造的动态坐标；不论是静态的横坐标或者是动态的纵坐标，“都和世界的时代思潮合流，而又并未梏亡中国的民族性”②。书写20世纪中国文学史之所以还要将文学对象置于“纵坐标”来考察，是因为它不只是能真实地揭示出20世纪中国文学的流变轨迹及内在机制，还能展示其强烈的时代感和个性化。若是从宏观到微观都能把20世纪中国文学史的考析置于纵横交叉的坐标系，那既能彰显文学的世界性与民族性、时代性与个体性之间的互动关系，又能暗示出20世纪中国文学生成与嬗变的内在规律及其古今中外的文化渊源。至于“纵横坐标系”在操作上用之于20世纪中国文学史研究或书写实践，哪怕对一部作品的解读与分析也要探赜发微，精研细释，否则“坐标系”的独特功能就得不到充分的体现。

“20世纪中国文学”作为学科范式，它对于重构文学史呈现出的第三个功

① 鲁迅：《而已集·当陶元庆君的绘画展览时》，见《鲁迅全集》第3卷，人民文学出版社2005年版，第573页。

② 鲁迅：《而已集·当陶元庆君的绘画展览时》，见《鲁迅全集》第3卷，人民文学出版社2005年版，第574页。

能，则是确立了以“改造民族的灵魂”为20世纪中国文学总主题的文学史观，从价值根基上规范了20世纪中国文学史实质上是一部启蒙文学史，这就突破了新民主主义论对“中国新文学史”定性为政治化文学史的书写框架和固化的思维习惯，将文学史的研究或书写导向更逼近20世纪中国文学思想特质的学术轨道。新学科范式的创建者之所以将“改造民族的灵魂”作为20世纪中国文学的总主题或核心文学史观，乃是基于对20世纪中国社会主潮所做出的理解与透析：“政治压倒了一切，掩盖了一切，冲淡了一切。文学始终是围绕着这中心环节而展开的，经常服务于它，服从于它，自身的个性并未得到很好的实现。除了政治性思想之外，别的思想启蒙工作始终来不及开展。”就这样，“启蒙的基本任务和政治实践的时代中心环节，规定了20世纪中国文学以‘改造民族的灵魂’为自己的总主题，因而思想性始终是对文学最重要的要求”；而实际上，“在‘改造民族的灵魂’这一总主题中，一直有着两个相反相成的分主题。一个是沿着否定的方向，以鲁迅式的批判精神，在文学中实施‘文明批评’和‘社会批评’，深刻而尖锐地抨击由长期的封建统治造成的愚昧、落后、怯懦、麻木、自私、保守，并把‘哀其不幸怒其不争’的态度，凝聚到类似阿Q、福贵、陈奂生这样一些形象中去。另一个是沿着肯定的方向，以满腔的热忱挖掘‘中国人的脊梁’，呼唤一代新人的出现，或者塑造出理想化的英雄来作为全社会效法的楷模”。这是从破与立相反相成的两大维度概括出20世纪中国文学所表现出的“改造民族的灵魂”的总主题，如果这一概括与20世纪中国文学的思想意蕴实质相契合，它算得上正确圆满的文学史观，那么以此文学史观来制导20世纪中国文学史的书写将发挥诸多功效。特别以“改造民族的灵魂”为文学史书写的核心理念和中心线索，必定会把20世纪中国文学史营造成一部启蒙文学史，或者一部现代中国人的思想灵魂史。但是从总体把握上与具体分析的结合上，将“改造民族的灵魂”作为20世纪中国文学的总主题却值得商榷，它是否能作为书写20世纪中国文学史的正确而圆满的文学史观亦不能轻易认同的，究竟以它作为核心理念来建构20世纪中国文学史是否能产生恢复历史真实全貌的积极功效也是需要商讨的。诚然，20世纪中国有些文学样态蕴含着广义的启蒙思想或具有启蒙文学“改造民族的灵魂”的功利价值，有的“文学中表现了一种深刻的‘自我启蒙’精神，那种苛酷的自责和虔诚的反省，是以往时代的文学和别一国度的文学中都没有的”；但是像这种形态的文学主要集聚于五四启蒙文学和80年代“拨乱反正”时期的新启蒙文学中，也有些启蒙性的文学散落于其他文学形态里。若是把上述文学所表现的"改造民族的灵魂"的主题当成20世纪中国各种形态文学的"总主题",那不是极为明显的"以偏概全"吗?若是以此为文学史观建构20世纪中国文学史,那只能是独尊或抬高启蒙文学,而大量的其他形态文学或被贬抑或被遮蔽,实质上这是把20世纪中国多元景观的文学史变成一元景观的启蒙文学史。

更何况,作为20世纪中国文学"改造民族的灵魂"总主题中的两个分主题的阐释,貌似条理清晰,实则不少表述是含混不清的:"一个是沿着否定的方向,以鲁迅式的批判精神",抨击封建统治造成的国民劣根性。这个分主题至少有这样一些问题尚待探究:鲁迅式的批判精神无疑是以科学与民主为旗帜的理性主义或者个性主义与人道主义作为启蒙思想和批判武器的,那么20世纪中国文学发展到每个历史阶段出现的批判国民劣根性以塑造民族灵魂的启蒙主题是否都坚持并弘扬了鲁迅的现代启蒙意识和理性批判精神?若是运用其他思想武器来抨击国民劣根性也算表现现代启蒙主题吗?既然通过精神批判否定了"民族灵魂"的劣根性,那到底以什么优质思想、情感或人性来重塑民族灵魂,则不得而知。与此相联系的是沿着肯定方向的分主题,即20世纪中国文学塑造出不少理想化的人物,其中有"高、大、全"的形象,这些理想人物的人性都是鲁迅为代表的启蒙文学所追求的"理想人性"吗?甚至"十七年文学"中刻画了众多为乌托邦政治理想而奋斗的英模人物,他们的灵魂是否也属于启蒙思想所铸造的理想灵魂?莫非他们也能"作为全社会效法的楷模"?如果这些疑惑不能从学理与作品的结合上阐释清楚、辨别明确,那以"改造民族的灵魂"作为20世纪中国文学总主题或作为重写文学史的核心理念,就很难落到实处和化入深处,就不能为文学史的建构带来创新的功效。

"20世纪中国文学"作为一个创新的学科范式,它对于重构现代中国文学史呈现出的第四个功能,则是"内在地把握20世纪中国文学的总体美感特征,实际上,就是从审美的角度来本质地揭示文学中'意识到的历史内容',就是把握一个古老的新生的民族对当代世界的艺术的和哲学的体验"。这不仅为重写文学史开拓一个深层次的"美感意识"维度,把"改造民族的灵魂"的文学总主题从思想层面的阐释深化到审美意识层面,这就突显出文学是以审美感染力或艺术魅力来悦人塑魂的独有特质,这是以前现代文学史学科范式尚未有意为之的;而且也给文学史的重构提出了更高的要求,只有从"内部"的特质入手对20世纪中国文学进入探幽发微的感受体察,方有可能触摸到或把握住其美感特征，这大大增加了治史的难度。值得感佩的是，新学科范式的创建者已勾勒出20世纪中国文学所具有的丰富社会历史蕴含的美感特征即是“悲凉”，而这一美感特征“它不同于欧洲文艺复兴时冲破中世纪黑暗带来的解放的喜悦，也不同于启蒙运动所具备的坚定的理性力量。在中国，个性解放带来的苦闷和彷徨总是多于喜悦；启蒙的工作始终做得很差，理性的力量总是被非理性的狂热所打断和干扰；超出常规的历史运动带来了巨大的进步同时也带来巨大的失误；灾难常常不单是邪恶造成的，受害者们也往往难辞其咎；急速转换的快节奏与近乎凝固的缓慢并存，尖锐对立的四分五裂与无个性的一片模糊同在。正是这一切，使得20世纪中国文学既具有与同时代的世界文学相通的现代悲剧感，又具有自身独特的悲凉色彩”。而这样的，“以‘悲凉’为其核心为其深层结构的美感意识，经常包裹着两种绝不相似的美感色彩：一种是理想化的激昂，一种却是‘看透了造化的把戏’的嘲讽”。对于20世纪中国文学的多元复杂的审美世界，通过解读与体验所获得的美感意识无疑是错综杂乱、深邃玄妙、悲喜交集、亦奇亦幻的；然而却能从中辨识出“悲凉”是其核心最深层的美感意识，其他的美感都聚焦于“悲凉”或由它而发散，这是多么独特凝练的审美体验又是多么高度简明的艺术概括？并且又能以既辩证又含蓄甚至几近朦胧的文笔给以描述，这怎能不使人受到深切的诗意的启示而深长思之呢？若是书写20世纪中国文学史能以“悲凉”审美意识为纲，作为一条内在线索贯穿于章节的安排或渗透于文学史的具体叙述，那建成的20世纪中国文学史文本不再会有干巴、空泛、抽象之感乃是充满了诗意和哲理，作为文学史不同于其他历史的独具美感特征就可以得到异常的彰显。目前可阅的20世纪中国文学史已出版多部，主要运用了“20世纪中国文学”的时空框架，却罕见把“悲凉”美感意识或其他美感意识作为20世纪中国文学史的不可或缺的维面来书写，难怪这些文学史文本缺乏应有的审美深度和温度。

笔者虽然对“悲凉”美感特征的发现与概述有所敬佩有所认同；但是结合20世纪中国各种现代形态的文学和自己的审美感受，认真地想想，以“悲凉”作为20世纪中国文学的总体美感特征，如同以“改造民族的灵魂”作为20世纪中国文学的总主题一样，也有以偏概全之嫌，这是我不能完全认同的。固然现代文学中的美感不同于古代文学的“中和”之美，它难以体验难以发现难以辨识，即使体验、发现、辨识了也难以用准确的概念表述出来；不过“现代的悲剧感”和“现代的喜剧感”从感受到认知还是可以表述清楚的，哪怕“悲剧感”中的“悲壮”、“悲惨”、“悲凄”、“悲苍”、“悲凉”等也是可以体会出来。从美感的角度来考析20世纪中国现代形态的各类文学，真正具有“悲凉”美感特征的文学作品，大多集聚在五四启蒙文学和80年代新启蒙文学中，即使鲁迅的《呐喊》和《彷徨》两个集子里的小说也不是每篇都具有“悲凉”之美，连张爱玲的女性小说也是自称为“苍凉”之美，至于20世纪中国出产的“普罗文学”、“左翼文学”、“抗战文学”、“工农兵文学”、“十七年文学”或者90年代的文学，究竟有哪些小说、诗歌、散文、戏剧或影视等文本具有“悲凉”美感特征？没有足够数量的文学作品作为实证来支撑，把“悲凉”作为20世纪中国文学的总体美感特征的论断能立得住、扎得稳吗？如果以“悲凉”美感作为书写文学史的一条情思线索，它能穿透20世纪中国文学的各个系统或文学作品吗？“悲凉”美感不能成为20世纪中国文学的总体美感特征，究竟何种美感意识可以作为20世纪中国文学的总体美感特征？这就亟须对20世纪中国各体文学从微观到宏观进行反复地解读、反复地体验、反复地认知，方有可能对总体美感特征有个全面而辩证的理解与把握，以推动现代中国文学史的研究或书写走向纵深。

“20世纪中国文学”作为一个创意丰富的学科范式，它对建构不同于以往现代文学史所显现的第五功能，就是从“内部”强化对20世纪中国文学的本体构造或内在结构的研究，真实地揭示出“艺术形式（文体）在整个文学进程中的辩证发展”轨迹。这在已运用过的书写现代文学史范式中虽也注意到对“文艺形式”的勾勒，却没有对20世纪中国文学语体或文体变革的重要性、互动性、创造性和嬗变性、矛盾性提出如此富有开拓性新颖性的研究或书写纲要，若是真正能够遵守它的规范与要求来建构20世纪中国文学史，不只可以增强文学史的本体性也能增强其创新性。一是要从古今文学比较的角度写出中国文学史上从未出现像20世纪这样激烈的“形式大换班”，应揭示出其根本原因在于“伴随着新思想的传播和现代自然科学的引入，艺术思维的现代化也就开始了，艺术形式的兴废、探索、争论，只能被看作是这一内在的根本要求的外化”。二是要把文学语言的变革作为艺术思维变革的突破口，既要揭示出白话文运动旨在变革语言媒介的根本意义，又要发掘出“本世纪中国文学的每一次大的进展都是摆脱‘八股’化语言模式（旧八股、新八股、洋八股、党八股、帮八股）的一场艰苦卓绝的搏斗”史，特别是要展现出白话文运动中所蕴含的“雅俗之争，普及与提高之争，‘主义’与‘艺术’之争，宣传与娱乐之争，民族化与现代化之争”两者之间相互矛盾又相互联系的根本意图，及其所形成的相激相荡的张力而左右了

“本世纪文艺形式辩证发展的基本轨迹”。三是不仅要从思维现代化的角度写出“诗体的解放、复活、创新等复杂的运动,最鲜明地凝练地集中地体现了本世纪中国文学在艺术思维上的挣扎、挫折、进展和远景”,而且要写出“戏剧形式的发展”成为“整个艺术形式队伍中缓慢然而扎实前进的一个强大的‘殿军’、后卫”的曲折演变;不仅要写出“介乎诗和戏剧之间的,是本世纪中国文学中最重要的文学类型”短、中、长篇小说的辉煌发展进程,也要写出散文在本世纪文艺形式变革中“迅速打破了‘白话不能写美文’的偏见,显示新文学的实绩”,“散文的发展显示出一时代个性的发展程度和文化素养程度”,而且更要写出本世纪中国文学“在东、西方文化的碰撞、交流之中,一些崭新的、既是民族的又是现代的艺术形式,已经、正在和将要创造出来,显示出中华民族在世界历史的现代进程中,在艺术思维方面的主体创造性”。笔者并不认为上述对20世纪中国文学的语体或文体深刻变革的意义、轨迹、实绩的理解、把握和见解,都是完美无缺的或无懈可击的,但是它对20世纪中国文学艺术形式能给出如此深切辩证的颇有独识的分析与判断,却是值得重视的;若是能以此作为重构20世纪中国文学史“艺术形式”维度的参考纲要,与文体史料或文学文本的具体剖析密切结合起来,那定会增强文学史的审美形式感与本体论色彩。

既然治史者对文学史的研究或书写,“是一种选择、取舍、删削、整理、组合、归纳和总结”,那么“20世纪中国文学”作为一个学科范式,既提供了文学史书写的“历史哲学”、“参考照系统和一定的价值标准”①,又提供了一种具有“整体意识”的方法论和百年的时空框架,并彰显出建构20世纪中国文学史所具有的开拓性、创新性的巨大功能;尽管它在时间维度与意义维度上都存在着一些不足,甚至其学科本身也有不可克服的局限性,然而与其他学科范式相比它却是“重写文学史”热潮掀动以来在理念上或实践上最具影响力也是使用率最高的学科范式,特别是它的既有创意又有深度的史学意识随着现代中国文学史研究或书写的深化,越发能显示出它的思想引领作用和实际操作威力。

二

“中国现代文学”研究及其文学史书写的学科范式重建,并未因为不少学者

① 以上未注释的引文,皆出自黄子平等:《论“二十世纪中国文学”》,《文学评论》1985年第5期。

认同并选用了“20世纪中国文学”这个具有开创意义的学科范式而停止探索的步伐，继之又新建了“现代中国文学史”①、“中华民国文学史”②等学科范式。前者的学科意识及其功能特点与尝试成果，可参见《现代文学史书写的理论探索》③与《现代中国文学通鉴》④两部著作；后者的“中华民国文学史”学科范式，虽然新世纪伊始便提出，但是真正引起学界的热切关注并展开多层次多角度讨论却是近几年的事，尤其一些中青年新锐学者的见解发人深思令人诚服。

“中华民国文学史”作为一个学科概念，实际上它包括在“现代中国文学史”学科范式中，截取了从1911年至1949年这段中华民国的历史时空，它比1951年新中国体制规定的“中国新文学史”学科范式的1917年至1949年向前追溯了6年。如果要使现代中国文学史的学科划分与古代中国文学史的学科划分取得惯性一致，都以朝代为准绳；那么中华民国文学史作为现代中国文学史学科中的“一个朝代文学史”的子学科也未尝不可。不过，古代中国的朝代并非建立在现代民族国家观念之上，而“中华民国”是地地道道的现代民族国家即民主立宪的共和国，这样的国体是与皇权王朝异质相对的。若仅仅将“中华民国文学史”学科范式的“中华民国”作为一个时空框架，那么对于它的学科功用，笔者同意又不完全同意这样的概述。“‘时间’概念具有十分显著的多元性、包容性、中间性、连贯性、独立性和时代性特质”，因此，中华民国文学史作为一个时间概念的“多元性和包容性可以将发生在民国时期的一切文学事件囊括其中，以此还原文学的多元性和丰富性，一些被边缘化的民国时期的通俗文学、旧体诗词，被忽略和压抑的作家，被错误解读的文艺政策和文艺思潮都可以重新得到修正和还原；时间的中间性可以排除政治意识形态的干扰，淡化文学史的政治倾向性、思想皈依性和评价的主观性，国民党所提倡的民族主义文学、三民主义文学就可以得到公正、客观的阐述；时间的连贯性使得‘民国文学’可以延续中国文学以大的政治时代或政权朝代更迭为顺序的划分方法，从而避免了‘中国现代文学’和‘中国当代文学’分期的模糊和混乱，更体现了二者之间的本质差异；时间的独立性可以使一些个性的思想得到凸显，真正做到‘文学史’

① 朱德发：《重建“现代中国文学史”学科意识》，《福建论坛（人文社会科学版）》2002年第2期。

② 张福贵：《从意义概念返回时间概念——关于中国现代文学史的命名问题》，《文学世纪》2003年第4期。

③ 朱德发：《现代文学史书写的理论探索》，山东人民出版社2010年版。

④ 朱德发、魏建主编：《现代中国文学通鉴》（上、中、下三卷），人民出版社2012年版。

与‘人学史’的对照和互通，为文学史写作的完整性和个性化提供一个更加广阔的空间；时间的时代性彰显了‘民国文学’的时代特性，辛亥革命对‘民国文学’的意义，各种政治势力角逐对‘民国文学’的影响，自由主义、民族主义、无政府主义等各种文化思潮对‘民国文学’的渗透，都体现了‘民国文学’的时代特性”①。上述对于“时间”概念所具有的六种特性的提法，笔者认同“多元性、包容性、中间性、连续性”有可能在书写文学史过程中所产生的积极功效；但是时间概念的“独立性、时代性”对于文学史书写所产生的功能却超出了文学史学科的“时间”范畴，它们应是文学史学科范式的主体意识或价值理念所具有的功能。只有把“中华民国文学史”作为一个有独立学科意识和特定价值观念的学科范式来运作，它在书写文学史中才有可能呈现出“文学史”与“人学史”的互通、文学史写作的完整性和个性化；仅仅将“民国文学史”学科范式作为时间概念来对待是难以产生意义或价值功效的，这使笔者不能完全认同“时间”概念之于文学史书写所具有的六个功能特质。时间概念的“独立性”究竟指什么，其特定内涵如何把握？如果这里说的时间概念的“独立性”是指中华民国起止的时间所具有的“独立性”，那就是意义或价值层面的“独立性”，单纯的时间概念何来的“独立性”？既然时间概念的独立性能够使“个性的思想得到凸显”，又能“做到‘文学史’与‘人学史’的对照和互通”，这样功能显然不是单纯的时间概念所具备，只有中华民国作为意义或价值范畴才有可能做到。为什么“才有可能做到”而不能“完全做到”？道理很简单，因为中华民国作为文学史研究或书写的学科范式，个性主义或人本主义思潮能够深刻影响或主导文学创作，并作为积极的正效应得到肯定，这主要集中在中华民国的五四文学革命时期及20年代中前期。这个历史区间的文学研究及其文学史书写，若坚持中华民国文学史学科意识的独立性功能，那肯定会使个性思想得以突显，也能使“文学史”与“人学史”相互融通；但是到了中华民国的“30年代左翼文学”、“八年抗战文学”乃至“40年代的延安文学”等，所体现出的文学主潮却与五四时期的人学思潮形成挑战之势，这几个历史区间的文学研究或文学史书写如何发挥中华民国文学史学科范式的“独立性”功能而突显“个性化的思想”、做到“文学史与‘人文史’的互通”呢？既然时间概念的“独立性”难能自成其说，那么时间概念的“时代性”就能成立吗？作为民国文学史学科范式的时间概念的时代性并不是单纯

① 张福贵等：《文学史的命名与文学史观的反思》，北京大学出版社2014年版，第107～108页。

的时间概念所具有的，它属于学科意识的重要内涵，其价值意义相当丰实。它能彰显“民国文学的时代特点，辛亥革命对‘民国文学’的意义”，它亦能体现“各种政治势力角逐对‘国民文学’的影响，自由主义、民族主义、无政府主义等各种文化思潮对‘民国文学’的渗透”，这已不是作为国民文学史学科范式的时间概念的时代性所能产生的功能效应，而是唯有学科范式的意义或价值功能方能具有的。若是真正将“国民文学”作为“单纯的时间概念”来对待，就不要过度地扩张它的功能特点，笔者认同这样的论述：“民国文学”认定为“单纯的时间概念，成为可以包罗万象的时间容器，既可以接纳‘五四’新文学，又可以包容以鸳鸯蝴蝶派为代表的旧派文学，同时也不忽视言情、侦探、武侠之类的旧通俗文学，旧派文学的诗词格律、日伪沦陷区的汉奸文学、日常生活文学都可在其时间框架下找到存在的位置，而不致遭受被放逐的命运”①。然而，在笔者看来，若把“民国文学”作为一个创新型的学科范式，既要对其单纯时间概念的功能特点进行探讨，更为重要的应深入研究其在学科主体意识层面或价值意义层面究竟有哪些其他学科范式不具备的功能特点？也就是说，将“民国文学”这个新学科范式运作于文学评论或文学史书写，到底能有哪些新开拓、新创构、新增值、新话语、新思路、新境界？它是否能对中国现代文学研究及其文学史书写存在的“老大难”问题以新的理论模式和价值体系给出令人诚服的科学阐释？与已有的知识谱系、思想认知、阐释体系、价值观念以及方法论、思维规律相比能够增加多少新的货色？

对上述问题，近几年一些中青年才俊从不同的层面不同的角度进行了探究，虽然提出不少有创意的想法，对学科的意识内涵和功能特点给出了有见地的阐述；但是有些想法与阐述或缺乏新意或缺乏深度或略嫌笼统或过度抽象或失之偏颇，总之理论的创新度、明晰度、准确度、辩证度、锐利度以及规范性、引导性、操作性不足。这主要体现于：

“中华民国文学史”作为一个学科范式，从主体意识或价值意义层面提出的“民国机制”概念，力图为现代文学研究及其文学史书写建构卓有成效的阐释模式，这是值得关注与深思的。所谓“民国机制就是从清王朝覆灭开始，在新的社会体制下，逐步形成的，推动社会文化与文学发展的诸种社会力量的综合，这里有社会政治的结构性因素，有民国经济方式的保证与限制，也有民国社会的文

① 张福贵等：《文学史的命名与文学史观的反思》，北京大学出版社2014年版，第123页。

化环境的围合，甚至还包括与民国社会所形成的独特的精神导向，它们共同作用，彼此配合，决定了中国现代文学的特征，包括它的优长，也牵连着它的局限和问题”[①]。从这种高度概括又显笼统的论述中，可见“民国机制”的构成，既有民国政治结构因素又有民国经济因素，既有民国文化因素又有民国精神因素，它们所形成的历史合力即“民国机制”，便“决定了中国现代文学的特征”。实质上，这是对“现代文学特征”形成的“外部研究”，也就是从政治、经济、文化、精神相互联系相互作用的维度来综合地考察“现代文学特征”形成的动因或规律。如果说上述对“民国机制”的阐明尚不明确，那么这样的表述则相当清楚了：辛亥革命建立的资本主义民主共和政体对公民的出版权益、言论自由、写作自由、经济效益进行了法律和政治层面上的保护，为作家创作提供了相对宽泛的环境，使知识分子能够相对真实地表达自己独特的人生体验和生命感知。[②]有了这样的“民国机制”，这就使“民国时期的政治制度、文艺政策、教育体制、经济结构、文化趋向、宗教信仰等国家社会形态因素，都可以成为进入这一时期文学的入口，这 些因素与文学相互影响和支撑，共同构成‘民国文学’的原生态。尤为重要的是，在这种原生态的文学场域中，我们能够捕捉到现代知识分子的精神律动，传统文化的坚守、现代文明的诉求、启蒙精神的追寻、自由理想的皈依等精神状态和生存感悟都能够在‘民国机制’中生发出来。同时，‘民国机制’也可以使中国文学研究从中西文化冲突模式中挣脱出来，进一步明晰文学研究一系列基本概念，重组文学与社会结构性因素之间的关系，为文学研究提供新的研究空间和增长点”[③]。假如遵循“中华民国文学史”学科范式的所谓“民国机制”去研究现代文学或书写文学史，果真能回到“原生态的文学场域”，果真能“提供新的研究空间和增长点”，那么这个学科范式的确优于其他学科范式，它生发出的正能量也能超过其他学科范式，因此以它来取代其他学科范式更有正当而充足的理由了。不过，笔者以为，对“民国机制”之于中国现代文学的生成与发展所起的作用，所产生的效能，究竟怎样从客观史实出发给出科学的估量，既不要过分抬高美化它也不要有意贬低它，进行有理有据的辩证分析，倒是值得认真探究的。

---

① 李怡：《民国机制：中国现代文学的一种阐释框架》，《广东社会科学》2010 年第 6 期。

② 李怡：《辛亥革命与中国文学的“民国机制”》，《郑州大学学报（哲学社会科学版）》2011 年第 5 期。

③ 张福贵等：《文学史的命名与文学史观的反思》，北京大学出版社 2014 年版，第 112 页。

如果笔者的理解不错的话,那就可以说“民国机制”是源于“辛亥革命建立的资本主义民主共和政体”;然而铁的历史事实告诉我们,“资本主义民主共和政体”几经曲折在民国时期并没有真正建立起来。这是众所周知的常识:“孙中山领导的辛亥革命虽然打落了清帝的皇冠,推翻了中国的封建君主专制制度,但并没有真正完成反帝反封建的资产阶级民主革命的任务,中国的近代化(即现代化)建设也没有进入资本主义的发展阶段。”①辛亥革命果实被袁世凯窃取后,旋即建立了带有封建色彩的专制独裁统治;袁世凯的帝王梦被护国运动击破后中国没有走上正规的民主宪政之路,依然在北洋军阀的专制独裁统治之下,作为民主共和象征的国会和《临时约法》成了军阀手中的玩物,肆意践踏。虽然以孙中山为首的革命党人,为了捍卫资本主义的民主宪政和共和政体,坚持不懈地斗争与探索;在五四爱国运动的推动与激励下,于1924年中国国民党召开的第一次全国代表大会上,通过了《中国国民党第一次全国代表大会宣言》,重新解释了孙中山的三民主义,并确立了“联俄、联共、扶助农工”的三大政策,国共两党实现了第一次合作,遂后挥师北伐击垮了北洋军阀长达16年的统治。然而蒋介石、汪精卫却先后叛变革命,悖离了孙中山的新三民主义,建立起蒋家王朝的独裁统治,将人们追求真正民主共和政体的渴望又一次无情地击碎。从此以蒋介石为首的国民党在政治上大搞专制独裁,不仅通过反革命政变屠杀共产党人;而且从1930年11月始向革命苏区发动五次大规模的军事“围剿”,即使在八年抗战国共第二次合作期间国民党也连续发动三次“反共高潮”。这些众人皆知的铁的史实,足以证明中华民国并没有实现“辛亥革命建立的资本主义民主共和政体”,只有民国之名而无民国之实,这应是“民国机制”中的所谓“社会政治的结构性因素”吧?不过这种“社会政治的结构性因素”就是不从“民国机制”的视角也已发掘出来,特别在“重写文学史”思潮的激荡下,不论对现代文学研究或者对文学史书写的有关政治背景、政治制度和政治意识的考察与评析,无不牵涉对辛亥革命、中华民国以及蒋家王朝的重新认识,从而探索现代文学生成发展及其某些特征形成的政治机制或社会动因。所以研究者或治史者如果不转变学术立场和“胜王败寇”的史学观,那么对“民国机制”的发掘与认知不可能有新的卓见或重大创意,对现代文学研究也难能带来创新点。在笔者看来,作为文学研究或文学史书写的主体无不有学术立场和政治倾向,既

① 葛洪泽:《近代化理想的探索》,山东教育出版社1999年版,第105页。

然热衷于建构“中华民国文学史”学科范式，并选择从“民国机制”的角度探察中华民国与现代文学的关系，那就应该旗帜鲜明地站在“中华民国”的学术立场（实际上这种立场已隐含于“民国机制”的探讨中），以超越党派、阶级的现代史学观，重新发掘、搜求、整理、甄别、处理甚至揭秘“中华民国”时期的文献资料或史料史实，重新认识评价中华民国的国体与政体。尤其是以蒋介石为首的国民党与政府所坚守的大政方针、政策法规以及行动纲领、意识形态与中国现代文学的关系；以及蒋家王朝发生的重大政治事件，如“四一二”政变、军事“围剿”和文化“围剿”、“九一八”事变、西安事变、国共合作全面抗战又制定“溶共”、“防共”、“限共”、“反共”方针，等等，无不与中国现代文学的政治生态密切相关。虽然对蒋介石统治以及重大政治事件已有历史定论，但是依据新的学术立场与新的史学观，能否有新的认识和评述？如同纪念抗战70周年之际，对蒋介石指挥的正面战场就有新的评价一样，也可以对其统治及政治事件有新的认识。只有对蒋家王朝在大陆的统治有了新的认识与评述，对“民国机制”的发现方可有重大突破，亦能为中国现代文学研究“提供新的研究空间和增长点”；只有对诸多政治事件有新的评述，对相关的现代文学方能给出新评判。

况且，中华民国在大陆所处的历史时空，不仅有以孙中山、蒋介石为首的国民党所代表的政治力量，坚持以“三民主义”为政纲的民主主义革命（虽然蒋氏叛变革命，但仍举着“三民主义”旗帜），更有以共产党为代表的政治力量，不屈不挠地推行新民主主义革命，最终取得政治革命的胜利；而中国现代文学的生成演变、历史命运、发展趋向，甚至美学特征，乃是由这两大政治力量既联合又斗争的错综复杂的政治关系所形成的张力而决定的。因此，要考察与现代文学得失攸关的所谓“民国机制”，不能只着眼于前者而忽略后者，更不能漠视两者的复杂关系。虽然对两大政治力量在民国时期的又分又合的曲折关系，“政治权威”已有论断，史学家、文评家、学者们也多有精辟论述，但是若能以新的学术立场、新的史学观重新发现重新评述，则有可能形成创新思路和创新见解。在新的认知基础上来探究所谓“民国机制”，有望新的突破与新的开拓，亦能为现代文学研究及其文学史书写主体，拓展知识谱系、更新文学史观、调整价值坐标、改变认知模式。否则，“中华民国文学史”学科范式即使从“民国机制”或“民国视角”或“民国方法”切入，以研究现代文学或写作文学史，也不可能达到预设的创新目标，也难以超越“中国现代文学史”学科范式已达到的整体学术水平。

有的研究者总结性地指出：“在‘民国机制’和‘民国视角’的框架下，衍生出许多理念、思路和方法,可以用来阐释‘民国文学’,它们主要集中在民国政治制度与文学、民国经济与文学两个方面。民国政治制度与文学关系研究主要探讨辛亥革命推翻封建政体,建立资本主义民主共和政体,在法律制度,出版机制、传播媒介、文艺政策等方面与文学之间的内在关系,进而总结出资本主义民主共和政体对文学发展所起到的积极作用,修正以往文学史对资本主义共和政体的压抑和贬低,从而达到还原‘民国文学’真实性、完整性的目的。”“民国经济与文学研究的主要路径是将经济与政治之间的关系重新进行确认,将民国经济中的意识形态话语剥离出来,资本主义经济对文学生产的积极作用、对人的‘物’欲的满足、对人性本身的证实和正视,各种经济形态对个体精神的重构等命题重新浮出历史地表。”[①]如果上述设想能符合历史真实又合乎思想逻辑,将其运作于“中华民国文学史”学科范式的现代文学研究及其文学史书写定会产生创新功效,开创现代文学研究的新格局和文学史书写的新风貌,因此便使不少学人认为中国现代文学生成与演变的政治生态与经济生态是资本主义民主政体的政治制度和经济体制所致;然而当我们真能返回民国时期的历史现场,走进民国时期的历史隧道,所感受到体认到的中国现代文学所处的环境并非完全是资本主义民主共和政体下的政治生态与经济生态,仍然确信民国时期的中国已沦为半封建半殖民地社会,中国没有在民国时期全方位地真正实现辛亥革命追求建立的资本主义民主共和政体。对此上述已说过,若不信可读几部近年来出版的中国现代史就能具体认识到民国时期的中国社会性质与形态。要是中国真正建立了资本主义的政治制度和经济体系,为何在民国时期进行的新民主主义革命还要推翻“三座大山”呢?既然在民国时期并未实现辛亥革命的民主共和理想,也没有把孙中山的三民主义政纲变成铁的现实,那么以主观想象中的“资本主义民主共和政体”下的政治制度与经济体制为背景或者为机制或者为视角,来研究中国现代文学所获取的结论或判断究竟有多大的可信度?用来书写现代文学史当真能恢复历史的本来面目吗?

应该承认,以“中华民国文学史”作为学科范式,赓续了古代文学史以朝代分期的传统,其本身亦具有合法性与合理性;然而由于民国时期中国社会并未完全实现并建成民主共和的国体与政体,更没有真正实施“自由、平等、博爱”的核心价值观,五四新文学传统的启蒙精神、“人”的文学等核心精神价值也没有

---

① 张福贵等:《文学史的命名与文学史观的反思》,北京大学出版社 2014 年版,第 113 ~ 114 页。

自始至终成为“新文学的精神根源和思想谱系”。因此这种主观臆测的思想意识怎能作为中国整体新文学的“理论背景和思想根基”？若以此作为学科范式的主体意识或制导思想来研究中国现代文学或书写文学史，真的能“将资产阶级民主共和政体的意义推向前台，为新文学重新确定了政治基础和法律保障”①吗？也许这只是一厢情愿的设想吧？从中华民国在大陆存活的37年的历史中，难以为中华民国文学史学科范式中的这种“主体意识”寻找到充分的史实根据和无懈可击的历史逻辑。笔者几十年来参与书写中国现代文学史，总想将五四文学革命的以科学与民主为旗帜的思想启蒙精神和“人的文学”理念作为主体意识和中心线索，贯穿于中国现代文学演变的全过程，但是一遇到革命文学、左翼文学、抗战文学、解放区文学甚至沦陷区文学，这条中心思想线索就行不通了，或者费了不少笔墨进行解释也不能自圆其说。因此笔者热切期待中华民国文学史学科范式独具的功能或机制，能够对“重写文学史”以来的中国现代文学研究及其文学史书写已形成的新文学史观、价值评估体系乃至扩容的研究范围和开放的知识结构，有其重大突破与创新，从而建立一套与民国时期多元共生共存文学系统相契合的阐释体系、文学史识、价值范畴、思维方法和话语规范。正如有的学者所希冀的：“‘民国文学史’是一个具有重大学术增值空间、富有包容性的开放性观念平台，凸显了尊重文学历史真实性、多维价值体系和历史发展的正义原则。”②但是笔者读了一些有关“中华民国文学史”概念或范畴的讨论文章以后，在受到理性启示的同时也深感不足，作为一个完整的拟以“中华民国文学史”取代“重写文学史”以来已变异的“中国现代文学史”学科范式，尚有不少理论层面与操作层面的问题需要进行务实求真、创新探微的研究；况且，即使“中华民国文学史”学科范式牢固地确立了也不必取代“中国现代文学史”学科范式，两者以互补的姿态共存于学术界任学人自由认可、自由选择、自由运作，不是更有利于现代文学研究的活跃和文学史书写的多姿多彩吗？

草于2015年12月20日

（原载《中国现代文学研究丛刊》2016年第6期）

---

① 张福贵等：《文学史的命名与文学史观和反思》，北京大学出版社2014年版，第108页。

② 贾振勇：《文学史的限度、挑战与理想——兼论作为学术增长点的“民国文学史”》，《文史哲》2015年第1期。

辩证理解现代文学史书写的“真实性”

跨进21世纪，现代中国文学史的书写比古代中国文学史的书写活跃得多，翻新得多，这也许因为古代文学经过漫长时间的检验早已经典化所致，难以突破出新；而现代中国文学伴随着国家现代化步伐正处在进行时，所以不断地书写求新乃是势所必然。最近得闲阅读了多部新出版的现代文学史，不论国家立项所写的文学史或者民间自主所撰的文学史，都在创新争优上下足了功夫；学科范式的重构、文学史观的调整、文学史体例的设计、文学史料的发掘、文学作品的阐释等，都有新的突破或新的亮点，这是应该求真务实地予以点赞的。但是创新性并不等于文学史书写的真实性，唯有真实性才是文学史书写的最高原则，才是文学史构成的本质规定，才是文学史文本的生命所在。这虽然是治史的常识无人不晓，不过在文学史书写实践中能坚持好、实现好、做到位并不容易，往往追求创新而忽略务实，追求突破而忘记求真。这种书写行为上的本末倒置，也在一定程度上反映出治史主体在认识上没有把“真实性”置于文学史建构的首位，或者视其为重中之重。当然，笔者并非说新问世的现代文学史没有坚持真实性最高原则，也不是说这些新版文学史的创新性与真实性完全处在矛盾状态；只是从阅读感受上察觉到有的治史者把创新性看得比真实性还高，不顾史实的限制而任性地力图创新，致使有的文学史文本的理论创新感强于历史真实感，甚至削足适履地或者生拼硬扯地将史实或史料塞进所谓创新的理论框架。

一

值得肯定的是，有些文学史的重构既重视创新突破又重视求真务实，在真实的基础上求新，在创新的引领下求真，较好地处理文学史书写的真实性与创新性的关系，使建成的文学史文本不只有耀目的新颖感，也有真切的历史感。

在我看来，主要呈现在：

一是突破1951年确立的“中国新文学史”学科范畴，重构现代文学史的新学科意识，这是文学史书写在宏观架构上的创新。且不论早在1985年北大三位年轻学者提出的“20世纪中国文学”①的学科范畴，它突破了建立于新民主主义政治理论上的中国新文学史学科模式，被不少学者所认同并付诸文学史写作实践，其优长和局限已受到历史的检验；这里略述丁帆主编的《中国新文学史》②。该书虽然沿用“中国新文学史”学科的命名，但学科意识却更新了，它既不同意中国新文学的起点“1919年说”的正统切分法，又不同意“1917年说”的切分法，也不同意“1898年说”的切分法，而是将1912年的民国元年作为中国新文学的起点，其理由是：“一、中国新文学史的断代应参照政体分期的客观事实。1912年作为中华民国元年，是个重要历史节点。二、以孙中山为代表的资产阶级民主核心价值理念渗透在国体和政体纲领，在民族精神层面倡导了对‘大写的人’的尊重，才有了后来‘五四’的‘人的文学’的诞生。三、共和政府创建了第一部具有民主意识的《临时约法》，在制度、政策和法规的层面为新文学运动奠定了基础，从此开始了一种新的文学审美跋涉。”这样一来，“新文学的下限不应该只停滞在1949年这个节点上”，因为“1949年以后，国民党迁徙至台湾以后在国体和政体上仍保留着中华民国国号，其民国主体文学思潮和创作在相当一段时间里压制了台湾本土的创作，并成为主流”。这表明“‘新文学’的传统之根尚未断裂，它随着一大批去台的文学作家的创作而香火绵延”。而1949年后的大陆“新文学”则变成了“共和国文学”，即“中国共产党所建立的共和国体制下的文学”。“所以，新文学准确的表述应该是：1912年—1949年为新文学第一阶段（含大陆与台湾地区，以及海外华文文学）。1949年后为中国新文学的第二阶段，形成了三种不同的表述：大陆是共和国文学的表述（而非什么“当代文学”）；台湾仍是‘民国文学’的表述（它延续到何时，也是个需要讨论的学术问题）；港澳就是港澳文学的表述（因为它的政治文化的特殊性，所以它的文学既有中华传统文化的元素，同时又有殖民文化的色彩。因此，我们只能用地区名称来表述）。此外，尚有一支海外华文文学，就一并归入‘港澳文学’，应为‘港

---

① 黄子平、陈平原、钱理群：《论“二十世纪中国文学”》，《文学评论》1985年第5期。

② 丁帆主编：《中国新文学史》（上、下册），高等教育出版社2013年版。

澳暨海外华文文学’”[①]。

笔者虽不完全认同这个“中国新文学史”学科设计，但承认它不失为重构现代文学史，基本上属于创新型学科，从根本上颠覆了以新民主主义论为理论基石的中国新文学史学科意识，将新文学史的研究或书写纳入学术文化轨道，并认定新文学——“民国文学即是以中华民国成立为外在标示，以现代民主观念为价值基准、以人的解放和自由为内涵具以新的审美形式为表现方法的文学”[②]。应该说，“民国文学”作为中国新文学史学科的核心范畴，之所以具有创新性，既有它的理论支撑，又有它的史实根据，致使创新与求实在相当程度上达到融合。早在20世纪30年代，中国新文学的首倡者和开风气者胡适，虽然不承认中华民国于1912年成立是新文学的起点，但他却认识到中华民国成立是五四新文学运动得以昌兴的重要政治原因，即“满清帝室的颠覆，专制政治的根本推翻，中华民国的成立”，“这个政治大革命虽然不算大成功，然而它是后来种种革新事业的总出发点，因为那个顽固腐败势力的大本营若不颠覆，一切新人物与新思想都不容易出头。戊戌（1898）的百日维新，当不起一个顽固老太婆的一道谕旨，就全盘推翻了”。[③] 可见，中华民国的建立为五四文学革命提供了良好的政治生态，从这个角度来说把中华民国成立视为新文学的外在标志或起点是有道理有根据的创新点，特别是对整个“民国文学”的精神特质与审美表征的宏观把握也是富有新意的理论概括。但笔者只认为“中国新文学”以中华民国成立为起始点而建构的学科意识仅仅是基本上的创新而不是完全型的创新，主要因为它的理论根据不充分、历史事实不坚硬，经不住推敲，也就是创新性与真实性尚未有机地融合好，留下一些矛盾点令人疑惑或缺乏可信性。例如，将中华民国成立作为新文学的起点或外显标志，虽然有一定的道理和依据，但是从内因与外因的辩证关系或历史事实出发，却不能不让人质疑：中华民国的成立只能说为新文学的生成提供了有利条件，即其外因已具备；然而新文学诞生的内因才是根据。即1912年这个历史机遇，并未有文学先驱抓住它来倡导或创建“新文学”，反倒是文学上的复古主义猖獗，大有古代文学“回光返照”之势。在这种情形下，南社的作家或秋瑾等革命者或致力通俗文学创作的文人们，有

① 丁帆主编：《中国新文学史 · 绪论》，高等教育出版社2013年版，第1~3页。

② 丁帆主编：《中新文学史 · 绪论》，高等教育出版社2013年版，第2页。

③ 《中国新文学大系 · 建设理论集》，上海良友图书印刷公司1935年版，第16页。

谁创作的文学作品能够称得上“新文学”？有什么文学主张和文学文本能作为“新文学”的标志？若是将中华民国文学作为一个学科范畴，既有国民党倡导的三民主义文学又有共产党领导的左翼文学和以延安为中心的工农兵文学，还有非党派性的自由主义文学，那么这三种形态的新文学是否都可以涵括为“民国文学”？如果皆属“民国文学”，而上述对其精神特质和审美形式的定义性的表述则把左翼文学或工农兵文学均排斥在外，这怎能将理论的创新性与史实的真实性完满地统一起来？故而只能说“中华民国文学史”学科意识具有基本的创新性。

二是文学史观的更新，完全取代了政治性或文化性的文学史观。它既不着眼于从政治角度纵观现代中国文学，以1949年为分界线把前者定性为新民主主义文学后者定性为社会主义文学，并从而构成新民主主义文学史观和社会主义文学史观；又不着眼于从文化视角来总观现代中国文学，将其定性为启蒙主义文学，即认定20世纪的中国文学是“以‘改造民族的灵魂’为总主题的文学”①，因之形成了启蒙文学史观。若是坚持上述两种性质的文学史观来书写现代文学史，实践证明或写成政治型文学史，突显出现代文学史编写的鲜明目的旨在成为政治服务的工具，既遮蔽了文学史的本体性也弱化了它的学术性；或撰成文化型的文学史，过度突显它的启蒙思想功能，把现代文学史当成思想启蒙教科书，这种文化型的文学史虽然不像政治型文学史充当了名副其实的政治附庸，但是它也没有完全摆脱思想文化教育的工具性，也没有完全消除对其他文学形态的遮蔽性。为了掀开现代文学史的本体面目，新世纪出版的文学史文本，在文学史观的更新上无不竭尽所能，提出一些有别于政治的或文化的文学史观乃是差异互见的带有本体论色彩的创新型文学史观。有的学人主张以“人的文学”作为现代中国文学史观的核心理念，这是因为“以个人为本位的‘人的文学’既是中国文学现代化的根本标志，又是衡估中国文学现代性的最高价值尺度，也是建构现代中国文学史学科的最核心的理念，这是符合现代中国文学的客观实际与本质特点的。然而由于现代中国个人主义话语的复杂性，‘人的文学’理念与文本的变异性和多形态性，所以对以个人为本的‘人的文学’的体悟与阐释务必从现代中国文学的实际出发而不能仅仅限于概念的规定性，充

① 黄子平、陈平原、钱理群：《论“二十世纪中国文学”》，《文学评论》1985年第5期。

实、丰富并扩大‘人的文学’内涵与外延，以做出辩证的科学的论析和判断”。[①] “人的文学”作为新文学范畴是1918年周作人提出的，而把它作为重构现代中国文学史的核心文学理念，并重新从内涵与外延给予阐释的则是最早见于2002年第2期《烟台大学学报》发表的《人的文学：现代中国文学史核心理念重构》一文；这个文学史观应算是创新性与真实性达到了有机统一，比之于政治型或文化型文学史观更能体现现代文学史的本体性与特质性。黄修己独著的《中国现代文学发展史》（第3版），明确表示他是坚持人本文学史观（即“人的文学”理念）来重新考察、审视、贯通和阐释中国现代文学史，将中国现代文学史的书写自觉地由意识形态范畴纳入“文学是人学”的学术轨道，以突出文学史的本体性；并说：“我在‘以人为本’思想的启发下，提出中国现代文学‘全人类性’的命题，希望从‘人的觉醒和解放’的角度来审视、阐释中国现代文学，使我们的现代文学能为世界上更多的人所理解、所享用，更能够适应‘全球化’的时代要求。”[②]

现代性或现代化的文学史观尽管被不少新世纪问世的文学史建构所认同所运用，然而与传统的文学史观相比它仍然是创新型的能够彰显文学史本体的文学史意识；由于现代性或现代化是源于西方的话语，而且众说不一，所以中国学人联系新文学实际接受过来运用所给出的解说也是有分歧的。有的治史者认为，“从‘五四’时代开始的现代文学史实质上是中国文学现代化的曲折的历史；现代化也是现代文学的总体风貌、特征与性质”。马克思主义者一贯认为：“‘历史’并不是把人当作达到自己目的工具来利用的某种特殊的人格。历史不过是追求着自己目的的人的活动而已。”现代文学史也应该是这样，“它不是规定作家为自己的自然发展服务的‘特殊的人格’，它是作家作为一个整体所进行的自觉或不自觉的文学追求的客观记录。而这种文学追求，即现代作家活动的总体目的，只能归结到文学的从内容到形式、从思想到艺术的现代性”[③]。遵循对现代化或现代性这样的理解所形成的文学史观，《中国现代文学主潮》一书可以说达到了创新趋优的学术境界。程光炜等编著的面向21世纪的课程教材《中国现代文学史》（第二版）也是坚持了现代化文学史观，不过他们对“现代

① 朱德发 贾振勇：《评判与建构》，山东大学出版社2002年版，第44页。

② 黄修己：《中国现代文学展史》（第3版），中国青年出版社2008年版，第2页。

③ 许志英、邹恬主编：《中国现代文学主潮》（上、下册），福建教育出版社2001年版，第4页。

化”的释义却不同于前者:“‘现代化’概念表征为未来已开始的信念而中国现代文学就发生在近百年来这个为未来而生存的时代,因此,‘现代化’主题与现代文学的基本观念和突出特征即在于它们的过渡性和成长性”①。虽然对文学现代化或现代性的解释有所不同,但是这两种界说都具有新意性且符合现代文学的实际,只是有点笼统,作为文学史观在书写实践中不易操作。相比较而言,严家炎主编的《二十世纪中国文学史》始终贯穿着现代性文学史观,不仅认定现代性是20世纪中国文学的基本特征,而且从语源上对“现代性”在世界各国的流变轨迹和不同见解做了梳理,“根据这些见解,可以说,从西方文艺复兴、启蒙运动到19世纪达尔文、马克思、弗洛伊德诸人的重要发现,无不包容和体现在‘现代性’之中。所有这些,都从思想与审美方面为20世纪中国文学留下了显著而深刻的印记”。并结合20世纪中国文学的重要形态与四大思潮对“现代性”的表征做了具体切实的分析,认为“变革时期的文学主要是启蒙与关注现实的文学,是‘为人生’而且‘改良这人生’的文学”,即使为“艺术的文学”也同样“都是具有现代性的”;“在创作方法上,20世纪中国文学是写实主义(亦称现实主义)、浪漫主义、象征主义、现代主义的多元共存”,它们都属于“现代性范围之内的”②。这种对现代性文学史观的解说不只具有切实性与创新性,而且以此现代性文学史观为引领所书写的20世纪中国文学史与同期出版的现代文学史相比具有显著的创新性与本体性。总起来看,新世纪调整的或更新的文学史观不只有相应的理论做柱石,更与现代中国文学史的客观真实性相契合,为恢复中国新文学史的本体面貌发挥了制导作用。

三是书写现代文学史,学科的创新与文学史观的更新固然显豁而重要,但是更重要的更耀目的应是对作家作品的重解新评;因为作家作品是一部文学史构成的关键维度,从特定意义说文学史就是作家作品史,作家乃文学史构成的主体,作品是文学史构成的基石,所以考察文学史书写是否具有创新性主要视其对作家的评析和作品阐述有多少卓识与新意。新世纪面世的现代文学史在创新的广度与力度上均有所拓展和增强,其中有两部文学史具有一定代表性:其一,严家炎主编的《二十世纪中国文学史》,且不说它对作家的重新评述,只说它对文学作品的重新解读,选取新角度做出新阐释给出新评判,这是本文学史

① 程光炜等著:《中国现代文学史》(第2版),中国人民大学出版社2007年版,第15页。

② 严家炎主编:《二十世中国文学史·引论》,高等教育出版社2010年版,第3~4页。

最给力的创新点。例如，五四文学革命鲁迅创作的第一篇新体白话小说《狂人日记》，经过千百次的解读，对表现的“吃人”主题引起不少争议，而严氏主编的文学史则对“满本都写着两个字是‘吃人’！”给出这样的阐释：“这里的‘吃人’，并非真指吃人肉，其意义远比揭露吃人肉要深刻得多。肉体上被吃掉，这毕竟是少数人的遭遇，而且其行为的野蛮性容易被人们认识；凝聚在‘三纲’中的家庭制度和封建礼教的思想毒害，则吞噬了千千万万人，而它的野蛮和危害反不易被察觉”①。这是符合文本应有内涵的阐释，既不过度发挥又不胡乱联系，而小说所达到的思想深度和广度则贴切地开掘出来，新出之于真，真隐之于新。再如，对老舍的《骆驼祥子》的重新解读，并不认为祥子的“堕落”及其性格展示是与通过“三起三落”买车过程的描写相关，乃是通过祥子与虎妞之间的情感纠葛关系而呈现出来的；这不仅指出小说表现出“一种身体崇拜和力的崇拜的意识”，并且做出这样一种别有新意的评判：“老舍作为市民文学的代表，对社会的认识有着他特殊的方式和途径，《骆驼祥子》中含有风月宝鉴的色戒的成分，就如同《红楼梦》里风月宝鉴不断演示美女与骷髅的交替一样，最终要揭示出‘色便是空’的大结局”②。正是对文学作品的解读所闪烁出的思想亮点，凝成一串串明珠点缀于文学史的话语系统，方使其创新度格外明亮。其二，陈思和主编的《中国当代文学史教程》，是以解读文学作品为主型的，力求“把它编成一部既是通俗浅近的普及性文学史，又要能够体现我的个人研究成果和研究风格的学术性专著”。这个编著目标之所以能够达到，建构起一部众口称赞的创新型文学史，固然可汲取的有益书写经验不少，但笔者认为最重要的是著者“引进几个理解文学史的关键词”，如“多层面”、“潜在写作”、“民间文化形态”、“民间隐形结构”、“民间的理想主义”、“共名与无名”③等。以此形成书写主体的新的文学史观或学术视野或叙述视角或新方法新思维，对纳入文学史结构的文学作品进行了重新解读重新阐释重新评述，形成了别开生面的当代文学史话语系统；尽管读者对“关键词”的释义及其文本解读可以提出这样的质疑或那样的异见，然而却不能不承认其理论上的探索勇气与创新胆识。

① 严家炎主编：《二十世纪中国文学史》（上册），高等教育出版社 2010 年版，第 176 页。
② 严家炎主编：《二十世纪中国文学史》（上册），高等教育出版社 2010 年版，第 372 页。
③ 陈思和主编：《中国当代文学教程》（第 2 版），复旦大学出版社 2009 年版，第 10 ~ 14 页。

二

新世纪出版的现代中国文学史的创新点表现于多方面，上述仅从三个维度做了简略的考察，旨在说明即使这三个维度的创新并不是凭空想象的或主观臆测的，而是有丰赡的史料或扎实的史实作为根据的；即从史料或史实中发现、抽绎、概括出的新见识或新观点，基本上达到了创新性与真实性的有机结合。若是缺失真实性的创新，则对于文学史建构来说是毫无价值的，只能算是骗人的谎言，因此真实性才是文学史的命根子，它对文学史的书写更重要更可贵；唯有真实性方能确保文学史成为信史。

综观新世纪通用的现代文学史，的确有的文本让人读后感到缺乏历史真实感，仿佛一篇篇没有特定社会文化或政治生态的作家论或作品论连缀在一起，即使作家论或作品论也不能脱离特定的历史范畴，何况是现代中国文学的历史书写，重在展示其生成发展的曲折而复杂的真实过程，那就更不能出离特定的历史背景和历史现场了。虽然不能说有些“重写”的现代文学史已游离出特定历史背景和历史现场，但至少是贴得不紧，致使书写出的文学史缺乏历史真实感。在我的阅读感受中，它主要体现在：一是书写主体不能设身处地地回到当年文学事件或文学运动的历史现场去考察去体验，因而所叙述的文学事件或文学运动呈现在文学史文本中或轻描淡写或浮光掠影或干干巴巴；甚至有的文学史削去了文学事件或文学运动只写作家作品，或者连作家也不介绍只分析作品。众所周知，现代中国近百年文学的生成与发展总是伴随着文学运动或文学事件，与古代文学史相比，这正是现代文学史的突出特点，而那些重要的文学流派或有名的作家不是文学运动的产物就是与文学事件紧密相关；若是不将文学流派或作家作品与文学运动联系起来写，不把文学事件或文学运动的真情实况描述清楚，那就会导致文学史文本的历史真实感不强。二是不写或少写甚至曲写文学思想论争，有的重写现代文学史既淡化文学运动又舍弃文学思想论争，光秃秃地只解读文学作品，说什么从文学作品的解读中梳理出文学史的脉络，如果能真正做到了，也不失为重写文学史的一种尝试；然而实践成果证明尚未见到这样的文学史文本，略写或不写文学思想论争的确使文学史丧失不少历史真实感。因为现代文学的生成和演变过程充满了大大小小的思想论争，既有对抗性的又有非对抗性的，而这诸多的文学论争几乎成了现代文学发展的动力，不只是大多数作家参与并卷入了文学论争，不少文学作品也是因文学论争而创作，有些文学流派是在文学论争中形成的；当20世纪50年代至70年代文学论争升级为意识形态领域“兴无灭资”的你死我活的阶级斗争时，不知有多少作家受到无情的政治批判或戴上专制的政治帽子，绝大多数文学作品被当成“封资修”的东西被扫进历史垃圾堆。对这些复杂激烈、持续不断的文学思想论争，“重写”文学史可以持不同的态度和立场进行评述，若是因为眼下不讲“阶级斗争”不运用“阶级分析方法”而不写它们或略写它们，这不仅抹杀或掩蔽了铁的史实，也使文学史文本的历史真实感受到损害。三是现代文学的生成与发展与时代的关系极为密切，尽管“一个时代有一个时代的文学”作为一种规律性认识缺乏辩证性，然而若因此而忽略或淡化了现代文学与时代精神、时代环境的关系，那文学史的书写就会丧失强烈的时代感和历史真实感。有的新版现代文学史将文学作品作为书写的对象，试图通过有代表性的文学作品的剖析来彰显文学史的演变轨迹，诚然这种探索是可贵的，但是由于对作品的解读没有置于特定的时代环境和时代氛围，尤其缺乏对文学作品产生的时代氛围的真切烘托或描述，那不仅揭示不出文学作品的真正价值更显现不出其蕴含的历史内涵。例如，解读郭沫若创作的以《屈原》为代表的历史剧，若不与抗战大时代的精神、氛围联系起来，那既展示不出其巨大的思想价值又不能由此透视出抗战文学的真实面影；只有把抗战文学的历史剧、小说和诗歌等的解读同时代氛围紧紧联系起来，方能产生强烈的时代感和历史感。再如，20世纪五六十年代出现一批反映农业合作化的长篇小说，如《创业史》《山乡巨变》《三里湾》《艳阳天》《金光大道》等，现代文学史的书写几乎都要评述它们，若是不把它们与带有乌托邦色彩的“三面红旗”掀起的时代精神、时代氛围联系起来解读，那就体悟不出它们的真正思想价值与历史局限，也不能借助它们来透视出文学史的真实面貌。正是因为书写现代文学史对文学作品的阐释，忽视了与特定时代精神或时代氛围的有机结合，致使有些文学史文本缺乏历史真实感。四是有的以文学作品为主体建构的新版文学史，在解读文学作品的过程中不只是没有与时代环境、精神、氛围结合好，而且也没有与特定的社会背景联系好，甚至有些文学作品的分析仅局限于作品本身，根本不联系社会背景，这也导致文学史书写缺乏历史真实感。茅盾曾借用古语“治世之音安以乐”、“乱世之音怨以怒”、“亡国之音哀以思”来说明“什么样的社会背景便会产生什么样的文学”；“我们可以说正因为是乱世，所以文学的色调变成了怨以怒；是怨以怒的社会背景产生出怨以怒的文学,不是先有了怨以怒的文学然后造成怨以怒的社会背景”。因而“‘怨以怒’的文学正是乱世文学的正宗,而真的文学也只是反映时代的文学”。这说明社会背景不仅决定着文学的色调也决定着文学主题,近百年的现代中国不只“五四”前后处于“乱世”,不少的历史阶段的“社会内兵荒屡见,人人感着生活不安的苦痛,真可以说是‘乱世’了,反映这时代的创作应该怎样的悲惨动人啊!”①既然文学创作与社会背景的关系是后者决定前者,那么重写现代文学史就应该格外重视社会背景的真实勾勒,否则所解读的文学作品的特色和主题就开掘不出它的特定的社会根源,也影响文学史书写对历史真实感的强化。

新世纪出版的现代中国文学史,有的文本之所以没有处理好创新性与真实性的关系而导致历史真实感的缺乏,考其原因是多方面的,但从书写主体来说,应该确立辩证的文学史真实观。关于现代文学史书写的“客观性”真实与“主观性”真实及其两者关系的讨论并不是新命题,不过要从理论与实践的结合上将其论述清楚并形成共识是十分困难的,至今仍是各持己见,文学史书写实践也显示出明显差异,这是文学史建构的良性常态。早在20世纪90年代初笔者曾撰文申明:长期以来,在我们研究中国新文学或编著新文学史的思维框架中,总是把历史的“客观性”真实放在至高无上的地位,认定“客观性”真实是文学史研究的全部生命,“客观性”真实既是追求的起点又是追求的终点,唯此才能达到“恢复历史本来面目”的最高理想。这种“客观性”真实的理想果真能实现吗?文学史写作实践反复证明,这种追求诚然有可能接近文学史的本真,“但是这恐怕是个永远不能完成的工程,也是个永远不能变成现实的理想”。这是“因为文学史研究的对象带有相当的命定性,它们是已经过时了的历史事实”,“不可能保持原来史实的完整性和确凿性,也很难再现过去历史的全部真实性”;“更何况我们后来者根本无法重新踏入前人经过的同一条河流再现原生态的历史,现时文学史研究的对象主要凭借历史遗留下来的文学作品、报纸杂志、书信日记、回忆材料等”,而“这些只能算作记载已逝历史信息的符号,它们虽具有历史的客观实在性却不能完全等同于历史的本体真实”;“特别是现代文学史的客体与当今研究文学史的主体分别处在各具自身规定性和特定文化氛围的时空中,它们两者之间本来就存在着种种不可调和的冲突”,这怎能使书写主体消除冲突或隔膜去发现并认同对象客体的全部真相?“固然文学史是由‘史料’(客

① 茅盾:《社会背景与创作》,《小说月报》1921年7月10日第12卷第7期。

观真实)和‘史识’(主观真实)两个大的层面构成,而且它们两者之间的既矛盾又依赖的张力关系形成文学史思维的基本结构”;尤其在构成文学史的功能上往往主观性真实思维起着决定作用,“它们最终都是编写主体凭借历史遗留下来的存在物据以主观判断的文学史”①。直至目前笔者仍坚持此种文学史书写的真实观,不过结合新世纪现代文学史的写作实践而对文学史文本的真实性的认识与看法则有较大匡正和补充,这算不上对文学史书写真实观的更新,只是增进点新思考新见识而已。

尽管书写现代中国文学史追求客观性真实是永远在不可能实现的探索之路上,甚至说追求原生态的客体真实只是编写者的乌托邦。然而若是把客观真实视为文学史的本质规定、崇高的史学品格,若把客观真实认定为文学史的生命线、最高追求目标,若是从新世纪出版的现代文学史有的严重缺乏历史真实感出发,那么笔者认为不论建构文学史的主体、评述文学史的主体或者阅读并接受文学史的主体,都要坚信客观真实性是文学史编写的最高法则,是文学史文本的最高价值之所在。如果在客观真实上出现了虚假伪造,那文学史书写则成了痴人说梦的无稽之谈,骗人又骗己,毫无史学价值。即使强调文学史不同于其他历史的特殊性,认定“文学史不是史料的年代学的排列,将中国历史上的作品以及其他史料按年代学顺序排列起来,既不能产生本体意义上的文学史(我认为本体意义上的文学史是过去时代人类审美精神状貌的发展演变史,文学作品作为文本结构只是它的符号化形式),也不能产生认识意义上的文学史”,就是“史实只有通过史学家本人心灵或思想的冶炼才能成为历史”②,那也不能动摇客观真实性是文学史书写的最高原则,因为没有史实作为文学史建构的客观真实,哪怕史家主体的心灵或思想冶炼功能再强大,也冶炼不出文学史的主观真实性,故而客观真实性的坚守与追求应是理解或操作现代文学史书写“真实性”的出发点与归结点。

以笔者之见,现代文学史书写的真实性,至少应从五个层面来认识和把握:

一是实存之真。也就是不以治史者主观意志为转移的客观存在的实实在在的真实性,不论采取何种手段来遮蔽它或篡改它或歪曲它,都改变不了它的铁板钉钉的原生形态。现代中国文学史从晚清至本世纪初,生发了无数次文学

① 朱德发:《新文学史研究主体思维的沉思》,《文学评论》1993 年第 1 期。

② 陶东风:《文学史哲学》,河南人民出版社 1994 年版,第 6 页。

运动、文学事件、文学思想论争和文学创作热潮，它们深刻影响着现代文学生成与发展，也影响着新文学的未来，甚至影响着社会审美心理与审美趋向，因此不管书写主体选取什么文学史观来取舍史实或史料而结构成文学史，都不能任性地改动文学运动形态或重大文学事件或思想论争或创作形态的客观存在，必须原原本本地把铁的史实亮出来，以彰显文学史的实存之真。“样板戏”，只要有“文革”经历的学人，都知道它与“文革”的密切关系，它的出笼得力于“文革”的呼唤，它的所谓“地动山摇”的巨大战斗功能是得力于配合批斗“走资派”、“反动权威”以及“牛鬼蛇神”所发挥的不可取代的致命作用而显现的。“样板戏”的出现既是现代中国文学史无前例的特殊艺术形态又是重大的文艺事件，若是将其置于文学史框架给予书写，不把“文革”与其客观的真实关系弄清楚，那如何正确地理解“样板戏”的真实的历史地位？它在“文革”中发挥的所谓巨大战斗功能是产生的“正能量”还是相反？一些新版的现代文学史或略写“样板戏”或模糊它与“文革”的真实关系，尽力把“样板戏”提升到文艺经典的高位，这种良苦用心可以理解，但是“样板戏”与“文革”关系的实存之真则不见了。如果不把“样板戏”写进现代文学史而是摆脱特定的政治生态去孤立地评述它，那就另作别论了。

二是想象之真。书写文学史不排斥主体的想象力或联想力，而是要充分又适度地发挥书写主体的想象力，但是这种想象力的发挥并不像创作小说可以虚构或建立在应然的史实上，而必须由实存的客观史实生发出想象或从已然的史实出发来想象。因而这种由史实决定的想象既不能越出史实的规范去想象又不能以史实为由头任性地扩大想象，所想象的时空只能是史实的既定时空，想象出的思维成果必须与客观史实相吻合或客观史实所允许的范围，最终达到主观想象的真实性与客观实存的真实性的有机融合。归根结底，主观想象的真实是源于客观实存的真实，它永远越不出客观实存的真实，否则它就不是文学史书写所需要的想象力，所以这种想象之真只能强化或深化文学史书写的历史真实感。既然主体想象力对于文学史书写的求真如此重要，那么我们在文学史的书写过程中就要竭尽所思用好用准主观想象力。虽然主体想象力可以用在文学史书写的多方面以显求真的功效，但是不能泛用或乱用，务必在关键的部位或重要的维度来发挥想象力的求真出新的作用。首先应该看到，构建文学史的史料或史实是已逝历史时空的遗留物，大多不是原生的完整态或有序的实存物，而是散落在历史长河中的断简碎片或者杂乱的模糊的史实轮廓或印迹，即使有些历史遗留物如报纸杂志纸质书籍也是没有激活的凝冻物；如果将它们作为书写文学史的选材资源，那就必须以主体思维的想象力把残缺的遗留物补充完整、把零碎的历史断片连缀起来，把实存的历史凝冻物激活，只有这样方可进入文学史建构。虽然依赖主体想象力将文学运动或文学事件或思潮流派等实存的历史遗留物，各自被补充得或被梳理得完整化或秩序化了，但是把它们组织进文学史结构里却不能“各自为政”地独立存在。这就需要调动书写主体的想象力或发现机制，由表及里地寻找它们之间实存的普遍联系，以作为逻辑线索把疏散或游离的它们联结成合情合理的无懈可击的严密完整的文学史文本。但是这种主体想象力的挥发必须始终环绕着历史实存物，追求的想象之真与实存之真应是同质同构的，不会削弱更不会改变实存之真，而是丰富完善了历史的实存之真。

三是体悟之真。即是书写主体面对着文学史构成的特殊对象，或者形象化情感化的文学作品或者感性的诗性文本，仅有理性思维的想象力或发现逻辑机制对其艺术王国里蕴含的思想之真、情感之真、精神之真、审美之情，特别是各类人物形象的性格之真、人性之真、心灵之真，那是难以想象出或发现出的，必须借助书写主体敏锐的艺术体验力与感悟力，才有可能获取更多的文学史的这种特殊物化审美对象的实存之真，故曰体悟之真。由此可以说，书写主体的艺术体验能力越敏锐，从中获取的真实东西越多，感悟能力越深切从中升华出的真知卓识越多。文学作品对于文学史的构成是极为重要的部件与维度，甚至有的文学史文本就是以文学作品为主型，而文学作品尤其那些经典文本则是地地道道的货真价实的人类情感的结晶和审美精神的载体，具有难以辨识的神秘味道和难以穷尽的文化阐释空间。况且文学作品作为一种艺术符号既与本体之间有一定的“间离”又与研究主体之间有一定的“间离”，因而彼此统一起来很难，这就越发地需要书写主体的体悟能力的充分发挥，将各个艺术王国的不同色调的真实而丰盈的内涵发掘出来，以充实文学史文本的历史真实感。有的治史者深有体会地说：“要戳穿历史的虚伪性，展示历史真相，我觉得最有效的办法是诉诸感性，让他们对什么是美的什么是丑的有明确的分辨能力，才能真正揭示出历史真相”。因此，“历史不在个人切身体会之中，是很难真正获得理解的，这里人生经验需要一步一步地来获得，而感性地阅读作品和讲解作品是第一步”①。可见,以敏锐的体悟能力来阅读感性的文学作品以揭示历史真相何等的重要!尽管文学作品是构成文学史的关键之维,但只是把文学作品依照发表或出版时间逐一排列起来却不是具有真实品格的文学史,而是实存文学作品的堆积,最多算是构成文学史的“史料”;唯有依仗书写主体的体悟能力将文学作品的内涵以及作品之间的内在关联感受体察出来,方可从文学作品中揭示出“史”的流变轨迹和演化脉络。特别是纳入文学史框架进行重点分析的文学作品,要展示其独特的思想价值、艺术特点、美学风格和历史地位,不是沿袭前人的说法而是亮出自己的创见,则必须凭借主体的感悟能力去发现去探密,文学史上那些有深度有新意的作品分析无不源于此。总之,不管从文学作品的排列中发现出的新史迹或者从作品的解读中形成的新见解,都不是主观臆测或凭空生发的,而是根源于文学作品的已有的真实,这才是应追求的体悟之真。

四是认知之真。对构成文学史的文学运动、文艺思潮、文学活动或者文学社团流派特别是文学作品的实存史料,不能在书写的过程中只停留于追求想象之真和体悟之真,也要提升到认知之真;若是将体悟之真主要视为感性思维的结果,那么认知之真则是理性思维的成果。感性思维的运作可以从史料或史实中发现切实的生动的鲜活的思想文化与审美情感的意蕴乃至原始生命强力与性爱冲动,而要从中获得真实的理性认知,或给出准确的理性判断或做出科学的结论,则需要理性思维的发力;因而书写文学史必须使敏锐的体悟思维与深刻的认知思维互为作用,才有可能使史料或史实所蕴含的非理性的感悟之真与理性的认知之真都被揭示出来。从宏观上来看,命名现代中国文学是现代性或现代化的文学,这是理性的认知,说20世纪中国文学是以塑造民族灵魂为母题的启蒙文学,这也是理性认知,定义中国新文学是“国民文学”或认为中国新文学是“人的文学”,这同样是理性认知;至于这些对现代中国文学总体性质给出的理性判断,各有各的客观史实或史料作为依据,究竟哪个理性判断最富有认知之真,也许会产生见仁见智的分歧,这正预示出现代文学史书写的多元化的趋向。要是从中观视之,写入现代文学史的四大文艺思潮或创作方法,将它们命名为现实主义、浪漫主义、古典主义、现代主义,这是理性思维给出的不同认知;现代文学史上的文学流派异彩纷呈,都有自己鲜亮的名目,这也是理性认知的结果。因为这些认知所给出的理性判断即它们的命名,皆有相应的史实作根

① 陈思和主编:《中国当代文学史教程》,复旦大学出版社2009年版,第442页。

据，达到了名实相符，故而这些命名经受住了相当长的历史检验，罕见提出异议的，表明它们完全具有认知之真。微观上给选进文学史的作品以解读与分析，对于书写主体来说能激起丰富的感性思维活动和难以按捺的情感体验，将其升华到不同的认知模式会获得不同的理性认识或知识体系；尤其那些经典之作具有多义性奥秘性，主体理性思维所获得的认知更是多样而丰富，往往能形成创新之见。如鲁迅的小说集《呐喊》与《彷徨》中不少的名篇，在现代文学史上的评价则出现了众说不一的认知之见；莫言于20世纪90年代问世的长篇小说代表作《丰乳肥臀》，文学史上对其主题思想和主要人物上官鲁氏的认知更是见仁见智。因此作为写入文学史的作品只要具有一定的代表性或典范性，都应进行微观的具体分析，哪怕一首小诗也要展示其独特价值，这就要求书写主体不能迷恋感性的审美王国而要适时地升华到理性思维层次，使获得的新颖独到的理性认知充溢着鲜活的感性，切实做到从文学作品中取得的所有真知灼见总是粘连着感性的源头活水，这样方能追求到认知之真。总之，认知之真尽管属于文学史构成的理性层面，然而它却须臾离不开史料或史实的感性的实存之真的支撑。

五是阐释之真。现代文学史的书写不只要调动主体思维的想象力、体悟力和认知功能，更要发挥其阐释能力。因为从特定意义上说文学史就是阐释史，也可以说文学史文本具有的深度、广度、高度、厚度甚至创新度，无不得力于书写主体的阐释之功。一部具有创新性的逻辑结构严密的现代文学史，它获得的所有不同凡响的理性认知，不论是更新的文学史观、具有规律性认知的“史识”或者精到的审美判断、深度的思想发现、独特的文学结论等，它们之所以能与相应的史实或史料有机地联系在一起而编织成文学史的感性与理性互动互融的逻辑体系，不能不归功于书写主体的出色的阐释能力。从读到的新世纪出版的文学史来看，书写主体或运用演绎逻辑思维来阐释或运用归纳实证思维来阐释或运用演绎与归纳相结合的思维来阐释，几乎对以前惯用的二元对立思维都扬弃了，而选用了辩证思维、整体思维、综合思维或系统思维、层次思维、多元思维甚至间性主体思维等，最大限度地在对文学史的逻辑阐释中将史料或史实所具有的雄辩的实证性与理性认知的超越性有机统一起来，以彰显文学史书写的阐释之真。不过也发现有的文学史书写的阐释显示出两种不良倾向：或削足适履式的阐释，即预先为文学史设计一个理性框架或者提前为某些作家作品设定一个结论性的评价，然后让史实史料或作家作品哪怕其中所实有的信息量远远超越了理性框架或结论式评价的规范内涵，也要通过阐释来“圆”或来“塞”这个既定框架或结论。例如，先把现代文学设定成现代性文学而将那些也具有现代性特征的通俗文学都削去了。还有一种情况，明明有些文学作品缺少民间文学的规定特征，也要把它硬塞进民间文学的框架里，这算是削足适履的阐释。还有一种过度性的阐释，也就是不受史料史实既有内涵的限制而是任性的阐释，这种过度阐释则导致史实史料的根据不足，导致大帽子戴在小头上的后果；甚至有的文学作品阐释或者抓住一个人物或者一个细节，便无限地发挥开去，不论对人物的评判或对细节的剖析都离谱太远。上述这两种不良阐释，对于文学史建构来说，都缺乏应有的历史真实，这可以说是以主观真实取代了客观真实，因此任性的阐释是文学史的求真务实书写之大忌。尽管“每一代人对前人的历史都要做出自己的诠释，都要说出自己对历史的再认识”①，特别是现代文学史的书写者几乎都有自己的阐释方法与认识结论，然而不管哪代人或哪个人对一般历史或文学史的阐释皆不能抛开既定实存的史实或史料，除了别有用心地篡改历史或伪造历史者以外，出于公心或正义之心的治史者在阐释历史时无不以史实为根据，视雄辩的史实为历史的生命。

虽然笔者是从五个层面探讨了现代文学史书写应持的真实观，而且有四个层面重在揭示文学史的主观真实何以获取，只有一个层面展示其客观真实，但是后者的真实却是重中之重。主观真实时刻离不开客观真实，否则便会导致书写的现代文学史失真或缺乏历史真实感。

草于2015年元宵节

（原载《江汉论坛》2015年第7期）

① 李铁映：《要有自己的历史观》，《中国社会科学报》2015年3月1日。

文体自觉意识之于现代中国文学史建构

参与或主持现代中国文学史书写数十载，始终想建构一部恢复文学原生态或本来面目的文学史。尽管这个愿望是积极的也是美好的，若是连个梦想也没有那建构文学史还有什么内在追求与动力呢？然而书写实践反复证明原生态或本来面目的文学史只可想不可即，谁也不敢理直气壮地说“我写的文学史是原生态的或展示本来面目的”。这不仅因为原生态的文学史谁也没有目睹过，更因为究竟以何为标准来衡量评估文学史是否恢复了它的本来面目，由谁来制定；即使目睹了文学史的原生态或者有人制定了评估本来面目的标准，也难能描绘出文学史的原生态或准确评定出它的本来面目。所以对于现代中国文学史的建构者来说，或恢复其原生态或展示其本来面目都是乌托邦，即使是个乌托邦也不是什么“痴心妄想”，也许通过建构者的孜孜以求与刻苦努力，有可能使乌托邦这个梦想逼近欲达的目标或实现一定目标。

不过，近几年有暇重读了大半个世纪以来具有代表性的或产生过一定影响的数十部现代中国文学通史，对于它们是否呈现了文学的原生态或本来面目，笔者却越来越不想多思多求了。因为思之不透就难免困窘，因为求之不得就难免苦恼，故而便将思考的焦点对准：现存的几百部新文学史文本究竟有多少能称得上真正的现代中国文学的本体史而不是文学的政治史或思想史或文化史？上世纪 80 年代中期文学评论或文学史书写曾提出个“回归文学本体研究现代文学或书写文学史”的口号，并以理论自觉付诸文学评论或文学史书写的具体实践，问世了一批富有本体色彩的学术成果；因此在我看来，“本体性”应是判断是否算得上真正现代中国文学史的根本特征。若文学史缺乏“本体性”，就意味着阉割了文学之所以成为文学的质的规定性，如同抽掉了支撑文学之所以能成为艺术殿堂的梁柱与骨架。对于文学史建构主体来说，文学史要有本体性不仅应充分尊重并固守文学之所以能够成为文学的质的规定性，不仅应承认并肯定文学的特质是其文学性或审美性，而且还要承认并揭示所有的文学样态是遵循美的法则创造的，而且要承认并发掘文学演变的自身规律与内在机制，从而展现现代中国文学是个独立自足的异彩纷呈的审美系统。虽然现代中国文学的生成和发展与外在的多元的多层的复杂系统或纷纭变幻的语境背景有着千丝万缕的联系，这就是不可或缺的生态环境与客观条件，但是这些外在系统、客观环境能够转化为现代文学生成或演化的有利因素和内在动力，关键取决于现代文学本体结构功能是否需要是否吸纳是否择取，所以文学本体的内在机制或结构功能才是现代文学生成或发展的决定因素。

特别值得探讨的是，若说文学就是文学，故文学的本体就是文学性，也许这不算对文学的定义；要是承认它是个定义，那么文学史就是为文学而文学的流变史，故文学史的本体仍是文学性。尽管这样来定义文学或文学史没有什么新意，仅是一种概念的同义循环；不过实究之，这样定义文学或文学史却能引起追询：即文学的本体是什么，也就是它的质的规定性为何？《文学理论教程》[①]定义"文学是审美意识形态"，这仅仅从内容方面指出它是"审美意识形态"。其实具有审美意识形态的艺术门类不只有"文学"；况且"文学"一旦作为物化的完整的审美形态或者具有严密结构的文学系统而存在，它不再是内容与形式的二元对立而是二元的完全融合，其内容是有形式的内容，其形式是有内容的形式，只有两者融为一体方是物化的文学本体，若能将两者任意地拆解那就不是文学形态或文学系统了。既然文学的本体就是文学形态或文学系统本身，那么文学内容与文学形式的相对独立性却是客观存在的。如果承认文学内容与形式之间有其相对的独立性，那惯性的认识则是内容决定形式，形式服务内容；然而从文学形态或文学系统的整体来看却是形式或文体规定着体现出文学之所以成为文学的本体性。这因为形式或体式与内容的相融合构成了完整的文学形态或文学系统，一旦内容与其相适应的形式相结合那形式便具有文学的本体性，若没有了文体那就没有文学的存在，若文体不完美那文学就不完美，若文体不新颖那文学就没有新貌。同样，一个文学系统的形成，不论现代小说系统、新诗系统或者现代散文系统、现代戏剧文学系统，决定其或规范其存在的本体特征不是其内容乃是有意味的形态各异的体式；即使那些已经定型的完美的文学体式可以不与新内容相结合，也能作为一种成熟的审美范式存在于文学史长河中。然而这样的文体样态却不是纯粹的形式，这不仅因为它之所以在文学流变

① 童庆炳主编：《文学理论教程》，高等教育出版2000年版。

中能够形成一种较成熟的审美范式乃是与相应的内容完美融合的结果；而且也因为它作为一种独立文体形式被传承或被利用，那它必定又装进新的内容，所谓“旧瓶装新酒”是也，因此像这样的文体形式就更富有文学的本体性了。

基于上述对文学或文学史本体性的粗浅认识，把中国现代文学史1950年初进入体制内书写至今已60多年，从80年代中期伴随“重写文学史”热潮兴起所提出的“回归文学本体研究现代文学或书写文学史”的口号，可以作为现代中国文学史建构的重要转捩点的鲜明标志。此后现代文学研究或文学通史的重构，总的学术趋向由侧重于文学的外部研究而逐步转向内部研究，所产生的学术成果其文学的本体性色彩有所增强，其文学系统的独立性有所突显，其文学自身的演变规律有所展示，其文学史的本体面貌有所显豁。如果以文学的本体性为尺度为视角综观这个时期问世的现代文学史文本，不管它建成于中国现代文学史学科范式或者建成于现代中国文学史学科范式，或者书写于20世纪中国文学史学科框架、近百年中国文学史框架；那么可以毫不夸张地说，它们都在不同程度上复现了现代文学的本体性，增强了现代文学史是地道的本色的文学史的特质。不过在笔者的阅读视野里，总认为严家炎主编的《二十世纪中国文学史》[①]（上中下三册，以下简称严本文学史），既重视对现代中国文学史本体性的揭示，又着力于20世纪中国文学特质的彰显，其主要的呈现方式于次：

严本文学史努力回到现代中国文学史本体，淡化政治背景或文化语境，探寻文学自身生成和演变的轨迹，以展示20世纪中国文学的独立系统与本体面影。诚然，20世纪中国文学与政治自始至终结下不解之缘，同时现代文学又是现代文化的重要一翼与载体；但是如果过多地强调书写政治或文化对文学的决定作用或者把它们之间的关系认定为决定与被决定的关系，那就有可能将20世纪中国文学史写成政治型或文化型的文学史，削弱20世纪中国文学史之所以是文学史的本体性。严本文学史力求摆脱政治化文学史的书写模式，亦远离文化型文学史的书写规范，多方探索并建构本体型文学史的书写范式。仅从全书上、中、下三册34章165节的设计来看，不论章题或节题没有一个纯政治性的或纯文化性的，即使个别标题偶尔出现政治或文化这样的字眼也是与文学潮流、文学作家和文学作品等联系在一起的；这种“去政治”或“去文化”的追求并非否认政治或文化与文学的已然关系，而只是“淡化”了政治或文化的背景或语

① 严家炎主编：《二十世纪中国文学史》（上、中、下三册），高等教育出版社2010年版。

境，旨在凸现20世纪中国文学史的本体性。就文学史内涵来看，与政治或文化联系最紧密的应是晚清文学改革、五四文学革命、30年代左翼文学、40年代抗战文学和解放区文学、“十七年文学”、“文革”十年文学、80年代文学等；而严本文学史既没有对这些历史区段文学的政治背景作详尽的描述，也没有对其社会文化思潮进行具体铺陈，即使写到政治或文化也是从文学的角度切入而略写之。五四文学革命是伴随着汹涌澎湃的新文化思潮而兴起的，但严本文学史却淡化了文化思潮的描写，只是从原始资料入手理清了白话文学、人的文学、平民文学等的真实生成轨迹，并以其取得的新文学实绩来说明五四文学革命“实现了中国文学从古典到现代的全面飞跃”，从而揭示出五四文学的本体真相。书写80年代文学转型的第二节从“独白时代”向“复调时代”的过渡，既没有写思想解放运动崛起的政治文化思潮和理性启蒙思潮的强大推动作用，也没有写外引的非理性存在主义文化思潮对“过渡”的催化作用，而是从文艺创作方法的角度来考察文学创作是怎样由现实主义的“独白时代”向多种文艺创作方法综合并用的“复调时代”转变，借以揭示文学本身的内在变化。上述表明严本文学史淡化政治的文化的思潮描写，旨在更真切地彰显20世纪中国文学被政治意识或被文化潮流所遮蔽的本体面相。更能呈现出严本文学史本体特色的至少还有两点必须提及：其一是对鲁迅杂文的剖析，并没有着力发掘它的复杂而深邃的政治意识和文化思想，也没有强调它的巨大的战斗功利价值，而是以“它具有生动鲜活的文学形象”、“鲁迅杂文具有浓烈真挚的感情色彩”、“鲁迅杂文具有幽默风趣的深长韵味和高超出众的讽刺才能”为三个论点，具体结合杂文文本进行实证性的美学分析，以揭示鲁迅杂文的诗性本体特质和文学审美价值，正如修史者所总结的：“生动鲜活的形象，浓烈真挚的感情，幽默风趣的反讽，三者是鲁迅在杂文方面尤为突出的创造，也是杂文具有文学性的重要标志。”这种对鲁迅杂文本体特征的分析，其意义不只是强化了文学史的本体特色也是对海内外有的学者不承认鲁迅杂文是文学的有力反驳。其二是对20世纪中国文学的40年代或五六十年代乃至80年代的诗歌创作，严本文学史书写者大都能将思想情感的独特性与艺术营造的创新性糅合在一起进行解读与阐释，充分肯定了诗歌创作中的个人感受、想象方式、艺术趣味和审美选择，使那些被政治淹没了的诗作的诗美得到重新显现，竭力从政治与诗学的悖离中透析其诗性特质，从而深化了严本文学史的本体性。①

真正能以文体自觉意识从现代文体学的角度来书写现代中国文学史，至今进入笔者阅读视野的也许只有冯光廉主编的《中国近百年文学体式流变史》。本史著“所潜心追求的编撰目标是：其一，从大量的创作文本中，梳理中国近百年五种文体（小说、诗歌、戏剧、散文、文学批评）的发展过程和流变轨迹，力求清晰地描画出文体发展的总体性线索和阶段性脉络，从纵向上展现其发展格局。其二，从同中外文学的多重联系中，同社会历史、思想文化的多重联系中，分析近百年五种文体发展的动因，流变的规律，及逐渐形成的文体规范，总结文体继承革新的历史经验教训。其三，自觉地站在当代的高度，以新的时代眼光和清醒的反思意识，审视近百年文学体式流变的得失，在反思历史的基础上，对若干问题提出前瞻性的看法，或从历史的描述中预示文体发展的未来趋势”。其四则是编著者对述史方法论的选取，上述三点学术追求通过书写实践体现于“文学体式流变史”文本中则成了其显著特色；正如主编自谦地说：“本书可能是填补学术空白的学术专著。作为中国近百年文学体式流变的专门史，我们所做的只能是一种初步的尝试。”②既然是“填补学术空白”，就意味着本文学史具有开创性的拓荒价值；既然是“初步的尝试”，便意味着本书不只有探索的创新点也有实验的不确定性；既然是“专门史”，那就不能以现代中国文学通史的标准来评估它。作为专门史，它是将近百年小说、诗歌、戏剧、散文、文学批评等五种文学体式，各自为政地分门别类地进行纵向性的梳理，描述其各种体式的流变轨迹，如同五条艺术风景线层递展开，一种文体接着一种文体，分为“小说体式卷”、“诗歌体式卷”、“戏剧体式卷”、“散文体式卷”、“批评体式卷”；将其合之名曰《中国近百年文学体式流变史》，把它分开则是中国近百年文学各自独立成系统的五种文体的流变史，似乎各种文学体式之间在结构上缺乏明显的相关性或联系性。尽管各种文学体式的本体性得到突出的呈现，文学之所以是文学的自足感本体感格外耀眼；然而中国近百年文学整体上的本体感和完整感却显得疏离、模糊，仿佛近百年中国文学在流变过程中逐步形成的各种相反相成互动互补的整体性的本真面目，遭到人为地撕裂。况且本书又把“文学批评体式”列为中国近百年文学体式之中，给人一种不伦不类之感，若说小说、诗歌、戏剧、散

① 上述参见《朱德发文集》第9卷，山东人民出版社2014年版，第329～332页。

② 冯光廉主编：《中国近百年文学体式流变史》，人民文学出版社1999年版，第5页。

文四种文学体式主要是艺术思维创造的；那文学批评作为一种体式则是理性逻辑思维营构的，前四种文学体式足能展示文学的审美本体，后者岂能显示文学的诗性本体？因此只能说《中国近百年文学体式流变史》所彰显的文学本体性是“专门史”的而非文学通史的；尽管如此，它却能给现代中国文学通史的建构如何突显其本体性提供有益的启示与借鉴。对笔者来说，从本“专门史”所获取的最大启示有二：一是充实了文体知识，增强了文体意识，提高了文体理论思维。这主要源于每卷文体流变史的“绪论”对各类文学体式从理论上所给出的诠释和界说，既有创新的力度又有言说的精度；因为文体的概念众说纷纭莫衷一是，难以取得共识，而本书著者则能从中外文体学说中取其精到之见，对中国近百年文学异彩纷呈的各种文体文本重新定义或解释，使既有的文体范畴得到实证和超越，若将五类文体“绪论”给以逻辑整合，则可视之为独具理论特色的“现代文体学”。二是只有从文体入手对近百年中国文学进行研究，才能真正揭示出文学史的特质与本体，才能建构起文学之所以成为文学的历史。因此本“专门史”为书写现代中国文学通史，提供了一个卓有成效的本体论的视角，也提供了一个切实可行的思路。

一部“专门史”以文体学为逻辑框架尚能获得学术创新，为什么“重写文学史”以来问世如此多的20世纪中国文学通史或现代中国文学通史就没有自觉地坚持现代文体学并以之作为视角和理路来建构文本呢？固然文学通史不同于“专门史”，它要求多维度地全景观地来描写20世纪中国文学史或现代中国文学史的全貌，仅仅选取文学体式作为视角是不够的；不过从文体角度切入却是揭示现代文学史本体的最重要角度。应该承认有些20世纪中国文学史或现代文学史书写也采用了文体角度，但是缺乏高度的文体自觉意识，更没有将文体作为建构文学史的不可或缺的重要维度和紧要角度来对待，即使严家炎主编的《二十世纪中国文学史》如此重视突现其本体性也没有始终坚持文体学的角度与思路。因此综观“重写文学史”以来出版的现代文学通史，书写主体能够自觉地运用文体学思路来治史并从而展示文学史本体特征，的确是个值得重视的薄弱环节。仅以《中国现代文学三十年》（以下简称北大本）和《中国现代文学史新编》为例略述之。这两部文学史皆问世于1987年，可以说都是在“回归文学本体研究现代文学或书写文学史”口号的感召下建构的。前者为钱理群、吴福辉、温儒敏、王超冰所著，在学术界产生了广泛影响，王瑶作《序》为其点赞：本文学史“注意从文学发展的历史过程与历史联系中去分析各种重要的文学现象，重视文学本身的规律和特点，重视作品的实际艺术成就，以及个性与风格的特点"；"在体例安排上，则注意到文体分类，以突出各种文体的发展和不同流派的特点，又对某些代表艺术高峰的作家作品进行专章论述，以显示各个时期艺术发展所达到的水平"①。这是对该文学史所呈示出的本体特色的极贴切简明的评述。后者为孙昌熙、朱德发所主编，由25位学者执笔，力图用人本文学史观以新的体例来建构一部本体论色彩较强的"人性解放的形象史，人生奋斗的形象史，阶级斗争的形象史，现代国人灵魂的衍化史"②；由于在文体理论层面与实践操作层面都缺乏文体意识的自觉性，没有从文体的角度进一步强化文学史书写的本体性，反倒重视对其思想内涵的深入开掘，突显文学史的人学意识形态，仿佛成了现代文学的思想史新编。北大本文学史的编写主体具有文体的自觉意识，他们充分晓得20世纪中国文学的"艺术形式（文体）在整个文学进程中的辩证发展"，而"它们之间的张力也左右了本世纪文艺形式辩证发展的基本轨迹，各类文体的探索、实验、论争，基本上是在这'张力场'中进行的"③。既然已认识到文艺形式（文体）的变革是20世纪文学整体的有机组成部分，那就应该在现代文学史建构中处理好它与"改造民族的灵魂"这个20世纪中国文学总主题的关系；如果过分强调并突现"改造民族的灵魂"的思想启蒙性质，将其视为"现代文学的一个带有根本性的特征"④，那么不仅会削弱文学史的本体性，也能增强中国现代文学史是思想启蒙史的色彩，这是北大本的不足。

（二）

若承认由于书写主体现代文体意识缺乏或者文体自觉性不高而导致20世纪中国文学史或现代中国文学史建构的本体性亟待强化，那就应该引起治史者或学者们的高度重视，调动个体的或群体的学术智慧，来补圆文学史建构文体自觉意识匮乏这个短板或者解决好这个薄弱环节，以提升现代中国文学史建构的学术质量和诗性境界。在笔者看来，对于现代文学史建构这个短板的补圆或薄弱点的解决，固然当下社会的政治生态与学术生态的进一步优化极为重要，

① 钱理群、吴福辉、温儒敏、王超冰：《中国现代文学三十年》，上海文艺出版社1987年版，第3页。
② 孙昌熙、朱德发主编：《中国现代文学史新编》，宁夏人民出版社1987年版，第4页。
③ 黄子平、陈平原、钱理群：《论"二十世纪中国文学"》，《文学评论》1983年第5期。
④ 钱理群等：《中国现代文学三十年》，上海文艺出版社1987年版，第7页。

但是关键在于建构主体或学者主体应竭力提高现代文体意识的理论自觉和实践自觉，着重从以下几方面下功夫。

建构主体务必深化对文体价值或意义的认识，提高剖析现代中国文学与文学体式关系的自觉性。文体是个常识性的文学概念，几乎有点文学知识的学人都能讲出一套，虽然不能说各有各的文体观，但实究起来文体的定义是难以说准确的；只能说文体的外延和内涵不易穷尽，即使找遍中外的文体理论也寻不到能够成为共识的说法。对于笔者来说，总体上认同文体就是文艺形式而且是有意味的形式或有内容的形式，它是表层结构与深层结构有机统一的艺术形式；具体来说，对于文本的内涵与外延至少应从四个层面来考察：文体作为文学体裁、语言、风格、结构的综合体的第一个层面，它是文类文体，也就是各种文学体裁的文体，是文体的外显层次和外化样态；第二个层面，它是语体文体，因为文学作品是由作家选择不同的语言符号与编码方式营造的，往往具有可感性、形象性或独特性的表征；第三个层面，它是主体文体，这是因为文体既体现了作家的主体意识又含纳了作家的情感的美学的个性的心理结构，即文体乃是作家"才能本身，思想本身，文体是思想的浮雕性、可感性"①，故主体文体是文学"深层结构"的文体形式；第四层面，它是时代文体，由于作家主体在时代精神或民族意识的感召下，其文体意识不约而同地获得觉醒，便共同奋起采取相近或趋同的语体文体来创作文学，所以就出现了带有民族特色的"一时代有一时代"的所谓时代文体。基于对文体作如是理解，结合现代中国文学的生成与发展，可以洞察出现代中国文学与其相应的各种文体具有同质同构性，没有文体的生成就没有现代中国文学的存在形态，没有文体的变革也没有现代中国文学的发展，文体创新与否决定着现代中国文学是不是创新，文体完美与否也决定着现代中国文学是不是完美，文体审美品位高低与现代中国文学审美质量高低攸关，文体艺术成就更与现代中国文学是否达到艺术高峰密切相关。因此，文体之于现代中国文学不只是其本体与特质所在，而且对于现代中国文学能够成为自足的独立系统的价值或意义也应给出这样的蠡测：就其现代中国文学的整体面貌而言，它能以特异的审美姿态雄立于世界文学之林，重要的不在于它彰显出的思想内涵是如何的丰赡深刻，而在于它创造了足以使思想内涵得以彰显的异彩纷呈的艺术形式或名目别致的文体形态，后者虽与前者交织为一体难解难

① ［俄］别林斯基：《别林斯基论文学》，上海译文出版社1979年版，第234页。

分，但后者却是现代中国文学以独立系统进入世界文学总体系统的鲜明标识；所以建构现代中国文学史必须将其文体的独创性呈示出来，这既有利于稳固现代中国文学在世界文学之林的地位，又利于与世界其他民族文学进行学术交流。就其现代中国文学演变所涌现出的文学流派而言，作家群体的趋同倾向既体现于对相近相似思想主题的追求，更体现在以群体智慧来营造别具一格的文体；若说文学流派的趋同思想主题随时光转换易于淡化消失，那么它所创造的显层结构与隐层结构相融合的所谓“时代文体”却能在文学史上以相对的独立性流传下来，也能以特定历史阶段文学繁荣的标志或艺术成就的丰碑载入史册。因此，关注现代文学流派的“时代文体”研究亦是打捞群体作家的诗性智慧，有助于总结现代中国文学史上共建文艺审美形式的经验。就现代中国文学的个体作家而言，为何有些作家定性为文学巨匠、有些作家视为重要作家，还有些作家只能置于一般的层次上，最重要的区分标准不是看其作品的数量及其所表现的思想，而是视其创造了什么样的“主体文体”及其这些新文体所达到的完美程度，鲁、郭、茅、巴、老、曹，外加沈从文、王蒙、莫言等可以称为文学巨匠，就因为他们以超凡的艺术思维和创造力，为现代中国文学铸造出的形态各异的“主体文体”，光芒耀目，魅力无穷，标志着现代中国文学达到相当高的艺术峰峦。综上所述，只要建构者具有文体自觉性，在重写现代中国文学史的征程上，就能持续不断地展示文体创造对于现代中国文学自成系统的价值或意义。

建构主体必须力争走出文艺理念的误区，以现代文体观书写现代文学史。在现代中国文学生成和演变的过程中或者研究书写现代中国文学史的进程中，由于对文体理念或相关文艺思潮的理解不同则导致一些认识误区，故影响了建构主体自觉坚持文体意识这个重要维度来书写现代文学史。众所周知，现代中国的五四文学革命是以胡适的白话文学主张为理论纲领和实验指南的，它旗帜鲜明地倡导从语体文体和文类文体入手进行革故更新的文学革命。胡适在《文学改良刍议》提出的文学改良“八事”或在《建设的文学革命论》中提出的文学改革的“八不主义”，条理分明地从内容与形式两大维度来论述其白话文学主张；胡适在《〈尝试集〉自序》中明明白白“认定文学革命须有先后的程序：先要做到文字体裁的大解放，方才可以用来做新思想新精神的运输品”，而且“也知道新文学必须要有新思想做里子”①。尽管胡适多次论述其白话文学主张并非

① 《胡适全集》第1卷，安徽教育出版社2003年版，第195页。

形式主义，同时尝试的文学革命成果已证明白话文学观念也不是形式主义，既创造了白话自由诗体又进一步扩展为一个时代的白话文体，播扬了以民主为旗帜的人道情感和以科学为核心的理性意识；然而政治权力话语和有些治史者总是认定胡适的白话文学主张是形式主义的，甚至1951年在教育部授意下拟订的《〈中国新文学史〉教学史纲（初稿）》，否认新文学是“白话文学”、“国语文学”，只承认是“新民主主义文学”①，把白话文学与新民主主义文学对立起来。曾独撰《中国新文学史初稿》的刘绥松将五四时期胡适“所发表的有关文学改革的几篇文章”，斥责为“充分显露了他的资产阶级改良主义、形式主义的反动文学思想”，批判胡适是“企图以其反动的文学主张，来反对新文学运动的革命内容，企图达到为反动统治者服务的目的”②。这种对胡适白话文学观念的错误批判并未得到彻底纠正，仍在或隐或显地影响着对五四文学革命从语体文体或类型文体入手来推动古代文学向现代文学转型的内部规律的揭示，更阻碍着从语体或文体的角度对五四文学革命取得的巨大艺术成就以及胡适所作的独特贡献给出公正的历史评价，无疑也阻遏了五四文学本体面貌的更清晰展示。创造社是五四文学革命后涌现出的能够同文学研究会相提并论的纯文学社团，由于长期认为它是“为艺术而艺术”的具有唯美主义倾向的文学流派，导致对创造社及其浪漫派文学从本体论的角度进行研究或文学史的书写，批评有余而肯定不足，总认为“为艺术而艺术”是种错误思潮或者是个错误文学理念。郭沫若当时对文学的本体是这样界定的：“文学的本质是有节奏的情绪的世界”③；“诗人底心境譬如一湾清澄的海水，没有风的时候，便静止着如像一张明镜，宇宙万汇的印象都涵印在里面；一有风的时候，便要翻波涌浪起来，宇宙万汇的印象都活动在里面。这风便是所谓直觉、灵感（inspiration），这起了的波浪便是高涨着的情调。这活动着的印象便是徂徕着的想象。这些东西，我想来便是诗的本体。只要把它写了出来的时候，他就体相兼备”④。若说郭沫若的诗学本体观是“为艺术而艺术”的，那它着重揭示了诗体的“深层结构”，是由主体的感觉印象、直觉灵感、自由想象、情绪情调为内容的形象思维过程，必须以“绝端的自由”形式将

---

① 《〈中国新文学史〉教学大纲（初稿）》，《新建设》1951年第4卷第4期。

② 刘绥松：《批评胡适在“五四”文学革命运动中的改良主义思想》，《文艺报》1955年1月30日第1、2期。

③ 郭沫若：《文学的本质》，《学艺》1925年8月15日第7卷第1号。

④ 郭沫若：《三叶集》，上海亚东图书馆1920年版，第6~7页。

其“写了出来”方能“体相兼备”，这样创造的新诗体应是地道的“主体文体”。此种“为艺术而艺术”的诗体主张有什么值得指责，应该结合新诗创作给以充分肯定。即使郁达夫在文学本体论上提倡的“唯真唯美”说，也不能武断地指斥它是“为艺术而艺术”派的艺术至上论。他在《小说论》这样说：“小说在艺术上的价值可以以真和美的两个条件来决定。若一本小说写得真，写得美，那这小说的目的就达到了。至于社会的价值、及伦理的价值，作者在创作的时候，尽可以不管”①。小说是类型文体，它的崇高审美境界若是真、善、美的和谐统一，那郁达夫强调写真写美是小说艺术的决定因素并没有出大格。因为“真”是文学的生命、“美”是文学的特质；他尽管没有强调写善却不一定他就不写善，取决于文学本体艺术境界是由真、善、美三大要素构成的而缺一是不行的，故作家对于善有意地去写或无意地去写只要有了真、美两大决定因素，而善就脱离不了三位一体的审美结构。况且，郁达夫的文学本体论既强调真的重要又强调美的重要，有了唯真就不能指斥其是唯美主义，即使突出唯美的重要性对于抵制自晚清文学改革以来过分强调文学社会功利主义倾向也是有积极意义的。纵观现代中国文学的流变，对于各类现代文体的创造几乎见不到形式主义或唯美主义倾向，倒是社会功利或政治功利的强势干扰，影响了文体的健全与完美；不过也必须肯定近百年的中国文学除了“十七年”、“文革”十年的文体建构遭到扭曲或摧残，大多历史阶段的文学创作既重视文体的完善又重视文体的创新，尤其是五四文学革命时期和改革开放的新时期是文体大解放时期也是文体大建构时期，足以称得上是中国数千年文学史上的“文体自觉”时代。因此，重写现代中国文学史务必走出一些文艺观念造成的认识误区，以正确的文体观来描述现代文学史的本体面貌。

建构主体务必学好文学革命先贤们的文体自觉意识，为恢复现代中国文学史的本体真相挥洒诗性智慧。发动五四文学革命那一代先贤，几乎都具有自觉的文体意识，从理智到行为极其重视营造新文体，以促使中国文学由古典向现代的全方位转型。且不说胡适率领众贤们以实验主义态度尝试用白话作诗，由白话诗体的实验成果推动各类文体实现了语体化，使白话文体真正成为中国文学史上的“时代文体”；这里重点谈谈鲁迅、茅盾两位新文学巨匠的文体意识及

① 郁达夫：《小说论》，见《郁达夫文集》第5卷，花城出版社、三联书店香港分店1982年版，第17页。

其创造实绩。“鲁迅就是一位对文学形式具有自觉意识的大师，他所创造的一些文学体裁（如《野草》和《故事新编》）几乎不但‘前无古人’，而且‘后无来者’”①。正是在传统审美形式和审美规范与现代审美形式及其规范进行大换班的五四文学革命之际，鲁迅一举成了现代审美形式和现代文体创造的艺术巨匠和文坛高手，为新文学创作主体和文学史建构主体树立了学习楷模。现代短篇小说体式虽不是鲁迅独创的却是在鲁迅手中成熟的，若说文体是由表层结构、深层结构和物化机制三个层面相互作用而构成的有机体，那么以此为依据来剖析鲁迅创造的现代小说文体，可以发现其独特性及鲁迅超凡的艺术智慧。所谓文体的表层结构主要指能够具体感知的话语体式，既像浮雕般突出又像作家指纹一样具有明显的不可重复性，它包括语言符号的选择与编码方式所表现出的特有笔调、氛围、风格等。鲁迅小说文体在这一层面上，所选择的语言符号是接近口语的现代白话和至今尚有活力的文言，形成了凝练、含蓄、简约、晓畅的白话语言风格，将这种白话符号组合起来的方式，如从词法、句法到段落、篇章，都是鲁迅独运艺术匠心选择和创造的，既符合语言规律与艺术法则又具有不落俗套的创新性，使每篇小说的外在形式别具一格，显现出笔调的凝重深沉、氛围的忧愤感伤、风格的冷峻悲凉。所谓深层结构，主要指文体的具体可感的话语方式所潜隐的主体心理精神结构，它包括审美的、情感的、个性的结构，与表层结构内在地融为一体，使文体成为有意味的形式。鲁迅小说文体的深层结构，就是其由现代理性与非理性、外来思潮与固有血脉化合而成的以人本哲学为核心的现代社会意识和现代审美意识的精神结构，它由鲁迅深邃丰厚炽烈冷峻的现代情感方式和自由开放坚毅孤独的个性体现出来，决定着鲁迅小说文体表层结构的现代性、独特性和多样性的艺术特征。所谓文体的物化机制，主要指以创作主体的艺术思维方式为中介将情感精神结构与话语体式同构物化，使深层结构呈现为符号化的结构实体。鲁迅小说文体之所以浑然一体、新颖别致、不拘一格，重要的是得力于创作主体具有开放活跃的辩证艺术思维，它既有放得开的散发性又有收得拢的收敛性，既能进行二项对立的艺术构思又能进行多元整合，正是借助这种现代艺术思维为中介或纽带把小说文体的表层结构与深层结构联结成完美的艺术整体。固然，鲁迅的小说文体别出心裁，异彩纷呈，形成“鲁迅小说体”，但鲁迅营造的杂文体更是具有个性化的文体特征，实现了

① 黄子平、陈平原、钱理群：《论“二十世纪中国文学”》，《文学评论》1985 年第 5 期。

杂文体这一边缘性文体的表层结构与深层结构的完美统一,实现了杂文体作为独立的一种文类进入现代中国文学殿堂的美学追求。如果把“杂文体”作为一个大的文类文体概念,那么在营构“杂文体”的类文体过程中,创造了名目繁多的“小杂文体”,显示了鲁迅惊人的艺术思维的创造力和爆发力,更显示了鲁迅在文体建构上具有用之不竭的综合艺术智慧,这是鲁迅对人类文学发展史作出的独特贡献。茅盾作为现代艺术巨匠,其文体自觉意识主要体现在:一是在现代文学批评史上茅盾首先发现并肯定鲁迅《呐喊》小说集于文体形式方面所取得的创新成就,不仅从个案上称赞体裁风格极新奇可怪的《狂人日记》是“前无古人的文艺作品”,“奇文中的冷隽的句子,挺峭的文调,对照着那含蓄半吐的意义,和淡淡的象征主义的色彩,便构成了异样的风格”,对青年“最大影响却在体裁上”;而且从整体上高度评价“鲁迅君常常是创造‘新形式’的先锋,《呐喊》里的十多篇小说几乎一篇有一篇的新形式,而这些新形式又莫不给青年作者以极大的影响,必然有多数人跟上去试验”。他既肯定了鲁迅在文体形式探索上所表现出的“先锋性”和为现代小说创造的新样板,又号召广大青年作者学习鲁迅勇于冲破旧形式敢于创造新形式的精神,这对于增强创作主体和读者主体的“形式感”与文体意识无疑会产生积极效应;并且援引丹麦大批评家勃兰兑斯的言语进一步加以论证:“有天才的人,应该也有勇气。他必须敢于自信他的灵感,他必须自信,在他的脑膜上闪过的幻想都是健全的,而那些自然而然来到的形式,即使是新形式,都有要求承认的权利。”[①]创造文体新形式是需要天才的,而一旦新形式产生就要有勇气去肯定它,承认它,护佑它,以确保其健全正常的发展。二是强调自觉的“形式感”必须与文学的独创意识相联系,缺乏独创意识的作家不可能成为创造新形式的先锋和高手。茅盾非常重视新文学形态的独创性,极其严肃地批评那些所谓新文学的雷同化、公式化、平庸化的低劣之作:1921 年上半年有些以描写男女恋爱、城乡劳动者生活为题材的新文学作品,作者“对于描写的对象是抱了同一见解和态度的,他们的写法也是大概相同的,他们的作品都像一个模型里铸出来的”,情节布局的格式也类似,人物大都是一个面目,其思想、激动、话语一个样,只有一个性格,此类作品不是人生的真实反映也不是作者独创的结晶,而是“摹拟的伪品”[②]。对于一个作家来说,只顾“模

① 茅盾:《读〈呐喊〉》,《文学周报》1923 年 10 月第 91 期。

② 茅盾:《评五四六月的创作》,《小说月报》1921 年 8 月第 12 卷第 8 号。

仿”中外大作家的名著,“不去独立创造”,茅盾认为无论你模仿得如何逼真,表现的内容如何丰富,都称不上真正的具有美学价值的新文学作品[①];唯有具备了独创精神才能创造出别具一格的文体形式。三是从“人本”与“文本”、“历时性”与“共时性”的结合上,茅盾在五四文学革命中最早地系统地全面地论述并介绍西方新文体,作为建构现代中国文学各种新文体的借鉴和参照。如他在《近代文学体系的研究》[②]中,对于为人生的写实主义思潮影响所形成的小说、诗歌、戏剧三种文体的现代化特征,是从纵横两个角度进行了考察,论述其“人本”与“文本”相交融的体裁特点,旨在使“有志文学者作他山之石,一迳可以致力于创造”。四是若说鲁迅在五四文学革命中是创造短篇体现代小说的高手,那么茅盾则是在左翼文学时期创造长篇体现代小说的巧匠。继1927年至1928年创构了《蚀》三部曲这种三个中篇连缀的长篇体小说,茅盾于1932年独创了网状结构的长篇体小说《子夜》,标志着五四文学革命以来现代长篇体小说范式的真正形成,它为此后社会剖析小说、革命战争小说等长篇体的写作提供了范例。鲁迅、茅盾等新文学先驱从理论与实践上所体现出的文体自觉意识及其形成的文体范式,作为现代中国文学史的建构者,只有认真地学习、细心地体察、回到历史的现场,方有可能描绘出现代文学本体流变的真相。

建构主体若能调整或转换重写现代文学史的视角或理路,那更有助于解决既成文学史文本缺乏文体自觉意识的薄弱环节。既然知晓现代文体的建构与现代中国文学能够成为独立自足系统具有同质同构性,既然走出文艺理论误区而端正了文体认识,既然文学革命先驱从观念到实验为自觉建构各种文体树立了榜样;那么作为现代中国文学史的建构主体就应该理所当然地选取并确立文体学视角或理路,从语体文体层面或文类文体层面或主体文体层面或时代文体层面及其综合文体层面,紧紧扣住、深深触摸现场的史实或史料,将现代文学本体活灵活显地揭示出来并给以逼真的书写。如果大多的20世纪中国文学史或现代中国文学史的书写或者选取文化思想的角度或者选择现代性的视角,热衷于对现代文学史的思想内涵、现代意识的发掘,这固然重要,可以更多地呈现思想的深度与强度,但也造成文学史诗性的流失或艺术美的缺乏,那么只有采取文体学的角度切入现代文学客体,才有可能从宏观到微观把文学本身的思想性

---

① 茅盾:《新文学研究者的责任与努力》,《小说月报》1921年2月第12卷第2号。

② 刘贞晦、沈雁冰:《中国文学变迁史》,上海新文化出版1921年版。

与艺术性完美融合的实体开掘出来。例如,文学史上有关作品的分析再也不必将思想性与艺术性拆开,或者先思想后艺术,或者只重思想内容,可以从文类文体的显层结构入手进入深层结构,把作品的思想性与艺术性完美融合的独特的而又是整体的特征展示出来。虽然选取文体学视角书写现代文学史能够补上本体性缺乏的短板,无疑它是个重要的视角或维度,但它不是唯一的视角或维度。这是因为从总体上看现代中国文学是个独立复杂的本体审美系统,从个体视之每部作品也是独立完整的审美结构,同时又必须承认它们的生成与嬗变除了内在的根据和基因外,不能不受到外在的文化生态系统或政治生态系统的浸染、影响、制约、规范甚至掌控,所以建构现代中国文学史应该辩证地处理好文体学视角或理路与文化学、政治学视角或理路的关系。

草于 2016 年 3 月 20 日

(原载《社会科学辑刊》2016 年第 4 期)

现代文学史书写“认知模式”的调整或解构

这里的文学史书写不是泛指，而是特指现代中国文学史的重构。现代中国文学史作为一个学科范畴，既不同于习称的中国现代文学史或当代文学史学科，又不同于风行的20世纪中国文学史学科；因为后两个学科在时空维度上都有自身难以克服的局限，当下唯有现代中国文学史学科是以现代民族国家想象及其实践为基石，上限与古代中国文学衔接下限与国家现代化同步。凡是现代中国这个多民族共同体生成的所有形态的文学，不分新旧、民族、阶级、地域、党派，都是研究或书写的对象；旨在建构的不是中国的现代或当代的新文学史而是全方位的多元化的现代中国的兼容并包的国家文学史，即全景观的现代中国大学史。此学科符合日益开放的“56个民族是一家”的国家需求，并贯彻了“面向现代化、面向未来、面向世界”的“三个面向”精神，亦顺应了在全球化语境下各国之间以千姿百态的国家级文学史展开广泛学术交流的需要；更合乎全国高等院校培养“三个面向”的创新型人才对文学史教科书的要求，也体现了现代中国的所有作家、学者以及爱好文学者的内在诉求。以这样学科书写文学史不是到了“终结”之时而正是刚刚开始之日；因此不论文学史的书写者或者文学史的阅读者，都应对现代中国文学史得以建立充满自信，对其在实验中获得书写文本的成功充满自信，对其书写实践能够推动文学史建构或文学评论的创新趋优充满自信。

建构现代中国文学史是否能在实验中达到预期的设想，或者书写的文学史文本与评论的文章能否既有科学品格又有创新品格，固然需要多种优化的主客观条件而聚成的合力，但是书写主体思维范式或者认知模式的调整或更新或解构却是其中决定性的主观条件。无论哪个民族或者哪个时代，只有思维的艳丽之花方能结出丰实之果；如果说文学作品是作家或诗人的灵感思维之花所结出的感性之果，那么文学史或文学评论则是学者们的理性思维之花所结出的理性之果。众所周知，恩格斯的名言是：“一个民族要想站在科学的最高峰，就一刻也不能没有理论思维”①。致力于自然科学研究需要理论思维，从事人文科学研究包括文学评论或文学史书写也须臾离不开理论思维。虽然现代中国文学评论及其文学史研究或书写亟须多种理论思维及其范式，但此文只择取书写主体的两种认知模式略论之。

文学评论主体或文学史书写主体首先应成为马克思主义所认定的自由的人，而这种自由的人是指“人终于成为自己的社会结合的主人，从而也就成为自然界的主人，成为自身的主人——自由的人”②。只有成为社会、自然乃至自己主人的人方是自由的人，而这种人之所以称为自由的人，关键在于其在思维王国里把握了自由，也就是把握了由“必然王国”向“自由王国”飞跃的现代人思维这一精神杠杆。因此作为文学评论者或建构全方位现代中国文学史的主体，必须是掌握了现代思维及其范式的自由学者，面对着多元杂陈的现代中国文学史及其文学的评论对象，书写者能够自由地相应地调整或解构某些思维范式或认知模式，遵循现代思维规律或认知模式来评述作家作品或构建现代中国文学史文本。

其一，调整新与旧二元对立的认知模式。自晚清到五四新文学生成以来，或文学批评或文学史书写，便形成了新与旧二元对立的认知结构。它的哲学基础则是生物进化论转化而来的，即新文学优于旧文学、新文学胜于旧文学、新文学取代旧文学；只强调新文学与旧文学的对立性，只突显新文学在二元对立的认知模式中的绝对优越地位，这样久而久之便凝成一种“唯新是好”、“一代优胜一代”的文学史观。以此认知模式书写中国新文学史，纵向上所梳理出的是新文学的演进过程，而且是一代新文学优胜一代新文学的流变史；与之并行对立的所谓旧文学或被遮蔽或被贬抑或被否定，或成为反衬新文学优胜的对象。横向上所列举出的同时代或同区域的作家、作品、思潮、流派及文学现象，都是对新作家、新作品、新思潮、新流派、新文学现象的肯定性评述，凡是带“旧”字的作家作品、思潮流派根本就没有合法地位，后者偶尔出现不是陪衬就是批判的对象。这种新与旧二元对立的认知模式用于文学评论或文学史书写所显示出的局限性极为明显：一是文学上的新与旧仅仅是审美样态或语言或形式上的标志，它们没有多少价值内涵，新文学的价值未必高于旧文学，旧文学的价值亦未

① 《马克思恩格斯全集》第26卷，人民出版社2014年版，第500页。

② 《马克思恩格斯选集》第3卷，人民出版社1995年版，第760页。

必低于新文学。对此胡适、周作人、茅盾等新文学先驱早在五四时期就有了清醒的理性认识；不像后来的评论者或治史者仍将新与旧二元对立的认知结构作为评述文学思想或审美价值高低的范式来运用，这不只贬抑或否定了旧文学，即使书写的中国新文学史对新字号的作家作品或思潮流派的价值判断也未必公正公平，更不能用它来构建现代中国的大文学史了。二是既然新与旧二元对立的认知框架只强调新文学与旧文学的对立性、取代性，那么在书写中国新文学史实践中不仅在横向上把旧文学置于与新文学不相容的对立面，而且在历时性上把古代中国文学都视为旧文学；致使新文学与旧文学之间不是承传的关系而是异质对抗的关系，新文学的生成则是以否定旧文学为前提的。难怪有人认为五四新文学与传统旧文学发生了"断裂"，新文学是彻底反传统的。这种偏激认知的生成是源于新与旧二元对立认知思维模式的；特别是这种认知模式后来与政治上的"兴无灭资"认知框架相结合，不只独尊"无产阶级新文学"，且把一切所谓的旧文学作为"封资修"文学统统扫荡了，可见新与旧二元对立的认知模式不适宜现代中国文学史的书写。三是即使运用新与旧二元对立的认知模式从审美样态上来辨识何为新文学何为旧文学，也难以给出区分度极为清晰准确的判断。因为在现代中国的所谓新文学系统中，那种不新不旧、亦新亦旧、旧中有新、新中有旧的文学形态屡屡可见，而完全崭新的语体或文体的新文学形态却是罕见的。试问，现代文学主将鲁迅的文学作品都是纯粹的新形态吗？最近获诺奖的莫言小说能说在语体或文体上都呈现出完全崭新的样态吗？至于大量存在于新文学系统的所谓旧瓶装新酒的章回体小说、古体诗词能把它们排斥在新文学系统之外吗？因此，这种新与旧二元对立的认知模式用于对文学样态的辨识很难说是现代科学思维，连文学的新与旧形态也辨识不准，怎能用它书写具有科学品格的中国新文学史文本呢？

新与旧二元对立的认知模式用于中国新文学评述及其文学史书写，固然存有难以克服的局限，但是若能做到扬长避短，对其进行调整或更新，那么用它来建构现代中国文学史或对新文学予以个案研究，也不失为一种能产生一定积极功效的思维方式。就其实质来说，新与旧作为主体思维的一种认知模式用于文学研究或文学史书写，既有对立性更有统一性，既有差异性更有趋同性，既有区别性更有依存性，既有独立性更有互补性；它们之间是"和而不同"，对立是相对的，统一是绝对的。故而新与旧作为一种思维模式是"对立的统一"，特别是用于文学研究或文学史书写更应该重视二元的统一性、互补性、关联性与和谐性；

即使二元的对立也不是非此即彼、相互取代的对立，而是在同质的认知结构中的对立，或是你中有我我中有你的差异性的对立，绝不是新旧文学异质对抗的不可兼容的对立。若是运用这种调整或更新的辩证的新与旧认知模式来评述新文学或书写现代中国文学史，那么至少能发挥这样一些积极功效，产生这样一些正能量：一是现代中国生成的新文学或旧文学或亦新亦旧文学，纳入评论者或治史者的价值视野中，既不偏爱新文学又不偏爱旧文学也不高看新旧兼具的文学，将它们置于现代中国文学总系统而都是处于平等地位的相互关联的子系统，不厚此也不薄彼，一视同仁，各有各的特色，各有各的价值，相互依衬相互补充，联手组建起现代中国文学共同体。虽然新文学或旧文学在形态上有明显差异，但是这是同质同构文学系统中的差异，同中之异，异中之同；绝不会因为这种差异而损伤它们都是人的文学的特质，只会使这种人学特质呈现得更鲜活更出彩。二是这种调整后的新与旧认知模式用于现代中国新文学与古代中国旧文学关系的研究，就不会像有些文学史只强调五四新文学与传统旧文学的对立性，突现前者对后者的绝对否定；而是在承认新文学与旧文学有相对的区别性的前提下，着力揭示古代中国文学与现代中国新文学在形态上的联系性、承传性与弘扬性。虽然这新旧关系的探察不是针对文学的思想意蕴而是侧重于文学形态即语体或文体，但是也可以窥见出传统文学与现代文学的诸多联系，足以证明新旧文学没有“断裂”，新文学也没有彻底斩断传统。从新文学语体上看，古代中国文学有文言传统又有白话传统，新文学自觉地继承并弘扬了其白话传统，使白话文学成为现代中国文学的正宗；然而古代文学的文言传统到了现代中国文学生成并没有因为“提倡白话文反对文言文”而销声匿迹，它依然作为一种语体传统在现代中国文学的建构过程中合理合法地存在着，被有些作家或文人继承着，成为现代中国文学话语体系的有机组成部分。就新文学文体形式来说，古代小说的章回体在继承中变革、在变革中承传，它是现代小说创作不可或缺的一种仍散发着艺术活力的文体形式；新诗体式冲决了旧诗格律束缚又营构了新格律体，意境创造始终是古今诗歌相通的美学命题；现代小品散文的渊源，周作人在20世纪30年代初就追溯到明代公安派小品。仅从新旧文学的形态的联系性与承传性上，就可以打通古今文学的关系，这有助于在数千年的中华民族文学流变史的深远背景上书写现代中国文学史。三是以更新后的新与旧认知模式的兼容性、和谐性的功能，有利于书写者组建现代中国文学史的布局结构。能够进入现代中国文学史学科的书写对象纵横交错多维庞杂，纵向上需要从1900年至2010年梳理出多个文学系统，若运用新与旧认识模式进行辨别区分，至少可以梳理出新文学系统与旧文学系统：前者是新建的文学系统，是现代中国文学的多元总系统中的重要一元；后者所谓旧文学就是古代传统文学在现代中国的延续与传承，在样态上与前者有明显的区分度却也有着紧密的关联，它可以作为一个独立的子系统参与现代中国文学的总系统，成为现代中国文学史结构的一条不可或缺的线索。横向上对作家作品、思潮流派的布局，组建现代中国文学史必须切实做到新与旧相互兼容平等相待，不论创作古体诗歌小说、文言散文的诗人作家或者营造各种新文学的诗人作家，也不论主张传统文学思潮或现代文艺思潮的理论家批评家或者成立何种文学社团流派；只要对现代中国文学多元系统的建构作出了独特贡献，显示出现代中国文学的异彩纷呈，在文学史的布局安排上都应该给以恰当的地位。不要因为有些作家擅于创造古体文学或倡导古典主义美学或形成保守性文学流派而轻视和贬抑他们，也不要因为主流作家长于营构各种样态的新文学或坚持现代美学意识而过分地抬高或赞誉他们；务必以求真务实的科学态度在现代中国文学史的构架中兼容新潮或保守的作家，并合情合理地评述其作品。至于对待那些既能创构新文学文本又能营造古体诗词歌赋的个案作家，只要他的创作实绩独特而辉煌，就要在现代中国文学史的布局上突出其对新文学的创绩，也要显示其古体文学创造的特色，这样方能显现个案作家的丰富性。从晚清的文学改良直至21世纪初文学创构的多元景观，涌现出不少这样多面手的文学巨匠或文艺大家，只有书写主体坚持新与旧互补并包的认知模式，才能在现代中国文学史构建中处理好新旧文学和谐相处的关系，不去人为地制造它们之间的冲突与紧张，以尊重其在文学史上的本真面貌。

其二，解构文学评论或文学史书写中惯用的“左”与右二元对抗的认知模式。对于这种认知模式“文革”后早做了反思性的批判，却没有进行彻底解构；随着近些年极左思潮的泛起，使这种认知模式在文学评论或文学史书写的实践中有了复活的迹象。对于“左”与右的认知模式之所以不能调整而必须解构，其近因是制止它的复活，而更重要的缘由则是历史的沉痛教训不能忘记；因为忘记就意味着对“拨乱反正”的否定，意味着对“解放思想，实事求是”思想路线的背叛，意味着主观独断的政治霸权话语重新主宰文学评论或文学史书写。

从理论上考之，“左”与“右”只是代表异质相对的两种政治意识形态的符号，既缺乏明确的质的规定又缺乏科学的内涵，对于“左”与“右”所标示的政治意识，根据不同背景或语境下的政治革命或政治斗争的需要，不同政治派别的实践者或思想家有不同的理论表述，难以形成富有真理性的科学共识。贴着“左”字标签的政治意识形态在中国漫长的传播与运用的过程中，至少显示出这样一些思想特点：一是模糊性或不确定性，即原创政治意识的质的规定性在接受或使用中有所变动，政治实践者或理论研究者的行文与言说往往游离出原质规定，导致政治见解的分歧、含混、莫衷一是；二是实用性或随机性，这与政治意识的不确定性密切相连，根据政治形势的变化或者政治斗争机遇的移动，从实用目的出发而随机变更政治意识，政治意识只要在“用”字上卓有成效便具有“真理性”；三是臆测性或主观性，可以不充分考察客观实际也可以不顾忌客观规律，主观武断地凭空臆想地设计政治方案，制定乌托邦政治路线，使政治意识充满了浪漫幻想，自以为是地把这种政治意识奉为“真经”，以蛊惑人心；四是层次性或多维性，由于“左”字号政治意识形态的含糊性、实用性、臆测性的特点所决定，根据不同政治斗争或政治运动或政治气候的需求，将政治意识分为左、中左、极左、形左实右等多个层次或者多个维度，这样区分没有明确的科学标准，随意性主观性很大，致使这多个层次或维度的政治意识难以给出明晰的界定；五是专断性或霸权性，这是“左”字号政治意识的最重要特点，“唯‘左’独尊”，“唯我独‘左’”，“唯‘左’是真理”，因此排斥其他一切政治意识，顺“左”者昌，逆“左”者亡，对意识形态实行全面专政。与“左”字号政治意识形态相对立的是贴着“右”字标签的政治意识形态，它在中国较长阶段的流传中亦呈现出两大特点：一是左翼革命家、政治家、理论家对“右”字号政治意识形态的内涵与外延的理论阐释，缺乏明确的质的规定性与清晰的界限；而且建国前后的说法大不相同，如果说新中国成立前的“右”字号政治意识形态是属于资产阶级性质的，这里面把一些具有普遍价值的政治概念如自由、民主、平等、博爱、人权等也算给了资产阶级，那么新中国成立后随着政治运动的屡屡升级，“封、资、修”都成了“右”字号政治意识形态，“灵魂深处闹革命”、“狠斗私字一闪念”的口号则把人的一切私心杂念统统归于资产阶级意识形态，甚至“左”字号革命阵营的所谓右倾思想也是资产阶级意识范畴。二是不仅将“右”字号的政治意识形态无限扩大，并且“左”字号的政治意识形态把它视为毫无关联的不可调和的敌对思想，成为“兴无灭资”政治批判运动的被消灭清除的对象。基于对“左”与右及其相互关系的如此理解与阐释，故而便形成了“左”与右极端对立的认知模式；若是以这种认知模式来分析在特定的历史阶段的特定的政治背景下出现的政治革命或政治运动，判别什么是“左”什么是右，谁是“左”派谁是右派，以及站在“左”倾立场还是右倾立场，那也许会有一定的实用价值，过去曾用过，现下有的人仍想用。但是如果用这种“左”与右对立的认知模式来辨识中国现代文学创作的各种形态，既能造成认识误区又能导致理论误区，这是因为现当代文学尽管与政治意识有不解之缘，然而新文学毕竟是感性的审美的独立系统，不论各体文本或者其作者主体都是错综复杂的，在现实上作者主体是社会关系的总和，而其营造的文学则是社会总和的感性体验与审美感受；况且对于构成认知思维模式的“左”和右的政治意识内涵与外延的认识与阐释则是见仁见智，并未达到现代科学政治理性的高度，理论谬误不胜枚举。所以“左”与右二元对抗的认知模式不适宜对现当代文学的评述及其文学史的书写。

从实践上察之，20 世纪 30 或 40 年代运用“左”与右二元对立的认知模式来探究或评述中国现代文学，虽然对那些所谓的右翼作家作品、思潮流派、文学社团等有所批判、有所排斥、有所压抑、有所贬低，如对自由主义文学、民族主义文学等，并且又过分地抬高了左翼文学、工农兵文学的地位，但是对那些民主主义作家、“同路人”的文学还是给予某种程度的肯定，特别是对于参加抗日统一战线的作家作品肯定得更多一些。因此这个时期以“左”与右二元对立认知模式进行文学评论或书写文学史所取得的理论思维成果，对其有无学术价值或有多大的学术价值，必须做到具体文本具体分析，抽象的肯定或者抽象的否定都是不可取的。如《斥反动文艺》(1948)一文就是运用“左”与右二元对抗认知模式并立足“左”的立场，认定沈从文、朱光潜等作家的文学创作或文艺思想皆是“反动文艺”，故予以无情痛斥；萧军本是左翼作家，而 1948 年的《东北日报》则连篇累牍地发表政治性的大批判文章，把他视为右翼作家而批得体无完肤。像这样的大批判文章有何学术价值可言，只能说是对现代文学的毁灭性摧残，应似“文革”的预演。乃至 50 年代中后期到“文革”，不仅扫光了“右”字号的“封、资、修”文学也荡尽了从 30 年代到“十七年”的所谓左翼文学，结果在现代中国文学的长且宽的大平台上既灭了“资”又除了“无”，只剩下一片白茫茫的荒凉之场。现当代文学遭到如此大的劫难与祸殃固然有多种原因可探索和沉痛教训可记取，但是“左”与右二元对抗认知模式积极参与“兴无灭资”政治大批判实践而在主体思维上沉积的遗毒，却值得彻底清除。其主要有：

总认为“右”的作家生产的作品必然是“右”的，批判其“右”的作品必须批判“右”的作家，甚至株连其亲属，要“打倒一片”。不仅如此，而且“左”与右的作家作品是一种决绝对抗的非此即彼的关系,永远不能亲和永远不能相容永远不能转化。这种机械的简单化的直线的形而上思维,在政界或文界有些人的思想意识里并没有根本转变,对那些代表所谓资产阶级意识形态的"右"的作家作品或思潮流派亦未给以彻底平反,在灵魂深处仍认定其"右"的本质不会变。例如1957年定性为右派的作家及其作品在有的人心目中并没有得到平反,否则章诒和著的《往事并不如烟》的问世与出版不会遇到那么多的阻力;胡风及其文艺思想是弘扬鲁迅所代表的左翼文学传统的,至今在有的文艺评论者和文学史书写者的学术思想中却未真正把"颠倒的历史颠倒过来";而当年那些"红极一时"的所谓"左"的文艺批评家或者作家诗人及其文本,实践充分证明其在政治上是错误的,然而在他们出版的诗文集或自传或文章中却很少见其反思或忏悔,倒是有的作家一次次遭到政治批判,本不该反思却做了深刻的反思,如巴金。此其一。

错误地把文学作品里表现的个体主体意识与集体主体意识或者个人英雄主义与群体英雄主义尖锐对立起来,既不承认它们之间是辩证统一关系又把它们上纲到政治范畴来认识,认定前者是所谓的资产阶级意识形态而后者则是所谓无产阶级思想体系,甚至将自古以来人的私心与公心对立起来,否认两者相互依存相互融合地交织在头脑中,非要把私与公绝端地对立起来。唯有无产阶级意识才是"毫不利己,专门利人",才是"大公无私",才能"狠斗私字一闪念";而资产阶级思想则是私字当头,个人主义,利己主义,一言以蔽之,"私"字姓"资","公"字姓"无"。对于现当代文学的思想内容做出这种机械的错误认识,源于"左"与"右"二元对抗的认知模式,又通过"兴无灭资"的反复政治批判便以暴力话语植根于某些文学批评者、文学史书写者及作家诗人的头脑中。他们至今对文学中的个体主体意识与集体主体意识、个人英雄与群体英雄、私心与公心的规定性的内涵及其相互的辩证统一关系缺乏深入的感悟和理解,只看到它们之间的对立性没看到其绝对的统一性,只看到它们之间的差异性没看到其绝对的趋同性,只看到它们之间的不变性没看到其嬗变性或转化性。而这种思想中的"遗毒"要清除,则必须依赖现代辩证思维。有的研究者曾说:"我们没有遇到过外在于个体意识的集体意识,也不存在任何与个体意识割裂开来的意识。”[①]这是因为，“如果‘集体意识’这一概念是指个体意识的聚合体以及它们之间关系的一种运行，那么，它就与任何可以置身于这些集体意识之外的实在无关”。正如马克思所说：“我们首先必须避免把‘社会’再定作与个人相对立的抽象品，个人就是社会性的存在，所以他的生活表现——尽管不像是在直接形式和旁人共同完成的一种生活表现——毕竟还是一种社会生活的表现与实证。人的个体生活和物种生活不管有多大差异，二者毕竟不是迥然不同的”[②]。对个人英雄与群体英雄、私心与公心之间的辩证关系，也应该如是理解，以匡正“左”与右二元对抗认知模式给思想认识上所带来的误区或偏颇，科学地感悟并认知现当代文学所表现这诸多关系的深微内涵。此其二。

武断地判定文学内容所蕴含的人性与阶级性或人道意识与革命意识之间是一种互不相容的不可调和的对抗关系，并主观地认定在阶级社会里人只有阶级性而没有人性或曰人性就是阶级性，甚至宣扬什么阶级说什么话，什么阶级有什么感情，没有无缘无故的爱也没有无缘无故的恨，什么阶级有什么文学，根本没有无阶级的文学，一切文学都有阶级性，连那些纯艺术的山水诗或花鸟画也有阶级性。这不仅把阶级性无限地扩大化，并无中生有地主观臆断地给文学硬塞进一些莫须有的所谓阶级性。这种把文学中的人性与所谓阶级性极端对立的结果，则使“左”与右认知模式引出这样的武断而荒谬的结论，即凡是表现人性的文学都是“右”字号的文学，凡是彰显阶级性的文学，不管这种阶级性是有是无是真是假都是“左”字号文学；对前者必批之必灭之，对后者必昌之必兴之。诚然，在阶级社会特别是阶级斗争激烈的背景下生产出的文学，能够打上或浅或深或隐或显的阶级烙印，但是文学里的阶级性并不是与人性绝端对立的，阶级性也不能取代或等于人性，更没有只有阶级性而无人性的文学。实质上，文学中蕴含的人性与阶级性并非是对立的两端，而是辩证地统一在审美整体中，它们之间的关系也不是并列关系更不是阶级性包容人性的关系；而是人性大于阶级性并包容阶级性，阶级性是相对性暂时性的，阶级性仅是复杂人性系统中的一维，当阶级社会或阶级斗争不存在时，连这一维的人性也不存在了。况且，文学旨在表现人类相通的人性或人是社会关系总和的人性，即使人处于

① ［法］吕西安·戈德曼著，段毅、牛宏宝译：《文学社会学方法论》，工人出版社 1989 年版，第 109 页。

② 转引自［法］吕西安·戈德曼著，段毅、牛宏宝译：《文学社会学方法论》，工人出版社 1989 年版，第 61 页。

阶级社会中也不一定仅仅表现其作为阶级性的这种人性；人性不仅多维复杂且深邃奥秘，假若弗罗伊德的意识结构层次说是正确的话，那人的意识纵向构成至少有本我、自我和超我相互联系的三个层次，而这三个层次都蕴含着丰富的人性。文学创作主体的灵感思维，恰恰善于表现人性的复杂性和深邃性。“左”与右二元对抗认知模式之所以对文学中的人性与阶级性及其相互关系给出如此简单化武断化甚至无中生有的阐释，目的在于把表现人性的文学纳入“兴无灭资”的政治批判运动而作为资产阶级意识形态消灭之，借以解决意识形态领域的谁胜谁负问题；逮及“继续革命理论”风行时，文学所表现的阶级性已扩大为“两个阶级、两种思想、两条路线斗争”的内容，连那些自20世纪30年代到“文革”前的左翼文学或革命文学所表现的无产阶级阶级性也作为资产阶级阶级性给以扫荡。不只对文学中的人性与阶级性这样对待，而且对与人性相关联的人道意识与革命意识及其相互之间关系的理解和处理更是武断与荒谬的。在左翼文学或革命文学中所表现的人道意识和革命意识并不矛盾，应该是同质的，无产阶级革命是为了解放全人类实现共产主义，这是最崇高最博大的人道主义，即使落实到中国革命的具体使命也是解放并拯救被压迫被剥削被摧残被凌辱的劳苦大众，甚至要做到全心全意为人民服务，这也是人道主义，可见从目的与手段的关系来考察，革命意识与人道意识是完全统一的；若是从无产阶级革命应坚持的原则来看，革命原则固然重要，而革命文学必须表现革命意识，这是革命文学的本质规定，但是正如恩格斯对雨果小说《九三年》所肯定所赞颂的——它在革命原则之上提出一个人道主义最高原则，这说明革命意识与人道意识是一致的，并且后者统摄前者。然而在现代中国的特定历史区间，以“左”与右二元对抗的认识模式来探究左翼文学或革命文学及其书写文学史，却把人道意识与革命意识水火不相容地对立起来，并错误地认定人道主义是资产阶级意识而革命意识则是无产阶级思想，前者是“右”字号文学，故一次又一次地进行否定性的政治批判，后者是“左”字号文学则是一次次地被肯定被称颂。实质上这种错误的认知和荒谬的批判，无情无理地阉割了左翼文学或革命文学的灵魂，而且谬种流传，至今有些学者或作家的思想深处仍残留着“左”与右二元对抗认知模式的“遗毒”。此其三。

在那些“穷折腾”的历史年代，坚持“左”与“右”二元对抗认识模式，不论评论现当代文学还是书写文学史，所产生的负效应远远大于正效应，负能量大大强于正能量；因此对其所留下的沉重历史教训永远不能忘，而且也难以穷尽。

仅从上述所及，足以说明对这种认知模式不能调整必须彻底解构，在思想深处所残留的“遗毒”，也必须彻底清除；只有这样，文学评论者或文学史书写者的主体意识方可获得真正解放，以现代思维结构及其认知模式去适应改革开放以来现代中国文学的研究及其文学史的重构。现下政界或文界有些知识者为何总是不能以斩钉截铁的态度与以“阶级斗争为纲”时代所形成的“左”与“右”二元对立认知模式实行彻底决裂？在我看来，老一代知识者也许依仗它获得一定的政治资本、社会地位、既得利益，或者已凝成牢不可破的思维定式、话语习惯，“思想解放”运动以来虽然外在力量对其有所触及，但是一有“左”风兴起，这种已被实践证明是谬误的认知思维模式又会活跃起来；对于那些中青年知识者来说并没有经受极左政治思潮的毒害，也没有亲身感受到“左”与右认知模式对现当代文学评论或文学史书写所带来的灾难，而他们能倾心这种认知模式的缘由难以估定，也许是因为名权利的引诱也许是因为盲目崇拜政治偶像也许是因为苦于当下文学多元驳杂鱼龙混珠难以辨清而认同这种“左”与右对抗的认知模式，等等。总之，“左”与“右”二元对抗认知模式在某些人心目中没有灭迹，甚至者能够复活，这是个不可掉以轻心而值得警惕反击的危险信号——这一提示，既不是杞人忧天又不是危言耸听，要是今天在文学评论或文学史书写领域让它得逞，不仅全景观的现代中国文学史难以重构，而且20世纪80年代至今生产的多元形态的千姿百态的文学作品纳入“左”与右认知框架来评述，所获取的政治判断不是资产阶级文学就是封建主义文学，即使主旋律文学也不是“左”字号文学而是修正主义文学。所以历史的沉痛教训哪怕在所谓“太平盛世”也不能忘记，对“左”与右二元对抗的认知模式必须彻底解构，从根本上杜绝文艺阵线冤假错案的再度出现。

在那种政治动乱频发的特定历史时期，现当代文学评论及其文学史书写所形成并运用的二元对抗思维模式，决非从天上掉下来的，也不是凭空生出来的。从客观上说，现当代文学的运动形态、理论形态与创作形态的本体，就蕴含着各种各样的二项对立或对待；从主观上说，基于生物进化论或中国化的阶级论所形成的理论思维就有与文学客体相对应的各式各样的二元对立的认知模式。除了上述重点剖解的新与旧、“左”与“右”以外，常用的还有古与今、土与洋、中与外、雅与俗、文与白、美与丑、善与恶、真与假等二项对立认知模式。唯有“左”与右二元对立的认知模式是建立在“以阶级斗争为纲”的所谓“两个阶级、两种思想、两条路线”两极不可调和的阶级论总体政治思维上，故而务必彻底解构；

而其他的二元对立认知模式尽管在“以阶级斗争为纲”的历史时期,受到阶级论思维或重或轻的渗染,然而经过调整或更新后其认知功能仍在当前的文学评论或文学史书写中发挥着积极作用,这里不详论。

目前文化思想意识发生整体转型,但根本的转型却是主体思维的总体转型。这主要因为文化思想是思维所结的硕果,文学评论与文学史书写也是思维开出的美丽花朵。固然各种二元对立认知模式的调整或更新,对于文学评论或文学史书写极为重要,但是只有现代思维获得整体转型,那些不同的二元对立的认知模式才有可能得到卓有成效的调整或更新,才能在当下的文学评论或文学史书写中发挥出有强度有力度的正能量。而现代思维的总体特点,一是传统直觉整体性与科学系统性的辩证统一,二是传统和谐辩证性与动态创造性的有机结合;因此各种二元对立认识模式应该在现代思维总体功能特点的规范下进行调整或更新,以适应 21 世纪现代中国文学评论及其文学史书写的需求。没有评论主体思维或治史主体思维及其认知模式的现代转型,就不可能有文学评论的创新或现代中国文学史的重构。

草于 2013 年元月 30 日

(原载《百家评论》2013 年第 1 期)

现代中国文学研究“去政治化”管窥

这里提出的“现代中国文学研究”，主要指对“现代中国文学”作为一个学科范畴，其中有文学史的书写、文学思潮流派的探究、作家作品的评论，以及文学资料的搜集汇编等，也就是对构成现代中国文学本体系统的文学运动、文学理论、文学创作和文学史料的四大形态的考析与研究。

自20世纪50年代初将现代中国文学纳入体制内的法定学科进行研究起，直至70年代末，始终从政治视角切入，纳进新民主主义政治理论模式或苏式社会主义政治理论范式给予研究，将现代中国文学的学术探讨逐步导向“兴无灭资”的“以阶级斗争为纲”的政治意识形态框架，使现代中国文学研究不仅成了在意识形态领域两大阶级、两种思想甚至两条路线开展斗争谁胜谁负的晴雨表或前哨阵地，而且现代中国文学本体系统四大形态及其作家主体几乎都成了对意识形态实行全面专政的对象，这就是所谓“政治化”研究导致的最终结果。

对于这种特定历史时期形成的现代中国文学研究“政治化”所带来的正效应或正价值且不论，只是它导致的灾难与弊病，在20世纪80年代，那些从极左政治思潮禁锢下获得解放的政界或学界的精英们进行了批判与清算。尽管这种批判和清算受到干扰或阻遏，并不彻底，但毕竟使现代中国文学研究在很大程度上摆脱了“政治化”模式的羁绊，冲破了一些极左政治设下的禁区，逐步跨入“学术独立”研究的轨道。这主要表现在：一是研究主体思维不再用一元化的政治理论特别是极左政治思维框架，上纲上线地硬套现代中国文学本体系统，或把它从政治上定性为无产阶级领导的新民主主义文学或定性为苏式社会主义文学，并武断地判定现代中国文学是民主主义政治革命或社会主义政治革命的有机组成部分；而是力图“去政治化”，把现代中国文学从政治意识形态中分离出来，使之成为一个独立审美系统或学术研究的独立对象。二是通过平反历次政治运动中人为制造的冤假错案，摘掉了戴在现代中国文学作家或诗人或评论家头上的形形色色政治帽子，保障其人身自由和思想自由，并撕去了贴在现代中国文学作品及其他文学史料上的“封、资、修”三个字的政治封条，充分肯定其“现代中国文学实绩”或珍贵文化遗产的学术地位；这就为现代中国文学史的重构、思潮流派的研究以及作家作品的重评、文献资料的整理，开拓出一片文学新天地。三是文学研究惯用的主观而机械的政治阶级论及其阶级分析方法和二元决然对立的政治认知结构，遭到质疑、拒斥或颠覆；系统的辩证的实事求是的认识路线、以人为本的人学思维范式、人性论分析方法逐步取代了政治阶级论，并成为现代中国文学研究的主导方法论。致使现代文学史书写、思潮论、流派论或作家论、作品论等研究成果无不“去政治化”或淡化政治色彩，增强了现代中国文学研究的本体性。上述的“去政治化”或淡化政治色彩，增强了现代中国文学研究的本体性。上述的“去政治化”研究是除弊祛邪的，所产生的学术成效是正能量，值得肯定的，也应该坚持下去。

二

然而，对于现代中国文学的研究越深入，我们越应该清醒地意识到或明晰地看到，往往一种倾向掩盖着另一种倾向，掀开一种遮蔽常常又造成另一种遮蔽；而要正确地全面地无偏斜地把握现代中国文学的研究方向并非易事，那种曾经出现过“东风来了有东风的现代文学研究，西风来了有西风的现代文学研究”的“风派”行为并未根本解决。说实在的，产生正能量或正效应的“去政治化”的现代中国文学研究并不是“过头”了或“出格”了，而是深入不下去，突破不了，一些深层问题解决不了，一些历史政治密码也破译不了。我们不能忽视在对现代中国文学“去政治化”研究过程中，伴随着正能量的产生，的确出现一种相反的倾向或另一种遮蔽，所带来的研究结果并非全是正效应，甚至是些弊端，因而值得认真考辨，唯此才能给出正确判断。而这种新偏向或新遮蔽乃至弊病，在我看来，主要体现如下几方面：

现代中国文学史的书写，不论是通史、断代史或者是专题史、分体史，都是尽量地淡化政治背景甚至去掉政治背景，只写现代文学本体的发展或者作家作品的流变史。这种“去政治化”书写的文学史，固然可以突显文学的本体性，切断文学与政治的瓜葛而使现代文学成为一个独立自足的审美系统，这种纯文学研究或纯文学史书写的学术追求诚可贵；但是笔者要问，这样的现代文学史书写，或20世纪中国文学史重构，或中国当代文学史编写，能够反映出文学史的真实面目吗？如果说新时期伊始提出“回到文学本体研究文学或书写文学史”口号，这是对新中国成立后30年泛政治化研究现代中国文学及书写其文学史的有力反拨，对于恢复现代文学研究的本体地位和文学史书写的本体面貌以及把现代中国文学从牢固拴在政治战车上拉下来，的的确确发挥了不可低估的积极作用，那么到了21世纪的现代中国文学研究及其文学史书写，已经出现了“去政治化”的负效应，即影响到现代中国文学全方位的深入研究和文学史全景观的真实书写，因而就应该从理论与实践的结合上对“回到文学本体研究或书写文学史”的口号给以冷静反思了。所谓文学的本体主要指文学之所以成为文学的质的规定性，即文学形式与内容完满结合的审美性，承认文学的特质是其文学性或审美性，亦承认文学的演变有自身的规律性，并形成了独立或特殊的审美文学系统。现代中国文学研究或文学史书写，若是专注于其本体性，那么这种本体性的形成或演变从来也没有离开现代中国特定的文化语境与政治生态；试想晚清的文学改良、“五四”的文学革命、30年代左翼文学、八年抗战文学、“十七年”工农兵文学、十年“文革”文学、新时期80年代90年代文学、新世纪以来的文学，它们的产生、发展和演变无不与文化语境和政治生态紧密相关，所谓现代中国文学与政治结下不解之缘乃是历史的不可磨灭的真实。因此现代中国文学史书写只强调“去政治化”，虽然取消了过去书写现代文学史过多过重的政治背景或政治话语，特别是那种有害于文学健全发展的极左政治，这是应该做的，但是必要的或有利于文学生成的政治背景也淡化也去掉了，那这样的文学史书写不仅失去了不该失去的真实性，而且文学运动的形成、文学流派的产生以及文学作品的生成不就成了无根之木无源之水？笔者最近阅读几部21世纪以来重构的中国现代文学史或20世纪中国文学史，从其显示框架结构所拟出的章节标题到文学思潮流派、作家作品的解读分析，“去政治化”的倾向十分明显，既没有对现代中国文学每个历史区段政治背景的简明勾勒又没有对文学作品的政治内涵给出必要分析，该抹去的政治色彩抹去了，而不该抹去的政治特色也抹去了。这样的“去政治化”虽然在一定程度上突显出文学史的本体面貌，但是不该遮蔽的文学史本体也被遮蔽了。

现代中国文学作为一个多元复杂的结构系统，虽然其中各个文学子系统的生成或演变与政治生态或社会背景的结缘有亲有疏，形成的联系有多有少，但是完全与政治生态或社会背景无缘无联的文学子系统几乎没有。即使那种标举自由主义、消遣主义旗帜的为艺术而艺术或者为游戏而游戏的文学，也没有完全摆脱这种政治或那种政治的牵连，自由主义本身就是一种政治意识；尤其是现代中国文学总系统中的新文学子系统与其他子系统相比，它是决定中国文学发展方向与基本性质的，所以新文学子系统的生成与演变须臾离不开政治生态或社会背景。况且物化的审美政治意识或政治内涵乃是新文学本体的不可或缺的重要一维；特别那些政治色彩或政治意味浓烈的文学创作形态，如果过度“去政治化”，那就等于阉割了这类文学作品的思想灵魂或掏空了它们的审美意识。早在五四文学革命后期，茅盾就批评过醉心于“艺术独立”的人们常常诟病文学上的政治功利主义，“把凡带些政治意味社会色彩的作品统统视为下品，视为毫无足取”，甚至“要把带政治意味与社会色彩的作品都屏出艺术之宫的门外”。针对这种对文学与政治关系的无知或误解，茅盾放眼世界列举实例给以说明：19 世纪俄国文学作品几乎都是趋向政治的或社会的，“克鲁泡特金说得好：第一，因为 19 世纪的俄国人民是没有公开的政治生活和社会生活的；他们对于政治的和经济的意见，除却表现在文学里，便没有第二条路给他们走。第二，因为 19 世纪俄国政治的腐败，社会的黑暗，达到了极点，俄国的作家大都身受其苦；因为亲自受着腐败政治和黑暗社会的痛苦，所以更加要诅咒这政治这社会。所以浪漫的诗人普希金有时也要愤慨，而他的诗作不能全然没有政治意义和社会色彩”。尤其 19 世纪的匈牙利受制于异族的残暴统治，“政治独立是他们知识阶级中人脑子里唯一的观念；政治上不独立的痛苦，使匈牙利人宁愿牺牲一切以购求独立”，故而“匈牙利的政治史就是力争独立力争自由的血泪史”。以此作为文学生成的唯一的“政治的社会的背景”，必然导致“匈牙利文学史就是匈牙利的政治史”。① 这不只是说明一个国家或民族的文学与其所处的政治背景结下不解之缘，而且文学与政治还具有同质同构性，也就是说政治之于文学既是生成的政治生态又是其文本内容的构成，是文学的实质本体。若我们研究俄国、匈牙利 19 世纪文学而过度坚持“去政治化”，那就意味着从本体上否定或解构了两个民族的文学系统。以 19 世纪俄国或匈牙利文学为参照，考察近百年中国新文学生成或流变的政治社会背景，有颇多相似之处。自甲午之战到维新变法，在文学改良运动中生成的“新民文学”或政治小说或爱国诗章，及五四文学革命中产生的思想启蒙文学或左翼文学运动生成的革命文学或八年抗战时期产生的抗日救亡文学或民族解放战争文学，或从 40 年代延安到

① 茅盾：《文学与政治社会》，《小说月报》1922 年 9 月 10 日第 13 卷第 9 期。

“文革”十年所涌现的工农兵文学，以及新时期至21世纪问世的所谓主旋律文学，政治社会不仅是上述各种形态文学赖以生成的特定背景，而且也是它们构成文本必须蕴含的社会内容或政治意识，切切实实地铸造了现代中国新文学的本体。所以重构现代中国文学史或20世纪中国文学史或中国现代文学史或中国当代文学史，不能过多地过度地“去政治化”，或者不顾必要的政治社会背景而一味追求“回到现代文学本体”，那不仅不能回到现代中国文学的“本体”，反而丢弃了现代文学本体内涵的政治性的重要维度，这不是增强了文学史书写的本体性，乃是削弱它的本体性。因此，重构现代中国文学史切记它的主流文学从特定意义说亦是不折不扣的文学政治史。

书写现代中国种种形态文学史的过度“去政治化”，还体现在不写或少写文学思想论争，或者折衷调和异质的文艺思想斗争。若是不写现代中国文学通史或现代中国文学思潮史或文学批评史或文学理论史，那淡化文学论争或者弃写文学论争并无大碍，对文学史的真实性不会影响太大。如果“去政治化”是为纠正在“以阶级斗争为纲”的特殊历史时期，现代中国文学史“政治化”书写所造成的“文艺斗争扩大化”、“文学思想论争无限上纲”或者“文学思想论争是非混淆真假颠倒”、“文艺思想斗争无中生有主观臆造”、“文学思想争论欲加之罪何患无辞或指鹿为马乱扣帽子”等等弊端，那是应该肯定文学史对文学思想论争这一维度的“拨乱反正”的“去政治化”书写。要是这种“去政治化”书写并未达到“反正”的目的，而是取消了或调和了“文学思想论争”的书写，那就悖离了现代中国文学史的本来真相，漠视或忽略了现代中国文学生成演变的重要特点：即与古代文学的自然演化相比，现代中国文学自19世纪与20世纪之交肇始就伴随着文学思想论争，它既为现代文学前行导航又是现代文学运演的内在动力，所以文学思想论争不是现代中国文学史本体的可有可无乃是不可分割的；从这一特定意义来说，没有“文学思想论争”就没有现代中国文学史，也没有现代中国文学不同样态文本的构成。就拿五四新文学生成的第一个十年为例，文学思想论争极为激烈，其中“文白之争”尤甚。1935年，郑振铎在为《中国新文学大系·文学论争集》写的《导言》中，便以一个文学先驱者的亲身感受与体验认知而沉重地说道：“我们相信，在革新运动里，没有不遇到阻力的；阻力愈大，愈足以坚定斗士的勇气，扎硬寨，打死战，不退让，不妥协，便都是斗士们的精神的表现。不要怕‘反动’。‘反动’却正是某一种必然情势的表现，而正足以更正确表示我们的主张的机会。三翻两次的对于白话文学的‘反攻’，乃正是白话文学运动里所必然要经历过的途程。这只有更鼓励了我们的勇气，多一个扎硬寨，打死战的机会，却绝对不会撼惑军心，摇动阵线的。”①“在那样的黑暗的环境里，由寂寞的呼号，到猛烈的迫害的到来，几乎无时无刻不在兴奋与苦斗中生活着。他们的言论和主张，是一步步的随了反对者的突起更为进步，更为坚定”②，最终取得白话文学战胜文言的胜利。这应是白话与文言激烈论争具有现场感的历史写真。正由于“初提倡白话的时候，是得到各方面剧烈攻击的”，所以鲁迅“总要上下四方寻求，得到一种最黑，最黑，最黑的咒文，先来诅咒一切反对白话，妨害白话者。即使人死了真有灵魂，因这最恶的人，应该堕入地狱，也将决不改悔，总要先来诅咒一切反对白话，妨害白话者”③。可见，在五四文学革命中，白话与文言的论争何等的剧烈，最终白话取代了文言是多么不容易！若是重写现代中国文学史，淡化或不写这场新旧势力较量多次的“文白文学论争”，那很难说在文学史书写中已做到“拨乱反正”，更不能说已恢复了五四文学革命的本来面目。由于任何重要的“文学思想论争”都与政治意识形态相关，都有特定的政治社会背景，所以现代中国文学史建构不写或少写文艺思想论争就是过度“去政治化”，那会导致文学史的失真。不仅五四文学的“文白之争”被一些新写的文学史淡化或调和了，而且30年代左翼文学和40年代战争文学的更为复杂激烈的“文学思想论争”也被一些重写的文学史削去了，或从略或调和了。因此，重写文学史在充分占有原始文献资料的基础上，对“文学思想论争”的真相可以重新认知重新描写，甚至站在今天的认识高度对其重新评价，都是应该的。例如左翼文学阵营与新月派的文学上“阶级论与人性论”的论争，对20世纪30年代文学创作及此后的文学建设影响深远，近30年的现代文学史书写无不重视对这场“文学思想论争”的重写重评；但也有的文学史则略写或不写，这就成了大问题。

现代中国文学研究及其文学史书写的过度“去政治化”带来的负效应，还体现在对作家作品的选择或评价上。左翼作家及其文学创作在文学研究与文学史书写的“政治化”时代，格外受到青睐，而且评价亦高，成了现代中国新文学的主流与方向；但是“去政治化”以来对左翼文学的研究越来越受到冷落，其思想

① 《中国新文学大系·文学论争集·导言》，上海良友图书印刷公司1935年版，第21～22项。

② 《中国新文学大系·文学论争集·导言》，上海良友图书印刷公司1935年版，第1页。

③ 鲁迅：《〈二十四孝图〉》，见《鲁迅全集》第8卷，人民文学出版社2005年版，第258页。

与艺术价值的评估也遭到贬抑。如果能实事求是地与其他文学形态平等对待它那还是可以的，就怕读者或学者潜滋暗长了一种审美心理取向，即政治意识越强的作家越创作不出优秀文学作品，政治性越强的文学作品越缺乏艺术魅力；于是便认定左翼文学就是这样，既没有文学巨匠又没有经典作品。由此类推，茅盾亦不是现代文学巨匠，其长篇小说《子夜》仅是一份高级的社会文件，毫无美学价值；鲁迅左翼时期创作的杂文在夏志清眼中也不算文学，“总印象是搬弄是非、罗罗嗦嗦”①。夏氏不是读不懂也不是体悟不出鲁迅杂文的思想价值和美学意义，而是抱着极大的政治偏见恶意贬低鲁迅20世纪30年代参与各种政治活动或文艺思想论争所写的匕首投枪式的杂文。莫要小觑，夏氏在《中国现代小说史》中戴着“右”色眼镜对中国左翼文学的贬斥，并非现代中国文学研究过度“去政治化”对他的影响，也许正是他对左翼文学的政治偏见或艺术至上影响了中国大陆学者对左翼文学的看法；曾几何时，有多少青年学者把夏氏的《中国现代小说史》视为破天荒的创新之作，争相传阅，借览参照？当然也不能否认，左翼文学在处理文学与政治关系曾出现轻前者重后者的偏差，视文学为政治传声筒，创作上存在一些公式化概念化的文本，特别是文学所表现出的政治意识也有“左”的色彩，这种左翼文学的弊病早有揭示；但是也要承认不少左翼文学既是优秀之作又是经典文本，政治意识与艺术形式实现完美结合。创作实践反复证明，政治色彩浓郁的文学作品不一定不是伟大的精品，与政治意识无关的文学作品也不一定都是艺术品位最高的文本；而关键在于文学所蕴含的政治意识能否与现实的客观的历史真实高度的吻合，即创作主体通过对现实社会政治的独特感受与深切体验并能够将其物化为既具历史真实又具艺术真实的审美文本。具体言之，左翼文学中“那些富有政治理论性的伟大作品，作家所表述的主观的政治思想总是和现实的客观的历史真实相吻合，作家的政治思想或社会思想一定是很深刻的，是从政治的社会斗争的表层深入到社会思想形态的斗争，并一定伴随着对现实生活实践的伟大热情”，质言之，“一切作品的政治的性质总一定跟着生活的连肉带血的形象，一定是社会的诗的真实”。因此左翼文学“在要求作家‘深入生活’，‘体验生活’，或接受某种思想观念的同时，还应该要求作家要有对现实生活的深入的正视，大胆的思索，无畏地说出真理的勇气和魄力”；“作家从生活里掘发出来的思想和政治观念，在作品里表现出来不

① 夏志清：《中国现代小说史》第二章“鲁迅”，复旦大学出版社2005年版。

但是极自然，而且非常珍贵。我们固然不能要求每个作家都是伟大的思想家，但在思想上庸碌，因循，或者只准庸碌因循，而不能或不敢大胆地深视现实和深入思索，甚至简直是虚伪，却不能产生卓越的艺术"。在冯雪峰的学术视野中，许多伟大的作家"并不避去在自己的作品里公然地宣布着自己的社会思想和政治思想，并且还有以政论为主，艺术为副，不过借艺术的形式来发表政论，而他们的作品却以政论性的特征，在文艺史上居着不可动摇的地位"，如"苏联的大众诗人别德芮伊，德国的报告文学者基希，我们自己的鲁迅先生，也是最显著的例子"。[①] 冯雪峰1940年对文学与政治关系的理解及其对左翼文学的评价，对于我们今天重新解读左翼文学或革命文学仍有启示性的指导意义：既要正确对待文学作品的"政论性"，又要从文本的政治意识获取经过实践检验的真理性。

过度"去政治化"的现代中国文学研究所产生的负效应，不仅体现在对左翼文学或革命文学的政治主题或政治倾向的生厌或拒斥上，也表现于对现代中国文学的宏大叙事的冷寞或倦意上。所谓现代文学的宏大叙事大都具有浓烈的政治色彩，或者说都与中国近百年的政治改良、政治革命、社会变革、思想解放、民族战争或解放战争或抗美援朝或中越自卫反击战、土地改革、社会主义改造、"三面红旗"、"政治运动"、"十年文革"、"改革开放"、反腐败、全面深化改革等重大政治事件紧密相关；尤其现代文学的政治革命叙事、各种战争叙事的文本构成，乃是20世纪中国文学重要的艺术风景线。这众多的宏大叙事的文学作品不只数量多，与日常生活叙事的作品相比具有压倒优势；即使从艺术成就或美学质量上考之，也不乏优秀的经典文本。因此无论现代中国文学史的书写或者现代作家作品的研究，都应将带有强烈政治色调的宏大叙事的文学置于紧要位置。虽然近30年的现代中国文学研究及其文学史重构给宏大叙事的文本一定的关注，甚至对"红色文本"的重新解读曾形成一度的热潮，但是与对待日常生活叙事如家庭伦理叙事、性爱恋情叙事、身体欲望叙事、私人生活叙事、个人生存命运叙事、生命悲欢离合叙事等文学的关注度、重视度、高热度相比，差异还是很大的。特别是对待上世纪30年代至60年代的政治革命或抗日战争或解放战争的宏大叙事文学，青年学者很少问津，即使对"十七年"红色文本的重解重读也是在"民间艺术"上大做文章，而对于作品所蕴含的浓重政治意识却少见反思性的评判；甚至有些博士研究生选取论文课题力避对宏大政治叙事的革

① 冯雪峰：《雪峰文集》第2卷《文艺与政论》，人民文学出版社1983年版。

命文学或战争文学的系统研究,似乎一触及“政治”、“革命”、“战争”这样的论题就有一种“谈虎色变”或者“厌倦拒斥”的潜在心理在起作用。若是以辩证思维考之,文学的宏大叙事与日常叙事并非绝缘对立而是紧密相连的,往往宏大叙事离不开日常叙事作根基,而日常叙事也离不开宏大叙事作支撑,那种单纯以宏大叙事构成的文本或者单纯以日常叙事造就的作品并不多见;尤其在长篇小说的叙事中这种纯粹的或宏大叙事或日常叙事更是罕见。常常被评论者所诟病的上世纪30年代出产的“革命加恋爱”小说和80年代创作的“改革加恋爱”小说,若是把“革命”或“改革”视为宏大政治叙事而“恋爱”视为日常生活叙事,那么这类小说是否可算作宏大叙事与日常叙事相结合的小说?可见宏大叙事与日常叙事在小说文本的建构中,只有相对的意义没有绝对的意义,即相对于宏大叙事有些小说以日常叙事为主为重,相对于日常叙事有些小说则以宏大叙事为主为重。如果这种认识是正确的,那么在学者视野中就不应该持有偏见的研究或评述态度,或偏爱宏大叙事的文学或偏爱日常叙事的文学,或拒斥文学表现的政治意识形态或喜爱文学流露的日常生活意识形态,这都是不科学的,也不是求真务实的;只有以辩证思维和科学态度来研究或评述文学的宏大叙事或日常叙事,才有可能获得公正公平的审美判断或认知结论。

与冷对或忽略宏大政治叙事文学的研究或重评恰好相反,在有些读者或学人的视野中与内心里,越是与大时代无关或疏离主流政治的作家或作品,越是伟大的作家或伟大的作品,甚至在抗战大潮中远离时代主流漩涡而去亲缘汪伪政权也能成为伟大的作家或伟大的作品,前者有沈从文为例,后者以张爱玲为范。必须承认的是,在现代文学研究及其文学史书写中,由于极左政治制导而把沈从文其人其文视为“反动文艺”、将张爱玲与胡兰成绑在一起视为汉奸作家,统统扫进“历史垃圾堆”,文学史上根本没有其位,这是文化专制造成的冤案;通过“拨乱反正”予以平反,恢复其在现代文学史上的应有地位,并对其文学作品重新评述,这是完全必要的也是应该的。但是在过度“去政治化”的研究中,越来越不考虑沈从文、张爱玲等作家的政治身份与所处的社会时代背景以及特定的政治生态,以艺术至上为标准即沿着夏志清对其评价的思路与尺度,越评越高,甚至抬到吓人的高度;似乎唯有沈、张才是现代中国文学的巨匠,他俩的小说创作方是现代中国小说的最高典范,乃至当下对其研究的热度仍未冷下来。这样完全摆脱大时代的主潮、复杂的社会政治背景,而把一个作家及其文本作为一个单纯独立的审美对象或审美系统进行艺术至上的研究,所取得的审美判断或理性认识及其坚持的研究方法和评价尺度是否科学？这样的作家是否可以称之为无愧中华民族伟大时代的伟大作家？其作品是否能称得上中华民族所处伟大时代产生的伟大作品？这种过度“去政治化”研究所获得的学术成果是否能经得住历史的检验和时代的检验？值得深长思之。

二

在特定的历史阶段，将现代中国文学完全纳入政治化理论模式进行研究，弊大于利，甚至对现代文学是一种伤害与摧残，所造成的灾难至今记忆犹新，历史的教训必须记取；而在“拨乱反正”历史时期及之后，对于现代中国文学“去政治化”研究则是利大于弊，即使如此对于所存的“弊”也不能听之任之，熟视无睹，必须认真对待，至少应从学理与研究实践的联系上解决一些突出问题，借以深化现代中国文学的整体的辩证探究。

重新认识现代中国文学与政治的双层复杂关系。所谓文学与政治的双层关系，一层是着眼于宏观上考察不同的政治生态或政治背景与现代中国多元文学系统形成和演变的关系，一层是从微观上具体分析不同的政治意识与不同样态审美文本构成的关系。虽然这两个层次的政治与文学的关系，都是结下了不解之缘，但是如何结缘、结缘的深广度以及结缘的效果是有差异的。所以要把现代中国文学与政治的多层次的复杂而深微的关系探索透、阐释深、分析准并不容易，亦非本文所能做到的，这里只能略论之。关于现代中国文学生成与演变所处的政治生态或政治背景，大致可分为两种：一种是良性的；一种是非良性的。若植根于良性政治生态或政治背景现代文学，就能健全成长、多元发展，呈现出百花争艳、万紫千红的繁荣景观；若扎根于非良性政治生态或政治背景，那新文学的生成或不顺畅或被扭曲或遭摧残，甚至文学的运行仅是一花独放而百花凋零，或走进死胡同。之所以会出现这种差异明显的文学景象或文学命运，固然原因多多，但是最重要原因不能不从两种政治生态或政治背景的功能特点去探寻。

良性的政治生态或政治背景对于现代文学的生成与发展至少显示出这样一些功能特点：其一，作为一种政治制度或政治权力并不格外关注文学的生成或运动，既不把文学看成是“兴国大业”又不把文学视为国家政治机器上的螺丝钉，“放任”文学的发展或者不把文学的兴衰与国运政运联系起来，这种所谓的无为而治也许契合了文学茁壮生长的内在机制;即使现代政治制度或国家权力机构把“文学”作为一种“事业”来对待,甚至纳入国家发展的总体设计或进入现代化运演轨道,只要是国家宪法或大政方针能够从根本上确保文学在自由宽松的政治环境或社会生态,遵循文艺自身规律运行或者按照美的法则去创造文学,那么也能促进文学的多样化发展,文学日趋昌盛繁荣。其二,足以启动或推进现代中国文学改良或革命,乃至能够创造出代表性或经典性文学作品,这全赖文化先驱或文学巨匠或艺术大家的创造潜能的挖掘或艺术天才的发挥;而良性的政治生态或政治背景有利于诱发或开发其创造能量或天才智慧,它或者承认支持其文学变革的合法权和文学创造的自由权。如果对他们在文学变革中获得的胜利佳绩以及创造的文学精品能从政治制度或国家体制的角度给予奖励,那更利于文学变革的深化与文学创作的繁荣。若是政权机构尊重文艺规律尊重创造人才,并在文学的改革或文学创作遇到困遏或阻力时,能给予明智的引导或物质支援,那文学的发展就可避免曲折,文学的创作也能避免颓势。总之,文学生成或发展的政治环境的民主化、社会管理的科学化、各种制度的法制化,这是文学创作主体自由探索、自由选择、自由追求、自由写作,以促进文学大发展大繁荣的根本性的政治保障。其三,文学从本质上说是一种人学,不是一般的人学而是形象化的情感化的诗性人学,也是一种特殊的审美意识形态,因此良性的政治生态或政治背景为现代文学的创建或发展提供的政治理论或政治意识是现代性的开放性的,既能优化或强化文学变革所坚持的文学观念,又能规范或净化文学创作所内含的思想意蕴,以引导现代中国文学向着与世界文学接轨的多元化的现代化的道路前行。欲创造具有人学特质的现代文学,政治制度及其政治意识既允许文学创作可以坚持在一切原则之上的人道主义最高原则,又承认对复杂人性的深刻剖析乃是现代文学人学本质的内在要求;既可以接受现代文学对社会形态、政治状况的肯定或讴歌,又可以承受现代文学对社会政治弊端的揭露或批判,充分发挥文学的褒与贬兼而有之的两大功能。因此务必打破文学创作的一切禁区,赋予作家到任何人生领域或社会人间去独立自由感受、体验与发现、选择的权利,并将自己的独特的政治感悟或政治发现物化为审美文本,这是作家们所处的良性政治生态必具的功能。

至于非良性政治生态或政治背景,对于现代文学的生成或演变所体现出的功能特点较为驳杂,并非都是劣性的或恶性的,也有的功能特点与良性的政治生态混杂在一起,面目并不清晰;但是从主导方面来透析,应该看到非良性政治生态不利于现代文学的正常的健康的生成与发展，其主要的功能特点（政治生态的构成因素很多，本文只从政治制度与政治意识来考察）表现在：其一，政治制度所建立的政权机构，特别重视文学的政治功利及其社会职能，既将文学视为政治革命的螺丝钉又把文学作为所谓的阶级斗争、路线斗争、思想斗争的大批判武器，忽视文学自身的独立性及其特殊规律，完全把文学拴在政治革命或政治斗争的战车上，导致文学创作的政治化；而文学的运演只能囿于“一条路线一个观点”的政治模式，只能创造一种形态的为政治服务从属于一种路线的政治化文学，文学的前行越走路越窄，荆棘丛生，最后走进死路。其二，政治机构对文学由强控制走向全面专政，扼杀了真正现代性的文学，以一种造神的“红太阳”文学取而代之。通过文艺整风动摇作家头脑里的“小资产阶级思想王国”，迫使知识作家从根本上转变立足点，然后将其纳入“兴无灭资”的政治斗争、政治运动、政治批判的从思想到肉体对知识作家实行专政的政治框架，以唯我独革唯我独左的独裁政治意识推倒了知识作家以现代民主自由意识所建起的所谓“资产阶级思想王国”，并给他们戴上这样或那样的“政治帽子”，全盘剥夺了知识作家的独立思想权和自由话语权，只能怀着人人自危的巨大政治恐怖去生活去写作。这种政治生态或政治背景，是有害于文学创作的，并造成了中国文学发展史上的空前灾难。其三，以政权或党权来迫使作家只能坚持唯一的政治化的文艺路线和创作规范进行文学创作，既批判了人道主义又清除了人性论，必须驯服地认同唯有一种政治思想是放之四海而皆准的真理，唯有一条政治路线才是最正确的政治路线，它既是中国新文学发展的指路明灯又是文学创作的政治灵魂。而作家们则必须坚定不移地遵循唯一的文艺方针、唯一的政治思想、唯一的政治路线来创造新文学发展新文学。然而，实践是检验真理的唯一标准，几十年的文学创作实践证明，在这种政治生态或政治背景上，虽然创造了一种独一无二的政治文学形态，但是现代中国文学多元发展景观却一度消失了。假如在政治控制下迫使作家们坚持的文艺路线、政治思想、政治路线都具有科学性、真理性，那么中国现代文学的发展就不会出现大的曲折，更不会导致灾难性的后果。总起来说，现代中国文学百年的风雨历程，出现的小波大折，无不与上述两种政治生态或政治背景有关，若是现代中国文学研究及其文学史书写过度的“去政治化”，那文学与政治结缘的真实面目就阐述不清了，成功的历史经验和沉痛的历史教训也会忘得净光。

以上是从宏观上对现代中国文学生成或演变与政治生态或政治背景之关

系的粗略考察而获得的认识，以下再从微观上选取几个维度或层面来窥探政治意识与审美文本构成的关系。众所周知，具有政治色彩或政治哲理的文学作品其题材的选择大都是宏大叙事，这是其固有的政治性；笔者且不考析而重点剖解的则是文本中所蕴含的政治主题或政治意识的来源与性质：其一，政治主题或政治意识进入文本构成并不是创作主体外加的或者硬塞的，而是作者在提炼主题或内化审美意识过程中将其所认定的富有真理的政治理念与政治思想，或融进人物形象的灵魂，或融化在故事情节或细节之中，或寄寓诗化的意境里；但是，凡参与文本建构的政治理念或源于民主主义思想体系或源于马克思主义思想体系或来自其他思想系统，它们无不与作家的情感相融合，成为一种化入主体情感又化出主体情感的具有诗性的政治主题或政治意识，而那些能称得上精品力作的政治色彩浓重的审美文本都具有这样的特点，所以对此类作品的解读决不能舍弃政治的维度。其二，有相当多的审美文本中的政治主题或政治意识，不是源于既成的政治理念或政治思想，乃是来自创作主体深入现实社会生活、世间政治人生并联结着自我的生存命运，完全凭借自己敏锐思维而发现的政治主题且形成的政治意识。它具有独特的深刻性和犀利性，往往给人的政治理性启示远远大于既成的政治理念或政治思想；正是从这个特定意义上说，真正具有真理威力的政治见识不是掌握在政治家手里而是蕴藏在文学家的政治感悟中或审美文本的政治主题内，鲁郭茅巴老曹创造的经典文本甚至王蒙、莫言的精品力作，无不蕴含着精到独特的政治意识，这恰是他们文学经典的精魂所在。如果我们重读这类文学作品不从政治层面开掘，那其不可取代的思想深度或政治意义就会流失。其三，还有大量取材于数千年政治历史的纸媒或电媒文学，所流露出或表现出的政治观、战争观、英雄观或伦理观、价值观，往往打上鲜明的传统政治意识的烙印；当然也有创作主体以现代思维对宏大历史叙事的独特体悟与感知所形成的政治主题或政治意识。尤其“十七年”在特定政治气氛下所创作的抗战文学与改革开放后在开明政治生态下所创造的抗战文学，两者所表现的政治主题或政治意识有明显不同，以及“十七年”围绕“两大改造”、“三面红旗”所创作的文学有歌颂乌托邦政治的倾向。因此，对上述文学作品所表现的复杂政治主题或政治意识要坚持正确标准给出公正的科学评价，试问我们能够淡化或丢弃政治视角和政治思维吗？

由于现代中国文学与政治结下的错综纠缠的复杂关系，决定了对其重新研究重新评价及其文学史书写，既要“去政治化”又不能过度“去政治化”，务必坚持辩证思维理解政治与现代文学的关系，有分寸地深入地从政治角度切入来解读现代中国文学，以求有新的发现新的突破新的成就。

草于2014年5月中旬

（原载《山东师范大学学报》2014年第4期，《新华文摘》2015年第2期转载）

质疑“一切历史都是当代史”

——以文学史举证

乍听克罗齐“一切历史都是当代史”这句流传甚广的名言，不加思索地便接受了，认为这是先锋历史观，有可能给史学界的理论建设与书写实践带来一场“革命”，使任何形态历史的书写都能达到恢复历史本来面目的逼真程度，彻底揭开历史本来面目上的种种遮蔽，彻底戳穿伪造历史的卑劣手段和无耻谎言，彻底荡尽历史建构过程中人为导致的虚无主义的迷雾；由于对这种历史观抱有三个“彻底”的不够理性的主观期待，故而便把“一切历史都是当代史”视为一切历史书写的“金科玉律”。

笔者致力于现代中国文学史理论与实践研究，尽管对史学理论研究没有很深的造诣，文学史书写也没有像样的文本，已有的经典史学著作涉猎得并不多；即使如此，但也罕见有人对克罗齐的历史观提出质疑或批评，所见的则是大多数学者对“一切历史都是当代史”的默认、引用或称赞，并以此为遵循来重写现代中国文学史。虽然不少的重构的文学史文本的“当代感”越来越强，导致有什么时代精神或社会思潮就有什么精神风貌或价值取向的文学史；不过细心阅读就会察觉它们含有的历史真实感却越来越淡化了。固然造成文学史书写的历史真实感缺乏的原因多多，但“一切历史都是当代史”能否当成治史的“金科玉律”，值得深刻的反思与严肃的质疑。盲从毁智，从智获益。

一

克罗齐并不完全认同“最近过去的一段时间的历史”习称之为“当代史”的观点；他认为，“若想严密思考和准确叙述，‘当代史’只应指紧随已完成的行动产生、作为对此行动的意识的历史。譬如，当我正撰写这一著作时，我为自己写的历史，就是我的写作思想，它必然同写作活动相联系”①。对这种“当代史”的定义及其举例，是否可作这样理解：“当代史”的主体是人，而构成人的“当代史”必须是“紧随”着人的“已完成的行动”；若不是人的“紧随”的而是延误的“已完成的行动”或未完成的行动，都不能算人的当代行动史；如果仅仅有人的已完成的行动而没有相应的意识为导向或者是缺乏与其思想有必然联系的行动，那亦不算“当代史”，质言之，唯有人的行动与思想意识在特定时空的同质同构方可成为“当代史”。这表明当代史的构成应具备三大要素：一、时空要素，即主体人在“紧随”的特定时空的所思所为；二、行动要素，即必须是主体已“完成的行动”；三、思想要素，即主体与已完成行动相适应的意识。而思想或意识则是将这三要素内在地贯穿起来构成“当代史”的灵魂；若是只有主体已完成的行动而缺乏或没有相应的思想意识来伴随，那就形不成“当代史”，所以从特定意义上说“当代史”就是当代思想史或精神史。克罗齐这是从行动主体与思想主体及其相互关系来定义何为“当代史”的，固然突出了主体的历史地位，即当代史是特定的人在特定时空主宰并创造了“当代史”，人的行动史和思想史皆得到了尊重，尤其强化了人的思想意识对“当代史”构成的重要性；但是这种主体历史观的最大局限却在于忽视或否认了历史的客体性，作为历史主体的人不论以何种思想何种精神或何种行动何种举止来创造历史，都离不开客观世界提供的形形色色的舞台，缺少或没有客体舞台即使主体思想再聪慧行动再高尚也创造不出伟大的历史。这不仅因为人的一切历史，都由主体与客体相互之间的顺向或逆向、冲突或统一、悖反或和谐、错综或联结等关系所构成；而且也因为构成人的不同形态历史的各种复杂关系，都源于人与自然、人与社会、人与民族、人与群体、人与国家、人与世界乃至人与宇宙或者人与自身的与生俱来形成的客体关系，故而在现实上人既是社会关系的总和也是与其他一切关系的总和。这就从根本上决定了人创造的历史，不论遵循什么思想、主义、路线、图式、设计等，或者用什么举动、行为等来处理、调整、解决何种关系，而创造的形形色色的历史，都具有主体与客体相互依存的两大本质属性。

显然，克罗齐所定义的“当代史”不是治史者所修的“当代史”，乃是人的原创的历史或曰原生态的历史，因此他对“当代史”的定义无疑是片面的，只注意到构成“当代史”的主体而舍弃了它的客体。且不说这种纯主观的历史在人类

---

① ［意］B. 克罗齐著，田时纲译：《一切历史都是当代史》，《世界哲学》2002 年第 6 期。

原创历史中并不存在，即使认定它是实有的存在也没有它附丽的客体，没有附丽客体的主体历史只能是光秃秃的精神史或思想史；实际上这种精神史或思想史决不会存在于原创或原生的当代史乃至古代史中，也许它仅能存在于研究或书写“当代史”或“古代史”的学人的主观头脑里。因此不管原创的“当代史”或者过去的历史，起码是主体与客体的有机结合，两者缺一不成，甚至偏一也不行，必须保持相辅相成的平衡态。尽管原创原生的历史并未开发出学术价值，然而它却是纳入特定的知识视野与学术范式进行研究、整理和书写的坚实基础，没有原生态的历史就没有学术规范的历史研究或书写，没有学术规范的研究或书写而原生态的历史决不会形成知识系统或价值系统的历史。克罗齐对“当代史”的定义，用之对原创原生历史的考察，显露出严重的理论缺陷；若用它指导或规范历史的研究或书写，那它的理论缺陷将暴露无遗。

历史是个过程，亦是个完成态，历史没有过程，它的完成态既难形成又难呈示；试想若是它在“紧随”的瞬间完成的行动与之相伴的意识不能形成表层与深层相一致的完整结构形态，哪里能寻找到看不见摸不着的精神上的“当代史”？既然探不着触不到“当代史”还研究或书写什么“当代史”？就是退一步说，哪怕摸着了“当代史”形态也仅是它的主体行动与思想，连附丽它的历史客体也没有，遑论什么“当代史”的研究或书写？历史的客观存在是由其主体与客体两大柱石来支撑，纳入学术规范对它进行研究或书写，原创原生的历史不管是主体或客体都是作为一个完整的客观对象进入研究或书写主体的学术视野和框架结构，究竟要将客观存在的历史梳理出或书写成何种样态的历史，这应该取决于研究或书写主体坚持或采取什么历史观或价值观。若是从客观存在的历史与研究或书写主体所构成的客观与主观的认知模式，来考察克罗齐的“当代史”的定义，那同样也没有什么积极的理性启示意义。虽然他强调应格外重视“当代史”的思想价值，但由于这种思想意识缺乏客体的附托，作为研究或书写主体根本找不到研究或书写的客体对象，并从而发现历史主体“已完成的行动产生、作为此行动的意识”，这样的“当代史”观只能把治史主体引入历史虚无主义陷阱。

根据克罗齐对“当代史”的释义，它并不重视历史的时间性和过程性，只要具备人的行动性和思想性，不必顾及它们两者产生于什么时空都可以视为“当代史”，这就是他把“一切历史”都说成“当代史”的逻辑基点与根本依据；并从而颠覆了“一切历史都是过去史”的历史观，不管“过去”或“现在”也不管时间的先后，只要人的已完成的“行动”和“意识”有一定的意义、思想或兴趣都是“当代史”。由于人的一切有意识或无意识、有思想或无思想的活动和行为，无不受到时间上的历时性和空间上的共时性以及时空交错的限制，所以从来没有也永远不会有主体人完全出离时空范畴而以自身的行动和思想创造的历史，即使脱离人类地球遨游宇宙来谱写历史也抹不掉时空的烙印。这就是说，人以行动和思想创造的一切历史都是在特定时空范畴里的“过去史”，不承认“过去时”就是不承认“现代时”和“将来时”，亦即不承人的历史；即使是克罗齐所说的“当代史”也是人“已完成的行动”和“意识”，“已完成”是过去时并非进行时，严格意义上说亦是“过去史”，这与克罗齐承认的“过去史”并不同义。

他说：“即使是形成的历史，人们称作或想称作‘非当代史’或‘过去史’的历史，若真是历史，即若具有一种意义、并非如回响的空间无物的演说，则也是当代的，同当代史没有丝毫区别。”[①]这里所谓“已形成的历史”，是指治史者依据原生历史书写的历史，由于克罗齐认定“历史从未由叙述构成”，故而不管坚持何种史学理念或依据何种史实叙事的历史都不是真历史，它仅能称作“非当代史”或“过去史”的历史；但要把这种“非当代史”或“过去史”变成“真历史”即他所说的“当代史”，唯一的条件则是所叙述的历史必须具有“一种意义”或一种思想或一种精神或一种兴趣。诚然叙述历史，就治史主体来说，重视从原生历史客体对象发现其蕴含的固有意义、思想、精神乃至兴趣诚然紧要，不过要判断这些发现出的意义是消极的还是积极的、其思想有无价值、其精神或兴趣是否健康，却完全取决于治史者所坚持的史学观或价值观以及所处时代、阶级、社团乃至民族对修史的强烈诉求；如果治史者的史学观或价值观不吻合原生客体历史固有意蕴或者严格受到时代、阶级等诉求的规约，那就不可能发现出固有意蕴中的真意义、真思想、真精神和真兴趣，或者导致对固有意蕴的遮蔽、曲解、诋毁、伪造。这不仅不能叙述成“真历史”更不能成为货真价实的“当代史”；一旦叙述或书写历史只强调从原生历史中发现其意义、思想、精神、兴趣等主观因素，而舍弃或忽略对其客观性的关注，那就有可能造成治史主体思维在研究或书写历史过程中如同脱缰的野马任性地驰骋，对原生历史固有意蕴任意发挥任意阐释甚至借助史实胡编乱造，这样的“当代史”不是“真历史”，连赝品的资格也没有了。

---

① ［意］B. 克罗齐著，田时纲译：《一切历史都是当代史》，《世界哲学》2002 年第 6 期。

当然，克罗齐并非不重视历史的文献，他认为“同文献无关的历史是无法证实的历史；因为历史的实在性在于这种可证实性，而历史在其中被具体化的叙述，之所以成为历史叙述，仅由于它是对文献的批评性说明（知觉与思考，意识与自我意识等），而那种缺乏意义和真实性的历史，作为历史是不存在的”①。这是从治史者的角度提出两个颇有理论价值的问题：其一，文献对于“真历史”的叙述或建构至关重要，没有文献就没有真的历史，即“无法证实的历史”；文献是历史有无的实证根据，故“历史的实在性在于这种可实证性”。这种辩证见解无疑是正确的，值得探讨的是对克罗齐所说的“文献”应如何理解？他指的“文献”与其“一切历史都是当代史”的历史观有何联系？一般的常识，是把“文献”视为“史料”，将“史料”视为“文献”，它们都是研究或书写历史的不可或缺的先导资料，唯有“史料”或“文献”与“史识”或“史观”的有机结合方可构成历史；然而从克罗齐对“当代史”的定义及其对“编年史”与“历史”（指当代史）的界说来看，他不认为“史料”等同于“文献”，即不是所有的“史料”都可以构成“当代史”的“文献”，唯有那些有意义有思想并对现在生活有益处的史料或史实方可作为“文献”的。他是这样区分编年史与历史（指当代史）真相的：“编年史和历史不是作为两种互补或隶属的历史形式，而是作为两种不同的精神态度，得以区分。历史是活的历史，编年史是死的历史；历史是当代史，编年史是过去史，历史主要是思想行动，编年史主要是意志行动。”②这种用二元对立思维模式以“精神态度”为标准，对“编年史和历史（当代史）”给出的异质相对的区分，是极其主观武断的，既缺乏逻辑分析的学理性又悖离历史书写实践性。编年史是书写历史的一种重要体例，它严格尊重历史演变过程，按照年代顺序来叙述已发生的重要历史事件、社会思潮、社团活动、文化风俗、历史人物等，不仅具有客观真实性，而且所记载的史实或选用的史料皆有强烈的历史感与可靠的实证性，怎能把以编年体书写的历史当成“死的历史”？从历史主体的角度来考察，认定“历史主要是思想行动”即主体人的思想行动史，虽史见有偏颇却毕竟突现出人创造历史的思想与行动功能；然而认定“编年史主要是意志行动”却令人困惑，莫非说“思想行动”乃“理性行动”便创造了“当代史”而“意志行动”是“非理性行动”就形成“编年史”？若是这样理解是合乎原意，那克罗齐这个判断近乎荒谬

① ［意］B. 克罗齐著，田时纲译：《一切历史都是当代史》，《世界哲学》2002 年第 6 期。
② ［意］B. 克罗齐著，田时纲译：《一切历史都是当代史》，《世界哲学》2002 年第 6 期。

了。既然认定“历史是活历史”又是“当代史”，而“编年史是死历史”又是“过去史”，那么用来叙写编年史的史料当然也成了死资料，因此更不能作为叙述“活历史”或“当代史”的“文献”，至于什么是具有“实证性”的“文献”只能从克罗齐的“一切历史都是当代史”的观念中去寻找了。

其二，治史者以文献作为实证之所以能成为“历史叙述”即“当代史”书写，“仅由于它是对文献的批评性说明”。这就明确地指出“真历史”或“当代史”的构成，“文献”固然重要即“总是由文献、或变为文献或按文献对待的叙述构成”①；然而叙述主体对作为构成历史客体的“文献”进行批评性说明，则必须坚持一定的史学观和价值观，否则对“文献”作不出构建“当代史”内在需求的批评性的阐明。凡是批评就有叙述主体的倾向性，不可能也不应该对“文献”保持貌似“公正”冷默的态度；但是究竟坚持何种史学观和价值观对“文献”予以适度的批评说明才能建成合乎克罗齐的“当代史”定义呢？为了突现并证实唯“当代史”才是“真历史”，克罗齐决绝地否定了编年史，武断地认定“将编年史去粗取精、分成断简、重新组合、重新安排后，它仍是编年史，即空洞的叙述：把文献复原、重现、加以描述、进行排序，它们仍然是叙述，即沉默物”②。这是对编年史的曲解或误读，既抹杀了史料史实固有的历史真实价值，又掩盖了编年史书写过程中潜隐的治史者的主体意识；而且他也否定了类似于编年史的“语文性历史”，他认为“语文性历史学是由多本书或各种书的众多部分融合成的一本新书，这种工作在通用语中有个恰当的名词，称作‘编纂’”，这种编纂史“不包括任何历史思想”，“在其深处，只存在博学的或非常博学的‘编年史’”，而“缺乏滋养和温暖头脑与心灵的词语”。③ 编纂史如同编年史一样也是历史书写的一种体例，尽管它不强调时间性对历史构成的绝对意义，严格遵循时间观念来书写历史；然而编纂史对书本资料的整理组合亦并非杂乱无序的，它是遵循一定的历史观或内在的逻辑来编纂的，否则这些散乱的文本资料怎么能“融合成一本新书”呢？既然是“融合”那就必须有特定“历史思想”作为线索将零散的史料有机联系起来，若不是这样做怎能算“融合”？不“融合”又如何构成“新书”？这说明克罗齐对“编纂”史不只是误解而且自相矛盾。从“真历史”中排斥了编

① ［意］B. 克罗齐著，田时纲译：《一切历史都是当代史》，《世界哲学》2002 年第 6 期。

② ［意］B. 克罗齐著，田时纲译：《一切历史都是当代史》，《世界哲学》2002 年第 6 期。

③ ［意］B. 克罗齐著，田时纲译：《一切历史都是当代史》，《世界哲学》2002 年第 6 期。

年史又取消了语文性历史，那么克罗齐所主张的“一切历史都是当代史”的内涵实质是什么？也许这段话给出了答案：

历史是精神的历史，而精神就是价值，甚至仅是能设想的价值，显而易见：历史总是价值的历史；由于在历史家的意识中，精神显现为思想，于是支撑历史学的价值就是思想价值。……若我们尚未提高到思想的“主体性”的高度，我们只会生产诗歌，而不会生产历史。①

二

克罗齐对其历史观实质内涵的理论表述，如果作为史学观念用于历史研究或书写实践，那至少应从两个维度进一步提出质疑：

其一，“历史是精神的历史，而精神就是价值”。这是两个没有限定词或修饰语的全称肯定判断，前者是从精神角度考察一切历史，认定一切历史都是精神史，是对其“一切历史都是当代史”的同义的深化表述；后者从价值的角度考析一切历史，发现历史有无价值是同其蕴含的精神联系在一起，故一切有精神的历史就是有价值的历史，否则就不是历史。这两个判断合在一起，便是历史就是精神，精神就是历史，精神就是价值，价值就是历史，历史、精神、价值三者在一个逻辑链上具有同质同构性。若是这样的理解并未悖离克罗齐的本意，那么首先应从理论与实践的结合上回答并解决是否“一切历史都是精神史”。历史与精神能够画等号吗？何谓“历史”，“根据我国学术界的研究成果，我们认为‘历史’一词应该有三重含义。一是指自然界和社会的发展过程，即自然界和社会已经发生而客观存在的事实；二是指已经进入历史认知视野，并通过各种文字、材料、口头传说保留、整理下来的历史事件和过程，这既是一种客观的存在，又不能脱离历史认知的主体；三是指对于历史和历史事实研究和通过这种研究而形成的知识体系，这是历史认知和研究的结晶”②。不论客观存在的原生态历史或者主客体相统一的历史文献或主体书写的历史文本，“历史，广义地说，是一切事物以往的运动发展过程，它可分为自然发展史与人类社会发展史”③，这

① ［意］B. 克罗齐著，田时纲译：《一切历史都是当代史》，《世界哲学》2002 年第 6 期。

② 万斌、王学川：《历史哲学》，社会科学文献出版社 2008 年版，第 2 页。

③ 郑梁生：《史学入门》，北京大学出版社 2008 年版，第 7 页。

就是笔者所认同的“历史”观;那么何谓“精神”,《辞海》是这样注解的:精神是“指人的内心世界现象,包括思维、意志、情感等有意识的方面,也包括其他心理活动和无意识的方面”①。从历史的定义和精神的定义来看,历史与精神绝对不是等值的,虽然自然发展史与人类社会发展史都有一定的精神内涵,但是人化的自然发展史的精神内涵却不能同人类社会发展史的精神内涵等量齐观;况且从精神角度来窥探历史仅仅是人的主观意识活动和人的心理现象并非历史的全部内涵,即使人类社会发展史总系统中的那些专门关注人类精神活动的哲学史、思想史、艺术史、文学史乃至心理史等子系统,也不是单纯的“精神的历史”。就以文学史来说,在一切意识形态的历史中它是最能触摸人的心灵的“精神历史”,然而诗人作家所创造的审美文本蕴含的精魂无不源于客观世界。正如歌德所言:“世界是那样广阔丰富,生活是那样丰富多彩,你不会缺乏作诗的动因。但是写出来的必须全是应景即兴的诗(“应机缘而写的诗”,类似我国诗中的“即兴诗”,笔者注),也就是说,现实生活必须既提供诗的机缘,又提供诗的材料。一个特殊具体的情境通过诗人的处理,就变成带有普遍性和诗意的东西。我的全部诗都是应景即兴的诗,来自现实生活,从现实生活中获得坚实的基础。我一向瞧不起空中楼阁的诗。”②虽然“诗人由日常现实生活触动起来的思想感情都要求表现”,但是这种“表现”并非纯主观纯精神,总是主客观相拥抱、精神与物体相统一的。可见文学史也不是纯心灵史或纯精神史。莎士比亚在人类文学史上,“不容易找到一个跟他一样感受着世界的人,不容易找到一个说出他内心的感觉、并且比他更高度地引导读者意识到世界的人”;即使他具有如此的超人禀赋与敏锐感受力也没有离开丰富多彩的客观现实,“莎士比亚的诗篇好比一个广大活跃的市场,他的这种财富的得来应归功于他的祖国”。③ 这就进一步说明,哪怕人类文学史上的天才超群的世界级艺术巨匠,所创造的艺术王国也不是纯精神的主观世界,总是主客体达到完美的结合。

其次要从理论与实践结合上回答并解决的问题是:“一切精神史都是价值史”吗?这应是主观臆断,它经不住有根有据的质疑。一切精神史是否都是价

① 辞海编辑委员会:《辞海》(下),上海辞书出版社2000年版,第5478页。

② 外国文学研究资料丛刊:《欧美古典作家论现实主义和浪漫主义》(二),中国社会科学出版社1981年版,第303页。

③ 外国文学研究资料丛刊:《欧美古典作家论现实主义和浪漫主义》(二),中国社会科学出版社1981年版,第285页。

值史，这不仅取决于原生态的历史究竟蕴含什么精神，假如这些精神都能发掘出来又是依据何种标准判断它们皆有价值？同时亦取决于研究或书写历史主体立足于什么立场坚持何种历史观来对待“精神史”，即研究主体无不以独特的思维方式和价值观念来发现并评述自然史或人类史中所涵蕴的各种精神现象或心理状态，既不能给出完全肯定的价值判断又不能做出绝对否定的价值结论，只能依据独自立场与价值观对所谓“精神史”给出有选择的合乎我需或适合我意的价值判断；因此决不会认同“一切精神史都是价值史”的谬说。再从接受主体来说，更不能承认“一切精神史都是价值史”，因为接受者各有自己对所谓“精神史”的期待，并非“一切精神史”都是接受者所期待的，也许有的精神能满足期待因而认定其有价值，有些精神并不能满足期待因而必认为其无价值。因此，不论从原生形态的历史或书写历史主体或接受历史主体来看，“一切精神史都是价值史”的判断是立不住的，只能姑妄听之，不可真信之。

其二，“历史总是价值的历史”，“支撑历史学的价值就是思想价值”。这又是两个全称肯定的价值判断，似乎它们与“历史是精神的历史，而精神就是价值”这两个全称肯定价值判断是同义循环；有所不同的是“精神价值”改为“思想价值”，因为“精神价值”包含理性精神与非理性精神，“思想价值”只有理性精神，故可作为历史学的支柱。不仅如此，更不同的则是，“历史是精神的历史”改换成“历史总是价值的历史”。尽管后两个全称肯定判断与前两个全称肯定判断在用语上有所不同，然而在思维逻辑上却是同义重复，没有什么新的史见。如果把两个判断的“精神”换成“思想”，那就成了“历史是思想的历史，而思想就是价值”；既然“价值”源于或等同于“历史的思想”，那无疑可以推演出“历史总是价值的历史”，而支撑历史价值的当然是“思想价值”。因此克罗齐特别强调“历史学家真正不可或缺的，是同历史综合不可分离的想象，是寓于思想并为了思想的想象”①；但他并不重视历史学家的求真务实的品格。由于后两个历史观的全称肯定判断是袭用相同逻辑思路而对前两个全称判断的重复或倒置，故而不必再质疑，它们根本的理论缺陷在于把史学观完全建立在主观唯心主义之上，否定历史的生命在于客观真实而不是“思想价值”。不过，克罗齐在强调历史的思想价值高于一切时，却将“思想”与“情感”对立起来，认为“情感是生活，而不是思想，当生活尚未表达和表现时，还未被思想制约，它是诗歌，不是历

① ［意］B. 克罗齐著，田时纲译：《一切历史都是当代史》，《世界哲学》2002 年第 6 期。

史”;“需要超越情感价值,或将情感价值变为思想价值”,方可生产历史。这种“思想”与“情感”对立的史学观,一是自相矛盾,一是与书写历史矛盾。既然认定“历史是精神的历史”,为何又说“情感”不是“历史”,难道“精神”不包含“情感”吗?由于“精神”里既有“思想”又有“情感”,精神史当然不能排斥情感,排斥了情感,“精神史”则只有“思想”,岂不丧失了精神史的完整性?况且,感情和感觉都属于非理性范畴,既然承认“认识的全部真实性都寄托在感受上,而感觉若不采用肯定事实的形式,即历史的形式,则感觉本身不是认识”①,感觉能够成为“历史的形式”,为什么要把“感情”排斥于“历史生产”之外,这不是自相矛盾吗?之所以说将“思想”与“情感”对立的史学观在书写历史实践中亦是自相矛盾,这不仅因为作为历史研究或书写的主体面对着文献或史料,要将其激活只运用思想力量而不投入感情,主体去拥抱客体仅仅采取冷默如铁的毫无情感温度的态度,主体所坚持的史学观或价值观亦不是建立于爱憎分明的立场上,这是绝对不可能的;而且,作为书写历史的客体对象极为丰富多彩,特别是书写文学史其主要的客体对象——文学作品大多是感性的,情感充盈饱满,情感是艺术生命的血肉,即使其所蕴含的思想意识也是浸泡在情感之中,唯有感性或情感才是文学作品的根本属性。“在诗里,人的灵魂的存在,靠的是真实与感觉的深度,靠的是表现人的本性的现实,它给我们的从来不是抽象的概念”②。歌德曾深有体会地说:“作为诗人,我的方式并不是企图要体现某种抽象的东西。我要把一些印象接受到内心里,而这些印象是感性的、生动的、可喜爱的、丰富多彩的,正如我的活跃的想象力所提供给我的那样。作为诗人,我所要做的事不过是用艺术方式把这些观照和印象融会贯通起来,加以润色,然后用生动的描绘把它们提供给听众或观众,使他们接受的印象和我自己原先所接受的相同。”③以上引文充分说明文学作品是感性的,是充满情感的,即使其中的思想也是与感性的生动鲜活或情感的充沛浓郁融为一体,没有那种赤裸裸的抽象的思想说教。由于文学史书写的客体对象是感性的或情感的,故而构成的文学史文本对文学作品的分析也不能纯思想化或抽象化,即使理性阐述也要带着浓重的

① [意]B. 克罗齐著,田时纲译:《一切历史都是当代史》,《世界哲学》2002 年第 6 期。

② 外国文学研究资料丛刊:《欧美古典作家论现实主义和浪漫主义》(二),中国社会科学出版社 1981 年版,第 277 页。

③ 外国文学研究资料丛刊:《欧美古典作家论现实主义和浪漫主义》(二),中国社会科学出版社 1981 年版,第 309 页。

感性或情感色彩，书写主体决不能把感性与理性、情感与思想对立起来，绝对不会出现克罗齐所说的“若我们尚未提高到思想的‘主体性’高度，我们只会生产诗歌，而不会生产历史”的后果。

通过上述的质疑与拨正，笔者认为“一切历史都是当代史”并非是个科学的史学观，真正具有科学价值的史学观应是“一切历史都是过去史”。“过去”是个时间概念，没有“过去”就没有历史，否定“过去”就是否定历史；即使克罗齐只把历史视为“精神史”或“思想史”或“价值史”，那也是“过去”的“精神史”、“思想史”、“价值史”，没有“过去”怎么能有“史”呢？也许有人会说，“一切历史都是当代史”这是强调历史的“当代意义”。我认为，并非如此，若果真这样理解，那至少是误读，不承认“过去”就是不承认“历史”，没有“历史”的存在，哪来的“当代意义”？只有承认历史是过去时，才能从时间的长河中触摸到“历史”；只有感触到历史的真实感方能感受到“过去”的历史与当下发生的一切有其惊人相似之处，进而体会出历史的当代感或当下意义。这是众所皆知的常识，并无奥妙之处。

可能还会有人提出：“一切历史都是当代史”的史识，与我们经常说的“古为今用”、“借古喻今”、“借古讽今”、“以史为鉴”等，是否意思相通？并不相通，这主要因为克罗齐不承认历史是过去时，也不承认它的进行时，即历史不是产生于客观的时序过程中，唯有“精神史”、“思想史”、“价值史”才是“当代史”，即历史产生于主观思想逻辑中。这种史识怎能与“古为今用”等提法相通？“古为今用”，首先承认古与今是个时间过程，在这个过程中产生的历史打上古与今的烙印，古代的历史产生的时间早，但与今天的历史同处于历时态的系统中，即使历史在时间流逝过程中不断地嬗变也总有不变的常数，这便使古今之史既有趋同性又有差异性，而那些趋同的带有规律的历史经验教训则可以为当今所借鉴。如果不承认历史是时间过程的产物，那就没有历史的古与今；没有古代历史和现今历史，就不能在历史的研究或书写中提出“古为今用”、“借古喻今”、“借古讽今”、“以史为鉴”等口号。一言以蔽之，这些治史口号（或原则）的提出，皆建立在“一些历史都是过去史”的科学命题上，而不是出自“一切历史都是当代史”的虚假判断上。

草于2015年5月27日

（原载2015年《当代作家评论》第5期）

现代文学史书写与创新能力培养

近50年的大学教育生涯，笔者探索文学史的书写始终未间断，即使“文革”的1971年“复课闹革命”也没有放弃编写《中国现代文艺思想斗争史》①，足见文学史作为大学专业课之重要；至于“文革”告结，正式恢复大学的教学秩序以来，我所致力的中国现代文学史的书写，不只是越来越重视，成了汉语言文学专业的中国现当代文学二级学科的重点课程建设，并在不断地深化教学改革中重构现代文学史文本。当下引起笔者格外关注与思索现代中国文学史书写的直接原因，是读了2013年6月29日《文摘报》上登载的一篇题为《怎么学好语文，怎么教好语文》的访谈录而动议的。该文所谈的问题颇有现实意义，有些精到见解也是教学经验的总结；然而它把当下大学中文专业的学生“基本上对很多作品都不解，只会综合各种评论后再自己评论”的“知道很多体会很浅”这种“文学教育的一个通病”——说白了就是缺乏深刻的理解力和敏锐的创新力，只会生搬硬凑，人云亦云，完全归责于“建立的一整套以‘文学史’为中心的教学体系”，我是不完全认同这种看法的。诚然大学“文学教育的一个通病”是客观存在的，但是造成这个“通病”的原因是多方面的，仅仅将其归咎于“以‘文学史’为中心的教学体系”却是极端片面的。况且，现代中国大学的中文专业并未“建立一套以‘文学史’为中心的教学体系”，所建立的乃是语言与文学并举互补的两大专业系统，语言没有以文学史为中心，文学也没有以文学史为中心；尽管文学史包含古代文学史、现当代文学史、世界文学史，不过它们仍未成为中心，与文艺学、写作学等处于同等地位，均是中文系本科的必修课。特别是随着大学教学改革的推进，中文专业的课程设置正在不断调整，更不存在以“文学史”为中心的教学体系了。

虽然中国的大学中文专业没有形成以“文学史”为中心的教学体系，“文学

---

① 《中国现代文艺思想斗争史》，四川南充报社印刷厂1975年版。

教育的一个通病”并不单单是文学史课造成的，但是文学史尤其是中国现当代文学史却承担着大学“文学教育”的重任，所以要真正治好“文学教育的一个通病”，以提升学员的创新意识与能力，绝不能贬损或取消文学史的书写，必须在深刻反思的基础上以锐意探索求新的精神，把文学史的书写提升到新的学术水平，卓有成效地培养适应21世纪需要的具有敏捷的艺术感悟能力、独立思考能力、思想创新能力的人文科学人才。

二

仅就“文革”后30多年的现代中国文学史的书写来看，重在通过“重写”或“重构”，突破已有文学史书写的既成模式与规范，严格遵循实事求是的思想路线和认识路线，力求编写创新型的现代中国文学史文本；尽管已问世的数百种文学史的创新程度不同，学术质量差异互现，然而没有一种文学史的书写主体不想突破不想创新的，哪怕是所谓“普及型”或“教学型”的文学史也强调其创新性，若是不重创新不求突破那文学史就不必“重写”或“重构”，全国只有一种现代文学史便足矣。实际上，现代文学史的研究或书写，只要处于正常的政治生态与文化生态，从来都不会停留在一种学术水平上和一种创新刻度上，所以“创新”是文学史研究的灵魂，“创新”是文学史书写的生命。既然现代文学史的书写不是已有文本的“抄袭”或重复，也不是文学史料的罗列或堆砌，而是在突破与创新上下功夫使力气；那么这样书写出的创新趋优型文学史作为学员们的读本，即使没有纳入教师的讲授辅导等教学实践，也可以发挥其自身的创新要素和创新机制，以引导、启发并培养学员的学术创新意识与创新能力。诚然，创新趋优型的现代文学史文本并不多见；但是即使那些没有进入高明学者视野的文学史，只要学员们能认真地解读和细心地体会也能感受到创新的气息，体验出创新的奥秘，这对于培养自身的创新意识与技能不无裨益。

现代中国文学史的“重写”或“重构”，大多着力于三个层面的突破与创新：一是文学运动层面；二是文学思潮（包含流派社团）层面；三是作家作品层面。因此作为接受主体的学员们至少应从上述三个层面解读现代文学史的每种文本，并感受其创新的认知系统以及如何创新的，自觉地与自己已有文学史认知相比较和印证，以内化为接受主体的创新知识或创新意识。

这里，有必要对文学史书写的创新性予以补叙。虽然文学史创新性的呈现及其考察标准与一般的文学研究或文艺评论有所不同,但其实质性的要求并没有多大差异。如果文学史从未有过既成的文本,那首次书写就是新拓的“殖民地”,是拓荒性的开创之作,这无疑是整体性的创新;即使现代文学史已有既成文本,而且有不胜枚举的众多文本,只要在重写中发现了新领域——或从未涉足的文学运动或未触及的文学社团流派或被湮没遮蔽的作家作品,把它们纳入文学史结构,也是重要的创新性呈现。要是文学史书写根据新的文学史观或价值观,对已有文学史文本的排列过、定位过、评述过、阐释过的文学运动或文学思潮流派或作家作品,进行重新安排、重新解读、重新感悟、重新评估,且有新发现、新概括、新判断、新结论,那也是难得的突破与创新。若是文学史书写,既发现了新领域又发现了新史迹,既发现了新意蕴又发现了新诗性,既给出了新判断又进行了新解说,而且还搭建一个新颖独特的框架结构;那就需要建构一套与之相适宜的话语体系,否则文学史文本的创新性就得不到充分体现。因为相宜的话语体系既是文学史文本的外在创新彰显,又是其内在创新的符号表征,这也是文学史书写的创新性。值得深究的是,文学史书写的求新并非都称得上“创新性”,在笔者看来能够算得上文学史“创新性”的应是真正的学术创新,它既经得住逻辑论证又经得住实践检验,也必具充足根据,并能自圆其说。如果对文学史书写的创新性给出这样的理解与说法,可以得到治史者的认同和学员的接受,那么建构的文学史文本一旦进入接受主体的阅读视野,其所蕴含的“创新性”及其创新机制,就会激活接受者的触类旁通或举一反三的创新联想与创新追求,或者在某种程度上满足了接受主体的学术期待并从而诱发其对创新的更深更高境界的企盼。因此,笔者依据上述对“创新性”的解说,从三个维面对既成现代文学史文本举要作些分析,进一步说明现代文学史的创新性书写是学员培养创新意识及其能力的必读文本。

现代文学生成过程往往文学运动先于文学创作或者同生并举,这已是公认的规律性;但是现代文学史书写在“文学运动”层面对其“领导思想”的评述,“文革”前后却发生了较大变化。就以五四文学革命的“领导思想”来说,“文革”前30年书写的现代文学史几乎都是引用《新民主主义论》的论断,不加具体分析地便认定五四新文学运动是“无产阶级思想领导”的,其文学革命性质亦是无产阶级领导的“彻底地不妥协地反帝反封建”的,完全把五四反帝爱国政治运动与五四新文学运动视为同质同构。这种生搬硬套地评述五四文学革命运动,很难说是“学术创新”,它缺乏足够的史实根据和理论根据,更经不住文学创作实践的检验；但是这种不切实的文学运动层面的“评述”却能激发读者的“怀疑思维”或“叛逆思维”，这是突破成见再创新见的逻辑前提。“文革”后30多年来书写的现代中国文学史，在文学运动层面对五四文学革命“领导思想”的评述逐步突破《新民主主义论》的定论，较早见于现代文学史书写，敢于挑战这一“权威论断”的是1984年4月山东教育出版社出版的《中国现代文学史教程》。它明确指出，在五四新文化运动高潮期，“不论是平民主义、实用主义、无政府主义、各种社会主义，或是马克思主义等，都纷然杂陈于青年知识分子面前，思想界显得空前活跃也非常复杂”；“虽然《新青年》‘社员各人持说，也往往不尽相同’，但是提倡科学与民主，遵奉平民主义，彻底反对封建主义，反对‘世界上的军国主义和金力主义’，争取‘人性’的解放和民族的独立，实现‘理想的新时代新社会’，却是大多数社员致力于新文化运动和思想解放运动的共同的奋斗目标”，也是五四文学革命的主导思想。① 这是把五四新文化运动和文学革命的领导思想问题，“提到一定的历史范围之内”所做出的言之有理论之有据的分析与判断，是大胆的突破亦是令人诚服的创新，它经历了30多年研究和教学实践的检验也经过实证逻辑的考验；尽管学员们今天阅读起来并不感到多么新颖，已成了现代文学的常识，然而当时在学界却有人惊出一身冷汗，认为“离经叛道”了。若是今天的读者能有兴致回到30年前的政治生态与学术环境的现场去感受体察一番，也许对于现代文学研究怎样进行突破与创新会获得一定的启示与胆识。这并非说五四新文化运动与文学革命领导思想及其性质的研究可以终结，我们只能把它视为一种有新意有说服力的见解，其实从不同的角度对五四文学运动的深入探讨没有停止，新说层出不穷；要是对现代文学有兴趣的学员或读者可以跟随文学史的不断书写而重点关注五四文学运动的评述，那会获取更多的求真出新的研究经验，以充实自己的学术创新智慧。1987年问世的《中国现代文学三十年》完全突破了无产阶级思想领导五四新文学运动的理论框架，认定“以‘改造民族灵魂’为中心，形成了一个具有时代和民族特色的完整的文学观”，而“作为‘改造民族灵魂’的文学，其所特具的思想启蒙性质，是现代文学的一个带有根本性的特征”②。很显然，以“改造民族灵魂”的启蒙主义作为包括五四文学在内的现代文学史的完整文学观念的理论支柱，这并非无产阶

---

① 冯光廉、朱德发等：《中国现代文学史教程》（上册），山东教育出版社1984年版，第18～19页。

② 钱理群等：《中国现代文学三十年》，上海文艺出版社1987年版，第7页。

级思想使然;虽然从思想启蒙角度窥探中国现代文学的独特性质与主导思想是创新性学说,而且也能启迪学员或读者的创新思维,不过把文学思想启蒙作为整个30年现代文学的母题却有片面之嫌。同年出版的《中国现代文学史新编》对五四新文学运动的主导思想及其文学特质的看法,与政治意识形态相悖,同“启蒙说”也有差异,而坚定地认为五四“文学革命的核心问题和最大功绩是在文学观念的更新上。“作为新文化运动思想成果的‘人’的发现,用之于文学领域,就必然形成相应的‘人的文学’的新文学观念。关于这一点,原是早有定论的。三十年代,鲁迅向外国读者介绍中国小说时,就说过:‘文学革命者的要求是人的解放’。茅盾也曾说过:‘人的发见,即发展个性,即个人主义,成为‘五四’时期新文学运动的主要目标’。郁大夫说得更明白:‘五四运动的最大成功,第一要算‘个人’的发见’。”[①]不论“个人的发见”或者“人的文学”观念形成,都是以个人主义为世间本位的人道主义作为主导思想,实质上这亦是统领五四文学革命的指导思想。这种见解虽然都是五四文学革命先驱者的共识,并不是文学史书写者的创见,但是通过“拨乱反正”重写文学史足可证明以个人主义为本位的人道主义应是五四文学革命的主导思想,它的正确性经住了历史的检验和逻辑的论证。这种创新之见的失而复得,对于坚定学员或读者通过学习文学史文本如何发现真理维护真理,则是大有裨益的。2001年面世的《中国现代文学主潮》乃是以现代化视野洞察五四文学革命的主导思想及其价值意义,明确认定:“文学的现代化最内在的内容是文学观念的现代性,实际上是现代意识在文学观念上的反映。‘五四’文学革命的最大成果也正是在这方面。”“它们都从不同方面体现了现代意识,体现民主、自由、进步的文学要求。”“几乎每一个‘五四’个性论倡导者都是社会改造思潮的积极关注者,他们自觉不自觉地把个性的发展和整个社会的前途联系在一起,使‘五四’社会改造思潮始终沿着争取中国人的‘人的解放’的轨道前进。”[②]所谓五四时期社会改造思潮实质上是民主主义思潮,它们用于或投射于文学观念、文学主张或文学创作无不体现为现代化,并决定了五四文学革命指导思想与价值意义的性质。这种对五四新文学运动领导思想及其性质的评述与前者有趋同点,但也是有差异性的创新点,至少对文学现代化给出的解释能够使学员或读者在期待性的接受时引起追新的具

① 孙昌熙、朱德发主编:《中国现代文学史新编》,宁夏人民出版社1987年版,第12页。

② 许志英、邹恬主编:《中国现代文学主潮》(上),福建教育出版社2001年版,第8页,第26页。

体思考,决不会满足这种对文学现代化的笼统阐释。

上述仅列举几种中国现代文学史的在文学运动层面对五四文学革命“领导思想”的“评述”,皆有突破与创新;与此同时对20世纪30年代的左翼文学运动、40年代的工农兵文学运动等也有求真出新的评述。若学员或读者用心地阅读现代文学史的文学运动层面的求新之见及其所运用的新思维、新史料、新论证与新方法,那有助于更新文学史观,更有助于培养自己的建构思维与创新能力。

二

现代文学史重构的文学思潮层面也包括文学社团流派的形成,它与文学运动层面的关系极为紧密,文学运动的理论纲领或文学主张乃至创作方法等,都是构成文学思潮的重要内容,文学社团或文学流派的涌现既是文学运动的产物又是文学思潮作用的结果,也是把文学运动和文学创作联系起来的艺术桥梁。近30多年书写的现代文学史对文学思潮或社团流派的评述,完全冲破了极左政治的桎梏与规范,以审美的或现代性的学术视野给以重新解读、重新评价,不仅对现代主义思潮、古典主义思潮做了充分肯定,而且对那些戴着反动政治帽子的20世纪30年代的“民族主义文学”、40年代的战国策派等进行平反,恢复其在现代文学史上的真实面目。将文学思潮或社团流派纳入美学范畴或现代性视野,重新审视与评价,这是建立在实事求是思想路线和认识路线上的带有整体性的创新,把扭曲的或误读的或错乱的文学思潮史或文学流派史真正作为现代文学史的有机组成部分纳入务实求新的学术轨道。由于文学思潮层面在重构现代文学史文本时,常常将其与文学运动层面合为一体来书写,所以学员或读者阅览文学运动层面亦同时阅览了文学思潮层面,感受了文学运动评述的创新力度亦感受了文学思潮评述的创新力度,触摸了文学运动的评述思维范式亦触摸了文学思潮的评述思维范式。这里只是略述现代文学史重构的“文学思潮”层面对于培养学员或读者创新意识与能力有可能发挥的功效;而对现代文学史重构的“作家作品”层面的创新体现及其经验这里想多说几句,这是因为“作家作品”作为现代文学史重构的“三个维面”的重中之重,越来越看中作家作品在文学史结构中的价值和地位,“文学运动”层面可以简写,“文学思潮”层面可以略述,唯独“作家作品”层面不能轻描淡写而必须详述细写。这是因为作家是文学运动的主体又是文学思潮的倡导者也是文学流派的缔造者更是文学作品的创造者，而文学作品既是文学运动实绩的显现又是文学思潮的实践更是整个文学生产的成果，从特定意义上说现代文学史实质上是作家主体的文学创造史；这是因为学员或读者的阅读兴奋点与审美期待主要不是聚焦于“文学运动”与“文学思潮”两个层面而是“作家作品”层面，文学史重构的创新力度与创新强度亦主要体现在“作家作品”的评述或解读中。所以，要想通过阅读重写的现代文学史诸多文本而受到影响与启迪以提高审美能力与创新能力，学员或读者务必把主要时间与精力投入“作家作品”层面的阅览。也许进入视野的是治史者对“作家作品”的见仁见智的评说，正是这种差异性的创新之见方能点燃接受者的创新激情，而不会落入“教条主义”式的鹦鹉学舌的陷阱。综观现代文学史重构的诸多文本，在“作家作品”层面的创新点枚不胜数，仅能就其重要的体现或呈示略述之。

近 30 多年重构的现代文学史，几乎都摘掉了在不正常历史时期给众多作家硬扣上的“封、资、修”等政治帽子，恢复其在现代文学史上真实而崭新的面目，并对他们为现代文学的创构所作的独特贡献给出了重新评价，这应似现代文学史书写在“作家作品”层面的大胆的突破与创新。如果学员或读者能把“文革”前书写的现代文学史与“文革”后书写的现代文学史进行比照阅读，便会惊奇地发现后者比前者涉及的作家数量大大增加，一个个新面孔进入眼帘，特别是那些被妖魔化了的举足轻重的著名作家获得别开生面的叙写和光辉再现的评判。如胡适的白话文学领袖身份、周作人的新文学先驱地位、沈从文与张爱玲的现代小说大家称呼，都得到充分肯定与认可；即使一些“鸳蝴”派作家也登上现代文学大家的光荣榜，鲁、郭、茅、巴、老、曹六大经典作家已誉满全球，跨进世界文学巨擘的行列，这应视为现代文学史书写不断求真出新的学术成果。不只是文学史的创新书写能给学员或读者打开孜孜求新的理路，奠定其学术研究竭力创新的信心；而且通过对现代文学巨匠大家的重写重评也能为学员或读者树立起可资学习或借鉴的擅长创新的榜样，榜样的力量是无穷的，其人格魅力也是不朽的。学术研究的生命在于创新，文学创作的生命更在于创新。现代文学的巨匠或大家，不仅以其创造性的艺术才华营造了富有个性色彩的文学王国，也以其独特的理性思维谱写出闪烁着真理火花的学术华章，所以文学史上的经典作家最富有创造潜能和独创精神。作为杰出文学评论家的茅盾非常重视并推崇文学独创才能，早在 1923 年他在《读〈呐喊〉》一文中就表现出对鲁迅的创新精神的敬佩不已。他认为鲁迅《呐喊》集里的小说，“题目，体裁，风格，乃至里面的思想，都是极新奇可怪的”，具有鲜明的独创色彩，表现出高超的非凡的创造才能。他说：“在中国新文坛上，鲁迅君常常是创造‘新形式’的先锋：《呐喊》里十多篇小说几乎一篇有一篇的新形式，而这些新形式又莫不给青年作者以极大的影响，必然有多人跟上去试验。”①现代文学史的重构对文学大家或著名诗人的创作才能或独创精神都有或详或略的描述，若是学员或读者能够由阅读文学史而受到启发，再去阅读文学巨匠或大师的自传或评传，不只可以受到创新精神的感染更能以他们为学习楷模，或通过学术研究或通过文学创作去进行创新的尝试或实验，持久地坚持下去必能提高创新能力。

作为现代文学的巨匠或大师虽然其创新才华在审美文本或理性文本中均能呈示出来，但是最能彰显其创造天才与创新能力的却是审美文本即异彩纷呈的文学作品，就是达不到巨匠或大师艺术水准的优秀作家的创新能力也能从文学创作中体现出来；因此现代文学史的重构在“作家作品”层面的书写，下功夫最深最细的则是对代表性或经典性文学作品的解读和分析。而这种的文本解读和分析与一般的单篇评论文章不同，它是从特定角度剖析和阐述文学作品的独特的创新性，揭示其对现代文学所作出的不同凡响的贡献。常见的对纳入文学史框架的文学作品的创新性或独特性给予分析与表述的有这样几种方式：其一，从人本与文本的结合上，剖析文学作品的总体创新特征或者思想内涵与审美形式各自互联的创新特色，既不把“作家作品”写成单一的“作家论”又不写成单一的“作品论”，而是从作家主体入手来探察文学作品的创新性。一方面揭示出作家主体以什么样的独特的生活感受、认知体悟通过巧妙的艺术构思而营造成文学作品的审美话语；一方面开掘出审美文本所蕴含的思想深广度或独到的诗意发现以及综合艺术技能，于人本与文本因果逻辑互动的分析中来彰显出该文学作品在文学史上的独创地位。这种文学作品的解读方式，既可以用于多面手作家创造出的多种类型作品的综合评析，又可以用于作家所创作的某一种体式的文学作品解读，也可以用于作家创造的单篇代表性作品或经典文本的剖解。不少重构的现代文学史文本已证明，这样的剖析文学作品是能够较为有效地展现其独创性以及之所以创新的主观原因。其二，选取多角度或全维度，将文学作品置于文学史的纵横交错的文化背景和特定语境下，对现代文学巨匠或

① 茅盾：《读〈呐喊〉》，《文学周报》1923年10月第91期。

大师的文学作品或进行综合分析或进行各体作品评析或进行个案文本解读，这不仅能展示某位文学巨匠或大师的文学创作为整体现代文学史所开辟的独特的创新的艺术王国，而且能发掘出文学作品的深刻复杂思想内涵的文化思潮根源以及审美意蕴与文学思潮的关系。有众多现代文学史的书写对于鲁迅、茅盾、巴金、老舍、曹禺等的文学作品的创新性或独创性的评述，大都采取这种解读与呈示方式。如对现代文学主将鲁迅的文学创作，差不多都设专章给以综合分析，对其深邃思想内涵的发掘或者独创艺术的探究从未停止在已有的学术水平，每部文学史均有程度不同地创新发现和新颖阐释；尤其对其经典小说《阿Q正传》的剖解，见仁见智，新识迭出。其三，列入现代文学史重点透析的文学作品特别是叙事文本小说、戏剧等，几乎都具有多层次的审美空间，由于治史者解读能力、艺术感悟、审美取向有差异，往往选取特定的角度而不是多角度进入文本世界，只对该文本最具创新性或特色最鲜明或感染力最强的部位进行精细的分析，并把分析出的新意蕴新诗性纳入相应的新理论范式予以阐释或评判，所获得的理性认知不是对作品思想性的新概括就是对人物灵魂的深度考问或复杂人性的新挖掘，不是对作品结构艺术或叙事技巧的新归纳就是对作品独具异彩的美学风格的新评析，一言以蔽之，不是面面俱到地剖析文学史上的重点作品，而是以新思维切入文本最具有创新亮度的一个点而进行透析。这种创新式的文本解读，在现代文学史书写中屡见不鲜。如分析曹禺的代表作《雷雨》只着眼于结构的创新，以此带起诸多人物关系纠结不清的梳理及其人性复杂的揭示；再如解读老舍的《骆驼祥子》仅对祥子与虎妞的灵肉关系进行细致入微的分析，借以揭示作者刻画市民心理及其人性已达到何种深度以及有何新进展。其四，写入现代文学史的文学作品，类似题材、相同文体或趋同主题、相似人物的文本很多，为突现各类文体作品的独创性或创新性，治史者往往采取多种比较方法进行辨析，或从纵向上将前后出现的同文体同题材的文学作品加以比较，从差异性中彰显各自的创新个性；或从横向上将同时期产生的文学作品进行比较分析，从其审美内容与审美形式的区分度上展示其创新性；或者对在文学史上已有定论的文学作品进行纵横比较分析，先考察其有哪些创新点已被发现出来并做出审美判断，还有哪些创新点被忽略或被遮蔽尚未开发，那就选择对应的视角将其发掘出来，给出新的阐述或新的判断；或者将中国现代文学作品与域外同类相似作品进行比较分析，以世界性学术视野窥测现代文学与其他国家文学的异同，从中既能揭示出中外现代文学的同质性和无不源于现代性美学思潮，又能于中外文学的差异性中彰显现代文学的创新性或独特性，而重构的中国现代文学史有不少文学作品的创新性就是通过中外文学的比较突显出来的。由于文学作品是重构现代文学史文本的关键维度，所以对其创新性或独特性的解读与剖析方式很多，仅从上述简略考察中便可以说明文学作品层面书写的创新力度、深度和广度对于培养学员或读者的创新意识和创新能力所起的切实的启示效法作用，要远远超过“文学运动”与“文学思潮”两个层面的创新性书写；若是学员或读者在学习或解读或一现代文学史重构文本时能将“文学运动”、“文学思潮”、“作家作品”这三个层面的创新观点及创新机制联系起来领悟和体认，那对于提升自身的创造能量所产生的综合效应是难以估量的，绝对不会像有的人所言读了文学史的作品评述“只会综合各种评论再自己评论”而“没有自己独立的真知灼见”。连古人也明白，人不是“生而知之而是学而知之”的常识，只要专心致志地学习并解读那种创新型的现代文学史文本，不仅“会综合各种评论”而且更能从“综合”中发现问题受到激励、形成“问题意识”而进行更有深度的创新，将文学评论提升到新的学术层次，这已被雄辩的事实所反复证明了。

三

一个真正喜爱阅读现代文学及其文学史文本的学员或读者，诚然应从文学史构成的“文学运动”层面、“文学思潮”层面和“作家作品”层面来体察原创文本的创新性，但更要领悟重构文学史文本的创新性；如果说向原创和再造双重文本获取现代文学创新性的知识和经验只是限于微观或中观上的探颐发微，那么还必须放开视野从文学史书写的主体入手由宏观上探究近 30 多年之所以能重构创新型现代文学史的主观因素与内在机制，这对于提高学员或读者的创新能力尤为重要。

现代文学的理性文本或感性文本无不是作家主体的思维成果，特别是经典性的文学作品均是作家诗性思维绽放的美丽之花；而治史者更要把作家主体思维原创的作品或史料作为重要美学资源重构现代文学史，其书写思维观念及其认知方式的调整或更新至关紧要。其一，大多数治史者以辩证的人学分析取代了机械的阶级分析，真正把现代文学史研究或书写纳入“文学是人学”的学术轨道。所谓辩证的人学分析是一种以人为本的思维方式，首先它将文学视为人学,大致从文学创作主体、作品对象主体、阅读接受主体相互关联的三个维度来解读文本的人学特质;特别重视文学作品对象的人性内涵的剖析,不论对象隶属哪个国家哪个民族哪个阶级或哪个社团哪个党派的人,只要成了文学世界被刻画被塑造的人物,都要以人道主义光辉来烛照其灵魂其人性其品格,消除一切的国家、民族、阶级、党派等的偏见,对其美学意义和思想价值进行公正的评价或阐释。而"文革"前长期主宰现代文学史书写的机械阶级分析方法,它根本不依据客观的科学的阶级标准去判断文学的所谓阶级性质,往往根据政治的需要或打倒谁或批判谁而主观随意式地或指鹿为马式地给现代作家作品或文学运动思潮判定阶级性质或戴上政治帽子,及至所谓阶级斗争路线斗争激烈时,几乎所有的现代文学哪怕是无产阶级作家写作的工农兵文学也统统定性为"封、资、修"文学,至于分析每一篇或每一部文学作品的思想、意境、人物、风格也要以主观机械的阶级论定性质戴帽子,这就导致文学史书写的"人妖颠倒是非混淆",更遑论"求真出新"! 此种机械的阶级分析方法其流毒既深且广,至今并未彻底肃清,有些新"左"派仍迷恋它护守它;不过随着思想解放巨浪的翻卷,辩证的人学分析思维方法已取代了机械阶级分析方法,这就从思维方法论上确保了重构现代文学史的整体性创新,给现代文学史的书写带来崭新的学术风貌,以人道、人情、人性、人味、人心、人格等关键词组成了现代文学史编写的新话语系统。这种以辩证人学分析所取得的创新性见解和结论,在沈从文、张爱玲、苏青、徐訏、无名氏、梁实秋、周作人、林语堂、钱锺书等作家的研究上最为显著,不只对其人其作的分析有了全新的理路和全新的判断,而且在现代文学史上也获得了全新的地位;尤其人学文学主张得到充分肯定,审美文本的人性内涵也得到深度开掘,使沈从文、张爱玲成为在文学史上可以与鲁郭茅巴老曹并肩的文学大家。若是辩证的人学分析不能取代机械的阶级分析,那现代文学史的重构不可能把颠倒的认识再颠倒过来而升华到新的评析高度。其二,互动互补的二项对待认知结构取代了二元极端对立的认知模式,使现代文学史的书写不论在文学运动层面、文学思潮层面或者作家作品层面出现了新的认知及其圆融和谐的学术风貌。众所周知,二元极端对立的认知模式是源于进化论和阶级论的思维方法,这两种有联系又有区别的理论思维作用于现代文学研究及其文学史书写主体而运用于实践则形成了强固的二元对立认知模式;如果说由进化论形成的新与旧、古与今、中与西、优与劣等认知范畴尚无阶级政治内涵,那么以阶级论注入二元对立认知结构则充满了政治暴力内容。比如新与旧构成的二元对立范畴用于现代文学的认知上，新文学就是进步的、革命的或是无产阶级文学，而旧文学则是落后的、腐朽的、颓废的或是封建阶级文学或是资产阶级文学，致使它们之间形成了非此即彼不可调和不能相容的极端对立关系。应该承认，现代文学的生成与演进的确存在新与旧、古与今、中与西等二元相待的文学形态或文学现象，但是完全将它们纳入二元极端对立认知模式进行考察和体认，所获得的感性认知或理性认识不可能是经得住逻辑论证与实践检验的真知灼见，有可能是片面的认识甚至是荒谬绝伦，“文革”前30年的现代文学史书写是不乏这种文本的。近30多年现代文学史的书写所逐步运用的互动互补的二项对待认知结构，虽然也承认二元对待或二项相对的大量客观存在的文学形态、文学现象甚至文学内涵，但是它们之间的实际关系不再是极端对立的也不是非此即彼的更不是暴力对抗的，即使存有对立性也是相对的，而统一性、互存性、互补性、互动性则是绝对的；况且新与旧、古与今、中与西等相对的概念并没有固定的价值内涵，新文学的价值不一定高而旧文学的价值也不一定低，古代文学的成就不一定低而今天文学的成就也不一定高，中国文学不一定劣西方文学也不一定优。以这种互补互动的二项相对认知结构来研究现代文学或书写现代文学史，既能纠谬匡正又能求真出新。不论对二项对待的文学运动、文学论争、文学思潮、文学流派或者对不同身份的作家不同样态的作品甚至域外文学的认知与评价，不再简单而机械地将其纳入二元极端对立的思维模式来分析，给出绝对肯定或绝对否定的判断；而是运用二项对待的互补互动认知结构既要洞察二元之间的统一性趋同性或同质性又要考析二元之间的差异性、转化性、互补性以及二元间性主体的平衡或制衡机制。这不仅给现代文学研究及其文学史书写打开了新的认知视野，特别是从二元极端对立认识模式被遮蔽被歪曲的文学关系中发现出新史相、新史识、新诗意、新美感，为现代文学史重写增进新的价值内涵和新的学术丰姿；尤其那些足能体现现代文学人性深度与艺术魔力的所谓自由主义作家或新古典主义作家的作品，通过互动互补的两项相对认知结构的透析，其整体学术感知确实是“旧貌变新颜”。上述只是从思维方式与认知结构两个维度考察了主体思想观念的更新，带来了现代文学史书写的多方位创新；学员或读者若认真地学了读了重构的现代文学史文本，能够从宏观上去领悟去把握，那有助于提升创新的学术视界，更有助于调整或革新自己的文学观念或思维范式。

以微观与宏观相结合，对重构现代文学史文本的创新性及其创新机制做了简略论述,旨在说明学员或读者目前只会综合书本上的观点而缺乏自己的见解也就是创新能力的下降,其根本缘由不在于开设文学史这门课更不是文学史书写所致,而在于治史者怎样写好创新型的文学史,学员或读者如何学好创新型的文学史;如果把创新型文学史作为大学文科的教材,能否通过教学的逻辑环节充分发掘教材固有的创新功能来培养学员的创新激情与创新能力,那其关键在于教师如何创造性地展开教学实践,对此不再赘述,这是另文再论的问题。

草于2014年1月21日

(原载《山东社会科学》2014年第6期)

提升学员创造力与文学史教学改革

近几年听到不少这样的议论，文科大学生的创造力或创新力越来越匮乏，满脑子充斥的是八股教条，只会人云亦云，随声附和或者查电脑找材料，不是拼凑就是照抄，不肯开动脑筋独立思考，更不想形成独到之见发出自己的声音。笔者承认这种说法是有一定现实根据的，值得引起大学的管理者和从教者的高度重视；但是我并不认同这种责怪：文科大学生创造力贫乏完全是因为文学院建立的以文学史为核心的教学体系所致，与教师在课堂上照本宣科和学生的死记硬背有关。后者在大学的课堂教学中是存在的却不严重，学生不是“死记硬背”而是连“记”与“背”也不肯下苦功夫；至于前者是虚妄之谈，文学院何时建立起以文学史为核心的教学体系？尽管这种责怪不真不实，难以令人诚服；然而它却激起笔者的思考：提升大学生的创造力或创新力不论从什么角度来说都是极其重要的，也是改革或创新大学教育亟待解决的要务；那么作为一门具体课程的文学史教学特别是现代中国文学史教学，对于提升大学生的创造力应承担何种职责，有无规律可循或经验可鉴？颇有研究的必要。

一

创造力是人类的特权，也是人类所独有的心理机能。尽管有的灵长动物也有一定限度的反应力，然而与使用符号的具有创造力的人类相比，却有着本质性的差异。特别是唯物主义者并不相信人的创造力从时空的虚无中而来，更不是什么上帝赋予的；乃是在认识世界改造世界的实践中生成之、运用之、培育之、增长之、健全之、发展之。亦就是人与生俱来的非逻辑或逻辑思维作用于认识世界改造世界的创造过程，既能从于处理周围环境与自身问题时所采取的通常方式中扩大或增强“那种合乎意愿的心理体验”，又运用创造力“这种主要的手段，人类可以借助它来使自己不仅从条件反射中解放出来，而且还可以从习以为常的选择中解放出来”；何况，创造力能够在世界与人的存在之间建立一种深广的联系，比如它使我们看到妙语和滑稽的创新就会笑起来，于艺术作品面前就会感到美的愉悦，进入到哲学与宗教的领域就会感到超然，而科学的创新又可以提供一种实用性、理解性和预见性，不一而足。“因此，创造活动可以被看成具有着双重的作用：它增添和开拓出新领域而使世界更广阔，同时又由于使人的心灵能体验到这种新领域而丰富发展了人本身。”尤其是人的创造力通过创造活动所创造的“这个摸得着、看得见、听得着的世界与那通过探索外部世界与人的心灵而将要发现的新世界相比是非常渺小的，这确实就是产生创造力的永远的（并且差不多总是无法用语言表达的）前提。一幅绘画新作、一首诗歌、一项科学成就或哲学认识都能在未知的大海中增添一些看得见的岛屿。这些新岛屿最终能构成稠密的群岛亦即人类各种文化”①。可见，人的创造力并不是简单的创新而具有无比丰富的内涵，它在认识世界改造世界创新世界的同时既丰富发展了自身又创造了丰富多彩的精神文化；并开启了尚待创造力进一步去发现去拓展去探求的未知美妙的新世界，正是在这个创造过程中展现出人的创造力是取之不尽用之不竭的。然而必须看到，人的创造力亦不是无限自由的而是有一定的限制的，即若运用不同寻常的思维方法进行创造那一定不能违背正常的思维规律，创造力不能像脱缰的野马任性地狂奔，不能太出格或出大格；确切地说，它必须是一种正常思维暂时难理解却迟早会理解并接受的思维方式，否则其结果就是古怪的而不是创造的。中外现代派作家曾以不寻常的艺术思维创造了享誉世界的荒诞小说，如卡夫卡的《变形记》、莫言的《生死疲劳》等；如果他们的创造思维的怪异性不能被广大读者所理解所欣赏，那其思维成果——小说文本的思想深刻性和艺术创新性就不能被解读出来，还有什么独特的审美价值可谈？

创造力虽然人皆有之，即使有些神经病患者也不乏创造力，这是人之成为“真的人”的必具的心理机制和生存发展的必备能力；但是必须认识到人与人的创造力并非等量或等值的，他们之间是有着明显的差异，而这种差异有的研究者将其区分为“普通的创造力与伟大的创造力”两类。所谓“普通的创造力”，“不是莎士比亚或牛顿那样的创造力，而是普通人在变动和改造事物时稍微放弃一些通常方式所表现出来的创造力”；而“伟大的创造力就是造成人类伟大成

---

① ［美］S. 阿瑞提著，钱岗南译：《创造的秘密》，辽宁人民出版社 1987 年版，第 4 ~ 6 页。

就与社会进步”的超强创造力。[①] 这种对人的创造力的二元划分，固然简明，一目了然；但是却忽略了或遮蔽了人类创造力的层次性、复杂性和兼容性。不论从认知世界的科研实践中或者从改造客观世界的行为实践中或者从认知与改造世界所生成的思维成果中，无不体现出人的创造力是有层次性的；而这种层次性不只有“普通的创造力与伟大的创造力”两大层次，乃是可以划分出相互关联的从低到高、从小到大的诸多层次，至少应分为低、中、高三个层次。一般来说，处于低层次创造力的人群居少数，处于中层次创造力的人群居多数，处于高层次创造力的人群居最少数；而且处于低、中、高三个层次的创造力并非一成不变，它们随着时间、地点、条件的转移能够相互转化，即低层次创造力有可能转化为中层次创造力甚至升华为高层次创造力，而中层次创造力既有降为低层次创造力的可能性又有升为高层次创造力的希望，即使高层次创造力也有可能降为中低层次创造力，这种相互转化正是创造力复杂性的体现。况且，人群中所显现出的三大层次创造力之间的关系，既不是异质的又不是绝缘的，它们之间相互依存相互联系相互补充相互驱动，低层次创造力既含有中层次创造力的因素又含有升华高层次创造力的元素，中层次创造力既含有降为低层次创造力的因素更富含升入高层次创造力的因素，哪怕高层次创造力也不能排除其有可能降为中低层次创造力的因素；这只能说明在人的低、中、高创造力的区分度中，隐含着你中有我我中有你的兼容性，它既是心理根源的内因所致又与生态环境影响的外因有关。且不说人类在政治、社会、经济、科技等领域所体现出的创造力具有低、中、高三个层次的相互联系的区分度，就以文学领域的审美创作来看也是极为明显的。例如现代中国文学的群体作家，由于艺术创造力的差异性导致其文学成就的高低、大小、精粗程度极不相同，因而文学史的书写至少分成三个层次的作家群。鲁、郭、茅、巴、老、曹以及沈从文、张爱玲、王蒙、莫言等属于高层次的一流作家，而一流作家中又以鲁迅的综合艺术成就最显豁，莫言则获得世界级诺贝尔文学奖；但这些属于最高层次的现代中国文学的一流作家，他们并不是各自在所有文学体式的营构中均显示出巨匠般的创造力。除了鲁迅之于短篇小说、散文诗、杂文诸文体的创作都呈示出卓越创造力外，郭沫若的新诗《女神》创作、茅盾的左翼长篇小说创作、巴金的生命小说创作、老舍的市民小说创作、曹禺的话剧创作、沈从文的湘西小说创作、张爱玲的女性小说创作、莫

---

① ［美］S. 阿瑞提著，钱岗南译：《创造的秘密》，辽宁人民出版社1987年版，第12页。

言的红高粱系列小说创作等，均呈示出伟大的创造力，其他文学形态的营造而体现出的创造力却显得一般化；尤其是郭沫若新诗的创造力、曹禺话剧的创造力以及茅盾、老舍的小说创造力到了后期已式微。也就是说，这些所谓的现代文学的一流作家其艺术创造力并非终生处于巅峰状态，有起伏是正常的也是非正常的；他们一生所营造的文学作品也不是每种类型或每个文本都是经典的精品力作，足以代表其最高层次创造力的文学作品是屈指可数的。由于创造力呈示出的层次性、复杂性和兼容性，故对每位作家在文学营构中所体现的创造力必须进行具体切实的分析；至于现代中国文学其创造力处于中低层次的作家是枚不胜数的，其文学作品也是难以统计的，虽然其艺术成就尚未达到时代的应有高度，但是它们却给现代中国文学史的构建奠定了深广的基础。

放眼世界，曾出现一种"不愿意研究天才和伟大创造力的情况"，甚至"已经对英雄人物(一种曾经极受尊敬的人)产生了厌恶"，"对英雄的怀疑主义在某些范围已经发展到了对所有的有伟大之'嫌'的人都要怀疑的地步"。这种社会现象的造成，一是因为有些所谓"英雄人物"是"由虚假宣传所安排或强加于人的"，而"这种宣传一般都是由有既得利益的统治阶级和有政治权力的人搞出来的"；二是因为学术界有种片面的思想倾向，"即历史与社会的变更不是伟大人物的功绩而是群众的变革或者整个文化环境变革的结果"，而"'伟大人物'只是他们的典型代表或是必然的产物"，[①]这种对"群众"与"伟大人物"的认识似乎挺辩证，实质上是对"伟大人物"的"伟大功绩"与"伟大创造力"的贬抑或否定。此种错误思潮曾影响到中国上世纪 90 年代以来的文坛与论坛，社会舆论或文学评论一度出现"去英雄化"的思想倾向，文学创作也不敢理直气壮地塑造"英雄人物"或"伟大人物"了，好像所有的"英雄人物"与"伟大人物"都是有缺陷的或者人性极为复杂的，对他们的"伟大功绩"不敢歌颂，对其"伟大创造力"不敢弘扬。当时在思想上或创作上出现这种偏向，不只是受到全球化思潮的影响，认定此错误认识"是建立在假平等主义的基础上"；而且也有着国内众所周知的特殊原因：极左思潮泛滥时代，为了乌托邦政治的需要曾塑造了不少"高大全"英雄，极尽美化或神化之能事；而真正地为着中华民族的正义事业与根本利益或为探索并捍卫真理而牺牲的英雄则遭到无情的抨击与无理的诋毁，尤其中国古今历史上涌现出的具有"伟大创造力"的并立过丰功伟绩的仁人志士或伟

---

① ［美］S. 阿瑞提著，钱岗南译：《创造的秘密》，辽宁人民出版社 1987 年版，第 13 页。

大人物几乎都被扫进“历史垃圾堆”。这种人妖颠倒是非混淆的历史，虽然在上世纪80年代的“拨乱反正”的社会潮流中已经被颠倒过来，所谓的人为制造的“冤假错”案也平了反；但是批判极左思潮的“拨乱反正”义举却遭到一次次干扰，甚至意识形态领域冒出的所谓新“左”派又力图复活“文革”那一套，而所谓自由主义者在否定虚假的乌托邦英雄或批判“高大全”英雄的同时又走向“去英雄化”一端，总之不论新左派或自由派都不能以唯物史观的辩证思维从学理上弄清“虚假英雄”与“真正英雄”、“神化人物”与“伟大人物”的本质区别，以及“伟大创造力”与“真正英雄”和“伟大人物”之间的复杂关系。就其实质来说，“虚假英雄”和“神化人物”都缺乏客观实在性，在人世间或现实社会是不存在的；他们完全是作家个体或群体根据某种政治需要和其他需要，主观臆造的或武断捏造的或捕影附会的，即使有些“虚假英雄”或“神化人物”在现实中有其实体也是被主观的无限美化随意粉饰甚至被无限地神化妖化了。这些人物在魔幻小说或影视艺术中是屡见不鲜的，但在严正的历史叙事中或者人文科学研究中甚至以真实为生命的写实文学中，是不允许存在的。既然这样的“英雄”或“人物”是虚假的或神化的，那就从根本上遑论他们具有“伟大的创造力”。至于能够称得上“伟大人物”的，特别是在人文科学领域或自然科学领域或尖端科技战线上涌现出的出类拔萃的精英们，无疑都具有“伟大创造力”，而文学艺术领域则是“伟大创造力”大放异彩的天地；没有“伟大创造力”就不能成为“伟大人物”，而“伟大人物”为人类创造的“伟大功绩”正是其“伟大创造力”的实践结晶。那些为了信仰、主义乃至祖国民族人类的正义事业而献身牺牲的“真正英雄”，不一定每人都具有“伟大创造力”，即使具有低层次或中层次创造力的人也能成为“真正英雄”，故“伟大创造力”不是衡量“真正英雄”的唯一价值标准；毋庸置疑的是，在“真正英雄”谱系中，确确实实矗立着光彩照人的具有“伟大创造力”的“真正英雄”！

若联系现代中国文学创作实绩及其文学史研究或书写的实况考察之，便可发现“去英雄化”的思想并不是要否定一切英雄以及英雄人物创造力的发挥，也不是要解构所有的英雄史观；它是有针对性地斥责或消解那些文学艺术世界里塑造的神魔化了的或“高大全”的英雄形象，不仅因为这类英雄是虚假的神化的也因为他们的灵魂塞满了极左政治，充当了“错误思想，错误路线”的艺术传声筒。虽然“去英雄化”思潮一度对现代文学创作及其评论产生过消极影响，但是对其在建构新的英雄史观与当代文学创作中所发挥的积极功效也必须有足够的认识和肯定。“去英雄化”思想深受新历史主义影响,质疑并拒斥了传统的“成者王侯败者贼”的官方英雄史观,抵制并消除了主观的机械的阶级论英雄史观,倡导以人为本的辩证唯物的英雄史观或者具有个性色彩的民间英雄史观;因此对于古今中外现实的或历史的英雄豪杰、仁人志士、伟人大家的“伟大创造力”及其“伟大功绩”,只要能为人类谋福祉、为人类社会进步作贡献,就可以超越时代、超越国界、超越民族、超越阶级、超越党派而进行谱写,或歌颂或贬斥、或肯定或批评,均由创作主体坚持的辩证英雄史观或者个人化民间化的英雄史观决定之。由于英雄史观做了重大调整或变革更新,致使上世纪 90 年代以来现代中国文学艺术的创作,无论塑造古今政治界、经济界、军事界的英雄豪杰或者刻画教育界、科技界、文化界的“伟大人物”,都发生了深刻变化。既没有把他们写成“神”又没有把他们写成“妖”,而是将他们置于特定的历史范畴与文化生态塑造成活生生的人,不只是揭示其喜怒哀乐、七情六欲的复杂人性内涵,也展示其利民利国乃至有益于人类的文功武治,对他们的“伟大创造力”且有程度不同的开掘。试看中国历史上的帝王将相如周文王、周武王、姜尚、秦始皇、汉武帝、曹操、诸葛亮、唐太宗、魏征、成吉思汗、朱元璋、张居正、康熙、雍正、乾隆、曾国藩、李鸿章等的艺术形象,都通过纸媒或电媒传播到全国乃至全球;现代中国每个历史阶段出现的英雄豪杰、领袖人物也被不同介质或媒体塑造成艺术形象,广为流传家喻户晓。尽管这些艺术形象具有新的特征,然而总体以观尚存诸多不足。其中,至少有两大缺陷与本论文中心思想有关:一是对上述艺术形象塑造浅表化,缺乏内心世界的深入挖掘,特别是对其潜隐的“创造力”没有开发出来;二是古今中国历史上教育界、科技界、文化界涌现出不少“伟大人物”,他们以超群卓越的“创造力”创造了灿烂辉煌的文化经典或文化遗产,虽然纸媒或电媒的文学艺术世界注意对其艺术形象的塑造,但是与政界、军界“伟大人物”塑造相比,数量与质量都差得很远,即使已刻画出的科技界、教育界、文化界的“伟大人物”形象也缺乏对其“伟大创造力”的发掘与弘扬。如孔子这位 2500 年前的“伟大教育家”与“伟大思想家”已被文学艺术、影视艺术多次塑造过,但是从心理根源上开掘其在政治、伦理、文化、教育上所体现出的“伟大创造力”总嫌不深不透,使郭沫若眼中孔子这位“球形”伟大人物的立体形象站不起来。至于文学评论界,对这些帝王将相、英雄豪杰、伟人大家艺术形象的研究与评价,亦不如对文学艺术创作界那么重视、那么热闹,而且评价也不高;文学史的重写,不论当代中国文学史或者 20 世纪中国文学史或者现代中国文学史,都没有给这类艺术形象多高的地位，对其美学价值的肯定也不够充分，尤其对其创造力更没有给出应有的评说。然而值得高度警觉与深刻反思的是，当新历史主义英雄观或民间英雄史观积极地或消极地（主要是积极地）作用着或影响着当下文学艺术创作、文学评论和文学史书写时，那种在“拨乱反正”中已清算的“胜者王侯败者贼”的传统英雄史观和主观的机械的阶级论英雄观又复活了。以样板戏为代表的“高大全”英雄人物是“文革”造神运动的产物，却依然活跃在艺术舞台上，并被不同的媒体颂扬着传诵着，这直接影响着对“十七年”红色文学所塑造的各类英雄人物的重新评价；特别是以“三面红旗”为背景所描绘的为政治乌托邦而奋斗的英雄，他们的“创造力”越大对生产力的破坏越大，造成的民族灾难越大，人民受到的祸害越大。若是文学评论或文学史书写对其全称肯定或颂扬，不进行批判性的反思，那就意味着肯定了政治乌托邦，助长了极左思想的回潮，这仍然是“重写”文学史的难以抗拒的或明或隐的政治障碍。

二

相比较而言，人的“创造力”虽然在各个领域的实践活动或者创造思维生成的硕果中均有所体现，但是在文学艺术领域及其生产的成果中体现得更显豁更复杂更有层次，对此上述已触及；这里着重分析一下文学家或艺术家的才能，即低层次的或中层次的“创造力”，“与天才或最高一级创造力之间的区别”。纳撒尼尔·赫什在《天才与创造智能》一书中把“天才”作为“最高一级创造力”来理解，因而他认为“天才”与“才能”（即笔者所说的低中层次的创造力）的区别在于：“天才是创造，有才能的人是改造；天才是凭直觉，有才能者靠分析和探索；天才进行追求，他的生活目标是创造；有才能者靠野心来驱使，他们的生活目标是权力；天才永远是一个在陌生领地上的陌生人、永远是一位在陌生的插曲当中短暂的逗留者；而有才能的人呢，地球对他们来说是一个乐园，是一个天然的、没有冲突的社会调节器。不过天才也具有才能。他的才能可以发展到实现自己的创造力，使它永久存在下来。”①对“天才”即最高层次创造力与才能即低中层次创造力的区别给出这样的概括并不准确，其二元对立思维所做的论述也太武断；不过将其用于区分中国文学艺术史特别是现代中国文学史的作家们

① ［美］S. 阿瑞提著，钱岗南译：《创造的秘密》，辽宁人民出版社 1987 年版，第 435 ~ 436 页。

还是有参照价值的，有利于在文学史书写中突出那些具有最高层次创造力的天才作家及其最具经典性的思维成果。从目前能看到的中国现代文学史、中国当代文学史、20世纪中国文学史和现代中国文学史的诸多文本，几乎都将具有高层次创造力的天才作家及其代表性作品置于重要地位予以评述，尽管对他们的巨大创造力或卓越艺术才华写得不充分或者说欠缺这个维度，然而根据大学文科教学实际需要选择其或一种作为现代中国文学史必修课的教材还是适用的；固然大学开设的所有课程都有助于提高大学生的创造力，承担培养创新型人才的任务，但是对于提升文科大学生的创造力，现代中国文学史却具有独特优势，是其他专业课难以超越的培养学员创新能力、提升其创造力的重要途径或通道。

之所以强调大学文科开设的现代中国文学史课主要不是培养而是提升学员创造力，是因为学员们考取大学文学院以前已具有层次不同的创造力，其中有些学员的创造力已逼近最高层次。无论幼儿教育、小学教育、中学教育或者家庭教育、社会教育，都在自觉或不自觉地通过不同方式采取不同态度创造条件来培养青少年的创造力。美国当代心理学家阿瑞提指出，促进并培养青少年创造力的条件，一是"孤独性"。因为"一个孤独者是不会经常地、直接地受到常规旧习的影响，被社会陈腐势力所征服的危险也要少一些。对他来说更有可能的是去倾听内心的自我、去接近内在的根本源泉、与原发过程的某种显现建立联系"。于是"为了进行探索、为了提供新知识新涵义、为了产生意想不到灵感"的"一个内在的新世界展示出来"，这就是"创造力"所致。二是"闲散状态"。"当然，闲散状态并非意味着缩手不干或过分游手好闲，而是把时间用来从事一个有批判眼光的人所能看到的'没有用处的事情'。如果一个人不得不总是把自己的注意力集中在外在的工作上，那就限制住了发展自己内在源泉的可能性"，即限制了青少年创造力的生发，而处于"闲散状态"的青少年的"创造力"则易于得到"潜滋暗长"。三是"幻想"。"经常处于幻想状态里的人至少在观念中具有相当强烈的探索倾向，也可能在编造逸话奇闻的故事方面具有创造力"。虽然幻想被视为"不实际的空想"，"但同样确实的是，它也是一种幻想生活的源泉，可以在一个人成长与发展的过程中开辟出预料不到的新天地。"四是"自由思维"。自由思维既不同于弗洛伊德精神分析的"自由联想"又不同于幻想，"在自由思维时，这个人一定要让自己的思想不加限制不加组织地朝着任何方向漂泊漫游"；也就是"在挣脱禁锢、放任自由的状态下，一个人会意识到，处在自由状态中的知觉、统觉、概念甚至系统化和抽象之间容易反复地发生相似性也就是出现类似性”，这就是“促进创造力”的必备条件。此外，“对以往创伤的回忆和内心重现是促进创造力”的重要条件，“警觉和训练”也是培养创造力所必需的条件。总之，“我们因此而看到，有助于创造力的绝大多数条件都要求不要施加控制；都要求自我的内在世界对外开放；最后也是最重要的就是，运用我们的意志把我们的发现变成一种动作——就好像换挡一样，它并不足以使注意力集中在做出决断方面。没有动作上的保证，也许就决不会出现我们的创造力”①。这是阿瑞提根据美国的国情提出的培养并促进青少年创造力的条件，也是从心理学角度揭示出青少年创造力培养的内在规律；它虽然并不能完全契合中国的国情以及青少年创造力生长的机制，但是基本上可以作为阐明中国青少年在考入大学前已具备不同创造力的理论根据。即使中国青少年在现行的教育体制下不可能通过一次考试测量出创造力的强弱，不过他们能被大学录取也足以证明其创造力是有相当知识量做支撑的；尤其能够成为文科大学生早已在文学艺术海洋里汲取不少培养自身创造力的营养，甚至与创造力相关的艺术想象力、文艺鉴赏力、文学批评力已得到可观的训练。所以大学文学院给学员开设现代中国文学史课，重点不是培养而是提升其创造力；况且提升文科大学生的创造力既有必要性又有可能性。

就其必要性来说，其一，是大时代对创造型巨人的热切呼唤。现在已处于全球化时代，这是个和平发展的大时代，更是创造型人才竞争的大时代，也是产生巨人的大时代；对创造型人才的需求似乎从来没有像今天这样急切，对创造型人才的竞争好像从来没有今天这样激烈，产生创造型巨人的机遇或条件似乎从来没有今天这样优越。因此从特定意义上讲，哪个国家或民族的创造型的人才多尤其巨人多，而这个国家或民族所创造的先进的或前瞻的科学成就便会既多又高，就会引领大时代科技之潮流，就会站在人类科学的最高峰，就能处于包括人文文化在内的人类文化的最前沿；故而也有可能并有条件成为全球最强大的国家或民族。改革开放以来中国已进入全球化经济科技发展的快车道，对人才特别是创造型巨人的需要比世界其他国家民族更急切，对创新人才尤其高层次创造型人才的呼唤越来越强烈，对创造型人才的培养和引进也加快步伐；如果缺乏创新型人才或创造型的巨人，中国整个社会向现代化转型和经济结构转

---

① [美]S. 阿瑞提著，钱岗南译：《创造的秘密》，辽宁人民出版社 1987 年版，第 478～487 页。

型就不可能积极稳健地推进和实现,中国在全球化的各个国家各个民族的和平竞争中就不可能快速赶上发达国家甚至超过他们。为适应大时代对人才的呼唤与需要,一个有志气的中国大学生有必要自觉地提升自己的创造力,在大学阶段千方百计地积蓄创造能量,为将来成为各个领域的“伟大创造者”或“时代巨人”创造充分的条件;尤其人文学科的大学生应牢记春秋战国是产生巨人的时代,涌现出“诸子百家”,“五四”前后是产生巨人的时代,有一批文化巨擘光耀现代史,今天又是产生巨人的时代,作为人文大学生应交出什么样的时代答卷?其二,实现中华民族伟大复兴中国梦的迫切需求。实现“中国梦”是项艰巨宏大的工程,虽然这是每个中国人义不容辞的伟大使命,也是每个中国人务必躬身实践的伟大壮举;然而对于一个当代大学生来说更应自觉地承担起实现“中国梦”的重任,在践行“中国梦”的过程中发挥超越普通人的独特效能,作出比普通人更卓著的贡献。因此这就要求大学生提升创造力,使自己成为具有高层次“创造力”的人才;唯有如此,在实现“中国梦”创造活动中方可作出超群的贡献。一般说来大学生的智力较高,尽管在有的研究者心目中智力与创造力是有微差的,两者不能等同;然而必须承认“智力与创造力的结合能够获得比只存在任一方的情况下更为多的学术成就”,况且“智力”与“创造力”这两个概念的内涵都具有“多重性特点”,不易辨识清楚。“‘创造力’这个词就像‘智力’这个词一样,是作为一个定义松散的、宽泛的、多义的概念而被使用的词。”这两个词“既不是精确的定义也不是不同的实体。这两个词在被用于这两种界限不分的关系模式中时,每个词都含有可被视为一致的多重性特点”。[①] 既然如此,那就不必对大学生所具有的高智力与创造力予以严格区分,应该强调的是,不论文科或理科或工科的大学生都有必要利用大学具有的得天独厚的条件,以促进智力的发展和创造力的提升。尤其文科大学生决不能让已有的智力和创造力减弱,甚至成为智力或创造力的匮乏者;若这样就难以承担实现“中国梦”的使命,更不可能为“中国梦”的实现作出独特贡献,唯有不断提升自己的智力或创造力才有可能在实现“中国梦”的征程上呈现高智商或“伟大创造力”的异彩。其三,体现自我价值的“梦想成真”的内在诉求。虽然不能武断地说,每个大学生都有“成名成家”或者都做过“学而优则仕”、“学而优则财”的梦,即使有过名权利的梦也是正常的,合情合理的;但是大多数学员个人的梦与“中国梦”融合起

① [美]S.阿瑞提著,钱岗南译:《创造的秘密》,辽宁人民出版社1987年版,第738~439页。

来,作为求学深造的不竭动力,哪怕为实现“名权利”的个人梦而作为上大学的内在动力也不应该受到过多指责。总之,每位大学生都有自己价值追求和自我理想设计的美梦,而自我价值追求真正实现或自我理想设计真正成为现实;固然需要具备诸多条件,但是最重要的主观条件则是持久而高超的创造力。有了持久的创造力,才有可能在追求自我价值实现的漫长而艰难的征途上不断创造业绩;有了高超的创造力,才有可能为实现理想设计而创造出脱俗惊世的奇迹,或成为伟大科学家或成为著名哲学家或成为文学巨匠或成为艺术大师。因此,必须以只争朝夕时不我待的紧迫感,在大学阶段提升自身的持久而卓越的创造力,这关系到一个现代大学生在终生的价值追求中能否实现价值的最大化,也关系到为实现个人梦或中国梦而创造的可观业绩能否足以证明你即是改革开放时代造就的“时代巨人”。

现行大学教育体制存在的不少弊端已影响到创新型或创造型人才的培养;不过也要看到,通过深化教育改革或教学改革从上至下从下至上,人们越来越意识到培养复合型的创新或创造人才的重要性和紧迫性,并采取一系列的改革举措。所以在当前的教育背景下,提升大学生的创造力或创新力有上述的必要性,也更有以下笔者要考察与略述的可能性。

宏观上说,当下提升大学生创造力的最有利的时代条件和最大的可能性,是改革开放创造了一个较为“自由平等”的社会生态环境,“不拘一格降人才”,不拘一格选人才,尊重人才珍惜人才奖励人才,尤其那些有重大发明重大创造的高层次人才倍受褒扬,这已成为社会风尚和国家行为。至于各类大学亦成为培养创新型或创造型人才的摇篮,致使每个考入高等院校的大学生,都可以毫无阻力地提升自己的创造力。若在这种时代环境和社会生态中,不能抓住机遇提升创造力、开发创造潜能,而是沿着逆向下滑,那就不要怨天尤人,关键在于自己没有志气缺乏进取胆识。笔者尤为关注的是,那些已考取大学文学院大学生的创造力或创新力的提升问题。诚然,文学院开设的所有课程无不有助于学员创造力或创新力的提升,可是现代中国文学史课在提升学员创造力上却能发挥独特的优势,这是值得认真研究与思索的。

首先,任课教师应创造性地运用所选取的现代中国文学史教材。近30多年重构的现代中国文学史已破解了反智主义思潮的禁锢,那些智力超凡或创造力卓越的作家在文学史上的地位获得了肯定,其独特的艺术成就与审美风格得到了褒扬;虽然缺乏从心理学或思维学的角度对其超强的创造力或不俗的创新力进行探察与书写，但是选定其作为培养或提升大学生创造力的教材还是可以创造性使用的。这里所说的创造性使用文学史教材，既不是照本宣科又不是胡乱发挥；而是在充分尊重创新型教材内容的基础上，针对提升学员创造力而适量地补充文学史缺乏或缺失的“创作主体创造力”的维度，即增加作家的艺术创造力或创新力的内容。由于文科大学生大都具有低中层次的创造力，故那些进入文学史的中下流作家的创造力就不必补充，而重点补讲的则是那些具有高层次创造力的文学巨匠或文学大家。既要深挖这些文学巨匠或大家的“伟大创造力”及其“伟大成就”的心理根源或思维机制，又要探索具有“伟大创造力”的个体有何个性特征，使学员们提升自我创造力或创新力有典范可学有规律可循。

弗兰克·巴伦从事创造力研究在全球颇负盛名，他认为，“①有独创性的人喜欢复杂的和某种程度上显得不均衡的现象；②有独创性的人有着更为复杂的心理动力和更广阔的个人视野；③有独创性的人在做出判断方面有着更大的独立性；④有独创性的人更坚持己见和具有支配权；⑤有独创性的人拒绝把抑制作为一种控制冲动的机制”。并且巴伦从具有创造力的人当中发现了12个基本特征：

> (1)他们是更为善于观察的；(2)他们仅仅表达了部分真理；(3)除了看到别人也看到的事物还看到了别人没看到的事物；(4)他们具有独立的认识能力，并对此给予非常高的评价；(5)他们受自身才能和自身评价的激励；(6)他们更能够很快就把握住许多思想并且对更多的思想加以对照比较，从而形成更丰富的综合；(7)从体格上来看，他们具有更多的性驱力，更加健壮，并且更敏感；(8)他们有着复杂的生活，能看到更复杂的普遍性；(9)他们更加能够意识到无意识的动机与幻想；(10)他们有着更强的自我，从而使他们回归倒退也能使他们恢复正常；(11)他们能在一定时间内使主客观的差别消失掉，就像处在恋爱状态与神秘的玄想状态；(12)他们的机体处于最大限度的客观自由状态，他们的创造力就是这种客观自由的功能。①

巴伦是位哲学博士，他对创造个体所具有的个性特征的研究虽然不是针对文学创作个体，但是他所概括的创造者的个性特征却具有相当程度上的普遍意义，对于我们探讨现代中国文学史上的文学巨匠或文学大家的创造个性特征既有

① [美]S.阿瑞提著，钱岗南译：《创造的秘密》，辽宁人民出版社1987年版，第445~447页。

参照价值又有启示意义。若是执教者或者学员们都认可梁启超、胡适、鲁迅、周作人、郭沫若、茅盾、巴金、老舍、曹禺、沈从文、王蒙、莫言等,能算得上现代中国文学史上的文学巨匠或文学大家,那么他们作为具有“伟大创造力”或卓越创新力的主体,至少应从这些维度来洞察和把握他们的个性特征:一是大都具有世界化的学术视野和渊博的文学修养,在他们心目中各有着信奉的先进文化思潮或文学主张和崇拜的世界级文学大师,并能坚持拿来主义,博采众长,有选择地消化汲取,内化为现代性的价值观与文学观以及美学取向,既激活自我的创作热情又确立起追求的艺术高标,为现代中国文学大厦雄立于世界文学之林作出独特贡献。二是大多通晓中华民族数千年的光辉灿烂文化,自觉地赓续优秀文学传统,并能在文学创作实践中将域外文学的优质因素与传统文学的优质因素衔接并融合起来,既推动传统文学向现代转换又新创了现代中国文学,这就使文学巨匠们的“伟大创造力”在中华民族文学的承传与超越中大放异彩;虽然这个“转换”或创造过程是艰难曲折的,但从文学巨匠们身上却充分显示出“一个具有高度创造力的人是利他主义的、精力旺盛的、刻苦勤勉的、百折不挠的、自我肯定的和多才多艺的”,而且他们中有些人“易于受到神秘难解的事物的吸引、蔑视常规、独立判断与思考、有怪癖、好极端”①。三是大都具有坚定信念,无不持守内宇宙的自由,任个性自由在内宇宙翱翔;唯有内心自由,创造潜能方可生发出来,不论外宇宙是朗朗的晴空无霾或者乌云密布电闪雷鸣,文学巨匠们都能保持一颗自由创作心态,哪怕处在极端恐怖的政治环境大多作家也没有把自由灵魂出卖给专制独裁者,总是在文学创作中发出自己的声音,在文学主张中坚持己见。文学大师鲁迅在白色恐怖逆境中能够坚持“躲进小楼成一统”的策略,发挥无所畏惧的魄力与高超创造力,开辟杂文的辉煌时代;郭沫若这位“球形”文学巨匠被有的学人视为“十七年”的文学侍臣,即陷入极左思潮不能自拔,就是在这种处境中也能见到他给别人的书信中仍在现代诗学中坚守个性化见解。② 如果内外宇宙都自由了,那文学巨匠们的艺术创造力便会得到畅通无阻淋漓尽致的发挥,文学创作硕果也能源源不断地涌现出来。四是尽管想象力不等于创造力,然而缺乏想象力的作家决不会有超常的创造力,所以文学巨匠们的“伟大创造力”是与其充盈的想象力联系在一起的。想象力能够“举一反

① [美]S.阿瑞提著,钱岗南译:《创造的秘密》,辽宁人民出版社1987年版,第441页。
② 朱德发:《十七年:郭沫若对现代诗学的建树》,《理论学刊》2010年第10期。

三，触类旁通”，把各种各样的相同的或类似的人、事、物、景、情串联起来，也可以浮想联翩神游寰宇，将一切一切地纳入胸怀。郭沫若能在五四文学革命高潮期创作出《女神》，就在于他的超强的创造力与超常的想象力得到有机结合；莫言的小说能获得诺贝尔文学奖，一条重要评语就是他具有丰富的想象力，即他的高超艺术创造力与丰富想象力能够融为一体。五是面对人类历史、现实社会或群己世界，文学巨匠或文学大家都能以敏锐的创造思维获取独特的体验、独特的感受和独特的认知，并以新颖的意象或丰实的言语符号与巧妙的艺术构思，建构富有个性化的艺术王国；而在艺术王国中则是通过对人性复杂而有深度的审美形象的刻画或塑造来彰显对历史、社会、人生、自我的富有真理性的诗意发现。且不说梁启超力图建构“政治小说”王国、胡适尝试建构“白话文学”王国、鲁迅创建启蒙文学王国、周作人建立人的文学王国、郭沫若试图构造生命文学王国、巴金和曹禺力求建立传统大家族文学王国、老舍创构市民文学王国等；这里着重论及沈从文与莫言颇具艺术匠心地建构起各具特色的乡土性的艺术王国。前者描绘的湘西世界有如“希腊小庙”，里面显示的人性达到了至善至美；后者莫言建构的“高密东北乡”艺术王国中所塑造的人物形象，大多挣脱了古今伦理道德或禁欲主义的束缚，以赤裸裸人性所聚集起的性格力量与原始生命冲动，朝着人性彻底解放的道路上迅跑，高奏人道主义的欢歌或悲歌。这一个个五彩缤纷的艺术王国的建构，充分显示出文学巨匠或文学大家的超强的艺术创造力。六是他们在文学创构中发挥出的不凡的创造力与其性格的“必要张力”相联系，而这种张力出于创造主体的发散性思维和收敛性思维的相磨相荡之间。库恩认为，“思想活跃，思想开放，这是发散性思想家的特点”。文学艺术家虽然主要不是凭借理性思维进行创造，但是也需要理性思维与非理性思维的巧妙结合，即使在创作中非理性思维来主导它也必须具有发散性思维的特点，否则文学的创新就会受到限制。诚然发散性艺术思维之于文学创作十分重要，不过没有收敛性思维对历史、社会、人生、自我的扎扎实实的体验与感悟，那也不可能产生出创造性的文学作品；所以一个具有超常创造力的作家的“张力”性格必须兼有发散性思维与收敛性思维。正如库恩所说：“一个成功的科学家必然同时显示维持传统和反对偶像崇拜这两方面的性格。”①现代中国文学史上出现的文学巨匠或文学大家，无不具备这种“有张力”的性格。仅就上述这些现代

① [美]库恩著，纪树立等译：《必要的张力》，福建人民出版社1981年版，第224页。

文学创造个体所具有的高层次创造力显示出的个性特征，如果授课教师能够根据现代中国文学史的教学大纲给予适度地补讲，引导大学生再阅读现代中国作家评传，那对于提升学员的创造力是大有裨益的。

其次，师生共同解读现代中国文学史上重点剖解的经典性或代表性文学作品。学员对于教材上的文本分析既不要“死记硬背”应付考试，又不要弃之不闻不看，乃是把它作为自我重读原创作品的参照；与其自己解读作品的独特审美感受与理性认知相比较，取其所长弃其所短，补充或丰富细读或精读文本所形成的新见独识。这是解读经典作品的第一步，最重要的一步就是探询文本的独特性或创新性与创作主体的创造力或艺术匠心有何关系；具体来说，经典文本的深刻思想发现，人物形象的成功塑造，内心世界的深入发掘，艺术结构的匠心独创等，体现了文学巨匠或文学大家的何等高超的艺术创造力或别具一格的审美思维，他们的卓越创造力或艺术思维有其相似相通性，同时是否还有细微的差异性？通过对经典文本这两步的思考与探询，不仅会形成与文学史上文本分析的不同见解，而且在师生的同读共解之中也会出现见仁见智；因此作为主讲教师要不失时机地采取两个教学措施：一是开展师生自由对话，各抒己见，相互争鸣，发挥两个主体的教学相长的作用，课内与课外不受限制的自由讨论，将文本的独创性与作家的创造力并题进行而重点则是在作家的创造力或艺术天才的对话上取得共识，通过反复对话的心灵交流使师生的创造力均有增强，创新思维更加活跃而丰富。二是在解读经典文本过程中，不仅要积极开动脑筋，以阅读主体的思维活力激发创作主体的思维活力，以阅读主体的生命感受唤醒创作主体的生命感受，使前者从文本潜隐的集体无意识或象征意义中而感悟出后者独具的发现力、想象力或创造力；而且更为重要的是应该积极动笔，切实做到手脑并用，即在任课教师的引导下将课内外解读经典文本进行自由对话获得创新认识形成的新观点新思路，及时地付诸笔端写成自成逻辑系统的文评。这既是对经典文本创作主体的创造力或创新力的理性总结，又是通过写作实践对学员自我创造力的训练与提升；即在解读经典中提升学员的创造力不能只停留在口头的自由对话上，必须与笔头的写作训练紧密结合，这是创造力最扎实最有成效的提升，从根本上解决读教材背教材、不求独思、人云亦云的教学弊病。笔者之所以把师生重读经典作品作为提升学员创造力或创新力的重要教学举措，不仅因为文学作品是构成现代中国文学史的重中之重，严格意义上的文学史就是作品创作史，而经典文本则是文学作品中光芒四射的艺术结晶或审美亮点，代表着文学史所达到的美学高峰；而且更因为文学作品尤其是经典文本是创作主体的创造力或创新思维的最集中最强烈的体现，特别是文学巨匠或文学大家的独特的卓越的创造力无不从其经典文本中呈示出来。所以，通过现代中国文学史教学来提升学员的创造力，必须格外重视经典文本的解读。

只要抓铁有痕地认真扎实地深化大学文科教学改革，就能使人文大学生的创造力得到提升，就能培养出创新型的文科人才；不仅大学文科教学改革重在提升学员创造力，其他理工科教学改革更当如此；不仅大学教学改革要关注大学生创造力的提升，中小学教学改革也要关注青少年创造力的培养；即使社会每个层次的人或各个行业的人也要发挥个体或群体的创造力，更要竭诚提高每人的创造力。试想，如果全社会的公民个体或群体的创造力都能得以提升、弘扬，那么中华民族就会是一个充满创新活力的民族，实现宏伟的“中国梦”将指日可待！

草于2014年元宵节

（原载《玉林师范学院学报》2015年第4期）

文学思潮卷

重探《新青年》与国语文学主潮

在人类文化史或文学史上，至今罕见有什么杂志能像《新青年》这样，曾承载一个数亿人口民族国家的文化与文学同质同构地向现代化整体转型的历史使命。《新青年》以综合性学术刊物的媒体优势，在激荡起一场新文化运动之后又掀动起一场文学革命；虽然这两场运动有先后之别并非完全同步，却是同质同构地在“科学”与“民主”两面旗帜的引领下而运行，在不到10年的历史瞬间完成了新旧文化和新旧文学的交替。从此以后，于1911年诞生的中华民国便披着现代型文化与文学的华衮屹立于人类文化与文学之林。因而，对《新青年》在中国文化史和文学史上乃至人类文明史上的价值或意义怎样估计都不会太过分。

既然《新青年》是中国新文化和新文学诞生的主媒体和原发地，是新文化新文学孕育的孵化器也是其生成的摇篮，那么我们今天要回到历史现场或原生区域去辨识去触摸新文化新文学的本来面目，可以说唯一可靠的史实或史据的载体就是《新青年》了。不过，《新青年》及其倡导的新文化新文学是产生于五四时期，若离开这个特定的历史语境与时代精神也难以走进《新青年》，更无法逼近新文化与新文学运动；所以必须将《新青年》置于五四时期这一特定历史范畴来解读来感悟。由于当下学术界对“五四时期”的界说不一，导致对《新青年》及其新文化新文学的认知与阐述也出现分歧；至于作为特定历史范畴的“五四时期”，我始终认同茅盾的界说：“‘五四’这个时期并不能以北京学生火烧赵家楼那一天的‘五四’算起，也不能把它延长到‘五卅’运动发生时为止。这应从火烧赵家楼的前二年或三年算起，到后二年或三年止。总共是五六年的时间。火烧赵家楼只能作为运动发展到实际政治问题，取了直接行动的斗争态度，然而也从此由顶点而趋于下降了。这样去理解‘五四’，方能够把握‘五四’的真正的历史意义。”[①]这是符合历史真实的划界，从1917年至1921年作为“五四时期”的特定历史范畴，而以1921年中国共产党成立为标志可视为“后五四时期”。笔者试图在“五四时期”这个特定历史范畴来探析《新青年》与国语文学主潮的关系，力求走近历史现场去感知并阐述它们。

一

所谓“国语文学”即白话文学，就是《新青年》倡导文学革命要建设的白话文学或国语文学。在五四文学先驱们的话语体系里国语文学或白话文学完全是同义的，此后的五四文学的评论者或研究者则大多称它为白话文学；那笔者何以不顺从众说而今要换成“国语文学”？这是基于如下的思考与史实的：

其一，建设“国语的文学”是文学革命先驱经过探索、深思、众议而提出的文学命题，饱含着先驱们力倡文学变革的独特卓识与创造智慧，故认同“国语文学”的说法既是对先驱们的尊重亦是对历史的尊重。文学革命先驱胡适在《留学日记》中，详细记载其酝酿文学改良的心迹和足迹，肇始总是限定在远离祖国的异邦美国的留学时空中。1916年他写了首《沁园春·誓诗》且经过多次修改，以表其“为大中华，造新文学”的决心与壮志；而对于造何种新文学、如何造新文学，通过探讨与思索，胡适方认定“白话可产生第一流文学”，并将“新文学之要点”概括为“八事”，于是年以书信形式致另一位文学革命先驱陈独秀，这才公开发表在祖国的期刊《新青年》第2期第2号上。1917年2月胡适又以论文形式扩写为《文学改良刍议》，同时分别发表于《新青年》第2卷第5号和《留美学生季报》春季第1号。从此胡适与《新青年》媒体深刻结缘并以此为阵地，和陈独秀并肩携手策动一场继往开来的文学变革运动。虽然在《文学改良刍议》中胡适断言“白话文学之为中国文学之正宗，又为将来文学必用之利器”，且主张“今日作文作诗，宜采用俗语俗字”；但是这时的胡适既没有把“白话文学”与“国语文学”视为同义也没有明确地提出“国语文学”，倒是陈独秀写给胡适的《答书》中将“白话”换成“国语”、将“白话文学”说成“国语文学”：“盖以吾国文学，倘已至文言一致地步，则以国语为文，达意状物，岂非天经地义，尚有何疑必待讨论乎？其中必然摒弃国语文学，而悍然以古文为文学正宗者，犹之清初历

① 《前哨·文学导报》1931年8月第1卷第1期。

家排斥西法，乾嘉畴人非难地球绕日之说，吾辈实无余闲与之作此无谓之讨论也。”[①]由此可以证实陈独秀在与胡适以《新青年》为平台通信讨论文学革命时，将“国语”与“白话”、“国语文学”与“白话文学”联通并提；至于胡适从美回国所撰的《建设的文学革命论》是否直接汲取陈独秀的“国语文学”的说法，难以勘察。不过胡适却在《新青年》第3卷第1号上读到“《国语研究会会章》及《征收会员启》，知国中明达之士皆知文言之当废而白话之不可免，此真足令海外羁人喜极欲为发起诸公起舞者也”[②]。从胡适在海外读了当时政府支持成立的国语研究会制定的会章所激起的喜极欲舞的情态观之，可以想见国语研究会的会章与其倡导的白话文学主张一拍即合，“国语”这个概念胡适欣然接受并与其认定的“白话”相融通。1917年下半年胡适回国，他高兴地发现《文学改良刍议》发表“十几个月之中，这个问题居然引起了许多有价值的讨论，居然受了许多很可使人乐观的响应”；若是说《文学改良刍议》是胡适“所主张破坏的八事”，那么1918年发表的《建设的文学革命论》所提出的“国语的文学”与“文学的国语”这十字方针，则是胡适归国后“在各处演说文学革命”而“对于建设新文学的意见”。[③] 虽然“我们提倡文学革命的人，固然不能不从破坏一方面下手”，但是从实际情况细察，“现在的旧派文学实在不值得一驳”；[④]所以胡适“决心把一切枝叶的主张全抛开，只认定这一个中心的文学工具革命论是我们作战的‘四十二生的大炮’”[⑤]。

由此可见，白话文学主张改换为“国语的文学，文学的国语”十字宗旨，不仅标志着文学革命进入“建设新文学”阶段，重在解决“文学工具革命”这个主要矛盾方面；而且显示出文学革命最初阶段的一些新历史特点：一是针对旧派文学的弊端，形成强烈的问题意识，从“八事”入手来变革旧文学。胡、陈二贤“洞晓世界文学之趋势，又有文学改革之宏愿”，并非痴人妄想，空穴来风，赶时髦来闹什么文学革命；而是目睹“今日文学之腐败极矣”，如“南社诸人，夸而无实，滥而不精，浮夸淫琐，几无足称者”。综观旧文学堕落之因，“盖可以‘文胜质’一语包之”。胡适并未全面否定旧文学或曰彻底反传统文学，他从八个方面揭露

① 陈独秀：《答书》，《新青年》1917年5月1日第3卷第3号。
② 胡适：《再寄陈独秀答钱玄同》，《新青年》1917年6月1日第3卷第4号。
③ 胡适：《建设的文学革命论》，《新青年》1918年4月15日第4卷第4号。
④ 胡适：《建设的文学革命论》，《新青年》1918年4月15日第4卷第4号。
⑤ 胡适：《中国新文学大系〈建设理论集〉导言》，上海良友图书印刷公司1935年版，第15页。

了旧文学的弊端,形成文学革命必须解决的八大问题,即规定了“形式上之革命”的五个目标、“精神上之革命”的三个目标。[1] 然而文学革命并非政治上的暴力革命,只喊几声“打倒”、“推翻”、“反对”的激进口号是不会从根本上解决问题的。二是借助《新青年》这一平台,先贤们展开民主讨论,平等对话,各抒己见,形成共识,文学革命方兴起。作为首举文学革命义旗的胡适,将白话文学主张“揭之贵报”即《新青年》并不是强加于人,而是“可供当世人士之讨论”;因为“此一问题关系甚大,当有直言不讳之讨论,始可定是非”。虽然陈独秀强调“改良中国文学,当以白话为文学正宗之说,其是非甚明,必不容反对者有讨论之地,必以吾辈所主张者为绝对之是,而不容他人之匡正也”;但是胡适仍坚持:“容纳异议,自由讨论,固为学术发达之原则”。[2] 于是众贤们围绕《文学改良刍议》便展开了民主性讨论,并没有越出学术研究的轨道;即使“赞成反对者各居其半”也允许不同声音的“反对者”发表意见,没有采取一棒打死的禁绝异见的独裁态度,彼此之间平等对话,讲道理重事实,就是对待反对白话文学的“生于今之世反古之道”的真正“古文家”即守旧派,新文学先驱们同样是以理服人,以史实驳之,这为现代学术开了新风。尤其值得注意的是,胡适的文学改良主张既有内容的变革又有形式的变革,然而在众声喧哗的民主讨论中,不论赞成者或反对者几乎都对着文学形式特别语言改革发表意见,赞成者在提倡“白话文学”上取得了共识,反对者则激烈反对“以白话取代文言”,而文学内容的革命却少有人关注。三是为适时地将文学革命引向深入,集中群力迅速解决文学的形式问题,必须“把一切枝叶的主张全抛开”而将文学革命的目标“化零为整”,即把众贤认同的文学改良“八事”整合为“国语的文学,文学的国语”,《建设的文学革命论》就是对一年多文学革命讨论的总结与整合。它不仅把《文学改良刍议》的“八事”改成“八不主义”,而且将“八不主义”总括为四条,做了“八不”与“四条”的相互对应的解释[3];通过这样处心积虑的整合,胡适视“国语的文学,文学的国语”为建设新文学的“唯一宗旨”,并说文学革命“只是要替中国创造一种国语的文学”。虽然这种过分强调建设“国语的文学”颇有抓住主要矛盾以带动其他矛盾解决的策略意义,但是却不能理解它概括了五四文学革命的所有

---

① 胡适:《寄陈独秀》,《新青年》1961 年 10 月 1 日第 2 卷第 2 号。

② 陈独秀:《答书》,《新青年》1917 年 5 月 1 日第 3 卷第 3 号。

③ 胡适:《建设的文学革命论》,《新青年》1918 年 4 月 15 日第 4 卷第 4 号。

内涵。这就是“国语文学”成为众贤共识的历史真实，一个治史者若承认这就是历史真实，那应该毫不动摇地认同“国语的文学”这个历史命题。

其二，关爱祖国或拥戴中华民国这个现代国体，乃是倡导并建设“国语的文学”的坚定思想基础。作为倡导新文化并建设国语文学的重要载体《青年杂志》（后改名《新青年》），面对着“国势凌夷，道衰学弊”的严酷现实，1915 年创刊便庄重宣示欲播扬“修身治国之道”，有意地把办刊宗旨与“治国”安邦大业联系起来；并坚持“本志以平易之文，说高尚之理”。所谓“高尚之理”，联系当时的先进思想意识，不外是科学之理、民主之理、救国之理、治国之理，建国之理，只有“放眼以观世界”[①]方可获得之。这种以传播“修身治国之道”和“高尚之理”的办刊方针所创造的现代思想生态与浓重的文化氛围，深深影响着浸染着文学革命先驱倡导并建设国语文学的主体意识。作为文学革命首倡者的胡适在《新青年》创刊时虽然远在美国，但是他在美国与几个留学生论争文学革命却始终与祖国变迁息息相通，总是把酝酿一场文学革命同心怀祖国命运联系起来。就在《新青年》创刊的同年 4 月 13 日，胡适创作了《沁园春·誓诗》，宣示了“为大中华，造新文学”的誓言，截至次年 4 月 26 日虽然“此词修改最多，前后约十次”，“但后来回头看看，还是原稿最好”。[②] 他之所以认定“原稿最好”，缘由多多，也许他自觉地将“造新文学”与旨在“为大中华”的爱国情怀相联系是其重要原因，这不仅呼应了《新青年》的创刊告示，而且吻合了胡适坚贞不渝的爱国思想。

胡适在美留学就确立了现代民族国家意识，站在坚定的爱国主义立场上致力于学习与研究，不只满怀激情地汲取人类创造的精神文明成果与科学文化知识，时刻准备着报效祖国，而且把对祖国的命运与发展总是铭记在心。第一次世界大战结束，日本企图取代德国在华占领权，留美的胡适曾在《新共和国周报》上发表了《为祖国辩护之两封信》，表现了强烈的现代民族国家意识和坚定的爱国主义立场，既谴责了那种唯日本方能管理好中国的投降主义论调，又揭穿了日本妄图“负责管理中国”的侵略野心；从而严正指出，“在 20 世纪之今日，任何国家皆不该抱有统治他国或干涉别国内政之指望”，并“提醒该君，像中国这样一个泱泱大国，其改革绝不会一蹴而就的”，“辛亥革命发生于公元 1911 年

① 《青年杂志社告》，《青年杂志》（《新青年》）1915 年 9 月 15 日第 1 卷第 1 号。

② 《胡适全集》第 28 卷，安徽教育出版社 2003 年版，第 363 页。

10月，创立共和国至今还不足三载，岂能说已绝无希望！”胡适完全立足于辛亥革命的立场来护佑中华民国，并坚信威尔逊总统所言：“各国人民皆有权利决定自己治国之形式，也惟有各国自己才有权利决定自救之方式。墨西哥有权革命，中国也有权利来决定自己的发展。”[①] 1915年8月18日胡适获悉袁世凯将复辟帝制，便撰《中国与民主》一文予以批判与揭露：虽然中华民国成立快两年，“目前中国之民主已是名存实亡”，但是“不管袁先生当不当皇帝，这并不影响少年中国之进程”，因为“少年中国正在为中国建立真正之民主而努力奋斗。它相信民主；而且相信：通向民主之唯一道路即是拥有民主”，并驳斥了域外一些教授或政客的“东方人不适于民主政体”的论调，[②]这既捍卫了中华民国的民主政体又对中国迟早能实行真正的民主充满信心与期待。1916年6月7日胡适撰写《死矣袁世凯》，指斥“袁氏之罪，在于阻止中国二十年之进步。今日其一身之身败名裂，何足以赎其蔽天之辜乎？”胡适对辛亥革命成立中华民国之拥戴，不仅表现在对袁世凯称帝的谴责上，也表现在对戊戌维新失败的经验教训的认知上。他认为维新失败的“结果乃有辛亥之革命及今日之革命，遂令数千年之帝制一旦推翻，三百年之满清亦同归于尽，今之官僚派余孽似亦有摧灭之势：则虽谓吾国政体问题已有几分根本的解决可也。而此几分根本的解决，皆戊戌失败之赐也”[③]。出于爱国激情，留美的胡适对祖国的政治改革极为关心，既赞中华民国的建立从根本上解决了几分政体问题，又推动真正民主政治的实现。

不只如此，出于爱国激情，胡适更关心中华民国的文化教育建设和文学变革。为了前者，他利用留美期间深广地研读中外文化哲学著述，关注现代教育的发展，甚至学校如何教授古文也做了细心探究，这在《留学日记》中多有详尽记载；为了后者即文学革命，他既研究了欧洲意大利、英国等是通过何种途径创造“国语文学”的，更是下细功夫与真功夫研究中国古代诗词歌赋，探索“白话文学是中国文学正宗”的历史轨迹，已为文学革命的正式倡导做了充分的准备，这在《留学日记》中也有生动切实的记录，令人钦佩。尤其他为“大中华造新文学”这事，遭到留美同学梅觐庄的大大攻击，胡适则“以直言告之”：“吾以为文学在今日不当为少数文人之私产，而当以能普及最大多数之国人为一大能事。

① 《胡适全集》第28卷，安徽教育出版社2003年版，第64～65页。

② 《胡适全集》第28卷，安徽教育出版社2003年版，第234～235页。

③ 《胡适全集》第28卷，安徽教育出版社2003年版，第379页。

吾又以为文学不当与人事全无关系。凡世界有永久价值之文学,皆尝有大影响于世道人心者也。(此说宜从其极广义言之,如《水浒》,如《儒林外史》,如李白、杜甫、白居易,如今之易卜生(lbsen)、萧伯纳(shaw)、梅脱林(Maeterlinck),皆吾所谓'有功世道人心'之文学也。若从其狭义言之,则语必称孔孟,人必学忠臣孝子,此乃高头讲章之流,文学云乎哉?)"然而胡适"论中国文学,全从中国一方面着想"。[1] 这足以说明胡适留学时准备倡导文学革命完全是为现代国家及其大多数人着想的,纯粹出于一种真诚的爱国爱民的思想情感;他回国后首倡文学革命把"白话文学"更名为"国语文学",不只借鉴了西欧文学变革的做法,与全球文学趋向相对接,顺应世界先进文学之潮流,而且以"国语"命名既是其内在爱国情怀的外显又把文学革命提升到现代民族国家层次,标明创造"国语的文学"并非少数人的私利行为,乃是中华民国创建现代化的文学与国语的重要举措。虽然通过文学革命的方式营造白话文学也是其主攻目标,与"国语文学"的缔造具有同等意义,但是"国语文学"突出一个"国"字,可以更鲜明地揭示文学革命先驱们怀着爱国热情为"大中华"的中华民国来创造"国"字号的国语文学或新文学。

其三,先驱们投身文学革命借助《新青年》这块"革故更新"的阵地,倡导"国语的文学,文学的国语",这是从理论到实践把建设国语的文学与文学的国语,即现代性的文学与现代性的话语,自觉地结合起来;并且清醒地意识到唯有中华民国的成立所提供的国体或政体才能确保"国语的文学,文学的国语"这文学革命唯一宗旨的实现。如果只有西欧文学变革所形成的"国语文学"经验为鉴和古代中国文学既有的白话文学传统为继,那是难以确立胡适的"国语的文学"与"文学的学语"的双向互动的建设新文学宗旨观的。这可以说是得力于胡适熟悉了晚清以来逐步成势的国语运动情况,并掌握了语言变革的前沿知识,以及他积极探索将"文学"与"国语"变革结合起来的自觉行为。陈子展曾在《文学革命运动》中指出:"说起'国语'二字,我们还得先说及三十年来的'国语运动'。1895年,正是甲午新败之后,一般人如大梦初醒,才知道人家所以强国的原因,是由于教育普及,而不单是船坚炮利胜人;教育之所以普及,却又是用拼音文字的便利。我国因文字这种工具太笨拙太繁重,以致教育只作畸形的发展,一般民智太低,而影响于国家的前途无振作之望。因之谭嗣同梁启超等都

① 《胡适全集》第28卷,安徽教育出版社2003年版,第403~404页。

曾提倡过汉字改革之说。”[①]1911年中华民国成立，蔡元培建议由教育部召集大会，推行拼音字；1913年读音统一会召开，推选吴敬恒为会长，王照为副会长，经过激烈争论最终制定了39个字母，成为“注音字母”；1916年教育部设立了注音字传习所，这一年8月北京又成立了中华民国国语研究会。此时正值文学革命运动即将兴起之际，胡适基于对国语运动之熟悉便对“音标文字运动”（即国语运动）的心理基础做了深切的剖析：“这种心理的基础观念是把社会分作两个阶级，一边是‘我们’士大夫，一边是‘他们’齐氓细民。‘我们’是天生聪明睿智的，所以不妨用二三十年窗下苦读去学那‘万国没有能逮及之’汉字汉文。‘他们’是愚蠢的，是‘资质不足以识千余汉字之人’，所以必须给他们一种求点知识的简易法门。‘我们’不厌繁难，而‘他们’必求简易。在这种心理状态之下，汉文汉字的尊严丝毫没有受打击，拼音文字不过是士大夫丢给老百姓的一点恩物，决没有代替汉文的希望。”因此胡适主张“音标文字是可以用来写老百姓的活语言，而不能用来写士大夫的死文字。换句话说，拼音文字必须用‘白话’做底子，拼音文字运动必须同时是白话文的运动。提倡拼音文字而不同时提倡白话文，是单有符号而无内容，那是必定失败的”[②]。胡适以阶级观念揭示“士大夫”不能站在平民主义立场上提倡音标文字的贵族心理是有深度的，提倡把拼音文字的国语运动与白话文学运动结合起来也是具有实践意义的。胡适于1917年下半年回国，文学革命已风靡全国，时任北京大学教授的胡适积极投身新文学运动，他被校长蔡元培推荐到教育部主办的“国语统一筹备会”，并结识了“一批文学改革家”；而“这些改革家都是有训练的传统学者，缺少现代汉语的训练”，虽然“他们都有志于语言改革”，对“语文一致”（即把口语和文学合而为一）皆有兴趣，但并不晓得如何解决的根本办法。于是胡适便主张并坚持“解决方法就只有根本放弃那个死文学，而专用活的白话和语体”；与此同时，胡适被聘为“国语统一筹备会”的会员，这说明他具有了国体授予的话语权，可以将自己对于“文学”与“国语”的思考和设想，经常地自由地同那些文字文学改革家交流与商讨，以形成共识提供给国家决策层参考。而改革家们当时所苦恼的就是“中国缺少一个标准白话”，希望能有个“在学校教学和文学写作都可适用的标准白话——他们叫它做‘标准国语’”。在这种情境下，胡适“就很严肃地向

---

① 《中国新文学大系·史料索引》，上海良友图书印刷公司1935年版，第23页。

② 胡适：《中国新文学大系·建设理论集》，上海良友图书印刷公司1935年版，第11～12页。

这些老学者进言，我认为要有‘标准国语’，必须先有用这种语言所写的第一流文学”①。这就将文学的改革与国语的改革自觉地统一起来，此种设计既具理论价值又有实践意义。

但是，以“国语的文学，文学的国语”作为现代国家双向互动的使命能够得以顺利实施，没有中华民国的国体或政体提供的政治生态是难以想象的。辛亥革命推翻满清帝制，建立以“中华民国”为国号的民主共和体制，虽然民国政治大权连续被军阀所掌控，但是孙中山为首的民主革命力量始终捍卫着民主、自由、博爱的“天下为公”的共和国政治制度，使“三民主义”构成的政治生态日渐自由化民主化；否则以《新青年》为载体的新文化运动与文学革命就不能蓬勃兴起，以科学与民主为旗帜的各种现代思潮也不可能得到自由播扬，胡适大张旗鼓提倡的“国语的文学，文学的国语”这个“根本宗旨”也难成为“国语运动”与“白话文学运动”的实践纲领。对此，胡适深有感触地说：“中国白话文学的运动当然不完全是我们几个人闹出来的，因为这里的因子是很复杂的”，而其中的重要政治因子就是“满清帝室的颠覆，专制政治的根本推翻，中华民国的成立(1911—1912)。这个政治大革命虽然不算太成功，然而它是后来种种新事业的总出发点，因为那个顽固腐败势力的大本营不颠覆，一切新人物与新思想都不容易出头。戊戌(1898)的百日维新，当不起一个顽固老太婆的一道谕旨，就全盘推翻了。独秀说：‘适之等若在三十年前提倡白话文，只须章行严一篇文章便驳得烟消灰灭’。这话是很有道理的。我们若在满清时代主张打倒古文，采用白话，只需一位御史的弹本就可以封报馆捉拿人了”。② 这道出了“国语的文学，文学的国语”能够成为文学革命的唯一宗旨并付诸实践获得成功的真实的政治生态。

二

基于上述的考虑，笔者认为将“白话文学”改名“国语文学”更贴近历史的真实，也足以表明“五四”兴起的白话文学运动不仅仅是文化先驱们的创举，同时也是中华民国的国家行为。虽然五四时期以《新青年》为主阵地鼓荡起不少

---

① 《胡适全集》第18卷，安徽教育出版社2003年版，第324页。

② 梁启超：《史学论著四种》，岳麓书社1998年版，第21卷。

的文学思潮，如救亡与启蒙双重变奏的文学思潮、人本主义启蒙文学思潮等；但笔者通过走进《新青年》这块历史现场的考察与辨识，却认定国语文学或白话文学才是真正的新文学主潮，其重要的根据于次：

梁启超在《清代学术概论》中说："凡'思'非皆成'潮'，能成'潮'者，则其'思'必有相当之价值，而又适合于其时代之要求者也。凡'时代'非皆有'思潮'，有思潮之时代，必文化昂进之时代也。"[①]这虽指一般的社会文化思潮，但也适用于文学思潮的考察与理解。所谓文学思潮主要指文学思想、文学观念及其创作倾向所聚合的一种文艺思潮，它虽然是文学家所思所想的理性思维成果，但集中体现于文学理论形态和文学创作形态，并常常以文学主张，美学原则、创作方法或文学精神给文学运动的开展和文学创作的取向以有力的规范与指导。所以从文学理论形态来看，国语文学或白话文学思潮在五四时期这个特定历史范畴既合乎时代之需又有相当价值，比任何一种文学思潮的地位都显豁，并展示出四个思想特点：

一是完整性。国语文学思潮形成一个系统性的完整的理论体系，这主要可从两个维面来理解，就倡导新文学扬弃旧文学的互动而又对立的关系这一维面来说，不论胡适提出的文学改良"八事"或陈独秀倡导的文学革命的"三大主义"都体现出一种破字当头立在其中的精神，注重处理好解构与建构的关系；虽未达到辩证思维的理论高度，但贯穿一种辩证逻辑机制。胡适文学改良要"破"的不是所有的"近世文学"和古代文学而仅仅是八大弊端，即不是采取颠覆态度以解构所谓旧文学，而是通过扬弃式的解构来复活仍有生命力的传统文学；也就是把古代文学总体系统中所隐藏的白话文学传统挖掘出来并予以光大，以创造中华民国时代的国语文学。即使胡适在《建设的文学革命论》中把建设"国语的文学"作为"唯一宗旨"，并强调"死文学决不能产出活文学"，"中国若想有活文学，必须用白话，必须用国语，必做国语的文学"，似乎出现了思想偏差，却也没有对古代文言文学采取完全否定或解构的态度；虽然偶尔他亦说文言是死文学或文言只能做出死文学，但从总体来说胡适对白话文学与文言文学的认知还是较为辩证的："读者不要误会；我并不曾说凡是用白话做的书都是有价值有生命的。我说的是：用死的文言决不能做出有生命有价值的文学来。这一千多年的文学，凡是有真正文学价值的，没有一种不带有白话的性质，没有一种不靠这

---

① 梁启超：《史学论著四种》，岳麓书社 1998 年版，第 21 卷。

‘白话性质’的帮助。换言之：白话能产出有价值的文学，也能产出没有价值的文学；可以产出《儒林外史》，也可以产出《肉蒲团》。”[①]这是合乎辩证法的。由此可见胡适的国语文学主张所要破坏或颠覆的是“死文言做出的死文学”而不是所有的文言文学，即使白话产生的没有价值的文学他也是否定的；至于文学上那些有生命价值的带有“白话性质”的文学在胡适的学术视野中都可以作为建设国语文学的参照。他曾多次提到明清小说《水浒传》《西游记》《红楼梦》《儒林外史》应该作为创构国语文学的范本；其实这些所谓“活文学”标本并不是严格意义的白话文学，说它们是带有白话性质的文学更为贴切。

如果再从另一个维面即建设新文学的内容与形式的关系来说，国语文学观念也是较辩证而完整的，没有走上极端也没有趋向片面。胡适从1916年10月寄给陈独秀的信在《新青年》上公开发表始，中经《文学改良刍议》引起国人的热议，再到《建设的革命文学论》于《新青年》上亮相，最终形成“国语的文学，文学的国语”的国语文学观，可以说它既重视文学形式的改革也注意文学内容的改革，用胡适的话来表述即不论文学改良的“八事”或文学革命的“四条”都包含着文学形式上之革命和精神上之革命，两者是辩证地统一在一起；即使强调文学语言形式的改革更重要更急切，也是为了先解决内容与形式这对矛盾中的主要矛盾方面，以带动内容随着形式的改革而改革，这也合乎辩证思维规律。不过这里要指出的是，文学形式的改革固然“语言”是重中之重；但并不限于此，形式变革也包括体裁乃至标点符号等。只有“先要做到文字体裁的大解放，方才可以用来做新思新精神的运输品”[②]。而在《谈新诗》一文中胡适对文学内容与形式之间的辩证关系揭示得更清晰：“形式和内容有密切的关系。形式上的束缚，使精神不能自由发展，使良好的内容不能充分表现。若想有一种新内容和新精神，不能不先打破那些束缚精神的枷锁镣铐”；只要形式解放了，才能充分表现“丰富的材料，精密的观察，高深的理想，复杂的感情”，那种僵化的形式或死文言，“决不能委婉达出高深的理想和复杂的感想”。因此唯有“语言是白话的”，“文体是自由的，是不拘格律的”；方可创造出真正的国语文学。[③] 有人说“国语文学”思潮的鼓动者对文学形式方面的改革谈得多，喋喋不休，而对文

① 胡适：《建设的文学革命论》，《新青年》1918年4月15日第4卷第4号。

② 《胡适全集》第11卷，安徽教育出版社2003年版，第195页。

③ 胡适：《谈新诗》，《星期评论》1919年10月10日“双十节纪念专号”。

学内容或精神改革却谈得少，既笼统又空泛。实际上并非如此，只要认真解读《文学改良刍议》和《易卜生主义》，那就容易晓得新文学所要表现的内容，即“新思想新精神”乃至复杂感情是什么了。若说前文是明确要求当时文学清除那种“对落日而思暮年，对秋风而思零落，春来则惟恐其速去，花发又惟惧其早谢”的“亡国之哀言”，务必表现那种“奋发有为，服务报国”的积极向上的爱国情怀和进取精神；那么后文则借着介绍易卜生的剧作及政治思想，集中表达了胡适对新文学内容的要求：既要像易卜生那样以严峻的现实主义创作方法，淋漓尽致地“把社会种种腐败龌龊的实在情形写出来叫大家仔细看”，又要像易卜生那样通过文学作品无情揭露旧“社会最爱专制，往往用强力摧折个人的个性，压制个人自由独立的精神”的种种恶行，以唤醒人的主体意识，也要像易卜生那样通过塑造斯铎曼医生这样典型形象来弘扬个性主义精神，为坚持真理敢于宣布：“世界上最强有力的人就是那个最孤立的人！”①

上述从两个相互联系的维面简略考析了胡适国语文学思潮所具有的逻辑完整性的特点；而“冒全国学究之敌，高张‘文学革命军’大旗，以为吾友（指胡适）之声援”的陈独秀，在《文学革命论》中提出的“三大主义”，尽管对于“推倒”旧文学与“建设”新文学之关系的阐述不像胡适那样委婉深切，然而却没有把新旧文学决然对立起来：他要推倒的不是所有的“贵族文学”而是其中那些“雕琢的阿谀的”；他要推倒的不是所有的“古典文学”而是其中那些“陈腐的铺张的”；他要推倒的不是所有的“山林文学”而是其中那些“迂晦的艰涩的”。如果笔者的理解符合原意，那说明陈氏的文学革命的“三大主义”也应视为具有辩证因素的较完整的文学观，是对胡适国语文学观的呼应与补充。

二是切实性。诚然国语文学思潮在理论形态上呈现出的是一个较完整的逻辑体系，但是这个逻辑体系却不全是从抽象到抽象的纯理性建构；它是从真实可靠的文学现象或文学史实出发，将史实的雄辩性与思维的超越性有机结合起来，故使国语文学思潮具有了切实性的特点。这可以从相反的两个方面来探析：从对旧派文学弊端的揭露来看，不论文学改良的“八不主义”或者文学革命的“三大主义”，都能切中旧派文学的要害。如果说“三大主义”对其要害的揭露较为概括，那么“八不主义”的揭露却是切合实际，极为具体；对旧文学“八事”弊病的揭露几乎都有铁的事实或明显的现象作依据，让事实说话，不轻易地

① 胡适：《易卜生主义》，《新青年》1918年6月15日第4卷第6号。

给弊端扣上绝对否定性的大帽子，以充分发挥“事实胜于雄辩”的话语威力，令人信服或认同。所以《文学改良刍议》发表一年多引起诸贤的响应，赞成者多，即使有不同看法也不是反对“八不主义”，都认为对旧文学病弊的揭露切中要害，从而坚信改革旧文学是完全必要的。胡适见此情景能不惊奇和满意吗？因为环绕在《新青年》周围的诸贤们如钱玄同、刘半农、周氏二兄弟等，大都是博古通今，学贯中西，敏于独思，勇于变革，揭露旧文学的弊端能够使他们认可而国语文学主张又能使其认同，这是多么不容易！并能形成“问题意识”，以文学革命为旗帜结成“新青派”，而以群力予以解决，这更不容易！足以说明国语文学纲领不只切实可信度高，也更切合文学革命先驱们的内在要求。就是反对者如留美时的梅光迪、国内的林琴南等，对于“八不主义”和“三大主义”所揭露的旧文学弊端也难以逐条驳斥，只能强词夺理或无理取闹式攻击或抵制国语文学主张，这也反证了“八不主义”或“三大主义”的切实性所产生的能量是不易驳倒的。

再从国语文学的建设来看，所设计的建设方案今天察之并不完美而在当时却是切实可行的，具有较强的操作性。对于如何创造新文学，胡适认为应抓住三个具体环节，首先要解决工具问题，而营造国语文学的工具就是白话。究竟何谓白话，白话从何而来？胡适在《新青年》上发表的《答钱玄同书》对“白话”是这样释义的：“白话的‘白’是戏台上‘说白’的白，是俗语‘土白’的白”；“白话的‘白’，是‘清白’的白”；“白话的‘白’是‘黑白’的白”。[①] 从三个角度对“白话”给出三个判断，虽有同义重复或含糊难解之处，但他对白话的要求却是以“干干净净，明明白白”为宜。若是上述对“白话”的释义及其来源尚不明确，那么《建设的革命文学论》则说得既明确又具体，即“多读模范的白话文学。例如，《水浒传》《西游记》《儒林外史》《红楼梦》，宋儒语录；白话信札；元人戏曲，明清传奇的说白；唐、宋白话诗词，也该选读”。如果文学史上这些名篇名著均可作为白话文学的模范，那么至少可以从中获取这样的认知：“五四”创造新文学并没有与传统文学发生断裂，古代文学的“白话性质”的文本都能作为“白话文学的模范”，这就使创造国语文学在白话工具的选择上有了实体性的参照。不仅要多读模范的白话文学，掌握丰实的白话利器，同时还号召“有志造新文学的人”或奉劝“反对白话文学的人”都要持之以恒地“用白话做各种文学”。这是

① 胡适：《答钱玄同书》，《新青年》1918年1月15日第4卷第1号。

创造新文学的第一环。“但是单有‘工具’(即白话),没有方法也还不能造新文学”;所以必须抓住第二环,即“高明的文学方法”。而“文学的方法”则主要分为三类:①收集材料的方面方法,既要推广材料的区域又要注意实地的观察和个人的经验,也要用周密的理想作观察经验的补充;②结构的方法,即先要剪裁,体裁定了,再可讲布局;③描写的方法,即写人、写境、写事、写情的方法,而最高明的描写方法,在胡适看来“就是赶紧多多的翻译西洋的文学名著做我们的模范”,因为“西洋文学的方法,比我们的文学,实在完备得多,高明得多,不可不取例”。创造新文学的最后一环,则是创造。上述“工具与方法两项,都只是创造新文学的预备”,只有“工具用得纯熟自然了,方法也懂了,方才可以创造中国的新文学”;[①]至于如何“创造新文学”,这就取决于文学家主体的优化程度了。这种创造新文学的环环相扣的方案,正折射出国语文学思潮是何等的切实可用,也反映出文学革命先驱们的匠心独运。

三是层次性。国语文学思潮既有理论上的逻辑层次性又有行动上的递进感,这正吻合了文学革命潮流的天演进化之迹又切合新文学创造的内在规律。这可以从微观与宏观上认识国语文学思潮的层次性。相对于新文学运动而言,新文学文本的创造则是微观作为。上述胡适为创造新文学所设想的三个环节,明确表述了这是“创造新文学的进行次序”[②];而这“三步”次序即工具、方法、创造,在理论上具有层层深入的逻辑感,若创造主体遵循这“三步”逻辑次序而落实到行动上,去建造新文学文本则会产生强烈的层次感。例如要创造一篇或一部国语小说,首先应“利其器”,即从精读文学史上的“模范的白话文学”而从中选择最优秀的具有美感的诗性“白话”;其次是运用多样化方法去搜集或感受题材,并将个人的独特经验体悟与相应的理想结合起来而提炼主题、巧设人物和谋篇布局;最后全身心地进入创造过程。这就把国语文学思潮在理论上的逻辑引导与行动上的递进性统一起来,具体地突现出国语文学思潮的层次性。

然而最能体现国语文学思潮层次性的则是它对整体新文学运动进程在宏观上的制导。当胡陈倡导的新文学运动兴起之时,“稍稍明白事理的人,都觉得中国文学有改革的必要”,就连对国语文学持异见的“柳亚子也要高谈文学革命”;然而“他们的文学革命论只提出一种空荡荡的目的,不能有一种具体进行

① 胡适:《建设的文学革命论》,《新青年》1918 年 4 月 15 日第 4 卷第 4 号。

② 胡适:《建设的文学革命论》,《新青年》1918 年 4 月 15 日第 4 卷第 4 号。

的计划”，这些人只说“文学革命决不是形式上的革命，决不是文言白话的问题”，可是“等到人问究竟他们所主张的革命‘大道’是什么，他们可回答不出了”，而这种没有具体计划或步骤的文学革命是“决不能发生什么效果”的。况且，先驱们提倡文学革命并没有只重视内容变革而不顾及形式或语言变革，其国语文学主张则是兼顾两者的；但是在《新青年》传播与讨论中，不论拥护者或反对者却只关注文体形式或文言白话问题，这表明要从总体上推进文学革命首先必须解决文体语言即文学形式方面的问题。所以胡适计划文学革命的进程可以分为两大步：第一步“认定文字是文学的基础，故文学革命的第一步就是文字问题的解决”，也就是先解决文体语言问题，其理由是“‘死文字定不能产生活文学’，故我们主张若要造一种活的文学，必须用白话来做文学的工具”。虽然“我们也知道单有白话未必能造出新文学”，“我们也知道新文学必须要有新思想做里子”；但是“我们认定文学革命须有先后的程序：先要做到文字体裁的大解放，方才可以用来做新思想新精神的运输品”。既然国内大多数人都不肯承认白话“实在是新文学的唯一利器”，那就可以采取“科学家的试验方法”，“须等到实地试验之后，方才用试验的结果来批评那个假设的价值”。① 这虽然是“文学的实验主义”，却是科学的方法，并取得了文学革命的成功。第二步就是文学内容的全部更新，这是不言而喻了。从表层看，将文学革命的进程分为两步并不合乎“内容决定形式”的辩证法，不过文学的形式与内容的变革是相辅相成的，文学形式变革的成功其内容也随同变革了；若从实质来考察，形式对于内容有相对的独立性，当文学形式一旦成了内容变革的严重桎梏或巨大阻力，不首先变革形式其内容就难以变革了，这时强调形式变革在先以带动文学内容的变革，也是辩证思维的应有之义。因此胡适的文学革命分两步的层次说，是符合辩证法的逻辑层次的。不仅文学革命的总进程分为先后两大层级，而且对文学类型的形式语言变革也分出先难后易的次序，不只逻辑论证有层次感而文学变革行为也有遵循。由于诗歌以白话取代文言，以自由体取代格律体，阻力大难度大，若不首先攻下这个桥头堡，那其他文类的改革不能全面推进，影响文学革命尽快高奏凯歌；于是胡适便带领一班白话诗人选择诗歌领域作为试验地，“做五言诗，做七言诗，做严格的词，做极不整齐的长短句；做有韵诗，做无韵诗，做种种音节上的试验”，目的“要看白话是不是可以做好诗，要看白话诗是不是

① 《胡适全集》第1卷，安徽教育出版社2003年版，第194～195页。

比文言诗要更好一点”。文学主张有层次，试验行为也有层次，这是令人敬佩的积极而又谨慎的“实验精神”。[①]

四是关联性。国语文学思潮作为一个完整系统，它并非是个封闭性的结构，而是同纵横左右的系统有着或疏或密的相互关联。这一重要特点主要体现在：必须承认文学是个独立系统，而国语也是个独立系统；但这两个系统不是绝缘的而是密切相联的，“国语的文学，文学的国语”的文学革命宗旨就充分展示出“国语”与“文学”这两个系统的关联性。在胡适看来，若能正确理解或处理“国语的文学”与“文学的国语”之间的互联互通的辩证关系，那无疑就可以解决当时有人提出的“若要用国语做文学，总须先有国语，如今没有标准的国语，如何能有国语的文学呢?”这一难题。诚然国语教科书和国语字典的实践证明“决不是造国语的利器”，而“真正有功效有势力的教科书，便是国语的文学”；因此“若要造国语，先须造国语的文学。有了国语的文学，自然有国语”。[②] 这不仅通过“国语”与“文学”两个系统的相关性将五四时期的白话文学运动与国语运动紧密地结合起来，自觉地以白话文学运动驱动国语运动，以国语运动助推白话文学运动，而且大大促进了中华民国实现统一国语的标准化和教育系统教科书的白话化与教学言语的白话化。如果把中国文学视为一个总体系，西洋文学也是个总体系；那么国语文学思潮抓住它们之间的相关性便将中国文学的变革与意大利、英国等文学的变革联通起来，借鉴西洋诸国创造国语文学以实现国语标准化的经验，来推动中国文学的变革。即有意识地自觉地提倡“国语的文学”致使“国语”真正成为“文学的国语”，“有了文学的国语，方有标准的国语”[③]，这就把中国文学的变革与世界其他民族的文学变革对接起来，使中国文学的白话化和国语的标准化合乎世界文学发展的先进趋向。不仅如此，若承认古代中国文学系统中隐伏着白话文学与文言文学两个子系统，这就从纵向上把数千年的中国传统文学与五四时期新文学以“白话”为纽带予以联通，并明确地揭示出古今文学两个差异互见系统的关联性。沟通了各个系统的关联性，致使五四时期国语文学思潮通过《新青年》这一重要媒体建立于古今中外文学的纵横交错的坐标系上，而生成新文学主潮。

---

① 《胡适全集》第1卷，安徽教育出版社2003年版，第194～195页。

② 胡适：《建设的文学革命论》，《新青年》1918年4月15日第4卷第4号。

③ 胡适：《建设的文学革命论》，《新青年》1918年4月15日第4卷第4号。

“一切有意义的思想都会发生实际上的效果。这效果便是那思想的意义。”[①]《新青年》生成的国语文学思潮能否具有重大意义或能否成为主潮，除了上述从理论形态上所给出的考察足以证实外，还要对其所产生的实际效果进行简略考析。这主要从三个方面入手：一是以《新青年》为实验地所进行的文学作品创作主要是白话诗词与短篇小说，这是国语文学思潮积极尝试的效果。“一个文学运动的历史的估价，必须包括它的出产品的估价。”[②]1917年胡适在鼓荡白话文学思潮的同时，“自誓三年之内专作白话诗词”，欲借《新青年》“实地试验，以观白话之是否可为韵文之利器”，并将自己尝试“六七月”的白话诗词结集为《尝试集》，号召有志于文学革命者“齐来尝试尝试”；于是刘半农、沈尹然、鲁迅、周作人、康白情、刘大白等人便动笔写白话诗词，1917年2月到1921年4月这5年间《新青年》发表了130多首新创的白话诗，实现了诗体大解放，解决了白话不能作诗的难题。虽然对诗歌的尝试之作不能估价太高，但至少打破文学革命的瓶颈，为诗歌创作开了语体化自由化的新风，显示了国语文学主潮的初战实绩；尽管这5年《新青年》只载了新创的7篇白话小说，然而真正显示文学革命实绩的却是其中鲁迅的《狂人日记》《孔乙己》《药》和《风波》，它们奇迹般地将国语文学的质量提高到世界级的水准，亦成了国语标准化的典范，既是“国语的文学”又是“文学的国语”的双重标志。难怪胡适兴奋地说：短篇小说“成绩最大的却是一位托名‘鲁迅’的”，“虽然不多，差不多没有不好的”[③]。此其一。国语文学思潮既然把白话文学运动与国语运动双向并重的推进，那么随着文学革命的步伐首先加速了期刊报纸等媒体的国语化或白话化。1918年冬《新青年》由文言改为白话，又新办了《每周评论》《新潮》等白话刊物；到了1919年五四爱国运动“出了四百种白话报”，还出版了“许多白话的新杂志”，不只《星期评论》、《建设》、《解放与改造》、《少年中国》、北京《晨报副刊》、上海《民国日报》的“觉悟”、《时事新报》的“学灯”成了“重要的白话文的机关”，就连持重的大杂志如《东方杂志》《小说月报》等也“渐渐的白话化了”[④]。其次白话文学运动大大促进了国民教育的发展，1919年以后的“白话文的传播真有一日千里之势”，迫使教育部不得不“颁布一个部令，要国民学校一、二年级的国文，从九年

① 胡适：《实验主义》，《新青年》1919年4月15日第6卷第4号。

② 《中国新文学大系〈建设理论集〉导言》，上海良友图书印刷公司1935年版，第1页。

③ 胡适：《五十年来中国之文学》，《胡适全集》第2卷，安徽教育出版社2003年版，第343页。

④ 胡适：《五十年来中国之文学》，《胡适全集》第2卷，安徽教育出版社2003年版，第339页。

秋起，一律改用国语”；而这个“命令是几十年来第一件大事”，它“把中国教育的革新至少提早了二十年”。[①] 国语文学思潮所产生的意想不到的巨大效果，不仅体现在现代媒体和国民教育这两个领域，更体现于中华民国的全国统一的话语系统的初步建成，1919 年“白话公然叫作国语了”，注音字母也变成“中华民国的国语了”。[②] 此其二。国语文学思潮所产生的巨大社会效果，从拥护者或反对者所持的评价态度上也可以考察出其作为文学革命主潮的历史功过。当时孙中山与廖仲恺曾这样评价胡适：“我辈对于先生鼓吹白话文学，于文章界兴一革命，使思想能借文字之媒介，传于各级社会，以为所造福德，较孔孟大且十倍。”[③]辛亥革命的领袖们、中华民国的缔造者对白话文学运动的评价是何等的崇高！而那些反对者从五四时期到后五四时期“屡次对于白话文学下攻击”[④]，极尽诋毁咒骂之能事，这从反面证明国语文学主潮产生了不可抗拒的革命能量，那些反对者无理以对只能无端地攻击与谩骂了；对于攻击白话文学的恶言秽语，文学革命主将鲁迅曾在《二十四孝图》一文中愤怒地指出：“我总要上下四方寻求，得到一种最黑，最黑，最黑的咒文，先来诅咒一切反对白话，妨害白话者。即使人死了真有灵魂，因这最恶的心，应该堕入地狱，也将决不改悔，总要先来诅咒一切反对白话，妨害白话者。”[⑤]鲁迅誓死捍卫白话文学，显见国语文学主潮影响之深意义之大。此其三。

上述从理论形态与实践效果两大维度考析了唯有国语文学才可以在五四时期文学革命诸思潮中有资格充当主潮；然而这并不意味着其他新文学思潮不重要，只是说其他文学思潮不应与国语文学思潮平起平坐或大于强于国语文学思潮或者取代抹杀国语文学思潮的主导地位；因此必须对国语文学思潮与其他文学思潮的关系有个较为辩证的梳理与认知。在“科学”与“民主”两大旗帜下的人本主义文学思潮，实质上就是严格意义上的启蒙主义文学思潮，它的理论形态主要体现于 1918 年 6 月胡适发表在《新青年》上的《易卜生主义》，及周作人是年 12 月发表于《新青年》上的《人的文学》。它们并没有关注文学革命的语言形式的变革，而着重从文学革命的思想内容方面强调要表现以个人主义为人

① 胡适：《〈国语讲习所同学录〉序》，《新教育》1921 年 2 月第 3 卷第 1 期。

② 胡适：《五十年来中国之文学》，《胡适全集》第 2 卷，安徽教育出版社 2003 年版，第 340 页。

③ 《胡适来往书信选》（上），中华书局 1979 年版，第 64 页。

④ 胡适：《老章又反叛了》，《京报副刊 · 国语周刊》1925 年 8 月 30 日第 12 期。

⑤ 鲁迅：《〈二十四孝图〉》，见《鲁迅全集》第 2 卷，人民文学出版社 2005 年版，第 258 页。

间本位的人道主义，以强化新文学在认识上或教育上的启蒙功能，从伦理上唤醒中国人的“最后觉悟之觉悟”；也就是激发人的个性意识的觉醒，确立自己能够定义自己的主体意识，这应是国语文学思潮关注内容革命所要表现的新思想新理想新感情的应有之义。而易卜生主义或人的文学以及鲁迅于1918年5月在《新青年》上发表的白话启蒙小说《狂人日记》等，所激荡起的人本主义启蒙文学思潮，仅是对国语文学思潮的补充和丰富，或者是对其过度强调文学形式重要性的匡正；然而人本主义文学思潮却不能取代国语文学思潮，这不只因为前者没有注重文学形式语言的变革，更因为后者能够涵纳前者。这可以说是从严格意义来理解五四时期的启蒙文学思潮。且不说除了鲁迅在30年代回忆自己创作小说是“抱着十年前的启蒙主义”有了这样明确表述，其他的文学革命先驱似乎谁也没有从概念上或学理上提倡“启蒙文学”，这也无碍；不过从广义上说，以白话创造的新文学，有利于更多的人通过阅读或言说来接受新知识新思想，以开民智鼓民气，或唤醒觉悟或塑造灵魂，这也算国语文学的启蒙功能吧？即使算它为广义的启蒙文学也不是五四时期所有的白话文学都具有这种启蒙性，从这个视角看广义的启蒙文学也是包容于国语文学思潮之中。至于在学界影响深远的“启蒙与救亡的双重变奏”的文化思潮在五四时期的文学革命层面并没有成为主潮，《新青年》为载体从文学主张到文学创作只记录了启蒙主题的大量信息，罕闻反帝救亡的信息，不论发表的130多首诗或7个短篇小说都没有明显地表现反对帝国主义的救亡图存的主题；若把启蒙与救亡比喻成两个车轮，前者是大轮的转动，后者小轮则罕见转动，这在五四文学革命的轨道上怎么能称得上“双重变奏”呢？只要能亲身回到《新青年》原生态的氛围去感受一下，又能正确对待胡适在文学革命的历史地位，那便会深切地认识到至少在新文学系统中启蒙与救亡两大主题既没有“双重变奏”起来更没有取代国语文学主潮的地位，这就是《新青年》为我们提供的历史真实。至于后五四时期的《新青年》文学变革，则非本文所考察的范围。

草于2015年夏，改于是年冬

（原载《山东社会科学》2016年第6期）

透过《新青年》触摸五四文学革命真相

《新青年》创刊百周年，它作为新文学与新文化的生成母体和传播媒体，被人们阅读或研究了近百年，难道文学革命的真相至今尚未摸清吗？其实这并不奇怪，它作为一个文化信息或文学信息皆丰盈充实的历史文本，由于阅读者或研究者深受历史条件和自身条件的限制，当然会导致每代人有每代人阅读的感受与体悟，甚至每个人有每个人研究的认知，见仁见智势所必然。然而笔者此次研读《新青年》亦仅仅是重新触摸文学革命真相，当然也不可能完全还原其真相。

五四时期是个特定的历史范畴，它既不能定为"五月四日"这一天，又不能任性地将其界限扩大。笔者认同上世纪 30 年代茅盾对五四时期的界定，即从 1917 年至中国共产党成立的 1921 年这五年；①这就是五四文学革命生成的特定历史范围，《新青年》从创刊到停刊的时间是 1915 年 9 月至 1922 年 7 月，但笔者透过对它的解读来触摸文学革命真相就限定在这个历史空间，至于 1921 年 7 月共产党成立则标志着"后五四时期"文学建设的开始，非本文研究的范围。

一

《新青年》承载的文学革命信息与形态，能够较为辩证地对待中国古代文学，既没有对它绝对的肯定又没有绝对的否定；至少在文学变革的层面上没有

---

① 茅盾说："'五四'这个时期并不能以北京学生火烧赵家楼那一天的'五四'算起，也不能把它延长到'五卅'运动发生时为止。这应从火烧赵家楼的前二年或三年算起，到后二年或三年止。总共是五六年的时间。火烧赵家楼只能作为运动发展到实际政治问题，取了直接行动的斗争态度，然而也从此由顶点而趋于下降了。这样去理解'五四'，方能够把握'五四'的真正的历史意义。"（见《前哨·文学导报》1931 年 8 月第 1 卷第 1 期，署名丙申。）

形成如域外学者所说的“五四式全盘性反对传统权威的运动”[①],即“全盘性的反传统主义”,也没有像国内学者描述的那样:“如此激烈否定传统,追求全盘西化,在近现代世界史上也是极为少见的现象。”[②]这种言过其实的理性判断虽然是着眼于五四新文化运动的;但是文学革命即使与之并非完全同质同构也是其重要的一翼,况且亦有同质同构之处。所以仅从文学革命来看,尽管对古代文学有所否定却没有完全否定,尽管对文学传统有所反对却没有彻底地全盘地反传统,这就是《新青年》所显示的文学革命真相之一。

就以《新青年》传播的文学革命主张来说,学界大多认为胡适是彻底反对古代文学传统、追求全盘西化的代表,近半个世纪的五四文学研究几乎都是这样误解或诋毁他,甚至到了改革开放的思想解放的 20 世纪 80 年代,一部所谓权威的“现代思想史论”竟能绕过胡适来畅谈五四新文化运动与文学革命,这本身就是对历史真相的遮蔽,怎能对五四文学革命是否彻底反传统给出有理有据的历史判断?胡适是五四文学革命的总策划者、总设计师、首举义旗者,也是积极尝试新文学的带头者,这一历史地位是定好了、摆好了的,谁也不能取而代之;然而在某个历史阶段曾千百计地抹黑他、打倒他,直到如今他在五四文学史上的真实面目才越来越清晰。所以要弄清五四文学革命的真相,无论如何不能疏离或绕开胡适在《新青年》这个舞台上的表演。

胡适于 1917 年 1 月发表在《新青年》上的《文学改良刍议》和 1918 年 4 月发表在《新青年》上的《建设的文学革命论》,既是他本人“闹”文学革命的系统主张,又是五四文化先驱认同的文学革命的重要宗旨。前者是从“破坏”入手论述文学改良,后者是从“建设”方面来设计文学革命蓝图,这是众所周知的常识;然而有的学者在考察五四文学革命对古代文学或传统文学的态度和策略时,却忽视这两篇至关重要的原创理论文本或者曲解它们。如果在不正常的政治气候下这样做是可以理解的,而在思想解放的改革开放时期仍坚持这样做法则实在是不应该了。必须坦率地承认,胡适在这两篇文论中即使从“破坏”方面来探讨文学革命问题,尽管有的见解有所偏颇,然而总体上却是坚持科学与民主的求真务实的较为辩证的态度,把问题的讨论与解决始终纳入学术轨道。他所提

---

① [美]林毓生:《论自由与权威的关系》,见《五四:文化的阐释与评价》,山西人民出版社 1989 年版,第 139 页。

② 李泽厚:《中国现代思想史论》,东方出版社 1987 年版,第 8 页。

出的有名的文学改良“八事”，既没有全盘否定“近世文学”又没有全盘否定古代文学，对任何形态的文学都能坚持有破有立或者破中有立的思维方法，所破的是近世或古代文学的“大病”而不是整个文学结构系统。因此欲改良的不是所有的传统文学而是有“大病”的文学，根治了“大病”使文学的肌体更健全更完美；从而使那些没有弊病的文学作品或文学传统得到弘扬与承传，使那些有价值的文学越来越“益贵”且彪炳于千古文学史。这不是“彻底反传统”，乃是医治文学的“大病”，以利于更好地光大传统。只要是尊重史实的学人，都能清楚地看到胡适在指斥“近世文学之大病，在于言之无物”的同时，并没有只揭露南社所谓“第一流诗人”陈伯严的“涛园钞杜句，半岁秃千毫”的摹仿古人的“奴性心理”；而同时亦褒扬了“今日之文学，其足与世界‘第一流’文学比较而无愧者，独有白话小说（我佛山人，南亭亭长，洪都百炼生三人而已）一项”，特别是称赞文学史上“庄周之文，渊明老杜之诗，稼轩之词，施耐庵之小说，所以穷绝千古也”。胡适在批判“今人犹有鄙夷白话小说为文学小道者”的同时，充分肯定了“施耐庵曹雪芹吴趼人皆文学正宗，而骈文律诗乃真小道耳”；当指斥“吾国言文之背驰”而用死文言创造不出“活文学”的时候，他坚定认为“辽、金、元”三百年中国北部“发生一种通俗行远之文学”即白话文学，“文有《水浒》《西游》《三国》之类，戏曲则尤不可胜计（关汉卿诸人，人各著剧数十种之多。吾国文人著作之富，未有过于此时者也）”，并断言“白话文学之为中国文学之正宗，又为将来文学必用之利器”。[①] 这就是胡适首举文学革命义旗对于诊断中国近世或古代文学“大病”而有针对性“治之”所采取的方略，无不表现出其求真务实的科学分析态度；况且，“然此八事皆文学上的根本问题，一一有研究之价值”，并不想把“草成此论”强加于人，“伏惟国人同志有以匡纠是正之”。这并非有人所批评的是表现了胡适在文学革命中的软弱性与妥协性，而是作为一个倡导者在中华民国国体里欲为“大中华造新文学”应具有的谨慎、严肃、谦虚的风范；否则其文学革命主张不可能产生如此大的反响，并聚众结为《新青年》派而成就大业。

如果说在《文学改良刍议》中找不到胡适在文学艺术层面“彻底反传统”乃至“全盘西化”的充分根据；那么在次年发表的《建设的文学革命论》所提出的“国语的文学，文学的国语”的建设新文学与标准国语的双向互动的宗旨中，就

① 胡适：《文学改良刍议》，《新青年》1917年1月1日第2卷第5号。

能察觉出胡适“彻底反传统”的用心吗？诚然胡适认为“中国这二千年只有些死文学，只有些没有价值的死文学”；但是这些死文学“都是用已经死了的语言文字做的”，故“死文字决不能产出活文学”。这个论断是有说服力的，不只因为它合乎“一个时代有一时代文学”的新陈代谢或革故更新的进化规律，也符合数千年中国文学演变的实际，试想我国有文字记载以来有多少文学被淘汰？而淘汰了的文学在正常的政治生态与文化语境下则大多是或全部是死文字写的死文学；因之无论在何时代都不能把淘汰死文学视为“反传统”，即使硬说成“反传统”也是清除了传统文学的“糟粕”，却保存下传统文学的“精华”。况且，胡适对中国二千年文学所给出的判断并不是全称否定的，即不是所有的文学都是“死文学”，只是说“有些死文学”；而其他的文学或中国的正宗文学则是：“自从《三百篇》到于今，中国的文学凡是有一些价值有一些儿生命的，都是白话的，或是近于白话的”。古之有《木兰辞》《孔雀东南飞》，陶渊明的诗，李后主的词，杜甫的《石壕吏》《兵车行》等；近世的《水浒传》《西游记》《儒林外史》《红楼梦》皆可以称为“活文学”。这是肯定并颂扬中国优秀传统文学，这哪是“彻底反传统”？不仅如此，胡适曾多次强调我国传统的正宗白话文学是建设五四新文学必须承传并借鉴的“模范的白话文学”[①]；这表明，他是自觉地有意识地将我国优秀传统文学与创造五四新文学对接起来，并没有以否定或断裂传统文学为前提来建设新文学。民国十年（1921）胡适给教育部第三届国语讲习所授课所编写的《国语文学史》，他又发现二千余年的中国文学形成了庙堂文学或贵族文学与国语文学或民间文学两大潮流，用原话来表述则是：“从《楚辞》变化出来的‘赋’，此后二千余年间，庙堂上都依着这个例演化许多贵族文学；所谓‘国语文学’者，其源头大都起自民间，大都各时代从民间涌现出来的‘反庙堂’的文学潮流”[②]（着重号并非笔者所加，原文就这样）。且不论这种区分是否准确，至少可以看出作为五四文学革命首倡者与谋划者的胡适是对二千多年的中国文学进行过认真研究和系统梳理，他提出的文学改良“八事”或文学建设的“十字方针”都是有充分的学理根据和史实根据的，而所创造的新文学不是以“彻底反传统”为前提乃是以赓续传统文学为基石。至于“后五四时期”胡适对传统文学研究所取得的突破性的创新成就及其独著的《白话文学史》，更能显示出他对传统

① 胡适：《建设的文学革命论》，《新青年》1918 年 4 月 15 日第 4 卷第 4 号。

② 《胡适全集》第 11 卷，安徽教育出版社 2003 年版，第 9 ~ 10 页。

文化或传统文学较为辩证的科学态度。

着眼于文学理论形态考察，作为五四文学革命的领袖之一的胡适，并没有把新文学运动引上“彻底反传统”直至“全盘西化”的道路，这就是《新青年》所记载的历史真相；那么五四文学革命的另一位领袖陈独秀是否将新文学运动导入此路呢？事实胜于雄辩。陈氏于1915年9月创刊《新青年》(第1卷名《青年杂志》)，并未提倡文学革命，既无主张又无尝试，仍以文言宣传新思想新文化，即使是年在该刊第3、4号上发表《现代欧洲文艺史谭》指出“吾国文艺犹在古典主义理想主义时代，今后当趋向写实主义”，也仍然处在思想犹豫不决的矛盾中，即吾国文艺究竟提倡“古典主义”为宜还是“趋向写实主义”为宜？这种矛盾心态主要体现在陈独秀对“贵报三号登某君长律一首”的“按语”中。明明这首长律用典不当、文法不通，是属于“古典主义理想主义时代”的诗，而陈氏却把它“推为‘希世之音’”，又说它是“子云相如而后，仅见斯篇；虽工部亦只有此工力，无此佳丽”；由此可见“吾国人伟大精神，犹未丧失也欤？于此征之”。陈氏在自己主编的《新青年》发表这首“长律”且又给出如此拔高的推崇，这既表明其对我国古典主义文学的弊端视而不见且又深深地“迷恋”它，又说明他没有认清唯有白话文学方是中国文学之正宗，也没有确立文学变革必须趋向“写实主义”的坚定信念。难怪胡适批评他：“适所以不能已于言者，正以足下论文学已知古典主义之当废，而独啧啧称誉此古典主义之诗，窃谓足下难免自相矛盾之诮矣。”[①]此时的陈独秀不是“反传统”文学而是维护了“传统文学”不该维护的“弊端”；然而陈氏毕竟是位有气魄有胆识有才华的文化革命英雄和文学革命领袖，当1917年1月《新青年》发表了胡适的《文学改良刍议》之时，他旋即发表了《文学革命论》，不仅自觉地把“孔教问题，方喧呶于国中”的“伦理道德革命”，即将新文化运动与文学革命捆绑在一起，而且坦然无畏地声明：“文学革命之气运，酝酿已非一日，其首举义旗之急先锋，则为吾友胡适。余甘冒全国学究之敌，高张‘文学革命军’大旗，以为吾友之声援。”于是提出了“吾革命军三大主义：曰推倒雕琢的阿谀的贵族文学，建设平易的抒情的国民文学。曰推倒陈腐的铺张的古典文学，建设新鲜的立诚的写实文学。曰推倒迂晦的艰涩的山林文学，建设明了的通俗的社会文学”。有些学人就以“三大主义”的三个“推倒”为据，便断定陈独秀“反传统文学”的立场和态度比之胡适坚定而彻底；虽然不能

---

① 胡适：《寄陈独秀》，《新青年》1916年10月1日第2卷第2号。

说这种认知有误,但至少缺少对《文学革命论》的细读精析而给出了草率的评判。陈氏欲“推倒”的仅是传统文学总体系统中的三种形态的文学而不是对传统文学整体系统的颠覆,即使“推倒”的三类文学也是或染有“雕琢的阿谀的”病症的贵族文学而不是所有的贵族文学,或染上“陈腐的铺张的”病症的古典文学而不是所有的古典文学,或染上“迂晦的艰涩的”弊病的山林文学而不是所有的山林文学。尽管陈氏对传统文学这三种形态弊病的揭露没有胡适在文学改良“八事”中剖析得那么切实具体;然而这两位文学革命首领都能击中古代文学必须予以变革的要害,并相互声援携手共进,同心协力地撬动这场文学革命。既然要革古代文学的命,难免用“推倒”这样激烈一些的词语,“予愿拖四十二生的大炮,为之前驱”[①]的表述显得“火药味”浓了些;不过陈氏主张文学革命的三个“推倒”只是欲“推倒”病态的古代或近世文学并非所有的传统文学,故而不是“彻底反传统”乃是清除传统文学的弊病,使我国传统文学焕发新的生机与活力。

有些学人往往以陈独秀的《本志罪案之答辩书》为根据,指斥五四文学革命是“彻底反传统”,并以此为口实来诋毁五四新文学。当时社会上“八面非难”《新青年》的“旧人物”甚至“青年学生”主要不是针对“文学革命”乃是思想文化运动,“把《新青年》看作一种邪说,怪物,离经叛道的异端,非圣无法的叛逆”,甚至非难《新青年》“破坏孔教,破坏礼法,破坏国粹,破坏贞节,破坏旧伦理(忠孝节义),破坏旧艺术(中国戏),破坏旧宗教(鬼神),破坏旧文学,破坏旧政治(特权人治)”。对《新青年》杂志的这种非难或否定的口气如同“文革”的腔调,完全出自于一种极端偏激的社会心理与逻辑思维,至少没有系统认真地阅读与领会《新青年》所发表的一切文章,只是抓住一点不及其余,或望风扑影地或道听途说地进行攻击与诽谤,妄图把《新青年》一棍子砸死。且不说其他,就以文学革命为例,不论胡、陈的文学主张还是其他《新青年》同仁的文学见解,都不是完全破坏中国“旧文学”而主要揭露其弊端,以进行改革而创造新文学。“那些旧人物”之所以痛心疾首地肆意诋毁《新青年》,追本溯源就是因为“本志同人”拥护“德先生”(民主)和“赛先生”(科学),而“要拥护德先生又要拥护赛先生,便不得不反对国粹和旧文学”,[②]因为“国粹和旧文学”没有或缺乏现代民主精

---

① 陈独秀:《文学革命论》,《新青年》1917 年 2 月第 2 卷第 6 号。

② 陈独秀:《本志罪案之答辩书》,《新青年》1919 年 1 月 15 日第 6 卷第 1 号。

神和科学精神。陈独秀尽管在1915年《新青年》创刊号上的《敬告青年》一文中曾鼓吹“科学与人权并重”的思想，然而真正地把“德先生”与“赛先生”作为五四新文化运动两面大旗高高举起则是在《答辩书》中。这不仅标明为全人类所拥护所认同并带来莫大福祇的民主思潮与科学思潮已涌进中国这个古老而幽暗的王国，而且也说明五四新文化新文学双向互动的运动是在这两大旗帜引导下兴起的，同时运动本身亦体现了“民主”与“科学”精神；具体到文学革命，有了这两种精神，先驱们大都能自觉地以“民主”与“科学”的态度来分析或处理文学变革的问题，使新文学运动能沿着正常轨道运行，它怎能以彻底否定传统文学为前提而在空空荡荡的一片废墟上建设新文学呢？

既然文学革命两个首领并没有在《新青年》里鼓荡“彻底反传统”思潮，那么其他文学革命先驱或主将则走上这条极端偏激的“彻底反传统，全盘西化”的道路了吗？这里只能略加分析。钱玄同是五四文学的积极拥护者，也是中国著名的音韵学专家，他在《寄陈独秀》信中既赞胡适的《文学改良刍议》“陈义之精美，前已为公言之矣”，特别“胡君‘不用典’之论最精，实是祛千年腐臭文学之积弊”；又对文学改革“八事”或给以补充或提出异议，无不对古代文学作品做出具体分析，该赞的就赞，该斥的就斥，是给传统文学诊病治病而绝对不是否定传统文学；同时他也认为苏曼殊“思想高洁，所为小说，描写人生真处，足为新文学之始基乎”，亦称“梁任公君实为新文学之一人”。[①] 至于“社会上最反对的，是钱玄同先生废汉文的主张”，是否便以此为据给钱玄同戴上“彻底反传统”的帽子，这应该作具体分析。因为钱氏乃中国著名的文字学家和音韵学家，他是依据人类语言文字自然进化规律提出的个人之见，并不代表文学革命先驱们都持此见，即使偏激也只限于语言文字领域并未涉及文学艺术领域；故而不能以此为理由说整个五四文学革命是“彻底反传统”的，对此陈独秀在《答辩书》中有更深切的回答。被鲁迅赞为《新青年》的“一个战士”的刘半农，“活泼，勇敢，很打了几次大仗”[②]；即使这样一位战绩卓著的新文学英雄也没有在《我之文学改良观》中表现“彻底反传统”的激进倾向，完全采取一种民主讨论与求真务实的科学态度来对待文学改良问题。首先承认“文学改良之议，既由胡君适之提倡之于前，复由陈君独秀钱君玄同赞同之后”，刘半农除了“胡君所举八种改良，陈

① 钱玄同：《寄陈独秀》，《新青年》1917年3月第1号。

② 鲁迅：《忆刘半农》，见《鲁迅全集》第6卷，人民文学出版社2005年版，第73页。

君所揭三大主义，及钱君所指旧文学种种弊端，绝端表示同意外”；他并没有随声附会地完全盲从，而对“文学之界说”、“文学与文字”之关系、“韵文之当改良者三”以及“形式上的事项”发表了独立之见。其中有些见解是对前三位文学革命主张的补充与细化，有些见解则是创新之见。例如，他认为“即吾辈主张之白话新文学，依进化之程序言之，亦决不能视为文学止境，更不能断定将来之人不破坏此种文学而建造一更新之文学”（原文就有“·”）①，充分表现出他的远见性。即使刘半农以中外文学比较方法来分析中国古代与近世文学的弊端也没有绝对的否定，更没有彻底否定整个传统文学；而是问题抓得准，学理论得透，令人诚服。被称为五四文学革命“双柱”的“周氏兄弟”，既是新文学理论的倡导者，又是新文学建设的高手。且不说鲁迅是听《新青年》“将令”创造了世界一流的短篇白话小说，并对中国传统文学尤其是小说做了系统研究，著成《中国小说史略》由北京大学新潮社于“后五四时期”的1923—1924年出版，其非反传统文学而是更好地继承了传统文学；其弟周作人连续发表两篇倡导文学革命的重要文论，一是《人的文学》②，一是《平民文学》③，皆是从文学内容的改革上对国语文学主张给出的补充与深化。前者提倡以个人主义为世间本位主义的“人的文学”，反对中国“从儒教道教出来”的“非人的文学”，虽然在其罗列的十类“非人的文学”中，例如也有《西游记》《水浒》《聊斋志异》等，有点打击或否定面过宽，不免有“彻底反传统”之嫌；但是他没有反对自古以来具有人道主义或人文关怀倾向的文学。后者《平民文学》应似《人的文学》的姊妹篇，如果说后文对古代的非人的文学否定太多，那么前文则对平民文学做了具体界说，充分肯定了“《红楼梦》要算最好”的小说，“因为他能写出中国家庭中的喜剧悲剧，到了现在，情形依旧不改，所以耐人研究”。可见周作人亦没有“彻底反传统文学”，若是联系后来他把五四文学革命视为明末“公安派”、“竟陵派”文学变革的重演，更可以说明周作人对传统文学的态度了。

通过上述的简略考察，足以表明《新青年》兴起的这场文学革命，至少在文学艺术层面并没有“彻底反传统，全盘西化”；尽管有些个别观点偏激一点或者说得绝对一些，然而从总体或全部史实来看，却没有呈示出把新文学与传统文学绝端

① 刘半农：《我之文学改良观》，《新青年》1917年5月1日第3卷第3号。

② 周作人：《人的文学》，《新青年》1918年12月15日第5卷第6号。

③ 周作人：《平民文学》，《每周评论》1919年1月19日第5号。

对立起来。揭露旧文学的弊端决不是“彻底反传统”,借鉴西方的新思潮新方法以创造新文学更不是“全盘西化”。可以老实地说,文学革命通过较为切实的科学态度对传统文学弊病的揭露或对庙堂文学贵族文学的批判,真正复活了中国传统文学的生命力与活力,真正展示出中国文学具有不朽价值与超越意义的特质。试看,今天出版的中国古代文学史里那些当年五四文学革命所肯定与称颂的作家作品不亦是书写的主体对象吗?当今海内外风行流传的中国古代文学的经典名著不亦是当年五四文学革命所承认的“正宗白话文学”吗?甚至视《水浒传》《西游记》《儒林外史》《红楼梦》等为白话文学“模范”,亦算远见卓识吧?由此可以说,五四文学革命至少在文学本体层面没有“彻底反传统”,而是以科学的方法“整理”了文学传统,即清除传统文学系统里的弊端或“国渣”外,还梳理了传统文学系统里的“国粹”或“精华”,并予以发扬光大。正如当时胡适所说:“整理就是从乱七八糟里面(指旧有的学术思想)寻出一个条理脉络来;从无头无脑里面寻出一个前因后果;从胡说谬解里面寻出一个真义来;从武断迷信里面寻出一个真价值来。为什么要整理呢?因为古代的学术思想向来没有条理,没有头绪,没有系统,故第一步是条理系统的整理。因为前人研究古书,很少有历史进化的眼光的,故从来不讲究一种学术的渊源,一种思想的前因后果,所以第二步是要寻出每种学术思想怎样发生,发生之后有什么影响效果。”“第三步是要用科学的方法,作精确的考证,把古人的意义弄得明白清楚。因为前人对古代的学术思想,有种种武断的成见,有种种可笑的迷信”,“故第四步是综合前三步的研究,各家都还他一个本来真面目,各家都还他一个真价值”。[1] 如果遵照这四个逻辑步骤来“整理”古代文学那就将“传统文学”的研究纳入科学的学术轨道,真正可以辨清何为文学的“国粹”或“国渣”,前者无疑是有价值的传统文学后者当然就是无价值的传统文学,文学革命先驱们这样来对待古代文学怎么能说是“彻底反传统”呢?这就是《新青年》告示我们的历史真相!

二

既然历史真相昭示出五四文学革命在特定的历史范畴于文学层面没有“彻底反传统”;那么这个影响深远的历史误判究竟如何形成的,为什么至今未得到

---

① 胡适:《新思潮的意义》,《新青年》1919年12月1日第7卷第1号。

“正本清源”？这是值得深长思之的。

并非所有的个体或群体的学人都能理直气壮地承认胡适、陈独秀是五四文学革命的领袖，或有些人只承认陈氏不承认胡适，这种误解有深刻而沉重的政治原因。若政治对历史有意地遮蔽或歪曲那是相当可怕的，当今虽已拨开政治乌云而露出历史真相；但在乌云遮蔽时所形成的思维定式却难以打破。故而作为新文学研究主体，只有彻底从既定的思维成见中解放出来，真正诚服《新青年》承载的铁的史实，方可认清胡、陈二位及其文学革命主张在五四新文学运动中的领袖面目或主导地位，以及钱玄同、刘半农、周氏兄弟等文学革命先驱们所发挥的独特作用。然而这个《新青年》派在五四时期导演的文学革命这场历史活剧所运用的思维方法却是进化论的新与旧认知模式，它统统把传统文学即古代与近世的文学名之为旧文学或旧派文学，没有从政治上规定其性质，而将建设的国语文学或白话文学或人的文学或平民文学则统统名之为新文学，亦没有从政治上来定性；所以“反对旧文学”不一定是否定一切有价值的古代文学或传统文学，“提倡新文学”或建设国语文学也不一定要完全肯定它们是有价值的文学。只要不从政治上判定新旧文学性质，它们在中华民国的国体或政体里，皆没有法理为据将它们彻底打倒；新文学有生成的良性政治生态，而旧文学则有存在的权利，即使文学革命关于“文白之争”展开多次论战，白话处于绝对优势而文言也仍然照样通行，文言书写的传统文学照样出版发行。这不只因为五四文学生成政治背景的中华民国为众声喧哗、百花争妍提供了开放宽松的社会环境，也因为进化论引申出的“新与旧”认知模式，不论是“新”或者是“旧”都不是价值范畴，新文学虽“新”而价值不一定高，旧文学虽“旧”但价值不一定低。对此文学先驱们皆有明确的界说，茅盾曾言：“最新的不就是最美的、最好的。凡是一个新，都是带着时代的色彩，适应于某时代的，在某时代便是新。”[①]故而“新”缺乏价值内涵，仅仅是个时代的标志。周作人亦说过：“新旧这个名称，本来很不妥当。其实‘太阳底下，何尝有新的东西？’思想道理，只有是非，并无新旧。要说是新，也单是新发现的新，不是新发明的新。”[②]既然“新”并非价值范畴，那么从进化论引申出的新与旧认知模式所命名的新文学或旧文学都不是美与丑、好与坏的价值标志；因此文化先驱们“反对旧文学”并不意味着否定一切

① 周作人：《平民文学》，《每周评论》1919年1月19日第5号。
② 周作人：《人的文学》，《新青年》1918年12月15日第5卷第6号。

有价值的古代文学，更不是彻底否定一切有价值的传统文学，事实上他们对“旧文学”的态度也是如此的。

略考五四新文学的接受史或研究史，及至1935年赵家璧主编《中国新文学大系》既是对五四时期文学革命取得的文论成果和创作成绩的总汇，又是对五四新文学从理论主张到各体作品的总评。从其为各个大系所撰写的“导论”来看，可以说真实地展示了五四时期文学革命的本来面貌，既没有给新旧文学进行阶级定性更没有把“反对旧文学”认定为“彻底反传统”，只是从史实或史料出发以进化论的“新与旧”认知思维对五四文学给出了“信史”的书写，它的历史真实性经过漫长的时间检验至今不可撼动。当1939年李何林编著《近二十年中国文艺思潮论》时，力图运用阶级论框架，对五四文学革命进行阶级分析，给出阶级的政治的定性，说“德先生”所标示的“民主主义是资本主义的政治形态；科学是资本主义的思想体系”，而“文言文”则是“封建文化的表现工具”，“反封建的思想”充满了“新文学运动的整个内容”。[①] 然而李何林对五四新文学所做的阶级分析并未达到应有的思想高度，尤其对中国新文学的性质及其领导思想做出的判断，在1949年解放前夕受到批判，他于“自评”[②]中检讨说：“我对于五四前后一二年反古文、文言文的斗争和提倡白话文的运动，认为是资产阶级的文学运动”，并没有说“这是在无产阶级及其思想领导下的资产阶级知识分子和革命的小资产阶级知识分子的反帝反封建反买办资产阶级（一九二七年以后的官僚资产阶级）的新民主主义的文学运动”。1951年新中国教育部授意拟订的《〈中国新文学史〉教学大纲》明确规定五四新文学“不是‘白话文学’、‘国语文学’、‘人的文学’‘平民的文学’等等”，而是“无产阶级思想领导”的“新民主主义的文学”[③]；据此王瑶著的《中国新文学史稿》（1951）或刘绶松所撰的《中国新文学初稿》（1956），都把五四文学革命定性为无产阶级思想领导的反帝反封建的新民主主义文学，而1979年问世的唐弢主编的《中国现代文学史》则是这样断定的：“在文学领域内高举彻底反帝反封建的革命大旗，这个任务不能不落到无产阶级领导的‘五四’以后革命文学的身上。”[④]这里强调的是

① 李何林：《近二十年中国文艺思潮论》，陕西人民出版社1981年版，第5～6页。

② 李何林：《五四以来中国新文学的性质和领导思想问题——〈近二十年中国文艺思潮论〉自评》，《光明日报》1950年5月4日。

③ 《〈中国新文学史〉教学大纲（初稿）》，《新建设》1951年7月第4卷第4期。

④ 唐弢主编：《中国现代文学史》（上），人民文学出版社1979年版，第6页。

“五四”以后而不是“五四时期”的反帝反封建的新民主主义文学是无产阶级领导的。不管这种说法是一种策略还是什么潜台词，亦不管把五四文学革命定性为无产阶级思想领导的反帝反封建的新民主主义文学，更不论这种定性是否正确，它们都没有认定五四文学革命是“彻底反传统的”；因为从新民主主义文学的彻底反封建的特征中自然可引申出“反封建”就是“反对旧文学”，既然“旧文学”皆是封建主义性质的文学而且又是“彻底反之”，这不就是“彻底反传统”吗？然而上述三种具有代表性的纳入阶级论框架书写的中国新文学史却没有做出这样判断，究竟何时何人将五四新文学运动误判为“彻底反传统的”？

对于五四文学革命的解读、研究、认知乃至书写，到了20世纪80年代发生了重大而深刻的变化；随着改革开放新时期的来临和“实事求是，解放思想”的思想路线的深入人心，包括五四文学研究在内的整个学术界出现了阳光明媚的春天。这里笔者情不止禁地要回望新中国成立至今，对于五四新文学的接受或研究已60多年，若粗略考析这段接受史或研究史，从阅读、接受的认知框架来看大致经过三个历史或逻辑的层次。

第一个层次是新中国成立之初中国新文学史学科成立，至“文革”结束，便把对五四文学的解读与接受纳入了政治革命与文学革命之间关系所形成的认知框架，以阶级斗争的观点来分析和判断。为了夺取政权和巩固政权的需要，借助五四文学革命的解读或书写来印证无产阶级领导的彻底地不妥协地反帝反封建的新民主主义革命是从“五四”开始的；这样一来，五四文学革命顺理成章地则成了新民主主义革命的有机组成部分，因此它的政治性质和领导思想亦是“无产阶级领导的彻底地不妥协地反帝反封”的。为了证明这一论断的无可辩驳的正确性，不顾史实地抬高早期共产主义者李大钊在新文学运动中的“领导”地位，以此取代五四文学革命真正领袖胡适与陈独秀的领导资格；同时极力从鲁迅的《呐喊》与《彷徨》小说集中挖掘社会主义思想因素，说《狂人日记》的主导思想是无产阶级的阶级论所致，甚至到“五四”这个特定历史范畴以外去寻找证明史实或史料。随着所谓的阶级斗争路线斗争的激化，五四文学革命的真正倡导者或实验者胡适、陈独秀、周作人等以不同的“罪名”彻底被打倒，这就意味着以《新青年》为主阵地掀起的那场地地道道的“文学革命”被否定。尽管纳入政治革命视野来解读五四文学革命，将“旧文学”、复古派或旧派文人统统视为封建文学或封建势力，把非对抗性的矛盾变成对抗性矛盾，甚至成了新民主主义革命要推翻的“三座大山”之一，这显然使“旧文学”、复古势力成为新民主主义文学的不可调和的敌对一方，属于“彻底地不妥协地反封建”的范围；然而，在这个政治革命的框架里认知和接受的五四文学革命，却罕见“彻底反传统”的表述。

第二个层次是20世纪80年代对“文革”展开大批判的“拨乱反正”、“正本清源”的新时期，将对五四文学革命的研究与接受纳入了思想革命与文学革命之间关系所构成的认知模式，以人道、人性、个性、自由、民主、科学等现代理性思维来解读和认知；并有“实事求是，解放思想”的思想路线为此认知模式的运行扫除路障和禁区。若从思想革命的视角考察五四文学革命那就侧重于对新文学内容的开掘与发现，无疑会判定五四文学革命实质上是一场思想启蒙运动与人的解放运动，它所运用的思想启蒙或人性解放武器无疑是包括个性主义、人道主义甚至社会主义因素在内的以“民主”与“科学”为旗帜的多元复杂的现代意识，它要批判的是整个封建主义制度及其意识形态；那就视“旧文学”是“封建意识形态”的载体进行剖析，从而把中国人特别是平民百姓从封建专制主义及其纲常伦理桎梏中解放出来。由于五四文学革命所参与的彻底反封建的思想革命与80年代兴起的新启蒙运动有诸多惊人的相似之处，为彻底批判“文革”的封建法西斯专制或极左思潮的毒害，将中国人从被禁锢或被摧残的灵与肉中再次解放出来；因此主流意识形态便借助五四文学革命的启蒙思想资源来完成“拨乱反正”的历史使命。伴随着这场新的思想启蒙运动，五四文学革命的研究亦掀起热潮，胡适、陈独秀、周作人等五四时期风云人物受到正面评价，鲁迅亦走下“神坛”；不过在思想革命的框架中来解读五四文学革命，既把周作人的《人的文学》所蕴含的个性主义和人道主义当成文学主潮，又将鲁迅的《呐喊》《彷徨》作为中国反封建思想革命的一面镜子，充分发掘出鲁迅小说所达到的难以企及的思想深度和高度，故而严重遮蔽了五四文学革命激荡起的国语文学大潮。所谓“思想革命”就是在意识形态领域里的“革命”，具体到五四时期的意识形态领域的革命就是“提倡新道德、反对旧道德”的革命，亦即以现代新思想来革旧思想的命；而旧文学则是旧思想的载体，所以“反对旧文学”从思想革命的角度来说就是解构封建意识形态。不过它要解构的不是局部的封建意识，也不是封建思想因素，乃是封建意识形态的整体思想结构；这样五四文学革命与传统旧文学在意识形态领域就形成了非此即彼的异质对抗的态势。根据这种形而上的直线逻辑推理，很容易获取“五四文学革命是彻底反传统的”结论。在笔者的阅读视野中，记得20世纪80年代见到美籍华人学者林毓生所著的《中国意识之危机》(1979)将五四新文化运动定性为“全盘性的反传统主义”,这个论断是如此的绝对而武断;虽然它是从思想文化的角度中研究五四新文化运动而做出的判断,但由于文学革命是新文化运动的重要一翼,无疑也具有“全盘性的反传统主义”的性质。林氏的观点在我国学术界影响深远,不少学人在五四文学研究的著述中引用它、发挥它,就连李泽厚所著的《中国现代思想史论》也认同林氏的“全盘性的反传统主义”的见解,并从思想文化革命的层面纵横捭阖地寻找史料或史实来论证五四新文化运动是彻底反传统的。李泽厚认为,以《新青年》为主媒掀动起的“新文化运动的启蒙要求和主张的彻底性和全面性,为谭、严、梁阶段所不可比拟。它以彻底与传统决裂的新姿态和新方式,带来了新的性质”,而这新的性质就是“主张彻底扔弃固有传统,全盘输入西方文化,便成为新文化运动的基本特征之一”①。并认定五四时期的“启蒙性的新文化运动开展不久,就碰上了救亡性的反帝政治运动,二者很快合流在一起了”②;于是李泽厚便做出了五四运动是“启蒙与救亡的双重变奏”的影响颇大的结论。尽管林氏和李氏都着眼于思想文化层面对五四运动给出了理性判断,然而无不深深地影响了五四文学革命的研究或接受,大都坚信五四文学革命亦是“彻底反传统”的,并表现了彻底反封建以“启蒙”与彻底反帝以“救亡”两大并举的文学主题。其实,这都是在思想革命的框架里来解读五四文学革命所导致的误判。关于五四文学革命并没有“彻底反传统”上文已论及,这里只说“启蒙”与“救亡”两大主题的相互变奏的论断是缺乏充足的历史根据的。在五四时期这个特定历史范畴的《新青年》所发表的新文学作品,似乎没有一篇表现反帝救亡主题的,甚至轰轰烈烈的五四反帝爱国运动在《新青年》上也见不到强烈的反响,这怎能说新文学领域出现了“启蒙与救亡的双重变奏”的主题呢?况且研究现代思想史撇开了胡适、周作人对于五四新文化运动与文学革命的独特贡献,明明知道一个是新文化与新文学的领袖,一个是新文化运动与文学革命的健将却绕过他们而不顾,这样的在“拨乱反正”后出版的《中国现代思想史》(1987)怎能恢复五四新文化启蒙运动与文学革命的真相,只能获得偏颇的历史结论或者导致对五四文学史的重大遮蔽。找来找去,也许上述林、李二位有名学者就是对五四文学革命做出“彻底反传统”误判的始作俑者吧?

第三个层次是20世纪80年代中期至今,随着“回到文学本身来研究现代

① 李泽厚:《中国现代思想史论》,东方出版社1987年版,第11页。
② 李泽厚:《中国现代思想史论》,东方出版社1987年版,第13页。

文学”口号的提出，对于五四文学研究或解读或接受亦回到文学革命本身，就是把五四文学革命视为一个独立自足的系统来研读。它虽与政治革命有联系却不是政治的附庸而保有文学革命自身的本体性和规律性，它虽与思想革命的启蒙运动密切相关但文学革命仍保持自身的独立性和本体性，并没有完全成为思想启蒙的工具。既然回到五四文学革命的本身来研究它，那就要设身处地回到鼓动文学革命的主媒《新青年》这块现场，从文学革命先驱们发表的原创文论或文学作品以及行为痕迹中，去触摸体察文学革命全过程、文学理论主张的性质及其在实践中所产生的影响与效果，从而弄清作为独立系统的文学革命与外在系统政治革命或思想革命的或疏或密或远或近的关系，于新与旧的进化论的认知模式中发现五四文学革命不仅没有“彻底反传统”，而是运用科学的方法对古代的传统文学开始予以“整理”，这个历史真相前面已详论不再赘述。

笔者之所以略考五四文学革命的接受史或研究史，不只是要说明五四文学革命即使有反传统之嫌却也没有“彻底反传统”，至于在政治革命或思想革命所构成的认知框架中来解读五四文学革命所做出的“彻底反传统”的论断并不科学，而是为了政治革命或思想革命的需要导致的误读；而且更重要的是为了不给新儒学派以“彻底反传统”的误判作为口实，把方兴未艾的当下对我国数千年传统文化文学的再发现再评价的热潮与百年前的五四新文化新文学运动异质对立起来，借以抹黑或诋毁五四时期生成的新文化与新文学以及文学革命先驱们，并寻找契合点或结合部将古代文化传统与“五四”开始的现代文化传统衔接起来，以作为建设有中国特色社会主义文化体系的源远流长的文化资源。在我看来，若说百年前的五四新文化运动与文学革命中是借用了实验主义的科学方法来“整理”数千年的传统文化或文学，强调分清何为“国粹”何为“国渣”，取其前者弃其后者，那么新时期以来对传统文化或文学的再发现再评价则是坚持马克思主义的辩证唯物史观及其方法论，可以更好地理清传统文化或文学的“精华”与“糟粕”，前者极力地发扬光大，切实做到“古为今用”，对后者务必除掉，否则便会“沉渣泛起”，损伤21世纪我国现代性的文化或文学的茁壮而健康的发展。

草于2014年4月12日

（原载《山东师范大学学报》2015年第3期）

弘扬“五四”为人生派的文学批评精神

继往开来的五四新文化运动至今约百年，相距越远越感到它遗留下的文化思想资源，其蕴含的意义和价值从哪一角度进行考量或衡估都不会过分。由于这场新文化运动实质上是人的救赎与人的解放运动，因而体现在文学革命上它对人生问题的探究和关注则是空前的，超越了中国文学史的任何朝代而成为初期中华民国文学环绕旋转的轴心主题。不论《新青年》派的文化先驱们、《新潮》社的学子们，还是文学研究会的重要成员，无不在科学与民主的大旗下，凝聚起文学上的人生派。它建构了别开生面的为人生文学的广厦，开创了现代为人生文学批评的新格局。其中茅盾、王统照等的文学批评，充分彰显了为人生派文学批评的精神特质。

一

文学为人生是人生派的根本价值观和绝对的文学批评准则，体现了文学是人学的崇高美学精神。因为文学为人生触及文艺为什么人的根本问题，揭示出文学与人生的关系。文学所以能够成为人的文学取决于文学是为人生的，文学所以有价值有意义亦在于它能够反映人生、批评人生、改良人生；故文学与人生是互促的积极的等值关系。人生无时无刻不在呼唤文学，人生须臾离不开文学，若文学能及时积极响应人生的呼唤，并适应人生健全发展的内在需求，那就是文学的真正价值和意义的体现。文学是人生的产物又能反作用于人生的改良，这正是为人生文学正效能所在。由于人生的主体是人，文学的创作主体、对象主体、接受主体也是人，为人生文学实质又是救赎与解放人的文学；创作主体营造为人生的文学所面对的形形色色的对象主体亦是人，接受主体通过营造的文本镜像认识了人生感受了人生，必然要改良人生批评人生。因而归根到底，为人生文学就是人本文学，就是人道主义文学。

既然为人生派的文学批评，以为人生作为文学价值论的核心，以文学与人生的普遍联系的“关系结构”为逻辑框架，以创作主体对人生态度作为衡量文学正负效应的价值尺度，那么通过对文学作品进行批评所采取的逻辑判断形式往往是二元悖反的：凡是对人生抱着积极严肃、真诚关爱态度的文学就是有价值的人生文学，否则便是缺少或者没有价值的文学，甚至应是受到批判的文学。茅盾就是这样批评旧派现代小说的：

> 此派小说大概是用白话做的，描写的也是现代的人事，只可惜他们的作者大都不是有思想的人，而且亦不能观察人生入其堂奥；凭着他们肤浅的想象力，不过把那些可怜的胆怯的自私的中国人的盲动生活填满了他的书罢了，再加上作者誓死尽忠，牢不可破的两个观念，就把全书涂满了灰色。这两个观念是相反的，然而同样的有毒：一是“文以载道”的观念，一是“游戏”的观念。中了前一个毒的中国小说家，抛弃真正的人生不去观察不去描写，只知把圣经贤传上朽腐了的格言作为全篇“柱意”，凭空去想象出些人事，来附会他“因文以见道”的大作。中了后一个毒的小说家本着他们的“吟风弄月文人风流”的素志，游戏起墨来，结果也抛弃了真实的人生不察不写，只写了些佯啼假笑的不自然的恶札；其甚者，竟空撰男女淫欲之事，创为“黑幕小说”以自快其“文字上的手淫”。①

这种文学批评是入木三分的，由对作家观念“中毒”的揭发深入到小说思想的批判，指斥文本内容的弊端正源于主体意识的中毒，作品思想之毒正是主体观念之毒的外化。如此人本与文本互为因果的文学批评，是人生派受惠于五四新文化的科学精神或科学思维的洗礼。这不仅使中毒的小说家的思想灵魂受到冲洗，也能使广大读者阅览旧派小说时有了警觉性和免疫力，甚至亦为五四新文学的整体创构敲响了警钟，指明了方向，即为人生文学就是真的人的文学，必须与“载道”的、游戏的非人学划清界限。由此可见，唯有举起文学批评的武器，才能为人生文学的诞生与发展“锄刈莠草”，扫清道路。王统照曾强调指出：“在中国新文学这样柔弱的时代（指五四时期，笔者注），无聊的通俗文学，尚在社会潜传其毒菌，对于文学等游戏的观念，尚没有除尽，想努力于文学的人，不应只在阅读，只在创作，更须壁垒森严，想去锄刈莠草。因为这些传统，因袭游戏以文

① 茅盾：《自然主义与中国现代小说》，《小说月报》1922年7月10日第13卷第7号。

学为金钱化的观念下面去，真的文学的根，总不能向人之心内茁生。”①这虽然并未从创作主体与文学作品互动关系的两个维度，对“无聊的通俗文学”进行悖反的批评，但它却从“游戏观念”刺破了“无聊的而有毒害社会的劣等通俗文学”：“本来这些非文学的东西，可以不值得去攻打，但非进即退，而且任其殖生繁育，使社会日受其恶果，我们不能不去刈除拦路的荆棘，好预备同大家向云霞灿烂的长途中并翼游翔。”②出于这种高度的社会人生责任感及其灿烂美好前途的憧憬，人生派诸君怎能不对有毒无聊的通俗文学展开犀利的批评？当然，为人生派所批评的并不是所有的以礼拜六派为代表的通俗文学，只是将那些有毒的无聊的劣等的通俗文学作为扫荡的主要对象，目的是为创建“人的文学——真的文学”③清障除碍。

为人生派的文学批评既有实践上的自觉又有理论上的自觉，理论自觉驱动其实践自觉，实践自觉又检验其理论自觉。而文学批评的理论自觉，则集中体现于王统照在五四时期相继发表的《对于诗坛批评者的我见》《批评的精神》《批评中国文学的方法》《文学杂论三则》《文学批评的我见》等文论中。首先，他从多维度论述了文学批评的重要性。五四时期是破坏与创造的时代，而文学批评则会有破坏与创造二义，特别是要破坏旧文学创造新文学，“都急不可待需要批评——真的批评”④；况且文学事业的发展又必须与文学批评相辅相成，“我们一面既须努力开垦自己的创作田地，一面更须引起与要求一般批评者的兴味”，唯有文学批评活跃起来方能使文学创作之花“开得灿烂而繁茂”。⑤尤其欲创建一代为人生的新文学，不能对中国数千年的传统采取虚无主义态度，必须“立足在现代的潮头之上”，用慧眼的批评主义，去整理旧文学，重新估定其价值，为新文学的创建提供优质的美学资源。王统照明确认识到，中国的旧文学不能说是完全没有价值的，“因为文学也是幻影下表现人生生活的一种；而且更可说与生活上有每日每时更密切的关系”，特别是几千年的旧文学“自有其悠久的历史，更与过去的时代生活有密切的关系，所以我们对于一切的事物，保持

---

① 王统照：《本刊的缘起及主张》，见《王统照文集》第6卷，山东人民出版社1984年版，第423页。

② 王统照：《本刊的缘起及主张》，见《王统照文集》第6卷，山东人民出版社1984年版，第424页。

③ 茅盾：《文学和人的关系及中国古来对于文学者身份的误认》，《小说月报》1921年1月10日第12卷第1号。

④ 王统照：《批评的精神》，见《王统照文集》第6卷，山东人民出版社1984年版，第394页。

⑤ 王统照：《本刊的缘起及主张》，见《王统照文集》第6卷，山东人民出版社1984年版，第423页。

着批评的精神，对于文学是这样，对于中国的旧文学也是用同一的态度”。[1] 虽然古代整理旧文学“只知向旧日纸堆中考究”，所做的“诂，释，笺，注的功夫”不可一笔抹杀，但它们毕竟不符合现代文学批评精神，既缺乏与时代精神的联系又没有与文学观念更新相结合。因此只有运用现代文学批评对中国旧文学予以探究，才能从中发掘出创建为人生新文学所需要的有价值的因素。茅盾亦说：“我们现在不反对真心研究旧学的人，因为旧学本自有其价值”；所以“能从根柢上研究旧文学不是坏事，最怕的是旧也没有根柢新也仅得皮毛”。[2] 唯有那些新旧文学根柢深厚的文学批评者，以真心去探究旧文学，才能发现新特质以创构表现人生的真文学。不仅如此，文学批评的重要性还在于：“批评主义在文艺上有极大之威权，能左右一时代之文艺思想。新进文学家初发表其创作，老批评家持批评主义相绳，初无丝毫之容情，一言之毁誉，舆论翕然从之。如是，故能相互激励而至于至善。我国素无所谓批评主义，月旦既无不易之标准，故好恶多成于一人之私见；‘必先有批评家，然后有真文学家’此亦为同人坚信之一端”。[3] 为人生派同人深知“中国一向没有正式的什么文学批评论，有的几部古书如《诗品》《文心雕龙》之类，其不是文学批评论”，仅是“文体的主观定义”。[4] 所以，他们如此的重视文学批评，坚信文学批评在整个文学体系中具有先锋的前卫作用，坚信“必先有批评家，然后有真文学家”的不可颠倒的因果逻辑。这不仅开了现代文学批评的先河，新建了文学批评论，又培养了现代文学批评骨干，而且也为“新进文学家”及其文学作品的健全生成呐喊助威和长鸣警钟。

其次，探究为人生文学批评的强大功能。在为人生派看来，唯有文学批评者方有可能沟通文学作品与人们心灵的联系，以净化人的灵魂，唤起人的觉醒，启迪人的理智，照亮人的行程，从而文学批评的积极功能由此得到显现。王统照认为，文学批评者的费力与劳苦并不下于文学创作者，尽管批评者不必去亲自创作，不过亦须具有创作者的才能与灵气。因为“一个大的社会，全体都是用无数的锁链穿成的，都是息息相关的，文学是人生的活动之一，虽然与教育，宗

---

① 王统照：《批评中国文学的方法》，见《王统照文集》第6卷，山东人民出版社1984年版，第396页。

② 茅盾：《现在文学家的责任是什么？》，1920年1月10日《东方杂志》第17卷第1期。

③ 茅盾：《〈小说月报〉改革宣言》，1921年1月10日《小说月报》第12卷第1号。

④ 茅盾：《“文学批评”管见一》，1922年8月10日《小说月报》第13卷第8号。

教、政治等，不是根于同一出发点，但与社会上的关连，与人类情感的贯注，总是不甚相远”；因之，“人类中‘彼’与‘我’的界限，何尝画得如鸿沟一般的不可逾越”。这反映在一个作家的文学作品中“不为一般人所了解”，然而有才气的文学批评者的功用“便在此中显出”。况且，“文学作品的产出，的确是富有神秘性的。所谓‘行乎其所不得不行，止乎其所不得不止’，所谓‘妙手偶得’，所谓‘乘兴杳然迷出处，对君疑是泛虚舟。’这等创作欲在‘愤而启，悱而发’的时候，一切功利论，目的论，在作者的心头眼底，一扫而空”。进入这种创作状态的作家所铸造的为人生文学，不只具有神秘感，而且“即有作者的整个的人生观在内，哪怕短得如太戈尔的两三行的诗，长得如托尔斯泰的《战争与和平》，与无论其为言简意赅也罢，蔓延无端也罢，其中总是包含有一部分的人生的哲学思想在内”。因此这就要求文学批评者“作心灵的研究”，即去“发抉出作者‘内性的真’”，又可“宣露出一己的见解”。尤其文学中的人类感情是最奇妙不过的，最易于流动而变幻，文学批评者“非用极锐利的思力，透入作品的内部，难以把握到作品之生命的泉源，难以使大多数，无明了批评观念的人，得到利益”。由于文学作品只是“感动”的媒介，所以文学批主义者“只是在‘感动’的范围内，用明敏的眼光，去探出作者的潜在意识，或抒写他自己真实的见地，这便是最重要的任务”。[①] 文学作品只有“作心灵的研究”和批评，方有可能破译其神秘性、诗意性和哲理性，使文本的情感世界或心理宇宙与社会心理、人生奥秘相沟通，发挥作品的最强烈的感染能力和最深切的启示作用，尽到文学批评的重要职能，重新评估文学的价值。“无非欲使文学更能表现当代全体人类的生活，更能宣泄当代全体人类的情感，更能声诉当代全体人类的苦痛与期望，更能代替全体人类的不可知的运命作奋抗与呼吁”[②]，从而使为人生文学“帮助人们摆脱几千年历史遗传的人类共有的偏心与弱点，使那无形中还受着历史束缚的现代人的情感能够互相沟通，使人与人中间的无形的界线渐渐泯灭”；[③]也就是说，通过开展文学批评，可以使为人生文学作品的情感能量获得最大化的挥发。

诚然，文学批评“能将创作家的作品，精密分剖介绍于无量数的读者”，如同有了美丽芳香的好花，若没有风与昆虫作为媒介，哪能结成好果，“这是真正批

① 王统照：《文学批评的我见》，见《王统照文集》第6卷，山东人民出版社1980年版，第425～429页。

② 茅盾：《新文学研究者的责任与努力》，《小说月报》1921年2月10日第12卷第2号。

③ 茅盾：《创作的前途》，《小说月报》1921年7月10日第12卷第7号。

评家的唯一功能”。不过,把文学批评作为“作者与读者中间的媒介”而当成“唯一功能”却是强调得过分了,必须承认文学批评者还“负有指导作家的责任”,即文学“批评能以指正创作的优劣与引导创作,以达于更高的境界”。既然文学批评肩负着指导创作的职能,那务必要讲究批评的艺术。比如“批评者对于诗歌的作品,而为文字的批评时,不可太片面了,只知注意到一字一句的妥当与美丽,须先捆捉到作品的全体,然后再下论断。不可太抽象了,仅仅用几个豪壮飘逸的字眼,而将作品的真精神与真意义来混沌过去。不可太省事了,随意而书,漫无限制”,至于在文学批评中掺杂“尖刻的言辞与偏激的意见”更是不该有的。真正的批评艺术是与批评者的人格化密切相关,所以文学批评“原不是容易的事,是应负有重大的责任的”。[①] 由于为人生派文学家的“积极的责任是欲把德谟克拉西充满在文学界,使文学成为社会化,扫除贵族文学的面目,放出平民文学的精神。下一个字是为人类呼吁的,不是供贵族阶级赏玩的;是‘血’和‘泪’写成的,不是‘浓情’和‘艳意’做成的,是人类中少不得的文章,不是茶余酒后消遣的东西”[②],这可以视为从宏观上对五四时期创作表现人生,反映人生文学的引导;当人生派文学批评家发现一些民族文学只暴露国民性的劣点而没有展示国民性美点时,便及时地坚定地指出:“一个民族既有了几千年的历史,他的民族性里一定藏着善美的特点,把他发挥光大起来,是该民族义不容辞的责任。中华这么一个民族,其民族性岂遂无一些美点?从前的文学家因为把文学的目的弄错了,所以不曾发挥这些美点,反把劣点发挥了。这些‘国粹文学’内所表现的中华国民性,我们不能承认是真的中华国民性;国民性的文学如今正在创造着!”[③]在中国新文学的初创期,这样的文学批评确实尽到了应尽的职能。

再次,确立现代文学批评标准。为人生派不仅对现代文学批评的重要性、功能性做了可贵的探讨,为现代文学批评理论体系的建构提供了智力支持;尤为可贵的是他们确立了切实可循的文学批评标准,使为人生派的文学批评论具有了坚实支柱。所谓文学批评标准,就是衡估文学作品的价值尺度,一切的文学批评的开展不管是自觉的或者非自觉的无不遵循特定的价值观。正如鲁迅

① 王统照:《对于诗坛批评者的我见》,见《王统照文集》第6卷,山东人民出版社1984年版,第395页,第375~383页。

② 茅盾:《现在文学家的责任是什么?》,《东方杂志》1920年1月10日第17卷第1期。

③ 茅盾:《新文学研究者的责任与努力》,《小说月报》1921年2月10日第12卷第2号。

所说:“我们曾经在文艺批评史上见过没有一定圈子的批评家吗? 都有的,或者是美的圈,或者是真实的圈,或者前进的圈。”[①]这里说的“圈子”即文学批评标准或文学价值观;而为人生派的文学批评标准或文学价值观,则是在“五四”民主与科学新潮的催动下,汲取了西方文艺思想,赓续了古代文学传统,适应为人生文学创作的需要和广大读者的期待而建成的。其中王统照建立的文学批评标准或文学价值观,既具鲜明的时代感又有理论的独特性:一是主张“以作品内在之精神,去定其优劣”。五四时期是反帝反封建的革命时代,“真正悲壮的反抗精神,与可歌可泣的魄力”就是时代精神的体现;若是文学作品的内在精神蕴含着这种反抗意识和悲壮情感,那这样的为人生文学作品就是优秀的,并能“给予人们灵的或肉的影响”。王统照以“作品之内在精神”为准绳,高度评价了俄罗斯19世纪批判现实主义文学,充分肯定了瞿秋白当时发表的《新俄国游记》;并对那种毫无思想价值的作品采取斥责态度:“文学万万不是一种玩具,不是掷骰,下棋一般的什物,不是可以拿来用作茶余酒后消遣的资料。”[②]二是主张“批评文学,最宜注意之点,还是情感”。这是因为“文学是情感的产物”,“情感为上,文辞次之。文学求情感之真,只是由真心中发出来不得不言的情流,那么就是文辞(即今所谓文学的艺术)不及,而无碍其为好作品”。所以评判一部文学作品的优劣高低除测其精神内涵,“情感之真”也是重要的评价标准。由于文学作品蕴含的情感是丰富而复杂的,因而“若要批评一种作品时,对于情感的观察,不宜含混,也不宜笼统,必须详细剖解,而后方能明确的知其情感之所在”;也就是说,“若要真正有精确正当的批评,必先深深的加入作者原始情感之内部,而又须加以解剖,方可了解一种作品的情感如何”。但要具体衡量文学作品情感的分类,应“以五种作标准”:“情感的正当或精确”、“情感的活泼或强度”、“情感的连续或固定”、“情感的门类或种类”、“情感的等级或品性”;通过对情感的分类剖解与分析,旨在“认识在文学作品中的情感的真象”,[③]给作品以优劣精粗的评价。重视文学作品内涵精神或情感真实性的考察,固然是文学批评

① 鲁迅:《花边文学·批评家的批评家》,见《鲁迅全集》第5卷,人民文学出版社1981年版,第428页。

② 王统照:《文艺杂评三则》,见《王统照文集》第6卷,山东人民出版社1984年版,第417页,第420页。

③ 王统照:《文艺杂评三则》,见《王统照文集》第6卷,山东人民出版社1984年版,第417页,第420页。

的重要价值尺度，然而王统照并没有忽略文学批评艺术标准的探索。三是主张以“美、善、知”相结合的审美标准来评判文学作品的得失成败。任何文学批评标准都是人工制定的，无法否认它的主观性，但主观性并非随意性或独断性；睿智的文学批评家总是力求使自己设想的批评标准或符合文学活动的客观规律或契合文学作为人学的内在特质。王统照提出的美、善、知三个概念虽与真、善、美三个美学范畴相似相通，但也有一定的差异；真、善、美三个美学观念是具有普遍价值的为人们所公认的文学批评标准，而美、善、知三个美学概念即使与真、善、美三个美学范畴有差异也不能不承认其具有文学批评的普遍价值内涵。王统照不是以理性思辨或逻辑判断来诠释美、善、知三个美学概念，而是引用丁尼孙《艺术之宫》中的“诗意”，来阐明文学作品是“美、善、知”三者和谐统一的艺术整体，内中的“美”是文学作品的重要构成因素，没有“美”就没有文学；不过以“美”即美感作为文学批评标准则应从多元的美感特征中紧紧地抓住形象性与情感性这两点，只有从形象性与情感性入手方可感悟到“美”是否真实是否典型。至于“善”作为文学批评标准，主要指作品主题有助于陶冶人的思想灵魂，有助于丰富人的精神生活，有助于化为物质力量推动社会前进；而“知”作为文学批评标准，主要不是考察作品中是否“讲究韵律，搬弄笺注，以炫其学博”，乃是体察其能“用自然流化的方法，将无量的印象提到，用艺术的文字写出，使人看了为之思想，为之感叹，为之流连不舍”，这就是“文学上的所谓智慧的原素”。优秀的文学作品如同“美，善，知，是互相启示的姊妹三个，而友于人，在同一屋顶下共同居住”[①]；这就告知人们评判一部文学作品的美学价值必须去“分析综合美，与善，与知三者的全体”的结合程度如何，即结合程度越高其美学价值就越高，结合程度越差其美学意义亦越低。文学研究会的理论旗手茅盾先于王统照提出“美、好、真”三个美学范畴，与“美、善、知”相呼应，同“真、善、美”更近似。不同于王统照对“美、善、知”三个概念作的解释，茅盾在“美、好、真”三个范畴中突出了“真”的价位，他说“‘美’‘好’是真实(Reality)”，唯有“真实的价值不因时代而改变”。[②] 强调文学作品的“真”的美学价值，可以说是五四时期为人生派文学批评共同追求的最高价值目标。

---

① 王统照：《文学的作品与自然》，见《王统照文集》第6卷，山东人民出版社1984年版，第432页。

② 茅盾：《〈小说月报〉改革宣言》，《小说月报》1921年1月10日第12卷第1号。

二

为人生派建立了系统而切实的文学批评理论，具有了文学批评的理论自觉，主动地联系五四文学的创作实际与文学现象，积极开展文学批评，确保并引导为人生的文学创作的健全发展，从而亦显示了为人生派文学批评的实践自觉和精神特质。

坚持写实主义的真实律，批判"瞒和骗"的虚假文学。鲁迅认同文学为人生的主张，并提倡文学应具有"改良人生"的功能；所以他号召"作家取下假面，真诚地、深入地、大胆地看取人生并且写出他的血和肉来"。这样的为人生文学体现出一种主观表现与客观再现相融合的现实主义求真精神，而此种求真精神是与创作主体从客观人生现实出发又以客观人生现实为归属的强大的现实战斗精神同质同构的。正是基于这种强烈的求真精神，鲁迅坚决反对和批判"瞒和骗"的文学，不仅揭露了"瞒和骗"文艺生成的社会根源，即"中国人向来因为不敢正视人生，只好瞒和骗，由此也生出瞒和骗的文艺来"；而且也披露出"瞒和骗"文艺造成的恶性循环给中国人带来的灾难，即"由这文艺，更令中国人更深地陷入瞒和骗的大泽中"。[①] 为把中国人和中国文艺从瞒与骗的大泽中拯救出来，鲁迅严格地恪守现实主义真实律，既求客观之真又求主观之真也求艺术之真。因此，对于五四文学革命中一些年轻作家的诗作，只要能将胸中的真实的爱憎之情与苦乐之感凝聚于客观化的艺术形象之中倾吐出来，那就给予肯定性评述或美学指导。鲁迅曾在1919年收到一位作者的《爱情》诗，写道："我是一个可怜的中国人。爱情！我不知道你是什么。……我年十九，父母给我讨老婆。……可是这婚姻，是全凭别人主张，别人撮合：把他们一日戏言，当我们百年的盟约。仿佛两个牲口听着主人的命令：'咄，你们好好的住在一块儿罢？'"对此鲁迅给出这样的评价："诗的好歹，意思的深浅，姑且不论；但我说，这是血的蒸气，醒过来的人的真声音。"[②]这首诗并不完美，鲁迅之所以肯定它，在于它把主观之真与客体之真结合起来。1922年汪静之的爱情诗集《蕙的风》问世，社会上的老少卫道者"尤厌恶恋爱诗"，但鲁迅却因爱情诗抒发了真热情又能引

① 鲁迅：《坟·论睁了眼看》，见《鲁迅全集》第1卷，人民文学出版社1981年版，第240~241页。
② 鲁迅：《热风·随感录四十》，见《鲁迅全集》第1卷，人民文学出版社1981年版，第321~322页。

发共鸣之心,既肯定了汪静之的爱情诗又嘲讽了老少卫道者的虚伪:“诗歌是本以发抒自己的热情的,发讫即罢;但也愿意有共鸣的心弦,则不论多少,有了也即罢;对于老先生的一颦蹙,殊无所用其惭惶。纵使稍稍带些杂念,即所谓意在撩拨爱人或是‘出风头’之类,也并非大悖人情,所以正是毫不足怪,而且对于老先生的一颦蹙,即更无所用其惭惶。”①由此可见,为人生文学的创作或批评无不推崇全方位的真实;而这种崇尚文学真实律的精神在茅盾的文学批评实践中,则得到了更充溢的体现。

茅盾坚信:“文学是时代的反映,社会背景的图画”②;“文学的目的是综合地表现人生,不论是用写实的方法,是用象征比譬的方法,其目的总是表现人生,扩大人类的喜悦和同情,有时代的特色做它的背景”③;“文学是人生的反映(Reflection),人们怎样生活,社会怎样情形,文学就把那种种反映出来。譬如人生是个杯子,文学就是杯子在镜子里的影子”④。为创造这种“真的文学”,反对一切违背“真实律”的虚假的瞒与骗的文学,茅盾极力提倡自然主义(当时与写实主义同义通用)。因为“自然主义者最大的目标是‘真’”,“不真的就不会美,不算善”;⑤自然主义者在“真、善、美”这三个相互联结的美学范畴中,之所以“真”处于最高位,主要在于“近代西洋的文学是写实的,就因为近代的时代精神是科学的。科学的精神重在求真,故文艺亦以求真为唯一目的”⑥。所以茅盾在为人生派的文学批评家中,写实“求真”的旗子是举得最高的,在文学批评实践中取得的成效也是最卓越的;尤其对于现代旧派或新派小说的虚假的瞒与骗的弊端所展开的批判,茅盾的文学批评应算最有力度最有深度亦最有说服力。他尖锐指斥旧派小说创作“只知主观的向壁虚造,以至名为‘此实事也’的作品,亦满纸是虚伪做作的气味,而‘实事’不能再现于读者的‘心眼’之前”。旧派之所以伪造这种瞒与骗的文学,“思想上的一个最大的错误,就是游戏的消遣的金钱主义的文学观念”在作祟,致使“旧派中竟有生平从未到过北方而做描写关东三省生活的小说,从未见过一个喇嘛,而竟大做其活佛秘史;这种徒凭传说向壁虚

① 鲁迅:《集外集拾遗·诗歌之敌》,见《鲁迅全集》第7卷,人民文学出版社1981年版,第238页。

② 茅盾:《创作的前途》,《小说月报》1921年7月10日第12卷第7号。

③ 茅盾:《文学和人的关系及中国古来对于文学者身份的误认》,《小说月报》1921年1月10日第12卷第1号。

④ 茅盾:《文学与人生》,见松江演讲会:《学术演讲录》第1期,1923年版。

⑤ 茅质《自然主义与中国现代小说》,1922年7月10日《小说月报》第13卷第7号。

⑥ 茅盾:《文学与人生》,见松江演讲会:《学术演讲录》第1期,1923年版。

造的背景，能有什么‘真’的价值？此外如描写‘响马’生活，蜒户生活等等特殊的人生，没有一篇是出于实地观察的，大家在几本旧书上乱抄，再加了些‘杜撰’，结果自然要千篇一律。试问这种抄自书上的人生能有什么价值？”对照一下当今的文学创作，这种胡编乱造、抄袭杜撰的虚假伪作的瞒与骗的文艺作品还少吗？至于五四时期“热心于新文学”的新派作家，诚然“新思想要求他们注意社会问题，同情于第四阶级，爱‘被损害者与被侮辱者’”；但是他们没有“把这种精神灌到创作中”，由于不熟悉第四阶级的生态与心态，“总要露出不真实的马脚来”，心理刻画也“弄得非驴非马”，致使“艺术上实无可取”，这都是悖离了文学创作的真实律所造成的。故而在茅盾看来，唯有借用自然主义求真的描写方法，才能医治现代新旧两派小说的“病根”，清除古今瞒与骗文艺的流毒，使为人生文学的创作能够朝着“真”的目标前行。①

弘扬文学的创造精神，抨击古今文学的“因袭与模仿”之风。为人生派的文学批评者敏锐地指出：“旧文学最显明的弊病是因袭与模仿。”②“蔑视自己的创造力，专去摹仿古人。‘今不如古’的观念，牢入人心”；甚至著名的批评家也“喜欢硬派某一时代的杰出作品乃是摹仿某时代的”。刘勰说：“楚之骚文，矩式周人；汉之赋颂，影写楚世；魏之策制，顾慕汉风；晋之辞章，瞻望魏采；推而论之……则楚汉侈而艳，魏晋浅而绮，宋初讹而新：从质及讹，弥近弥澹。何则？竞今疏古，风末气衰也。”③在刘勰看来，文学创作的得失是取决于能否迷古拟古，而不是每个时代文学的创造精神。诚然，“摹仿原是人类的天性，但中国文人之好拟作，却因是迷古。魏晋要返于两汉，两汉要返于周秦，周秦要返于唐虞，只思后退，不愿上前，便是中国文学的一大毛病”；这亦“便是源远流长的中国文学不能健全发展的根本原因”之一。④ 这股一味迷古拟古复古而漠视抵制文学创造性的恶流直到五四时期，仍在文坛上泛滥，形成文学上的老八股老教条，严重地阻碍着文学的发展，更影响为人生文学的创作。正如胡适所揭露的：“观今之‘文学大家’，文则下规姚曾，上师韩欧；更上则取法秦汉魏晋，以为六朝以下无文学可言”。其实，这种“摹仿古人”的拟古主义是一种人的“奴性”意识

---

① 茅盾《自然主义与中国现代小说》，《小说月报》1922 年 7 月 10 日第 13 卷第 7 号。

② 茅盾：《独创与因袭》，《时事新报》副刊《学灯》1922 年 1 月 4 日。

③ 刘勰：《文心雕龙·通变》。

④ 茅盾：《中国文学不能健全发展之原因》，《文学周报》1926 年 11 月第 4 卷第 1 期。

作祟，根本创造不出具有独特色彩的“真文学”，只不过为文学界“添几件赝鼎耳”。[①] 也许因为自古及今这股因袭与模仿的拟古复古之风的恶劣影响，尽管“新文学革了旧文学底命，自当脱胎换骨，一新面目，才算是有出息”，“可是，两三年来，虽也有几个力去陈言，戛戛独造的作家，许多人总还不免有因袭与模仿的旧病”，专以堆砌、模拟为能事，除掉那流行的滥调和做作出来的别人的风格，没有什么独创的新鲜活泼的味道，滥调所以无味，如同古文无味一样“只因陈陈相因”。“所以文学贵在‘创作’，文学不能不忌同求异，人家用过，我固不必去拾唾余；就是我自创的，被别人或自己用熟了时，也得割爱”。就“以新诗而论，近来最流行的有‘自然’，‘大自然’，‘宇宙’，‘爱’，‘美’，‘生命’，‘诗人’，‘上帝’等字样”，与旧诗的风、花、雪、月等字有何不同？如果这些词头初用于新诗里还有点“新鲜的意义”，“可是有些新诗人们，一味将他们放在刻板的表现式里，所以便觉千篇一律，了无意趣”，像这样饾饤的东西果真能算新文学，那“和古文相去又几何呢”？真正的作家必须弘扬创造精神，铸就文学的独特风格，方能有动人的新文学。如果总是陈陈相因、模仿抄袭，“去拟去仿张大家、王大家，那一定是‘画虎不成’”，即使“想将别人底风格移到自己文章里，任你手段怎样高妙，也免不了有做作气”；甚至“只因一班文人，只想摹古人底词调，偷古人底风格，却不能自立门户；白操了心，学古人总不及古人，反倒埋没了许多进取底可能性”。所以，奉劝那些患了因袭和模仿陈病的文学家，“弃了你们储蓄的滥调，抛了你们做作的腔势，自出心裁地去‘创作’罢”！[②]

为人生派文学批评的突出特点，从不放空炮发空论，总是从古今文学演变的实际轨迹出发，发现问题具体透析问题，以古鉴今地有的放矢地解决新文学生成过程的重要问题。尽管他们敏锐察觉“因袭和模仿”是中国文学的弊病，也是新文学发展的障碍，极力反对古今文学的陈陈相因与墨守成规，极力主张弘扬作家的创造精神和增强文学的独创性；然而人生派并没有停留在一般的提倡或号召上，乃是切实可行地探讨了“模仿”或创造问题，从理论与操作的结合上为新文学创作指出方向。为人生派文学批评主将茅盾并不反对必要的“模仿”，他认为文学家在形成独创性之前，开始都要经历对前代文学家的“模仿”这样一个幼稚阶段，以便从中发现自己特有的创造气质所必需汲取的营养汁；就是说，

---

① 胡适：《文学改良刍议》，《新青年》1917 年 1 月 1 日第 2 卷第 5 号。

② 茅盾：《独创与因袭》，《时事新报》副刊《学灯》1922 年 1 月 4 日。

茅盾反对那种忽视自己创造气质而一味机械地模仿前人或洋人并难能形成自己独创能力的奴性因袭，反对那种生吞活剥前人或洋人的文学成果而不是把它作为形成自己独创性的必要准备乃是全然当成目的的所谓“模仿”，更反对那种单凭自己一时的灵感所至去创作而对“古今来大文学家作的什么等等，全不用问”的妄自尊大的虚无主义态度。[1]“独立创作自然是每个作家所应奉为格言的，但是决不可误认为独立创作，即是屏斥一切已成功的文学作品而不去研究”。正如同“企图思想独立的人，决不是闭目不看一切书籍，不研古来各派思想，而在自己的空空洞洞的脑子里求思想之独立的；他必须先去博览深求，吞进了许多书籍，精研过各派思想，然后独辟蹊径，以成其独立见解”一样，文学家的创造精神的形成亦是这样。即“一个文学家必须知道他前辈的文学家，在艺术上是达到了如何境界，据有它，熔化它，使变成自己的血肉，然后再抛弃了前人的成规，然后独立创造”。[2] 这样，才能增强自己的创造能力并创作出超越前人且独具时代色彩的为人生的新文学。

倡导文学创作的个性化，批评文学作品的公式化或雷同化，这是为人生派文学批评与其“弘扬文学创造精神”功能特点密切相关的文学批评特质。茅盾以“文学是人生的反映”为理论依据考察了中国文学史的另一个弊端，即“中国始终没有一个时代曾明确地认识文学须表现人生，须有作者的个性”[3]，而只是将文学作为“代圣贤立言”的工具或作为游戏之物，这必然导致“作者个性”的丧失。由于文学所反映的社会人生的真善美只能存在于无限丰富的客体具象中，因此作家对它的审美感受也是多彩而充盈的，这样就能使文学对社会人生真善美的反映具备了充分展示个性意识的空间；唯有作家的独创主体意识又恰好是对客观人生真善美的一种独特反映，才能形成真正的创作个性。否则，若是作家不从丰富多彩的社会人生的客体出发，而是着眼于“圣贤”的理念学说，不是根据对现实人生的独特体悟去探求与之相适应的独特表现样态，而是依照“载道”的需要墨守于既定的成规格式；那不仅扼杀了作家的主观独创性，而且“他们的作品内找不出人生并没有个性了”。为人生派认为，作家们“一味模仿时人”而忘记自己的“创作个性”，主要表现在两个方面：一是生搬硬套西洋文

① 茅盾：《告有志研究文学者》，《学生杂志》1925 年 7 月 5 日第 12 卷第 7 号。

② 茅盾：《告有志研究文学者》，《学生杂志》1925 年 7 月 5 日第 12 卷第 7 号。

③ 茅盾：《新文学研究者的责任与努力》，《小说月报》1921 年 2 月 10 日第 12 卷第 2 号。

学，有些新文学作者读了翻译的或原文的外国小说尚未消化便急忙下笔做小说，“纯是模仿，而不去独立创造”，致使小说“缺少活气和个性”，一篇作品中的许多人物仿佛都是“一个模型里的出产品”，根本见不到栩栩如生的人物个性。二是新文学作者缺乏独创的个性意识，造成文学创作的公式化或雷同化。茅盾通过对1921年4、5、6月新文学创作的分类的量化分析，发现描写男女恋爱、农民生活、城市劳动者生活题材的作品，互相模拟的雷同化现象极为严重。“他们对于描写的对象大概是抱了同一的见解和态度的，他们的描写法也是大概相同的，他们的作品都像是一个模型里铸出来的”。尤其表现男女恋爱的作品，不仅在情节布局的格式上类同，而且所塑造的人物大都是一个面目，其思想又是一样，举动也是一样，何等地步说何等话也是一个样，这样的作品中的人物不能一个有一个的个性，竟弄成所有的人物都只有一个性格。此类公式化、雷同化的恋爱小说，不是社会人生的真实反映，也不是作者对恋爱人生的个性的观感，而是“摹拟的伪品”。①

对于五四新文学创构来说，若是新文学作者缺乏鲜明的创作个性，对客观人生现实中伏藏着的真善美缺乏一种有别于其他作家的独特感受力，在艺术表达上又缺乏一种标新立异的探求精神，而只会模拟仿造，其结果不但不能为现代文学大厦的奠基增添色彩明丽的坚固石子，反而堆砌一些伪造的陈砖烂瓦。为了克服新文学创作上的公式化、雷同化，增强文学创作的个性化，首要的任务在于作家必须把对社会人生的观察、感受、认知提升到新的高度，这是“因为从客观方面说，天下本无绝对相同的两件事，从主观方面说，天下亦决无两人观察一件事而所见完全相同的。若现今一般作者于创作之前，真曾努力于事象去观察，何至有我上述的雷同现象？”②至于具有个性化的艺术表现方式或“文学描写的技术实是创作家天才的结晶”③，但亦是艰苦探索的艺术实践成果。其次，茅盾还提出“创造的原素愈多，便愈美”的创作原则，引导作家遵照“美”的要求充分发挥独创能力，提高文学作品营造的个性化程度。因为“文章的美不美，在乎他所含的创造的原素多少”，这为文学创作个性化追求指明路径，启示作家深晓艺术美是客体人生美通过主体反映的产物，但这一“反映的产物”不是客体的复制乃是主体个性化的创造形

① 茅盾：《评四五六月的创作》，《小说月报》1921年8月10日第12卷第8号。
② 茅盾：《一般的倾向》，《时事新报》附刊《文学旬刊》1922年4月1日第33期。
③ 茅盾：《一年来的感想与明年的计划》，《小说月报》1921年12月10日第12卷第12号。

态，故作家的个性化的艺术创作是决定文学作品美不美的重因素。茅盾当年最敬佩最推崇的是鲁迅的小说，乃因鲁迅《呐喊》集里的小说不论“题目，体裁，风格，乃至里面的思想，都是极新奇可怪的”，即具有鲜明的独创色彩，表现了鲁迅高超的非凡的个性化的创造才能；故他赞美说：“在中国新文坛上，鲁迅君常常是创造‘新形式’的先锋：《呐喊》里十多篇小说几乎一篇有一篇的新形式，而这些新形式又莫不给青年作者以极大的影响，必须有多人跟上去试验。丹麦的大批评家布兰兑斯曾说：‘有天才的人，应该也有勇气。他必须敢于自信他的灵感，他必须自信，凡在他的脑膜上闪过的幻想都是健全的，而那些自然而然而来到的形式，即使是新形式，都有要求承认的权利’”[①]。这是对鲁迅小说的独创性的点赞也是给青年作者进行个性化的文学创作树立了榜样。再次，明确指出“文学的创作才能固有天赋授，然而必须经过若干时的人生经历，印了很深的印象，然后能表现得有生气；也必须先有了独立精神，然后作品能表见他的个性。如果关在一间屋子里，日夜读小说，模仿着做，便真有创造天才的也做不出好东西”[②]。虽然“文学无非是表现人生，这是不错的；但是文学之所以可贵，乃是它（文学）能够把一般人所看不见的人生的灵魂捉住了，而加以艺术的描写，使人深切的感受了。所以文学家的天职并非是仅仅描写人生，而应把一般人所看不见的人生的秘奥指出，换句话，就是文学家应该具有一双特别锐利的眼睛，能够观察到普通人所不见所忽略的地方，能捉住这一点用巧妙的艺术手腕表现出来，使不见者成为共见。这便是独到的观察”[③]。创作主体有了这种独到的观察与独特的发现，就能创造出个性鲜明的文学作品。因此，茅盾多次号召作家走出小屋，到民间去，到第四阶级中去，到广阔的社会人生中去，不是进行一般性的实地观察，而是独到的观察、感受和认知，从根本上解决文学创作的公式化、雷同化的症候，大大增强新文学创作的个性化。

捍卫五四文学创作的新意识与新格调，谴责卫道者对新文学的诽谤与诋毁。一代新文学的生成不是一帆风顺的，它们是在诽谤中新生，是在诋毁中生长。特别是小说创作“忘了该诟骂的实在人生，却专去诅骂那不该诟骂的实在人生的写真，并且诅骂及于写真的器具（那就是客观描写与实地观察两法，未免太无聊了）”[④]。甚至那些新旧卫道者对于表现性爱意识或讴歌现代爱情的新

① 茅盾：《读〈呐喊〉》，《文学周报》1923 年 10 月第 91 期。

② 茅盾：《新文学研究者的责任与努力》，《小说月报》1921 年 2 月 10 日第 12 卷第 2 号。

③ 茅盾：《告有志研究文学者》，《学生杂志》1925 年 7 月 5 日第 12 卷第 7 号。

④ 茅盾：《自然主义与中国现代小说》，《小说月报》1922 年 7 月 10 日第 13 卷第 7 号。

文学，极尽诽谤诋毁之能事。为了捍卫新文学的生长权、确保新文学健全发展，为人生派充分发挥文学批评的战斗功能，给卫道者有力的反击与驳斥，这也是为人生派文学批评的应有职能。郁达夫的小说《沉沦》问世，卫道者诅骂其“不道德的文学”；然而为人生派文学批评者却认为，这种“不道德的文学实在是反因袭思想的文学，也就可以说是新道德的文学”，因为这样的新文学“要重新估定价值，建立更为合理的生活，在他的本意原是道德的，然而从因袭的社会看来却觉得是‘离经叛道’，所以加上一个不道德的名称。这正是一切革命思想的共通的运命，耶稣、哥白尼、达尔文、尼采、克鲁泡金都是如此；关于性的问题如惠忒曼凯本特等的思想，在当时也被斥为不道德，但在现在看来却正是最醇净的道德的思想了”。这是多么有力度的学理性的文学批评！综括地说，周作人觉得《沉沦》集内“所描写是青年的现代的苦闷，似乎更为确实。生的意志与现实之冲突是这一切苦闷的基本；人不满足于现实，而复不肯遁于空虚，仍就这坚冷的现实之中，寻本其不可得的快乐与幸福。现代人的悲哀与传奇时代的不同者即在于此。理想与现实的冲突当然也是苦闷之一，但我相信他未必能完全独立，所以《南归》的主人公的没落与《沉沦》的主人公的忧郁病终究还是一物。著者在这个描写上实在是很成功了。所谓灵肉的冲突原只是说情欲与压迫的对抗，并不含有批判的意思，以为灵优而肉劣；老实说来超凡入圣的思想倒反于我们凡夫觉得稍远了，难得十分理解，譬如中古诗里的‘柏拉图的爱’，我们如不将他解作性的崇拜，便不免要疑是自欺的饰词。我们赏鉴这部小说的艺术地写出这个冲突，并不要他指点出那一面的胜利与其寓意。他的价值在于非意识的展览自己，艺术地写出升华的色情，这也就是真挚与普遍的所在”。与那种猥亵色情文学如《九尾龟》《东留外史》相比，“《沉沦》却是一件艺术的作品”；“不曾在日本住过的人，未必能知这书的真价值。对于文艺无真挚的态度的人，没有批评这书的价值”。[①] 周作人以现代性爱意识、人生社会意识与普遍真挚艺术的相互为用的批评尺度，从理论阐释与文本剖解的结合上有力地抨击了卫道者对新文学的诋毁诽谤，捍卫了《沉沦》在现代文学史的独特价值与牢固地位。

汪静之系五四时期的青年诗人，擅长于情爱诗的写作，当其诗集《蕙的风》一面世，便招来遗老遗少的卫道者们的围剿。周作人针对卫道者们的阴暗心理，从肯定《蕙的风》的情爱主题入手，彻底揭露了卫道者们攻击诋毁新文学的卑鄙用

① 阿英：《周作人的小品文》，见《周作人论》，上海书店1987年版，第102页。

心,捍卫了以《蕙的风》为代表的情爱文学在文学史上的价值与地位,并深情地赞颂了汪静之的情爱诗:“这旧道德上的不道德,正是情诗的精神”,“我对于这些诗的印象,仿佛是散在太空里的宇宙之爱的霞彩,被静之用了捉蝴蝶的网兜住了多少,在放射微细的电光。所以见了《蕙的风》里的‘放情地唱’,我们应该认为诗坛解放的一种呼声,期望他精进成就,倘若大惊小怪,以为‘革命也不能革到这个地步’,那有如见了小象还怪他比牛大,未免眼光太短了”。[①] 周作人的文学批评在为人生派中是颇有特色的,独出机杼,情理兼备,准确扎实且有文采,既富创造性又具时代性,为新文学的理论批评提供了范例。阿英说周作人五四时期的文学批评“确立了中国新文艺批评的基础”;如果更确切地说应是为人生派文学批评的合力,奠定了中国新文学批评的坚实基础。

综观五四时期的为人生派的文学批评,既有理论自觉又有实践自觉,通过两者的有机结合所产生的巨大能量,在驱动为人生新文学健全发展的同时亦创建了中国现代文学批评理论体系和能战斗的文学批评新军,积累了新文学批评的经验,确立了为人生派文学批评以“真”为目标的写实主义精神传统。五四文学革命已过去90多年,然而历史却有惊人的相似之处,当年为人生派所批评的“瞒和骗文艺”、古今文学的“因袭和模仿”的恶习、新文学创作的公式化雷同化的不良倾向,甚至游戏主义、拜金主义文学观,在21世纪的文坛上似乎有“旧病复发”之势;文学批评上的无原则的吹捧阿谀拉帮结伙之风、人情腐蚀相互抬举之风、空话大话套话连篇累牍之风等,屡禁不止,这完全悖离了“五四”为人生派建立起的文学批评优秀传统。为此,当今文坛致力于文学批评者,非常有必要重温五四时期为人生派文学批评的理论建树与实践经验,继承并弘扬为人生派的写实主义文学批评传统,根治文学创作上的“陈疴顽疾”,坚决扫除文学批评界的不正之风,充分发挥社会主义文艺批评的强大功能,为创造无愧于改革开放伟大时代的精品力作“祛邪扶正”!

草于2015年10月29日

(原载《中国文学批评》2016年第1期)

① 周作人:《情诗》,见《周作人早期散文选》,上海文艺出版社1984年版,第291页。

鲁迅个性意识的当代思考

在五四新文化先驱中，最早提出“个人主义”命题的，始于鲁迅1907年写的《文化偏至论》。它的最经典的表述，乃是“尊个性而张精神”、“任个人而排众数”。凡是研究鲁迅个人主义或个性主义的著述无不引用它，并给出了差异互见的阐释。不过，值得指出的是，鲁迅对个性主义或个人主义的经典表述乃是源于他对西方文化思潮的介绍和评述；而这一介绍或评述是肯定式的而非否定式的。故可认为鲁迅对西方个人主义思潮是认同并接受了；并根据自己的理解与认知做出了这样的概括。虽然这种概括性的经典表述，带有鲁迅修辞的特点；但是它并非鲁迅的原创思想。因为个人主义或个性主义原创于并流变于欧洲，“英格兰的社会结构有一个很关键的基本表征，那就是长期以来一直强调，与团体和国家相比较，个人享有更大的权利和特权，这便是‘个人主义’”[①]。鲁迅在百年前所接触或感受的个人主义或个性主义，大多源于非理性主义的人文主义者，“乃先以极端之个人主义现于世”的斯蒂纳，以及叔本华、克尔凯郭尔、易卜生与“个人主义之至雄桀者”尼采等人的文化思想与生平行迹。所以我探讨的题目不以“鲁迅个人主义或个性观”命之，而是以“鲁迅个性意识”标之，前者“个人主义或个性观念”是来自理性主义思潮，后者的“个性意识”则标明鲁迅个性观的形成既源于理性主义又来自非理性主义，即既是接受来的又是体验来的。

一

既然“尊个性而张精神”、“任个人而排众数”是鲁迅汲取西方个人主义思潮所给出的经典表述，那么对鲁迅凭此所形成的个性意识的丰富而深邃的内

① [英]艾伦·麦克法兰著，管可农译：《英国个人主义的起源》，商务印书馆2007年版，第11页。

涵,究竟应从哪些层面或维度去体悟去理解?尽管鲁迅研究者的认识与阐释大同小异或深浅不一,然而从其“小异”或“不一”中,若进行探赜发微的考察,那会有新的发现新的认知。就笔者的体会与领悟来说,至少还应从如下一些维度或层面来理解和阐述鲁迅对“个人主义”思想的经典表述。

其一,鲁迅是从西方文化的“偏至”思维范式来接受并认同个人主义的,故其论文的题名便标为《文化偏至论》。在鲁迅的学术视野中,认定西方的个人主义文化思想是从“偏至”思维中形成并发展的;而这种偏至思维的内在张力则是“以偏纠偏”并促进更新。法国大革命由于“扫荡门第,平一尊卑,政治之权,主以百姓,平等自由之念,社会民主之思,弥漫于人心”,因此人们便觉悟到“人类之尊严”,意识到自我个性之价值,而这种“自觉之精神”遂变为“极端之主我”的个人主义思想。鲁迅正是在接受并评述西方个人主义文化思想的同时,亦接受并认同了偏至思维范式。而这种偏至思维,以我的理解,它是一种非此即彼的二元绝端对立思维,决不是辩证统一思维。这种偏至思维所形成的二元认知结构,它是绝对地肯定我认为所是的一元,绝对否定我认为所非的一元,二元之间没有调和或缓冲或转化的余地,乃是绝端对立,所形成的认知往往具有“片面深刻”的特点。西方19世纪末兴起的“重个人”的个人主义新思潮,便出自于这种“偏至”思维所形成的二元绝端对立的认知模式。即“入于自识,趣于我执,刚愎主己,于庸俗无所顾及”;而鲁迅的“尊个性而张精神”、“任个人而排众数”,对其所认同的“个人主义”文化思潮给出的概括,无疑亦来自“偏至”思维范式。前者的认知,“尊个性而张精神”是同质同构的两个并列范畴;后者的认知,“任个人而排众数”则是异质同构的两个对立范畴。即在鲁迅对西方个人主义思潮接受所形成的认识框架中,个人主义对于个人为本位的人来说,既有个性意识又有与之相联系的文化精神,两者完全是同质的;而“个人”与“众数”则是绝端相对的,不排斥“众数”而“个人”就不能绝对自由任其驰骋。这种来自“偏至”思维范式的认知,虽然独到而深刻,但不辩证也不科学。考其鲁迅一生的文化思想史,不少精辟深刻的认知,大多得力于他对“偏至”思维范式的出色运用。

其二,“尊个性”是鲁迅从心理学或哲学的角度来领悟并接受西方个人主义思潮的。就心理学来说,个性就是人的性格,就是独特的人性内涵或特有的文化人格。因此,鲁迅所尊的乃是人的主体性、自主性、独立性、自由性、自尊性,即“我就是我”的唯我主义,自己来定义自己,自己来主宰自己。《文化偏至论》赞扬的施蒂纳就是“极端之个人主义”者,也是“先觉善斗之士”;鲁迅对“兀傲刚愎”、“主我扬己而尊天下”的叔本华，“惟发挥个性，为至高之道德”的克尔凯郭尔，甚至易卜生《国民公敌》所表现的“宝守真理，不阿世媚俗”的个性主义精神，都是极为尊崇的。一言以蔽之，从心理学的角度来说，“尊个性”就是尊重个体主体意识，尊重独一无二的个性意识，尊重人生唯有一次的生命意识。而从哲学的角度来看，“个性”与“共性”是两个相对的范畴，也就是特殊性与普遍性两个范畴的互动的辩证统一关系。文学作品塑造典型人物往往坚持“个性”与“共性”这两个美学范畴，虽然当年鲁迅接受西方个人主义文化思潮并没有从“个性”与“共性”构成的哲学认知框架来理解来吸纳，但是却能从“个性”的角度，来评述并推崇“立意在反抗，旨归在动作，而为世所甚悦”的摩罗派诗人，呼唤“精神界之战士”。

与“尊个性”同质的“张精神”，鲁迅是从文化学的角度来领悟并汲取西方个人主义思潮的。虽然它与从心理学角度来接纳个人主义有着内在的一致性关联性，但是“张精神”已把“个人主义”纳入既有广度又有深度的精神领域来理解来弘扬，使个性主义精神的播扬更广泛更深入人心，将精神的力量转化为批判旧制度旧信仰旧道德旧传统以争取人的个性解放来建立“人国”的强大物质力量，即把个性主义精神转化为“批判的武器”。联系当时鲁迅的思想实际及其对个性主义的理解，究竟要“张”何种文化精神？在我看来，无论“张”何“精神”，而这种精神一是必须与“尊个性”取得一致，一是必须是鲁迅自我选择自我认同的。因而所“张”的文化精神主要有：

其一，张扬“必以己为中枢，亦以己为终：即立我性为绝对之自由者也”的极端自由主义精神。而这种自由精神的主体则认为，整个世界从外至内都在通过各种非个人的普遍东西来奴役人否定人，使其失去自我；所以作为个体的人的重要使命就在于“自呱呱坠地那一刻起，就力图从所有其他一切事物混杂在一起的世界混乱找出自己、获得自己”①，摆脱自我以外的所有束缚，取得个体的绝对自由。对此，鲁迅在《文化偏至论》中做了这样的描述：早期无政府主义者德国哲学家施蒂纳，“乃先以极端之个人主义现于世。谓真之进步，在于己之足下。人必发挥自性，而脱观念世界之执持。惟此自性，即造物主。惟有此我，本属自由；既本有矣，而更外求也，是曰矛盾。自由之得以力，而力即在乎个人，亦即资财，亦即权利。故苟有外力来被，则无间出于寡人，或出于众庶，皆专制也。

① ［德］施蒂纳著，金海民译：《唯一者及其所有物》，商务印书馆1989年版，第8页。

国家谓吾当与国民合其意志，亦一专制”[①]。只有冲决这所有的专制及观念束缚，个体的人才能获得绝对之自由。对于这种源于无政府主义的绝对自由主义，鲁迅并未给出评论，只是予以转述；这虽然不能以此为据说明鲁迅亦是无政府主义的自由主义者，但可以表明，鲁迅的个性意识受此影响，自由精神乃是其张扬的重要的个性内涵。

其二，弘扬“精神界之战士”的“善美刚健”精神。而这种精神的特点与功能则是：“无不刚健不挠，抱诚守真；不取媚于群，以随顺旧俗；发为雄声，以起其国人之新生，而大其国于天下。”[②]故而鲁迅大声疾呼：“今索诸中国，为精神界之战士者安在？有作至诚之声，致吾人于善美刚健乎？有作温煦之声，援吾人出于荒寒者乎？家国荒矣，而赋最末哀歌，以诉天下贻后人之耶利米，且未之有也。”[③]而这样的“精神界之战士”必然以个体人的主体意识为核心，特立独行，卓尔不群，痛感中华民族的“本根剥丧，神气旁皇”，痛感中国“劳劳独躯壳是图，而精神日就于荒落”。因此鲁迅不仅坚定地认为救国必先救人，救人则必先救其精神，而且激情勃发地宣扬“我以我血荐轩辕”的爱国誓言。不过鲁迅当时所爱的国，已不是制度层面的满清腐朽封建帝国，乃是生于斯长于斯的炎黄子孙母亲的祖国；正是为了挽救祖国的岌岌可危的命运，鲁迅方热切呼唤“精神界之战士”承担起思想启蒙的重任。恰如他在《呐喊·自序》中所言：“凡是愚弱的国民，即使体格如何健全，如何茁壮，也只能做毫无意义的示众的材料和看客，病死多少是不必以为不幸的。所以我们的第一要著，是在改变他们的精神”[④]，也就是要塑造国民的主体性的灵魂，或新的精神主体。

其三，张扬“人各有己”的独立精神。即“人各有己，不随风波，而中国亦以立”的先立人后立国的精神。这里所立的国已不再是限制或桎梏人的个性自由发展和健全生成的专制之国，也不再是禁锢个体的人独立思考、独立选择、思想自由、言论自由、人身自由的专制之国；而是以个人为本位的以人道主义为最高原则的“人国”，致使每个人的个性在“人国”里都能得到充分发展，个体的主体意识都能得到自由的张扬。但是“人国”的建立必须以“国人之自觉”为前提，即没有人的自觉就没有“人国”。所谓“国人之自觉”，即每个国民都能明确地

① 鲁迅：《文化偏至论》，见《鲁迅全集》第1卷，人民文学出版社2005年版，第52页。
② 鲁迅：《摩罗诗力说》，见《鲁迅全集》第1卷，人民文学出版社2005年版，第101页。
③ 鲁迅：《摩罗诗力说》，见《鲁迅全集》第1卷，人民文学出版社2005年版，第102页。
④ 鲁迅：《呐喊·自序》，见《鲁迅全集》第1卷，人民文学出版社2005年版，第439页。

意识到自我是个具有独立主体意识的个性主义者，既能尊自我的个性又能尊他人的个性，用李大钊的话来说就是以人道主义之心来对应同胞的人道主义之心；有了这样的“国人之自觉至，个性张，沙聚之邦，由是转为人国”①。鲁迅既是“人国”的倡导者设计者又是“人国”的热爱者畅想者；他与“兽性的爱国”者有质的不同，“盖兽性爱国之士，必生于强大之邦，势力盛强，威足以凌天下，则孤尊自国，蔑视异方”②，“其所谓爱国，大都不以艺文思理，足为人类荣华者是尚，惟援甲兵剑戟之精锐，获地杀人之众多，喋喋为宗国晖光”③。这种爱国之所以是兽性的爱国，因为他爱的是践踏人道主义而灭绝人性的侵略或杀戮的兽性行为，不是“人国”而是“兽性之国”。

其四，张扬具有人的主体意识的昂扬进取、奋发有为的韧性战斗精神。不仅“人既发扬踔厉矣，则邦国亦以兴”；而且有了这种精神就能攻无不克战无不胜，清除进化路上的重要障碍与各种阻力，“人道主义终将胜利”，这是确定无疑的。

二

如果说“尊个性而张精神”是鲁迅接受并汲取西方个人主义思潮时所做的同质同构表述，是从“个性”与“精神”两个互通的维面给出的不无偏颇的阐释，那么“任个人而排众数”则是从社会伦理学的视角对西方个人主义思潮进行透析所做的异质同构的概述。

“个人”与“众数”是两个对举的异质概念，作为接受者的鲁迅对于“个人”与“众数”所构成的社会伦理关系的主体态度与立场，则体现于“任”与“排”这两个带着鲜明情感色彩的修辞上。这里的“任个人”主要不是“放任”或“纵容”个人而是“信任”或“尊重”个人；而“排众数”则是排斥或指责“众数”。“个人”即社会的个体，社会是以个人主义为本位的，个人既是社会的一分子又是社会的中坚力量；“众数”即是与“个体”相对的“群体”，尽管人数众多，而大多是“庸众”，麻木愚昧的芸芸众生。社会是由人与人的多重而复杂的关系而构成的，其

① 鲁迅：《文化偏至论》，见《鲁迅全集》第1卷，人民文学出版社2005年版，第57页。
② 鲁迅：《破恶声论》，见《鲁迅全集》第8卷，人民文学出版社2005年版，第34页。
③ 鲁迅：《破恶声论》，见《鲁迅全集》第8卷，人民文学出版社2005年版，第33页。

中个体与群体则是社会的基本伦理关系;社会的先进程度或优越程度,在极端个人主义者的眼中是精英个体所决定而非芸芸众生,这从《文化偏至论》中可以清楚地看出来。所谓"个人"就是鲁迅所赞赏的"先觉善斗之士"与"精神界之战士";前者是《文化偏至论》所列举的施蒂纳、叔本华、克尔凯郭尔、尼采、易卜生等,后者则是《摩罗诗力说》所标榜的雪莱、莱蒙托夫、密茨凯维克、拜伦、裴多菲等摩罗派诗人。而这些"个人"都是"极端个人主义者",鲁迅虽然赞赏他们的卓尔不群奋发抗争精神,但对他们所信奉的"极端个人主义"并未完全认同与接受。所谓"众数",依据《文化偏至伦》所指斥的并非都是芸芸众生的老百姓,他们既有"言非同西方之理弗道,事非合西方之术弗行"的一味追随西方而迷信洋人的西化派,又有"竞言武事"的"辁才小慧之徒";[1]既有倡导"制造商估"的重物质派即晚清的洋务派,又有提倡"立宪国会"的重多数派即晚清改良主义立宪派。在鲁迅看来,法国大革命后社会出现的民主倾向是压制了具有"特殊之性"即个人主义的"明哲"之士,甚至易卜生《国民公敌》表现出的"反社会民主之倾向"也得到鲁迅的肯定。所以不管哪个阶层或哪种类型的人,只要缺乏个性意识或同个性主义者作对,都是"庸众"或"众数",均在排斥之列;至于与"个人"对立的大多数民众也是应该被排斥的。鲁迅彼时对"个人"与"民众"关系的理解只能达到当时的认识水平,不可能以辩证历史唯物主义来对待,唯有接受西方"极端个人主义"思想,所以不能脱离特定的历史条件来苛求鲁迅。我们所能够做到的是,在特定的历史范畴来评述鲁迅对"个人"与"民众"即"个体"与"群体"关系的理解。鲁迅曾以欧洲历史上苏格拉底和耶稣之死为例,说明民众不易明辨是非而轻易受到阴谋家的蛊惑而上当,以致充当残害忠良或天才的看客或刽子手;而在《摩罗诗力说》中则进一步说明这一现象的普遍性,即"顾窘戮天才,殆人群恒状,滔滔皆是,宁止英伦。中国汉晋以来,凡负文名者,多受谤毁"[2]。试问,像这样的天才"个人"受害遭戮,不该悲悼、尊敬、同情吗?而那些自古以来的诽谤天才、扼杀天才的"众数"不该受到批判、谴责、排斥吗?从这个意义上说"任个人而排众数"的认识和态度是有一定的合情合理的,这样的异质相对也是可以理解的;但是若循此逻辑思路推演出这样的结论,那就有点极端

① 以上引文没有明确注释的,均出自鲁迅:《文化偏至论》,见《鲁迅全集》第1卷,人民文学出版社2005年版。

② 鲁迅:《摩罗诗力说》,见《鲁迅全集》第1卷,人民文学出版社2005年版,第78页。

化了，即“是非不可公于众，公之则果不诚；政事不可公于众，公之则治不郅”，甚至认为“与其抑英哲以就凡庸，曷若置众人而希英哲”？[1] 这种前者“借众以凌寡”和后者“借寡以凌众”的主张，完全把“个人”与“民众”对立起来，加剧了两者的紧张关系；况且又混淆了民主社会制度与专制社会制度两者的本质关系，甚至将“平等自由之念，社会民主之思”误解为：“凡社会政治经济上一切权利，义必悉公诸众人，而风俗习惯道德宗教趣味好尚言语暨其他为作，俱欲去上下贤不肖之闲，以大归乎无差别。同是者是，独是者非，以多数临天下而暴独特者。”[2]如果“极端个人主义者”总是处理不好或摆不正“个人”与“众数”即个体与群体关系，甚至将两者关系推上对立的不可调和的极端，“极端个人主义”又恶性膨胀；那必定会出现不堪设想的后果，不妨作这样的蠡测：假如极端个人主义者发展到极端自由主义者，就有可能成为“造”一切社会制度或一切意识形态甚至一切规章法则、一切文明举措“反”的彻底的无政府主义的个人主义者；假如极端个人主义者参加政治革命或社会变革，那有可能成为破坏一切、扫荡一切的唯我独革唯我独左唯我正确唯我独大的极端个人主义英雄者；假如极端个人主义者掌握一个民族或国家的大权而盲目信奉尼采的天才论或权力至上论，那有可能成为一个法西斯主义者，希特勒不是曾以尼采超人哲学为法宝吗？假如极端个人主义者领导政治革命而夺取政权成为国家领袖，自认为天下老子第一，目空一切傲视一切，将自我置于人民群众之上或者一切社会组织之上，那就有可能成为一个搞顺我者昌逆我者亡的独裁者。这并不是危言耸听，这已被历史实践证明了。

鲁迅当时尽管对西方极端个人主义思潮尚未做出辩证性的评述，然而他也没有完全认同或接受极端个人主义思潮；只是汲取其有用的合理的因素，“别立新宗”，形成独特的个性意识，既为“立人”所用又为建“人国”所需，这就把个人主义与人道主义、爱国主义联系起来。虽然鲁迅在认识上曾陷入个性主义与人道主义的悖论，但他始终在求索新路而破解心中之结，力图将个性主义与人道主义辩证统一起来。众所周知，1925 年 5 月 30 日，鲁迅给许广平的信中说：“我的意见原也一时不容易了然，因为其中本含有许多矛盾，教我自己说，或者是人道主义与个人主义这两种思想的消长起伏罢。所以我忽而爱人，忽而憎人；做

① 鲁迅：《文化偏至论》，见《鲁迅全集》第 1 卷，人民文学出版社 2005 年版，第 53、54 页。
② 鲁迅：《文化偏至论》，见《鲁迅全集》第 1 卷，人民文学出版社 2005 年版，第 49 页。

事的时候,有时确为别人,有时却为自己玩玩,有时则竟因为希望生命从速消磨,所以故意拼命的做。”①鲁迅这是从自己的人生感受与体验中,认为人道主义与个人主义这两种思想有矛盾,若是从理论上来认识它们两者之关系,并不一定矛盾,也许可以统一起来。周作人于 1918 年 12 月写的著名文论《人的文学》,对个人主义与人道主义的关系就给出辩证的解说:“我所说的人道主义,并非世间所谓‘悲天悯人’或‘博施济众’的慈善主义,乃是一种个人主义的人间本位主义。”显然,这种个人主义就是人道主义,而这种个人主义“利己而又利他,利他即是利己”,“己亦在人中”。所以周作人说,“人道主义,是从个人做起。要讲人道,爱人类,便须先使自己有人的资格,占得人的位置”;“如不先知自爱,怎能‘如己’的爱别人呢?”这就把个人主义与人道主义统一起来。这是不同于“极端个人主义”者对人道主义的见解,鲁迅受其影响也没有从认识的误区中走出来,只强调个人主义与人道主义的对立性而忽略其更重要的统一性。耐人寻味的是,周作人把人类中的个体与群体的关系以“树木”与“森林”为喻给出形象化说明:“人在人类中,正如森林中的一株树木。森林盛了,各树也都茂盛。但要森林盛,却仍非靠各树各自茂盛不可。”②这深刻揭示了人类中的个人与众数的辩证统一关系,也揭示了个人主义与人道主义的深切同质关系;这种认识极大匡正了“极端个人主义”思想的偏至。1920 年 1 月杜威在天津青年会讲演提出了“真的与假的个人主义”命题:“一、假的个人主义——就是为我主义(Egoism)。他的性质是自私自利:只顾自己的利益,不管群众的利益。二、真的个人主义——就是个性主义(Lndinduality)。他的特性有两种:一是独立思考,不肯把别人的耳朵当耳朵,不肯把别人的眼睛当眼睛,不肯把别人的脑力当自己的脑力;二是个人对于自己思想信仰的结果要负完全责任,不怕权威,不怕监禁杀身,只认得真理,不认得个人的利害。”③杜威所倡导的真的个人主义也就是个性主义,虽然这种个性主义与鲁迅在日本留学时所接触的“极端个人主义”思潮有相通之处;但前者并没有把“个人”与“众数”、“个人主义”与人道主义对立起来,而着重强调“独立思考”与获取“真理”的重要性,这正是鲁迅所期待并践行的。甚至有的研究鲁迅的学者也认为,人道主义与个人主义不但不冲突且有

---

① 鲁迅:《两地书》,见《鲁迅全集》第 11 卷,人民文学出版社 2005 年版,第 81 页。

② 周作人:《人的文学》,《新青年》1918 年 12 月 15 日第 5 卷第 6 号。

③ 胡适:《非个人主义的新生活》,见《胡适全集》第 1 卷,安徽教育出版社 2003 年版,第 708 页。

相辅相成的关系,从做人的角度来看若是人道主义的中心素质是爱人,为别人着想的话,那么人道主义的前提就是对人的尊严的肯定和坚持;而人的尊严则来自个人至高无上与自身的不可化约的(Jrredueible)价值。用卢梭的话说,就是"每个人都是高贵的存在,他的高贵到了使得他不可成为别人工具的程度"①。从理论上说,个人主义与人道主义并非异质相对,乃是辩证统一的;不过对个人主义本质内涵的认知却难以取得共识。艾伯特·马蒂内利认为,个人主义是现代社会的产物,虽然它"如同理性主义、个性主义在欧洲历史在文化遗产中发展起来,但只有随着现代性的到来才完全出现";并"在他的良心面前为自己的选择负责,而不是屈服于父权制家庭、教会或专制的君主"。② 而丹尼尔·沙拉汉则把个人主义视为一个信仰体系,"它使我们的个性成为了识别真理和实现道德价值的工具","他或者她无需在自我的范围之外寻求帮助就可以接近真理"。③ 由于历史条件的限制,尽管在鲁迅所处时代的文化语境下不可能接触那么多的有关个人主义或人道主义的论著,然而鲁迅的超人天赋、敏锐感悟、创造潜能及其性格内在诉求,却能使他在拿来主义精神激励下,从有限的思想资源里汲取富有真理性的文化因素,内化为自己的个性主义意识,铸造与个性内涵相融合的人道主义情怀。"横眉冷对千夫指,俯首甘为孺子牛"就是鲁迅诗化的人格写照,前者是个性主义熔炼的敢于独立思想、捍卫真理、不惧妖邪、韧性抗争的战斗性格;后者则是人道主义真爱内塑的以平民为本位的人文主义胸怀。即使鲁迅后来接触了马克思主义只是提升其思想境界,也没有动摇他对个性主义或人道主义的坚守;而个性主义或人道主义通过鲁迅等文化先驱的思想启蒙或文学革命的躬身践行,所形成的独立思考、追求真理、忧国忧民的现代知识分子的优良传统,将会在中国思想史和文学史上继续发扬光大!

三

沉痛的历史经验与变革实践证明,没有文化先驱们信奉的个性主义所焕发

① 林毓生:《鲁迅个人主义的特质与含意——兼论"国民性"问题》,《鲁迅研究月刊》1993 年第 11 期。

② [意]艾伯特·马蒂内利著,李国武译:《全球现代化——重思现代性事业》,商务印书馆 2010 年版,第 27 页。

③ [捷克]丹尼尔·沙拉汉著,储智勇译:《个人主义的谱系》,吉林出版集团有限责任公司 2009 年版,第 29 页。

出的蓬勃创造力与艺术生命力，既不能推动中国文学向现代转型，也不能创建出一代与世界文学接轨的现代性文学；没有人道主义作为最高美学原则，就不能铸造出以现代人学为灵魂的“人的文学”，更不能创建起现代文化系统，也不能形塑出现代文化人格。然而值得我们深刻反思的是，在中国文学沿着现代化运行的路程上鲁迅于1936年辞世后，他所信奉的个性主义或人道主义及其所形成的现代知识分子的独立思考善于批评的传统，却为何遭遇一次次围剿甚至灭绝，给现代文学健全运转所造成的困厄乃至灾难为什么得不到彻底清算？当然这里面有不言而喻的原因或者还有当下难以揭开或破译的历史密码，不过有一些认识上的误区或理论上的疑难还是可以从学术上进行探讨的。

在我看来，对个性主义或人道主义文学及其创作主体所坚守的独思与批评传统进行围剿并产生实际效应的，应该是1942年延安文艺整风时期，通过政治斗争实践予以围剿，对王实味、丁玲等发表的杂文进行批判，并对其组织处理甚至枪杀，从精神到肉体消灭之。这不仅扼杀了具有强烈个性意识、独立思考能力和敢于批评时弊的作家，而且也否定了鲁迅所代表的杂文传统及其文体价值。此次文艺整风丁玲虽然只受到批判和组织处理，但到了1957年反右时她却重新被批判且戴上人身专制的右派帽子；王实味没有丁玲“幸运”，他被枪杀，尽管已平反但其坚持的现代知识分子的独立思考和勇于批评时政的传统并未恢复。萧军也是位有个性有独思敢恨敢爱并坚持鲁迅文学传统的左翼作家，1948年《东北日报》对其进行了声势浩大的政治批判。这次文艺整风或政治批判，实质上在警告即使左翼作家也不能有个性有独思更不能以杂文批评新政权；而对新政权只能歌颂不能暴露更不能批评，从此“歌德文学”便昌兴起来，鲁迅创造的杂文时代已失去存在的价值。《在延安文艺座谈会上的讲话》是从理论上清算个性主义或人道主义文学所弘扬的启蒙思想传统，即奔赴延安的具有强烈个性意义与人道主义情怀的作家定性为有个“小资产阶级或资产阶级思想王国”，必须通过思想改造向工农学习把立足点转移到工农一边、思想感情与农民打成一片来个“脱胎换骨”的根本变化，又把人道主义或人性论定性为资产阶级思想，且以阶级性取代人性，这就将五四新文学以来创造的具有复杂人性内涵并以人道主义为灵魂的“人的文学”否定了，实际上也动摇了鲁迅新文学主将和新文化伟人的根本地位。这里面涉及不少理论问题，非本文所能辩论清楚的，只想提三个疑惑问题供大家思考：一是真正的马克思主义并不反对个性主义或人道主义，并把共产主义理想视为博大的人道主义，既然如此，那么武断地把作家信奉的个性主义或人道主义定性为小资产阶级或资产阶级思想王国，这是否坚持了马克思主义？难道无产阶级思想就不讲个性或人道吗？二是为什么一个人上了学读了书就成了“资产阶级和小资产阶级知识分子”而工人农民比这样的知识分了“都干净”？笔者想不明白的是，究竟根据什么以何标准把去延安的作家定性为“资产阶级和小资产阶级”？那么当时的工人和农民的头脑里装的是什么思想，难道是“无产阶级思想王国”？尤其是“农民”阶层很多，莫非其思想情感都是“无产阶级”的？这又是根据什么以何标准判断他们的思想感情比知识分子“都干净”？这是科学的阶级分析还是主观臆断？如果这样的所谓阶级分析出自一般人之口不会有多大威力，而它成了政治霸权话语那将致多少知识分子遭殃获罪？三是“只有具体的人性，没有抽象的人性。在阶级社会里就是只有带着阶级性的人性，而没有什么超阶级的人性”[①]，这样的人性观既经不住人类发展史的检验又经不住生活实践或人生经验的检验，而且从理论上也讲不通；这实质上是以一种所谓的无产阶级人性论来否定人性、人情、人格、人道的普遍价值，从而批判了五四新文学运动以来所坚持的具有普遍意义的人性论、个性论和人道论、人情论的作家作品，从根本上说也是对原旨马克思主义的个性观、人性观和人道观的悖离。值得深思的是，至今政界或文界的精英们对这种所谓的无产阶级人性论没有提出异议且坚定地捍卫着，若是这样持久下去，那21世纪的中国文学将如何与全球化文学接轨并来个大发展大繁荣呢？

如果说第一次对鲁迅信奉的个性主义或人道主义及其形成的现代知识分子独思与批判传统的围剿，尚是局部的，还未波及全国，那么1955年的反胡风和1957年的反右派，对于个性主义或人道主义及其坚守它的知识作家主体的打击或扼制则是全局性的，甚至是致命的。众所周知，在文艺界得到鲁迅“真经”的或真正承续鲁迅传统的应是左翼作家胡风及其“七月派”，不只个性主义内化为他们坚韧卓立桀骜不驯的性格，而且从文艺理论主张到小说诗歌创作也真诚地弘扬鲁迅的战斗现实主义传统和以平民为本位的人道主义美学精神。为了清除扼杀胡风及其“七月派”，先是对其进行步步升级的政治大批判，后又将其宣判为“胡风反革命集团”，全民共讨共诛之；并动用了专制机关，将胡风及其骨干分子抓捕起来关进监狱。现在虽然是平反了并宣布为“冤假错”案，而撇开政治法律角度不论，仅从文艺角度来看，却并未深入彻底地挖掘这个大冤案造成的政治根源与思想根

① 《毛泽东选集》第2卷，人民出版社1991年版，第827页。

源,也没有追查制造冤案的居心何在及其对思想界文艺界所造成的恶劣影响;特别是没有真正恢复并弘扬胡风及其“七月派”所坚持的鲁迅以个性主义或是 人道主义创立的文明批评和社会批评的杂文传统与改造国民劣根性的启蒙主题。反胡风实质上是从文艺上思想上政治上对知识分子的个体或群体的主体意识、独立思想、个性言论或叛异思维从肉体到灵魂实行专制,进一步强化一元化思想的绝对统治权与话语权。难怪胡适在海外听到大陆“清算胡风”时曾说:“鲁迅若不死,也会砍头的。”①若说反胡风及其“七月派”还主要涉及文艺界的话,那么1957年的“反右派”其影响则及于全国。在这一运动中,那些具有独立思想、个性意识、敢于说话、直刺时弊、忧国忧民、人道情怀的知识精英,有数十万之众被置于“反党反社会主义”的“右派”行列,或进行政治大批判,作为“内控右派”,“帽子”拿在当权者手里,或通过大批判将其搞臭并戴上“右派”帽子,当成阶级敌人实行专政。仅就文艺界来说,那些个性意识强、敢于干预或批评现实时弊的作家几乎都被打成了右派或“补成右派”,其作品被宣判为“反党反社会主义”的毒草。在文艺界,对鲁迅坚持的个性主义或人道主义及其创造的批判战斗的文学传统、培育的现代知识分子的独思与批判性格,给予无情的压制。这场“反右”运动虽然平了反,但它扼杀个性、反智主张及其造成后果与恶劣影响并未得到彻底清算;对于受害者蒙冤者所信守的真理话语、坚持的正义立场、发扬的个性精神以及创造的人道人性的文论或文学并没有予以重新肯定。及至“文革”时期,封建法西斯主义横行,个性主义或人道主义都被作为“封、资、修”反动意识形态,全国亿万人只能以“早请示晚汇报”的宗教方式,虔诚地相信“一种思想、一条路线”——是绝对的真理化身,而且是战无不胜的;更为可悲的是鲁迅——人们利用他以个性主义或人道主义所铸成的“痛打落水狗”的彻底的不屈服的韧性战斗精神,来打倒或否定其终生信守的个性主义或人道主义理想。对于鲁迅来说,这是一种怎样的社会悲哀!

合乎人心顺乎人意的个性主义或人道主义及其信奉者鲁迅与后起者对它的坚忍不拔地捍卫与诚守,任凭一次比一次严酷残淫的围剿与扼杀;然而当遇到“改革开放”的春风和思想解放的狂飙,个性主义及其信奉者却获得空前的解放,人道主义在文艺领域又重放光彩,鲁迅的光辉个性与人道主义启蒙思想在“拨乱反正”、冲破禁欲主义桎梏的批判壮举中发挥了巨大威力。在“改革开放”的艰难过程中,文艺领域作家主体的个性张扬或人道主义弘扬,虽然也遭到

① 李慎之:《回归“五四”学习民主——给舒芜谈鲁迅、胡适和启蒙的信》,《书屋》2001年第5期。

某种程度的阻遏，但毕竟不再坚持“以阶级斗争为纲”、不再提“阶级、阶级斗争”了，政治环境越来越宽松越自由，特别是主流话语反复强调创新是民族的灵魂、是决定改革开放成败的关键，“解放思想”则成了时代的最强音。因此这种情势有利于人的个性解放，也有利于个性意识的增强，更有利于以人为本位的人道主义思想深入人心；唯有个性的彻底解放个性意识日益增强，人的创造潜能和创造智慧才能得以最大化的开掘和挥发。仅就文艺领域来看，创新型的文学作品层出不穷，鲁迅的硬骨头精神与文学个性化以及文学批判传统得到了创造性的弘扬，获得诺贝尔文学奖的莫言亦承认赓续了鲁迅的文学传统。

不过，面对着一浪高过一浪的全面发掘弘扬五千年中华民族的文化传统的热潮，说实在的，我内心的情感是喜忧参半。喜的是数千年的文化传统或文学传统，不管是已有或才发现的，不管它是所谓“精华”或“糟粕”，或者它是所谓“国粹”或“国渣”，都杂陈于国人眼前，都允许出版发行，都可以改编成电视电影，都能制造各种动漫畅销于海内外，等等，这真是可以令国人为之自豪的优秀文化遗产吗？从表面看，传统文化丰厚了，文学也繁荣了，作为一个中国学人听之见之，内心能不喜吗？但冷静下来稍加思考，一种隐忧便生发出来，且不论政治界、经济界、文化界人士对一般的传统文化的态度和做法，这里仅就学术界或文学界对儒家传统文化的态度与作为略谈点想法。诚然，2500年前孔子与孟子所创立的儒家文化传统，其内涵博大精深，及至汉代董仲舒提出“独尊儒术”致使儒家文化演化为历代皇权统治的主导思想，因而今天对于儒家文化传统重新研究重新发现重新评估颇有必要。但是有的新儒学者并没有对儒家文化采取“古为今用”、“推陈出新”、促使其向现代转化的科学态度，而是完全肯定全部弘扬，视其为当下治国安邦的重要思想，视其为当下全民必尊的伦理道德；并且把复活孔孟所代表的传统文化与作为五四新文化运动主将的鲁迅所代表的现代思想文化对立起来，好像五四时期彻底批判儒家为主体的封建思想文化是个历史性的错误，而鲁迅亦成了反传统的罪人，甚至有人直斥其是块“老石头”。对此，我想不通，深感疑惑，曾写过多篇论文亮明观点，兹摘录两段，就教于明哲之士。

> 鲁迅作为“五四”《新青年》派批儒反孔的主将，他不仅把西方文化中的民主与科学精神、个性主义和人道主义作为攻击封建传统文化的思想武器，而且也用它来解剖自己的灵魂，不断地清除思想中的“鬼气”，表现出一种自觉忏悔意识和文化自省意识。

> 在鲁迅看来，以家族为本位的伦理道德对整个中国文化的渗透既深且远，不只是与人们的意识形态和生活方式有 着深固广泛的内在联系，而且与封建社会“大一统”的垂直隶属型的内部结构和等级统治秩序完全融为一体，形成强固的伦理政权化、政权伦理化的治人治家治国的高度连锁体制。如果说中国古书上只指出中国封建社会的“王臣公，公臣大夫，大夫臣士，士臣皁，皁臣舆，舆臣隶，隶臣僚，僚臣仆，仆臣台”的等级制驭，那么鲁迅又进一步指出，“台”虽然没有臣，却“有比他更卑的妻，更弱的子在”，而且其子也很有希望，“他日长大，升而为‘台’，便又有更卑更弱的妻子供他驱使了”，这样便“一级一级地制驭着，不能动弹，也不想动弹了”。这就深刻地揭露了中国封建社会之所以能够长期而稳固地进行统治的秘密所在。①

鲁迅在五四新文化运动中批儒反孔并非要对孔子及其门徒创立的儒家学说进行全面的历史评价，而是立足于推进人的现代化和社会的现代化，才紧紧抓住“君君、臣臣、父父、子子”的等级森严的封建制度及其伦理纲常通过重点批判，将中国人从牢笼里解放出来，从而获得个性意识，具有人道情怀。当下有的学人不遗余力地呼唤甚至美化儒家文化的等级观念与伦理道德，对此我不能不忧心近百年前通过鲁迅等几代文化精英们的不懈努力，中国人才从封建制度及其纲常的笼子里解放出来获得的人性解放的个性意识在自觉不自觉地又将被关进新儒学派复活的儒学传统制度及其礼教伦理的笼子里。也许我是杞人忧天！因为当前正在贯彻落实的社会主义核心价值观的 3 个层次 12 个范畴，主要源自鲁迅等新文化先驱们所创建的现代思想意识，这就从根本上确保了现代中国人的文化人格的核心内涵应充盈着个性主义和人道主义精神；其实这与 2500 年前孔子的原创思想中的个人主义或“仁者爱人”、“泛爱众”的人道主义，也是遥相互应的。

历史雄辩地证明，鲁迅百年前提出的“尊个性而张精神”是人类自身为之不懈奋斗而争取人性健全发展、个性自由解放、精神充盈旺盛、生命充满活力的永恒命题；即使“任个人而排众数”这看似悖论的命题，至今从理论到实践，若能理

① 以上两段引文均见笔者 1991 年春所写文章《终极价值：现代化与鲁迅批孔》，收入山东文艺出版社 1995 年出版的《五四文学新论》一书。

解好并解决好,那也具有强烈的现实意义和重要的学术价值。尤其要推动21世纪中国文学沿着现代化道路来个欣欣向荣的大发展,处理好解决好这两个历史命题更是迫在眉睫!

草于2014年5月下旬

(原载《鲁迅研究月刊》2014年第6期)

“民族的文学”与“世界的文学”

——论茅盾现代文学观的前瞻性

在一个民族或国家的文学整体转型的激变期，往往呼唤深谋远虑、站在学术前沿的文学理论家所设计的现代文学创造方案，既有现实针对性又有超前的远见性。众所周知，五四文学革命是中国古代文学向现代文学转换的激变期，文学变革的先驱们争先恐后提出现代性的文学主张或创构新文学的设计方案，胡适把“国语的文学，文学的国语”作为文学革命的根本方针，形成终生为之坚持不渝的白话文学观念；陈独秀提出了建设“国民文学”、“写实文学”、“社会文学”三位一体的文学主张；周作人提出了创建“人的文学”、“平民文学”的设想；李大钊“所要求的新文学，是为社会写实的文学，不是为个人造名的文学，是以博爱心为基础的文学，不是以好名心为基础的文学，是为文学而创作的文学，不是为文学本身以外的什么东西而创作的文学”①；郭沫若主张创造“生命文学”；茅盾提倡建设进化的平民的为人生的文学等等。对于上述新文学主张或新文学观念的研究与阐释，发表过不胜枚举的论文或出版了难以统计的著作，将五四文学理论思想的探讨推上一个相当高的学术层次。然而不可否认的是，将茅盾的文学思想置于文学研究会的社团背景予以研究较为充分，而把它放在中国文学整体向现代转型的五四文学革命激变期进行洞察则显得薄弱，特别是茅盾当时明确提出的“民族的文学”与“世界的文学”及其它们之间相互关系的具有辩证性与前瞻性的文学思想至今罕见深入而系统的探究，现代中国文学研究“去政治化”以来更是少人问津了。

① 李大钊：《什么是新文学》，《星期日》(社会问题号)1919年12月8日。

一

早在19世纪20年代，歌德读了中国言情小说《风月好逑传》，深切地感悟到这部小说与他写的“《赫尔曼绿台》以及英国查理生写的小说有很多类似的地方”，从“思想行为和感情方面”认识到德国人与中国人是“同类人”，致使“民族文学在现代算不了很大的一回事，世界文学的时代已快来临了”。[①] 歌德这是站在全人类立场上首先发出了“世界文学”的呼唤，提出了“民族文学”与“世界文学”两个相待的美学范畴，并对它们相互沟通的紧密关系做了解说；这给我们的理性启示是，《风月好逑传》在明末小说中算不上经典之作，也不是优秀的言情小说，却满足了歌德的审美期待，且从它身上发现了文学的人类性或世界性的特征，这表明中国文学在明代已参与“世界文学”的初建了。然而彼时的中国作家或学者，并没有自觉地意识到“民族文学”和“世界文学”这两个命题。到了19世纪40年代，马克思、恩格斯依据经济基础与上层建筑辩证关系的原理，深刻洞察了全球各民族之间关系在市场经济推动下所发生的巨变而带来的世界文学的新趋向，便明确指出：“民族的片面性和局限性日益成为不可能，于是由许多民族的和地方的文学形成了一种世界的文学。”[②]从此，文学世界化的自觉时代真正开始了。逮及20世纪初，从晚清至“五四”，连续发生两次文学变革运动，文化先驱们虽然大多以域外文学为参照并联系我国文学实情，提出大同小异的文学变革主张，形成了差异互见的现代文学观念，但是能够自觉地立足于人类文化的立场来洞见世界文学发展的总趋向，最早在五四文学革命中提出并确立“民族的文学”与“世界的文学”两个互通互动文学观念的却是茅盾！他说：

> 文学家所负荷的使命就他本国而言，便是发展本国的国民文学，民族的文学；就世界而言，便是要联合促进世界的文学。在我们中国现在呢，文学家的大责任便是创造并确立中国的国民文学。[③]

在“五四”前后的中国，尽管民国政府的大权旁落于军阀之手，为争权夺利

---

① 《歌德谈话录》，人民文学出版社1978年版，第112～113页。

② 《马克思恩格斯选集》第1卷，人民出版社1972年版，第255页。

③ 茅盾：《文学和人的关系及中国古来对于文学者身份的误认》，《小说月报》1921年1月10日第12卷第1号。

军阀连年混战，政权的转换如车轮；然而中华民国的旗帜却未倒，共和国的性质并没根本改变，三民主义的宪政纲领以及民主、平等、博爱、人权等现代意识并未推翻，现代民族国家想象日益深入人心。因此，陈独秀的文学革命“三大主义”首倡建设“国民文学”观念，超越了梁启超在晚清文学改良运动中提出的“新民文学”观念；这显见“国民文学”是与中华民国的现代国家意识同质同构的文学观念，欲建立既区别传统“臣民”文学又不同于晚清“新民”文学的以“国民”为本位的现代文学。不过，陈独秀只是提出了“国民文学”的理念，对其内涵与外延并未给出明确的阐释，极为笼统；且与建设“写实文学”、“社会文学”并列提出，对三者之间的关系也没有解说。而茅盾提出的“发展本国的国民文学”则明确多了，辩证多了。所谓“发展本国”就是指发展中华民国的“国民文学”，这是站在现代国家立场面向全体国民提出的文学主张，扩而大之这种“国民文学”也就是“民族的文学”；而这里的“民族”是建立于中华民国的现代国家意识之上的民族，并不是狭隘的民族主义即大汉族主义。故“民族的文学”就是中华民国版图上所有民族文学的集合体，民族不分大小也不计强弱，其文学艺术都是属于中华民国的，只要进入中华民族这个多民族组成的大家庭均是平等的，要一视同仁。这样的国民文学、民族文学，其“思想和感情一定确是属于民众的，属于全人类的，而不是作者个人”①。这里所强调的国民文学或民族文学“不是作者个人的”，笔者认为茅盾不是要排除文学世界中个人的思想或感情，而是指作者不要把文学当成个人的私有物，当成自己为“圣贤”传道载道的“留声机”②；若抒写个人的思想或感情那应寄寓或融入民众或人类的思想或感情，也就是把个体主体意识与集体主体意识无缝隙地胶融一体。“这样的文学，不管它浪漫也好，写实也好，表象神秘都也好；一言以蔽之，这算是人的文学——真的文学。”③茅盾所提出的“人的文学”观与周作人倡导的“人的文学”观念，在宣扬人道主义精神上是相通的，强调“人的文学”就是“真的文学”也是一致的；不过周作人提倡“人的文学”着重突现的却是以个人主义为世间本位主义的“灵

① 茅盾：《文学和人的关系及中国古来对于文学者身份的误认》，《小说月报》1921 年 1 月 10 日第 12 卷第 1 号。

② 茅盾：《文学和人的关系及中国古来对于文学者身份的误认》，《小说月报》1921 年 1 月 10 日第 12 卷第 1 号。

③ 茅盾：《文学和人的关系及中国古来对于文学者身份的误认》，《小说月报》1921 年 1 月 10 日第 12 卷第 1 号。

与肉完全一致”的人，茅盾倡导的“人的文学”尽管也注意人的“个性”，然而着重强调的则是文学与人生、社会、国家和民众的关系，而且这种“人的文学”既是国民文学、民族文学又是人类文学或世界文学。只有文学者在中国创造这样的国民文学，民族的文学，人的文学，方可联合全球其他国家或民族“促进世界的文学”。这是因为世界文学必须具有这样的功能特征：“无非欲使文学更能表现当代全体人类的生活，更能宣泄当代全体人类的感情，更能声诉当代全体人类的苦痛与期望，更能代替全人类向不可知的命运作奋抗与呼吁。”①茅盾虽然没有对何谓“世界文学”的深广内涵给出具体的界说，不过从四个“更”字修辞中却能体悟出他对“世界文学”的纲领式构想，而这个构想比当年歌德、马恩提出的“世界文学”概念则具有了在创作实践中能够遵循的图谱。它是茅盾20世纪初叶置身于中国文学革命运动给“世界文学”这个历史命题所做的答案，充分显示出其文学观念的前瞻性，在中国文学向现代转换伊始便敏锐地认识到它必将与“世界文学”接轨，预测出中国现代文学的发展不能不同人类文学取同一步调。

在茅盾的预见中，作为“世界文学”与“民族的文学”的美学功能相比，一是“更能表现当代全体人类的生活”。这就要求“世界文学”既应具有民族性更应具有人类性，它必须突破民族的局限、阶级的局限和国家的局限，直接面对“当代全体人类的生活”而不是局部人类或少数人类的生活，即使文学者观察到的是某个民族、阶级、国家的当代生活，也要洞见它们各自与全体人类生活的联系性与相同性，将它们视为全体人类生活的有机组成部分；因此只有文学者对全体人类生活有了独特而深刻的感受与体悟，并通过不同的艺术手段和审美形式将其表现出来，“至少还须含有永存的人性，和对于理想世界的憧憬”②，方可称之为“世界文学”。二是“更能宣泄当代全体人类的情感”，这是“世界文学”的重要功能之一。文学是人的情感结晶而不是思想的产物，即使文学含有思想因素也是蕴藏于情感之中，或者它与情感溶解在一起而成为富有哲理性的诗意情感，这种文学本质既是文本人物情感的铸造又有创造主体情感的注入。作为世界文学所宣泄的情感不是单纯的个人情感，也不是单纯的阶级或民族的情感，哪怕宣泄的情感含有个人的、阶级的、民族的情感因素，而这种情感因素也是与

① 茅盾：《新文学研究者的责任与努力》，《小说月报》1921年2月10日第12卷第2号。

② 茅盾：《介绍外国文学作品的目的》，《时事新报》附刊《文学旬刊》1922年8月1日第45期。

“全体人类的情感”相通,或者这种情感因素原本就包含在全体人类情感之中。因此,世界文学只有具备全人类的情感且能及时地宣泄出去,才能引起不同国度不同民族的人类的共鸣。历届获得诺贝尔文学奖的文学作品所宣泄的应是当代全体人类的情感,所以它们是地道的“世界文学”。三是“更能声诉当代全体人类的苦痛与期望”,这无疑是“世界文学”的重要功能之一。既然世界文学是全体人类情感的物化文本,而人类的情感并非无病呻吟的倾诉,而是发自创作主体与描写对象主体内心的喜怒哀乐,这就使世界文学所声诉的人类情感既有充满痛苦的悲歌又有充满期望的欢歌,不论是悲歌或者是欢歌只要是真情实感,那这样的世界文学就能感染人亦能打动人,悲哀的苦痛之情能给读者以力量,希望的欢歌之情能给人以憧憬,所以苦痛的情感或期望的情感皆是世界文学恒久审美魅力的源泉。茅盾当时特别推崇“血与泪”的文学,他说:“处中国现在这政局之下,这社会环境之内,我们有血的,但凡不曾闭了眼,聋了耳,怎能压住我们的血不沸腾?从自己热烈地憎恶现实的心境发出呼声,要求‘血与泪’的文学,总该是正当而且是合于‘自由’的事。各人的性情容或有点不同,我是十二分的憎恶‘猪一般的相互吞噬,而又怯弱昏迷,把自己千千万万的聪明人赶入桌子底下去’的人类,所以我最喜欢诅咒那些人类的作品,所以我极力主张译现代的写实主义作品。”这种充满了“血与泪”的文学所倾诉的是人类的苦痛情感,只有把这类世界文学翻译进中国来,才能唤醒当时“社会里充满了不像人样的人”,这是现代文学的“最大的急务”。[①] 四是“更能代替全体人类向不可知的命运作奋抗与呼吁”,这亦是“世界文学”的不可或缺的重要功能之一。“天有不测风云,人有旦夕祸福”,这并不是宿命论,而是人类面对变幻难测的自然界或人世间所发生的偶然事情所表现出的极大的无奈。尽管随着科学的发展,人类认识了不少自然界或社会界的客观规律,然而人类并没有完全掌握自己的生死祸福的命运;因此作为各民族文学或世界文学对于人类生死的关注或命运抗争与呼吁的表现则成了永恒的主题。由于人类面对生与死以及难测的命运,有诸多生命或生存的密码破译不了,不可避免地生出难以排解的内心苦闷焦虑或产生了按捺不住的奋发抗争意识或与命运抗争不成则暴露出人性的弱点,这就使茅盾深刻地察觉到“文学的使命是声诉现代人的烦闷,帮助人们摆脱几千年历史遗传的人类共有的偏心与弱点,使那无形中还受着历史束缚的现代人的情感

① 茅盾:《介绍外国文学作品的目的》,《时事新报》附刊《文学旬刊》1922 年 8 月 1 日第 45 期。

能够互相沟通，使人与人中间的无形的界限渐渐泯灭；文学的背景是全人类的背景，所诉的情感自是全人类共通的情感”①，所以“世界文学”必须具有为全人类声诉苦闷情感、抗争意识以及沟通情感、消除隔膜、友好相处的巨大美学功能。

二

茅盾对“世界文学”的构想并非主观臆测凭空杜撰的，它既建立在对我国古代文学的系统考察与人类文学进化轨迹的研究上，又是从中国“五四”前后文学现状出发，便提出先发展本国的民族文学后联合起来推进世界文学的重大使命。

通过对我国古来文学的作者主体与文本实质这两大维度的考察，茅盾发现正宗的贵族文学或庙堂文学若是以国民文学或世界文学为价值尺度衡之，至少有三大缺陷：第一，文学者是帝王的“弄臣”，美其名为“待诏金马之门”，所写的词赋“常被帝王视为粉饰太平的奢侈品”；“即如达官贵人富商土豪都可以用金钱雇买几个文学之士来装点门面，混充风雅”。所以，“在中华的历史里，文学者久矣失却独立的资格，被人认作附属装饰物了”。在这种空气下，少数有骨气的文学者不肯“为王门筝人”，而大多数文学者居然自己辱没自己，不以为耻反以为荣，“自认是粉饰太平装点门面的附属品”，一个完全丧失独立性缺乏主体意识的文学者只能写出宫廷文学或贵族文学，既无思想价值又乏文学价值。第二，文学者的集子里充满了“文以载道”的气味，登高而赋也一定要有“忠君爱国不忘天下的主意放在赋中”，触景作诗也一定要有“规世惩俗不忘圣言的大道理放在诗中”，作一部小说也一定要加上“劝善惩恶的头衔”，总而言之，“他们都认文章是有为而作，文章是替古哲圣贤宣传大道，文章是替圣君贤相歌功颂德，文章是替善男恶女认明果报不爽罢了”。此外，还有文章只当作个人的消遣品，这“不是时代的文学，更说不上什么国民文学了”。“所以综合地看来，我国古来的文学者只晓得有古哲圣贤的遗训，不晓得有人类的共同情感；只晓得有主观，不晓得有客观；所以他们的文学是和人类隔绝的，是和时代隔绝的，不知有人类，不知有时代！”第三，我们中华的国民文学之所以至今尚未确立，我们中华的

① 茅盾：《创作的前途》，《小说月报》1921年7月10日第12卷第7号。

文学之所以不能像西洋诸国那样发达昌盛，根本原因在于“我们一向不知道文学和人的关系，一向不明白文学者在一国文化中的地位”①。茅盾对我国古代文学的考察不是在书写四平八稳的文学史，而是以现代的人类文化视野在探寻古代文学的缺陷，借以记取历史教训，将中国新文学建设纳入国民文学、民族文学乃至世界文学的轨道。因此在肯定茅盾现代文学观的前瞻性深刻性的同时，也应该认识他对中国古代文学缺点的犀利批评，对于规范当下的文学建构仍有强烈的现实意义。

如果说茅盾对中国古代文学存在缺点的揭示与批评，是从反面证明五四文学运动革故更新以建设国民文学、民族文学的重要性和必要性，那么他对世界文学进化过程的探索，旨在寻找或选择中国新文学发展的路向，建设国民文学、民族文学直至世界文学的参照系和理论支柱。通过洞悉世界文学的进化过程，茅盾发现了英国也经过“朝廷奖重文学后贵阀巨室奖重文学的时代”，这和我国古代文学的情形差不多；但是文学者自身对于文学的观念，英国与我国却大不相同，这就决定了两国文学的进化处于不同阶段。在茅盾看来，英国文学者不像中国古来文学者，“他们不曾把文学当作圣贤的留声机，不知道‘文以载道’‘有为而作’，他们却发现了一件东西叫作‘个性’，次第又发现了社会，国家，和民众，所以他们的文学，进化到了现在的阶段”，也就是创造现代的民众文学，国民文学乃至世界文学阶段；而中国文学正处在古代（中世）向现代转换的过渡期。茅盾对世界文学进化过程的探察只是从文学观念单一维度来论述文学进化之因，虽然有点简单却也抓住了文学的关键。于是他对文学和人的关系给出直截了当的回答：

> 文学属于人（即著作家）的观念，现在是成过去的了；文学不是作者主观的东西，不是一个人的，不是高兴时的游戏或失意时的消遣。反过来，人是属于文学的了。文学的目的是综合地表现人生，不论是用写实的方法，是用象征比譬的方法，其目的总是表现人生，扩大人类的喜悦和同情，有时代的特色做它的背景。

茅盾对文学与人关系的认识来自于世界文学进化进程的纵向考察，所获得的理性结论有它的片面深刻性。固然过去的“文学属于人（即著作家）的观念”

---

① 以上引文，均见茅盾：《文学和人的关系及中国古来对于文学者身份的误认》，《小说月报》1921年1月10日第12卷第1号。

有其偏颇，不应把文学仅仅看成是作者主观之物，也不属于作者一个人的私有；但是谁也不能排除文学的构成有作家的主体意识，更不能消解作者的主观感受或人生体验参与，否则文学就失去了个性意识。即使强调“人是属于文学的”那这个人也应具有独立意识，这样方能彰显作者主体在创作文学中的独特功能。即使“文学的目的是综合地表现人生”而这种人生也是个体与群体相联系的，单纯个体的人生是不存在的，它总是千丝万缕地或明或暗地与群体人生胶合在一起；所以人类中既没有完全脱离集体主体意识的个体主体意识又没有完全摆脱群体人生的纯粹个体人生。这是因为在现实上人是社会关系的总和，不论人的意识或人的生活都不能出离社会关系的总和；正是从这个意义上来说，文学与人的关系既属于个体的人又属于群体的人，既是个体主体意识又是集体主体意识的产物，既具表现个体人生又具表现群体人生的职能。这种辩证的整体认识，才使“文学到现在也成了一种科学，有它研究的对象，便是人生——现代的人生；有它的研究工具，便是诗(Poetny)剧本(Drama)说部(Fiction)”。文学到现代不仅成为可以纳入学术研究的人文科学，而且也成为可以创造的文学事业。因此文学者创造或研究文学应突破自身的文学范围，也不能仅凭自己的喜好来支配文学。文学者要表现的不只是个人的人生，更应该是“全人类的生活”；“文学作品中的人也有思想，也有情感，但这些思想和情感一定确是属于民众的，属于全人类的”，而不仅仅是作者个人的。“这样的人的文学——真的文学，才是世界语言文字未能划一以前底一国文字的文学。”所以“我们现在的责任：一方是要把文学与人的关系认得清楚，自己努力去创造；一方是要校正一般社会对于文学者身份的识认。‘装饰品’的时代已经过去，文学者现在是站在文化进程中的一个重要分子；文学作品不是消遣品了，是沟通人类感情代全人类呼吁的唯一工具，从此，世界上不同色的人种可以融化可以调和”①。因此各国务必联合起来创造“世界文学”，而中国的文学者“更有一个先决的重大责任”，那就是创造我们的国语文学、民族文学！

既然创造“世界文学”如此重要，是人类文学进化的必然趋向，那么我国五四文学革命何以不立即参与“世界文学”的建构而强调先创造民族文学呢？

① 以上引文，均见茅盾：《文学和人的关系及中国古来对于文学者身份的误认》，《小说月报》1921年1月10日第12卷第1号。

通过对我国文学现状的考析，茅盾认识到：一是充斥当时文坛的现代旧派的章回体小说，虽然受到五四白话文学运动的影响，“大概是用白话做的，描写的也是现代的人事，只可惜他们的作者大都不是有思想的人，而且也不能观察人生入其堂奥；凭着肤浅的想象力，不过把那些可怜的胆怯的自私的中国人的盲动生活填满了他的书罢了，再加上作者誓死尽忠，牢不可破的两个观念，就把全书涂满了灰色。这两个观念是相反的，然而同样的有毒：一是‘文以载道’的观念，一是‘游戏’的观念。中了前一个毒的中国小说家，抛弃真正的人生不去观察不去描写，只知把圣经贤传上朽腐了的格言作为全书的‘柱意’，凭空去想象出些人事，来附会他‘因文以见道’的大作。中了后一个毒的小说家本着他们的‘吟风弄月文人风流’的素志，游戏起笔墨来，结果也抛弃了真实的人生不察不写，只写了些佯啼假笑的不自然的恶札其甚者，竟空撰写男女淫欲之事，创为‘黑幕小说’，以自快起‘文字上的手淫’。所以现代的章回体小说，在思想方面说来，毫无价值”。至于在艺术方面，或“剿袭旧章回体小说的腔调和结构法”，或“剿袭西洋小说的腔调和结构法”；就布局而言“大关节尚不脱离合悲欢终至于大团圆的格式，仍局促于旧镣锁之下，没有什么创作的精神”；在描写上大都采取“记账式的叙述，只觉得眼前有的是个木人，是个无思想的木人，不是个有头脑能思想的活人”。[①] 故而旧派的章回体小说在艺术上也没有什么创新的审美价值。在茅盾看来，欲克服新旧派小说的弊端必须借助自然主义的“实地观察”和“客观描写”这两个法宝，这不仅可以缩短中国文学进化与“世界文学”的时空差，而且方能创造出以“真”为最高目标的以现代人为本的国民文学或民族文学，这是中国文学革命的当务之急，否则中国的民族文学就难以发生现代性转换而参与“世界文学”创建。二是由于各国或各民族文学的发展并不平衡，跨入文学现代化的步伐参差不齐；特别是茅盾清楚地指出，“现时种界国界以及语言差别尚未消灭以前”，“世界文学”这个“最终的目的不能骤然达到，因此现时的新文学运动都不免带着强烈的民族色彩。例如爱尔兰的新文学运动，犹太的新文学运动都是向着这倾向，对世界的人类要求公道的同情的。我们中国的新文学运动也不能不是这性质了”。[②] 不过在认同茅盾这些见解的同时，笔者对有些提法并不赞

① 茅盾：《自然主义与中国现代小说》，《小说月报》1922年7月10日第13卷第7号。

② 茅盾：《新文学研究者的责任与努力》，《小说月报》1921年2月10日第12卷第2号。

成，其一说“种界国界以及语言差别尚未消灭以前”不能达到“世界文学”的总目标；在我看来，不论是种界或者是国界都不能“消灭”，即使在遥远的将来人类有可能消灭种界或国界，语言的差别也不能消灭，这也许只是一种乌托邦的空想而已。如果种界国界和语言的差别永远消灭不了，那“世界文学”就永远建不成了吗？不过随着高科技的飞速发展，交通工具和通信工具、信息传递越来越现代化，以及人类的全球意识日益增强，种界国界和语言差距越来越会缩小，这是可能的也是必然的，这样就能加快建成“世界的文学”；即使实现了“世界文学”的总目的也不一定意味着种界国界和语言差别的消失。若保持这三者的差异性，那才有民族文学存在的可能性；要是种界国界和语言差别完全消灭，那就意味着民族文学的消失而只有“世界文学”了，这是万万不可能做到的。其二说到“民族文学”，人们总认为文学艺术“越是民族亦越是世界的”。这个见解若是把“民族文学”与“世界文学”两个范畴之间的关系视为从属关系，即“民族文学”从属于“世界文学”，也就是“世界文学”包容着“民族文学”，那“民族文学”越发达越能使“世界文学”充盈，“民族文学”的特色越鲜明那越能增强“世界文学”的个性化；如果把“民族文学”与“世界文学”视为两个并列的或对立的范畴，那“民族文学”越发展越会与“世界文学”拉开距离，“民族文学”越独特越会与“世界文学”分庭抗礼。茅盾所言的“民族文学”与“世界文学”的关系显然是指前者，所以中国新文学创建的为人生的国民文学或民族文学也能为“世界文学”增值添彩。三是五四文学革命初期由胡适的“八不主义”或“国语的文学，文学的国语”八字方针的白话文学主张，所掀动的“新文学运动也带着一个国语文学运动的性质”，并且这个国语文学运动并不是中国独创的，它与世界发达国家的国语运动接轨，从特定意义上说中国的国语文学运动参与了“世界文学”的建构，当然也是“世界文学”不可分割的一部分。如同“西洋各国国语成立的历史，都是靠着一二位大文学家的著作做了根基，然后慢慢地修补写正，成了一国的国语文字”；而中国的国语文学运动则遵循此路而行。不过，茅盾的睿智则突出地表现在，他坚定地“相信新文学运动的最终的目的”不在此，虽然白语文学运动“最初的成功一定是文学的国语”，但是若误认为“文言的文学看厌了，所以欲改用白话”，那“新文学运动永无圆满成功的一日！遑论民族文学的发扬光大呢?”[①]新文学运动的最终目的是先要建设以人为本的为人生服务的国民文学或民族文学,赶上“世界文学”进化的步伐。基于上述的认识和理由,茅盾方提出在中国新文学运动成功地完成了文学的国语的同时,就国内来说务必创造国民文学、民族文学,而就世界而言则必须联合起来发展世界文学。上一个世纪的新文学实践证明,茅盾的现代文学观是开放的又是远见卓识的。

三

既然在联合促进“世界文学”的大格局中,我国新文学者的“先决的重大责任”就是创造国民文学以发扬光大民族文学,那么这种现代型的民族文学应具有哪些美学特征,茅盾的现代文学观又是怎样设计的?从茅盾当时书写并发表的原创文论或文评来考察与透析,可以显见他对于国民文学或民族文学创构的美学特征,我们应该给出这样的概括与阐述:

其一,文学者主体所创造的国民文学或民族文学,必须是以人为本的“综合地表现人生”且为人生服务的文学,即“文学家所欲表现的人生,决不是一人一家的人生,乃是一社会一民族的人生”。所谓“综合地表现人生”,笔者理解乃是全方位地多维度地多层次地整体性地表现人生,这就给文学表现人生开拓了广度与深度,也为文学者表现人生的观察、体验和选择提供了更大的自由度。他说决不表现“一人一家的人生”,我们不能误认茅盾拒斥文学表现个体人或个体家庭的人生,他是针对古来文学者只把文学当成私有物而发的,强调文学的社会化或民族化;其实他指出的文学要表现“一社会一民族的人生”就包含了“一人一家的人生”,试想在现代社会中或者在多民族共同体里哪个人哪个家庭能独立存在呢?况且茅盾紧接着言道:“不过描写全社会的病根而欲以文学小说或戏本的形式出之,便不得不请出几个人来做代表。他们描写的虽只是一二人、一二家,而他们在描写之前所研究的一定是全社会、全民族”[②]。这就清楚地表明,综合表现人生的文学,不仅不排斥“一人一家的人生”,且要将一人一家的人生作为代表性的典型人物或典型家庭,在对其充分研究或体验的基础上描写好,典型描写得越成功就越能集中而强烈地表现全社会、全民族的人生,这是最

① 茅盾:《新文学研究者的责任与努力》,《小说月报》1921年2月10日第12卷第2号。
② 茅盾:《现在文学家的责任是什么?》,《东方杂志》1920年1月10日第17卷第1号。

早在中国现代文学史上以辩证思维来阐释文学的典型化问题。这里值得进一步分析的是,茅盾提出的文学家“综合地表现人生”,不论是个体人或一家一户或全社会或全民族的人生,都是以人为本的,都要在为人生的文学中突出个体人或群体人的地位,彰显作家主体的独立姿态,全社会的人或全民族的人不分阶层不分男女不分强弱也不分大小不分贫贱皆以平等相待的态度予以表现;而且要扫除文学写作上的瞒和骗的邪风毒雾,表现出赤裸裸的真实人生,这样才算得上为人生的国民文学或民族文学。

其二,茅盾欲创立的国民文学或民族文学实质上是“人的文学”,而这种“人的文学”虽然同周作人提倡的“个人主义的人间本位主义”的“人的文学”①互通,但是茅盾的“人的文学”至少有互为联系的四个层次的内涵,除了创作以国民为本位或者以民族为本位或者以人类为本位这三个层次的“人的文学”外,最重要的层次是建构以平民为本位的“人的文学”。尽管茅盾当时没有以鲜明阶级观点对全社会、全民族、全人类的人进行区分,然而他也从人群中发现了特殊阶层的人并与之相对的平民阶层的人,或者贵族阶级的人和“第四阶级”的人。前者大多是压迫者、损人者,而后者大多是被压迫被奴役被损害的人;如要争取人的解放且唤醒觉悟那首先应考虑平民阶层的人。这就把“个人主义”式的人的解放具体落实到平民阶层的人的解放。而要启示平民阶层的人(或平民知识分子或平民老百姓)的解放意识则必须有“新思想的发生”,这种“新思想”的启蒙功能的充分发挥,“一定先靠文学家做先锋队,借文学的描写手段和批评手段去‘发聋振聩’”。对此域外现代文学已给我们提供了范例:18世纪个人主义的新思潮,发源于卢梭的《Nouvelle Heioise》和《Emile》这两部小说;19世纪家庭个性主义的新思潮,起于易卜生的《Adoll’s House》这一篇剧本;尼采的超人哲学,结晶在《Thus skake zarathustra》这部小说;再如人道主义劳动主义创于托尔斯泰,托尔斯泰便是个大文豪;萧伯纳、哈德曼等都是以大文豪的资格提倡社会主义。可见,“自来新思潮的宣传,没有不靠文学家做先锋呀!”但我们且不要误解,茅盾并非不懂文艺创作规律而要求文学成为直接宣传新思潮的传声筒,他强调文学必然借助“描写手段和批评手段”,即艺术法则与审美规律去创作文本以播扬新思想来启蒙;故而他指出,“中国现在正是新思潮勃发的时候,中国文学家应当有传播新思潮的志愿,有表现正确的人生观在著作中的手段”,即遵循

① 茅盾:《现在文学家的责任是什么?》,《东方杂志》1920年1月10日第17卷第1号。

艺术规律创造以平民为本位的“德谟克拉西的文学”[①],尽到平民文学思想启蒙的最大职能。茅盾曾严正指出:文学家的“积极的责任是欲把德谟克拉西充满在文学界,使文学成为社会化,扫除贵族文学的面目,放出平民文学的精神。下一个字是为人类呼吁的,不是为贵族阶级赏玩的;是‘血’和‘泪’写成的,不是‘浓情’和‘艳意’做成的,是人类中少不得的文章,不是茶余酒后消遣的东西!”[②]这是多么意味深长的文学远见,亦是以平民为本位的国民文学或民族文学的质的美学特征。

其三,创作地地道道的“民族的文学,则于个性之外更须有国民性”[③],将个性与国民性完美的统一于文本,这也是为人生的国民文学或民族文学必具的美学特征。所谓文学作品的个性既显现于它整体的审美风格上,即只要其艺术风格具有独特性那就是文学作品的个性化彰显,又体现在文学作品的人物塑造上,只要人物刻画能将其独一无二的人性或性格跃然于纸媒或电媒,那呈示出来的就是人物的鲜明个性。不论作品整体风貌显现出的个性或者人物形象呈示出的个性,都是作家主体“独立精神”与创造能力的体现;若是作者不亲身深入人生体验人生、没有对社会人生的各种人物的细致观察与独特把握,即使“天才”作家也创造不出个性化的文本或个性化的人物。因此茅盾反对“模仿的作品中的人物(characer)大都是借来,不是自己创造的”;既然是“关在一间小屋子里,日夜读小说,模仿着做”,“人物是借来的,便大都只能偷得一个样式,而作品的人物却不能只是一个。所以结果是一篇作品的许多人物都只是一个模型里的出产品,这还能有什么活气!”与民族文学的个性联为一体的则是国民性,在茅盾看来,“所谓国民性并非指一国的风土人情,乃是指这一国国民共有的美的特征。例如俄国国民美的特性是能忍苦地和黑暗反抗,能用彻底的精神做事,能爱他,能有四海同胞主义精神”。只有“这样的国民性文学才是有价值的文学”![④] 如同民族文学要具有共有的国民性一样,茅盾亦强调它必具民族性,即“一民族的文学是他民族性的表现”。因为“凡在地球上的民族都一样的是大地母亲的儿子;没有一个应该特别的强横些,没有一个自称为‘骄子’! 所以一切民族精神结晶都应该视同珍贵,视为

① 茅盾:《现在文学家的责任是什么?》,《东方杂志》1920 年 1 月 10 日第 17 卷第 1 号。
② 茅盾:《现在文学家的责任是什么?》,《东方杂志》1920 年 1 月 10 日第 17 卷第 1 号。
③ 茅盾:《新文学研究者的责任与努力》,《小说月报》1921 年 2 月 10 日第 12 卷第 2 号。
④ 茅盾:《新文学研究者的责任与努力》,《小说月报》1921 年 2 月 10 日第 12 卷第 2 号。

人类全体的珍贵宝！而况在艺术的天地内是不分贵贱，不分尊卑的！”[1]由此可知，平等公正乃是民族美的特性。我国是个多民族的共同体，对世界上一切平等待我之民族应持有这种民族美的特性，对内处理各兄弟民族之间关系更要体现出民族美的特性。茅盾充分相信“一个民族既有了几千年的历史，他们民族性里一定藏着善美的特点；把他发挥光大起来，是该民族义不容辞的神圣的责任。中华这么一个民族，其国民性岂遂无一些美点？”[2]在古来的“国粹文学”没有表现出中华国民性的善美特点，而当时的新文学只关注国民劣根性的改造，于此背景下，独有茅盾自觉地倡导在民族文学里要全面表现国民性特别应弘扬国民性的善美特点，这种辩证的文学观是弥足珍贵的。不论为人生文学所表现的国民性或民族性都是其共有性，而这种共有性只有通过个性体现出来方能创造出特色鲜明的民族文学。至于如何创造能够“综合地表现人生”的民族文学，茅盾认为除了“观察的能力与想象的能力，两者偏一不可”外，还要辩证地理解出色地运用“分析与综合”这两个艺术手段。这是因为“世间万象，人类生活，莫不有善的一面与恶的一面；徒尚分析的表现法，不是偏在善的一面，一定偏在恶的一面。举浪漫派文学与自然派文学就是各走一端的。丑恶的描写诚然有艺术的价值，但只代表人生的一边，到底算不得完满无缺，忠实表现。西洋写实派后新浪漫派作品便都是能兼观察与想象，而综合地表现人生”[3]。这种艺术手段或文学创作方法，对当下的文学创作也不乏借鉴价值。

其四，建构国民文学或民族文学既然是以“真”为最高目标的“人的文学”，那它无疑是以人道主义为灵魂，茅盾亦毫不讳言地宣布创作新文学“唯其是为平民的，所以要有人道主义的精神，光明活泼的气象”[4]。欲使创造的人本文学以人道主义为灵魂，文学者首先应彻底摆脱古来为帝王将相歌功颂德粉饰太平的“弄臣”的奴性地位，或甘为达官富豪装点门面附庸风雅的“王门筝人”的奴才相，而获取具有主体意识、个性意识、自由意识、博爱意识的文学家“独立的资格”，不仅能够以博大的人文主义胸怀与“人类的共同情感”

---

① 茅盾：《〈小说月报〉“被损害民族的文学号”引言》，《小说月报》1921年10月10日第12卷第10号。

② 茅盾：《新文学研究者的责任与努力》，《小说月报》1921年2月10日第12卷第2号。

③ 茅盾：《新文学研究者的责任与努力》，《小说月报》1921年2月10日第12卷第2号。

④ 茅盾：《新旧文学平议之评议》，《小说月报》1920年1月25日第11卷第7号。

相沟通，并且能对现代国民的个体或群体甚至每个被侮辱被损害的知识者或普通百姓，摆脱悲苦命运争取自身解放而奋力抗争给以人道主义同情与关怀。其次，文学家应立足于人道主义立场，创造出“怨以怒”的文学，“在国内向自己的暴君争自由”，对国外的灭绝人性的入侵者给以同仇敌忾的抵抗。因此茅盾认为，“凡被压迫的民族的文学总是多表现残酷怨怒等等病理的思想”，例如“俄国文人自果戈里（Gogol）以至现代作家，没有一个人的作品不是描写黑暗专政，同情于被损害者的文学；波兰和犹太人因为处境更不如俄国人，连祖国都没有了，天天受强民族的鱼肉，所以他的文学更有一种特别的色彩”。① 而这种特殊色彩则是强烈的人道主义意识，即“凡被损害的民族的求正义求公道的呼声是真正义真公道。在榨床里榨过留下的人性方是真正可宝贵的人性，不带强者色彩的人性。他们中被损害而向下的灵魂感动我们，因为我们自己亦悲伤我们同是不合理的传统思想与制度的牺牲者；我们中被损害而仍旧向上的灵魂更感动我们，因为由此我们更确信人性的砂砾里有精金，更确信前途的黑暗背后就是光明！”②这种“怨以怒”的文学正是乱世文学的正宗，彼时中国社会背景内忧外患，兵荒马乱，民不聊生，饿殍遍野，“人人感着生活不安的苦痛，真可以说是‘乱世’了，反映这时代的创作应该怎样的悲惨动人啊！”③这就是乱世时代呼唤的洋溢着人道主义精神的“怨以怒”文学所产生的强烈的社会效应。再次，文学家面对当时社会上的“青年烦闷”，应以人文主义关怀来创造“救赎”文学，“应该把光明的路指给烦闷者，使新信仰与新理想重复在他们心中震荡起来”。因为彼时社会的“新旧思想的冲突，确是现在重大而耐人焦虑的问题”，致使不少平民知识青年面对社会时代的巨大焦虑而陷入极度思想烦闷、前途渺茫、精神迷乱、悲观绝望之中，所以茅盾呼吁文学者创作的“小说描写出在‘水深火热’之中的青年，不惟不因受了挫折而致颓丧，反而把他的意志愈炼愈坚，信仰愈磨愈固，拿不求近功信仰真理的精神，去和黑暗奋斗”；因为“文学的使命就是声诉现代人的烦闷，帮助人们摆脱几千年历史遗传的人类共有的偏心与弱点，使那无形中还受着历史束缚的现代人的情感能够互相沟通，使人与人中间的无形的界线渐渐泯灭；文

① 茅盾：《社会背景与创作》，《小说月报》1921 年 7 月 10 日第 12 卷第 7 号。

② 茅盾：《〈小说月报〉“被损害民族的文学号”引言》，《小说月报》1921 年 10 月 10 日第 12 卷第 10 号。

③ 茅盾：《社会背景与创作》，《小说月报》1921 年 7 月 10 日第 12 卷第 7 号。

学的背景是全人类的背景，所诉的情感自是全人类共通的情感”。[①] 像这种“救罪”文学所充溢的博大人道主义精神是启人向上的乐观的，无疑也是感人至深的。

总之，创造具有鲜明美学特征的以人为本的国民文学或民族文学，不仅直接或间接地纳入“世界文学”范畴，即与世界文学有千丝万缕的联系，而且所选用的创作方法既可以是写实的、浪漫的又可以是象征的甚至可以综合用之，不过茅盾所倾情的乃是写实方法，这既因为只有成功地运用写实主义创作方法才能确保为人生的“人的文学”是“真的文学”，又因为“写实主义之真精神与写实主义之真杰作”[②]乃是当时中国文学革命所急切需要的。

茅盾在20世纪20年代初提出的“民族的文学”与“世界的文学”两个互动的美学范畴及其所形成的现代文学观，不只具有重要的创新理论价值，而且它的前瞻性远见性至今仍有强烈的现实指导与批评意义。追溯近百年前，一代现代文化先驱精心竭虑所创造的“人的文学”，经过一段历史的曲折及至21世纪新文学创造则出现繁荣的景观，仅长篇小说每年就能出版3000多部，至于电媒的影视文学、网络文学的问世则是不胜枚举；然而也必须清醒地看到在文学繁荣的背后隐伏着不少乱象，而这些乱象与茅盾在“五四”前后所批评的文学弊病何其相似：就作家本身来说，在“权与钱”本位思想的诱惑下，有些人迷失或误认了自己的身份，既乏独立思考能力又无独立创作资格，或成为替达官权贵歌功颂德树碑立传的“弄臣”，或成为“文以载道”代“圣贤立言”的忠实工具，或被巨贾富豪的金钱收买而成了为其撑场附庸风雅的奴仆，这样的作家就很难以自己独特的人生感受和自主意识创造出当代的民族文学或公民文学了。从文学作品的思想倾向来看，不论纸媒或电媒的文学文本，有些在宣扬拜金主义、享乐主义、纵欲主义、消遣主义、趣味主义甚至皇权主义、官僚主义、等级主义、强权主义、封建迷信等，与社会主义核心价值观相悖离；也有的文艺作品无原则地渲染仇杀，鼓荡血腥暴力，等等，不一而足。这些早已批判过的文学弊端的沉渣泛起，是有不言而喻的原因；若是认识到这些弊端不解决有碍于当下文学艺术的健全发展，那就应该求助于五四文学革命茅盾所确立的现代文学观，它也许能治好21世纪文学繁荣背后的“乱象”，又有利于创造与“世界文学”接轨的具有

① 茅盾：《创作的前途》，《小说月报》1921年7月10日第12卷第7号。
② 茅盾：《〈小说月报〉改革宣言》，《小说月报》1921年1月10日第12卷第1号。

中国特色的以人为本的民族文学！

草于2014年“五一”前夕

（原载《吉林大学社会科学学报》2015年第2期）

以比照视野重探胡适的人本文学观

自“拨乱反正”以来,现代中国文学史上被歪曲或遮蔽的风云人物及其文学观念,大都恢复了本真面目和应有的历史地位。胡适是五四文学革命叱咤风云的文化英雄和文学领袖,这应是海内外学人所取得的共识;但是一提到文学革命的主张时,人们多认为胡适所倡导的仅是“国语的文学,文学的国语”即白话文学,只重视语体或文体的变革,而人本文学主张则是周作人提出的,它是对胡适白话文学观念的补正,似乎人的文学主张与胡适无关或关系不大。所以,对胡适文学思想的研究,至今仍停留于白话文学或国语文学观念,罕见对其白话文学主张与人本文学思想的关系及其人本文学观的规定内涵与独特价值,给予深入的探讨与评述。造成这种研究的缺憾不外乎以下几种缘由:胡适对其白话文学主张的阐释,过度强调了文体或语体改革的首要性和重要性,确实说过“国语的文学,文学的国语”是文学革命的唯一宗旨或根本方针,甚至还说只为中国创造白话文学;而且在文学革命实践上将语言的改革、文体的改革设定为第一步,并亲自领导用白话写诗的实验。这些偏至的话语与行为,不能不使人们认定胡适的文学观念就是只重视语体文体变革的白话主张,这应算主观原因。从客观上寻找原由,一是胡适提倡文学革命的白话文学主张既突出文学形式的变革又指明文学内容的革命,然而文学革命先驱们的讨论或实验却只关注语言形式或文学体裁的变革,而对文学内容革命则没有提出异议;即使那些对文学革命持异见与反对态度的文人也主要把矛头对准其以白话取代文言的主张与实验。二是从20世纪50年代进入新中国体制内的中国新文学史书写以来,在新民主主义论的框架里,胡适始终是政治上被批判被清算的对象,其白话文学主张被视为极端的形式主义,是其政治改良主义的集中体现,他总是被置于无产阶级领导的彻底地不妥协地反帝反封建的新民主主义文学的对立面;这种长期被政治批判所形成的荒谬结论及其思维定式,如同甩不掉的阴魂一样伴随着对胡适的“拨乱反正”的研究。三是没有完全回到历史现场,重新解读胡适原创的文论；也没有从与其他文学革命先驱的人本文学观念的比较对照中，探索胡适在文学内容的革命上是否主张建设人本文学，以及他的人本文学观念有什么特定的规定内涵与现代价值。因此，本文拟从比照视野重探胡适的人本文学观。

一

胡适提倡的白话文学或国语文学是一种系统的整体的文学思想，它是五四文学革命的总的理论纲领与实验方案；所营造的白话文体既不是文类文体又不是主体文体乃是“时代文体”，与之相联系要建设的人本文学当然也是一代文学的内涵特质。所以，胡适提出的人本文学主张不是与其白话文学整体观并置的，更不是要取代它的，而是属于其白话文学或国语文学观中的文学内容革命方面的子文学观。若把白话文学主张作为一个整体结构系统，那文体大解放是个子系统，而人本文学观也是个子系统，两者紧密地有机地胶合为一体方能在实践中产生巨大的功能。从实验效果来看，文学革命进程中没有完全撇开文学内涵的语体文体的大解放，亦没有抛开文学形式的语体文体变革的文学内容的更新，否则就创造不出物化的审美文本。不过也要看到，胡适把文学革命的形式与内容分开论述，并分为两步实验，这固然表明他认识到形式与内容这对理论范畴的关系中形式有相对独立性；但是，他却忽略了形式与内容是绝对不可分离的，这不免使其陷于机械论的误区，好在白话文学观的实验结果为其弥补了理论缺陷。

胡适的白话文学或国语文学思想，集中体现于《文学改良刍议》(1917)和《建设的文学革命论》(1918)。虽然这两篇文章着重以破与立交互为用的思维方式，论述了文学形式(主要是语言)的变革与建设，但是对文学内容的革命即使阐述得笼统、简略些，也并非毫不关注。例如，明确提出文学既要表达情感又要表现思想，因为“情感者，文学之灵魂”，“所谓‘思想’，盖兼见地，识力，理想”，“文学以有思想而益贵”。胡适尽管认识到文学内容方面必须具有“高远之思想”和“真挚之情感”，然而却未对“情与思二者”进行具体阐释，也就是说他没有说明文学要表现的“高远之思想”和“真挚之情感”究竟是什么。对于这个关系到白话文学或国语文学的灵魂和特质的问题，难道作为文学革命的首倡者的胡适忽略了遗忘了？何以不像对待文学形式革命那样给出有针对性的切实可行的言说？我们只有认真地解读了胡适迟于《建设的文学革命论》发表两个月、早于周作人《人的文学》发表六个月的《易卜生主义》(1918),才能豁然知晓:《易卜生主义》并非译文而是研究性的学术文论,通过对易卜生剧作的分析与评述,发掘并弘扬易卜生的人本文学精神,做到"洋为中用"或"他为我用",既弥补了胡适白话文学主张对文学内容革命论之笼统简略的不足,又具体回答了国语文学必须表现"高远之思想"和"真挚之情感"的所指内涵;从而透露出胡适欲以易卜生问题剧作为楷模来建构中国人本文学的潜在意图,否则他不可能戏仿易卜生的《玩偶之家》创作《终身大事》这本似可看成胡适人本文学观的较为粗糙的实验品"游戏的喜剧"①。在长期对胡适白话文学思想的研究中,少见有人将《易卜生主义》作为胡适新文学观的不可或缺的组成部分;既然胡适认同、赞赏并实验易卜生主义,那理应把它视为胡适对人本主义文学的倡导,无疑也应似胡适的人本文学观。

对这种人本文学观的价值内涵与功能特点,可以给出这样的理解与把握:一是"主张个人须要充分发达自己的天才性,须要充分发展自己的个性",而此种个性主义亦是"一种真益纯粹的为我主义",比如"我真觉得全世界都像海上撞沉了船,最要紧的还是救出自己";然而,"最可笑的是有些人明知道世界的'陆沉',却要跟着'陆沉',跟着堕落,不肯'救出自己'!却不知道社会是个人组成的,多救出一个人便是多备下一个再造新社会的分子"。这种"为我主义","其实是最有价值的利他主义",也可以说是既利己又利他的个性主义。正如易卜生所说:"你要想有益于社会,最妙的法子莫如把你自己这块材料铸造成器。"由于"社会最大的罪恶莫过于摧折个人的个性,不使他自由发展",所以要"发展个人的个性,须要有两个条件:第一,须使个人有自由意志;第二,须使个人担干系,负责任"。这是"因为世间只有奴隶的生活是不能自由选择的,是不用担干系的。个人若没有自由权,又不负责任,便和做奴隶一样,所以无论怎样好玩,无论怎样高兴,到底没有真乐趣,到底不能发展个人的人格"。由此可见,"自治的社会,共和的国家,只不过是要个人有自由选择之权,还要个人对于自己所行所为都负责任。若不如此,决不能造出自己的独立的人格。社会国家没有自由独立的人格,如同酒里少了酒曲,面包里少了酵,人身上少了脑筋:那种社会国家决没有改良进步的希望"。② 对这种以个人主义为世间本位的人本主义,胡适

① 胡适:《终身大事》,见《胡适全集》第1卷,安徽教育出版社2008年版,第779页。

② 以上引文均出自胡适:《易卜生主义》,《新青年》1918年6月15日第4卷第6号。

在《非个人主义的新生活》一文做了更明确的义释，指出个人主义有两种：一是假的个人主义，就是为我主义(Egoism)，它的性质是自私自利，只顾自己的利益，不管群众的利益；一是真的个人主义，就是个性主义(lndjviduality)。个性主义者的特性有两种："一是独立思考，不肯把别人的耳朵当耳朵，不肯把别人的眼睛当眼睛，不肯把别人的脑力当自己的脑力；二是个人对于自己思想信仰的结果要负完全责任，不怕权威，不怕监禁杀身，只认得真理，不认得个人的利害。"①这种个性主义是最有价值的利他主义，既利于群众又利于社会也利于国家，这应是白话文学在内容方面务必表现的新思想新感情；易卜生的剧作《国民公敌》成功塑造的斯铎曼医生的个性主义英雄形象，便为新文学创作提供了最佳范例。

"要想社会上生出无数永不知足，永不满意，敢说老实话攻击社会腐败情形的'国民公敌'；要想社会有许多人都能像斯铎曼医生那样宣言道：'世上最强有力的人就是那个最孤立的人'"，这就要求社会能够"极力容忍，极力鼓励斯铎曼医生一流的人物"。个性主义英雄斯铎曼医生之所以能发出那样的宣言，以及社会必须"极力容忍"与"极力鼓励"，乃是因为："世间有一种最通行的迷信，叫作'服从多数的迷信'。人都认为多数人的公论总是不错的。易卜生绝对的不承认这种迷信。他说'多数党在错的一边，少数党总在不错的一边'(《国民公敌》五幕)。一切维新革命，都是少数人发起的，都是大多数人所极力反对的。大多数人总是守旧麻木不仁的；只有极少数人，有时只有一个人，不满意于社会的现状，要想维新，要想革命。这种理想家是社会所最忌的。大多数人都骂他是'捣乱分子'，都恨他'扰乱治安'，都说他'大逆不道'；所以他们用大多数的专制威权去压制那'捣乱'的理想志士，不许他开口，不许他行动自由；把他关在监牢里，把他赶出境去，把他杀了，把他钉在十字架上，活活的钉死，把他捆在柴草上活活的烧死。过了几十年几百年，那少数的主张渐渐的变成多数人的主张了，于是社会的多数人又把他们从前杀死钉死烧死的那些'捣乱分子'一个一个的重新推崇起来，替他们修墓，替他们作传，替他们立庙，替他们铸铜像。却不知道从前那种'新'思想，到了这时候，又早成了'陈腐的'迷信！当他们替从前那些特立独行的人修墓铸铜像的时候，社会里早已发生了几个新派少数人，又要受他们杀死钉死烧死的刑罚了！所以说'多数党总是错的，少数党总是不错

① 胡适：《非个人主义的新生活》，上海《时事新报》1920年1月15日。

的。'"这是易卜生剧作《国民公敌》所蕴含的深刻主题,胡适并对这一沉痛的历史教训与社会规律做了鞭辟入里的阐释,这也是他倡导的人本文学应表现的独特的个性主义思想与情感。

如果从比照视野来考察,胡适于易卜生剧作中所认同并汲取的个性主义思想或情感,同鲁迅早在1907年写的《文化偏至论》中所译介的"任个人而排众数"的个性主义意识是相通的。"个人"与"众数"也就是易卜生所说的"少数人"与"多数人"、"少数党"与"多数党",乃是两个对举的异质概念。所谓"个人"即社会的个体,社会是以个人主义为本位的,个人既是社会的一分子又是社会的先知先觉者和中坚力量;"众数"即与个体相对的"群众",尽管人数众多,而大都是"庸众",麻木不仁的芸芸众生。在《文化偏至论》中鲁迅所赞赏的"个人"无不是"先觉善斗之士"与"精神界之战士",如施蒂纳、叔本华、克尔凯郭尔、尼采、易卜生等,甚至易卜生剧作《国民公敌》所表现出的"反社会民主之倾向"也得到鲁迅的肯定;与这些"极端个人主义者"相对的"众数"并非都是芸芸众生的老百姓,在鲁迅眼里既有一味追随西方而迷信洋人的西化派又有"竞言武事"的"辁才小慧之徒",既有晚清的洋务派又有维新"立宪国会"的多数派。鲁迅为什么要"任个人而排众数"即为何排斥"众数"?他在《文化偏至论》中曾以欧洲历史上苏格拉底和耶稣之死为例,说明"众数"不易明是非却轻易受到阴谋家的蛊惑而受骗上当,以致充当残害忠良或天才的看客或刽子手;而在《摩罗诗力说》中则进一步说明这一现象的普遍性,即"顾窘戮天才,殆人群恒状,滔滔皆是,宁止英伦。中国汉晋以来,凡负文名者,多受谤毁"。试想,像这样的天才"个人"即个性主义者受害遭戮,不该悲悼、尊重与信任吗?而中外古今参与诽谤天才、扼杀天才、灭绝个性的"众数"不该受到批判、谴责与排斥吗?从这个意义上说,鲁迅提出的"任个人而排众数"的见解是具有合情合理性的。这种个性主义意识与胡适所认同理解的易卜生的个性主义思想何其相似又何其相通!二人不愧是五四文学革命的先驱,他们本身都是个性主义的化身!

二是人本文学亦是真的文学,因此胡适在汲取易卜生剧作的个性主义意识作为白话文学所表现的思想或情感的同时,亦主张借鉴易卜生的"写实主义"的人生观或创作方法,唯有写实主义人生观或创作方法才能创造"真"的人本主义文学。这是因为"人生的大病根在于不肯睁开眼睛来看世间的真实现状。明明是男盗女娼的社会,我们偏说是圣贤礼义之邦;明明是赃官污吏的政治,我们偏要歌功颂德;明明是不可救药的大病,我们偏说一点病都没有!却不知道:若要病好，须先认有病；若要政治好，须先认现今的政治实在不好；若要改良社会，须先知道现今的社会实在是男盗女娼的社会！易卜生的长处，只在他肯说老实话，只在他能把社会种种腐败龌龊的实在情形写出来叫大家仔细看”。由于易卜生坚持了写实主义人生观或创作方法，致使他以家庭为题材的戏剧文本能够真实地揭露出家庭中的“四种大恶德：一是自私自利；二是倚赖性，奴隶性；三是假道德，装腔作势；四是懦怯没有胆子”。这四种恶德在《娜拉》《群鬼》两戏中得到充分表现并遭到批判，此其一。“易卜生的戏剧中，有一条极显而易见的学说，是说社会与个人互相损害；社会最爱专制，往往用强力摧折个人的个性，压制个人自由独立的精神；等到个人的个性都消灭了，等到自由独立的精神都完了，社会自身也没有生气了，也不会进步了。”而这种社会对于个性主义者来说，则是“顺我者生，逆我者死；顺我者赏，逆我者罚”：“社会对于那班服从社会命令，维持陈旧迷信，传播腐败思想的人，一个个的都有重赏。有的发财了，有的升官了，有的享大名誉了。这些人有了钱，有了势，有了名誉，就像老虎长了翅膀，更可横行无忌了，更可借着‘公益’的名义去骗人钱财，害人生命，做种种无法无天的行为。易卜生的《社会的栋梁》和《博克曼》两本戏的主人翁都是这种人物。”正是因为易卜生的人生观或创作方法只是一种“写实主义”，所以他的戏剧“把家庭社会的实在情形都写了出来，叫人看了动心，叫人看了觉得我们的家庭社会原是如此黑暗腐败，叫人看了觉得家庭社会真正不得不维新革命——这些是‘易卜生主义’”。[①] 既然易卜生以写实主义人生观或创作方法营造的戏剧文本是一种“人的文学——真的文学”，那不仅能产生激发社会“维新革命”的强大政治功能，而且也能产生唤起人们争取个性解放的巨大启蒙功效。因此，胡适以拿来主义态度毫不迟疑借鉴易卜生的写实主义人生观或创作方法来建设中国的“人的文学——真的文学”，此其二。

二

如果说胡适倡导的以易卜生戏剧文学为参照系的人本文学观，可视为其整体的系统的白话文学思想的子文学观，那么晚于胡适6个月周作人亮出的“人

① 胡适：《易卜生主义》，《新青年》1918年6月15日第4卷第6号。

的文学”理念,[1]并未涉及五四文学革命的文体语体问题,而是着重于新文学内涵的变革,要求极力宣扬以个人主义为世间本位的人道主义。它与胡适的人本文学观来比照,有其独到的功能特点:一是周作人的“人的文学”观的立论与阐述是自成系统的,它是把借鉴的域外的人本主义思想纳入自己的“人的文学”构想,直截了当地陈述出来,易于人们的理解和接受;不像胡适的人本文学观是通过研究评述易卜生的戏剧及其个性主义思想而折射出来的,其实鲁迅的“任个人而排众数”的个人主义意识也是通过译介西方个人主义思潮而呈示出来的,都不是直接地诉诸读者,这易于造成一种误解:似乎人本主义思想及其人的文学观不是研究者或译介者的乃是原创者的,所以对胡适现代文学思想的研究或接受,从“五四”至今往往忽略了《易卜生主义》这篇极为重要的文论。二是周作人明确提出“人的文学”定义,即以“人道主义为本,对于人生诸问题,加以记录研究的文字,便谓之人的文学”;而他说的“人道主义,并非世间所谓‘悲天悯人’或‘博施济众’的慈善主义,乃是一种个人主义的人间本位主义”。这种个人主义人间本位主义较为辩证地说清了“个人”与“群体”的关系,他以“森林”与“树木”为喻,生动形象地揭示出“个人”与“群体”相互依存、谁也离不开谁的统一关系。他的这一认识比之胡适、鲁迅对“个人”与“众数”关系的认识,进了一步;不过只承认“个体”与“群体”的统一性而忽视两者的矛盾性,也未达到真正辩证的认识高度。至于周作人认识到人道主义“利己而又利他,利他即是利己”,“要讲人道,爱人类,便须先使自己有人的资格,占得人的位置”,这样才能有力量有权利更好地去爱人类。这种把个人主义与人道主义辩证统一起来的认识,比之胡适从易卜生戏剧里所汲取的人本主义思想同大于异来说,对学理上的逻辑关系的表述则更明晰一些。三是胡适的人本文学观没有从理论上来界说何谓“人”,只是从其推崇的娜拉、斯铎曼等人物形象中暗示出对“人”的认识;而周作人则是以进化论对何谓“人”给出了科学的解释,他不同意古来“以为人性有灵肉二元”的思想,认定“兽性与神性,合起来便只是人性”,“灵肉一致的人”[2]才是完人,而“人的文学”就要表现或描述这样的“人”及其生活。

上述三点与胡适人本文学观相对照,若说是周作人的“人的文学”观的独特性,那么周作人“人的文学”观与胡适人本文学观相比还是有差异的,而从差异

① 周作人:《人的文学》,《新青年》1918 年 12 月 15 日第 5 卷第 6 号。
② 周作人:《人的文学》,《新青年》1918 年 12 月 15 日第 5 卷第 6 号。

中所透射出的也正是胡适人本文学观的优长所在:其一,周作人说:“我们现在应该提倡的新文学,简单的说一句,是‘人的文学’。”①这个判断未免有点武断,因为五四文学革命先驱所倡导的新文学首先是白话文学或国语文学,众所讨论和认同的也是胡适的白话文学思想,况且胡适的白话文学主张既有文体语体的变革又有文学内容的革命,乃是全方位的整体性的文学革命主张;而周作人“人的文学”所倡导的仅是文学思想内容革命,并未关注文学体式的变革也未触及语言工具的变革;特别是胡适认同并提倡人本文学观的《易卜生主义》一文,早于《人的文学》6 个月在《新青年》已经发表,难道周作人没有读到此文?怎能说他提倡的“人的文学”就代表了五四文学革命所提倡的“新文学”?真正代表五四文学革命先驱所提倡的“新文学”,应是胡适的包括人本文学观在内的白话文学思想。其二,周作人的“人的文学”观缺乏鲜明的批判色彩,没有像胡适所认同的人本主义文学那样,对摧折个性、压抑个性、扼杀个性的家庭或社会的专制制度和习惯意识展开批判,为人性的解放扫清障碍;也没有像胡适所主张的个性主义那样,与唤醒民众对不合理不人道不公平的社会进行维新革命结合起来;更没有像胡适那样提倡易卜生的写实主义人生观或创作方法来营造真的文学,将人的文学与真的文学自觉结合,破除瞒与骗的家庭社会及其与之相联系的瞒与骗的文学。总之,周作人的“人的文学”观与胡适信奉的易卜生的人本主义文学思想相比,既缺乏鲜明的针对性与批判性又缺乏强烈的现实感与时代感。其三,周作人的“人的文学”观所主张表现的“人”的理想生活——“关于物质的生活,应该各尽人力所及,取人事所需”②,恰恰源于周作人当时所推崇的具有乌托邦性质的日本新村主义。对于这种理想生活的新村主义,胡适在《非个人主义的新生活》中以“真的个人主义”予以指斥与批判。他认为新村主义是“独善的个人主义”的重要表现之一,而决不是“真的个人主义”即个性主义。周作人说:“新村的根本主张是要人人‘尽了对于人类的义务,却又完全发展自己个性’;如此看来,他们既承认‘对于人类的义务’,如何还是独善的个人主义呢?”“他们要想跳出现社会去发展自己个性,故是一种独善的个人主义。”对于这种新村主义及其新村运动,胡适从新村“生活是避世的,是避开现社会的”、在现在不该崇拜“独善主义”、新村所推行的“泛劳动主义”是很不经济的、周作人

① 周作人:《人的文学》,《新青年》1918 年 12 月 15 日第 5 卷第 6 号。
② 周作人:《人的文学》,《新青年》1918 年 12 月 15 日第 5 卷第 6 号。

提出的“改造社会,还要从改造个人做起”的根本观念是错误的这四个维度,①批判了其空想和独善的弊端。这就揭示出周作人的“人的文学”观带有的乌托邦社会主义思想色彩,这种人本文学观一旦落实到五四文学革命创作实践就难以生产出优异文学文本。我们不妨再重读“五四”创作的文学作品,有无塑造出“灵肉一致”的个性主义形象?实际展示在我们读者面前的却是大量的“灵与肉”相冲突相分裂的人物,更罕见“人的文学”,所表现的理想生活是空想社会主义的。尽管周作人的“人的文学”观在创作实践上缺乏丰硕成果,但是胡适所推崇易卜生的人本文学观却在新文学创作实践中收获颇丰。试想,女性人物形象系列里有多少娜拉的面影?

傅斯年也是五四文学革命的风云人物,是《新潮》的主编。若说《新青年》是五四新文化运动与文学革命的主阵地和主媒体,那么《新潮》则是积极配合呼应《新青年》的重要阵地和重要媒体。傅斯年作为《新潮》主编,竭诚投入新文学主张的探讨与播扬。1919年上半年处于文学革命高潮之际,他连续发表了《怎样做白话文?》和《白话文学与心理改换》两篇重要文论。这是对胡适白话文学思想和周作人的“人的文学”观的认同与补充,形成傅斯年独具特色的“人化”文学主张。过去的五四文学革命思想的研究忽视了它,即使涉及也是语焉不详。与胡适、周作人的文学思想比照,一是傅斯年认为整个新文学或语体文体或思想革命都是要创造一种“人化”文学。他既不是从文学的形式又不是从其内容而是从文学的精神价值来判断新旧文学,人们之“所以不满意于旧文学,只为他是不合人性,不近人情的伪文学,缺少‘人化’的文学”;而人的精神作用不外理性与感情两大宗,故“判断殊种文学的殊种价值,全就他对于这两种精神的作用,引起的效果,作为标准”。这就可以察之断之,“能引起情感,启人理性,使人发生感想的,是好文学,不然便不算文学;能引人在心上起许多境界,是好文学,不然便不算文学;能化别人,使人忘了自己的是好文学,不然便不算文学。所以文学的职业,只是普遍的‘移人情’,文学的根本,只是‘人化’”。仅从这个特定意义出发,傅斯年便强调指出:“任凭文学界中千头万绪,这主义,那主义,这一派,那一派,总是照着人化一条道路而行”;因而中国“希望将来的文学是‘人化’的文学”,即使“将来的白话文学,只希望他是人的文学”。② 虽然胡适在

① 胡适:《非个人主义的新生活》,上海《时事新报》1920年1月15日。

② 傅斯年:《怎样做白话?》,《新潮》1919年2月1日第1卷第2号。

《易卜生主义》所确认的人本文学观也注意到新文学的改造旧家庭旧社会以启示人们维新革命乃至争取个性解放的启蒙功能，却没有像傅斯年这样单纯地从读者或接受主体的维度来论述人本文学的强大的精神作用；周作人的“人的文学”观尽管也提倡在文学中鼓吹人道主义甚至表现新村主义的乌托邦“理想”，但没有把整个白话文学系统视为“人的文学”，也没有突出新文学在精神上的“化人”或“人化”的特殊功能。傅斯年的“人化”文学观没有像胡适人本文学观那样强调创作主体务必坚持写实主义人生观，主张文学对象应是个性主义者，也没有像周作人的“人的文学”观那样强调务必坚持以个人主义为世间本位的人道主义而文学要写的“人”则是“灵肉一致”的人，然而却能从接受主体或文学精神作用的角度来倡导“人的文学”，这毕竟是对胡、周人本文学观的重要补充与完善。二是傅斯年作为文学革命先驱，不同于陈独秀、钱玄同、刘半农等，他把胡适的《文学改良刍议》视为文学的宣言书，认为“胡适之先生的《易卜生主义》，周启孟先生的《人的文学》，和《文学革命论》，《建设的文学革命论》等，同是文学革命的宣言书”。他之所以这样认定，也许是因为见到当时社会出现一些“骈文主义白话，八股主义白话，白话的墓志铭，神道碑”，严重悖离了白话文学的宗旨而走上邪道，并怀疑这些现象与《文学改良刍议》及其讨论中过分强调白话取代文言而相对忽视文学内容革命有关。所以，傅斯年认清了“白话文学的材料（主要指语言，笔者注）和主义不能相离，去创造内外相称，灵魂和体壳一贯的真的白话文学”，也就是“人化”的人本文学。因而，他不仅较早注意到胡适的《易卜生主义》，十分认同周作人《思想革命》一文所强调的文学思想内容革命比白话语体更重要的见解，而且不同意文学“思想”革命的“思想”用语，主张把“思想”改为“感情”，因为“感情”更符合文学内容的实际含意。在他看来，“思想固然有一部分创造的力量，然而不如感情更有创造的力量；感情主宰思想，感情决定行事，感情造成意志”。你可以不同意他的观点，但是傅氏强调文学内容以感情主宰却是合乎文学的诗性要求的。所以，与其说中国文学“缺乏‘人’的思想，不如说他缺乏‘人’的感情；我们说俄国近代文学中富有‘人’的思想，不如说他富有‘人’的感情”。至于新文学究竟在内容上应表现什么感情，傅斯年的“人的文学”观则不如周作人与胡适的人本文学思想阐述得那么明确，就是要把白话文学的内涵注入以个人主义为世间本位的人道主义感情。三是傅斯年的“人化”文学观直接把文学革命与中华民国命运联系起来。周作人的“人的文学”观没有涉及中华民国的命运，胡适的人本文学观虽提到“维新革命”却没有与中华民国的现状挂钩,而傅斯年则直接明确地说:“我以为未来的真正中华民国,还须借着文学革命的力量造成。现在所谓中华民国者,真是滑稽的组织;到了今日政治上已成‘水穷山尽’的地步了。其所以‘水穷山尽’的缘故,全由于思想不变,政体变了,以旧思想运用新政体”,比如“民国元二年间像唐花一般的‘怒发’和民国三四年间像冰雹一般的摧残,都是专制思想的表现,都受历史上遗传思想的支配”。这就迫切要求以思想革命来挽救中华民国的厄运,而“想把这思想革命运用成功,必须以新思想夹在新文学里,刺激大家,感动大家;因而使大家恍然大悟;徒使大家理解是枉然的,必须唤起大家的感情;徒用言说晓喻是无甚效力的,必须用文学的感动力。未来的真正中华民国靠新思想,新思想不能不夹在新文学里,犹之乎俄国的革命是以文人做肥料去培养的”。故而必须认识到,“改革的作用是散布‘人的’思想,改革的武器是优越的文学。文学的功效不可思议,动人心速,入人心深,住人心久,一经被他感化了,登时现于行事。用手段高强的文学,包括着‘人的’思想,促动大家对于人生的自觉心,是我们的使命”。[①] 傅斯年对新文学的启蒙教育功能及其与中华民国关系的论述并非十分准确,不过在五四文学革命先驱们的文学观念中能够自觉强调新文学以“人的”思想来唤醒人心,助力“未来的中华民国成长”,却是独到之见。

茅盾是以一个才华横溢的文学理论家和批评家的年轻英姿跃上“五四”文坛的,与胡适的人本文学观相比照既有相同点又有差异点。就其相同点来说,茅盾与胡适一样并没有把个性主义绝对化,文本中塑造的个性主义者并非极端利己主义者,而是利他者利国者,并以这样的文学创作播扬人道主义精神,使“个人主义成为文艺创作的主要态度和过程”,也就是“人的发现,即发展个性,即个人主义,成为‘五四’时期新文学运动的主要目标”[②];而创构这样的人本文学则必须坚持以“真”为最高价值尺度的写实主义创作方法,这样的文学总是“人的文学——真的文学”。不过,茅盾的人本文学观也有其独特性,仅从新文学表现或再现的对象主体来看,没有像胡适、周作人等过分强调以个人主义者为世间本位的人的文学。茅盾至少把“人的文学”分为相互联系的三个层次:一是以平民为本位的“人的文学”。虽然胡、周二贤也倡导“平民文学”,但在“平民”的界定含混笼统,不像茅盾发现了当时社会人群中既有特殊阶级的人又有

① 傅斯年:《白话文学与心理的改换》,《新潮》1919年5月1日第1卷第5号。

② 茅盾:《关于“创作”》,《北斗》1931年9月20日创刊号。

与之相互依存彼此对立的平民阶级的人，前者大多是压迫者和吃人者，后者大多是被压迫被奴役被污辱被损害的人，若要争取人的解放务必考虑平民阶级的人，这就把“个人”式的解放与平民阶级人的解放结合起来。二是以国民为本位的“人的文学”。这里的“国民”是个比“平民”更宽泛的群体概念，是茅盾立足于现代民族国家的文化基点对“人的文学”提出的要求，即“文学者现在是站在文化进程中的一个重要分子”，而其所负荷的使命“就他本国而言，便是发展本国的国民文学”，文学家的“大责任便是创造并确立中国的国民文学”。[①] 茅盾之所以如此重视“国民文学”不只是适应中华民国的诉求，更因为他认识到西洋文学已由发现了“个性”又“发现了社会、国家和民众”，体现出把人的解放同整个民族的解放和国家的独立联系起来的价值取向，故而唯有认同并创造“国民文学”方可追上世界文学的潮流。三是以人类为本位的“人的文学”。这是把“人”的发现提升到最高的认识层次，使“人的文学”由表现个人的解放、平民的解放、民族的解放主题发展到表现人类解放的主题，唯有这样的“人的文学”才是属于全人类的，才是“沟通人类感情代全人类呼吁”[②]的审美实体。总之，不论以平民为本位或以国民（民族）为本位或以人类为本位的文学，它们都是以人为中心并作为纽带，从而形成一个不同层次的“人的文学”观念。尽管茅盾的“人的文学”观对以个人主义为世间本位的思想没有过多的强调，然而他的为人生的文学创作特别重视“个性化”与“独创性”，而且他的价值论如同胡适、周作人那样都是建立在以平民主义与之相联系的人道主义的思想基础之上。因此，这种人本文学观里的“人”既是个体的人又是群体的人，既非神又非鬼，既非“物”又非“道”，人自身能定义自身，人的价值和地位得到重新肯定，由个体的解放发展到群体解放，个体意识与新的群体意识也得到相当程度上的契合。这样的人本文学观不只与世界文学潮流同步，而且也符合中国的国情。

三

一代文学革命先驱的人本文学思想虽然有些差异，但是它们却形成了趋同

① 茅盾：《文学和人的关系及中国古来对于文学者身份的误认》，《小说月报》1921年1月第12卷第1号。

② 茅盾：《文学和人的关系及中国古来对于文学者身份的误认》，《小说月报》1921年1月第12卷第1号。

的现代化的文化生态，即“尊重个人的自主性，承认个体的独立价值，允许个性的充分合理发展；重视个人的创新能力，发挥个人的生命潜能，倡导个人建设自我的合理的新颖的知识结构；突出文化精神上的进取意识，提高个人的理性自觉，为个人独立自主活动增强内力；加大文化领域的开放力度，使个人的视野在多元文化样态的交流中得到更新与扩大”①。这种良性的文化生态只为先驱们人本文学观的构成提供了客观条件，至于人本文学观能否建成以及建成有何思想功能特点的人本文学观，则取决于文学革命先驱主体选取、借鉴、运用国外的还是国内的还是兼而有之的文化思想资源。没有国内外文化或文学思想资源的汲取，是构建不成人本文学观的。尽管人本文学观带有元话语性质，然而它却不是先驱们的“独创”，而是根据文学革命的实况与需要，汲取并整合中外文化思想资料的精神创构的。且不论胡适的人本文学观直接借鉴了易卜生的人本文学观和杜威的“真的个人主义”思想；就以周作人的“人的文学”观来说，几乎全部借鉴的域外的人学文化资源，既有西方的进化论的自然人性观又有英国18世纪的“灵肉一致”的人性论，既有易卜生的“个人主义的人间本位主义”又有日本新村的乌托邦社会主义，由此整合的既利己又利人的个人主义为本位的人道主义与灵肉一致人性论的“人的文学”观，对中国传统文化或文学却采取了偏激态度：一是说中国人“生了四千余年，现在却还讲人的意义，从新要发现‘人’，去‘辟人荒’”，意思是中国传统文化不是人的文化而是非人的文化，这是对传统文化的误读还是否定？至少是态度过于偏激，并认为中国传统文化难以生发出“人的文学”；二是认定“从儒教道教出来的文章，几乎都不合格”，因此，他把《封神传》《西游记》《聊斋志异》《水浒》《七侠五义》《三笑姻缘》等统统视为“非人文学”，②予以排斥，尽管其中有的文本中不乏非人的思想因素，然而如此不作具体分析的否定，也是过于偏激了。即使周作人这样偏激地对待传统文化和古典文学，也没有绝端地反传统，他既承认墨子的“兼爱”思想又肯定“《红楼梦》要算最好”③的人的文学。这也表明，周作人的“人的文学”观并非完全西化的，也与中国传统文化或文学有一丝血脉。

傅斯年的“人化文学”观深受“我真佩服到极点”的周作人的《人的文学》的

① 朱德发：《世界化视野中的现代中国文学》，山东教育出版社2003年版，第313页。
② 周作人：《人的文学》，《新青年》1918年12月15日第5卷第6号。
③ 周作人：《平民文学》，《每周评论》1919年1月19日第5号。

影响。他提出“所谓白话文学内心，就是他（指周作人）所说的人道主义为本”，并依此具体阐发了中国传统文化缺乏“人化”思想、传统文学也缺乏“人的文学”，其所具有的大多是非人的文化或文学。他认为，“祖先差不多对于人生都没有透彻的见解，会说什么‘圣贤’话，‘大人’话，‘小人’话，‘求容’话，‘骄人’话，‘妖精’话，‘浑混’话，‘仙佛侠鬼’话，最不会的是说‘人’话”。这说明中国传统文化缺乏“人化”内涵与功能，与之相联系的文学也是陈陈相因，缺乏灵动鲜活的“人化”文学。“唐朝诗赋是时尚的，他们就拼命弄诗赋；宋朝制艺是时尚的，他们就拼命弄制艺；明清八股是时尚的，他们就拼命弄八股。”对于“文学观念只有两层：一层是用来满足他的肉欲，一层是用来发挥他的肉欲”①，这就造出了大量的“非人文学”。傅斯年既然对中国传统文化与文学如同周作人一样给出这样的否定，那么他的人本文学观形成的思想资源主要不是汲取中国传统文化与文学，而是西方的人本主义文化与文学思潮。对此，傅斯年明确表达其欧化取向，不仅文学内心与西方人道主义相通，即是国语也要达到“惟有欧化中国语”②。尽管傅氏的人本文学观的思想资源“欧化”得如此严重，然而，他不能不承认《孔雀东南飞》、杜甫的《石壕吏》《兵车行》、王粲的《七哀诗》以及《红楼梦》《水浒》是其爱读的文学，是可以承传的文学。这表明傅氏的人本文学观也没有与传统文化和文学彻底决裂，这种遗传基因是谁也斩不断的。茅盾的“人的文学”观的形成也主要不是汲取中国传统文化或文学的思想资源，他从文学者身份与文学作品本身两个互动的视角考察了秦汉以来的正统文学。就前者来看，“在中华的历史里，文学者久矣失却独立的资格，被人认作附属品装饰物”，或成为帝王的“弄臣”或成了替达官贵人富商土豪装点门面混充风雅的雇工，丧失了主体意识和自主意识，依附观念和奴性思想主宰其魂；就其创作的作品来说，充当了替统治阶级歌功颂德的工具和宣传封建伦理道德的传声器，从根本上割裂了文学与人的血肉联系，这样的文学不是以人为本的文学乃是“非人的文学”。由于茅盾对古来中国正统文学采取否定态度，故而其人本文学观的形成思想资源主要来自西方近代文学及其文艺思潮，这与周作人、傅斯年人本文学观的源流具有相当的趋同性。茅盾分析了英国的近代文学，认定“他们文学者自身对于文学的观念，却和我们大不相同。他们不曾把文学当作圣贤的

① 傅斯年：《白话文学与心理的改换》，《新潮》1919年5月1日第1卷第5号。

② 傅斯年：《怎样做白话文？》，《新潮》1919年2月1日第1卷第2号。

留声机,不知道'文以载道'、'有为而作',他们却发现了一件东西叫作'个性',次第又发现了社会,国家,和民众,所以他们的文学,进化到了现在的阶段"。于是,茅盾便认同并汲取了英国的"人的文学——真的文学"①思想,且联系中国文学的演变现状而形成自己的人本文学观。尤其是茅盾在《文学上的古典主义浪漫主义和写实主义》一文中,立足于人类文化哲学的高度,以人为思维中心,从文学与人、人生的关系的视角,系统考析了古典、浪漫、写实文学,格外推崇写实主义文学,认为浪漫主义的"人的文学"着重强调自我个性解放和主观感情的解放,唯有写实派的"人的文学"则把人的自我解放发展到平民解放,"德谟克拉西的思想确是一盏明灯","举凡文学、美术,都欲德谟克拉西化"。② 这样,茅盾便汲取了西方文学的个性自由文学、平民化文学和为人生文学以及写实主义创作方法,形成了自己的人本文学观。

周作人、傅斯年、茅盾的人本文学观构成的文化思想资源,都是自觉地从域外的民族国家拿过来的,经过消化、吸收、选择或整合以形成差异互见的人本文学观。固然在其文学观中并未彻底地与中国传统文化或文学的思想资源切断联系,不过,即使有些联系也难以决定其文学观既是民族的又是现代的性质。与之相比照,唯有胡适的白话文学思想及其内容革命方面的个性文学观或平民文学观,其构成的文化或文学的思想资源,都是自觉地从域外拿来的或由古代中国取来的。就是说,胡适始终没有以全盘否定中国传统文化和文学为前提来构建以人为本位的现代文学思想,总是自觉地从传统文化或文学的思想资源中发掘人的文化意识与域外的人本文化思想,进行或严密或松散的对接,或者寻找中外文化的契合点结合部,以构建有民族特色的现代人本文学观。且不说胡适以科学态度通过对中国古代文学的梳理与研究,既发现了一道与文言文相对立的白话文学的艺术风景线,形成了绵延不断的白话文学传统,并认定《水浒》《红楼梦》《儒林外史》等小说是"白话文学模范",这便自然而然地与其国语文学观进行衔接;同时他还发现了一道与贵族文学相对立的平民文学传统,也同其五四文学革命提倡的平民文学对接起来。这里拟重点考察一下胡适怎样从中国传统文化或文学资源中发现了人的文化或人本文学思想,以及在人学思想

① 茅盾:《文学和人的关系及中国古来对于文学者身份的误认》,《小说月报》1921 年 1 月 10 日第 12 卷第 1 号。

② 茅盾:《文学上的古典主义浪漫主义和写实主义》,《学生杂志》1920 年 9 月第 7 类第 9 号。

的引导与驱动下我国古代文学的几度再生或复兴又几度落败的轨迹。你可以不同意不接受胡适的史学观,但不能不敬佩他在当年"反传统"思潮勃兴之际能如此坚定执着地尊重、护佑、探察古代文化或文学的优秀传统,以做到古为今用。胡适将五千年的中国历史描述为五幕英雄悲剧,其主人翁就是"中华"老英雄。第一幕老英雄之所以能在先秦时期建立大帝国,主要得力于孔子创立了新儒学的"外江"派,一扫原儒的懦弱因素,张扬孔子"杀身成仁"的英雄精神。子曰:"志士成仁,有杀身以成仁,无求生以害仁";"士不可以不弘毅,任重而道远,人以为己任,死而已"。"而新派孔子,是讲做人的,且要智、仁、勇三者都发达"的"知其不可而为之"的奋斗精神,并倡导"仁者爱人"、"泛爱众"的人道主义博爱情怀。正是孔子这种以人为本的新儒学文化"造成了一个大帝国"。第二幕老英雄受困两魔王。而发生在汉的这两个魔王,一是野蛮民族入侵,一是印度文化的输入。前个魔王的入侵使中华的"生活野蛮化";后个魔王的来临"使我们宗教非人化",这是因为印度文化是"'一切皆空',根本不要作人,要作和尚,作罗汉——要'跳出三界',将身体作牺牲!如烧手、烧臂烧全身——人蜡烛,以献贡于药王师。这风气当时轰动了全国",将"中国的文化完全野蛮化!非人化!"。第三幕老英雄死里逃生,经过"艰难的奋斗"到了隋、唐时代,先把北方野蛮民族同化,恢复了人的生活,在思想方面将先前的知识解放出来,"在文学方面,充满了人间的乐趣,人的可爱,肉的可爱,极主张享乐主义,这于杜甫和白居易的诗中都可以看得出,故这次的文化可说是人的文化"。而在宗教方面,"发生了革命,出来了一个'禅'!禅就是站在佛的立场以打倒佛的,主张无法无佛,'佛法在我',而打倒一切的宗教障、仪式障、文字障"。所以,"建设第二次帝国,建设人的文化和宗教革命,是老英雄死里逃生中的三件大事实"。第四幕,老英雄裹创奋斗。老英雄正在建设第三次人的文化时,既带着佛化的创伤,又有印度输入鸦片所致毒伤,也有北方的契丹、女真等少数民族入侵的创伤,但老英雄仍裹创奋斗,继续坚持"人的文化,推翻非人的文化",建立了"宋帝国"。如果说唐代辟佛韩愈张开"人其人,火其书,庐其居"三大标语,那么到了宋代司马光、二程等则找到儒家《大学》来打倒十二部《大佛经》,"将此书的'格物'、'致知'、'诚意'、'修身'、'齐家'、'治国'、'平天下'这一套,来创造新的人的教育,新的哲学,新的人生观"。第五幕老英雄病中困斗。由于到了明朝"一是缠足","二是八股文章","三是鸦片由印度输入",这三种东西"使老英雄内外都得病症";加之孔子的人学文化传统未得到更好的赓续,因而"不能不使老英雄在病中困斗”；及至清代，老英雄“虽然在政治上失地位，然而在学术上却发生一种‘实事求是’的精神”，即“科学的精神”。总之，“这老英雄的悲剧，一直到现在，仍是在奋斗中。他是从奋斗中滚爬出来，建设了人的文化，同化了许多蛮族，平了许多外患，同化了非人的文化”。[①] 中华老英雄在创造人的文化的艰难过程中，尽管遇到种种阻力与干扰，然而“人的文化”传统毕竟建立起来，致使中国文学的几千年流变出现多次“再生”期，即文艺复兴持续不断，并从而形成“人的文学”传统。对此，胡适是这样描述的：“过去中国历史上，发生了多次的再生运动（即文艺复兴），交织起伏，希望促老大的中国返老还童。”例如唐朝，“在文学上，我们看到有了良好的改革，许多诗人如杜甫、白居易等不再从事去赞美自然，吟风弄月，开始描写社会的疾苦，出现了新文学，达到一个解放时代”，使“唐朝成为诗文最盛的一个时代”，也是中国文学的“一个再生时期”。到了宋朝，“文学方面，继续出现了几个新人物，如欧阳修、苏洵、苏轼、苏辙、曾巩、王安石，他们继起对于文学的努力，亦有了新的收获，造成了文学革命”；特别在北宋时“出了一个伟大的人物范仲淹，提出一个新人生观，尝言：‘士当先天下之忧而忧，后天下之乐而乐。’于是思想上表现了一个新时代，由个人主义到利他主义的道上”。宋代“继有程颢、程颐、朱熹一般人出来，主敬存诚穷理为本，另成立一个学派。他们不再希望做道士、和尚，而是要在世界上堂堂正正做一个‘人’，于是确立了一种理想的人生观”。故宋代的“理学派不愧是我国历史上的一个再生时期”。每一个时代的文化或文学都有个再生时代，到了明代古文改革虽走上“形式的死路”，“可是明代在文学上的杰作是用白话写的小说，如像《三国演义》《水浒传》等，都是历史上的白话文长篇小说中不可多得的佳本。迄清时，又有《红楼梦》《儒林外史》等小说出现。因此，这五百年来，文学上可以说是由古典的文学到了平民的文学，为文学历史上的一个新的阶段”。中国历史上出现多次再生运动，也就是文艺复兴运动，在伴随人的文化陆续呈现的同时也产生了不少人的文学佳作，“虽然有了好几次的‘再生时期’，交迭起伏，然而返老还童的目的，仍是没有达到”。溯其原因，除了社会制度或政治生态有待更新外，尚缺乏五四文学革命以来“中国所感应的刺激、所增加的新血液……这种新

① 以上引文，均出自胡适：《中国历史的一个看法》，见《胡适全集》第13卷，安徽教育出版社2003年版。

刺激、新血液，有促中国复活的趋向，所以现在是中国的再生期”。[①] 这就揭示出五四文学革命的发生乃中国的再生期即文艺复兴运动，所谓得力于“新刺激、新血液”也就是域外的新文化新文学思潮的强烈冲击。胡适的包括人本文学观念在内的所有文学思想的形成，无不是以自觉的主动的先驱者姿态，将域外的人的文化与文学思想同中国古代的人的文化与文学思想巧妙地嫁接在一起，使其既具现代性又具民族性的文学观念成为在五四文学革命的“再生时期”“为大中华，造新文学”的理论纲领与实验指南。

笔者之所以从比照的视野重探胡适的人本文学观，意图有三：一是补充或拓展对胡适文学思想的系统化整体化研究；二是论证胡适的人本文学观不是西化的，它是根据中国文学的发展实情而汲取了中外人的文化或人的文学思想，构成了现代性与民族性相融合的人本文学观；三是与一篇“奇文”的观点商榷。该文认为：“中国在1920—1930年代就引进了这样经典（指欧美的情爱婚姻文学），更有意识凸现其所蕴含的爱情婚姻观，强化了英、德、法、俄的文学之伟大，也有效张扬了这些国家的伟大，中国自成体系的传统婚姻理所当然地被否定，而不是被补充进现代中国婚姻模式中。如此后果，表面上爱情成为推动五四新文化运动以来社会进步的重要力量，实际上使中国人突然抛弃了有稳定文化根据的婚姻伦理，可以在爱情的冠冕堂皇旗号下，合理合法地无视婚姻道德。”也就是说，中国的“以忠贞和责任而高质量成就中国人口生产的‘媒妁之言’‘门当户对’的婚姻，在自五四新文化运动以来的译介文学的冲击下，被变形为‘封建包办婚姻’”。[②]

如果上述观点出自新文化运动的守旧派或国粹派之口那是不足为奇的，它恰好来自当下一位教授的演讲，这就令人感到有点“奇”。只要对“五四”及20世纪二三十年兴起的新文化运动、文学革命和左翼文化与革命文学运动以及中国古代婚姻制度及其在文学中的反映，进行点严肃扎实的研究，就不会轻率地做出这样的偏激而武断的分析，也不会将现代婚姻出现的所谓“道德问题”完全归罪于对欧美文学的译介，更不会把传统的“父母之命，媒妁之言”、“门当户对”、“一夫多妻”的婚姻制度美化为“忠贞和责任而高质量”的。这里不必举很多例证说明，仅以胡适来说，他具有学贯古今中西的知识结构与价值视野，尤其

① 以上引文出自胡适：《中国再生时期》，《胡适全集》第13卷，安徽教育出版社2003年版。

② 林精华：《“中国问题”：百余年来这样引进欧美文学》，《社会科学报》2016年4月7日。

崇尚美国文化和文学，然而他通过翻译欧美文学所形成的文学观、婚姻观和爱情观并没有全盘西化，而是对老祖宗创造的文化或文学以科学的“实事求是”的态度进行传承，甚至其自身所坚守的婚姻还是改良式的“父母之命”的婚姻。作为五四新文化运动与文学革命的首举义旗者和领袖者之一的胡适尚且如此，至于那些新文化新文学的参与者和建设者对于中外文化与文学的态度如何，就不必多论了。诚然，当今对中国传统文化的再发现再评价极其必要，但是再发现再评价也要坚持“推陈出新”、“古为今用”、“除其糟粕，取其精华”的态度；对于“引进欧美文学”进行反思也不能脱离特定的历史范畴，必须坚持实事求是的思想路线。在政治上开倒车是没有出路的；在文化或文学上总是向后看，“厚古薄今”或“以古非今”也是难以创新、跟上时代潮流的。

草于2016年5月25日

（原载《山东师范大学学报（人文社科版）》2016年第4期）

当代文学批评应强化诗性维度

当代文学批评指涉的范围既深且广，这里所谈的文学批评对象主要是文艺作品即文学创作。文学批评如同文学创作一样，对于主体来说是自由的，缺乏内在的自由或外在的自由，不论文学批评或文学创作都不会获得健全发展和正常运行；虽然文学批评有一定的标准，文学创作也有一定的规范，但是它们无不源于文学批评和文学创作的自由规律。改革开放以来，文学创作的欣欣向荣，文学批评的多姿多彩，都是得力于自由规律的遵循与坚守。对于文学批评主体，面对形态各异的文学作品，选取何种维度或角度，运用什么方式或思维范型，在展开文学批评的选择上应该是自由的，越是那些有鲜明个性的文学批评越是具有自由批评的自觉意识。

尽管文学批评应该是自由的，然而从当下的文学批评现状考之，大多文学作品批评更重视其思想内容或文化意识的剖析与评述。或看重政治思想维度，或关注道德伦理维度，或看重哲学宗教维度，尤其将政治导向维度置于首位；而对于诸多文学思想内涵维度展开批评固然重要，不过其中有的文学批评浅尝辄止，连起码的思想深度也没开掘到。笔者并非要责怪当下的文学批评只重视文学作品的思想内涵或文化意识，而是深感有些批评没有自觉地把文学作品的思想维度与诗性维度糅合起来。因为文学作品是物化的审美意识形态，它不同于政治学、思想学、文化学、伦理学、道德学、宗教学、哲学等意识形态，就在于文学具有诗性即审美性；若缺乏诗性或审美性那文学作品的意识形态就没有了独特性，而作为意识形态的文学作品也就不存在了，所以诗性或审美性是文学作品的特质规定性。诚然，“诗性”一词最早由意大利哲人维柯在《新科学》中提出的，形成了“诗性的伦理”、“诗性的政治”、“诗性的经济”、“诗性的逻辑”、“诗性的智慧”等概念；其实，在中国人文精神传统中早已存在“诗性”或“诗性智慧”。尽管当前学术界对“诗性”范畴的诠释莫衷一是，然而笔者认为“诗性”的含义相当于文学的艺术性或审美性。如果这样理解“诗性”是可以接受的也是合理入情的，那么文学批评若从政治维度来探究文学作品的内涵，所揭示出的政治意识就不是赤裸裸的政治教条或政治原理或政治概念，乃是独特的诗性政治意识即审美政治意识。而这种诗性政治意识，绝不是创作主体遵照特定的政治路线或政治学说或政治概念或政治构想而给出的艺术图解，绝不是依据某种政治意志所设定的主题而进行的艺术创作；它完全是作家主体拥抱历史上的政治现实或当下的政治现实所感受所体验的政治意识，通过审美创造过程或机制将这些从历史或当下独特发现的现实政治意识升华为审美政治意识，以物化的审美形态呈现出来，致使这种诗性政治意识在悦人中育人在育人中悦人的审美与教育双向互动中产生出强烈效果。但是当前有些文学批评从文学作品所抽绎出的政治意识，却往往是干巴巴的理性阐释或是政治概念的说教或是对某种政治学说的牵强附会的印证或对某些政治主张的任意发挥，貌似强化了作品的政治意识剖析，实际上阉割了文学作品的诗性。即使从伦理、道德、宗教、哲学等维度来批评文学作品的思想性，从文本中发掘的伦理意识、道德意识或宗教意识、哲学意识等，也都是诗性的伦理意识、道德意识、宗教意识和哲学意识；如果发掘出的这些思想意识缺乏诗性或审美性，那文学作品就算不上优秀之作，更不能进入经典之列，只能作为概念化理念化的文学劣质品来对待。近来文坛涌现出不少宣扬儒家文化意识的忠、孝、节、义主题的文学作品，尤其演义“孝”的作品屡见不鲜，甚至胡编乱造一些故事来叙述或表达儒家孝道的神圣与崇高，更有甚者将当年鲁迅批评的《二十四孝图》或重编成故事或重绘成图画或重编成文艺节目，任性地弘扬孝道精神。若是对儒家孝道思想能进行现代性的转换而做出新的理解和新的阐释，创作主体通过深入现实生活对“孝道”又有新的体验或独特的认知；并能将自己的新体验新认知转化为审美意识，以相宜的审美形式表现出来，那这样的“孝道”意识就诗意化了，具有了审美思想价值。文学批评者要是能从儒学维度来解读这样的文学作品，既能产生审美的对位效应，又可能对其蕴含的“孝道”意识给出诗性评价。现在有些弘扬儒学思想的文学作品为什么缺乏强烈的社会效应，除了没有将儒家思想进行“推陈出新”外，重要的原因之一是没有把文学作品表现的忠孝节义等儒学理念升华为审美意识而物化为审美文本，仅仅把文学作品当成弘扬儒学思想的传声筒，当成宣扬儒家孝道的教科书；加之文学批评者无视文学作品的审美性而一味地挖掘其儒家思想内涵，借以过度地宣扬儒家忠孝节义思想，越发使这些旨在表现儒学传统的文学作品使人听之生厌、读之无味，也越发说明对这样的文学作品的文学批评务必强化诗性维度。

如果说“读者是判断文学作品优劣的上帝”这句话含有一定的真理性，那么文学批评者更要尊重读者的审美期待。为了论述文学批评务必强化诗性维度的必要性与重要性，笔者拟从读者的角度展开三个层次的考察与阐述。当然，文学批评者对文学作品进行批评是自由的，可以不考虑读者的要求和期待；但是大多数文学批评主体都具有社会良知和社会责任感，他们开展文学批评不可能不关注读者的审美期待和要求，即使那些自我欣赏的批评也在无意中顾及与其相似读者的审美口味。作为文学批评者，面对文学作品选择何种角度从几个层次采取什么方式展开评析，是极其多样化的，就是批评的认知见解或审美判断也是见仁见智的；故而谁若强制文学批评者都吹同样的号都唱同样的调，那无疑是窒息或压抑或扼杀文学批评。而且作为读者是多层次的，不同层次的读者对文学批评的期待也是千差万别的，故而对文学批评的要求决不会“舆论一律”更不会趋同划一。因此，这里所说从读者的角度展开三个层次的考析，只是就读者对文学作品阅读大致所形成的三个逻辑顺序而言的：先通晓文学作品写的是什么，表现了什么；再了解文学作品是怎样写的，是如何表现的；后明确文学作品写得怎样，审美效果如何。通过这三个相互联系的逻辑层次探究，进一步说明文学批评者无论对哪个层次的评述都不能忽略诗性维度，只能强化它不能削弱它；唯有强化诗性维度的文学批评才是地道的文学批评，而不是冒牌的文学批评或社会批评、思想批评或政治批评。尽管后四者所谓的非诗性批评都与文学批评有关；然而由于它们缺乏诗性维度，毕竟不是名副其实的真正的文学批评。若巡视一下当下报纸杂志上的“文学批评”，有不少是冒牌货，不是货真价实的文学批评，就因为它们忽略或缺少了诗性的批评维度。

就第一个层次来说，读者接触或阅读一种类型的文学作品，首先要读懂它写的是什么，叙事文学讲的是什么故事，诗歌抒写的是什么感情；透过某个故事或通过抒情欲表现或折射出何种思想意识，而这种思想意识是否具有真理性，所产生的是正能量还是负效应？这些疑问或困惑，不少读者通过潜心阅读和切实感受、认真思索，是可以破疑解惑的，能够弄懂的；但也必须承认有相当的读者对作者讲的故事或抒发的情感处于似懂非懂状态，特别是对那些具有多义主题或复调结构的长篇小说或多幕戏剧文学或连续剧影视文学，甭说一般读者难以把捉它们的情节线索或故事脉络，不易触摸它们蕴含的多层次多维面的思想意识，即使那些学者型的读者也不是轻而易举地阅读一遍或两遍就能读懂读透它们所叙述的这种故事或那种故事及其各种叙事所蕴含的复杂而深刻的思想意识，更不容易读懂的是它们叙述故事背后蕴藏的思想意识是否转化为审美意识而达到了诗化程度。因此，不论一般的读者或者学者型的读者尽管其接受程度和审美期待有所差异，然而他们都亟切需要文学批评者介入其阅读过程，引导不同要求和期待的读者进入文学作品的审美世界，真正能感受到作者所讲故事的生动奥妙和诗人所抒发情感的真挚含蓄，以及他们在故事里或意境中所寄寓的思想意识的独特性和诗意化，这是读者对批评者提出的热切要求。若真能通过文学批评给读者以启迪以引导，那就在第一个阅读层次上帮助读者们升华到新的审美境界；但作为文学批评者能满足读者这种期待与要求，实在是不容易的。笔者并非专职文学批评者，不过对文学批评颇感兴趣，也喜欢读一些文学批评文章，更喜欢与研究生在一起评论那些热点的文学作品。记得有一次与研究生谈起莫言获诺贝尔文学奖的代表小说《丰乳肥臀》，彼此有点读不懂小说所叙述的上官鲁氏完全借丈夫以外的他人之种所生下的八女一子的艰难痛苦一生的“伟大母亲”的故事。虽然这个故事所蕴藏的历史内涵与文化意识极其丰富复杂，但有的评论者视她为“伟大母亲”一生的真实写照，莫言又“谨以此书献给母亲在天之灵”；对上官鲁氏一生如此崇高的评价和如此深情的悼念，我们感到困惑不解。有的研究生质问：上官鲁氏生了八女一男，没有一个是与丈夫所生的孩子，既有中国男人的又有外国传教士的，有些是被迫而生的有些是自愿而生的。这九个子女没有一个与上官家族有血缘关系，然而却个个姓“上官”，就是其母鲁氏也冠上“上官”复姓。像这样的母亲在中外文学史或伦理史能够找到吗？也许母系时代的原始社会有这样的只知其母不知其父的母亲，而进入父系社会却罕见这样的“伟大母亲”。从小说的故事背景来看，上官鲁氏这位母亲是产生于近百年多灾多难的中国，在封建文明的中国农村社会这样的母亲能存活下来吗？“文化大革命”这一难关她怎么能顺利过关，“大破鞋”的黑牌她能从身上摘掉吗？况且，这位“伟大母亲”身上又有莫言母亲的影子，不然作者为什么要将“此书献给母亲在天之灵”呢？听了研究生的诸多质问，作为导师我也有同感故而难以给出合情合理的分析，至今仍存留在似懂非懂的认识状态；因此多么渴望高明的文学批评者做出令人诚服的解读。此外，对于莫言在《丰乳肥臀》中不厌其烦地描画金童的“恋乳情结”或“恋乳症”，而且极度夸张地绘写女性的“丰乳”，甚至在金童的眼里世界上的有机物或无机物都生出乳头，“山是地的乳头，浪是海的乳头，语言是思想的乳头，花朵是草木的乳头，路灯是街道的乳头，太阳是宇宙的乳头”，“把一切都归结到乳头上，用乳头把整个物质世界串连起来，这就是精神病患者上官金童最自由也是最偏执的精神”。[①]更为甚者，小说的第五十二章对“丰乳”的描写达到难以想象的夸饰，说什么“女人最重要的特征是生着发达的乳房”、“对乳房的爱护和关心程度，是衡量一个时期内社会文明程度的重要标志”、“女人要为自己的乳房感到自豪，男人要为女人的乳房感到骄傲”、“一个不关心乳房的社会，是野蛮的社会；一个不爱护乳房的社会，是不人道的社会”、“乳房是个宝，是世界的本原，是人类真善美无私奉献的集中体现”。因此作者极力赞美“独角兽乳罩大世界”生意兴隆，热切期望“把大栏市建成爱乳市、美乳市、丰乳市”，并“在大栏市人民公园进行丰乳大赛，乳罩大展销”。[②] 莫言为何如此夸张甚至狂热地来描写女性的“丰乳”，又为何如此高度地赞扬并推崇乳房的价值和意义？难道仅仅为了赞颂女性旺盛的生育能力、繁衍能力和诱人的性感，并从而表达自己尊重女性、崇拜女性、关爱女性的女权主义胸怀与立场吗？如此热衷于女性“丰乳”的描绘并将其作为贯穿小说始终的一道鲜活靓丽的审美风景线，难道就没有深刻的寓意或象征意义吗？如果真的蕴含着寓意或象征意义，那么这种意义绝不是赤裸裸的说教式的思想意识，肯定是带着浓郁诗性的情感思想。作为一个忠诚的读者，此时多么渴望文学批评者能以睿智的慧眼穿透多彩多姿的“丰乳”描写，将其深刻的寓意或象征意义及其诗性思想意识揭示出来，让读者眼前豁然一亮，使其对“丰乳”的解读升华到新的思想境界；然而在笔者的有限的阅读视野里至今尚未见到这样的文学批评文字！

读者在阅读某一文学作品的第一个层次只是想了解作者写的是什么、表现的是什么，尚有诸多困惑或难点亟待文学批评者阐释或破解；那么进入第二个层次欲探究是怎样写的，即作者如何将写什么所形成的审美意识物化成诗性的审美文本，这更需要文学批评者的点拨与引导。既然文学作品是审美意识的物化诗性形式，文学艺术是审美意识的对象，那么文学艺术不可能独立于审美意识而孤立存在，审美意识同样也不能离开文学艺术而独立存在。因此若说读者在阅读文学作品这个审美文本初始的逻辑层次上，只晓知其叙事文学所塑造的各种艺术形象或审美意象及其所蕴含的审美意识或审美感情，那么进入第二个

① 莫言：《丰乳肥臀》，中国工人出版社 2003 年版，第 364 页。
② 莫言：《丰乳肥臀》，中国工人出版社 2003 年版，第 371 页。

阅读逻辑层次，读者着重关注的则是创作主体在怎样写的过程中如何发挥其创造潜能与诗性智慧，将形形色色的叙事与意境及其深蕴的审美意识或审美情感物化为诗性文本。这种“物化”过程是一种审美机制作用于文学创造的过程，审美意识并非现实意义上的“反映”，乃是作家“按照美的规律来塑造物体”的；优秀文学作品的美感之所在就在于它的主导倾向对接了人道主义而超越了现实意识的局限性，获得全面自由的审美意识。而审美意识则是与人道主义意识相通的，现实意识只有通过人道主义思想才能与审美意识沟通。这是由于“审美意识是一种彻底的人道主义，因而与无产阶级人道主义相衔接，与共产主义精神、共产主义意识相衔接。艺术之所以能感动人，就在于它体现了这种彻底人道主义，或者说从人道主义高度来揭示了人生。最打动人的莫过于人的命运和遭遇；最令人神往的莫过于人的自由和全面发展；最费人思索的莫过人的本质和价值。当人透过现实意识、现实关系的迷雾，用审美意识的人道之光来照耀这一切时，我们便步入自由的领域，体验到了人的价值和共产主义社会才会有的人类之爱”①。在当前阅读文艺作品的审美活动中，我们正是以这种彻底的人道主义精神来对待中外古今作家遵循美的规律塑造的一切人物形象，不仅因为这一切人物形象具有诗性也因为他们富有人性。“如果说我们同情国王，那是因为我们把他们作为人看待，而不是因为他们是国王的关系。”（莱辛语）新时期以来中国的纸媒文学或电媒文学塑造了大批帝王将相、公子王孙、英雄豪杰、和尚道士，甚至神仙鬼怪的形象，我们广大读者和文学批评者之所以同情他们或赞赏他们，并没有把他们驱除文学殿堂或赶下艺术舞台，因为我们把他们作为人来对待，虽然他们的人性各有不同程度的异化，但没有完全丧失人性之善或人性之爱，从而也表明无产阶级审美意识具有一种宽容博爱精神，也印证了鲁迅的“一切文艺根于爱”的名言是富有真理性的。

热爱文学作品的读者既关注创作主体写了什么、表现了什么以及如何通过人道主义渠道将其感受到或体验到的现实意识升华为审美意识，更关注创作主体主要从如下几个层面将写的什么、表现的什么通过诗性智慧营造成审美文本（指叙事文学），这就越发需要文学批评者的启迪与导读。一是作家主体坚持的是感性思维、知性思维还是理性思维或是三者的综合思维，根据写什么和表现什么的需要怎样进行艺术构思与谋篇布局的？具体来说作家为什么选择小说

① 杨春时：《系统美学》，中国文联出版公司 1987 年版，第 161 页。

体式作为艺术形式与审美内容相融合，这种出自艺术构思的富有审美意味的艺术形式或结构艺术是否具有独创性，它的奇妙性与作者的诗性匠心独运有何关系？作为一个杰出的文学批评者对文学作品所具有的这种本体价值的诗性维度应该给出有创见的美学分析。茅盾是现代中国文学史上著名的颇具权威的文学批评家，他在《读〈呐喊〉》一文中对鲁迅小说展开的审美批评，既点明小说写了什么表现了什么，更赞美小说是怎样写的即如何进行艺术形式的创新的，这就使先贤的文学批评为后继者的文学批评提供了范例。茅盾在《新青年》上读到《狂人日记》，第一印象就是“题目，体裁，风格，乃至里面的思想，都是极新奇可怪的”，说明《狂人日记》作为一个审美文本它具有独创性，这正是它的诗性品格的显著特征。所以从古今文学的比较中，茅盾认定《狂人日记》是“前无古人的文艺作品”；尽管茅盾也感受到《狂人日记》所表现的是“离经叛道”的“吃人”思想，然而茅盾更注重从文体形式怎样表现“吃人”思想所形成的诗性的审美风格：“这奇文中的冷隽的句子，挺峭的文调，对照着那含蓄半吐的意义，和淡淡的象征主义的色彩，便构成了异样的风格”。因此，“《狂人日记》的最大影响却在体裁上；因为这分明给青年们一个暗示，使他们抛弃了‘旧酒瓶’，努力用新形式，来表现自己的思想”。由给《狂人日记》写什么与怎样写所做出的独特评价，茅盾联系到《呐喊》小说集，将其置于中国新文坛上依然从怎样写的角度对鲁迅小说的艺术形式或审美创造给出高度评价：“在中国新文坛上，鲁迅君常常是创造‘新形式’的先锋：《呐喊》里的十多篇小说几乎一篇有一篇新形式，而这些新形式又莫不给青年作者以极大的影响。”鲁迅为小说怎样写所创造的一切新形式，都是有意味的审美形式，都是与写什么表现什么的审美叙事和审美意识完美结合的艺术形式；而且这些“新形式”无不源于鲁迅天才艺术思维的灵敏创造性，茅盾引用丹麦大批评家勃兰兑斯的话做了诗意的表述：“有天才的人，应该也有勇气，他必须敢于自信他的灵感，他必须自信，凡在他脑膜上闪过的幻想都是健全的，而那些自然而然来到的形式，即使是新形式，都有要求承认的权利。”①当下的文学作品的批评文章，目不暇接，但能像茅盾这样从诗性维度来评论优秀作品或经典创作的艺术形式或审美风格的佳构实在罕见，即使有这样的评论文章也没有把诗性维度置于整体文学批评的重要位置，更没有见解敏锐独特的诗性批评，这不能不影响当代文学批评本体性的强化。二是作家创造的文

① 以上引文，皆出自茅盾：《读〈呐喊〉》，《文学周报》1923年10月第91期。

体形式或艺术范式，旨在通过有效地塑造各种人物形象服务于思想主题的表达或文化意蕴的展示或现实意识向审美意识的升华；因此对于小说创造来说，不论宏大叙事或日常生活叙事或两者兼而有之的叙事，也就是不管讲述现实题材的故事还是历史题材的故事，都要环绕塑造各类人物形象这个轴心来旋转，情节的设计或细节的描写、肖像的勾勒或心灵的刻画，无不为了突现人物性格，故而人物形象塑造的成功与否往往决定着小说艺术是优是劣、是精是粗。这是文学常识，一般读者是通晓的，在阅读作品的过程中也试图以这些文学常识导引解读，以提高阅读质量，更精准地把握人物形象或触摸人物的心理世界；然而读者的艺术感悟能力、对人物的辨析能力及心理透视能力和审美分析能力毕竟有限，故对小说所刻画的简单人物或次要人物尚能读懂看透，而对作者着力塑造的主要人物形象或复杂人物性格则根本不能从整体上读懂他们、把握他们，对性格内涵更给不出审美分析。尤其那些灵魂深邃、人性错杂、心理隐晦、性格扭曲、命运多舛的人物形象，其人性密码和生命密码非一般读者能破译出来，甚至导致对不少人物形象做出误读或错解。因而迫切渴求文学批评者对这些复杂性格、复杂人性结合相应的情节或细节给出诗性的分析和理性的判断，启示并引导不同层次的读者走近复杂人物的心灵世界，指点读者以自己的阅读感受和审美眼光去解读人性和人生的奥秘，以获得人性的真知和人生的真谛。对于叙事文学所写的扁平式的人物或概念化雷同化的人物，广大读者易于把握也感到肤露或不愿多思；但是对于那些具有立体感的复杂人物形象喜欢琢磨却琢磨不透把握不住，急切希望文学评论者给以指点和破解。在我的有限的阅读视野中，当代作家以小说体式塑造人物所达到的复杂深微程度能超过莫言的没有几个，可以毫不夸饰地说莫言笔下人物形象的复杂内涵与人性深度在现代中国小说史的人物画廊中难以寻觅，不论是余占鳌（《红高粱》）、司马库（《丰乳肥臀》）、孙丙（《檀香刑》）、蓝脸（《生死疲劳》），尤其是上官金童（《丰乳肥臀》），或者是“我奶奶”九儿、上官鲁氏、杨玉珍等女性形象，乃至小虎、黑孩等儿童形象，都是人性复杂的艺术形象。尽管文学批评界对其评述或研究的热度始终不减，发表了不少有见地有深度的文评或著述，然而见仁见智的声音不断，评论的总体水平也难令读者满意，甚至个别有人性深度、有重要反思意义的女性形象如龙青萍（《丰乳肥臀》），文学批评的笔触并未深入她的复杂灵魂，也未破解她的人性密码。从政治角度看，龙青萍是位失去一只臂膀的武工队神枪手和女英雄，而从人性角度考之，她是个 39 岁的老处女，内心充满了灵与肉的冲突，长期政治禁欲主义的压抑使其“里比多”寻找不到释放的正常渠道而导致自杀；她的人性悲剧极其惨烈凄苦，能引起深刻的政治反思。文学批评者对这样有人性深度的女性形象尚能忽略，对莫言塑造的众多性格复杂的形象尚有争议；而对于广大读者要读懂并把握这些深奥难测的人物性格内涵，若缺少文学批评者的拨云驱雾的指点，那是不可能的。三是作家在创构的小说文体格局中塑造出多姿多彩的栩栩如生的人物形象，究竟运用的何种创作方法，是写实的还是浪漫的，是现代的还是后现代的，是寓言的还是象征的，是综合运用的还是单一使用的？除了创作方法或创作规范，对于深化主题思想、塑造各种形象能发挥特殊功效，不同的叙事策略和艺术技巧也是不可或缺的；文学是语言艺术，不同的文学殿堂是由不同的艺术语言搭建的，异彩纷呈的小说世界没有五彩缤纷的艺术语言更是筑建不成的，故而选取何种艺术语言来创构小说王国不仅关系到审美内容的表达，也关系到小说的叙事风格是否臻至诗化境界。虽然一般读者欣赏或解读一篇小说缺乏这种诗性的艺术追求或审美取向，既缺这种诗性审美修养又乏这种诗性审美能力；但是作为一个有责任心和人文情怀的文学批评者，应该自觉地对叙事文学所运用的创作方法、艺术技巧、语言艺术等进行研究和评述，积极热情地帮助广大读者提高诗性审美能力，从而使读者从中获得更多的文学知识和诗性智慧。

当不同层次的读者对一篇或一部叙事文学文本，经过第一个层次的写什么表现什么的感受和追问，再进入第二个层次对怎样写如何表现有了深切体验与感悟之后，便顺理成章地不约而同地趋于第三个层次——写得怎么样，这要求对审美文本从总体上做出是优质还是劣质、是上品还是下品、是正能量还是负效应的审美判断或诗性评价。对于一般读者来说给阅读的作品以正确的又是诗性的判断或评价，比起前两个阅读层次中读懂作者写什么或怎样写还是难上加难，因此更需要高明的文学批评者的理性启示与诗性指点。首先应记取历史教训，在那个极左思潮泛滥的时代，文学批评遭受极大伤害，以教条主义或政策条文或政治概念代替了审美分析或审美判断，以主观武断的霸权话语取代了具体文本具体分析的诗性话语或审美判断，直接跨越了审美感受和艺术欣赏的必经环节给作品人物定阶级性质，以主题思想来印证或注释既定的政治理念，完全把文学作品当成抽象的毫无生气的艺术传声筒或政治宣传品。不仅一般读者要牢记文学批评的历史教训，而且文学批评者更应比一般读者提高对文学作品审美价值的认识，即不能把文学作品的审美价值当成某种科学或意识形态的代用品。虽然马克思主义美学强调艺术的现实社会基础，使文学批评立足于历史唯物主义基石之上，但是至今仍然存在着以社会的批评代替艺术批评的倾向。例如，从艺术的认识本性论出发，引出对现实愈真实艺术价值愈高的结论，真实就成了艺术标准，这样就排斥或贬低了历史上一切非现实主义作品，而且也把现实主义作品的价值降低为历史文献的水平；从艺术的意识形态本性论出发，引出思想性（主要指政治观念）愈高就愈有艺术价值的结论，这样就把善当成艺术的标准，抹煞了艺术与意识形态的区别，把艺术品等同于一般的宣传品"①。这种二元论不符合艺术辩证思维，只有立足于马克思主义美学认识的新高度，对文学作品的审美价值做出诗性的科学分析，文学批评者才有资格引导广大读者对所阅读的文学作品做出审美判断。

其次，诗性的文学作品才是优质的审美文本，这是因为"从本性上说，诗性是人类创造的真善美相统一的属性"②，只有达到诗性的境界的文学才能体现出对人类的终极关怀，只有达到诗性的境界的文学家才能成为人类精神家园的守护者。既然"真善美相统一"是崇高的诗性境界，那就应该以"真善美相统一"作为文学批评的审美评估体系，用之来对文学作品的优化程度进行审美分析与审美判断。虽然这个评估体系由真、善、美三个美学范畴组成，但它们在批评文学作品时并非各自为政，追问何是文学的真、何是文学的善、何是文学的美，若是这样拆解式的或分割式的来评价文学作品，那不是对文学作品进行审美分析，更不能对文本做出审美判断。因为这既悖离了文学作品诗性本体与美学规律，又悖离了文学批评只有从整体上来运用"真善美相统一"的评价标准方能发挥其综合效能的机制。诚然，我们可以分别来认识"真"是文学之命、"善"是文学之魂、"美"是文学之质；但是却不能把这种认识作为对"真善美相统一"批评标准的整体理解与把握。在我看来，将真善美三个美学范畴分开运用不能构成文学批评标准，只有把"真善美相统一"作为一个有机整体方可作为文学作品的评价体系；因为这三者都是具有诗性的本性，说文学的真必是诗性的真，说文学的善必是诗性的善，说文学的美必是诗性的美，而诗性则是将真善美相统一贯串起来的内在纽带和外显形态，故凡达到真善美相统一审美境界的文学作品无不是优质的诗性文本。不过，在运用真善美相统一的评价标准来衡估或考量文

① 杨春时：《系统美学》，中国文联出版公司 1987 年版，第 374 页。
② 张伟：《诗性哲学与哲学的诗性》，《四川外国语学院学报》2001 年第 3 期。

学作品时,难度最大的不是对真善美三个美学范畴内涵与外延的理解,而是对三者“相统一”的辩证关系的精准把握以及它们在审美文本中是如何配置和呈现的。即真善美三者愈是在作品里得到天衣无缝的相统一相融合愈能使文本的审美境界完美无缺,愈能达到至真至善至美的和谐统一的审美高度;如果真善美相统一在文本的建构中出现了偏差、错位和缝隙、冲突,也就是没有统一的搭配好结合好,那这样的文学作品便算不上优质的诗性文本。若具体考察文学作品,过分突出了客观的“真”,那文本有可能成为某种科学理念的代用品,过分强调了思想的“善”,那文本有可能成为某种政治意识的教科书,过分强化了“美”的价位,那文本有可能成为唯美主义之作;所以“真善美相统一”是个完整的评估体系不能拆开来运用,只有把“真善美相统一”作为相互比例配搭匀称和谐的完整评估体系来考量文学作品才能对其做出实事求是的审美分析,对其是优是劣做出诗性判断。这就对文学批评者提出更高的要求,除了具有卓越的艺术修养和审美鉴赏力外,还要高度认同并熟练运用“真善美相统一”的文学批评标准,及时地对相关文学作品做出审美分析和诗性判断,为广大读者评判作品的优劣提供范例。

再次,考量文学作品在写得怎么样上是否达到“真善美”和谐圆融的审美境界,还必须勘察其是否达到独创的审美高度,文学作品只有是独创性的审美文本才能以个性化的姿态和特异的艺术风采屹立于中国或世界的优质文学之林,也只有独创性的文学作品才真正符合诗性的美学要求;因为“诗”在人类话语中就是指创造,“诗人就是创造者,诗性就是创造的属性,这样说来,‘诗性的智慧’即创造性的智慧”①。而对于文学艺术来说这种创造不是一般化的创造,必须是独一无二的创造即“独创”,只有独创的文学作品才有可能成为真正优质之作或经典文本,即使那些达到“真善美相统一”审美境界的文学作品若是模仿、雷同或因袭、转抄之作也不能算是优秀的创新之作,那有可能成为伪冒假劣的赝品。茅盾对文学作品的批评极为重视其独创性,既重视其审美内容的独创性又重视其审美形式的独创性也看重其审美风格的独创性,他对鲁迅《呐喊》集小说的评价如此,对整体中国文学系统的评述也是如此。所以茅盾对刘彦和在《文心雕龙》中流露出不重视每个时代文学的独创性而一味崇古拟古贬今非今的观点极为不满,并指出在我国文学演变的长河中热衷于拟古不求创新的复古逆流绵延

① 张伟:《诗性哲学与哲学的诗性》,《四川外语学院学报》2001年第3期。

不断。魏晋以前屈原作《九章》，于是便有宋玉的《九辨》、王褒的《九怀》、王逸的《九思》、刘向的《九叹》，摹仿不已，九九无穷；扬雄作《连珠》，于是便有潘勗的《拟连珠》、王粲的《仿连珠》、陆机的《演连珠》、颜延之的《苍连珠》、王俭的《畅连珠》，不一而足；枚乘作《七发》，于是便有傅毅的《七激》、张衡的《七辨》、崔骃的《七依》、马融的《七广》、王粲的《七释》、张协的《七命》、桓麟的《七说》，凡诸拟作，章摹句写，不思独创，何见创作个性？茅盾严正斥责："摹仿原是人类的天性，但中国文人之好拟作，却因是迷古。魏晋要返于两汉，两汉要返于周秦，周秦要返于唐虞，只思后退，不顾上前，便是中国文学的一大毛病"，"便是源远流长的中国文学不能健全发展的根本原因"①之一。这种忽视文学独创性而一味拟古的恶流一直"流"到五四时期，文坛上的老八股老教条盛行，拟古主义之风劲吹，严重阻遏中国文学发展，正如胡适所揭露的："观今之'文学大家'，文则下规姚曾，上师韩欧；更上则取法秦汉魏晋，以为六朝以下无文学可言"。其实，这种不思创新只想"摹仿古人"的拟古主义是人的"奴性"表现，根本创造不出具有个性色彩的诗性文本和"真正文学"，不过"为博物院中添几件'逼真赝鼎'而已"。② 至于现代中国文学发展到21世纪，崇古拟古之风在文学艺术创作中是否煞住了，而独创性的审美追求和美学理想在文艺界是否蔚然成风，笔者虽不敢妄评，但每年长篇小说的出版据闻达三千多部，这足证文学创作之繁荣；如此巨量的长篇小说真正能进入广大读者阅览视野的有多少部，真正能得到文学评论者慧眼青睐的有几部，不得而知，至今尚未见到有心人的详细统计；不过根据蠡测，这三千多部长篇小说究竟每部写得怎么样，能否达到"独创"的美学要求，也许那些专职文学评论者难以做到心中有数，即使有些长篇有幸获得文学批评者看重也没有达到"独创"的文学高峰，到底有多少公式化、雷同化或摹仿抄袭的所谓文学作品积压在书库中或冷落在书摊上更难以言明。因此，文学批评者的社会责任相当繁重，不仅要从那些评述过写得怎么样的文学作品里选出优中之优，点赞它们何以能成为优质的独创性作品，以引导广大读者从更高的审美层次上解读文学作品，进而提高读者的审美鉴赏能力和理性审美判断能力；而且应尽量多地问津那些不是名家名作的"小人物"或新人新手创作的不舍一顾或无暇能顾的大量湮没或库存的长篇小说，也许能惊喜地从中发现"高峰"

① 茅盾：《中国文学不能健全发展之原因》，《文学周报》1926年11月第4卷第1期。

② 胡适：《文学改良刍议》，《新青年》1917年1月第2卷第5号。

之作或“独创”佳构,为广大读者开拓阅读的新天地。

最后,当高明的文学批评者如同一个杰出的导游,把广大读者层层深入地引进作家创造的叙事文学的诗性王国,既通晓了写的是什么、表现的是什么以及怎样写的,如何表现的,又感悟到写得怎么样的艺术质量和审美效果的时候,读者们便会情不自禁地追询:那些能够达到“真善美相统一”审美境界的优异之作或者能臻至“独创”美学高度的经典文本,究竟作家主体积累了哪些诗性经验、具有什么诗性智慧?如果文学批评者能够使读者获得了满意的回答,不只是读者的诗性解读水平和审美评价能力可以大大提升,而且对于作者进一步提高按照美的规律与诗性要求进行文学创作的自觉性和自信心也大有裨益。诗性智慧是创造不同体式文学作品的根本性智慧,凡是文学大家或艺术巨匠营造的洋溢诗性氛围或透射诗性气质的审美文本或经典之作,无不蕴含着卓越丰盈的诗性智慧,而创作主体这样的诗性经验或诗性智慧并不是一般的读者能轻易地从文学作品中发掘出来的,关键在于文学批评者须以慧心慧眼去解读审美文本去感悟审美文本。晚明公安派文人袁中道曾说:“李杜、元白,各有其神,非慧眼不能见,非慧心不能写。”①这种慧心应是诗性之心,慧眼则是诗性之眼,而诗性之心之眼乃是源于创作主体或批评主体的感性与悟性思维范式而非纯理性思维,唯有文学批评者具有诗性思维的感悟力和穿透力,方能把文学作品里所蕴藏的诗性经验或诗性智慧打捞出来汲取出来。鲁、郭、茅、巴、老、曹等文学巨匠的经典文本所蕴之诗性智慧,虽经几代文学批评者或文学史书写者的打捞,却远远没有取尽;至于王蒙、莫言、贾平凹、张炜、陈忠实、王安忆等人的优质小说所藏的诗性经验或诗性智慧的开掘,尚待向纵深推进。如果有志于文学批评者能以高度自觉的姿态和敏思睿智的感悟潜能以及学贯中西的知识结构,孜孜以求地致力于文学批评,源源不断地将现代中国文学系统中隐含的诗性经验或诗性智慧打捞并汲取来,这不仅仅可以强化当前文学批评的诗性维度,能够与广大读者共享诗性智慧,提高人民的人文美学素质,而且可以激活当下纸媒文学作品传播或阅读的不振奋不景气的态势。

草于2016年“五一”劳动节

（原载《当代作家评论》2016年第4期）

① 《珂雪斋集》卷九,上海古籍出版社1989年版,第452页。

文学评论卷

遵循鲁迅杂文传统　不断开拓前进

——读《田仲济杂文集》有感

鲁迅曾以文体改革大师的宏伟气魄，冲破传统美学观念或文学教科书偏见的束缚，踏着先人的足迹勇敢地开拓杂文领域，为杂文“侵入高尚的文学楼台”立下丰功伟绩。鲁迅的伟大人格、硬骨头精神、深邃思想、强烈忧愤、崇高情怀、渊博知识、精湛艺术，都凝聚在杂文里，形成了严峻的战斗的现实主义文学传统，创造性地建构起一座垂范后世的杂文丰碑；并且率领一批锐意创新、勇于进取的作家开辟了广阔的杂文新天地。田仲济步入杂文领域正是现代杂文发展进入黄金时代的30年代初期，这时鲁迅的杂文创作亦发展到了极高层次。他不仅“喜欢起杂文来，尤其是鲁迅的杂文”，认为鲁迅“杂文的内容是那么丰富，光芒是那么灿烂”，而且也“逐渐明白了写杂文的素养要求各方面都博大精深。哲学、文学理论、语言文学的艺术技巧、社会知识、人生的观察等各方面都要具有深度，观察力和分析力，要达到能见人所未见，知人之所未知”。于是，田仲济便加入鲁迅统帅的杂文创作大军，踏着鲁迅开创的杂感文学的现实主义道路，开拓前进，从30年代一直耕耘到90年代，虽然中经一些“历史误区”，但他那支泼辣深沉的笔从未放下，表现出一种韧性战斗精神。这不仅使他对20世纪中国杂感文学的发展作出了独特贡献，而且也使他的杂文显示出一些重要特色。

深沉的文化批判

鲁迅作为中华民族的巨人，他的伟大并不是表现在与帝国主义和封建主义的枪对枪、刀对刀的正面搏斗与拼杀上，而集中体现于为中华民族的思想解放和精神觉醒所作出的超人贡献上。因而这就决定了他的斗争特点主要是通过杂感文学这一特殊形式，既要把中国人民从封建主义和殖民主义的精神奴役中解放出来，又要把中国人民从长期传统文化积淀所造成的精神负累中拯救出来，使他将毕生的主要精力放在对禁锢中国人民个性解放和思想解放的传统文化的强烈批判上。同近代梁启超为代表的知识分子的文化批判意识相比，鲁迅的文化批判精神的深刻性，不仅表现在他突破了“托古改制”式的顺向思维，确立了一种彻底批判封建文化的逆向思维，而且也表现在他的批判锋芒已超越封建传统伦理观念的表层而深进民族文化心理结构的深层；不仅表现在他以尊重人、利于人生存发展为价值尺度将传统“理学”置于“吃人”的高度进行批判，而且也表现在他从国民灵魂救治比社会制度改革更艰难的战略思想出发，把文化批判以改造国民劣根性作为终生使命。

田仲济一开始创作杂文就学习并光大鲁迅的彻底而深沉的文化批判精神，并自觉继承“五四”以人为本位的新文学精神，把“反对旧思想，反对旧文化”作为自己杂文的中心主题，这是难能可贵的。众所周知，在1928年“革命文学论争”中曾出现一种否定以鲁迅为代表的启蒙文学和个性解放运动的“左”倾文化思潮，并视革命文学为阶级斗争的工具或“政治留声机”，这使“五四”以来新文学中的文化批判精神和启蒙意识遭到诋毁和贬抑，导致文学创作的政治意识日益增强；特别是“九一八”事变的爆发促使抗日救亡运动日趋高涨，在文学领域里大有救亡主题压倒启蒙主题之势，不少杂文出现了以政治批判取代文化批判的倾向。但田仲济30年代初创作的杂文并没有受到“左”倾文学思潮和政治意识高于一切的影响，正确处理了政治批判与文化批判、“文学革命”与“革命文学”的关系，清醒地认识到民族灾难的历史命运的最深刻根源之一在于民族自我意识的被窒息和民族精神素质的下降，也深晓五四文学的文化启蒙精神与革命文学的斗争精神并非针锋相对，因而他的杂文仍然弘扬“五四”文化批判主题，充溢着民族自省精神。《荒谬绝伦》在揭露外国耶教博士艾迪以殖民主义论调毒害中国人民心灵时，并没有忽略对国民党在“南昌行营”掀动“尊孔空气”的指斥：正是“因为尊孔的提倡，孔庙的重修，孔老夫子又大走红运”，才为洋博士奴化我国民众提供了社会心理基础。《反“存文会宣言”》批驳江亢虎主张文言文、反对文字改革的种种谬论，嘲讽他承受了甲寅派的衣钵，“老狗变不出新把戏，‘老虎报’的曲子又弹起来了”，“十几年前老虎的威风已失，变成癞狗的摇尾乞怜了”。《存文与读经》深入批判存文会“读经救国”论，一针见血地指出“读经根本不能救国”，读经“只有使你回到野蛮的时代去；只有把你的脑子弄昏了；只有教你一些尊卑长幼的礼节；教你‘君子安贫’，‘达人知命’；叫你忠君爱国，变成奴性十足的一个奴隶”。这就把批判孔教的愚民本质与唤醒民众的现代民族解放意识结合起来。《介绍〈门外文谈〉》是在“‘存文’、‘读经’、‘文白之战’，旧派的人且由防御战而突然改取攻势。有的揭起大众的旗而为的却是保卫自己的尊荣，有的死保住方块字认为是国粹而不肯放松。可怪的是过去许多的新文化的战士现在不是站在敌方的营垒里也大半都沉寂无声了”这样的文化背景上，由衷地赞叹鲁迅“这位勇猛的老战士始终站在时代的前面”，同形形色色的复古势力和复古论调进行不懈斗争的韧性精神与文化批判的勇气；同时，作者坚定地站在鲁迅为代表的新文化战线一边，以杂文为武器批判了30年代前期重新泛起的守旧势力和封建文化意识，这不仅继承并捍卫了五四新文化运动的彻底反封建的战斗传统，而且在杂文苑地进一步拓展了鲁迅的深沉的文化批判精神和清醒的民族自省意识。

“中国的革命文学是和反抗日本帝国主义的斗争（五四运动）一同产生，一同受难，一同成长。斗争养育了文学，从这斗争里面成长的文学又反转来养育了这个斗争”①。“七七”卢沟桥事变标志着抗战全面爆发，反抗异族侵略、拯救民族危亡几乎成了全民族的共同心愿和一致要求，民族政治意识空前高涨，反映到文学作品里政治批判压倒文化批判，“武器的批判”高于一切、重于一切，“很少发现包含着深刻的思想力或批判力”（胡风语）的文学作品，即使那些具有文化思想意蕴的作品也罕见对民族精神弱点的文化剖析，大多是发扬传统文化中的民族主义和爱国主义精神，塑造民族新英雄的艺术典型。“由于政治要求底过于迫切，也由于作家自己的过于兴奋和认识不够，却往往弄成了廉价的表现，写士兵底英勇就难得看到生活上的根源和曲折的成长道路”②；至于对人民精神被奴役创伤予以揭示的作品就更少了。当抗日战争转入艰苦的阶段即40年代初期，“作家底战斗意志已经从跳跃的兴奋的状态转变为深入到生活现实里面的、肉搏的执着的状态，被战争所掀起的或揭露的生活形象，已经由引起作家感到惊异的性质转变为要求作家通过强的思想力去深刻分析的性质”③。于是相当多的作家从民族解放的高度对中国传统文化进行全面而深入的思考，不只是发掘民族传统的美点更重要的是批判封建文化长期毒害所造成的民族

① 胡风：《愿和读者一同成长》，见《胡风评论集》（中），人民文学出版社1984年版，第7页。

② 胡风：《民族战争与新文艺传统》，见《胡风评论集》（中），人民文学出版社1984年版，第145～146页。

③ 胡风：《民族战争与新文艺传统》，见《胡风评论集》（中），人民文学出版社1984年版，第146页。

劣根性或有碍于民族意识和个性意识觉醒的“集体无意识”。对此杂感文学发挥了特殊的文化批判功能,不仅国统区的杂文创作出现新的繁荣,田仲济的杂文创作也达到巅峰,一发而不可收,连续出版了《发微集》《情虚集》等。与30年代杂文相比,他这个时期杂文的文化批判精神已具有新的思想特色。

一是在抗战文学中较早地运用杂感体来深化一度中断了的改造国民性的主题,作者自觉地将争取民族解放与重铸民族灵魂扭成一个问题来思考,即民族得不到解放作为个体的人亦得不到解放,国民劣点得不到改造民族的解放也是无望的。正是基于这种辩证的认识,田仲济不少杂文对国民劣根性在民族生死存亡关头的种种表现予以披露和针砭。《阿Q与鸵鸟》既批判了阿Q主义又刺讽了鸵鸟逃避现实。不论精神胜利法或逃避主义都是国民精神的弱点,对于争取抗战胜利只会产生消极作用,甚至连自己的生命也保不住。正如作者所揭示的,阿Q与鸵鸟同是逃避现实,但态度不完全相同:“一个是现实的失败者,却去求精神的胜利;一个是惧怕现实,不敢面对现实,结果还不免作现实的牺牲。前者迹近无赖的心理,后者纯是怯懦的表现。”阿Q的无赖也好,鸵鸟的怯懦也好,如果从文化心理的角度进行深入探究,无不是封建意识长期毒害所造成的奴性。其实,奴性心理可以演化为奴才心理,这种文化心态在日寇入侵的民族危机的时刻具有更大的危险性和危害性,故作者对那些形形色色的“奴才相”深恶而痛绝之。列宁曾深刻指出:“意识到自己的奴隶地位而与之作斗争的奴隶,是革命家。不意识到自己的奴隶地位而过着默默无言、浑浑噩噩的奴隶生活的奴隶,是十足的奴隶。津津乐道地赞美美妙生活并对和善的好心的主人感激不尽的奴隶是奴才,是无耻之徒”。[①] 田老的杂文抨击最厉害揭露最深刻的还不是那些阿Q式或鸵鸟式的奴隶,而是那些在日本面前摇尾乞怜的忠实奴才。但对他们的批判就不仅仅是文化的批判了,这便形成了他的杂文的另一个思想特色。

二是尖锐的政治批判与深沉的文化批判相结合,即透过政治批判着力揭露充当日本汉奸走狗的种种现实的丑恶表现,通过文化批判着重开掘其之所以认贼作父当奴才的文化心理根源。《奴才的残暴》揭露了一般奴才的凶残相,指斥那些“茶房、账房都是中国人,却在欺凌他们自己的同胞时比洋鬼子的船主还凶”,而“奴才比主子更残暴是不自今日始的”,乃“由来久矣”。这就刨了“奴

① 《列宁全集》第13卷,人民出版社1984年版,第36页。

才”的老根，即在封建制度和封建意识的卵翼下必然造就“暴君下的臣民，大抵比暴君更暴”的一切奴才。杂文的深刻之处不仅表现在文化批判的锋利上，而且也表现在作者入木三分地剖析了奴才之所以比暴君更凶残的心理活动。如果上文对奴才的批判尚未同尖锐的政治批判相结合，那么《奴才》《民心》《论无行》《缙绅》《傀儡》等杂文对奴才的批判则直指卖国求荣的汪精卫、王克敏之流。从政治上揭露了“拿民族和国家和敌人打价钱的全是长衫马褂阶级，从南京伪政府的汪精卫，一直到县城维持会里的李精卫，上上下下一群汉奸”的奴才嘴脸，并以文化批判的笔锋戳穿这些无耻之徒的“满口仁义道德”的欺骗性和虚伪性。这就揭示出传统的文化伦理道德，不仅造成这些卖国汉奸的奴才心理，而且也为他们充当日寇奴才提供了“遮羞布”和“挡箭牌”。作者不只重视对汉奸奴才丑行的揭露及其文化心态的剖析，关注一般国民弱点的批评，而且也注意官僚阶层、知识阶层的劣根性的披露，这便形成了抗战杂文的又一思想特色。

三是“战争正像一个炼狱，污秽，罪恶，都是借它来一次净化”(《“战时如平时”》)。为官者从政掌权，与民族的生死存亡直接相关；知识者是国民中的英才，其品性的优劣也直接关系到民族与人民的命运，所以通过战争这个炼狱来净化官者文人的灵魂、改造其劣根性极为迫切和重要。田仲济有相当多的杂文是对官僚阶层、知识阶层所表露出的传统劣根性而进行的深刻文化批判，既显现出作者讽刺的机智也显示出作者思虑的深远。“佞谄”是历代官场的恶风，“佞人无才，有才不佞”几乎成了定例，而且佞谄是历代丧乱的原因，如果不纠正这种颓风那中国人只好做日寇的“奴婢”了(《气节》)；“凡是读‘四书’和‘五经’，做‘八股’”的人都想以此作“敲门砖”而获得权势，这种做官的诀窍到了抗战时期的国统区则“‘四书’‘五经’换成了学位，大学文凭”，借用这些新“敲门砖”不独“敲仕宦之门得用它，就是敲美人的绣阁之门也得用它”(《敲门砖》)；“苟生”往往是历代为宦者的一种劣根，流传到抗战时期国民党一些官员思想里则变成了“逃跑者哲学”(《逃避》)；“横暴者本来自古就不讲什么道理，表面上却好打出道理的旗子，目的不过想‘教他死而无怨’”，这是从历史上揭发横暴专制官吏乱杀无辜、制造种种“冤狱”的恶根(《读书偶感》)；等等，不一而足。作者之所以不厌其烦地从现实政治批判与历史文化批判相结合上对当权的官吏予以辛辣讽刺和尖锐抨击，旨在说明中国人民的命运和中华民族的命运遭到日寇如此惨重的蹂躏，是与国民党的腐败性和大小官吏的劣根性直接相关的。抗战的烈火不仅能把当权者的心态和行为照得清清楚楚，也能把知识阶层的国民劣点或不良根性映射出来。作者以敏锐的观察力和深沉的分析力，予以文化审视与批判。如士大夫长衫阶级“照着自己的样子改造下一代的儿孙”的所谓“仕之子常为仕”的传统教育观念（《读书琐记》）；“十年寒窗”一朝得仕，继而求的是长生不死，“这种想自己享尽了自然，吸尽了宇宙间空气的心理，就是中国的人生哲学的极致”（《“长命富贵”》）；“文人相轻，一见他人无行，便渲之染之，形之笔墨”的“文人无行”的传统根性（《论无行》）；“一套定型化的革命的空论；不着边际的永远难以实现的理想；钢嘴豆腐脚，一触到现实就退下来的行径”这类罗亭型的中国青年豪论家（《中国的罗亭》）；自古以来的形形色色的“文人帮闲”嘴脸（《缙绅》）；那种名人写《自传》“总不外乎描写自己是一个怎样了不得的人”的自吹自擂的“夸大”文风（《自传》）；还有从古到今的“表现在内容上是千篇一律的公式化，表现在语词上的是滥调的流行”的“文章的贫乏”症（《文章的贫乏》）；文学批评界“大家和和气气”只能“歌功颂德”不敢批评的“怕得罪人”的明哲保身或互相吹捧的风气（《论批评》）；“好‘空讲理论’，好‘抄书’，确乎是中国文人最普遍的毛病”，“是中国文人的一种病根”（《到证》）；“所谓知识分子是过于聪明了，聪明到自己躲在后方打哈哈，让别人替他打天下”，所以“在抗战中表现得最坏的是知识分子”（《“一个问题”》）；“几千年来，士的目的是‘仕’，求仕的原因是‘富’与‘贵’”，虽然到了现代既“升官”又“发财”的知识者的理想被打破了，“但怕的是‘官’这时会兼‘商’，利用自己职位的便利，做出比商人更赚利的买卖”（《“打官话”》）；“我们国度里最国粹的一种风格就是夸张”，而“夸张得最成功的不能不推学者与文士们了，就这点论，是诚不愧为智识阶级的”（《夸和骗》）；等等。凡此种种思想、言论、行为，既是现实的表现又是由来已久，大都是封建文化意识或伦理道德法规经过长期的积淀和浸染在知识阶层身上造成的劣根和弱点，它们与抗战时期的时代精神格格不入，成为争取民族解放有形无形的阻力。正是基于此，不少的杂文以犀利的笔锋对文人的不良思想品行进行了广泛而深入的文化批判，借以改造和重铸民族灵魂，在战争的炼狱里净化国人精神。

田仲济对传统文化的批判已超越文化理论、文化观念的表层，而深入到民族文化心理结构的深层。他认同了鲁迅所发现的封建意识已不单单作为一种思想理论规范来禁锢中国人的头脑，而转化为民族无意识来腐蚀国民灵魂，造成民族精神创伤。所以，他对阿 Q 精神胜利法及其奴性心理，在民族解放战争时期持续不断地予以批判，并不认为“阿 Q 时代”已经死了，即使在民族解放斗争的火热年代“阿Q精神”仍然活着。这表明批判封建意识形态改造国民劣根性将是一个长期而艰巨的任务，充分显示出田仲济的远见卓识。尤为可贵的是，田老对民族劣根或国民弱点的揭露和针砭，不论其出发点或归宿点都是基于对祖国对民族深刻的爱，即为了我的祖国、我的民族、我的人民能够在日寇入侵的生死存亡时刻“活下去，生存下去，发展下去，重新站起来”。因而，他在对国民性弱点或劣根针砭与开掘时并没有忽略对民族性格美点的弘扬，更没有对民族失去信心和希望。正如作者所说：“我看见了黑暗，也看见了光明，对于现实我一直是乐观的。我是以乐观的积极的态度来揭发某些黑暗，指摘某些缺陷的。连太阳中都有黑点，人类的社会里怎会丝毫也没有缺陷或黑暗？”（《情虚集·序》）以这种辩证唯物史观来审视中华民族悠久的文化传统，他在无情地批判封建文化思想的毒害性与腐朽性的同时，对于岳飞的民族英雄精神、文天祥的浩气亮节以及历史上那些“慷慨悲歌的志士”则极力褒扬，弘扬他们身上体现出的中华民族的优秀品格和浩然正气，以激励为民族解放而战的中国人民渡过黎明之前“最黑暗的时节”，迎接“新中国的诞生”（《情虚集·序》）。这种积极的创作意图和乐观的情感态度，就决定了田仲济的杂文具有尖锐、深沉、庄重、明朗的基调。

自觉的历史反思

民族文化批判意识是与民族文化反思意识联系在一起的。鲁迅的杂文之所以始终对数千年的封建文化进行总清算和整体批判，就在于他对中华民族的历史文化遗产能站在时代的高度以现代意识为价值尺度进行深刻的反思，而这种深刻的自觉的历史反思意识又总是与争取中国人民的精神解放和探求救国救民的新路相结合。反思不同于以自我为主的个体自省行为，它是对动态历史的思考，是对经过实践检验后的历史再认识。鲁迅杂文中文化批判意识所达到的惊人深度和强度，正反映了鲁迅对过去的民族历史实践再认识再思考所达到的深刻和强烈程度；特别他对我国封建宗法制和宗法思想的整体性反思以及对以仁义道德为核心的文化伦理史“吃人”本质的发现，不仅古代知识分子未曾思考过，而且也超越了近现代先进知识分子对历史文化的反思。由于鲁迅通过对历史文化的反思发现了中国是个“食人的民族”，中国问题的症结在于国民劣根性的改造，所以他总是采取战斗性的杂感文体来表现自己对历史的深刻反思，积极寻找国民性的文化历史根源和救国救民的道路。早在1928年冯雪峰就指出:“在艺术上鲁迅抓住了攻击国民性与人间的普遍的‘黑暗的方面’,在文明批评方面,鲁迅不遗余力地攻击传统思想——在‘五四’、‘五卅’期间,知识阶级中以个人论,做工作得好的是鲁迅”(《革命与智识阶级》)。鲁迅杂文中流灌的历史文化反思意识代表着整整一代新文学作家的思维模式,并且也深刻影响着一代又一代文学家的杂文创作,田仲济就是其中的一个。

田仲济在杂文中所表现出的历史反思意识并非被动的、非自觉的,而是完全出自于主体的创作主动性和自觉性。他曾多次申述:“设若还认不很清我们的今天,最好先看看我们的昨天。历史是最公正的见证,它会证明我们今天已有了怎样的不同。”(《斗争的考验》)“古之事便是今之师,过去已失败的老把戏,在20世纪50年代的如今又怎能冀其成功呢?”(《论“扬名”之类》)历史的再认识再思考,既可更清楚地认知现实把握现实也可以总结历史经验教训指导现实批评现实,更可以追根溯源来开掘现代国人文化心态或民族性的历史根源,以增强杂文的历史纵深感、审美的厚重感和认识的深沉感。综观田仲济带有反思性的杂文大致可分为两种类型:一是政治性的历史反思,即对中国历史上的政治制度、官僚体制、帝王将相、政场人物等进行再认识再评价,以作为杂文的题材或主题或形象的依据;一是文化型的历史反思,即对我国历史上文化思想、意识形态、伦理道德、风俗习惯等进行再认识再批判,以作为杂文改造国民性或再造民族灵魂的文化渊源。不论哪种形态的杂文,都具有一些共同的也是独特的历史反思特点。

反思历史是为了现实斗争的需要,从争取民族解放的高度来反观历史,以历史的经验来启迪现代人或以历史人物来映照现代人物。最为突出的是对现实中汉奸、卖国贼、投降派的抨击,往往以中国历史上的丑类与其对照,揭老底刨祖坟,透过沉重的历史反思使读者清楚地认识到每当民族危亡时刻总会冒出一些变节投敌分子,这些民族的败类比明火执仗的侵略者更危险更可恨。《气节》《论无行》《缙绅》《读书偶记》《面子与实际》《张松与鲁肃》《读史随录》《迎降者》等杂文具有强烈的政治反思意识,虽然是对历史上的“贰臣”、“变节分子”、“投降者”的再批判再揭露,实际上是借古讽今,无情地戳穿汪精卫之流的卖国投敌的卑鄙无耻嘴脸。饶有意味的是《夜读抄》一文,通过读“几种史乘”和“几本野史”,作者对明末崇祯这个“亡国之君”做了深刻反思,悟出“天伐自伐者”这条历史法则,虽然对当时的民族危机、当权者流一笔未涉,但深刻的历史教训不能不促使当权者和国人的猛醒。“历史就是一部人类的相砍史”(《屠城》),这是研究历史反思历史所获得的规律性认识,并在不少杂文中探讨了“杀”的内在原因,即不论项羽屠咸阳或是清兵对扬州与嘉定之屠,都是为了“奸淫掳掠”、“得其财以富家室”。虽然这些杂文并没有直接揭露日本帝国主义侵华所犯下的滔天罪行,却影射日寇的侵华史就是一部血淋淋的杀人史和掠夺史,这就告诫人们为保卫祖国保卫生命财产必须与日寇抗战到底。比较有深度的是那些文化型的历史反思杂文,不只是挖掘国民性或民族弱点的历史根源,而且从传统伦理或封建文化意识中去探寻其形成的思想根源;特别是那些富于幽默特色的杂文如同智慧的穿透镜,能剥开传统文化神圣而庄严的外衣窥到民族文化心理的荒谬本质。现代国人中甚至有些知识者对孔子总有一种盲目崇拜、尊其为圣的荒谬心理,看不到孔子所作所为的自私性和卑鄙性,常常为孔子庄重的外表所迷惑,一味地美化他神化他。《“我爱孔子”》揭破了孔子苦心教育弟子、各方求教的“循循善诱”、“虚怀若谷”的神圣外衣,孔子之所以“对自己所教育之徒亦未有不置信者”如同日本“对中国之留日学生及所训练之干部均信赖不疑,其可怕处在此”,因为这是以“奴化政策”来培养奴才。作者深有感悟地说:“设孔子不置信其弟子,恐不特不复得为孔子,或王家村之学究亦不若。可哀者,今日尊孔者未能深体孔子之所以为孔子耳。”这是一箭双雕,既嘲讽了现代尊孔者的迂腐荒谬又抨击了日寇“奴化政策”的险恶用心。这就将对历史文化的深刻反思同改造现代国人的灵魂、揭露日本帝国主义的政治阴谋结合起来,充分发挥杂文的战斗威力。总之,田仲济有相当一部分杂文蕴含着强烈的历史反思意识,但他并非为了反思历史而反思,乃是为了现实斗争或社会变革或改造国民性需要而进行反思,特别是为了争取民族解放的需要而反思。这种现实针对性,在有些杂文里表现得极为鲜明,但在更多的杂文里并不明晰,而是隐寓在反思的历史对象本身,这无疑增强了杂文的含蓄性和深沉性。

田仲济对历史的深刻反思,主要不是着眼于政治角度,而是从文化的审视点来考察,即使对历史上的政治制度、政治事件或政治人物的反思也没有局限于政治视野,这也是那些具有历史反思色彩杂文的重要特点。如果我们依照惯用的政治发散式或政治泛化的研究思维框架,把政治参照系作为唯一的参照系,那就不能理解有些杂文的独特价值。田仲济在历史反思中对张献忠作过沉痛的批判,如果仅从政治角度看,那我们可能认为这不是坚持马克思主义唯物史观对农民领袖进行评判;但是如果从文化的角度来审视,这正是深刻剖析了小生产者的文化心理,可看到农民领袖一旦手中有了权就会以野蛮心态采取各种暴力手段乱杀无辜,特别当受到挫折感到岌岌可危时这种蛮性暴露得最明显。正如作者指出的:“张献忠的屠蜀还是为了自己感到没落,要人我同归于尽的破坏他人产业的心理”,其结果“杀到末了不过把自己杀了算完”(《李逵的杀法》)。这说明农民领袖只有接受了先进文化思想不断改造其固有的文化心理,才不至于干蛮事或有个好的结局。杂文对“李逵的杀法”批判得更尖锐,作者对李逵“不但起反感,而且深恶痛绝”。如果从政治角度来考察,可能认为这是对“梁山英雄好汉”的歪曲诋毁;如果从文化视角来观照,这反映了作者对农民英雄认识的独到深刻之处,即李逵这样的农民英雄其文化心理深深地积淀着封建伦理的忠孝节义,对主子宋江愚忠、对同伙“义”字当头,而对其“非我族类,一个不留”,“不分敌友,不分好坏,‘杀得顺手,就‘见着活的便砍’”(《李逵的杀法》)。这种杀人逻辑是极端盲目极端野蛮的,正是人性“恶”的大暴露;“为‘杀得快活’,而杀人,为杀得‘手顺’而杀人”,充分揭示了李逵极端愚昧极端可悲的心态。《李逵的杀法》一文对李逵的杀人从行为到心理进行深入的批判:“无力攻坚,专杀弱小,敌友不分,是非不明,气量狭小得仅限于山泊中,异于白衣秀才者几稀。尤令人更恶者专观宋江吴用等辈权力阶级之眉眼行事,甘愿做枪头,做传声筒。”且不论他对李逵的批判是否完全正确;我所强调的是,只有从文化心理角度来思索作者对农民领袖或农民英雄的尖锐批判,才能领会这些杂文的深刻思想价值、强烈现实意义和深远历史意义。并由此也可以悟出田仲济历史反思的另一个特点。

坚持不同的价值尺度对历史进行反思可以做出不同的价值判断。田老的杂文对历史事件、历史人物和文化遗迹的再思考再评价,他所坚持的是以人为本位的人道主义的价值标准。具体来说,凡是有利于中国人民思想解放和中华民族解放的历史文化传统、历史人物、民族风格等,大都采取肯定或褒扬的态度,否则就进行无情的批判和有力的讽刺。作者之所以对李逵的杀法深恶痛绝,就是因为李逵的杀人惨无人道;他之所以对历史上的暴君及其卵翼下的暴臣予以无情抨击,就是因为他们“只顾暴政在他人头上,他们却看着高兴,拿‘残酷’做娱乐,拿‘他人的苦’做赏玩,做安慰”(《奴才的残暴》),毫无人性,毫无人情;他之所以对历史上有节气的人予以肯定,对无节气的人予以否定,乃是因为有气节的人有自尊感有主体意识,“所服从的是真理”,而无节气的人则丧失自尊失去自我,“所服从的是权势”(《气节》);他之所以对从古到今的国民身上的奴性进行反复的批判，就是因为奴性是人性的异化，由奴性既可以衍化为奴隶也可以演变为奴才，这不只是有碍于中国人的个性解放而且也有碍于中华民族的独立解放；他之所以对历代那些奸臣、投降派予以痛斥和鞭笞，就是因为他们丧失了人格、国格，是最不人道的无耻之徒；等等。不过田老对历史反思所坚持的人道主义价值标准并不是抽象的笼统的，而是具体的鲜明的。这种人道主义既有是与非、善与恶、假与真、美与丑、正义与非正义之分，对前者褒后者贬，也带有革命的色彩，即对非人道、非正义的人与事予以无情的批判与鞭挞。这种人道主义的价值观主要借助于外国文化思潮而形成，可以说是对以个人为本位的人道主义、以平民为本位的人道主义和以革命为特征的人道主义的整合。只有以这种现代型的价值标准，才能通过对历史文化、历史人事的深沉反思与评价，汲取民族历史传统的精华、高扬历史上的脊梁式人物，以建构现代的文化价值系统，再造民族的灵魂，重新焕发民族精神。这既利于争取民族独立解放，又利于新民主主义文化建设。

求实的学术品格

杂文是杂感体文学，本属文学艺术范畴，然而它又不是那种真正文学意义上的文体。其学术性就是它别于其它文学的异质要素。鲁迅的杂文有相当一部分可以算作学术论文，即使那些比较典型的杂文也具有浓郁的学术品味。究其实质，杂文的文化批判意识和历史反思意识中就蕴含着深刻的学术精神。所谓学术精神就是以求实的科学态度研究学问、追求真理的精神，它是逻辑思维的理性成果；不过在杂文中这种理性成果常常以形象思维的形式表现出来，大多以论证性与形象性相交融的形态加以显示。学术品格作为鲁迅杂文的一种重要特征，至少应包含丰富渊博的知识、独特深刻的思想、求实求真的精神、深沉浓郁的理趣等内涵，这诸多要素有机地结合为一体方能构成学术品格。鲁迅杂文这种学术品格，标明他的不少杂文应该归属于学者型的杂文，不只具审美的文学价值，更具有科学价值和学术价值。

田仲济杂文深受鲁迅杂文学术品格的影响，给他的杂文带来浓重的学术氛围。且不论他写的大量序跋是其文学评论或文艺研究的学术成果，就是他收入“杂文集”的杂感作品大多具有学术品格。他不是像一般的作家在创作杂文，仿佛以学者的心态和学者的风范来创作杂文，几乎每篇杂文的构成都要调动他的知识宝藏，以匠心独运的艺术思维和逻辑思维相激相融所形成的真知灼见将富有实证性、可靠性、典型性的资料史实贯穿起来，既有艺术的感染力也有理性的威力，能够满足读者期待视野中求知、求真、明理、审美的综合需求，其中的知识性、学术性尤其发人深思，有利于增强智慧，开拓思路，丰富见识。田仲济杂文这种求实、求知、求理的学术品格主要体现在不同性质的杂文里。

文艺性杂文，主要指那些就文学、艺术问题表述感受、发表议论的杂文。这在田老的杂文中占有相当大的比例，它们最富有学术品格，既蕴含着丰富的文学艺术理论知识又反映出作者独到的文学观、艺术观，甚至有些杂文就可以作为文学艺术论文来读。但它们又不是那种以抽象思辨见长的从理论到理论的文章，更不是那种漫无边际、空发议论或泛泛而谈的文论，而是一种具有形象感、幽默讽刺性、理趣美的文学艺术杂论。如《公式化》《阿Q的出处》《雅与真》《述酒篇》《文白译》《悲愤诗》《尹相兰民族风格和时代意义》《含蓄》《文风浅谈》《〈聊斋志异〉短笺》《从“伤痕”文学谈起》《希望影剧评论实事求是》《管窥蠡测》等，可以说都是资料的实证性与思维的超越性达到有机统一的文艺杂论，有深度也有力度，“不限长短，不拘一格”，既“写出真知灼见”又“写出真情实感”，告诉读者的是“真心话，不作违心之言”；特别是那些带考证性的杂文，其学术价值更高一些。至于那些敢唱反调、冲破成见的文艺杂论尤能显示出作者的理论勇气和学术胆识。“文君夜奔相如”传为千古美谈，后世多少文人以生花之笔为其润饰，但田仲济却一反传统看法，尖锐指出：“司马相如身在儒林，且曾事景帝为武骑常侍，又上交梁孝王，乃竟挑引民间妇女，为求获卓氏财产，更不惜著犊鼻裈涤器市中。前者类登徒子，后者则直无赖矣！其间固了无诗意，本质亦绝不足为美谈”！对于古代诗词田仲济也深有研究，从杂文中引解的诗词便可显示其独到之见。如“昨日入城市，归来泪满巾。遍身罗绮者，不是养蚕人”这首诗，大都认为思想性强，爱憎分明，情真意切，朴实动人；而田仲济却提出质疑：“遍身罗绮者，不是养蚕人，竟为昨日入城市方知道的么？为什么平日熟视无睹到这种程度？昨日归来后果泪满巾么？显然是矫情之作，不是真实的感情”！于是作者揭示出这样一条规律：“惟为文一如为人，倘为人无真情无深情，则其文中之情亦难求真与深，此理古今不易。”（《矫情》）像这样的学术味颇浓的杂文，确实别开生面，发人深思。

历史性杂文，主要指那些以历史人物、历史故事为题材的杂文，或借古鉴今或借古喻今或借古讽今。这类杂文历史感重于现实感，曲折性强于直露性，既显示了作者广博的历史知识又展示了作者的独到史识。此种形态的杂文又可以分为两类:一是并没有明显的现实针对性,就历史而说历史,或对历史人物的重新评价,或对历史事件的重新认识,主要追求学术观点的超凡和学术视野的新颖。这类杂文如果读者不调动丰富的联想力,就会认为是纯学术性的论文。其实它们亦庄亦谐,在庄重的学术见识中蕴含着深长的讽刺意味,在丰饶的审美情趣里令读者诚服地接受作者的学术见地。《诸葛政团》就是这样一篇在学术上深有见地、在审美上饶有趣味的杂文。诸葛亮隐居隆中一直传为美谈,特别经过罗贯中的塑造则成了智慧的典型,那种深谋远虑、神机妙算、大智大勇、无私无畏、高风亮节为历代世人所敬佩;但田老却不认为诸葛隐居卧隆是诚心"苟全性命于乱世,不求闻达于诸侯","绝非修心养性","实则无时不思宦达"。他不仅自己"卧隆中猎官",而且"有封建政团之组织,互相标榜,交换情报",唯一目的就是"为宦达",尤其诸葛出山是政团预先妥为布置,蓄谋日久的。这些见解何等新鲜,又是何等幽默!虽然不涉现实,但讽喻性极强,有心的读者是会从"史识"中体认出"讽今"的指归。另一类杂文是带有鲜明的现实针对性,不论对历史人物的认识或者对历史事件的评述,都是明显影射现实或者针砭时弊的,作者所追求的主要不是学术价值而是战斗意义和批判功能。当然这种战斗性和功利性也是与求真的史实和求理的"史识"交融为一体,如果史实不准确、史识不敏锐就难以达到战斗的功利目的。《窳政》虽然研究的是宋代、明代的政治,提出些令人深思的史学见解,但它的现实针对性极其鲜明,即抨击国民党的腐败政治。《酷刑》《漏网将相》多从野史上选取的朱元璋阴险多忌、杀人成性的史实,但作者并非想谈历史故事,也不是单纯为了揭露朱元璋,主要的批判锋芒是指向国民党政局;《迷楼》也不是为了研究隋末的历史,旨在托古喻今、借古讽今。虽然这类历史性杂文的现实针对性和批判性相当强,但还是侧重于对历史的研究和评述,不论对历史人物的刻画或对历史事件的描写,其现实战斗性和功利性主要从"影射"或喻意中体现出来,这正是杂感体文学对历史探索的特点所在。

悼念性杂文,主要指那些怀着悲痛深切的感情所写的悼念作家、学者、友人的文章,作者并非以抒情为主或一味宣泄感情,而是把学术性与抒情性、哲理性与情感性、政论性与讽喻性融汇在一起,在悼念中着重于学术成就、学术品格或文学传统、创作地位的评述,并对那些丑类或不良风气顺手予以刺讽。特别值得提及的是,悼念性杂文比其他类型杂文的激情强烈得多、充沛得多,但这种激情并没有失控,都有明确的理性作为导向,寓情于理,理中有情。正如别林斯基所说:“激情永远是观念在人的心灵中激发出来的一种热情,并且永远向往观念。因此,它是一种纯粹精神的、道德的、极其完美的热情。”《闻一多先生五年祭》中充溢着愤怒、沉痛、哀悼、敬佩的激情,但这些激情都是作者理性观念在心灵中激发出来的热情,具有明确的指向性。即对暗杀闻先生的国民党反动派愤恨至极,而对闻先生的诗歌成就、治学精神、学术建树、战士品格则是由衷的敬佩,对他的倒下又是极端的痛悼和惋惜,这就使情感性、学术性、政论性和讽刺性熔于一炉。《沉痛的悼念》《“站出来者好样”!》《从最后的一封信谈起》《他有一颗火热的心》《子衎,你走的太早了》等悼念杂文,是对茅盾、王统照、燕遇明、单演义、包子衍的沉痛哀悼,都具有强烈的情感性与求实求真的学术性相结合的特点;至于《巨星的陨落》《学习鲁迅改造国民性的思想建设社会主义精神文明》等悼念或纪念鲁迅、茅盾的文章,虽然字里行间也洋溢着激情,但更侧重于学术成就、文学贡献的评价,学术性更强一些。特别对茅盾的新文学理论的建树、无产阶级革命文学的最早倡导做了充分肯定,这也是对中国现代文学研究的新发现新贡献,更具有学术价值。

综观田仲济杂文的基本特征,足以表明作者的本色是学者,即是位学者型的杂文家。因而,他的大部分杂文的学术性要强于文学性,理性要强于感性,理趣美要胜于情趣美。既然田仲济杂文的思想品位和审美品位相当高并在现代文学发展史上具有独特地位,那么为什么长期以来没有引起学术界的足够重视?这倒是个值得深思和探讨的问题。田仲济杂文创作进入成熟期正是“武器的批判”的抗战时代,人们所关注的是那些政治功利性强、及时反映战争风云变幻的大众化通俗化文学,对文化批判主题审美品位较高的带有文言色彩的文学并不感兴趣;40 年代后直到“文革”前夕并非是“杂文时代”,歌德派的文学越来越受到宠爱,文学研究的泛政治思维框架对文化型杂文并不青睐;相比较而言,新中国成立后现代文学史研究对抗战时期国统区文学也重视不够,对杂文的研究更是薄弱环节;加之抗战艰苦阶段杂文集印行数量有限,解放后又没有重版,即使想研究也找不到文本。也许这种种因素是造成田仲济杂文没有在现代文学史上取得应有地位的缘由吧?文学史发展会留下遗憾,文学史研究也会留下遗憾,但只要学术界意识到,迟早是能予以补偿的。

草于 1993 年春

(最初收入山东教育出版社 1993 年 12 月版《百家论杂文》)

谱写社会底层流浪者的生存欲求曲

——读修白中篇《空洞的房子》有感

作为叙事文学正宗的小说体式，不论长篇、中篇或短篇，写得成功与否主要不是考量它们的谋篇布局也不是探察其思想主题；而是观照它们所塑造的人物形象是否是独一无二的，即任何其他人物形象不可取代的独创人物，这是判断作家创构的小说是否达到创新趋优的根本标准。最近翻阅《当代》（2013 年第 2 期），发现修白的中篇小说《空洞的房子》，这个题目颇有寓意，吸引我一口气读完它，深感这是篇朴实无华而诗意浓郁的优秀小说。因为作家出色地塑造了两个栩栩如生的在社会底层苦苦挣扎的现代流浪者的形象；并且走进其生活深处感受到他们的生命律动，发掘出他们低级而可怜的生存欲求及其屡屡受挫不能实现的社会根源，从而触及当下城乡一体化或城市现代化等一些时代课题。但是小说文本能够承载起丰富思想内涵的多义主题的，却只有现代流浪者形象，一是流浪汉老伍，一是流浪女桃子。

老伍在作家的笔下并未把他的身份规定为农民工。因为农民工的本色是农民，或暂时离开土地或不离不弃土地，选择适宜挣钱的城市去打工，既有公认的身份又有可靠的职业，定时汇钱或送钱回家，以兴农村的家业；当然也有的农民工逐渐认同了城市，并被城市接纳为市民。而老伍则不同，虽然他出身农民，却不想扎根农村，他要离开农村转移到城市，依据自己的生存欲求过自由自在的生活，企图游离于现行社会秩序或社会规约之外，靠自己的“一身力气”闯进城市，既没有固定职业更没有自己的“房子”，如同城市的盲流到处流浪；不过也有强烈的所谓“幸福”的向往，他应似现代流浪汉。作者遵循老伍的性格逻辑与流浪轨迹来刻画他，既真实地描述老伍的行踪又深切剖析老伍的心灵，把灵与行有机结合起来，塑造了老伍这个独特的血肉丰满的流浪汉形象；并从动态描写中展示出老伍生存欲求或实现或落空所形成的生命四部曲。

一部曲是拐女人逃南京。“老伍已经是三十出头的人，没有房子，娶不上媳妇。不甘心就这样过一辈子。”这道出了老伍在农村的生存现状又揭示出他对人生是有追求的,根据生存最初级需求到了30多岁的青壮年自有强烈的性欲诉求,或谈情说爱或娶上媳妇,以释放人之所以成为灵肉一致的人的生命能量或缓解青壮年的性爱焦虑;然而农村并不是所有的人都富起来能够盖新房,没有房子就娶不上媳妇,有了房子才有可能娶上媳妇,难道媳妇是嫁给房子吗?看似荒唐逻辑却反映了农村的真实现状。在这种情况下,老伍采取一种“下策”即拐走别人的媳妇而逃向南京,解决如饥似渴的生存性欲,增加自我的幸福指数。我们可以指责老伍拐女人违犯了现行婚姻法,破坏了他人的婚姻家庭;但仔细思忖,作家这样描写既是真实可信的又是合情合理的。老伍与桃子早有私通关系,而这种私通是两相情愿的,这不仅因为桃子现存婚姻是被迫卖给瘸腿男子而捆绑成婚的,没有登记的法律保障;也因为老伍与桃子相亲相悦,不然他俩怎么一见面就狂欢起来?而且桃子为何毫不迟疑地在老伍的策划下逃跑?可见,他们越轨的所谓违法行为也是情有可原的,是人性使然。这部生命曲,老伍靠自己的胆识、智慧、勇气甚至盲目的狂热,冲破了现行社会秩序与传统伦理道德、婚俗习惯,得到了没有婚姻也不算爱情只有性欲的女人,实现了生存的初步欲望,奏响了“娶上媳妇”的生命凯歌;然而这种从不合法的“野路”上娶来的媳妇,也给他日后的生活流浪之途埋下了危机的种子。

二部曲是在南京拉“黑”车谋生存。老伍携妇“不敢上大路”而是翻山走小路逃到南京的,然而现代化大都市的南京并不是他这个乡巴佬的栖息地,没有敞开怀抱欢迎他与她;而是层层设防阻挡其涌入,给他们的生存带来道道难关。第一道难关是没有房子。在乡下没有房子娶不上媳妇,到南京有了媳妇同样没有房子,只能流浪在桥洞底下,这如何能使媳妇安定有个家?多亏在乡亲郭爹爹的帮忙下在墙的那头“搭了披子”即棚子落下脚。其实老伍逃到南京可以不过这种“流荡的盲流”而无房可居的流浪汉生活,因为他的亲大哥大嫂及其两个亲侄早在南京当了官发了财,成了有钱有势的贵族阶层,“老伍去找过大哥,找他帮忙”,理所当然地应把老五安顿下来;然而大哥一家为富不仁,宁肯“两间房子空着”也不给老伍住。这表明权势金钱异化了以血缘为生命纽带的亲情关系,一奶同胞兄弟的亲情无价的灵魂已被权钱无情的功利意识所置换。正是在这贫富难以调和的心理差距中,作家以肯定的含蓄的笔调展示了老伍不屈服权贵的自立自强的性格,张扬了“人穷志不短”的坚韧品质,哪怕住在“披子”里睡在桥洞下也不向富贵者屈膝低头,有苦有泪往自己肚子里咽也不在权贵面前装出可怜乞求相;同时这也是对那些权贵者的自私自利六亲不认的傲慢相的无情反讽！第二道难关是给"三轮车办牌照"。虽然没有房子是老伍难以在城市安家的一大障碍,也是他生存理想的内在渴求,但是暂且有"披子"遮风避雨尚可住下来,若是三轮车办下牌照那对他的生存意义则更大了:因为有了三轮车老伍凭着浑身力气拉货挣钱可以过好日子,就能使桃子经常吃猪头肉与他共享和谐欢乐的生活,所以三轮车之于他是摇钱树,是他俩能在城市活下来的命根子;特别是三轮车有了牌照就可以证明他是南京的正式车夫而不是黑车夫,他拉的三轮车也不是黑车而是有牌照的合法车,又是他有可能被城市所接受而取得城市资格的不可或缺的证明。因此三轮车办了牌照,他可以理直气壮地在南京任何的场所揽活拉车,再不用心惊胆战地躲避路警车警的检查,再不必担心被城市管理人员抓住没收车或轰出城市;有了三轮车的牌照他可以明目张胆与那些城市的车夫展开平等的竞争,可以多赚钱也可以获得与正式车夫同样的扬眉吐气的尊严感。作者不惜笔力地刻画了老伍千方百计寻机拉车赚钱和办理三轮车牌照的心理活动与行为方式,既表现了他不怕苦不怕累的勤勉品质也表现了他不瞒不骗的诚实人格,更表现了他生存欲求易于满足的乐观心态。试看,有天拉车回到"披子",老伍并未因其大嫂严厉拒绝为其办车牌照且以公安局威逼他回乡而愤怒地咒骂她反击她,依然心平气和地吃着猪头肉喝着白酒,与桃子借着夜光伴着微风过着其乐融融的交欢腾云的诗意栖居的生活。深受此情此景感动的聪明作家似乎也诗情勃发,便引入《最后的美》一诗将他俩的如痴如狂的非理性欢乐升华到富有哲理的诗化境界,并亲自为他俩看不见"大美"也不能感悟"大美"而抒情释怀,道出了流浪人生的迷茫的感伤与未知的命运,预示着老伍生存欲望得到满足在人生第二部曲达到高潮出现最强音时,而"乐极生悲"即将开始。小说艺术上的一波三折引人入胜与老伍的生存命运的起伏及其心理的波动轨迹紧密扣合在一起。由于老伍的心理指向与行为趋向总是聚焦于"为三轮车办牌照",把"牌照"看得高于一切重于一切,只要谁能为其办牌照就什么都可以赐予;因此他就上了老奸巨猾的金老头的当,过于执着使他丧失了警惕,得意忘形时媳妇则投入金老头怀抱,使这部生命曲以悲歌收场。

三部曲是丢媳妇与抢媳妇。老伍不只生存性欲追求得而复失,致使艰难的生命跌进低谷;而且也不知不觉地陷入现代城市的瞒与骗的大泽而难以自拔,即使他闯进南京也是带着农村形成的头脑与习性来应对城市的人和事,如同盲人骑瞎马胡撞乱碰。由于不懂城市人的赚钱心理与办事谋利的行为法则,所以老伍中了金老头的诡计而落入以桃子兑换办车牌照的圈套，乡下人的厚道败给了城里人的欺诈，牌照没有办成反倒赔上了媳妇，这对老伍来说是致命一击。尽管老伍的生存意志是坚强的，抗争意识也是强烈的，于是他对于金老头设骗局将桃子拐走便采取“先礼后兵”的对策来应付；然而金老头却技高一筹，狡诈多端，根本不在乎老伍的软硬兼施，哪怕老伍手持钢刀要捅其胸口他也不惧，并针对老伍的致命要害予以痛击：一是以“办牌照”为由，“砸到他的要害之处，威慑了他”；二是桃子“本来就不是你的老婆，她是人家的老婆”，“我到局子里告你拐卖妇女”，这一击老伍怕得要死；三是“我也不是好惹的，不管白道黑道，我都有人”。金老头这三击，不仅从精神上或心理上或气焰上把老伍彻底打垮，而且害得他“大病了一场”。小说对这场围绕“抢媳妇”展开的“龙虎斗”给出绘声绘色的精彩描写，有力地烘托了老伍生存悲剧氛围及其顽强谋生的坚韧性格。在这场争抢媳妇的骗局中，老伍虽然败下阵来，但是他没有厌倦城市，也不想舍弃城市的流浪生活，更没有忘记与桃子同居的甜美生活；如果说在流浪的一部曲中他把桃子作为泄欲的工具，那么到了流浪的二、三部曲桃子已逐渐成了他的爱侣，不可分割的命运共同体。不论他要为三轮车办牌照多挣钱或者想方设法寻房子，都是为了和桃子“过神仙日子”；可见在他生存的挣钱欲求、弄房欲求、娶妇欲求这三大欲望中最强烈的也是最重要的乃是后者，致使“抢回桃子”则成为老伍在城市顽强不懈地生存下去的用之不竭的内在动力。对此小说做了深刻生动地富有诗意的描写：病后老伍无精打采地骑着三轮车流浪到秦淮河的一段金川河桥边，见到母女二人把一大包钱掉进河里，女儿狂呼“哪个帮我妈把包捞上来，我给他五万块钱”。老伍虽然被金老头的瞒与骗坑害一次，连媳妇也丢了，但是他根本没有从中接受教训，更没有看清城市人本真面目；于是他便自告奋勇地挺身而出地跳到河里捞包，想也没想自己又陷入一个骗局，反而施展起娴熟的水性，“在水面飞来飞去”，“老伍看见了他的舞台，他快要飞起来，他身上的每一颗鳞片都旋转起来。他展开了翅膀，扑棱棱的，飞了，飞了，像一条快乐的蝴蝶鱼，在水中，极尽飞翔之能事”。这里把老伍的矫健美姿，欢快的心态，刻画得淋漓尽致，神采飞扬。特别是他手里抓到装钱的包，欣喜若狂，作家仿佛走进老伍的心灵世界，深切入微地描述他的心理趋向：一是他想“这一辈子也不会有这么多钱，这么多钱，可以回家买一个媳妇”；二是“把这么多钱的包，交出去了？亏了！这包钱买房子都够了”；三是“要是自己有了房子，还怕桃子不回家。带了钱和女人，到一个别人找不到的地方，过神仙日子多好”。这三种趋向的心理刻画极为贴切，既符合老伍这个城市流浪者的浪漫性格逻辑又真实反映出他的生存欲求和只为个人谋划的人生理想。比这种深微描述更具有浪漫诗情的，是作家通过幻想的描写来呈示老伍在河水里与桃子欢快若狂的“云雨”情及其思念桃子之切已达深入骨髓的程度。但是美梦不常，当老伍在河里被水蛇咬伤而自医院养好出来后，丢钱包的母女却翻脸不认账，“五万块钱”的承诺不兑现，连句感谢的话也没有，无可奈何的老伍又受了骗，何时能冲破这种人为的骗局他也不得而知。

四部曲是以肾脏换取“两间房子”。这是老伍用宝贵的生命与富起来的大哥一家来博弈，也是决定他能否涌入城市而安家立命的最后一招，或者被城市接纳或者被城市吃掉或者被城市驱逐，关键在此一举了。原本亲哥嫂与亲侄子的眼里并没有老伍这个亲五弟亲叔叔的位置，不给他房子不帮他办牌照；并严责他赶他回乡，唯恐他沾了大哥一家的光或给有钱有权的侄子带来麻烦。这种冷酷无情的富人态度为何转瞬间变成了“热面孔”来对待老伍这个穷兄弟呢？实质上大哥一家恃富嫌穷的自私自利性尚未变，并非良心发现而热情对待老伍这个同胞兄弟；仍然坚守商品交换的原则以“两间空房子”、“办三轮车牌照”来换取老伍的肾脏以挽救大儿的命。若是大儿子的生命不是危在旦夕，那老伍的大嫂不可能放下富贵傲慢的架子，来了个一百八十度的大转弯，竟然给老五跪下乞求一个肾。她对老伍的态度前后判若两个大嫂，这到底是真情实意还是虚情假意，难以辨识清楚。小说对大嫂的情态与心理做了活灵活现的描写，显示出作家刻画人物的不凡技艺：“大嫂停止了抽泣，说：‘你侄子的病，是尿毒症。这个病要换肾脏，才能治好。我和你大哥要是能给他换肾，早就给他换了。现在，就是找不到合适的肾源人。有两个肾，少一个照样过。五弟，咱们一家人，不说两家话，算大嫂求你，你给大侄子捐一个肾脏，这辈子，大嫂给你当牛做马。’”这是从兄弟皆是爹娘生的血缘关系上乞求老伍捐肾，可算是真挚感人，难怪“老伍觉得大嫂变了，跟自家人一样，心里暖洋洋的”。然而大嫂接着就针对老伍眼下生存欲求的急需，从互利交换的角度夯实了捐肾，她说：“我们帮你办三轮车牌，以后，你再也不要偷偷摸摸地拉车。”又赶紧地说：“郭爹爹那边的青瓦房里，我们家原来的两间空房子还在，我哪天把钥匙找出来给你。”也许老伍也感到有点“商品交换”的味道，唯恐再如同前两次那样上当受骗，虽然从亲情的角度他愿意给大侄子捐肾，表现出一种无私无悔地抢救亲侄生命的不计较得失的神态；但是他也接受了受骗的教训变得聪明了一点，于是在按照严格的程序作准备为大侄捐肾的同时却暗自征求郭爹爹的意见，看看捐个肾划算不划算，这表明他从受骗中学会了城市人的“利己之心”。不过老伍并未看清大嫂没有变的另一副嘴脸，这就是当她听到“大侄子”出院后要给五叔买一辆汽车时，“大嫂在儿子病房抱怨，买一个肾脏也要不了这么多钱。房子给他，还要送汽车，你对父母也没能这样孝顺”。也许这种机关算尽的自私心理，给老伍捐肾后能否得到实实在在的回报而埋下了危险因子。要是兄嫂一家的为富不仁心理真正能被五弟捐肾救侄的义举所感动而转化了，并冲破贫富壁垒恢复了兄弟之间的血亲关系，诚心诚意地兑现给老伍两间房子和办理车牌的承诺，那不仅满足了老伍的生存欲求，失去的桃子有可能回到他身边，他可以取得合法拉三轮的资格，靠自己的诚实劳动挣钱而安下家，这不仅圆了老伍的城市梦也告别了他的流浪生活。若是他兄嫂一家设局骗取肾脏治好大儿的尿毒症而翻脸不认账了，那老伍的一切生存欲望就落了空，对他的打击将是毁灭性的。让我们拭目以待吧，小说结尾给主人公的流浪曲留下了意味深长的想象空间，但愿老伍为生存欲求而艰苦奋斗流浪奔波不会以悲剧而告终！

上述，作家以匠心独运的艺术构思，精炼而蕴藉地描述主人公老伍从乡村到城市为实现生存欲望而漂泊流浪的生命四部典，真切而朴实地塑造出现代中国文学史上罕见的血肉丰满的流浪汉形象，彰显了这篇小说的独特的美学价值。

与老伍相伴流浪漂泊的桃子，是个被侮辱被损害被奴役的流浪女。她的命运极其悲惨，可悲的不只是她成了买卖婚姻制度的牺牲品，一次又一次地如同廉价商品一样给不相识的买主或充当泄欲工具或充当生殖机器；而且更重要的是她完全丧失了感受被奴役被凌辱的自主意识，似乎连做一个女人喜怒哀乐的感觉也没有，只要有肉吃有房住有人睡给谁当老婆都可以，从不挣扎从不抗婚，任人骑任人跨任人摆布，这是何等的悲哀！小说写她的“脑瓜有点木愣”即不够灵敏不够精明，但没有达到傻瓜或精神失常的程度，仍是个有生存欲求、能生孩子还想孩子的正常女性；既然如此，那么桃子何以变成一个麻木不醒毫无觉悟的木偶？这主要是残存的买卖婚姻制度的无情摧残所致，把她的灵魂毒化了或异化了，使其成了一个灵与肉严重分裂的畸形的女性。从小说的叙写来看，在“灵”的维面着墨不多，甚至没有展示她的思想意识或人生诉求或精神取向，几乎她的灵魂里没有生存的自主意识也没有明确的生命欲望。如果说她不是神经病女人而仅仅是头脑迟钝，那小说如此忽略她的“灵”的内涵发掘，这不能不说是一种偏颇。而对于桃子的“肉”的描写，却是相当充盈丰实的，这主要体现于两个方面：一是贪吃，特别爱吃猪肉。老伍能把她拐走与猪头肉的引诱分不开，流浪到南京老伍与她住在简陋的“披子”里既能稳住她又逗她欢心，与经常买猪头肉满足她的食欲极有关系；金老头能把桃子从老伍手里骗走，而成了自己的泄欲工具，并以她的肉体来嫌钱，更是由于金老头抓住桃子贪吃的嗜好，不只是满足她爱吃猪头肉的欲求，差不多南京的美食她想吃什么就买给她吃，这样她就服服帖帖地成了金老头的媳妇，她根本就不顾念老伍对她的好处，成了一个“有奶便是娘”的无情无义的没有灵魂的“肉”女人。由此可以说，从买卖婚姻制度来看，桃子的人生悲剧应是社会悲剧，从人性来看则完全是自身灵肉分裂导致的悲剧。二是性欲功能，这是作为女性的“肉”的内涵。桃子在卖或抢的争夺中不管落在什么样的男性手里，都能安分守己地本能地享受性欲释放的欢乐，即使被瘸腿男人买到手她也舍得自己的肉体，或交媾或生孩子都是乐在其中。小说这样刻画她与瘸子成婚的心理：“桃子披上了红头巾，心里有些快乐。又结婚了，天天结婚多好，穿新衣，有肉吃。”此时“桃子的膀子上，拴了死结的绳子”，坚坚实实地捆在她的瞎婆婆的右手腕上，她竟能这样幻想结婚的“美妙”，对于她来说结婚就是卖身，丝毫没有受凌辱的痛苦感；反而觉得“快乐”，想“天天结婚”，也就是天天让不同男人蹂躏践踏竟觉得是“寻欢作乐”，这是何等的悲哀！她被老伍拐到手也是这样，“桃子没有反抗，平躺在那里，任凭他拨弄。一会儿，桃子鼓胀起来，浑身抖得像筛糠”，以这样如狂如痴的勃发激情迎接老伍的“射击”。对于桃子来说这种本能的生理的性机能的欢快体验，她与老伍的肉体接触不知有多少次，她与金老头的碰撞也有过；然而她从不挑剔或选择性伙伴，与什么样的男人睡觉都不在意，只要给她“肉”吃就心满意足了。虽然性功能成为她从乡村流浪到城市得以生存与欢快的唯一法宝，但是这种源于本能或生理的“欢快”背后却隐藏着人生的最大悲剧，正如作家所敏锐觉察到的：桃子“倘若丧失了性的能力，她该怎样生存”？[①] 小说着重从“肉”体上刻画桃子的形象，入木三分，深切感人。不过，桃子作为一个流浪女她的灵与肉是不能分离的，无疑结为一体。从总体上审视仿佛她是个没有或缺失“灵魂”的行尸走肉，究其实她在“肉”方面的贪吃或性交均有所感受有所体验，不论她吃猪头肉获得的满足或性交取得的欢快，都是她对生存欲求的感觉；而这种感觉正是“灵”的

① 以上的引文，皆出自修白：《空洞的房子》，《当代》2013 年第 2 期。

内涵，只是桃子的食感和性感仍停留在“灵”的潜意识层次，尚未升华到感情、感知、感悟乃至理性层次，致使读者的认知结构中仅仅判定桃子是个缺乏感情没有灵魂的女奴，而这种误读的造成与作家对她的理解把握甚至描写不足也有关系。尽管桃子这个现代流浪女形象的塑造没有老伍的人性那么丰富、性格那样鲜活；然而她在现代中国文学女性谱系中可以与柔石 1930 年创作的小说《为奴隶的母亲》塑造的春宝娘的形象相比照。桃子是买卖婚姻的牺牲品，春宝娘是典妻制度的牺牲品，她们都是吃人婚姻制度下的奴隶；不过她俩的性格内涵与生存命运以及生命归宿又有着明显差异。毕竟时代变了，生存环境也不同，虽然同是奴隶但其性格不能不打上时代烙印，生态与心态也不同，这也决定着她们在文学史上的美学意义与思想价值是有区分度的。如果说 20 世纪 30 年代作家笔下出现个奴隶母亲是可以理解的，人们不会惊诧；那么 21 世纪正在推进现代化的中国仍有作家刻画出一个真实的女奴形象，这不只是令人震惊更发人深思！

修白在小说世界里塑造的两个各具特色的现代社会下层流浪者的形象，固然其美学价值值得肯定和称赞；但是这两个形象并非作家凭空臆造的，而是从“社会关系总和”与特定社会生态发现并想象出来的。即使作家淡化了鲜明的社会背景与特定的生存语境的描写，那也可以从艺术形象的性格内涵及其与相关人物关系中窥探出文本的思想意蕴与社会意义，这也是小说反映或再现社会人生的深度与广度所在。首先，通过对老伍与桃子的买卖婚姻所造成的悲喜剧描写，可以想见共和国成立后制定的婚姻法公布并贯彻了半个多世纪，与此同时封建买卖婚姻制也禁绝并废除了半个多世纪，为何在 21 世纪大力推进城乡现代化的今天还允许买卖婚姻在光天化日下兴风作浪？桃子作为一个弱势群体的女性被卖来卖去抢来抢去，这明明是违犯婚姻法和侵犯人权的，为什么城乡的法律机关及其执法人员连管也不管，人民群众司空见惯连闻不闻？为什么受害者桃子和参与者老伍和金老头连一点法律意识也没有？甚至被抢者与去抢者、被卖者与去买者一旦到手还能心安理得地享受两性生活？这应似作家对现代社会提出的质疑，也是对受害者或害人者发出的警示！其次，通过对老伍与桃子流浪到城市的生存困境与不幸遭遇叙述，读者能够感悟到当下推行城镇一体化与城市现代化，农民向城市转移或农民奔往城市，这是大势所趋人心所向；而城市的官方或民间都不能以无理无情的决绝态度拒斥或驱赶来自农村的“盲流”特别是那些草根族，应给予人道主义关怀，不论城市的规章制度或维护管理者都要体现出以人为本的人性化精神，至少底层流浪者的住、食、性的起码的生存欲求应得到关注，即使暂时得不到满意的解决也要保障他们的生存权。但是作家笔下所揭示的那张真实的城市人际关系网却是冷冰冰的，且不说官方的城管者给老伍这个“盲流”靠自身的诚实劳动谋生所造成巨大的心理恐怖，使他前怕狼后怕虎地拉着三轮车串街走巷，不知哪时哪刻不幸的命运便会降临下来；就看已在城市富贵起来的亲兄嫂对待老伍完全是一副功利实用心作祟的阴阳脸，当见亲弟老伍对其无用无利时则以冷酷无情的心肠待之，宁肯把两间空房子闲着也不借给亲弟住，当急需老伍献肾脏来救治其儿的生命时大嫂的态度马上变得像炎热的太阳，这种虚虚实实的兄弟间的炎凉关系怎容得下老伍在城市求生呢？而南京的普通市民不仅不同情老伍与桃子的生存困难，反而以瞒和骗的伎俩诱他们落入悲境，金老头骗去老伍的媳妇，丢钱包的母女骗取老伍舍命下河捞包。鲁迅曾说，中国人的人性中最缺乏的是“诚”与“爱”；小说描写的老伍与桃子置身的这张人与人的关系网中，不论亲兄嫂或城市平民都缺乏“诚”与“爱”的人性人情美。由此可启示读者认识到，城市的现代化或城乡一体化最重要的莫过于人的现代化，而人的现代化就是人心的现代化或思想的现代化；如果没有人心的现代化，即使老伍与桃子这样草根族的流民获得城市人的身份，也不可能使老伍获得主体意识，也不可能使桃子彻底摆脱任人宰割的奴隶地位，就是那些已取得城市生存权的居民也不可能自觉地坚持以人为本的最高人道主义原则来塑造自己的性格美化自己的人性，以适应城乡一体化或城市现代化大势的需求。

任何一部小说也不是完美无缺的，即使能挑剔出缺陷的小说也不会影响它已达到的美学高度与思想深度。修白之所以能营造出《空洞的房子》这篇佳作，在我看来，她有敢于正视现实的良知也有勇于直面社会不公的胆识，并能设身处地地走进社会弱势群体的心灵深处，以饱蘸“诚”与“爱”的求真写实的笔触谱出其生存欲望曲，以至真至善给人以深沉诚挚的美感，这无疑是传承和弘扬了“五四”平民文学的求真精神。鲁迅当年曾说：“中国人向来因为不敢正视人生，只好瞒和骗，由此也生出瞒和骗的文艺来，由这文艺，更令中国人更深地陷入瞒和骗的大泽中，甚而至于已经自己不觉得。世界日日改变，我们的作家取下假面，真诚地，深入地，大胆地看出人生并且写出他的血和肉来的时候早到了;早就应该有一片崭新的文场,早就应该有几个凶猛的闯将!”[①]笔者非常敬佩鲁迅的远见卓识,差不多90年前的这段经典话语至今仍具有强烈的现实意义;这里引此文既是对青年作家修白的褒扬,又是对她今后创造出更多更好的文学精品的激励与期待。

草于2013年4月13日

(原载《扬子江评论》2013年第5期)

① 《鲁迅全集》第1卷,人民文学出版社1981年版,第240~241页。

满怀豪情唱英雄

——读王延晞《共产党人之歌》

王延晞教授曾以研究老舍享誉学术界，退休后宝刀不老，焕发艺术青春，潜心考察体验中共党史上涌现出的领袖与英模人物的英雄事迹，激起了写英雄唱英雄的创作灵感；于是满怀豪情地谱写出《共产党人之歌》，2010年由山东教育出版社出版，以“纪念共和国的创立者与建设者”。虽然本书署名为“延晞编著”，但细读后却感到，它不是英模人物事迹已有资料的汇编，乃是对有据可证有史可查的真人真事的重新感受重新领悟重新选择；并依照新的美学理想与艺术构思以及说唱文学形式所进行的再创造，它成了地地道道的审美艺术作品。既不是政治道德教科书，又不是夹叙夹议的英雄人物评传，它是诸多闪耀着人性光辉的人生片断连缀起的中国共产党人的英雄史诗。联系特定的文化语境与创作背景来考察，《共产党人之歌》的问世具有独特的美学意义与思想价值。

新世纪以来，随着文化强国建设越来越开放，古今中外文化交流越来越活跃，不论纸媒或电媒都极尽所能在书写或演义古代各种类型的英雄豪杰，尤其影视媒体对古代英雄的编演达到了多版本的重复程度。今年春节前后山东电视台刚播完了《隋唐演义》电视连续剧，紧跟着山东影视台又放映完整版的《隋唐英雄》电视剧，把观众引向对古代英雄的打江山与保江山的血流成河的搏杀场景中；尽管它们在相当程度上满足了观众英雄崇拜的审美心理需求，然而这同一题材的反复改写也导致了观众的审美疲劳与内心厌倦。这种电媒传播所出现的厚古薄今的创作倾向，在纸媒的文本中也或轻或重地存在着；特别是上世纪90年代兴起的文学创作“去英雄化”而偏重于日常生活叙事的写作趋向，也影响着现代宏大叙事的英雄塑造。综观古今中国文学，表现英雄、颂扬英雄、赞美英雄已形成优秀传统，尤其现代中国文学的英雄叙事或英雄抒情成了文学多重变奏的最强音；同时不同层次的读者个体或群体，在古今不同时代呼唤英雄的感召下与英雄辈出的推动下以及文学英雄叙事或抒写的影响下，凝成了我国民众的崇拜英雄向往英雄敬仰英雄的社会心理与审美取向。因此不仅对不同媒体传播的古代英雄赞赏不已，而且对现代英雄尤其创立并建设共和国的英雄更是崇拜若狂；而这种解不开的英雄崇拜情结在革命的战争年代则是牢不可破的，即使在改革开放的今天也是相当强固的。正是在这种特定的文化背景和审美心理下，王延晞教授赓续了古今文学的写英雄颂英雄的传统，满怀豪情地创作《共产党人之歌》，为共产党人撰写英雄谱，唱响时代的主旋律。这既顺应了改革开放呼唤英雄的时代需要，也在一定程度上填补了当下文艺创作忽略现代英雄塑造的薄弱环节；并满足了广大读者崇拜英雄敬爱英雄的心理期待。

广大读者之所以更赞赏且敬仰文艺作品所创造的共产党人的英雄谱，主要因为共产党是领导全国人民创立并建设共和国的核心力量，他们从切身感受中真正认识到“没有共产党就没有新中国，没有共产党也建不成共和国”；况且共和国的命运又同每个读者的命运联系在一起，共和国的富强也和每个人的切身利益结合在一起；加之《共产党人之歌》所选择的41位共产党人，不论领袖人物或英烈人物或模范人物，都具有典型性和代表性。榜样的力量是无穷的，英雄的威力是不朽的。所以文本中这些真人真事的英雄形象及其伟绩，具有感天动地的精神力量与强烈无比的审美感召力，能够激起不同层次读者群众的对位共鸣效应。老年读者赏析了英雄谱，能唤起“忆当年峥嵘岁月稠”的怀旧情绪，或思念与自己一起在同一战壕浴血奋战牺牲的战友，或激起“烈士暮年，壮心不已”的英雄激情；中年读者观赏了英雄谱，能忆起当年在英烈们的无坚不摧无攻不克的大无畏英雄精神鼓舞下，为建设共和国“敢教日月换新天”的豪情壮志与英雄壮举；青年读者阅览英雄谱，心灵上会感到巨大震撼，受到革命英雄主义的洗礼，寻到确定核心价值观的光辉榜样，找到人生追求的终极坐标。总之，《共产党人之歌》能在一定的广度与深度上满足广大读者对英雄崇拜的心理需求，并进而塑造或优化自己的现代人格与英雄气质。

具体来说，《共产党人之歌》能具有如此不凡的精神启示力、心灵震撼力与审美感染力，在于它遵循美的法则所营构的富有诗意诗情诗美的篇章，是理性思维与灵感思维交互运作而结出的深入浅出雅俗兼备的艺术之果；因此它能使读者在解读过程中真切地感受到各种审美的特质。

其一，作者擅于以彩笔粗线条地勾勒共产党人的相貌美，给读者先入为主的良好美感印象，以唤起关注与神往。1936年刘少奇以中央首长的身份穿越关中到白区开展工作，对他的相貌是这样勾画的：“为首的身材魁梧个头高，头戴黑色礼帽显峥嵘,青色长袍身上穿,薄底布鞋足上蹬,浓眉大眼高鼻梁,戴着硬腿墨色镜”。一个伟岸质朴的形象矗立于读者面前,不由升起一种肃然起敬之感。1954 年周恩来乘公交车体察民情,作者是从售票员的眼光中勾勒出总理的相貌:“这老人年纪大约五十四五岁,眉毛浓黑,双眼炯炯明如电,气宇轩昂显睿智,平易近人、和蔼可亲、慈祥又和善,只见他上身穿一件中山装,脚下黑色皮鞋亮闪闪,下身穿一条制服裤,干净、利落、大方、挺美观。”对于周总理这位慈祥亲民的“美男子”共产党人,谁能不敬谁能不爱呢?对于共产党人李大钊 1927 年在绞刑架下的从容就义的风貌是这样刻画的:“李大钊昂首挺胸第一个走向绞刑台,器宇轩昂,目光里充满刚毅和骄傲。只见他,脚登圆口青布鞋,身穿灰色大棉袍,天庭宽阔显睿智,黝黑胡须两边翘。他双目炯炯,向难友环视了一遍,从容镇静,神色不变很自豪。”这就是共产党人面对死亡“从容就义去,大节凛不辱”的浩气冲天、视死如归的形象,我们不能不由衷地敬佩和赞美“李大钊的生命之光如日月昭昭”,我们不能不诚挚地悲悼李大钊“三十八载,走过人生的悲壮年华”!杨靖宇将军血染长白山,1933 年在他担任东北人民革命军军长兼政治委员时,作者这样勾勒他的相貌:“他面色黝黑络腮胡,身强力壮正当年,臂粗腿长力气大,手使双枪美名传。”画龙点睛,三笔两笔,一位威武雄壮的共产党人的形象便活现于读者面前,谁能不敬仰呢?1938 年开滦煤矿工人出身的共产党人节振国刀劈鬼子兵,当时他“年龄不过 30 岁,身材高大肩宽腰又圆,两道浓眉黑油油,双目炯炯明如电,正气浩然冲云霄,昂首挺胸院中站”。作者以生花妙笔勾勒出“节振国相貌堂堂好威严”,这给读者以强烈的壮美之感。1950 年为捍卫新政权而罹难的女英雄丁佑君的相貌则是:“这年她刚满 19 岁,两只大眼水汪汪,中等身材挺结实,身穿哔叽绿军装,头戴一顶军人帽,短发齐耳黑又亮,脚蹬一双蓝布鞋,黄色布包挎肩上,英姿飒爽挺精神,腰里别着盒子枪。”对这位不爱红装爱武装的“人民的好姑娘”,读者们无不痛惜无不敬爱!作者对这些共产党人相貌的勾画,既能抓住特点以突现个性又能透视出精神特征,通过外在美来窥测其内在美。爱美之心人皆有之,不过共产党人的相貌美仅能开启读者深入审美的心扉,诱发读者的审美兴趣;而真正能感动读者肺腑的美并唤起强烈共鸣的美,乃是共产党人的思想美即英雄人物的灵魂美。因此唯有文艺作品的美的特质或美的因素,才能切实地感动读者、陶冶读者、启迪读者、震撼读者。

其二,作者长于对共产党人思想美或英模人物灵魂美的展示。它不是通过对个体一生思想情感流变的剖析,也不是对其终生英雄事迹的谱写加以显现,而是选取了41位共产党人一生中某一或某些富有典型意义的英雄事件或闪烁思想光辉的生活亮点给予集中描述，如同把诸多光束集聚在一个或几个焦点上，使其思想美或灵魂美大放光彩。若说文本中展示的一个或两个共产党人或英雄人物的思想不够十分充实不够十足完美，那么这41位共产党人或英雄人物的灵魂聚合起来，就可以显示出共产党人思想美之丰盈或英雄人物灵魂美之完满。质言之，文本中所描述的41位共产党人的思想之美或英雄人物的灵魂之美，不是以说教式的概念或空洞的口号来阐发的，而是投射在真人真事的活生生的言谈行为或者具体可感的英模事迹的生动情节或细节上予以表现的，着重体现于“一个信念、五种精神”上。

所谓“一个信念”即每个共产党人或英模人物都有一颗红亮的心，而这颗红亮的心则是以坚定不移的共产主义信念铸成的。正如李大钊英勇就义前所庄严陈述的：“你们今天绞死了我李大钊，却绞不死共产主义，我们已经培养了许多同志，世人皆晓。他们如同红花的种子撒满了神州大地，将来必然生根开花结果，迎来阳光普照。”夏明翰烈士在狱中以“砍头不要紧，只要主义真。杀了夏明翰，还有后来人”这四句诗来表达坚定的共产主义信念。“主义真”是共产党人或英雄人物的思想灵魂美的主魂，由此生发开来所体现出的“五种精神”则构成了共产党人或英雄人物的思想灵魂美的系统，它所转化出的巨大的物质力量创立了共和国并正在建设共和国，以确保中华民族伟大复兴梦得以实现。所谓“五种精神”，一是无所畏惧的牺牲精神。在坚定信念的制导下书中所写的每位共产党人都具有这种精神，尤其是李大钊、林祥谦、夏明翰、向警予、杨开慧、刘胡兰等英烈，面对着死亡毫不畏惧慷慨就义，所表现出的宁死不屈的浩然正气可以动天地泣鬼神。二是无坚不摧无攻不克的英雄主义精神。左权将军率领八路军与日寇血战太行山，是一位顶天立地的民族英雄；董存瑞英勇善战敢拼搏，舍生取义炸碉堡，英雄气概壮山河，树起一面永不倒的英雄主义大旗。三是热爱祖国乃至全人类的大爱精神。由于共产党人的坚定信念——共产主义就是一种博爱主义，为了全人类的解放可以超越阶级、民族乃至国家而施行大爱精神；况且一切文艺创作如鲁迅所说都“根于爱”，这就越发增强了《共产党人之歌》所弘扬的大爱精神的穿透力与感染力。如志愿军战士罗盛教舍己跳进冰窟抢救朝鲜少年，孔繁森三次卖血收养藏族两个孤儿，这都表现了共产党人所富有的超越性的大爱精神。四是全心全意为人民服务的公仆精神，这也是做一个真正共产党人务必遵循的宗旨。“张思德是为人民利益而死的，他的死比泰山还要重”，他成了全心全意为人民服务的楷模；县委书记焦裕禄是全心全意为人民服务的光辉榜样，他是“为兰考人累死”的忠实公仆。实质上，这种公仆精神亦体现了以人为本的人文主义博大情怀。五是艰苦朴素的韧性奋斗精神。因为共产党人“为咱穷人打天下”，为劳苦大众谋福利，所以既不怕苦又不惧死，艰苦奋斗，勤俭朴素；战争年代坚持这种精神取得了一个又一个胜利，和平年代也要时刻铭记它。《朱德、周恩来的红毛毯》一文所描述的“红毛毯”，则深刻蕴含着“艰苦奋斗”精神；有了这种精神，共产党人不论在逆境或顺境，都会立于不败之地。

由上述“一个信念、五种精神”所铸就的共产党人或英雄人物的思想灵魂美，与当下社会的某些名利场上所流行的官本位主义、钱本位主义、享乐主义、利己主义等思想意识相比较，显得何等的崇高！每个读者置身于现下文化生态无不有意或无意地通过社会实践或阅读文本，汲取或选择思想精神营养，以建构自己的文化人格或塑造自己的灵魂或提升自己的思想境界；因此笔者相信大多数读者，通过解读《共产党人之歌》深受其思想灵魂美感动后，定会选择英雄人物作为自己学习或崇拜的人生榜样，并自觉地净化灵魂美化人性，做一个脱离低趣味的高尚的人，同时也能坚决拒斥那些名利场上流行的不健康思想与恶风劣习对自己灵魂的污染和对人性的腐蚀。

其三，对共产党人或英模人物的相貌美和灵魂美，进行呈现或播扬，虽然可以采取不同的审美形式或传播媒体，但它们各自的呈现或播扬的效果却是有差异的。本书作者选取说唱文学体式予以呈现或播扬，既符合《共产党人之歌》的丰富内涵传达的内在要求又能适应读者的审美需要；因此这就能使审美形式的说与唱的两大功能发挥到最大化，卓有成效地播扬英雄人物的相貌美和灵魂美，给读者或听众以强烈的精神震动、情感冲击和审美感染。由于说唱文学体式是“说”与“唱”两大功能特性构成的，这就决定《共产党人之歌》的每一篇章皆有“说”与“唱”两个部分，前略后详。所谓“说”就是“白”，乃说唱主体的道白，是对“唱”的补叙或插叙，起着交代、补充、关联、转折等作用，语言运用极为简明流畅，通俗易懂。所谓“唱”就是说唱主体演唱的歌词，类似叙事诗。既然是叙事的诗，那它无疑具有叙事所追求的以凝练诗句概述故事的曲折性乃至传奇性，达到引人入胜的审美效果；既然这种叙事又是诗，自然就具有诗的美学特征。不仅每章说唱文本充溢诗情诗意，而且也注重诗句排列的整严且参差、结构布局的完整且巧妙，以追求诗体的“建筑美”；更重视韵律的运用，力求把音韵的铿锵有力、抑扬顿挫与内在的情感律动协调起来，形成一种声情并茂的“音乐美”，唱起来朗朗上口，动听悦耳；尤其那些说唱英烈故事的结局，多以悲剧告终，因将悲剧诗化为崇高精神，则给读者一种动人心弦的悲壮美。

大凡世人都有七情六欲、喜怒哀乐；因此文艺作品即使刻画英模人物也要展示其人性人情的丰富性，即使揭露反面人物的恶与丑也不要把他妖魔化。尽管《共产党人之歌》在这方面有点不足，然而这不影响它是近年来问世的一部优秀说唱文学。以笔者之见，若要构建现代中国红色文学史或者书写现代中国说唱文学（或曲艺）史，那么，都应该给《共产党人之歌》一席之地！

草于2013年2月22日

五四文学发生学的新洞识

——序《父权缺失与五四文学的发生》

五四文学革命既是中国文学史上具有划时代意义的现代性事件，又是人类文学史上具有特殊意义的重大事件；正是有了五四文学革命的发生，才从根本上改变了数千年中国文学嬗变的方向，使古典型的中国文学从整体上向现代型的中国文学转换，从此中国文学以独特的姿态跨入人类文学发展的现代化轨道。由于五四文学的发生有如此奇特而重大的意义，所以近百年特别是改革开放以来的诸多学者格外重视对五四文学革命的发生学研究。由外部研究深入到内部研究或将外部与内部结合起来研究，即从着重于五四文学革命发生的外因考察进入着重于其内因的探索或者着重于其外因与内因相关联的研究，取得了相当可观的研究成果，标示着五四文学革命发生学的探讨达到了较高的学术水平，对于再研究再突破造成了巨大困难。

学术研究越是达到难以突破难以超越的饱和程度，越是能考验出研究主体的攻关毅力、学术功力以及创造才能，越是能检测出其学术成果的创新力度和深度。李宗刚教授在学术探究征程上，总是孜孜不倦地进击和追求，越是遇到难题越是敢于攻关，表现出一种不怕啃硬骨头、勇于啃硬骨头的治学精神，这突出地贯穿于他对五四文学革命发生学的研究上。记得2003年博士学位论文开题报告，宗刚就选择了“五四文学革命的发生学”研究，若是全方位地考析五四文学产生的原因面面俱到地探析，那不可能突破已有的学术成见，更不可能有新的发现新的洞见；于是他通过重新查阅原始资料和深入勘探求索，与已有的研究成果所选用的角度和思路相比较，发现了晚清以来兴起的新式教育对于五四文学革命的发生起过重要作用，而且从新式教育切入五四文学发生学研究又是个薄弱环节，是个少有学人问津的角度。这样宗刚便确定以“新式教育”为视角形成新的探究思路，紧紧环绕“新式教育与五四文学”互动关系这个中心点，充分发挥辐射思维的独特功能，从多维度探察新式教育与五四文学发生的深微关系，有了不少新发现，形成了不少新见识新判断；不只成就了一篇近 20 万字的优秀博士学位论文，而且通过博士学位论文答辩后再修改则形成一部具有开拓性创新性的学术专著——《新式教育与五四文学的发生》，2006 年由齐鲁书社公开出版。

然而，宗刚是位抓住一个有价值的研究课题不肯轻易放手的善于穷追猛打的执着学者，他并不满足对于“五四文学革命发生学”研究已获得的成果，浅尝辄止不是他的研究作风。如果说从新式教育入手探求五四文学发生仅仅打开一个新的隧道，那么他将沿着这条隧道向纵深开掘下去，洞察五四文学之所以生成的更深层更隐秘的尚未破译的历史密码。于是，他惊奇地发现，五四文学的发生或缔造有一种独特而偶然的现象，即那些五四文学革命发动者或缔造者的领袖和主将大多是早年丧父。父权的缺失为何使他们不约而同地走上充当五四文学革命先驱的道路，为什么他们会成为“为大中华，造新文学”的英雄？这种社会角色的形成与发动文学革命的历史创举有没有必然联系，还是一种历史的巧合？如果这种偶然蕴含着历史必然，那么这些父权缺失者为什么只有在五四文学的发生或缔造过程中方可成为英雄而在其他的文学变革中却罕见这种奇特现象？既然这种偶然现象在五四文学革命中真实地存在着，那究竟如何理解父权缺失的知识者具有发动或缔造五四文学的自觉性和必然性？由于宗刚这种惊奇发现而形成的诸多“问题意识”，所以将其对于“五四文学发生学”研究导向更深的层次，即探究五四文学创建主体因缺失父权所重构的现代文化人格、现代知识结构、现代思想意识和现代审美心理、现代美学取向，这不是破译表层的历史密码而是五四文学革命领袖和主将因父权缺失而内塑的奥妙的人性密码；只有把创建主体的心理世界剖析透了，人性密码破译出来，才能对“五四文学革命发生学”研究有所突破有所深入有所拓展有所创新。这就是宗刚的新著《父权缺失与五四文学的发生》所开辟的学术新路。这一著作堪称与《新式教育与五四文学的发生》相互辉映的“姊妹篇”。

著者在《父权缺失与五四文学的发生》中，带着强烈而深微的“问题意识”，以社会学、文化学、心理学、审美学等整合的方法论与多层次的思维形式，将具有实证性的史料与富有超越性的学理结合起来，从总体把握的宏观层面与个案剖析的微观层面，既有相当深度又有相当力度地探索并阐释了陈独秀、胡适、周氏兄弟等为什么早年丧父导致父权缺失却能够成为五四文学革命的领袖和五四文学创建的主将，所给的答案不仅有逻辑的雄辩力也有理性的启示力。在宏观层面上，力图回答并解决的问题是父权缺失的新文化先驱为什么能主动而自觉地提出五四文学发生的系统新颖的理论主张；而在微观层面上，要剖析的问题是父权缺失的新文学主将何以能创造出“人的文学”经典文本；这两大层面的文学理论引导与文学创作实践所构成的相辅相成的互动关系，充分呈现出五四文学发生学研究的新的突破与创新点。

宏观层面上对“父权缺失之所以能够使创建主体的现代理论意识倡导五四文学”的探索，在推演逻辑上是层层深入的，由表及里如同剥笋。从社会层次察之，中国传统社会是宗法制，家国一体化，皇权在国家中至高无上，皇帝金口玉言，父权在家庭中亦是至高无上，父亲则是家的小皇帝；因此可以说，家是国的缩影，国是家的扩大版。在这样的皇权至上、父权至上的家国链锁在一起的社会，作为臣民或儿子是没有自主权与独立权的，完全处于被控制被奴役的地位，所以儿子一旦丧父，就意味着挣脱父权的羁绊而获得一次身心的解放，即使皇权仍在施威终因天高皇帝远也不能起到父亲对儿子严加管束的作用。况且，五四文学创建者的丧失父权正值中国传统社会向现代社会转型的激变期，宗法皇权社会分崩离析，民主共和制已降临中国。面对着专制主义的家国一体化宗法社会与民主主义共和社会制度异质相对的政治格局，那些丧失父权的陈独秀、胡适等“东方之子”，理所当然地要选择民主主义与其相联系的人道主义；特别是这个时期的失去父权的“东方之子”大都经受了以进化论为主潮的科学理性的洗礼，科学思维已在他们脑海扎下根。基于此，所以胡适、陈独秀发动新文化运动倡导五四文学革命则以“民主”与“科学”作为两大旗帜和主导思想；若是支撑宗法社会皇权主义的父权仍在施威，那么这些“东方之子”不可能畅通无阻地接受民主与科学的新思想而成为五四文学革命的弄潮儿与新文学的创建者。从文化层次考之，中国宗法社会所风行的主流文化，是“君君、臣臣、父父、子子”的等级伦理文化，“君为臣纲、父为子纲”的伦理规范是神圣不可动摇的，“存天理，灭人欲”的理性教条也成了人伦文化；而这些毫无平等互爱意识的等级伦理文化，强化了父权的地位，为父权掌控、管辖和规训、压制儿子的独立权、自主权提供了所谓“法理根据”，难怪戴震说“理学杀人”、鲁迅说“仁义道德杀人”。深受其苦其害的陈独秀等这些父权缺失的“东方之子”，在中西新旧文化思潮剧烈冲撞之际，毅然决然地与传统等级伦理文化决裂，心甘情愿地去拥抱个性主义或人道主义以及自由、平等、博爱等现代启蒙文化，这是合情合理的必然选择。虽然这些“东方之子”缺乏父权而获得了思想的自由权、人生选择的自主权，但是必须承认父权的丧失也意味着“家道中衰”即经济地位的下降，他们或由贵族沦落为平民、由富人变成穷人，因之也使贵族知识分子变为平民知识分子，成了五四时期平民主义思想的信奉者。由于父权缺失的“东方之子”首先成了个性意识的觉醒者，所以胡适、陈独秀积极主张建构有利于唤醒大多数民众的白话文学或平民文学，而“周氏兄弟”则主张创造旨在“立人”的以个人主义为世间本位的人道主义文学。从审美层次探之，中国传统的宗法家庭在父权作用下往往以诗书传家为荣，规范其子所读的书也是为了走“仕途经济”之路或者通过科举考试而进入皇权统治结构，即使偷闲阅读的文艺作品也没有完全摆脱“非人的文学”或“瞒与骗”的文学；如果儿子一旦丧失父权的监管与规训，那么既可以否定“仕途经济”必走的科举之途，又可以根据内在个性和审美需要去阅读或创作以真为生命的、以人为本的现代“人的文学”。这表明五四文学的创建主体因父权缺失已有了人的自觉的“东方之子”，他们以更新了的人本思维与科学思维并遵循美的规律去创造真的文学或人的文学，彻底扬弃了中国传统的“非人文学”或“瞒与骗”的文学，真正把中国文学纳入真善美和谐统一而健全发展的道路。

《父权缺失与五四文学的发生》一书，尤其可取的是，其一，著者长于心理分析，深入剖析致力于五四文学生成或建构主体因丧父而引起的复杂而巨大的心理变化。虽然父权对儿子的严酷规训或超限压抑能使人性发生扭曲或心理变态，甚至使儿子产生反叛情绪或仇恨意识，但是只有父权彻底丧失后，在“五四”前后现代意识与新精神的引导与烛照下，才能使儿子内心郁积的反叛仇恨化为冲决传统伦理枷锁并打破铁屋子的强大物质力量，其扭曲的人性或变态心理方可恢复正常，并得到健全发展。应看到，这仅是丧父者人性或心理变化的一方面。由于父权是支撑宗法家庭的“天”，丧父如同天塌下来，儿子的最亲近的护佑者和最可靠的养育者乃至人生起航的最初精神引领者完全失去了，这时儿子好像被抛在一个叫天天不应喊地地不灵的孤独无援的荒滩，因此他的心理或人性所受到的创伤与打击是难以想象的，除了母亲担起父责可以拯救儿子的厄运，还要靠自己拯救自己，以坚强的意志力在新世纪曙光照耀下走出精神荒原而奔向五四文学革命阵营，也许这就是胡、陈、二周丧父后经过心理或人性涅槃所必然选择的道路，这就决定了五四启蒙文学就是一种疗治精神创伤与人性残缺的救赎文学。其二，著者在多层次地考析父权缺失的“东方之子”能够成为五四文学创建主体则是因为他们把接受“新式教育”作为便捷通道，这是独具慧眼的发现,可以视为对五四文学发生学研究的深化。的确是这样,没想到中国文学史的转换如此的巧合,这是条特殊的难能可贵的文学运演规律。试看,发动文学革命的旗手胡、陈,缔造经典五四文学的高手周氏兄弟,都是早年丧父而走“异路”,或远渡重洋赴美留学或到近邻日本求学,接受的都是现代高等教育。由于他们在留学过程中丝毫没有父权所代表的中国传统文学或传统伦理文化的阻拦与遏制,心悦诚服地通过中西文化的比较认同了现代文化知识、汲取了现代思想意识,并确定了现代审美心理取向。于是,鲁迅在日本留学便弃医从文,动议借助思想启蒙来疗救中国人的精神病态,胡适在美国积极酝酿文学革命,并草拟了文学革命的宣言书《文学改良刍议》。这都说明缺乏父权的“东方之子”,选择留学异国并主动接受新式教育,对于五四文学的发生与创建确确实实是一条卓有成效的通道。

如果说《父权缺失与五四文学的发生》一书在宏观层面上选取多层次对五四文学革命发生学的探讨有所开拓有所出新,呈示出不少学术增长点;那么在微观层面上所选取的《决斗》《狂人日记》《孔乙己》《药》《五猖会》等文本的个案剖析,不仅进一步充实了“父权缺失的东方之子之所以能成为五四文学倡导者与缔造者”的宏观论述与总体认知,而且也使对这一核心问题的回答更精细更有深度,即对创建五四文学创建主体的人性密码的破译更有可信可靠的依据。尽管个案解读的文本,大都是五四文学创建的经典作品,对其分析和评述的文章不胜枚举,甚至研究专著也不乏其数,然而,转换视角从“父权缺失”切入其人其文,进行透视与分析,就会有新的感悟新的发现,并由此获得新的思想认知新的审美判断。而这些新认知新判断反过来足以证明,唯有“父权缺乏”的五四文学创建主体的独特人生体验和美学追求,才有可能创造出这样别具特色的文学精品。彰显五四文学革命实绩的《狂人日记》是鲁迅创构的,宗刚是从“父权缺失”的角度切入文本内部结构而进行重新解读的,他发现《狂人日记》所描绘的复杂社会关系中父亲形象的缺席,正意味着父权的缺失,虽然“大哥”形象有可能填补父权缺失后的权力真空而“代父行命”,但是“大哥”毕竟不是“父权”的化身,这在客观上昭示出“狂人”个性意识的觉醒与人道理想的向往与父权缺失不无因果关系。起码是父权缺失,促成狂人能够接受新式教育,挣脱了以父权为天的家族世代因袭闸门的桎梏,逾越了父权预设的人生轨道而走“异路”,从而产生了有别于传统的异质思想。通过有深度有新意地对文本的精读与细读,著者给出一个颇有诗性启示的结论:“鲁迅在其小说《狂人日记》中,把父权缺失和个性意识的觉醒有机地整合在一起，并不是无意为之或率意而为，而是隐含着一定的深意于其中的：这就是在中国传统文化向现代文化转型的过程中，父权缺失使得既有的社会秩序的链条出现了一定程度上的空隙和断裂，这就为个性意识的觉醒提供了巨大的可能性；随着新式教育而来的西方异质文化，则由此获得了解构中国传统文化的历史机缘，使狂人在对历史的重新解读中，发现了'吃人与被吃'这一历史的法则，从而开启了'创造这中国历史上未曾有过的第三样时代'。"可见，选取"父权缺乏"的视角解读《狂人日记》，是能够发掘出其深藏的或被遮蔽的美学内涵，能够形成新的学术增长点的，由此表明创作主体"父权缺失"所生成的独特人生体验与审美感受能给文本营构带来新特色。此外，著者从父权缺失的角度来剖析《孔乙己》中孔乙己的悲剧根源也有新的发现，不仅指出"孔乙己的悲剧在于他既是科举的弃儿，又是国家的弃儿"，也指出"孔乙己的悲剧更在于他处于精神和情感的荒原上，是精神和情感荒原上的弃儿"。特别是著者通过对鲁迅散文《五猖会》的新解，认定它是"父权疆域的寓言化的书写，反映了'子'被'父'驯化时的真实生存境遇，清晰地呈现了中国文化在传承中'父'规'子'循的基本情形，显示出了清末社会转型过程中'代际冲突'是怎样孕育发生的，具有重要的意义"。总之，以"父权缺失"的角度来解读个案文本，既发掘出新意蕴形成新论断，又能发掘出创建主体因父权缺失所导致的独特文化心理与审美取向，可以给五四文学文本的营构赋予新内涵新色彩。

《父权缺失与五四文学的发生》一书以新理路从宏观与微观两大相互结合的两层面，对"五四文学发生学"的研究，别开生面，新辟蹊径，既是深化又是开拓，这是五四文学探究的新收获。如果研究主体所设计的每个章节都能紧紧扣住"父权缺失与五四文学发生"这个中心论题，不离不弃、丝丝入扣地进行既深且透的论述，文本的解读又能适度地增加一些篇目，宏观的概述与微观的分析能够相互照应，那么本专著的思想威力与逻辑威力还会大大增强。

宗刚教授钟爱学术研究，他不仅能对自己既成的著作进行一丝不苟的精益求精的打磨修改，在学术上亦志存高远。我相信在不久的将来，他高远的学术理想一定会实现，这也正是我作为宗刚的博士生导师热切期待的！是为序。

2014 年 10 月 20 日

突破难点　解开密码　探索新天地

——序《中国当代革命战争小说情爱叙事研究》

记得20世纪90年代初，我为一位青年才俊的学术专著第一次作序时，曾说过，“为他人作序，非我所愿，非我所长”。至今我仍是这样想的，虽然近20年来我为不少学人朋友作过序，从中获益多多，但是“非我所愿”并未改变，“非我所长”亦无增进。既然如此，为何还要屡次命笔作序呢，这岂不自相矛盾、知行不一？或许，这是我今世最后一次为青年学子的著述作序了！

摆在我面前的新著《中国当代战争小说情爱叙事研究（1949—1979）》是赵启鹏博士经过潜心研究数年而写成的博士学位论文的前半部分，随后打磨修改为自成体系的20万字的学术专著。我与启鹏既是师生关系又是在大学从研执教的同仁关系，为其新著作序，哪怕是非所愿非所长也消解不了师生之情和同仁之谊，更有一种责任感激励我为后起之秀的研究硕果点赞。

7年前，作为导师，我审读启鹏洋洋洒洒40余万字的博士学位论文，越读越兴奋，没有丝毫的疲劳感，恨不得通宵达旦连续将它读完；7年后的今天，重读她博士论文的缩写版，尽管我的精力与视力大不如前，然而阅读的兴奋感却不减当年，新著如同磁石吸引着我的眼球，真想一鼓作气地将其阅完。一篇博士论文或者一本学术专著，时隔七八年让我阅读还能够产生强烈的兴奋感，在我的接受史上除了小说、戏剧等文艺作品之外，实属罕见。究其原因，最根本的乃是《中国当代战争小说情爱叙事研究（1949—1979）》是部创新争优的开拓之作。博士论文或者著书立说，创新争优是治学者的共同追求，尽管创新难，争优更难，然而为了达到目标，即使再难也要竭尽聪明才智去“攻关”；尤其人文科学的文学博士论文或文学研究著作的创新争优，在我国的政治生态中更是难上加难，所以人文科学研究的“攻关”既要有聪明才智，又要有冒险胆识。由于启鹏博士具有敢于、善于“攻关”的人格力量，故而在其所涉足的研究领域里，不畏险滩，不畏禁区，突破一个个难点，解开一个个密码，使自己的探索进入一个新的天地，发现了一些前人未发现的新东西,获得一些前人未获得的新认知,致使对战争小说的情爱叙事的研究与阐述达到一个新的学术境界。试想,阅读这样的新著能不兴奋吗?

中国当代文学系统中的战争小说,既是广大读者阅读的兴奋点,又是研究者的热门话题,不论史著或者论著都是不胜枚举,学术成果所达到的质量高度并非容易企及;然而这不是说当代战争小说的研究已到了饱和程度,再也没有突破点和薄弱点了。通过对战争小说的大量阅读和重新感受,启鹏博士敏锐地发现对当代战争小说的"情爱叙事"缺乏深入而整体的研究,随机抓住这个突破点与薄弱点,并生发出明确而强烈的"问题意识",这正是她选取的研究课题能够创新争优的重要前提与关键所在。她曾深有所思地写道:"在现代战争酷烈的氛围下,人类异性间的情爱是一种什么样态的存在,它与人类日常生活中的爱情有什么不同,自身独有的特点是什么?为什么战争能够激发、同时也能够压抑和毁灭人的生命激情(包括情爱)?1949—1979 年中国当代战争小说中有哪些主要的情爱模式,它们与其他人类情爱模式的相通相异性是如何体现出来的?这些战争小说是以怎样的方式来表现战争中人类特有的现代性情爱内涵的?人类情爱被阶级、民族战争彰显和遮蔽了哪些东西?在小说叙述中,战争与爱情两者间的冲突是如何被解决的,其解决方式符合不符合艺术真实、性格真实和历史真实?这些战争小说中的情爱叙事对同时期乃至其后整个战争文学所起的作用是怎样的,具有怎样的审美意义?作为文学存在的 1949—1979 年中国当代战争小说有哪些艺术成功经验及失败教训?它们从哪些方面满足了读者和研究者怎样的阅读期待?与这 30 年相比,新时期以来的战争小说情爱叙事有哪些超越,又在哪些方面重新认同甚至夸大了前者的非现代性因素?我们该以怎样的学术视野和人文情怀来科学地和审美地审视 1949—1979 年中国当代战争小说中的情爱叙事?"(见该书《绪论》)这一连串的 11 个问题在逻辑上是层层深入、环环紧扣的,形成一个严密的"问题意识"系统;它们没有停留于战争小说的情爱叙事的表层形态,而是以探赜发微的穿透力进入文本的深层结构,追询的问题独特而新颖、精到而深刻;它们所含的理性或非理性的意蕴,既是论著的内在纲领与思路,又是新书的思想价值所在。因此如果著者能够从理性思辨与文本精读的结合上出色地回答了上述 11 个问题,圆满地化解且破译了研究主体胸中的问题意识,那么《中国当代战争小说情爱叙事研究(1949—1979)》一书就可以获得创新性与开拓性的学术品格,并彰显出研究者所具有的非凡的发现逻辑机制和深刻睿智的思维创造力。

仅有对战争小说情爱叙事的深切感受与独特发现及其生发出的问题意识，尚不能形成创新的研究成果；唯有借助中外丰赡的思想资源以凝成相应的理论思维、科学的观照视野和切实的研究方法，使研究主体能在一个立体多维的整体性理论框架中，运用现代性的相关理念和现代人学思想，对中国当代战争小说中的情爱叙事给出合情合理而又别开生面的理性概括与辩证阐释，方可形成创新型的学术理论著作。启鹏博士对此所做的努力收到了可喜的成效，令人钦佩！在新著中，她力求以现代性理论为经，以人性情爱研究理论为纬，综合运用文化人类学、文化社会学、现象学哲学、存在主义哲学及各类精神分析学等相关理论，以文本解读为最根本的逻辑论证基点；在对战争小说情爱叙事的纵横捭阖的阐述过程中，竭力把理论思维与文本分析、史料实证与思维超越统一起来，既具有令人诚服的逻辑威力又蕴涵使人兴奋的创新亮点。尤其对本书中的"战争"、"情爱"、"现代性"三个关键词所给出的考辨与解释，足见研究主体具有强烈的理论兴趣和深切的理论修养；虽然这三个关键词多有歧义、众说不一，但是研究主体能够根据本书诸问题阐释之需以汲取前沿的理论成果予以整合，形成带有普适性或先锋性的战争观、情爱观和现代性理念，在对战争小说情爱叙事的考察与窥探中发挥了卓有成效的阐释功能，致使全书的逻辑思维结成的网络上呈现出一个个创新点。最为可取的是，本书的框架结构虽是个立体交叉的复杂而又系统的理论工程，研究者颇费匠心；但是整体观之却惊喜地发现，本书力避用既成的理论框架或惯用的架构模型强加在研究对象"战争小说中的情爱叙事"的身上。它完全是从"情爱叙事"文本的重新发现、重新解读、重新阐释、重新评估的实际需要出发，来选取或搭建独特的逻辑框架，组成一个以"现代性"为主轴、以"战争"与"情爱"为中心的史论兼备的架构；并且能够较娴熟地驾驭不同的理论范式或概念范畴对研究对象进行有深度有力度有分寸感的科学诠释，使整个逻辑框架既有严密的理论感又有切实的创新感。若说理论框架的搭建是否独具匠心这关系到全书在宏观上的整体创新，那么情爱叙事的细读是否有新意，则关系到本书在微观上的创新深度。只有宏观与微观都竭力出新，才能真正确保全书的创新争优的价值取向。

从新中国成立到"文革"结束，这近 30 年所产生的战争小说，其数量之多、形态之杂、内涵之深、风格之异，欲进行重新研究与评估不仅得力于理论思维的调整或更新以及独具特色理论框架的建构，而且也得力于新颖精到的章节目录的巧妙设计；若说理论框架是全书的"纲"，那么章节标题则是全书的"目"，"纲举"要求创新，"目张"亦需出新。在对本书"纲举目张"的谋划上，启鹏博士的创造才能得到了充分彰显。论著所述的30年时空中的战争小说的情爱叙事乃是遵循内外互通的逻辑理路，安排了“叙事模式”、“文化考察”、“审美建构”、“问题背景”四大章；而这四大章，实质上呈现出本书思想内涵的相互联系又有所区别的四个逻辑层次，它们之间不是由因推果的关系，而是由果溯因的追询；并且每个章标题之下设有4个或6个创意醒目的节标题，从章标题到节标题无不显示出研究主体孜孜以求的创新意识。依据这种缜密的逻辑设计所展开的深刻入微、鞭辟入里的论述与分析，不论是思辨的深度或者是表述的精度都呈现出较强的理论思维的概括力与透析力，几乎对所有观点、见解和史实的诠释辩论皆能在学理上自圆其说；尤其对情爱叙事文本解读的所思所感都能升华到相当的哲理高度给出辩证分析和精确判断。

更难能可贵的是，本书选取了叙事学理论作为工具，在精研细读战争小说情爱叙事的基础上，总结出多种具有独特性和代表性的情爱叙事模式，试图“在史、思、诗的多维主体空间中体察历史文化场中各种力量的综合作用、整体平衡效果及最终的文学审美成就，探寻这些叙事模式所内隐的文化内核、政治隐喻以及审美意义来，并分析这些文化内核、政治隐喻及审美意义之所以成其为自身的社会语境、文化文学传统，做出审美和价值判断”（见该书《绪论》）。研究主体这种在多层面上追求学术整体突破的愿望尽管没有完全实现，然而从叙事学上对多种情爱叙事模式所做的理论概括与切实剖解，却颇有创新之见。对于诸多情爱叙事模式的“文化考察”，实质上是对其思想意蕴的重新发掘与透析，不论对思想文化的探幽发微的理论分析或者对创新点的重新阐发，都闪烁出耀目的思想火花和服人的逻辑威力。“审美建构”亦非是对情爱叙事的审美形式的研究，而是着力于对传统审美思维特质、阳刚革命诗学以及战争、情爱审美话语建构的深度探讨，具有较强的理论创新色彩。至于“问题背景”的考察，乃是聚焦于对社会文化思潮或政治理论思潮的反思性的阐发，显现出研究主体具有相当的政治理论优势。总之，本书围绕战争小说中“情爱叙事”所展开的叙事学、文化学、审美学、社会学、人本学等多层次、多维度的理论阐释，已确立起自成系统的学术话语，彰显出可贵的人文学科研究的建构能力。不过，最能为本书增强和充实新颖厚重学术内涵的、最能给鲜活理性话语建构以强力支撑的，却是得力于启鹏博士对战争小说情爱叙事的文本所进行的精、深、细的剖析与窥探。诚然，新中国成立至“文革”结束近30年生产的战争小说中的情爱叙事经过数十载的发掘梳理或研究评论，如同一座贫矿难以从中发现新煤层了；但是通过研究主体的反复探察与用心开掘，特别是对已有小说文本的精读细读、感受体验，不仅拓展出不少新的阐释空间，寻觅出不少新的“殖民地”，而且发现了不少新意蕴，获取了不少新认知，提炼出不少新见解。可以毫不夸张地说，本书中的所有情爱叙事的抽样文本剖析，都是最耀眼的创新亮点。

由于从新中国成立到“文革”结束近30年生产的战争小说所处的政治生态极为复杂，所经的历史阶段极为曲折，所以对其“情爱叙事”的重新研究和评述只有通过“拨乱反正”、“正本清源”的深刻反思，才有可能获得新的思想认知和新的审美判断。本书作者既有反思的自觉意识又有反思的认识深度，这就确保了论著在反思的层面上升华到创新的高度。全书以现代性作为核心价值理念，在思潮背景、战争观念、情爱意识、伦理道德、潜隐心理等层面上，对战争小说文本的情爱叙事所蕴藏的人性、人道、人情、性欲等内涵进行了深入剖析和重新评述；特别是对战争小说情爱叙事所体现出来的以过度纯化的阶级性、政党性为表征的革命现代性给予了启蒙主义的审视与烛照；并深刻反思了因过于强调对政治律令的绝对服从所造成的个体自我意识的弱化或消泯，最终导致现代革命情爱主体的不完整性，甚至禁欲主义心理的萌动；更为可取的是，著者竭力以现代人学意识来反思特殊历史时期极左思潮对战争小说创作的负面影响，尤其造成的人性内涵匮乏和艺术性的损伤，这是难能可贵的有胆有识的反思精神。

本书的创新争优用足了功夫，在让读者满足了一定的阅读期待和倍感兴奋的同时，也有不足之感。由于过分追求逻辑的严谨和思维的缜密，致使在语言的使用上有些地方密不透风，应该删繁就简，让思路更清晰，创新点更显豁。虽然对战争小说情爱叙事的反思有所强化，但是反思的力度和深度仍可进一步深入。尽管如此，却并不影响本书既是一部探索之作，又是一部创新之作，更是一部优品力作。从这部专著中，可以看出启鹏博士已经具备了独立从事重大人文哲学课题研究的学术智慧、创造潜能和灵气才智，不论其知识结构、学术视野、理论思维、艺术感悟、发现机制、创新意识、整合能力、阐释技艺以及文字表达，都具有独特优势；特别是在她的性格中有一种从不言苦、从不言败、从不气馁、从不满足的争强好胜的永远进击的韧性。因而，我相信启鹏博士如同其芳名中有个“鹏”字，喻指鹏程万里，能够在自由广阔的学术天空振翼飞翔；她的美好的梦想一定可以实现，她也一定会成为更加优秀、更加杰出的女学者！

草于2015年端午节

富有探索精神的创新之作

——序《中国现代边地小说研究》

中国现代文学研究曾是个热门学科，创新趋优的学术成果屡见不鲜；然而近几年进入阅读视野的论文或专著，能够激起笔者点赞的或兴奋的却越来越少了。有些著述的论证不是观点淹没于琐碎资料的堆砌中，就是理路消失在繁杂的考证中；不是史识散落于断断续续的碎片化的无序中，就是主体见解反复重合于所谓的文本细读的逻辑紊乱中。甚至有些著作选题，不是避重就轻惧难趋易，就是抓住芝麻舍弃西瓜。虽然笔者的估量有以偏概全之嫌，但是老实说，真正能算得上优质创新的学术成果确实不多。承认这样一个严峻现实，正是为了激励学人们在学术研究上丝毫不能懈怠，务必立志永远创新。恰是在这种学术背景下，笔者欣读王晓文博士的专著《中国现代边地小说研究》，倍感兴奋与喜悦。它仿佛验证了“十步之内，必有芳草”的古训，即世间人才辈出必须善于发现；更重要的是这位青年才俊以其优秀的研究成果呈现在我面前，尽管不能武断地说《中国现代边地小说研究》是整体通透的创新之作，至少它诸多创新点的强度和闪光点的亮度却是令人悦目的。毫不夸张地说，它应是笔者目下阅读的最富有探索精神与创新意识的青年学者的开拓著作。其学术创新点或闪光点体现于方方面面，这里只能摘其要者评述之。

勘探现代文学研究的新领地。若把现代文学研究喻为开矿，那首先应对这座长度32年而宽度和高度难以准确估量的矿藏进行勘探，切实做到有选择有目标有价值的开采；不过这座矿并非是从未开采的新矿，经过近百年的纵横捭阖地探察与开采，从中国现代文学的版图上实难发现尚未开垦的“处女地”，即勘探不到新矿了。然而《中国现代边地小说研究》的研究主体却能独具慧眼，如同一位睿智高明的勘探队员于现代文学绵延数万里的版图边缘上，洞察出一些染有荒蛮原始色彩的地带；尽管这些地带也留下或深或浅或显或隐的勘探与开采的痕迹，但是它们却具有新颖而陌生的外在形态和丰赡厚实的内在意蕴，使这些所谓“边地”能称得上著述主体勘探出的现代文学研究的新领地。作为文化中国的“边地”，是相对于中原文化而言的，如果说古代的中原文化是以汉儒为主导的儒释道三位一体的结构形态；那么边地文化则是一种典型的杂交文化，内中既有多民族的文化因子的杂交，又有中华民族多元文化与异邦邻国文化的杂交。通过杂交后形成的文化形态，由于国内边地文化杂交的基因同本国与邻邦文化基因的差异，必会导致各个边地文化的不同；特别是因为边地文化处于主导文化统摄的薄弱地带，即作为统治阶级文化思想的儒学波及不到或者干预不深，故使少数民族文化的原始性和荒蛮性得以存活和流传，就是洋文化大量输入中国的状况下也没有从根本上改变边地文化固有的规定性。正是边地文化这种特异性，为《中国现代边地小说研究》专著的研究提供了创新开发的学术空间。作为文学中国的“边地小说”，虽然是边地文化的重要载体（它本身也是边地文化的一部分），与边地文化有着同源同质性，但是“边地小说”所对应的却不仅仅是中原文化乃是以北京和上海为两大轴心的现代性文学，它的思想内涵即使与古代边地文化有千丝万缕的联系，也难以取代它的现代文化意识。所以，若将沈从文与京派绑在一起、端木蕻良与东北作家群捆在一起、蹇先艾与乡土派联在一起、艾芜与左翼文学置在一起予以考察与研究，那么他们的小说就属于京沪两大轴心的现代性文学，而对其小说的非现代性的美学因素或被忽略或给出不得体的解释。正由于“边地小说”与边地文化具有同源同质性，又同现代性文学具有明显差异性，故使《中国现代边地小说研究》的创新研究有了新的领地。实践证明，现代文学领域中的任何拓荒性的研究所呈示出的创新性成果，不足为奇；值得称奇的倒是，从已勘探过或已开采过的矿藏中又探出新矿苗采到新成品，这是《中国现代边地小说研究》给笔者的第一个惊喜。

发掘现代文学的新意蕴。本书作者是遵循着边地—生命—生态，由文学反映文化，文化影响文学的生成的逻辑思路，对边地小说的主题思想、文化内涵及审美意识进行发掘。这并非说以前的现代文学研究没有对纳入边地文学的沈从文、端木蕻良等作家的小说文本给以发掘，而是屡屡地进行研究，持续不断地进行发掘，其文化意蕴和审美意蕴几乎发掘殆尽；该书之所以把这些作家的小说文本作为主要研究对象尚能发掘出新意蕴、凝聚成新观点、梳理出新思路，其重要缘由在于：一是这些作家小说创构的特异性组合的“边地文学”，能够成为现代文学研究新的审美共同体，类似于重新营造了一个个新颖独特的文学群落；因此可以说，这些边地小说集约式体现出湘西边地、川康边地、滇缅边地以及科尔沁旗草原为代表的塞北边地等边缘地区的风土人情与异彩纷呈的文化样态，立体式显现出多民族混居地区或相邻邦国之间文化杂交于文学形态的斑斓史实，这就为中国现代文学研究的新意蕴发掘提供了特异的文本。二是不是现代所有作家都能对边地的地理风貌、自然景观、风土人情和杂交文化、荒蛮野性等有所感受有所领悟，并将其物化为审美文本；唯有那些对族群或国家的边缘交叉的地理文化空间具有深切生命感受、独特生存体验、敏锐文化认知并富有艺术创造力的作家，方能建造起特异的“边地文学”王国。不论沈从文筑造的湘西文学王国，还是端木蕻良营构的塞北草原文学王国，都富有个性化的人性内涵和异质的文化意蕴，有待于研究者的全力开掘。三是构成“边地文学”的文体既有小说又有诗歌也有散文，著者何以只选择小说作为研究对象，就因为小说这种文体样态的文化意蕴与审美意蕴，比其他文体丰富得多、深邃得多，亦驳杂得多。不论写实型的小说文本、浪漫型的小说文本还是象征型的小说文本，都是适宜于边地独特自然景观、人文景观以及世间情态、心态的再现或表现或折射的最佳文类，它所形成的文化空间或美学空间其储藏的文化意蕴或审美意蕴可以成为研究者发掘不已的宝库。四是由于边地小说文化意蕴和美学意蕴的复杂性、错综性乃至陌生性，欲将其新意蕴发掘出来，仅凭一种理论武器是不可能奏效的，故本书作者运用了现代性理论、文化学、文化地理学、文化生态学、生命学、文艺美学、心理学等理论系统所形成的综合性效能，对边地小说的新意蕴进行了卓有成效的发掘；并对其所具有的建设现代多元文化的当代意义、富有艺术魔力的审美意义以及重写文学史的学术价值，给出了有新意的评析。这是专著《中国现代边地小说研究》给笔者的第二个惊喜。

运用新概念或者新范畴给现代文学研究以创新性的概括和阐释。研究主体在中国现代文学版图上勘探新领地或者对其纳入学术研究视野的“边地小说”的文化意蕴和审美意识进行发掘，有了新的发现、新的感悟和新的认知，如果仅从自己既有的理论知识或思维范式出发，往往很难用恰如其分显豁精当的理念或修辞予以命名和表述。因此这就迫使研究主体积极开动脑筋创造新概念或借用新范畴，以建构新的学术话语系统，实质上这是包括现代文学研究在内的人文科学的创新追求。《中国现代边地小说研究》学术创新所显示的重要特色，并非自创了多少新概念新理论，而是出色地借用了一些新范畴新说法，作为论著总体逻辑思路的“关键词”；并结合研究对象的独特需求做了有新意有深度的解释和阐发，使借用的范畴或理念的外延与内涵更加充盈更加丰实。且不论著者对“边地”范畴的运用,不只认定“边地是一个相对的概念,是一种文化空间也是一种文化隐喻”,它象征着“一种气质、性格、类型和话语拥有权”;而且指明“边地独特的文化空间是一种反向统一的特质”,为研究“边地文化和文学现象提供了丰富的阐释空间”,这是借用“边地”概念对主体在现代文学研究中所获取的新感悟与新认知而给出的创新性的表述。特别应该称道的是,研究主体能够创造性地借用杜维明的“文化中国有三个象征世界组成”的理论,对“边地文学”做出了新颖精到的概述与阐释:“边地文学也有三个象征世界组成。第一个象征世界包括出身于边地,有少数民族血统有明确的边地民族意识和体验的作家文学。像沈从文、端木蕻良等人的创作就较好地体现了边地文学的忧伤、粗粝、原始、雄强与诗意。第二个象征世界指的是关心边地生活状态,为边地文化的魅力所吸引自愿选择‘流浪’边地的作家文学。艾芜是最突出的代表。”“第三个象征世界指的是本人属于少数民族,响应新文学运动的召唤走出边地来到中原文坛(尤其是北京和上海为代表的文学中心)的作家。他们身处中心文化圈,感受着内地中原强势文化的气息来创作边地母族的文学作品。他们既吸收内地汉族文学的养分,又不失其母族文化的特征,作品体现出中国文学(文化)的丰富和多元性。”这三个象征世界的文学创作共同组成了边地文学的生态样貌,其中“第一个象征世界的作家是边地文学创作的主体”,“第二个象征世界的文学创作是边地文化诸种构成因素的集约式反映”,“第三个象征世界的文学创作既属于少数民族文学创作,也属于边地文学创作”(以上引文,出自该书《导论》)。试看,著者活用域外理论范式,对中国现代边地文学阐述得多么有层次感、条理感、新颖感和区分度,并借以建构个性化的学术话语。这是《中国现代边地小说研究》给笔者的第三个惊喜。

点赞本书的开拓性与创新性,并不意味着它在学术上已臻完美无缺境界。其实它只是探索性的创新之作,不仅在边地文化、边地文学的史料发掘、搜求和甄别上还应下深功夫,就是对本书的逻辑结构也要独具匠心再打磨再营造。既然以“圈地”的高明手段从现代文学的版图上“圈”出一块块“边地”,那今后就要在“边地”里精耕细作,开出更多的灿烂之花,结出更优的学术之果!

晓文博士在专著中所显示出的强烈创新意识和出色创新能力,是其刻苦攻读硕博研究生而自觉培养和训练出来的。记得 14 年前的一个秋日午后,一个朴实淳厚的村姑出现在我的书房,从谦和善良的眼光中闪露出一种灵气与稚气,这就是王晓文于 2002 年考取中国现当代文学专业硕士研究生后给我的第一印象。随着时间的推移，我们师生之间在“传道、授业、解惑”的相互对话与交流中建立起诚信友好关系。作为导师，我想方设法将晓文领进学术之门，激励她热爱文学、拥抱学术，从热爱文学中寻找人生乐趣，从拥抱学术中发现真理。一开始如晓文所说，她“像蹒跚学步的孩子紧抓住他（指笔者）思想的衣角，在他那里了悟文学的真谛，获得学术的激情”。不久晓文就以自觉攻读的研究姿态投入茫茫无边的“苦作舟”的学海。“有了先生的点播，我才懂得文学的魅力，学会真正的思考”。可以说她读研期间既增强了学术创新意识，又提高了创新能力。获得硕士学位后，经过短暂的心理调整和学业准备，晓文又在魏建教授的“精心指导”下读博三年。这三年下来，她的学术视野愈加开阔，创新意识越发强烈，知识结构更加合理，创新能力也更为增强，这些在其博士学位论文中均有所体现。她的博士学位论文就是《中国现代边地小说研究》，她说，“从选题到建构以至于最后成文都离不开先生（指魏建）的拨冗指教”。拿到博士学位后她便分到山东省委党校执教从研。王晓文从14年前一个单纯朴实的村姑模样的大学生能够变成今天的学有专攻、研有专长、勇于创新、敢于吐真言的稳健深沉的有为青年学者，硕导的指点或博导的指教都是她嬗变的外在条件，真正促使她变化的内在根据和动力，是其顽强的拼搏精神和坚韧的意志力。恰如她深有体会的诗意描述：“漫长也短暂的求学之路”，在“寒来暑往的季节变换中，唯一不变的是书桌上的寂寞的小台灯，忠实陪伴在眼前。人生因为充满了挑战和苦恼而获得在世的意义。就像现在一样，每天陪伴着论文度过的日子，尽管多的是黑白颠倒，少的是朗晴惬意，但增添了生命的丰盈和深度。当黑夜慢慢隐去，天空渐渐变作灰白色的时候，自己的‘夜晚’才刚刚开始，也许生命的厚重就在于无悔的坚守与不懈的拼搏”（见该书《后记》）。也许正是这种忠贞不渝、无怨无悔的坚守精神和不懈的拼搏，培养出晓文博士的孜孜以求的创新意识，并训练出她的从不示弱的创造性格。《中国现代边地小说研究》的问世，标志着她在学术征途上有了良好的开端；虽然对于晓文的学术研究来说这仅是“万里长征”的第一步，但是只要她坚持不懈地拼搏和持续不断地创新，笔者完全相信她的学术研究必将永远充满新奇与活力，她也有望成为女学者中的佼佼者。是为序。

草于2016年元宵佳节